LES SEPT
OU HUIT MORTS
DE STELLA FORTUNA

Juliet Grames

LES SEPT OU HUIT MORTS DE STELLA FORTUNA

Traduit de l'anglais (États-Unis) par Caroline Bouet

PRESSES DE LA CITÉ

Publié aux États-Unis sous le titre original *The Seven or Eight Deaths of Stella Fortuna* par Ecco, une marque de HarperCollins Publishers, en 2019.

Presses de la Cité, un département Place des Éditeurs
92, avenue de France 75013 Paris

ISBN 978-2-258-16291-4
Dépôt légal : octobre 2020

Presses de la Cité un département **place des éditeurs**

place des éditeurs

À mes grands-parents immigrés,
Antonette Rotundo et Serafino Pasquale Cusano,
et surtout à ma grand-mère non biologique,
Concetta Rotundo Sanelli

Table des matières

Préface

Voici l'histoire de Mariastella Fortuna II, connue sous le nom de Stella, jadis de Ievoli, un village de montagne calabrais, en Italie, aujourd'hui du Connecticut, aux États-Unis. Au cours de sa vie, qui embrassa plus d'un siècle, elle endura force malchance et adversité. L'histoire qui suit raconte comment elle n'est jamais morte.

Au cours de ses cent années, la seconde Stella Fortuna (je vous parlerai dans un instant de la première) allait survivre à huit expériences de mort imminente – ou à sept, selon votre façon de compter. Elle allait être matraquée et commotionnée, être asphyxiée, faire une hémorragie, et être lobotomisée. Elle allait être partiellement immergée dans de l'huile chaude, être sectionnée de l'estomac aux intestins en deux occasions distinctes et, une autre fois, ne devrait sa vie qu'à une faute de frappe. Un jour, elle se suiciderait presque par accident.

Est-ce à cause d'une déveine incroyable que la seconde Stella se retrouva confrontée à de tels dangers, ou au contraire grâce à une chance incroyable qu'elle y survécut ? Je ne saurais trancher. Dans tous les cas, cela fait un sacré lot d'aventures à inclure dans le récit d'une seule vie. Mais les Calabrais ont la peau dure. Nous sommes connus pour cela : notre opiniâtreté dépasse les limites du raisonnable, et nous nous moquons bien de nous ou de notre bien-être. Pendant tant de siècles de notre histoire, nous avons eu si peu de choses pour lesquelles nous battre que cet instinct est irrépressible : lorsque nous avons décidé de faire quelque chose, la force de notre volonté est plus puissante que la menace du désordre, de la honte ou de la mort. Stella Fortuna s'est battue obstinément pour sa vie, à sept (ou huit) reprises différentes. J'aimerais pouvoir dire que jamais personne ne le lui a reproché.

Presque tout ce que je sais de l'existence extraordinaire de Stella, je le tiens de sa sœur cadette, Concettina, qui est elle aussi toujours en vie. Elle va sur ses cent ans, et s'appelle désormais Tina Caramanico. « Tina » parce que « Concettina » c'était trop vieux jeu pour l'Amérique, et « Caramanico » parce qu'on lui a expliqué qu'ici, aux États-Unis, une femme prenait le nom de son mari au lieu de garder celui de son père.

Tante Tina habite seule dans les plaines marécageuses de Dorchester, dans le Connecticut, dans une maison que son mari a bâtie pour elle en 1954. Il est mort, bien sûr, alors la seule personne pour qui elle doive cuisiner c'est vous, lorsque vous lui rendez visite. Sans doute ne venez-vous pas la voir aussi souvent que vous le devriez, et quand vous êtes là, vous mangez si peu que c'en est presque insultant. On dirait l'une de ces blagues sur les grands-mères italiennes, mais je vous assure que Tina Caramanico est on ne peut plus sérieuse. Il y a deux façons de gérer ce problème de gavage. Vous pouvez lui hurler dessus pour qu'elle arrête de mettre de la nourriture dans votre assiette, puis vous sentir coupable de vous être emporté contre une vieille dame. Ou bien vous pouvez éviter le conflit, manger en silence, et n'endurer par la suite que des souffrances physiques. La première fois que je suis venue avec mon mari pour faire les présentations, tante Tina m'a confié avec admiration : « Il mange tellement bien. » Voilà le genre de compliment dont sont capables les grands-mères italiennes à l'égard d'hommes qui ne crient pas sur elles pendant un repas.

On oublie facilement que tante Tina approche des cent ans : elle a l'air aussi rose, transpirante et vigoureuse qu'à ses soixante-cinq ans. Ses yeux marron sont laiteux mais vifs, ses articulations saillantes débordent de force et les tendons de ses mains se dressent furieusement des os de ses poignets, avides d'agripper quelque chose – une cuillère en bois, un attendrisseur à viande, la joue d'un petit-neveu. À toute heure, elle luit comme qui s'active frénétiquement, et des perles de transpiration lui dessinent une moustache. Avec l'âge, elle s'est ratatinée – elle mesure aujourd'hui un mètre cinquante-huit alors que son mètre soixante-treize de jadis faisait d'elle une femme grande pour l'époque –, mais ses bras sont épais et musclés. Une anecdote très connue dans la famille raconte qu'elle est venue aider ma cousine Lyndsay, alors enceinte, à « faire le ménage » chez elle, et a tapé si fort sur le tapis tressé de la cuisine que celui-ci s'est entièrement dénoué sur la galerie à l'arrière de la maison. Au moins, à la fin, il était vraiment propre.

La mémoire familiale est une chose vraiment complexe. Nous nous répétons certaines histoires jusqu'à plus soif, alors que d'autres s'évaporent inexplicablement. Enfin, peut-être pas inexplicablement : peut-être que certaines histoires, si on se les rappelait, cadreraient mal avec le récit familial présent. Une génération leur résiste, la suivante n'en entend jamais parler, et ensuite, voilà qu'elles ont disparu, remplacées par des petites phrases rapportées plus douces à l'oreille.

À mon sens, cela explique que je n'aie eu vent de ces sept (ou huit) quasi-morts qu'une fois adulte. Un après-midi, j'étais attablée chez tante Tina et je mangeais du gâteau à la courgette quand elle m'en a fait le décompte pour la première fois. Je me souviens de ce qu'elle m'a dit :

« Tout le monde connaît l'Accident, mais est-ce que tu as déjà entendu parler de l'aubergine ?

— De quelle aubergine tu parles ? ai-je demandé avec méfiance.

— La fois où Stella a failli être tuée par une aubergine.

— Par une aubergine ? »

J'ai jeté un coup d'œil, de l'autre côté de la fenêtre, à la courgette d'un mètre de long qui pendait au treillis dans le jardin de tante Tina. Jamais auparavant je n'avais entendu dire que la vie de quelqu'un avait été mise en péril par un légume, mais cela semblait être de l'ordre du possible.

« À ton avis, d'où lui viennent ces cicatrices sur les bras ? »

Et puis il y a eu encore six autres fois où elle a failli mourir – six ou peut-être cinq. Tante Tina les a comptées sur ses doigts beiges noueux : les cochons, l'école, le bateau – matière à controverse –, le violeur, cet imbécile de médecin, l'étouffement.

Tandis que Tina égrenait cette litanie des traumatismes, une nausée chaude m'a submergée. Combien de fois Stella avait-elle failli y passer – quelle violence surréaliste son corps avait-il endurée ? Comme il était improbable, d'un point de vue statistique, qu'elle ait survécu. Tandis que j'écoutais la liste de Tina, ma bouche a commencé à s'assécher ; le cake à la courgette, fort dense au demeurant, est devenu difficile à avaler. J'éprouvais le même sentiment terrible d'impuissance que quand on est assis dans le bus à côté d'une personne qui tousse, et que l'on sait, on le sait, c'est comme ça, qu'on a attrapé le mal dont souffre notre voisin. J'avais été contaminée par l'histoire de Tina, l'histoire de la vie et des morts de Stella Fortuna.

« Tante Tina. Pourrais-tu me redire tout ça ? Pour que je l'écrive ? » ai-je demandé une fois sa liste terminée.

Je fouillais déjà dans son tiroir rempli de crayons et de bons de réduction, en quête d'une vieille enveloppe de facture téléphonique sur laquelle prendre des notes.

Elle a hésité, a regardé mon stylo en suspens. Plus tard, une fois que j'ai su toute l'histoire, je me suis demandé ce qui lui avait traversé l'esprit pendant ce long intervalle. Mais son moment d'hésitation s'est achevé, et elle m'a répondu, résolument :

« Je répète, et tu écris ce que je dis.

— Oui, s'il te plaît. »

Elle m'observait de ses yeux humides cerclés de rose. J'avais du mal à déterminer si ce que je percevais dans son expression était de l'excitation ou de la tristesse.

« Raconte-moi tout ce dont tu te souviens.

— Certaines parties de l'histoire, elles sont pas jolies jolies », m'a-t-elle prévenue, à sa décharge.

Mais qui comprend jamais, ou croit jamais vraiment, pareille mise en garde ?

Parmi mes nombreuses sources, Tina Caramanico est la principale. Je pense qu'après toutes ces années elle voulait enfin rétablir la vérité. Elle connaissait mieux que quiconque, mort ou vivant, tous les détails, parce qu'elle avait été là, aux côtés de Stella, tout le temps. C'est pour elle que les enjeux sont les plus importants – c'est elle qui a le plus de raisons de me raconter toute la vérité, mais aussi le plus de raisons de la cacher.

Elle est toujours aux côtés de Stella aujourd'hui, bien que les deux sœurs ne se soient pas adressé la parole depuis trente ans.

En face de la maisonnette blanche de plain-pied de Tina, à une quarantaine de mètres à peine sur le trottoir d'en face, Stella est assise dans un fauteuil derrière le bow-window de sa propre maisonnette blanche de plain-pied. Une configuration idéale pour que les sœurs fâchées puissent s'épier mutuellement, chacune observant l'allée de l'autre afin de noter quel proche rend visite à qui, et compter les points. Stella passe presque toute sa journée assise derrière cette vitre, commençant des couvertures au crochet qu'elle défait ensuite et ne termine jamais. Elle est prisonnière de son esprit, tout comme le reste de sa famille, bien que personne hormis Stella ne sache exactement à quoi ressemble l'intérieur de cette geôle.

Vers 11 heures, Stella disparaît de la grande fenêtre pour s'allonger un peu. C'est à ce moment-là que Tina attrape le plat qu'elle a préparé pour le déjeuner de sa sœur – une *minestra* aux légumes ou une assiette de côtelettes de porc –, se précipite de l'autre côté de la rue et s'introduit chez Stella par la porte de derrière. Elle dépose la nourriture sur la cuisinière et s'éclipse aussi rapidement que ses presque cent ans le lui permettent. Stella ne mange la nourriture de sa sœur que si tout le monde fait semblant de ne pas savoir qui l'a cuisinée. Plus tard, le neveu de Tina, Tommy, lavera la casserole ou l'assiette avant de la rapporter de l'autre côté de la rue.

La huitième fois où Stella Fortuna a frôlé la mort – l'« Accident » – date de décembre 1988, et s'est soldée par une hémorragie cérébrale et une lobotomie à laquelle elle doit la vie. Cette intervention particulière était expérimentale à l'époque, et le chirurgien pensait qu'il était peu probable que Stella en réchappe. Et si elle survivait, elle risquait de passer le restant de ses jours en fauteuil roulant, alimentée par une sonde. La réalité, nous le savons, a prouvé que le chirurgien se trompait. Stella la survivante a survécu une fois de plus. Mais, forts de trente années de sagesse rétrospective, nous voyons bien que l'Accident a gâché des vies – en gâche encore aujourd'hui.

La rupture la plus dure – la plus énigmatique – a été celle entre Stella et Tina. Pendant soixante-sept ans, elles avaient été les meilleures amies du monde, des camarades loyales, mais après avoir émergé de son coma, Stella n'a plus jamais voulu adresser la parole à sa sœur, pour des raisons qu'elle n'a pas été en mesure d'expliquer. À moins que personne n'ait voulu écouter lorsqu'elle a essayé de le faire.

Depuis l'enfance, les vies de Stella et de Tina étaient cousues ensemble, étaient la chaîne et la trame d'une même étoffe. Pendant vingt-quatre ans, les sœurs ont dormi dans le même lit, jusqu'à ce que le mariage les sépare. Après quoi, elles ont vécu dans des maisons voisines qui donnaient sur le même jardin marécageux, partageant des repas et échangeant des potins tous les jours pendant quarante ans. Qu'est-ce qui, dans l'esprit trafiqué de Stella, l'a poussée à se détourner de sa sœur ? Tina, la gentille vieille dame qui a cuisiné pour Stella, nettoyé son bazar, versé des larmes pour elle pendant dix longues décennies de leurs vies ?

Qu'est-ce que cela peut bien être ?

L'histoire de solitude de Tina – la sœur éconduite qui, de manière invisible, prend soin de sa meilleure amie perdue – m'a toujours attirée vers elle. Quelle tragédie humaine, pensais-je. Avec l'âge, cependant, j'ai compris qu'une autre tragédie se jouait juste sous notre nez : celle de Stella. Les gens qui se souviennent de Stella Fortuna se rappellent la personne qu'elle a été pendant le dernier tiers de sa vie, la femme atteinte de démence faisant l'objet de bien des rancœurs. J'ai vu à quel point la corvée de veiller sur elle pendant trente ans avait érodé l'affection de sa propre famille ; quand on raconte des histoires à son propos chez nous, ce sont les pires anecdotes qui ressortent, bien que je ne pense pas que mes proches s'en rendent compte. Et je ne leur jette pas la pierre : ces trente années n'ont pas été une sinécure. Stella n'est même pas encore morte – ne mourra peut-être jamais, tel que c'est parti – et pourtant, tout le bien qu'elle a accompli sur cette terre a déjà été oublié et enterré.

Voilà pourquoi il fallait que je mette ma vie entre parenthèses pour écrire ce livre. J'espère que mon obsession portera ses fruits, et que Stella Fortuna sera exhumée, que sa vie trop étrange trouvera une explication, et que son nom aujourd'hui vilipendé sera lavé. J'ai tâché de reconstituer les pièces manquantes de son héritage en m'appuyant sur ce que les vivants se remémorent. Les pages qui suivent sont ce que j'ai pu en tirer de mieux, et s'appuient grandement sur des souvenirs que l'on m'a racontés, mais également sur mes propres recherches. J'adresse ma gratitude la plus sincère aux membres de la famille, amis, ennemis, admirateurs, victimes, voisins, et autres *conoscenti* de Mariastella Fortuna, qui m'ont généreusement fait grâce de leur temps et de leurs contributions. Toute erreur dans les faits ou les jugements est entièrement imputable à l'auteur.

Brooklyn, New York, 2019

PREMIÈRE PARTIE

ENFANCE

I ligna cumu su fhanu e vrasce,
e l'agianti cumu su fhanu e cose.
« Un feu vaut autant que le bois en train de brûler ;
Le travail vaut autant que les gens qui l'accomplissent. »

PROVERBE CALABRAIS

Quandu u gattu un c'è i surici abbalanu.
« Quand le chat n'est pas là, les souris dansent. »

PROVERBE CALABRAIS

MORT N°1

BRÛLURES

(Développement cognitif)

Le village de Ievoli, coincé au flanc d'une falaise sur le plus haut plateau d'une montagne de taille modérée au centre de la Calabre, ne fut jamais bien grand. Lorsque Stella Fortuna était enfant, à l'époque où Ievoli était à l'apogée de sa vigueur, la bourgade ne comptait que six cents habitants amassés dans des maisonnettes mitoyennes. Cependant, quand je vous dis que Stella Fortuna était une fille spéciale, j'espère que vous n'imaginez pas qu'elle était spéciale pour une petite ville. D'autres gens sous-estimeraient Stella au cours de sa longue existence, et tous sans exception finiraient par le regretter.

Tout d'abord, il y avait son nom, auquel seule une femme de sa trempe pouvait tenir tête. C'était celui de sa grand-mère, comme le voulait l'usage, mais tout de même, « Stella » et « Fortuna » – « Étoile Chance », voire peut-être « Bonne Étoile » –, quel nom terrible pour une petite fille. Fanfaronner sur sa bonne fortune est le meilleur moyen de s'attirer le Mauvais Œil. Un nom comme Stella Fortuna cherchait tout bonnement les ennuis. Et que l'on croie ou non au Mauvais Œil, force est d'admettre que Stella connut son lot de problèmes.

« Je me suis pas mal tirée d'affaire aussi », rappelait souvent Stella à sa mère, Assunta, laquelle, à défaut d'être très stricte en matière de discipline, s'inquiétait de tout.

Oui, Stella Fortuna sortait du lot, et pas uniquement en raison de son nom. Son physique y était également pour quelque chose. À seize ans, lorsqu'elle quitta Ievoli pour se rendre en Amérique, Stella Fortuna était la plus belle fille du village. Elle avait une poitrine imposante qui tremblait quand elle riait et cahotait de façon hypnotique quand la jeune femme dévalait la route de montagne abrupte qui traversait le centre du bourg. Stella tenait cette poitrine de sa mère ; sa sœur cadette, Cettina, avait eu moins de chance en termes de génétique, et n'avait hérité que du derrière d'Assunta, dont, disons-le tout de même, elle n'avait pas à rougir. Les joues fraîches et hâlées de Stella étaient douces comme des olives, et ses lèvres ourlées aussi roses et moelleuses que la chair pulpeuse d'une figue mûre – en fait, Stella était une sorte de salade de fruits où se mêlaient les désirs des hommes de Ievoli. Elle avait, il est vrai, ses cicatrices, le croissant sur son front et les points de suture le long de ses bras. Mais les cicatrices ont leurs attraits quand on connaît leur origine et, dans un village de la taille de Ievoli, tout se sait. Stella était naturellement provocante, et absolument pas accommodante. Quand elle sortait dans la rue pour sa promenade du soir, la *chiazza*, époustouflée, se taisait, mais Stella Fortuna ne s'en apercevait pas, pas plus qu'elle ne s'en souciait. Les douces courbes de sa silhouette détournaient l'attention des hommes et des garçons ambitieux de ses yeux noirs impitoyables, et elle laminait et ridiculisait ceux qui se montraient malavisés.

Stella n'avait que faire d'être désirable. Elle avait déjà décidé qu'elle ne se marierait jamais, et ne cherchait pas à utiliser son physique pour attirer des prétendants. Son manque de ménagement à l'égard de ses aspirants scandalisait Cettina, qui, pour sa part, était gentille et obéissante. Un jour, certes, les sœurs seraient enfermées pendant trente ans dans une querelle sanglante, mais personne ne le vit venir ; jeunes filles, elles étaient les meilleures amies du monde. Les prétendants potentiels les approchaient toutes les deux en même temps car elles étaient inséparables.

« Tu dois te montrer plus gentille, Stella ! » disait craintivement Cettina.

Bien que la cadette des deux, elle se faisait presque autant de souci que sa mère pour Stella. Avec la malchance de cette dernière, cela n'avait rien d'étonnant.

« Ils te traitent de garce !

— Et c'est mon problème ? » répliquait Stella.

Stella ne tirait pas à proprement parler vanité de son apparence – elle n'avait même jamais vu son reflet dans un miroir –, mais savoir qu'elle était la plus belle lui procurait une grande satisfaction. Stella aimait le pouvoir, et son charisme était l'un des plus grands pouvoirs dont elle disposait, l'un des seuls, en fait, dont disposait une jeune femme dans un village du sud de l'Italie dans l'entre-deux-guerres.

Troisième point qui la distinguait : elle était dotée d'une intelligence naturelle. Stella aimait être la meilleure, et elle excellait dans presque tous les domaines. Elle était la meilleure couturière du village, ses vers étaient ceux qui produisaient le plus de soie, et au cours d'une journée de récolte dans les vergers de Don Mancuso, où l'on était payé à l'unité, c'était elle qui décortiquait le plus de châtaignes. Elle comptait vite et pouvait faire des combinaisons dans sa tête ; sa mémoire était affûtée, et jamais elle ne perdait un débat, car elle était toujours capable de reprendre les mots de son adversaire avec plus d'éloquence que lui. Elle était douce envers les animaux, et même ces satanées poules pondaient plus d'œufs lorsque c'était elle qui les nourrissait le matin. Elle n'était pas un cordon-bleu, alors elle ne cuisinait pas du tout – il était important de connaître ses limites, et de ne pas perdre de temps en essayant d'accomplir piètrement quelque chose qu'un autre pouvait faire à votre place. Stella était autonome et vive d'esprit, et on ne badinait pas avec elle, pas plus qu'on ne se servait d'elle. Elle avait hérité de la discipline de sa mère et de la méfiance envers toute chose de son père, ce qui faisait d'elle une personne travailleuse mais rusée. Stella Fortuna menait les choses à bien. Mieux valait qu'elle travaille à vos côtés que contre vous.

Enfin – et c'était ce que son village calabrais respectait le plus chez elle, et ce qui lui attira le plus d'ennuis lorsqu'elle partit –, Stella Fortuna était coriace. La vie avait essayé de la terrasser, et Stella avait résisté. Chaque nouveau malheur la rendait plus tenace, plus avide de vengeance, plus intraitable. Elle ne s'autorisait aucune faiblesse, et ne tolérait pas non plus la faiblesse chez les autres. Sauf, bien sûr, chez sa mère, qui avait droit à des dispenses spéciales.

À seize ans, lorsqu'elle quitta Ievoli, Stella Fortuna avait déjà frôlé la mort trois fois – d'où toutes ces grandes cicatrices. Je vais à présent vous raconter les morts de Ievoli. Sa famille les a surnommées affectueusement « l'attaque de l'aubergine », « la fois avec les cochons » et « la porte hantée ». Parmi les récits de mort de Stella, ce sont d'après moi les plus étranges. Mais rien de surprenant à cela – tout est forcément un peu plus étrange dans un village de montagne reculé il y a cent ans de cela. La modernité a enlevé une part de leur magie à nos façons de vivre et de succomber.

Ievoli était un secret qui s'était gardé lui-même pendant deux siècles. Comme la plupart des villages calabrais, le hameau était pauvre et délibérément inaccessible. Aucune route ne le connectait à d'autres bourgs, et seuls des chemins muletiers traversaient les discrets bosquets de mimosa et de gui parsemant la montagne. Les habitants de Ievoli ne possédaient pas grand-chose, mais ils étaient à l'abri des barbares, des envahisseurs, du monde extérieur – de tous sauf d'eux-mêmes. Enfin, sauf aussi des brigands qui vivaient dans les forêts, volaient de temps à autre une chèvre et abordaient les voyageurs. Raison de plus pour ne pas quitter le village.

Les hommes de Ievoli étaient des *contadini*, des journaliers qui suivaient le soleil et allaient là où il y avait un champ à récolter, là où un riche propriétaire terrien payait. Ils ne possédaient pas de terre. Les hommes gagnaient tout juste de quoi permettre à leur famille de survivre, à condition que leurs femmes fournissent toute la nourriture en cultivant leurs jardins de montagne en terrasses, et que leurs enfants aillent travailler aux champs dès qu'ils étaient assez dégourdis pour le faire.

La Calabre regorge de petites villes improbables comme Ievoli, juchées au sommet de montagnes, et dont les rues sont si escarpées qu'il faut quasiment ramper pour les gravir. Les Calabrais ont bâti ces villages inaccessibles afin de se défendre. Pendant deux mille ans, la Calabre fut assiégée

– par les Romains, qui la dépouillèrent de tout son bois, par les Byzantins, qui en firent une région orthodoxe, par les Sarrasins en provenance d'Afrique du Nord, qui en firent une région musulmane, par les Normands bâtisseurs de châteaux, qui en firent une région catholique, par les Bourbons, les Angevins, les Habsbourg, et enfin par les Italiens. Chaque vague de conquérants pratiqua l'esclavage, les pillages, s'en mit plein la panse, spolia, se fraya un chemin brutal à travers les oliveraies et les vergers d'agrumes luxuriants, déployant ses épées et répandant le sang et son ADN sur ces collines fertiles. Parce qu'il fuyait les pirates, les violeurs et les féodalistes, notre peuple trouva refuge dans les montagnes. Désormais, au creux de ces villages ridiculement abrupts, se trouve niché un mode de vie, même si, de nos jours, certains vous diront que les menaces de malaria et d'invasions sarrasines ont quelque peu diminué.

La preuve du passage de ces conquérants se voit sur le visage des Calabrais, qui affiche tant de couleurs différentes, se perçoit dans leur langue et leur cuisine. Le paysage est parsemé de châteaux normands ainsi que de ruines de temples grecs construits trois siècles avant la naissance du Christ. Les Calabrais poursuivent leur chemin, imperturbables, parmi les vestiges laissés par les conquérants passés, car ils n'ont jamais été maîtres de leur terre natale.

Stella Fortuna est comme la plupart des femmes, en cela qu'on ne peut comprendre l'histoire de sa vie sans comprendre celle de sa mère. Stella aimait Assunta plus que tout au monde – Stella la dure à cuire au cœur de pierre. Mais tout le monde aimait Assunta. C'était une sainte, comme vous le diront tous ceux qui se souviennent d'elle – et aujourd'hui encore, des gens se souviennent d'elle. Dans les villages de montagne italiens, les cœurs sont solides, et ceux qui survivent aux surprises de l'existence vivent fort longtemps.

Assunta était née à Ievoli le jour de l'Assomption de la Très Sainte Vierge, *Santissima Maria, Madre de Dio*, le 15 août 1899 – d'où son prénom, Assunta, dérivé du mot *Assunzione.* C'était une femme d'une piété fervente, du genre à redoubler ses prières pour compenser le fait que son mari ne priait pas. Il y avait de nombreuses femmes semblables à Ievoli ; je soupçonne qu'il en existe toujours. L'éducation qu'Assunta reçut de sa mère Maria la destinait à avoir une foi pure et à toute épreuve en Jésus-Christ, et à croire inconditionnellement au paradis de Dieu, où elle monterait un jour après sa mort si elle suivait scrupuleusement les instructions du prêtre. Assunta n'était pas une banale pratiquante qui se contentait d'aller à la messe comme ça. Elle *croyait.* Pendant l'office, surtout au début de l'adolescence, lors de ces années de violence hormonale caractérisant l'entrée dans le monde des femmes, elle était souvent submergée par l'émotion en contemplant le cœur de la Très Sainte Vierge qui avait tant souffert, et se mettait à sangloter sur le banc. Les émotions d'Assunta étaient volumineuses et spectaculaires, et cela ne s'arrangea pas avec l'âge, bien au contraire. Ses effusions larmoyantes étaient l'une des deux raisons pour lesquelles sa fille Stella se jura de ne jamais, jamais pleurer, et resta fidèle à son vœu pendant quarante-huit ans.

Bien. La raison pour laquelle Assunta épousa Antonio Fortuna à seulement quatorze ans – ce qui était plutôt jeune, même à l'époque – était que son père était mort subitement, laissant ses femmes dans le pétrin. Même si un *contadino* travaille la terre du *padrone* toute sa vie, il ne possède que son travail. Lorsqu'il meurt, il n'a en général rien à léguer à son épouse. Assunta avait très peu de dot, et plus elle vivrait longtemps avec sa mère veuve, plus elles s'appauvriraient toutes les deux. Mieux valait qu'Assunta soit sous la responsabilité d'un autre foyer.

En outre, l'adolescente semblait prête pour le mariage. Elle avait déjà un air de matrone. La poitrine évoquée précédemment, dont Stella hériterait plus tard, y était pour beaucoup. Assunta avait une présence maternelle et un port plein d'assurance. Dotée de grands yeux noirs en forme de croissants de lune inversés, qui couronnaient ses joues rondes, elle avait un visage mémorable. La jeune fille faisait déjà très femme. Désormais, lorsque des voisines venaient leur rendre visite, elles réfléchissaient aux jeunes hommes du village qu'elle pourrait épouser – ou pourquoi pas un jeune homme de Galli, Polverini ou Marcantoni, où untel ou untel avait un cousin qui ferait un beau parti.

Assunta finit par épouser un garçon originaire de Tracci, une ville située à une heure de marche au sud. Âgé de presque dix-sept ans, Antonio Fortuna était maçon, et était venu à Ievoli pour bâtir la nouvelle école. Assunta le voyait souvent qui prenait son déjeuner avec les autres hommes sous le seul gros arbre antique de la *chiazza* de l'église. Antonio suivait Assunta de ses yeux lascifs lorsqu'elle venait chercher de l'eau au puits. Elle aimait son physique – il était large d'épaules, fort, un jeune homme tout en muscles coiffé de folles boucles noires –, et l'intérêt qu'il manifestait à son égard lui plaisait. Elle ne lui donna cependant jamais son mouchoir. Assunta était timide avec les garçons, et avait été dressée avec succès pour canaliser cette énergie adolescente qui lui titillait l'entrejambe en se concentrant sur la virginité de Marie tout en récitant le rosaire. C'était le genre de fille qui adorait les chansons d'amour, mais qui ne pensait jamais à elle-même quand elle les chantait.

Assunta ne parla pas à sa mère du beau maçon. Qu'y avait-il à en dire ? Mais cela finit par se savoir, comme tout : l'un des maçons de Ievoli mentionna à sa femme qu'Antonio Fortuna, fils de Giuseppe Fortuna de Tracci, n'arrêtait pas de regarder Assunta, la cadette du pauvre défunt Franciscu Mascaro. Ladite femme alla ensuite rendre visite à la mère d'Assunta, et évoqua le garçon de Tracci – et ensuite, eh bien… Il suffit de parler suffisamment d'une chose pour que celle-ci ne tarde pas à se produire. Même si Assunta et Antonio ne s'étaient jamais adressé la parole, tout le monde avait tellement discuté de l'un avec l'autre qu'on avait l'impression que tout était déjà décidé sans qu'ils aient jamais échangé un seul mot.

La cour qu'ils se firent s'arrêta là. Rien de bien extraordinaire, mais cela fut très excitant pour Assunta, qui, tout l'hiver, consacra son énergie nerveuse à coudre son trousseau, qu'elle dut pour ainsi dire expédier ; elle se réchauffait en s'imaginant debout dans sa cuisine entourée de bébés, et endurait le deuil prématuré et effrayant de sa virginité qu'elle n'allait pas tarder à perdre. Il n'y eut pas de longues fiançailles formelles car les jeunes gens commençaient à être appelés sous les drapeaux. Devoir attendre qu'Antonio ait terminé son service militaire n'arrangeait personne, alors Assunta et lui furent mariés en février 1914, trois mois après s'être parlé pour la première fois.

Fait inhabituel, le jour J, de la neige en provenance de la Sila s'invita à leur mariage. Tandis qu'Assunta gravissait la colline jusqu'à l'église, sa sœur Rosina se servit de l'un des chemins de table qu'Assunta avait brodés pour son trousseau pour protéger la robe noire de la mariée. Des grêlons s'amassèrent comme du sel dans les paniers remplis de petits gâteaux, des *mustazzoli*, que la demoiselle d'honneur, Mariangela, la belle-sœur de neuf ans d'Assunta, offrait à ceux qui se rendaient à la cérémonie.

La nuit de noces du couple eut lieu dans leur nouveau foyer, un appartement au sous-sol d'une maison en pierre à flanc de montagne, qui se trouvait dans la troisième ruelle perpendiculaire à la via Fontana. Ils avaient vue sur la vallée parsemée d'oliviers, et des planches en bois calées dans la colline formaient un escalier raide reliant la bâtisse à la rue en surplomb. Dans l'accord de location qu'Antonio avait passé avec la propriétaire, une veuve du nom de Marianina Fazio, il était stipulé qu'Assunta aiderait au ménage et au jardinage. L'appartement était difficile à désinfecter par fumigation parce qu'il n'y avait pas de cheminée, seulement de larges fenêtres, qui, une fois ouvertes, donnaient directement sur les poules de la veuve et sur deux chèvres tachetées.

Lors de cette première nuit dans l'appartement en sous-sol, une odeur de plumes de poulets imprégnait l'air humide. Les murs en pierres apparentes suintaient, et Assunta resta éveillée un long moment, tripotant le mortier avec son ongle en pensant à l'étrangeté de se retrouver si près d'un homme qui ronflait, à l'étrangeté des ombres nocturnes dans les recoins inconnus de cette maison, à l'étrangeté de ce qui faisait mal.

Au milieu de la nuit, il y eut un cri de l'autre côté de la fenêtre, un cri humain mais inhumain qui arracha Antonio et Assunta à leur premier sommeil partagé, plein d'embarras. Antonio enfila son pantalon et se dépêcha d'allumer la lampe.

Le cri atroce retentit de nouveau avant qu'ils aient atteint la porte. Il fallut de précieux battements de cœur à Assunta pour comprendre ce qu'elle voyait à travers la gaze de neige qui tombait : sur la carcasse encore frémissante de l'une des chèvres blanches de la veuve se trouvaient deux loups gris au museau allongé. Ils avaient dû venir de la forêt de Sila tout là-haut à cause de la neige – seule la faim les poussait à s'aventurer par ici. Leur gueule était rouge, et leurs yeux petits et noirs au-dessus du museau pointu. Un brouillard blanc et gélatineux emplissait la cour entre eux tel un aspic trouble, et des flocons de neige tombaient dans les collerettes des loups tandis que tous quatre, humains et bêtes, se toisaient.

Antonio, l'homme de la maison, était paralysé par la peur, ou peut-être par la désorientation. Assunta, qui, à tort ou à raison, ne craignait pas les loups, attrapa le tisonnier en fer qui était par terre, se glissa sous le bras d'Antonio et se précipita dehors pieds nus.

— Partez ! cria-t-elle en se jetant sur l'animal le plus proche, qui se tapit, grogna, mais battit en retraite avant elle. Ouste !

Assunta fit bien de ne pas attendre les bras croisés car, pour le restant de leurs quasi cinquante-cinq années de mariage, son époux ne serait presque jamais là pour chasser les loups.

Heureusement pour les jeunes mariés, les cris de la chèvre agonisante avaient réveillé les voisins, et des hommes armés de pelles et de haches volèrent au secours des Fortuna. Le temps que les carnassiers soient chassés, de nombreux témoins racontaient l'histoire : Assunta dans sa chemise de nuit nuptiale et Antonio torse nu dans la neige, repoussant les loups venus se joindre à leur nuit de noces. D'autres bêtes rôdaient peut-être encore, aussi, tandis que Gino Fragale, qui habitait à deux maisons de là, aidait Antonio à éviscérer et à dépouiller la carcasse de chèvre sous les yeux consternés de la veuve Marianina, Assunta rentra les poulets et les enferma dans la cuisine. Puis, avec seulement la neige et son balai, elle essaya d'éliminer du mieux qu'elle le put le sang de chèvre. Elle ne voulait pas que l'odeur attire de nouveau les loups. Assunta et Antonio passèrent le reste de leur première nuit ensemble à écouter les poulets agités gratter le sol en pierre.

Huit mois après leur mariage, Antonio partit rejoindre le régiment à Catanzaro. Un officier responsable de la conscription était venu à Ievoli durant l'été pour s'assurer que tous les hommes répondant aux critères requis avaient été enrôlés. La jeune nation italienne se bâtissait une armée afin de recouvrer sa place légitime de puissance mondiale – vous savez, la place légitime abandonnée seize cents ans auparavant, à l'époque où ces maudits Wisigoths mirent à sac la grande ville impériale de Rome. Non pas qu'Assunta ait la moindre notion d'histoire romaine ou ait eu vent du cataclysme qui réduisait déjà l'Europe en lambeaux à l'époque.

Lorsqu'il partit pour l'armée, Antonio ne promit pas à sa femme de lui envoyer des lettres. Il savait lire et écrire, mais n'aimait pas ça. Assunta, quant à elle, ne savait ni lire ni écrire. Elle partait du principe qu'il reviendrait à elle s'il survivait, mais seul *il Signore*, Dieu le Père, connaissait la durée de son absence.

Assunta, qui était enceinte de six mois, accompagna Antonio à pied jusqu'à la gare, à Feroleto, le plus grand bourg de leur amas de villages. Maria menait l'âne qui transportait le paquetage d'Antonio ficelé sur son dos. Les adieux ne furent pas très romantiques : lorsque le train arriva, Antonio déposa un baiser sur chaque joue de sa femme, hissa ses affaires dans un wagon et disparut à l'intérieur. Assunta avait appris au cours de son jeune mariage qu'Antonio n'était pas un homme romantique, alors qu'en revanche il était indubitablement sexuel.

Les femmes restèrent debout sur le quai jusqu'à ce que le train se mette à descendre à grand fracas la montagne en direction de la lointaine ville de Catanzaro. Assunta pleura en silence, les yeux ouverts. Ses larmes glissaient sur ses joues et atterrissaient sur son ventre protubérant. Elle pleurait parce qu'une part d'elle-même était soulagée qu'Antonio s'en aille, de ne pas avoir à pourvoir à ses appétits alimentaires et sexuels insatiables, devenus très pénibles avec la fatigue de la grossesse. Elle se sentait coupable d'éprouver ce genre de sentiments. Une culpabilité qui, comme le lui avait dit le prêtre à confesse, était de rigueur.

Le bébé arriva l'après-midi du 11 janvier 1915. Assunta se réveilla avec des contractions et perdit les eaux tandis qu'elle nettoyait l'âtre. Elle épongea nerveusement son bazar en se demandant s'il fallait qu'elle descende cahin-caha la montagne pour le dire à sa mère ou si, une fois là-bas, elle serait incapable de remonter la via Fontana pour accoucher chez elle. L'angoisse générée par une telle décision la paralysa, mais heureusement, Maria et Rosina avaient pris l'initiative de lui rendre une petite visite. La vie dans un village en allait ainsi : si on n'avait pas vu quelqu'un de la journée, on passait le voir pour s'assurer que tout allait bien.

Les deux femmes aguerries chauffèrent de l'eau et accrochèrent de la menthe au-dessus du lit pour chasser le Mauvais Œil. Elles prirent Assunta par le coude et lui firent faire le tour de la pièce plusieurs fois. Elles l'aidèrent à aller sur le pot et lui donnèrent une infusion à la camomille pour détendre ses muscles et son esprit. En fin d'après-midi, quand les contractions se rapprochèrent, Ros alla chercher à l'église la nonne, Suora Letizia. La très sainte *suora* s'y connaissait en médecine des femmes alors même qu'elle n'avait jamais eu d'enfants. Elle avait assisté à de nombreuses naissances au cours de ses soixante-quinze années de vie, et avait vu toutes sortes de choses – bébés qui s'étaient présentés par les pieds, bébés emmêlés dans le cordon et bébés qui s'étaient révélés être des jumeaux. Son accent du Nord, si cadencé, rassurait les femmes en couches. Sa présence apaisait tout le monde.

Assunta était nerveuse et ne voulait pas mourir – une éventualité qui n'était pas exclue. Maria et Ros étaient pour leur part sereines, car elles avaient entièrement confiance en Dieu et en Sa volonté. Assunta savait qu'elle aurait dû elle aussi partager cette foi et, tout en s'inquiétant de mourir, elle s'inquiétait également de s'inquiéter de mourir. Mais le bébé naquit sans le moindre incident, et Assunta éprouva la même douleur et la même détresse que toute mère lors d'un accouchement normal, ni plus ni moins. C'était une petite fille rose et grasse, avec une touffe de cheveux noirs qui lui recouvrait tout le dessus du crâne. Elle avait des yeux marron clair, comme son père.

Antonio avait laissé des instructions quant au nom que devrait porter son enfant : Giuseppe s'il s'agissait d'un garçon, en hommage à son père, et Mariastella s'il s'agissait d'une fille, en hommage à sa mère. Au bout d'une heure de vie à peine, la petite vit son prénom, Mariastella, raccourci en « Stella ». « Ma petite étoile », disait Assunta, parce que c'était si facile à prononcer, parce que ce bébé était si beau.

Maria et Ros bénirent le nourrisson et firent une incantation *cruce* pour chasser le Mauvais Œil. Elles étaient, comme évoqué précédemment, des femmes d'une foi absolue, s'en remettant entièrement à la grâce salvatrice de Jésus, mais d'un point de vue pratique, il n'y avait aucun mal à soutenir Ses bons efforts avec un peu de sorcellerie des montagnes.

En mai 1915, alors que les haricots du potager entretenu avec soin par Assunta étaient en pleine floraison violette et jaune, on apprit que l'Italie était entrée en guerre contre l'Autriche. La petite Stella avait quatre mois et était merveilleusement grasse ; elle avait le genre de visage joufflu et dodelinant de certains bébés, dont le sourire semble posé sur leur poitrine. Cela la rendait, inutile de le préciser, très populaire auprès des dames du voisinage, qui venaient la voir pour presser affectueusement leurs lèvres ou leurs doigts contre ses joues. La mère de Stella ne pouvait absolument pas deviner que cet âge d'or du bébé dodu ne durerait pas longtemps ni soupçonner les privations qui les attendaient.

— Ça prend combien de temps, une guerre ? demanda Assunta à son frère, Nicola, lorsque celui-ci lui annonça la nouvelle.

Nicola n'avait pas de réponse à lui apporter. Il avait évité la conscription en vertu de son âge – il avait trente-cinq ans, quatre bébés morts à la naissance le séparaient d'Assunta –, mais Ievoli avait envoyé dix-sept *ragazzi*, une génération entière, et aucune famille du village n'avait été épargnée.

En juin, le jour où la petite Stella s'assit toute seule sans aucune aide de sa mère exubérante, Assunta reçut un courrier d'Antonio, que Nicola lui lut. Sa division était envoyée dans le Nord, à la frontière autrichienne. La lettre datait de plus d'un mois.

Pendant la guerre, il y eut deux années de famine. L'hiver 1916-1917 fut le plus rude enregistré. On rapporta des chutes de neige de huit mètres dans la vallée de la rivière Isonzo, où les garçons combattaient. Il n'y eut pas de printemps, et l'hiver se prolongea jusqu'en 1918. Le dégel se produisit alors enfin sur certains des sommets alpins que l'on se disputait, révélant des brigades de cadavres, restées enterrées dans des congères pendant dix-huit mois.

À Ievoli, après une période de croissance avortée, la récolte ne donna que la moitié des quantités habituelles de blé ; une fois la contribution à l'effort de guerre prélevée, Assunta pleura. Elle aurait aimé croire que ce blé qu'on lui enlevait finirait par parvenir à Antonio sur le front autrichien mais, tandis que l'âne du collecteur des impôts tirait sa charrette sur la route en direction de Pianopoli, elle ne put s'empêcher de penser qu'il n'était qu'un brigand des montagnes parmi d'autres, qui les dépouillait avec un ordre du roi scellé à la cire plutôt qu'avec une carabine.

L'*orto* d'Assunta souffrit au cours de l'été, frais pour la saison. Les pommes de terre furent de petit calibre, et les tomates refusèrent de mûrir et se flétrirent sur leurs tiges. Lorsque l'été se fana en automne, il n'y avait quasiment plus rien à manger. On racontait que des ménagères grattaient leurs murs pour en extraire un stuc poudreux qui remplaçait la farine. Mais les murs d'Assunta n'étaient pas en stuc, et de toute façon ce n'étaient pas ses murs.

Au cours de ses dix-sept années d'existence, Assunta n'avait jamais connu ce genre de faim. Elle n'avait pas d'argent, n'avait ni père ni mari pour veiller sur elle, et aucun moyen de gagner elle-même sa vie ; elle ne pouvait contrôler le temps qu'il faisait ni obliger son jardin à donner des fruits. Elle était aussi impuissante qu'un enfant, sauf que désormais elle avait un enfant. Chaque jour, on avait l'impression que le pire était arrivé, mais parfois, ensuite, les choses empiraient encore.

La petite Stella était devenue un bébé timide au caractère doux, qui ne pleurait que rarement. Elle acceptait sans se plaindre les choses étranges et de plus en plus désespérées dont Assunta la nourrissait : fèves écrasées en purée un jour, *minestra* cuisinée à partir des cosses restantes le lendemain. Des oignons frits dans de l'huile d'olive, mais sans pain sur lequel les manger. Des bouillons à base d'écorce de pin ou d'herbes amères des montagnes. Des oranges pas mûres qu'Assunta avait dérobées dans le caniveau sur le bord de la route qui allait à Tracci, et qu'elle avait cuites jusqu'à ce que les tranches soient assez molles pour être avalées. Assunta fit bouillir ce qui lui restait de sa réserve de châtaignes de la récolte automnale, but l'eau légèrement aromatisée et donna les fruits à Stella, mais seulement une fois ceux-ci transformés en bouillie. Bien souvent, Assunta se passait de nourriture, et se réjouissait du gargouillis de son estomac, preuve qu'elle n'avait reculé devant aucun sacrifice pour le bien de la *bambina.*

Assunta faisait de son mieux. Elle se débrouillait, sa petite grandissait. Lorsque Stella fut trop à l'étroit dans le vêtement qu'elle portait depuis qu'elle était bébé, Assunta, qui n'avait pas de tissu pour lui confectionner un habit plus grand, assembla et cousit de vieux torchons. Stella apprit à marcher dans une robe qui avait un jour servi à essuyer la table. Autour d'elles, le village s'étiolait. Les animaux des fermes déclinaient et disparaissaient, même ceux qu'on n'aurait pas mangés en temps normal. Les ânes, par exemple – les Calabrais aiment plus leurs ânes que leurs femmes, prétend une vieille chanson populaire. Même le vieux *ciucciu* de Maria ne survécut pas à la guerre. Je ne sais pas trop ce qui lui est arrivé. Je n'imagine pas Maria ou Ros, la sentimentale, le tuer et le cuisiner, mais il faut dire que je n'ai jamais connu la faim.

Les années sombres passaient, et Ievoli priait. Les unes après les autres, les jeunes veuves et les mères en deuil remplacèrent leurs *pacchiane* rouges par des jupes noires.

La guerre contre l'Autriche prit fin le 3 novembre 1918. Un messager à cheval se rendit dans toutes les communes le long de la route qui venait de Nicastro pour annoncer la nouvelle. Au coucher du soleil, les cloches des campaniles de chaque église sonnèrent, et la campagne retentit des remerciements des vivants et des prières pour les morts. Ievoli avait perdu onze jeunes gens – un terrible tribut à payer pour un minuscule hameau. Une famille, celle d'Angelo et Franceschina, qui habitaient près de la route de Pianopoli, perdit ses trois fils et deux neveux, l'un de son côté à lui, l'autre de son côté à elle.

Assunta et Ros accompagnèrent Stella à Feroleto, pour attendre le train qui ramenait les soldats chez eux. Comme Assunta ignorait l'heure de son arrivée et craignait d'être en retard, les femmes se mirent en route à l'aube. Cette fois-ci, il n'y avait pas d'âne pour porter les affaires d'Antonio. Stella fit la moitié du chemin sur ses jambes courtaudes, et se laissa porter par Assunta pendant le restant du trajet.

L'idée de revoir son mari emplissait Assunta d'une panique sourde. Elle n'était pas sûre de se rappeler à quoi il ressemblait. Elle chanta pour Stella, la fit sauter sur sa hanche afin de se calmer les nerfs. La gare était bondée d'hommes âgés et de femmes, presque tous vêtus de noir. Pour patienter, Assunta arpenta avec Stella la *chiazza* pavée qui suivait la courbe de la montagne telle une barbacane gardant un œil stratégique sur la vallée en contrebas. Assunta et Stella jetèrent un coup d'œil dans les boutiques des artisans. La *bambina* salua poliment les commerçants, *buon jurno*, comme on le lui avait appris, et les artisans rirent, soulignant l'intelligence de la petite, *benedic'*, bénie soit-elle.

Le train arriva peu de temps après que les cloches de Santa Maria eurent sonné 10 heures. Il avait roulé toute la nuit précédente et celle d'avant encore, un voyage d'une lenteur exténuante de Trieste à Rome puis à Naples, ponctué d'arrêts dans chaque village pour débarquer des vétérans et des cercueils. Le train atteignit enfin la Calabre, la région la plus éloignée de la zone de guerre, pour déposer les derniers survivants. Les soldats originaires de Feroleto, Pianopoli et de tous les plus petits villages environnants sortirent à la queue leu leu des wagons. Assunta scruta leurs visages, se demandant avec une nouvelle bouffée de terreur lequel de ces hommes était Antonio. N'importe lequel d'entre eux aurait pu être son mari, et pourtant aucun ne correspondait exactement à l'image qu'elle avait gardée de lui.

Assunta resta debout sans mot dire, mais Rosina, la maligne, cria le surnom d'Antonio, « Tonnon ! », et un homme se dirigea vers elles. Cet Antonio-là ressemblait à un frère aîné plus mince de l'Antonio qu'Assunta avait épousé. Son visage était crispé et sa silhouette rabougrie. Il n'était plus le jeune homme bien charpenté et musclé parti à la guerre. Il ne présentait cependant aucune cicatrice, hormis, si vous regardiez de près, quelques lambeaux de chair sur les pointes de ses oreilles, vestiges d'une vieille engelure.

— Antonio, dit Assunta.

Elle essaya de sourire, mais hoqueta à cause de ses larmes. Elle ne se souvenait pas qu'il était beau, et pourtant il était là, si beau, fort, bien qu'amaigri, ses yeux d'ambre étincelants de ténèbres. Elle avait récupéré son homme alors que tant de femmes ne reverraient jamais le leur. Que Dieu lui pardonne de s'être réjouie de son absence.

Antonio l'embrassa sur les joues, d'abord la gauche, puis la droite. Il avait une barbe de plusieurs jours.

— C'est ma fille ? demanda-t-il, avant de déposer un baiser sur la joue de Stella. Mariastella, ma fille.

Stella détourna son visage, qu'elle enfouit dans la poitrine d'Assunta. Ros rit et attrapa le bras d'Antonio pour qu'il se penche vers elle et lui embrasse les joues à elle aussi.

— Elle est timide, lui expliqua Ros. Mais elle est très contente que tu sois rentré. N'est-ce pas, Stella, mon petit cœur ?

La petite jeta un coup d'œil furtif à sa tante Ros, mais refusa de regarder son père.

— Elle a parlé de toi toute la matinée. Elle n'a pas arrêté de dire : « Je vais bientôt voir papa, où est papa ? » N'est-ce pas, Stella ?

Les tantes racontent ce genre de mensonges.

Les trois Fortuna formèrent une famille pendant cinq jours.

Le jour du retour d'Antonio, ils déjeunèrent tous ensemble dans la maison de Maria en compagnie des femmes Mascaro au complet ainsi que de Nicola et de sa famille. Antonio ne parla pas beaucoup et but copieusement pendant le repas, puis, sur le chemin qui remontait la colline jusque chez eux, il s'appuya lourdement sur le bras d'Assunta. Dès qu'ils se retrouvèrent dans leur sous-sol, Antonio verrouilla la porte et poussa Assunta sur le lit. Il souleva sa jupe et la pénétra sans même enlever son pantalon. Sa femme, surprise, n'était pas prête et était sèche, et l'acte lui sembla plus long que dans le souvenir qu'elle en gardait de leur première année de mariage, laquelle lui paraissait soudain très loin, un monde et un mode de vie oubliés.

Assunta endura l'affaire en silence, tourmentée parce que la petite Stella les regardait, qu'il fallait qu'elle arrête son mari, mais qu'elle ne pouvait pas le faire, car il avait été absent quatre ans, avait attendu si longtemps, et que c'était son devoir d'épouse. Elle s'était tellement habituée à sa chasteté qu'elle n'avait même pas pensé au fait qu'elle devrait se donner à son mari dans la pièce où dormait sa fille. Serait-ce désormais son lot ? Elle tourna son visage vers le mur, essayant de ne pas voir les grands yeux interrogateurs de Stella.

Une fois la chose terminée, Antonio s'endormit si profondément qu'Assunta dut se battre contre le poids mort de ses jambes pour lui ôter ses bottes. Elle passa l'après-midi à nettoyer l'appartement et à demander à Stella de jouer sans faire de bruit. Précaution inutile : rien n'aurait pu réveiller son mari.

Au cours de sa deuxième journée à la maison, Antonio dormit. Des gens bien intentionnés passèrent lui rendre visite. Ils voulaient lui embrasser les joues, le bénir, pleurer et poser des questions sur leurs garçons qui n'étaient pas revenus, ou sur d'autres dont ils avaient entendu parler. Après mûre réflexion, Assunta comprit ce que ce genre d'affection pouvait avoir de terrible pour Antonio. Elle ferma et verrouilla les fenêtres et la porte pour décourager les visiteurs. Certains, bien sûr, frappaient malgré tout. Elle ouvrait la partie supérieure de la porte et les chassait. « Demain, murmurait-elle. Ou après-demain. » En attendant, elle cuisina pour qu'à son réveil son mari affamé puisse manger tout de suite. Elle n'avait pas de pain à lui offrir – toujours pas de farine cet hiver –, et se décarcassa pour lui concocter une *minestra* avec les pommes de terre flétries et les fruits secs de sa réserve. La petite Stella l'observait d'un air sombre. Elle comprenait la gravité de cette tâche.

Dès son troisième jour à Ievoli, Antonio fut prêt à repartir.

— Nous allons à Nicastro, annonça-t-il à sa femme.

Il disposait d'une somme d'argent modeste mais non négligeable, une indemnité de guerre, et savait déjà comment il souhaitait la dépenser.

C'était un jeudi, et il ne faisait pas si froid pour un début décembre. Assunta ne voyait pas pourquoi il était urgent d'aller à Nicastro mais, maintenant qu'elle avait de nouveau un mari, il était de son devoir de femme chrétienne d'obéir à ses requêtes.

— Je vais emmener le bébé chez ma mère, dit-elle.

— Non, Mariastella doit venir avec nous », répondit Antonio. La petite faisait partie du programme. « Va l'habiller.

— C'est trop loin pour elle à pied, protesta Assunta.

Il fallait au moins deux heures de marche pour rejoindre Nicastro. Assunta n'y était allée que deux fois dans sa vie. Elle pensa aux boulevards bordés de palmiers et aux hommes bizarres assis dans les bars le long du *corso*. Quel endroit terrifiant pour un enfant.

— Je vais la porter, dit Antonio.

Il voulait un portrait de famille. Cette idée était devenue une obsession pendant les journées de neige qu'il avait passées dans les Alpes. Certains soldats avaient sur eux des photos de leurs proches, et à la fin de la guerre Antonio se souvenait de la tête qu'avaient les femmes des autres hommes, mais pas du visage de la sienne. Il en avait conclu que, quand on a une famille, on doit pouvoir la montrer.

Le photographe de Nicastro s'arrangea pour caser une séance avec la famille Fortuna sans rendez-vous – Antonio n'avait pas pensé à ce détail. Le commerçant avait l'habitude des clients comme lui, des ploucs venus des villages de montagne qui débarquaient dans sa boutique sans savoir au-delà du ouï-dire ce qui les attendait. Entre tous les garçons qui partaient à la guerre et les émigrants qui prenaient le bateau pour les Amériques, les gens avaient besoin de ce genre de souvenirs, et malgré les privations de ces dernières années, son affaire florissait.

Bon nombre de ses clients étaient pauvres, et même leurs plus beaux habits semblaient miteux, aussi le photographe mettait-il à leur disposition un coffre de vêtements : pour les femmes quatre robes de couleurs et de tailles différentes, pour les hommes deux costumes complets, et pléthore de tenues pour les enfants, car parfois toute la famille se présentait chez lui. Il ne faisait pas payer de supplément pour ces vêtements, histoire d'éviter d'entendre que la photo n'était pas belle, quand la faute n'en incombait pas à la qualité du cliché mais à l'apparence des sujets. Le photographe suggéra des poses aux Fortuna et les invita à tout faire pour que le bébé ne bouge pas – il n'y aurait qu'une seule photo.

Le portrait ne serait pas prêt avant une semaine. Antonio pouvait payer une première moitié dès maintenant, et la deuxième lorsqu'il viendrait le récupérer. Ou bien il pouvait payer l'ensemble ainsi qu'un supplément pour la livraison du cliché, mais l'homme l'avertit que cela pouvait se révéler plus long, puisque cela dépendait de la date à laquelle il aurait assez de commandes à livrer justifiant un déplacement dans les villages de montagne. Antonio choisit la première formule. Il n'était pas du genre à gâcher de l'argent quand on pouvait se débrouiller autrement, même si ce n'était pas très pratique.

Le jour suivant, le quatrième depuis le retour du soldat à Ievoli, les Fortuna se mirent en route pour Tracci après le déjeuner pour rendre visite à la famille d'Antonio. Celui-ci demanda à Assunta de prendre le cadeau qu'ils avaient acheté à Nicastro – un pot à cornichons en fameuse céramique blanche de Squillace, orné de fleurs et de feuilles dans des teintes d'ocre, de jaune et de vert –, ainsi que des affaires pour une nuit. Tracci se trouvait à une heure de marche de Ievoli, et Assunta aurait préféré rentrer après le dîner plutôt que de passer la nuit là-bas. Mais ces derniers temps, les brigands avaient sévi, et de plus Assunta n'avait pas du tout envie d'exposer sa fille aux vents nocturnes maléfiques qui charriaient des maladies comme le choléra. Seuls les gens malveillants se promenaient après le coucher du soleil, et respiraient l'air empoisonné de la nuit, qui leur permettait ensuite de contaminer les autres. Assunta n'était pas malveillante.

Tout en marchant, Assunta réfléchit à ce qu'elle pourrait dire à la mère d'Antonio, qu'elle connaissait à peine. Mariastella Callipo n'était venue leur rendre visite qu'une seule fois pendant la guerre. Ce moment n'avait pas été agréable : Assunta avait trouvé que cette dame était rustre et qu'il n'était pas facile de communiquer avec elle. La mère d'Antonio était du genre à toujours porter du noir, même les jours de fête, alors qu'elle n'était pas veuve. Assunta savait qu'elle aurait dû admirer cette forme de modestie chrétienne, mais cette austérité lui paraissait arriérée. Mariastella Callipo obligeait ses filles à suivre son exemple – quand elle pensait à la famille d'Antonio, Assunta se figurait toujours la mère et les sœurs en rang d'oignons le jour de son mariage, toutes vêtues de robes noires identiques et coiffées d'un voile assorti, même la petite Mariangela, sa demoiselle d'honneur.

Près de cinq ans plus tard, lors de cet après-midi de décembre 1918, Assunta, Antonio et la petite Stella arrivèrent à Tracci au milieu de la sieste postprandiale, à l'heure où les rues étaient désertes et silencieuses à l'exception des sons qui filtraient à travers les volets de bois. Des bruits assourdis de cuisine – éclaboussures, martèlements et récurage de vaisselle témoignant de l'activité de femmes en plein nettoyage.

La belle-mère d'Assunta mit un bon moment à leur ouvrir la porte. Cette Mariastella-là était une grande femme d'une quarantaine d'années au front creusé de profonds sillons et aux yeux éternellement plissés. Depuis leur dernière rencontre, sa tête était devenue toute blanche.

— Oh, te revoilà, constata la mère d'Antonio.

Elle tendit la joue pour un baiser, puis leur fit signe d'entrer dans la maison, où, sans autre commentaire, elle s'assit à la table et reprit son ouvrage de couture. Assunta fut déconcertée par ces retrouvailles empreintes de froideur. Après que son fils, la chair de sa chair, était parti à la guerre pendant des années ? N'avait-elle pas craint pour sa vie, prié pour lui chaque jour, comme Assunta ?

C'était une vieille bâtisse, le genre de maison qu'on ne construisait plus pour éviter les problèmes de mauvaise ventilation. Le plafond était si bas qu'Assunta pouvait le toucher en tendant la main. Il n'y avait qu'une seule fenêtre, côté rue. Une fille était assise sur le lit qui occupait la moitié de la pièce. Elle secouait doucement un bébé, un frère ou une sœur, sur ses genoux. Assunta reconnut la gamine. C'était Mariangela, la sœur d'Antonio, qui devait avoir treize ans. Antonio l'embrassa sur les joues et toucha la tête du bébé, puis partit retrouver son père dans le jardin un peu plus bas dans la montagne.

Assunta déballa la céramique de Squillace et la montra à la Mariastella adulte, qui délaissa son ouvrage le temps de placer le présent sur une étagère. Après quoi, Assunta, que tout ce silence mettait mal à l'aise, lança :

— Vous avez vu comme ma Mariastella est grande ?

C'était le signal pour que Stella fanfaronne un peu, mais elle se montra timide. Elle empoigna sa jupe dans ses deux mains et se tortilla d'un côté puis de l'autre, les yeux rivés sur le sol.

— Stella, va dire bonjour à ta *nonna.* Peux-tu lui donner un baiser ? lui demanda Assunta.

L'enfant, obéissante, traversa la pièce, et sa grand-mère se pencha pour recevoir ses lèvres humides et luisantes sur la joue.

— Savais-tu, poursuivit Assunta tandis que la petite fille regagnait à la hâte le giron rassurant de sa mère, qu'on t'a appelée Mariastella comme ta grand-mère, Nonna Mariastella, cette *nonna* qui est juste là ?

Stella mit un doigt dans sa bouche pour masquer sa timidité. Mariastella l'ancienne adressa un salut saccadé à la gamine. Assunta éprouva une pointe de compassion pour cette femme endurcie par les années, si maladroite, même avec ses petits-enfants.

— Et voici ta tante Mariangela, poursuivit Assunta en attrapant Stella par les épaules afin de la tourner vers sa tante adolescente et le nourrisson qu'elle berçait. Peux-tu dire bonjour à ta *zia* ?

— *Ciao, zia*, lança Stella.

Mariangela sourit. Ses cheveux étaient gras et des boutons rouges maculaient son front et son menton. Mais ses grands yeux noirs étaient beaux, pensa Assunta.

— Comment s'appelle-t-il ? demanda-t-elle en montrant du doigt le bébé, à qui elle donnait trois ou quatre mois.

— Angela, répondit l'adolescente.

— Oh, presque comme toi, remarqua Assunta, qui se demanda pourquoi on avait donné des noms si similaires aux deux sœurs. Stella, tu vois ce petit bébé ? C'est ta tante Angela. C'est rigolo, non, d'avoir une petite tata plus jeune que toi ?

Stella rit avant d'enfouir son visage dans les jupes de sa mère. Assunta prit la tête ronde de sa fille entre ses mains, et sentit la chaleur qui irradiait de son cuir chevelu.

— Ne sois pas timide, dit-elle. Un jour, tata Angela sera plus grande et vous pourrez jouer ensemble.

— Elle ne s'appelle pas Angela comme moi, rectifia Mariangela, qui abaissa un peu le nourrisson endormi afin que Stella puisse le voir. Elle s'appelle Angela comme ma mère qui est morte.

Assunta hésita, regarda sa belle-mère afin que celle-ci clarifie la situation. Mais la femme, affairée avec son morceau de lin, n'établit aucun contact visuel.

— Ta mère qui est morte ? répéta Assunta.

— Oui, elle est morte quand j'étais petite, dit Mariangela, qui posa un regard intense sur Assunta. Je n'avais que trois ans. Mais je me souviens d'elle. Seulement un peu, mais je me souviens d'elle.

La belle-mère d'Assunta se leva soudain, laissa tomber son ouvrage sur le lit et sortit. La partie inférieure de la porte claqua lourdement derrière elle. Cette conversation ne lui plaisait vraiment pas.

— Je l'ignorais, dit Assunta. Je suis vraiment désolée », et comme la fille se taisait, Assunta lui demanda avec hésitation : « Comment est-elle morte ?

Mariangela regarda sa petite sœur dans ses bras.

— En donnant naissance à un autre bébé, qui est mort aussi.

— Je suis désolée. C'est bien triste.

Mariangela était-elle en train de dire que Mariastella n'était pas sa mère ? Cette dernière était-elle aussi la belle-mère d'Antonio ? Était-ce pour cette raison qu'elle se montrait si froide à son égard ?

Assunta pensa à l'un des proverbes de sa mère : *I guai da pignata i sapa sulu a cucchjiara cchi c'è vota* – « seule la cuillère qui touille connaît les problèmes de la marmite ». En d'autres termes, seule une famille connaît tous ses propres secrets. Assunta ferait mieux de se mêler de ses affaires, l'aurait tancée sa mère. Mais la famille de son mari était aussi celle de sa fille – par conséquent, n'étaient-ce pas aussi les affaires d'Assunta ?

— Où sont tes frères ? demanda prudemment Assunta.

— En train de jouer sur la *chiazza*, je crois.

— Et les grands ? (Assunta savait qu'il y avait deux adolescents. Comment s'appelaient-ils, déjà ? Elle trouvait à présent louche qu'Antonio ne parle jamais d'eux.) Ils travaillent ?

— Ils sont partis pour *l'America* l'année dernière, répondit la gamine après avoir longuement hésité. M'man ne voulait pas qu'on les envoie à la guerre comme Tonnon.

Mariangela venait d'appeler Mariastella « M'man » alors qu'elle venait de dire que cette femme n'était pas sa mère. Était-il possible que la fille soit folle ou qu'elle n'ait pas les idées claires ?

Assunta laissa tomber le sujet.

Le temps s'écoula lentement. C'était la fête de San Nicola, et ils se rendirent tous à la messe du soir dans la minuscule chapelle de Tracci, un soulagement pour Assunta, qui voyait là une façon de faire passer les heures ennuyeuses en compagnie de sa belle-famille. Après l'office, ils regagnèrent la maison des Fortuna, et Mariastella fit bouillir de l'eau pour les pâtes, un plat de fête pour lequel elle utilisa son dernier précieux sac de farine. La femme semblait tout juste commencer à se réjouir à l'idée qu'il s'agissait d'une occasion spéciale. Néanmoins, tandis que le soleil se couchait et que Mariastella Callipo coupait des bandes de pâte qu'elle enroulait en *gemelli*, Assunta regretta qu'il soit trop tard pour qu'elle et Antonio rentrent chez eux à Ievoli avec leur bébé.

Ce fut une nuit abominable, de longues heures d'ennui et d'angoisse au cours desquelles Assunta fut incapable de fermer l'œil. Ils partageaient tous le même large lit : Mariangela contre le mur, puis bébé Angela avec Mariastella l'ancienne, à côté du beau-père d'Assunta, lui-même à côté d'Antonio, et enfin Assunta, toute raide afin de ne pas tomber du matelas. Stella était allongée sur sa poitrine, et gigota toute la nuit. Les petits garçons, Luigi et Egidio, avaient cédé leur place aux invités et dormaient par terre.

Assunta n'était pas habituée à ce qu'autant de gens dorment dans un même endroit. Le lit dégageait une odeur de lait caillé, froide et humide, résultat de plusieurs années de sommeil sans lessive. Assunta avait trouvé une puce sur sa jambe pendant le repas, et ne pouvait désormais s'empêcher de penser que le lit crasseux grouillait de vermine. Mais elle n'avait d'autre choix que de rester allongée et de livrer son corps en pâture à ces bestioles jusqu'à ce qu'il fasse suffisamment jour pour qu'elle puisse ramener sa fille à la maison.

Dans la pénombre trouble de l'heure qui précède l'aube, Assunta entendit la petite Angela qui commençait à s'agiter. Il y eut des murmures maternels à l'autre bout du lit, puis un bruissement de tissu qui glisse sur de la peau lorsque la mère s'assit pour consoler son enfant. Assunta entendit les bruits mouillés caractéristiques d'un bébé qui tète, à peine audibles par-dessus le ronflement humide et régulier de Mariastella l'ancienne. Assunta était certaine que cette dernière n'était pas réveillée. La petite Angela n'était pas la sœur de Mariangela, treize ans. Elle était sa fille.

Le lendemain matin, Antonio et Assunta se mirent en route pour Ievoli dès qu'il y eut assez de lumière pour voir la route. Assunta voulait désespérément retrouver son foyer. Elle avait envie d'ôter tous leurs vêtements et de regarder si elle trouvait des poux et des puces sur sa fille.

Tandis qu'ils marchaient sur le sentier muletier qui longeait le ravin entre les villages, Assunta trouva le courage de dire à Antonio :

— Je ne savais pas que ta mère était morte quand tu étais petit…

— Bon sang, qu'est-ce que tu racontes ? s'exclama Antonio, qui se détourna d'elle en foudroyant du regard la vallée parsemée d'oliviers. Ma mère n'est pas morte. Ma mère a préparé le dîner pour toi hier soir.

Stella, qui somnolait contre la poitrine d'Assunta, était lourde à porter. La petite n'avait probablement pas plus dormi que sa mère dans le lit puant et encombré. Assunta la déplaça afin de répartir son poids autrement.

— Mais hier, Mariangela m'a dit que… que le nourrisson portait le nom de sa mère qui était morte, insista-t-elle.

Elle attendit nerveusement la réponse de son mari.

— Mariangela a eu une autre mère que moi, mais la mienne est celle que tu connais.

C'était encore plus incompréhensible. À moins que… le père d'Antonio avait-il eu une maîtresse ? Mariangela était-elle une bâtarde ? Mais pour Antonio, le sujet était clos.

— Tiens, donne-moi le bébé, on arrivera plus vite à la maison.

Il prit Stella dans ses bras et pressa le pas, et Assunta dut trotter pour ne pas se laisser distancer.

Une fois à la maison, Assunta débarrassa Stella de sa robe contaminée et mit la petite fille directement au lit. Elle aurait bien aimé se coucher également, mais Antonio était sorti pour les réapprovisionner en bois et voudrait un repas chaud à son retour.

Toute la journée, elle fut hantée par la révélation de la nuit précédente – sa belle-sœur adolescente qui n'était pas mariée et qui allaitait un nourrisson à l'origine incertaine. Le caractère impie de toute l'affaire la choquait – Mariangela, qui avait été une demoiselle d'honneur si adorable cinq ans auparavant seulement, avait laissé un homme lui faire des choses. L'idée même du sexe avant le mariage, un péché mortel, une trahison avilissante de la grâce d'une fille devant Dieu, terrifiait Assunta – elle qui ne commettrait jamais pareil péché. Et une fille de l'âge de Mariangela, qui plus est ? Assunta avait presque quinze ans quand elle s'était mariée ; elle n'imaginait pas endurer quelque chose d'aussi important plus jeune. À douze ans, elle était une enfant, ne saignait même pas encore tous les mois. Comment la petite Mariangela s'était-elle égarée à ce point ?

Ce qu'elle savait désormais au sujet de la famille de son mari – et ce qu'elle ne savait pas – écœurait Assunta, qui se méfiait de leur morale et de leurs habitudes douteuses. Elle s'efforça de ne pas rester immobile. Elle ôta la robe qu'elle avait portée à Tracci et passa celle, plus élégante, qu'elle réservait habituellement à la messe. Elle laissa dormir Stella et se rendit jusqu'à la citerne tout en haut de la via Fontana, où elle frotta tous leurs vêtements crasseux contre le fond rocailleux du lavoir. L'eau froide venue des montagnes engourdit ses doigts. Cette année, elle n'avait pas de savon, parce qu'il ne restait pas d'huile d'olive pour en fabriquer. Mais maintenant qu'Antonio était revenu, les choses iraient mieux. Pour chasser ses idées noires, elle répéta tout haut plusieurs fois : « La guerre est finie. C'est une nouvelle vie. Le pire est derrière nous. »

Lorsque Assunta retourna à la maison, Stella, pauvre

ange, dormait encore. Elle étendit le linge sur le fil qui passait au-dessus des poulets de la veuve Marianina. Elle remonta jusqu'à la fontaine pour remplir sa marmite d'eau puis attisa le feu. Elle éplucha ensuite quelques châtaignes rôties et les jeta dans l'eau, ajouta des dés de pommes de terre, de la poire séchée et une pincée de sel. Elle remplit un bol avec des kakis de leur jardin – la saison de ces fruits venait tout juste de commencer –, puis s'assit à la table. Elle se sentait angoissée. Antonio allait rentrer à la maison pour le déjeuner et ils allaient apprendre à vivre ensemble. Ils l'avaient déjà fait, mais pas longtemps. Elle avait l'impression de s'habituer à un mari complètement nouveau, comme si aucune histoire ni affection n'existait entre eux.

Alors qu'elle nourrissait ces pensées, les cloches de l'église de Santa Maria Addolorata sonnèrent le quart. Ce n'était pas simplement Antonio, se dit-elle. Elle non plus n'était plus la même personne que lorsqu'il était parti. Elle était mère, désormais, et comprenait les choses que les mères comprennent, à savoir que rien au monde n'a davantage d'importance que les minuscules respirations de votre enfant – ni obéir à votre mari, ni la romance, ni le désir, ni même votre propre être physique. Afin d'être une bonne épouse chrétienne, elle devrait se rappeler de donner la priorité aux besoins de son mari comme elle l'avait fait naturellement auparavant, quand il était la chose la plus importante qui soit.

Lorsque les cloches de l'église sonnèrent 13 heures, Assunta alla voir comment allait Stella. Fallait-il qu'elle la réveille pour le déjeuner ? Assunta toucha le front de sa fille, qui était peut-être un peu chaud. Elle pensa à l'air chargé de la maisonnette mal éclairée de Tracci et son angoisse s'accrut. Elle décida de laisser Stella dormir.

Antonio revint. Jamais Assunta n'aurait pensé qu'un seul homme pouvait transporter autant de bois. Il l'empila dans la cour, puis s'assit et mangea la nourriture qu'Assunta lui présenta. Il ne lui fit aucun compliment sur sa cuisine, mais ne s'en plaignit pas non plus. Puis il ressortit – peut-être pour retrouver des connaissances au bar du village.

Assunta nettoya la cuisine et essaya de réveiller sa fille.

— Tu n'as pas faim, petite étoile ?

Stella finit par ouvrir les yeux, avec un air désorienté de bébé mécontent d'avoir été tiré du sommeil.

— Allez, tu vas manger un peu de soupe, dit Assunta.

Elle prit Stella dans ses bras, enveloppa son torse nu dans une couverture – la robe en lin de la *bambina* séchait encore dehors – et la porta jusqu'à la table. Stella s'agita et ne prit que quelques bouchées de pomme de terre. Assunta la mit alors sur le pot, même si pas grand-chose ne sortit, avant de la recoucher en se demandant si la petite était plus chaude que tout à l'heure.

Il allait pleuvoir, semblait-il. Assunta rentra le linge afin qu'il sèche au coin du feu. Comme l'anxiété s'était emparée de son esprit, elle égrena son rosaire, récitant aussi lentement qu'elle le put, se concentrant sur la Vierge Marie et sa grâce. Elle en était aux deux tiers de ses prières lorsque sa sœur Rosina arriva. Elles terminèrent le chapelet ensemble.

Ros toucha la tête du bébé.

— Elle va mal, je crois, Assunta.

Elle psalmodia tout bas un *cruce*, prit quelques feuilles de menthe de la botte qu'elle avait autour du cou et les écrabouilla sur le front de Stella afin de chasser le Mauvais Œil.

— Que dois-je faire ?

Ros étudia la petite.

— Les bébés ont tout le temps de la fièvre, les pauvres, tu le sais bien. Ça va peut-être disparaître. Fais-lui boire du *gagumil'* et attends deux heures. En revanche, si elle te semble plus chaude après tout ça, il faudra voir un médecin.

Assunta ne savait pas trop quoi décider.

— Si je dois me rendre à Feroleto, il vaut peut-être mieux que j'y aille maintenant.

Il restait encore deux heures de jour. Assunta pouvait emmener Stella à Feroleto, où se trouvait le médecin le plus proche, avant la tombée de la nuit. Mais se retrouver dehors dans l'air humide de décembre ne serait peut-être pas la meilleure chose qui soit pour la petite. Assunta pouvait se rendre seule à Feroleto pour demander au médecin de se déplacer jusqu'à Ievoli, mais elle n'imaginait même pas le prix d'une consultation à domicile. Elle n'avait pas d'argent. Pour que ce plan fonctionne, il faudrait qu'Antonio rentre à la maison afin qu'elle puisse lui en emprunter.

— Écoute, Assù. Essaie d'abord ce que je t'ai dit, et ensuite, si tu dois aller à Feroleto, tu iras.

La petite Ros tendit le bras pour poser sa main d'enfant sur l'épaule de sa sœur cadette, et Assunta sentit sa paume apaisante et chaude à travers l'étoffe de sa robe.

— Rien ne sert de s'inquiéter pour des choses qui ne sont pas encore arrivées. C'est le meilleur moyen de prendre de mauvaises décisions. Si tu dois y aller, tu le sauras. Et tu iras à ce moment-là.

Rosina alla chercher des herbes et revint avec Maria. Elles préparèrent une teinture à base de camomille, d'écorce de citron séché et d'anis pour chasser le mal, quel qu'il soit, qui avait pu s'accumuler dans le sang de la petite. Stella resta assise un moment avec sa grand-mère et sa tante. Elle sirota docilement le breuvage et leur sourit tandis que les deux femmes lui chantaient certaines de ses chansons préférées en tenant ses petites mains et en lui pinçant les pieds. Mais l'enfant semblait léthargique, ses yeux étaient enfoncés et tristes, alors Assunta lui mit sa robe, qui était désormais sèche, et la coucha. Maria et Ros restèrent avec Assunta à faire du crochet en écoutant la pluie tomber. Lorsque Antonio rentra, elles sortirent l'une derrière l'autre.

Pour le dîner, Assunta servit des restes de la *minestra*, qu'elle avait agrémentée de carottes et d'un oignon. Ils mangèrent en silence. Assunta était extrêmement angoissée. Antonio avait l'odeur aigre de quelqu'un qui a bu pendant des heures, ce qui, dans des circonstances normales, aurait contrarié Assunta. Ce soir, cependant, elle s'inquiétait bien trop pour sa fille pour se soucier de son mari.

Après avoir nettoyé les assiettes, Assunta alla voir comment se portait Stella, et fut choquée en touchant son front bouillant. Le changement était si drastique qu'Assunta poussa un cri.

— Antonio ! s'écria-t-elle lorsqu'elle recouvra sa voix. Il faut qu'on aille à Feroleto. Il faut que Stella voie un médecin.

Antonio se rapprocha du lit et posa sa main rugueuse sur le front de l'enfant. Assunta déglutit avec difficulté en voyant ses gros doigts indélicats sur sa fille. Mais Stella ne bougea pas.

— Ce n'est que de la fièvre, déclara Antonio. Ça va passer. Si elle ne va pas mieux demain, j'irai voir le médecin à Feroleto après la messe.

Assunta se souvint de ce que Ros lui avait dit – que, s'il fallait qu'elle y aille, elle le saurait. Elle savait – elle savait. Il fallait qu'elle aille à Feroleto. Elle le lui dit.

— C'est ridicule, protesta Antonio. Tu entends la pluie. Tu sais quelle heure il est ? Ce n'est pas prudent de sortir aussi tard la nuit.

— Antonio, je t'en prie. » Assunta sanglotait. Elle savait que ses larmes ne lui vaudraient pas le respect de son mari, mais elle ne pouvait pas s'arrêter. « Elle a besoin d'un médecin. J'irai, je n'ai pas peur.

— Le médecin refusera peut-être de se déplacer à une heure pareille ! cria Antonio. Tu crois que je suis assez riche pour que le médecin fasse une visite à domicile dès que le bébé a de la fièvre ? Tu es folle ou quoi ?

Assunta avala une bouffée d'air. Elle essuya avec sa manche les larmes et la morve qu'elle avait sur le visage.

— Tu ne comprends pas, dit-elle en s'efforçant de ne pas avoir l'air hystérique. Tu n'es pas sa mère. Je *sais.* Je *sais* qu'elle a besoin d'un médecin.

— Je suis son père, répliqua-t-il. Et je sais que ça peut attendre jusqu'à demain matin.

— Je...

Antonio avait levé le poing. Il ne frappa pas Assunta, ce n'était qu'un geste, mais le débat était clos. Il lui tourna le dos et retourna au coin du feu.

— Assieds-toi, lui dit-il. Détends-toi. Tu verras, ça va passer. Et si ça ne passe pas, j'irai chercher le médecin demain matin.

Assunta ne savait pas quoi faire. Elle se faufila dans le lit à côté de Stella et ôta sa robe pour serrer la chair chaude de sa fille contre la sienne, dans l'espoir d'attirer la fièvre à elle. Stella, bouillante de chaleur de bébé, resta allongée contre sa mère pendant un petit moment avant de se mettre à gémir et de s'éloigner. Assunta pleura, ravalant son hyperventilation afin de ne pas affoler la petite ni aggraver la colère de son mari. Lorsqu'elles tombaient sur le matelas, ses larmes lui paraissaient bruyantes, semblaient produire un sifflement quand elles étaient absorbées par les fibres de lin des draps.

Les mêmes pensées passaient en boucle dans sa terreur : les brigands, la pluie, la longue route sombre jusqu'à Feroleto, le fait qu'Antonio se croie parent alors qu'il n'avait jamais vécu avec sa fille – ce qui signifiait que la foi qu'il avait en sa propre autorité était fausse. Aurait-elle dû davantage lui tenir tête ? Assunta avait l'impression que chacune de ses paroles avait été mal choisie, que chacune de ses décisions avait été mauvaise, mais elle ne savait pas ce qu'elle aurait pu dire ou faire d'autre.

Assunta se rappelait avoir vu l'aube aux teintes orangées apparaître dans les interstices des fenêtres, alors elle n'avait pas dû s'endormir avant le lever du jour. Mais elle s'était bel et bien endormie – comment ? –, et pas qu'un peu, après deux nuits blanches éreintantes d'angoisse. Quand Antonio la secoua pour la réveiller, les cloches de l'église sonnaient de façon tonitruante pour appeler les gens à la messe. Il devait être près de 10 heures ; elle avait raté la récitation du chapelet. Avant même qu'elle ait ouvert les yeux, sa main se tendit, par habitude, vers Stella, et toucha la chair froide du bras de sa fille.

Assunta se dressa d'un bond, bien réveillée et livide de peur. Antonio agrippait son épaule – ses doigts lui faisaient un bleu.

— Assunta. Le bébé est mort.

Ce n'était pas la Stella Fortuna qui survivrait à sept (ou huit) morts. C'était la première Stella, sa sœur aînée, son homonyme. C'était la Stella qui était morte.

Il existe une théorie – qui, en fonction de votre sensibilité religieuse, peut être sujette à controverse – sur les raisons pour lesquelles la seconde Stella avait aussi souvent frôlé la mort au cours de sa vie. Certaines personnes se demandent si elle était hantée par le fantôme de sa sœur défunte, ce premier bébé dont elle avait pris la place en chair et en nom. Croire aux fantômes n'est pas très catholique, et ceux dont la foi est pure n'envisageraient jamais cette idée – en tout cas, ce fut ce qu'Assunta se dit. Et elle pria de plus belle.

La seconde Stella vivrait le récit avorté de la première, et réaliserait tous les horribles scénarios auxquels sa sœur, en mourant si tragiquement jeune, se déroba. Il était plus aisé de se souvenir de la première Stella comme de la petite fille parfaite qu'elle fut que d'imaginer la personne réelle qu'elle n'eut jamais la possibilité de devenir – une personne réelle comme la seconde Stella. Une femme qui devient adulte est souvent abîmée par la vie ; la première Stella aurait pu grandir et être battue par son mari, ou être surprise avec un autre homme ; elle aurait pu devenir quelqu'un de peu chrétien ou de peu attirant, irascible ou bouffie, aigrie ou stupide ; elle aurait pu mourir jeune de quelque chose d'autre, de toute façon. Les histoires de vies vécues se terminent en décrépitude, en rancœur, et en occasions ratées ; en capacités qui déclinent, en déceptions irrécupérables, en solitude. Ceci – la laideur de la réalité – est ce qui sépare l'histoire des deux Stella, la première, morte à presque quatre ans, et la seconde, qui ne mourrait pas du tout.

L'enterrement de la petite eut lieu le lundi après-midi. Le village entier vint assister à la messe. Tous les bancs étaient occupés, et le narthex débordait de fidèles arrivés trop tard pour trouver une place assise. Tout le monde aimait Assunta, et les gens éprouvaient un chagrin terrible pour elle et pour son jeune mari qui, à peine rentré des épreuves de la guerre, devait affronter cette nouvelle douleur.

Assunta ne garderait aucun souvenir de la messe. Elle se rappellerait seulement que lorsque l'on avait ouvert les portes de l'église et que la foule endeuillée s'était déversée sur la *chiazza*, l'emplissant jusqu'à ses balustrades en fer, le soleil entamait sa descente hivernale dans la mer Tyrrhénienne. Un orage noir et gris se déplaçait au-dessus des montagnes, et une pluie froide éclaboussa le cortège lors de sa lente procession vers le cimetière en contrebas. Mais à l'ouest le ciel était clair, et l'eau de la marina d'un bleu-vert éclatant.

Le frère d'Assunta, Nicola, qui avait été le parrain de la petite Stella, et le père Giacomo, dont la soutane traînait dans la poussière boueuse, portèrent le cercueil. Habituellement, on comptait six hommes pour cette besogne, mais le cercueil de Stella était si petit que deux suffisaient. Une corde était nouée autour du coffre afin que le corps ne s'envole pas si l'un des porteurs venait à trébucher le long du chemin escarpé. Assunta marchait derrière. Sa mère et sa sœur la tenaient par les bras. Maria et Rosina sanglotaient toutes deux, mais pour une fois Assunta n'avait pas de larmes. Elle tenait son chagrin à distance par la force de sa volonté parce qu'elle savait que, lorsqu'il viendrait finalement, elle mourrait.

Cent personnes suivirent la bière jusqu'au cimetière de caveaux hors-sol, une ville fortifiée de mausolées de marbre qui se dressaient telles des maisons miniatures dans des ruelles étroites uniformes. Les membres d'une même famille y étaient empilés par paires, et une plaque annonçait leurs dates respectives. Jamais un Fortuna n'avait été enterré à Ievoli jusqu'à présent, et par conséquent la dépouille de la petite Stella serait glissée dans le premier support d'un caveau vide, où elle attendrait que d'autres membres de sa famille la rejoignent.

Assunta et Antonio restèrent debout devant le portique en pierre pour recevoir les condoléances de la foule endeuillée. Nombreux étaient les visages humides, mais le couple serrait les mains et embrassait les joues rapidement afin que ceux qui attendaient leur tour puissent passer. Personne ne voulait être dehors à la nuit tombée, de peur de se retrouver confronté au même air vicié que celui qui avait tué le bébé.

Deux jours avant Noël, en milieu d'après-midi, on frappa à la porte. Assunta alla ouvrir pieds nus et vêtue de la robe qu'elle n'avait pas quittée depuis des jours. Sur le seuil, ses belles bottes de cuir plantées dans la boue de la cour où la veuve Marianina élevait ses poulets, se trouvait un homme qu'Assunta avait déjà vu, mais où ?

— Bonjour, *signora*, dit-il.

Assunta ne le reconnaissait toujours pas.

Il avait une sacoche en cuir qu'elle trouva particulière.

— *Ciao*, répondit-elle.

Dans son état de stupeur, elle peinait à se concentrer.

— Vous n'êtes jamais venus. J'étais dans le coin, j'ai dû

venir à Marcantoni pour une livraison, alors je me suis dit que j'allais passer pour vous éviter le trajet.

Elle ne pouvait plus faire semblant, elle n'en avait pas l'énergie.

— Jamais venus où ?

— Eh bien, vous n'êtes jamais venus récupérer la photographie, pardi !

Ah oui, maintenant, elle le reconnaissait. Le photographe de Nicastro.

— Nous n'avons plus besoin de cette photo, fut la première réponse qui lui vint à l'esprit.

L'homme déglutit, et sa pomme d'Adam affleura. Assunta l'avait fâché.

— Il y a la question du solde, dit-il. Votre mari n'a payé que la moitié de ce qu'il me devait. La deuxième moitié était payable à réception.

— *Signore.* » Difficile de savoir si elle s'adressait au photographe ou à Dieu. « Nous venons juste de dépenser notre dernier sou pour enterrer notre fille. C'est la petite fille sur la photo que vous avez prise pour nous. *Capito ?*

Assunta n'avait qu'une envie : mettre un terme à cette conversation et retourner se coucher.

Le photographe était un être humain doté d'un cœur, doublé d'un homme d'affaires qui voyait quand il n'y avait plus rien à gagner.

— Je suis navré, *signora.* Écoutez, je vais vous offrir cette photo en guise de condoléances. Oubliez le solde. » Il sortit un sachet en papier marron de sa sacoche. « Non, ce n'est rien. Cette photo vous permettra de vous souvenir de votre fille.

Il lui tendit le sachet, souleva son chapeau et partit.

Quelque part, je pense, un exemplaire de ce portrait existe peut-être encore, si la seconde Stella ne l'a pas détruit durant la purge. Cette photo est ancrée dans ma mémoire, bien que j'avoue ne pas l'avoir vue depuis de nombreuses années.

Sur le portrait, Assunta, âgée de seulement dix-neuf ans, renvoie l'image d'une femme bien plus mûre, avec sa forte poitrine et son visage buriné. Elle porte une robe noire à manches longues et fait une tête de chien battu que l'on retrouve sur bon nombre de photographies d'émigrés de l'époque. Elle s'était sentie tendue pendant la séance ; les instructions du photographe l'avaient désorientée. Antonio, pour sa part, est un patriarche de vaudeville avec sa veste à boutons carrés et sa moustache en guidon de vélo. La première Stella, la *bambina* perdue, les relie tel un chapelet, les pieds tournés en dedans, christiques, sur une petite table haute. Quel étrange cliché : le visage en noir et gris de la première Stella est mélancolique et n'a rien d'enfantin, avec les ombres profondes sous ses yeux sombres perdus dans le vague. On dirait une personne qui a traversé la vallée de la jeunesse frivole, et qui est soulagée de ne pas avoir à se fatiguer de nouveau avec cela.

Assunta et Antonio ne firent plus jamais réaliser de portraits de leurs jeunes enfants. Tout d'abord c'était coûteux, mais surtout ils avaient retenu la leçon : ne pas commémorer une chose qui ne s'était pas encore ancrée dans la chair. Assunta ne pouvait s'empêcher de penser qu'en prenant la première photo de Stella, grâce à laquelle ils se souviendraient d'elle, Antonio et elle l'avaient condamnée à mourir.

Assunta était animée d'une foi fervente. Mais la mort de sa fille la mit à l'épreuve. Elle avait perdu l'amour et la lumière de sa vie, la petite fille précieuse à laquelle elle s'était consacrée corps et âme, le bébé le plus aimé de tout Ievoli, dont l'intelligence et l'affection avaient enchanté Assunta, pour qui elle s'était privée de nourriture, qui l'avait câlinée dans leur sous-sol solitaire et lui avait tenu compagnie pendant les longues saisons au cours desquelles elle n'avait pas su si son mari reviendrait. Assunta ne pouvait pas surmonter ce chagrin. Voilà pourquoi, à ce moment très sombre de son existence, elle ne perdit pas uniquement sa fille, mais aussi, pendant un temps, son Dieu.

Elle était censée croire que, pour les chrétiens baptisés, le paradis à venir était largement meilleur que la vie sur cette terre sordide. Si elle suivait vraiment sa foi, elle n'avait rien à pleurer, car sa fille défunte connaissait à présent le bonheur infini. Elle était censée croire que Dieu n'avait fait qu'accomplir Sa volonté en prenant Stella, et Dieu ne se trompait pas.

Mais Assunta avait du mal à s'en convaincre – vraiment du mal. Elle n'y pouvait rien, sa fille lui manquait amèrement, elle n'arrivait pas à se défaire de la pensée que Stella était partie pour de bon, et prier, même beaucoup, n'apportait aucun réconfort à son esprit. Par conséquent, Assunta craignait sa propre foi, ce qui lui faisait craindre la foi qu'elle avait transmise à sa fille, ce qui la poussait à se demander si elle ou son bébé seraient jamais admis au paradis. Pourtant, malgré l'urgence qu'il y avait à se reprendre afin de ne pas leur fermer à toutes les deux les portes du ciel, Assunta ne parvenait pas à s'arrêter de pleurer.

À Ievoli, on commençait à entendre parler de la grippe, qui était apparue sur les champs de bataille et s'était répandue dans toute l'Europe quand les soldats avaient commencé à rentrer chez eux – un dernier malheur engendré par la guerre pour déchirer des familles qui souffraient déjà. Lorsqu'elle passa chez la mère endeuillée pour prier avec elle, Suora Letizia lui expliqua la grippe. Deux autres habitants de Ievoli avaient succombé à des symptômes grippaux. Ce diagnostic tenait la route ; Antonio avait pu ramener la maladie.

— Il faut arrêter de vous tenir pour responsable. Aller à Feroleto pour chercher le médecin n'y aurait rien changé. Absolument rien, répéta la *suora*, parce que nous, Italiens, aimons dire les choses de nombreuses fois, et avec beaucoup de mots. Vous auriez pu vous blesser vraiment, en courant comme ça la nuit sous la pluie, avec tous les brigands dans les bois qui auraient pu abuser de vous, vous tuer, ou les deux.

Dans un moment impie d'introspection, Assunta se demanda comment, si son bébé était mort de la grippe qu'Antonio avait ramenée de la guerre, elle pourrait jamais lui pardonner d'avoir survécu et d'être revenu. Pourquoi n'avait-il pas pu être l'un des onze garçons de Ievoli tombés lors de l'offensive du Trentin ? Si Antonio était mort, sa Stella serait toujours en vie.

Assunta ne parvenait à s'endormir qu'en jouant dans sa tête une scène de négociation avec Dieu, dans laquelle elle Lui offrait son mari en échange de sa fille. Il faudrait qu'elle explique ce fantasme indigne d'une épouse à confesse un jour, et elle ferait alors triste pénitence, mais en attendant elle imaginait encore et encore ce scénario, comme si sa ferveur mentale pouvait permettre ce genre d'arrangement dans la vraie vie.

Recommencer après tout ça – c'est impossible, si vous y réfléchissez bien.

— N'y réfléchis pas », recommanda Maria à sa fille.

Maria avait elle-même perdu de nombreux enfants – quatre beaux poupons arrivés à terme, tous morts pendant le travail parce que, avant l'arrivée de Suora Letizia à Ievoli, il n'y avait que ce médecin stupide qui ne savait pas comment mettre au monde les bébés se présentant par le siège.

« Fais-le, c'est tout. C'est le seul moyen.

Assunta le fit. C'était peut-être la meilleure façon de s'en sortir, car c'était le plus petit changement qu'elle était en mesure d'accomplir – elle n'avait même pas à quitter le lit ou à passer des vêtements propres. Antonio prenait ce qu'il y avait à prendre. Le corps d'Assunta était endolori de tristesse, et elle enfouissait son visage dans l'oreiller parce qu'elle était incapable de regarder son mari, qui apprit rapidement qu'il était plus simple de la prendre par-derrière, afin que chacun puisse donner libre cours à ses pensées. C'était l'acte le plus répugnant qu'Assunta puisse imaginer, cette façon d'offrir son corps sans amour, rageusement, à son mari, alors que dans sa poitrine son cœur souffrait. Mais c'était la seule manière de faire un autre bébé.

Une année passa ainsi pour les Fortuna. Ils n'étaient plus les mêmes personnes que lorsqu'ils s'étaient mariés, car chacun avait traversé sa propre version de l'enfer. Mais ils faisaient avec. Assunta travaillait dur au jardin et dans sa maison, et elle adressait ses prières à la Très Sainte Vierge, qui avait elle aussi perdu son enfant et comprenait la douleur dans son cœur. Sa tristesse ne disparut jamais, mais doucement, sans même remarquer quand la transition s'opéra, la jeune femme se mit à penser au nouveau bébé qui grandissait en elle.

À son retour de la guerre, Antonio était un autre homme. Il n'avait que vingt et un ans, mais ses cheveux étaient devenus grisonnants, et des rides s'étaient dessinées sur son front à force de plisser les yeux dans l'air alpin froid et sec. Il avait développé un penchant pour la bouteille. Dans un endroit comme Ievoli, il existe un dégoût culturel pour l'ivresse : un homme boit modérément du vin toute la journée, mais serait humilié d'apparaître en état d'ébriété en public. La guerre avait balayé ce dégoût. Antonio avait appris à boire pour ne plus rien voir.

Assunta était mortifiée par ce comportement, lequel, en plus, lui faisait peur.

« Mais que vont dire les gens ? demandait-elle.

— Je m'en fous complètement ! » vociférait-il.

Lorsque sa femme le critiquait, Antonio aimait la faire

pleurer. Ce n'était pas difficile : dès que quelqu'un haussait le ton, Assunta versait des larmes comme par réflexe.

« Tu veux savoir ? Jamais dans l'histoire on n'a demandé à un homme riche de se soucier du regard des autres. Personne ne dit jamais à un homme riche d'avoir honte de lui-même. Pourquoi moi je devrais ? »

Voilà un autre changement dont la guerre était responsable : son mari manifestait une haine nouvelle et ardente envers la bourgeoisie. Les officiers sous les ordres desquels il avait combattu étaient des messieurs riches et lâches n'éprouvant aucun respect à l'égard des paysans qu'ils envoyaient au massacre. Ils crachaient sur des hommes comme Antonio, et Antonio leur rendait la pareille.

« J'en ai assez de ce pays et des *stronzi* qui le gouvernent. Il n'y a rien pour nous ici. »

Antonio était bien décidé à émigrer. Des hommes originaires de Nicastro allaient dans un endroit appelé « Pennsylvanie » pour construire des chemins de fer. Il s'occupa des papiers pour son passeport afin de pouvoir partir dès que possible au printemps, juste après la naissance de son fils.

Assunta le garda pour elle, mais elle était contente qu'Antonio ait décidé d'émigrer. Elle avait juré de l'aimer devant Dieu, et elle n'était pas le genre de femme à briser un serment, mais il lui serait bien plus aisé de l'aimer s'il n'habitait pas sous le même toit qu'elle. Elle aurait souhaité qu'il n'attende pas la naissance du bébé pour s'en aller. En plus de tous les mauvais sentiments qu'elle éprouvait, elle trouvait sa présence agaçante. Antonio brisait l'harmonie de son foyer avec ses désirs physiques, sa voix pleine d'assurance, ses pets, sa moustache qui laissait de petits poils noirs sur la table de la cuisine.

Le deuxième bébé d'Assunta naquit dans le sous-sol de la veuve Marianina dans la nuit terriblement froide du 11 janvier 1920. C'était cinq ans jour pour jour après la naissance de la première Stella Fortuna.

Nouvelle déception pour Antonio : c'était une fille.

— Eh bien, voilà, dit-il à Assunta. Au moins, maintenant, tu as une nouvelle Mariastella.

Le cœur battant du désespoir propre aux jeunes mères, Assunta scruta le visage du bébé pour voir les ressemblances. Mais même si elle n'était qu'un nourrisson, elle était très différente du précédent.

— Es-tu ma Stella, mon *piccirijl'* ? demanda-t-elle.

Mais elle se sentit bête en le disant. Ce n'était pas sa Stella : il s'agissait d'une autre personne. C'était une autre Stella.

Assunta pensa à tout l'amour qu'elle n'avait pas eu la chance de donner à la première Mariastella. Ce bébé était sa seconde chance. Fini, l'amour désinvolte – finies, les erreurs.

Antonio partit pour *l'America* trois semaines après la naissance de la seconde Mariastella, début février 1920. Il avait signé un contrat avec un *padrone* pour travailler sur la voie ferrée, et resta là-bas jusqu'à la fin de l'automne. En Amérique, il y avait de la neige en hiver – à hauteur d'homme, parfois –, aussi la construction des voies de chemin de fer s'arrêtait-elle jusqu'au printemps. Antonio rentra au pays pendant cette période neigeuse, quand la seconde Stella était âgée de dix mois, mais maintenant qu'il connaissait *l'America* l'idée de Ievoli lui était insupportable, et il ne resta que pour l'hiver. Assez longtemps pour planter un nouveau bébé dans le ventre d'Assunta.

Concettina, la pauvre petite, déçut dès le début.

Tout d'abord, *in utero*, elle mit sa mère à rude épreuve. Contrairement aux deux Stella, ce bébé faisait vomir Assunta quatre fois par jour. Les dames du village dirent à Assù que les vomissements s'arrêteraient avant la moitié de sa grossesse. Elles se trompaient. La seconde Stella, qui n'avait même pas deux ans, mais était un bébé précoce, apprit à dire des mots compliqués comme « *Mamma malata* » – « maman est malade » – et à caresser le ventre de sa mère pour calmer la colère de ce petit frère ou de cette petite sœur invisible.

En août, Assunta passa les après-midi dégoulinante de sueur au lit, et les premières heures du matin à genoux dans le jardin pour essayer de désherber tant qu'il faisait encore assez frais, se penchant périodiquement pour fertiliser les pommes de terre avec un nouveau filet de vomi. Elle dit en sanglotant à sa mère qu'elle détestait Antonio, qui l'avait abandonnée et la laissait mourir de sa semence, qu'elle ne survivrait jamais à cette grossesse. Maria frotta le dos d'Assunta et lui répéta qu'elle était convaincue qu'il s'agissait d'un garçon robuste et fort.

Antonio revint de *l'America* en octobre 1921 pour assister à la naissance de son premier fils. Une semaine après son retour, le travail débuta. Les premières contractions se manifestèrent alors qu'Assunta préparait le café du matin de son mari, se poursuivirent l'après-midi, et aux alentours de minuit la jeune mère commença à pousser. Suora Letizia, Rosina et Maria étaient présentes, bien entendu, tout comme Antonio, qui, n'ayant nulle part où aller à cette heure indue, restait dans les pattes des femmes. Il assista, impatient, aux dernières heures de travail, sa carabine chargée afin de pouvoir tirer deux fois pour annoncer au village qu'un héritier était né, comme le voulait la tradition.

— *Mannaggia !* jura Antonio quand le bébé sortit en arborant une minuscule vulve rose.

Il prit son arme et sortit d'un pas lourd. Rosina et Suora Letizia, qui nettoyaient le bébé, échangèrent un regard lorsque des tirs de carabine trop proches – au nombre de deux – résonnèrent autour de la maison.

— On dirait qu'il se moque que ce ne soit finalement pas un garçon, remarqua placidement Suora Letizia.

La petite était complètement chauve.

— On dirait un insecte, lança son père lorsqu'il rentra.

— Antonio ! le gronda Rosina.

— C'est ma petite bestiole, Tonnon, dit Assunta. *Muscarella mia.*

Elle était épuisée. C'était un gros bébé, et la naissance avait occasionné des déchirures.

Le nouveau-né était censé s'appeler Giuseppe, comme le père d'Antonio. Ce prénom ne faisant plus l'affaire, Assunta proposa, pleine d'espoir :

— On pourrait l'appeler Maria, comme maman…

— Non ! s'exclama Antonio, qui aurait dit non à tout, à ce moment-là, même à quelque chose sans enjeu pour lui. On va l'appeler Concettina, comme la mère de ma mère.

Assunta était trop fatiguée pour discuter.

Stella avait un an et neuf mois de plus que Cettina. Par conséquent, lorsqu'elles étaient toutes petites, Cettina donnait toujours l'impression d'être à la traîne.

Au début, c'était difficile pour Stella – il est toujours difficile pour l'aîné de devoir se coltiner un plus jeune que soi, plus bête, qui n'est capable ni de se déplacer seul ni de communiquer, et à qui tout le monde accorde son attention parce qu'il est tellement sans défense. La jalousie entre frères et sœurs, l'interaction humaine la plus ancienne qui soit après le couple – il suffit de lire la Genèse.

La jalousie est cependant l'émotion humaine la plus nuisible qui existe – la chose dont on doit se protéger à tout prix. Assunta connaissait le pouvoir de destruction du Mauvais Œil, et faisait tout son possible pour dissuader ses enfants de se laisser aller à la jalousie lorsqu'elle décelait ce sentiment chez eux.

« Tu dois faire attention à Cettina, répétait Assunta à son

aînée. Elle est petite, c'est tout. Elle n'est pas aussi maligne que toi. Elle a besoin que tu la protèges et que tu l'aides.

— Concettina *muscarella*, répondait Stella.

— C'est ça. Notre petite bestiole. » Assunta aidait Stella à caresser la tête douce et foncée du bébé. « Notre petit insecte, répétait Assunta.

— Mon petit insecte », disait Stella.

Assunta riait.

« *Certo*, c'est ton petit insecte. Mais tu dois toujours veiller sur elle. »

En février 1922, Antonio repartit pour *l'America*, en laissant de nouveau un bébé dans le ventre de sa femme. Un garçon, cette fois-ci, qui put enfin prendre le nom de son grand-père Giuseppe. Mais l'idée de la paternité ne charmait plus Antonio, et il ne se donna pas la peine de rentrer au pays pour cet enfant. En fait, il ne se donna pas non plus la peine d'envoyer de l'argent à son épouse, ni même de lui écrire pour qu'elle sache qu'il n'était pas mort en tombant dans un fossé. Assunta, qui avait vingt-trois ans et avait trois enfants en bas âge, en apprit autant sur la débrouillardise que pendant la guerre.

Et ainsi, les années passèrent. Assunta veillait sur ses trois enfants vivants et priait pour celle qui n'était plus. Elle cousait leurs vêtements et les nettoyait, lavait leurs langes, les nourrissait du pain qu'elle confectionnait avec une farine moulue par ses soins, à partir du blé qu'elle faisait pousser dans le jardin dont elle s'occupait. Elle préparait des conserves, des saumures, des salaisons et des réserves afin qu'ils n'aient jamais faim, même quand il n'y avait rien. Afin qu'ils puissent se chauffer en hiver, elle ramassait du bois sur la montagne et le rapportait chez eux en équilibre sur sa tête après l'avoir emmailloté dans un bout de tissu, tandis que Giuseppe était harnaché à sa poitrine, que Stella lui donnait la main gauche et Cettina la droite.

Assunta déblayait elle-même les pierres qui jonchaient son terrain, retournait elle-même sa terre, taillait ses arbres et allait elle-même chercher son eau au puits cinq, dix fois par jour pour cuisiner et nettoyer.

Voilà le problème avec l'émigration – elle démantela le patriarcat. Parce que vraiment, pourquoi Assunta, ou n'importe quelle autre femme, aurait-elle eu besoin d'un mari alors qu'elle faisait tout, absolument tout, elle-même ?

Le souvenir le plus ancien de la seconde Stella Fortuna est celui du jour où elle faillit mourir pour la première fois, l'épisode de l'aubergine. Nos souvenirs remontent généralement à quand nous avions trois ou quatre ans – ils sont souvent flous, impressionnistes, faits de couleurs ou de mots plutôt que de moments entiers et définis. Pour Stella, il en allait tout autrement. Son premier souvenir était très clair, complet et tardif : elle avait quatre ans et demi et se réveillait dans une pièce marron et sombre, dans laquelle flottait le parfum doucereux de la menthe. Elle était en proie à une intense douleur.

Plus tard dans la vie, Stella se dirait que c'était une preuve de la bienveillance de Dieu qu'Il l'ait dispensée de tout souvenir de l'incident de l'aubergine. C'était quelque peu regrettable qu'Il n'ait pas jugé utile de la dispenser de ses conséquences. Mais quel genre de Père divin serait-Il s'Il ne nous aidait pas à apprendre de nos propres erreurs ?

Dans le segment dont Stella ne se souvenait pas, Assunta faisait frire des rondelles d'aubergines dans sa poêle en fonte – l'objet le plus raffiné en sa possession –, laquelle était posée sur son foyer ouvert. La petite Stella, qui était juste assez grande pour voir par-dessus le rebord de la casserole, avait dû tendre le bras et toucher du bout des doigts le dessus grésillant de la panure avant d'enlever sa main, choquée par la chaleur. Son mouvement de recul déséquilibra la poêle, qui bascula sur elle, déversant de l'huile d'olive bouillante sur son bras droit. L'huile traversa la manche de sa robe et entra en contact avec sa peau dans un périmètre allant de ses doigts à sa poitrine. Stella cria peut-être, mais il n'est pas exclu qu'elle soit restée muette puisque, plus tard dans la vie, ce serait dans les pires moments qu'elle serait le plus silencieuse. Avec sa petite sœur, Concettina, c'était tout l'inverse, et en voyant Stella s'effondrer près de l'âtre elle se mit à appeler sa mère en hurlant.

Quand Assunta arriva en toute hâte, le mal était déjà fait. Des fleurons rouges s'épanouissaient sur le bras de sa fille. Assunta essaya d'enlever la manche imbibée d'huile, mais elle avait fusionné avec la peau de Stella. Lorsqu'elle tira sur la robe, le tissu ne résista que légèrement dans ses mains avant de se détacher. La peau céda, choisissant l'étoffe plutôt que le bras, et du sang se déversa si soudainement que ni la mère ni la fille ne crièrent.

Stella était inconsciente quand Assunta dévala la montagne jusqu'à Feroleto. Au plus profond de sa mémoire physique, Stella connaissait la démarche, mi-dandinement, mi-trottinement, de sa mère qui se hâtait, avec sa fille blessée cramponnée à la poitrine ; elle imaginait la respiration asthmatique d'Assunta qui lui constellait le visage de postillons. Ce fut un galop au rythme soutenu, trois quarts d'heure sur le sol du sentier muletier ramolli par le mauvais temps, à travers la jungle de frênes et d'aulnes entrelacés de gui. Plus tard, tout le monde dirait à Assunta qu'elle avait été folle d'emmener l'enfant au pied de la montagne. Qu'à la place elle aurait dû aller chercher le médecin. Mais Assunta craignait que, le temps que le médecin rassemble ses affaires, il ne soit trop tard ; elle craignait qu'il ne la prenne pas au sérieux s'il ne voyait pas Stella de ses propres yeux. Et qui peut dire qu'elle n'avait pas raison ?

Assunta avait dévalé la montagne le jour de l'aubergine pour une autre raison aussi – parce qu'elle ne l'avait pas dévalée ce mois de décembre-là, cinq ans auparavant. Parce que, la dernière fois, elle avait hésité alors qu'il y avait danger. La dernière fois, elle avait laissé quelqu'un d'autre – son mari – la raisonner, et quand elle s'était réveillée le lendemain matin, il n'était plus nécessaire de se demander si cela valait le coup de dépenser de l'argent pour voir un médecin. Si cette seconde Stella mourait, au moins, ce ne serait pas parce que sa mère n'avait pas couru.

Donc – et ce fut une histoire que l'on raconta souvent à Ievoli, parce que tout le monde aime les histoires où il est question de mères en détresse poussées à accomplir des actes héroïques –, Assunta prit sa fille dans ses bras et courut.

Stella ne se souvenait pas du tout des dix-huit heures passées dans le cabinet du médecin, où elle faillit perdre la vie à deux reprises au cours de la nuit. La science des greffes de peau était nouvelle et risquée – il fallut plus d'une heure au médecin pour expliquer à la mère désespérée pourquoi elle devait le laisser couper la chair de sa fille ; s'il ne le faisait pas l'enfant pouvait ne jamais guérir et ses plaies ouvertes risquaient de s'infecter.

Stella ne se souviendrait pas du tout des couvertures qu'ils utilisèrent pour absorber son sang – une telle quantité pour un si petit corps ! Comment pouvait-elle encore en avoir à l'intérieur ? Ni de sa peau qui se détacha de son bras en paquets bien nets, avec aussi peu de résistance que des fleurs de courgette que l'on cueille sur leur verticille à la fin du mois de juillet. Stella ne se souviendrait pas du tout de la greffe, quand le médecin enfonça sa lame dans la chair intacte et pure de son bras gauche, puis, lorsqu'il lui fallut plus de tissu, dans celle de ses fesses. Plus tard, Assunta ne pourrait pas vraiment décrire l'opération, car on ne l'autorisa pas à rester dans la salle – elle tenait des propos incohérents, et se giflait en laissant échapper des ululements de chagrin par anticipation.

Ce n'était pas plus mal qu'Assunta n'en sache pas davantage sur le déroulement de la greffe de peau. Toute cette opération hasardeuse fut réalisée par ce vieux garçon bizarre dans une pièce éclairée par des bougies à l'arrière d'un cabinet médical, dans un village de montagne sans eau courante où, au-delà de quelques gouttes de jus de citron pour nettoyer les plaies, le concept d'asepsie ne faisait pas partie du canon de la médecine conventionnelle. Assunta n'avait aucunement conscience de la chance qu'elle avait : ce praticien aux petites mains velues et à l'odeur de poulet avait quitté son village pour étudier tout là-bas, en Sicile, une île au sujet de laquelle son père lui avait certes raconté des choses généralement répugnantes, mais où un programme médical florissait depuis près de cinq cents ans et qui était pionnière en matière de greffe de peau.

Pendant la nuit entière qu'elle passa à veiller devant la porte du cabinet sur laquelle elle tambourinait périodiquement, Assunta se convainquit que sa fille était morte et que le médecin se cachait de la colère d'une mère. Son échec – d'abord une Stella, puis la seconde – la poussa au délire. Elle s'agrippa à son propre torse, sentit la première Stella raidie par le froid de la mort dans ses bras. Ses mains vibrèrent du souvenir de cette matinée, elle perçut l'écho des cloches de l'église sur la peau de ses paumes, qui ne caresseraient plus jamais aucune des deux Stella.

Quand le médecin finit par émerger de son cabinet, il trouva Assunta allongée devant la porte, le visage à moitié appuyé contre le sol poussiéreux. Elle dormait, mais ses yeux ardents étaient ouverts. Chacune de ses mains était refermée en un poing aux jointures saillantes, et contenait un écheveau de mèches noires qu'elle avait arrachées à sa chevelure, huileuse à force d'avoir été trop malmenée. À partir de ce jour-là, Assunta porta un fichu sur la tête afin de dissimuler ces zones de calvitie, et aussi les cheveux gris qui y poussèrent par la suite, même si elle n'avait que vingt-cinq ans.

Quinze, vingt ans plus tard, quand Stella remontait ses manches avant de faire la vaisselle, elle prenait le temps de considérer ses cicatrices. Elle ne se souvenait pas de ses bras sans ces dernières, mais continuait malgré tout à les trouver intéressantes. Son avant-bras droit était emmailloté dans de la peau marron ridée, blanche aux abords de la greffe de peau, comme un pays insulaire indépendant sur une carte antique. Sur le bras gauche, la cicatrice était moins visible : l'extérieur charnu se resserrait en une ligne à la précision scientifique, droite comme si elle avait été tracée à l'aide d'une règle, mais en y regardant de très près on apercevait un bric-à-brac de points cousus à la main. On voyait davantage ces sutures en été, quand la peau bronzait autour d'elles.

Stella s'interrogeait souvent : qu'est-ce qui l'avait poussée – à presque cinq ans, elle était assez grande pour savoir que c'était une mauvaise idée – à mettre la main dans la poêle pour prendre un morceau d'aubergine ? La gourmandise ? La faim ? La curiosité ? En tant qu'adulte, elle savait que c'étaient ces trois choses qui motivaient le plus souvent ses actes. Elle ne pouvait tout bonnement pas croire qu'elle avait pu commettre une erreur pareille, même gamine.

Plus étrange encore, où se trouvait sa mère ? Assunta était nerveuse, trop aimante, comme beaucoup de mères qui ont perdu des enfants par le passé. Stella n'avait quasiment aucun souvenir d'enfance dans lequel sa mère n'était pas à côté d'elle, penchée sur elle, ou derrière elle. Rien n'expliquait qu'Assunta ait laissé ses filles sans surveillance à proximité d'un foyer ouvert et d'une cuve d'huile bouillante – rien, hormis un ensorcellement.

Marron mentholé, chaleur. Les bras de Stella commençaient à se réveiller, et palpitaient à l'endroit où ils reposaient sur le couvre-lit. Malgré le voile marron qui s'était abattu sur Stella, sa conscience nouvellement retrouvée se compromettait déjà – des étincelles surgirent dans son champ de vision dès que sa douleur terrifiante s'installa. Cette douleur était désespérément déséquilibrée : le bras droit brûlait d'une chaleur imaginaire, émettant un halo d'intouchabilité pure, tandis que le bras gauche était gagné par une vive sensation de pincement dont souffraient généralement les chairs soumises à la lame du scalpel.

L'odeur de menthe était le point le plus familier pour s'orienter : de la quasi-pourriture épicée, à la fois fétide et antiseptique. La seconde Stella avait abordé le monde dans un nuage de menthe parfaitement semblable à celui-ci – de la menthe que sa grand-mère, son premier contact humain de l'autre côté de l'utérus, lui avait attachée en botte autour du cou. Rien de tel que la puanteur de la menthe pour repousser le Mauvais Œil. Cette odeur faisait toujours ressurgir les souvenirs les plus ineffables de Stella : murs dans la pénombre du crépuscule, sensation oppressante de couvertures imprégnées de sueur, sang qui tombait en elle et autour d'elle – un arc marron-vert et brumeux de traumatismes liés entre eux.

Là, dans cette douleur double, il y avait Assunta qui, penchée au-dessus de Stella, traçait une croix sur son front avec son pouce. Le souffle de ses chuchotements plongeait dans la conscience de Stella, la rattachant au présent, à la douleur qui tourbillonnait et enflait tandis que ses nerfs revenaient à la vie. Assunta inhalait profondément, aspirant de l'air entre ses lèvres ourlées si bien que le sifflement de sa respiration était audible, délibéré. À chaque expiration, elle psalmodiait sourdement les vers rapides et indistincts d'un poème étrange dont Stella ne comprenait pas vraiment le sens. C'était la conjuration, l'incantation pour chasser la malédiction du Mauvais Œil qui avait dû être rivée à son front.

Assises autour du lit de Stella se trouvaient Nonna Maria, Za Rosina, la toute petite marraine de Stella, et Za Violetta, la femme de son oncle Nicola, avec sur les genoux la jeune Cettina, deux ans, qui râlait. Stella, groggy de douleur, écoutait sa mère raconter sa version de l'histoire :

« Je ne me souviens pas d'avoir détourné le regard ne serait-ce qu'une seconde, insista Assunta. C'est vraiment étrange. Vous savez bien que jamais je ne laisserais les filles toutes seules. »

Za Ros plaça sa paume chaude sur la tête de Stella comme pour la bénir.

« Qui a mis le Mauvais Œil sur toi, mon *piccirijl'* ? » demanda-t-elle.

Stella avait encore du mal à repérer les questions rhétoriques.

« Cettina », répondit-elle en jetant un regard à sa sœur qui grimaçait.

Cette réponse sortit sans que Stella y ait réfléchi, mais lui sembla juste dès qu'elle l'énonça.

Les quatre femmes eurent un petit rire, et s'écrièrent « Non, non » pour repousser cette mauvaise idée.

« Écoute, *piccirijl'*, intervint Za Ros d'une voix douce. Si tu dis que quelqu'un t'a jeté le Mauvais Œil, cela signifie que tu affirmes que cette personne te voulait beaucoup de mal, alors on ne donne pas de noms, d'accord ? À la place, on demande à *il Signore* et aux saints de nous protéger et de détourner le Mauvais Œil. »

Stella étudia les visages de ses tantes, essayant de comprendre ce qu'elle avait dit de mal.

« Ah, mais peut-être qu'elle sait, Ros », rétorqua Za Violetta. La femme, dure et ronde, avait des yeux marron clair empreints de méchanceté. « Pourquoi ne le dirait-elle pas, si elle le sait ? Pourquoi ne devrait-elle pas se protéger si elle sait contre qui elle doit le faire ?

— Violèt ! » Chose inhabituelle, la minuscule Ros haussait le ton : « On doit se protéger contre le monde entier ! L'*invidia* est partout. »

Elle leva les mains, et toutes les femmes crurent voir les miasmes qui les recouvraient dans la lumière de fin d'après-midi où filtrait la poussière.

« La jalousie peut venir de n'importe qui, même de quelqu'un qui vous aime. Mais montrer une personne du doigt en disant que c'est elle qui vous a jeté un sort, c'est aussi mal que de jeter un sort à cette personne. *Capit'* ?

— Souviens-toi de cela, *piccirijl'*, recommanda Nonna Maria à Stella. On ne peut nommer les péchés de quelqu'un que si l'on connaît soi-même ces péchés. »

C'était un proverbe ; Stella l'entendrait souvent de la bouche de sa grand-mère.

« Fais en sorte d'être quelqu'un de bien, mais ne te soucie pas de savoir si les autres sont de bonnes personnes ou non, car c'est à elles qu'il appartient de se réconcilier avec Dieu. »

Le *mal'oicch'*, l'expression calabraise pour désigner le Mauvais Œil, désigne l'atmosphère mauvaise générée par les rancœurs refoulées, une jalousie qui a le pouvoir de blesser, de rendre fou et même de tuer. Le *mal'oicch'* est particulièrement dangereux pour les gens heureux, beaux ou riches, qui semblent souvent avoir une chance et une malchance incroyables à cause de toute cette jalousie, de cette *invidia*, accumulée autour d'eux. Ceux d'entre nous qui sont foncièrement bons peuvent n'éprouver aucun désarroi face à la bonne fortune des êtres chers, mais pour les autres la jalousie est honteuse, secrète et vénéneuse. La Méditerranée est le berceau de bien des religions anciennes et de cultures ethniques variées, mais les Berbères du Maghreb, les Sépharades d'Andalousie, les orthodoxes de Grèce, les musulmans de Turquie, les Arabes de Palestine et les catholiques du Mezzogiorno s'accordent tous sur le Mauvais Œil. À Ievoli, le *mal'oicch'* était simple, sinistre, et on pouvait parfois l'éradiquer à coups de sorcellerie quasi chrétienne.

Assunta se demanda si ce que disait Rosina était vrai – s'il était réellement impossible de deviner qui pouvait être derrière une *invidia* sans en être soi-même la source. Elle ne savait pas comment protéger ses enfants contre ses propres erreurs de jugement, mais le Mauvais Œil, au moins, elle savait comment le tenir à distance. Le sort qu'elle pratiquait, menthe en main, consistait en une série de mots magiques qu'elle avait appris de sa mère, des mots sacrés qu'il ne fallait jamais écrire, même pas ici, un siècle plus tard. Le poème sans voix et aspiré qu'elle perçut en ouvrant les yeux cet horrible matin marron allait devenir si familier à Stella qu'elle entendrait son rythme en s'endormant dans le noir. Même une fois adulte, en particulier lors des nuits au tempo étrange, lorsque l'orage grondait, qu'il faisait trop chaud ou qu'elle sentait l'agitation la titiller, elle entendait la psalmodie chuchotée de sa mère.

Stella n'apprit jamais le sort ; elle n'avait pas l'ouverture d'esprit d'Assunta, et n'y crut jamais vraiment. Sans foi, point de miracles, juste des coïncidences.

Assunta accomplit les rites, mais se demandait en son for intérieur si ce n'était pas autre chose que le Mauvais Œil qui avait ensorcelé son enfant. Elle s'était persuadée, peut-être de manière défensive, que jamais elle n'aurait laissé les filles seules avec l'huile bouillante si elle avait été elle-même. À chaque instant de chaque jour, elle sentait le spectre de sa fille défunte peser sur sa conscience, sentait ses membres alourdis par le poids de la culpabilité et du chagrin. Elle savait que ce spectre n'existait que dans sa tête et dans son cœur – Assunta ne croyait pas aux fantômes parce qu'elle avait recouvré sa foi parfaite en *il Signore* et savait qu'Il veillait sur la première Stella au paradis.

Enfin, elle avait presque recouvré sa foi parfaite.

Cet épisode de l'aubergine… à ce moment-là, elle eut vraiment l'impression d'avoir été hantée.

Et si Assunta avait provoqué l'attaque de l'aubergine à cause de sa propre négligence – en relâchant le chagrin qu'elle éprouvait pour sa défunte Stella parce qu'elle s'était laissé distraire par les autres, ses enfants vivants ?

Elle sortit le cliché que le photographe lui avait apporté et l'accrocha au mur, dans un coin où le soleil ne risquait pas de le délaver. Elle dressa un autel sur le plan de travail de sa cuisine, et y laissait brûler une bougie dès qu'elle avait de l'argent pour s'en offrir.

En fait, s'il y avait un fantôme qu'Assunta essayait d'apaiser avec cet autel, ce fut un échec. Après tout, l'huile bouillante ne fut pas le pire épisode de malchance que connut la seconde Stella. Ce n'était que le début.

MORT N°2

ÉVISCÉRATION

(Douleurs de croissance)

La deuxième mort de la seconde Stella Fortuna fut certainement la plus spectaculaire – les éviscérations le sont généralement. Cette mort se produisit parce que la pauvre Assunta, qui avait été abandonnée par son mari et n'avait pas une seule *lira* à elle, avait soudain connu une prospérité toute relative, qu'elle tenta d'employer à améliorer la vie de ses enfants. La pauvreté est dangereuse, mais la prospérité peut également être mortelle, surtout quand quelqu'un refuse de voir ses dangers.

C'était justement la prospérité qu'Antonio avait espéré trouver en Amérique, et Assunta ne lui reprochait pas cet objectif. Mais il aurait pu leur envoyer de l'argent, comme le faisaient d'autres hommes qui avaient émigré. Même une toute petite somme aurait vraiment changé la donne.

Au bout de combien de temps peut-on affirmer avec certitude qu'un homme a oublié sa famille ? Difficile de le déterminer précisément.

Za Ros était le mari de substitution d'Assunta. Le hasard, ou Dieu, voulait que la veuve Rosina n'ait plus personne à qui se consacrer hormis la famille Fortuna. Ros avait dix-sept ans de plus que sa sœur. C'était une femme minuscule, pas beaucoup plus grande que ses nièces et neveux – la taille parfaite pour que ces derniers l'adorent. Elle était stricte mais douce, et bien plus organisée qu'Assunta dans sa discipline. Avec patience, elle leur enseignait par exemple à écraser la vermine ou à collecter doucement l'œuf d'une poule sans se prendre un coup de bec. Stella adorait impressionner sa tante et détestait la décevoir.

En 1924, les deux fils adultes de Ros, Franco et Giovanni, étaient partis chercher fortune dans le sud de la France. Rosina vivait désormais seule dans la maison de son mari tout en haut de la montagne, à côté de la *chiazza* de l'église. Après une dernière récolte estivale de soie, Ros décida de s'installer avec sa mère et d'offrir sa maison et le lopin de terre adjacent à sa sœur, qui peinait à joindre les deux bouts.

Assunta n'avait bien évidemment pas accepté sa proposition tout de suite. « Où vivront tes fils à leur retour ? Où mettront-ils leurs épouses ? » avait-elle protesté.

Ros avait haussé les épaules. Elle avait le pressentiment que ses garçons ne reviendraient jamais à Ievoli. Le monde avait changé. Elle aida Assunta à envelopper ses affaires dans des ballots en lin qu'elles posèrent en équilibre sur leur tête afin de les transporter en haut de l'abrupte via Fontana.

Juste avant la guerre, le défunt mari de Ros avait bâti pour celle-ci une maison dans un style plus moderne, avec un plafond de trois mètres qui permettait au bon air de circuler et de conserver la fraîcheur de la bâtisse pendant l'été. Ses murs étaient constitués de mortier et de pierres de la rivière qu'on avait remontées de Pianopoli à dos d'âne. D'une épaisseur de douze centimètres, ils étaient faits pour résister à des tremblements de terre comme celui qui avait dévasté une bonne partie de la Calabre en 1905. Sur chaque mur, il y avait une fenêtre équipée de volets, des clous sur lesquels Assunta pouvait suspendre des casseroles, et un lit double qui ferait l'affaire tant que les enfants étaient petits.

Cette nouvelle maison était le répit dont Assunta avait besoin. Depuis son mariage, elle faisait pousser de la nourriture pour sa famille dans le petit *orto* qui avait appartenu à feu son père, en contrebas du cimetière. À présent, elle avait assez de place pour cultiver une quantité plus importante de blé, qui permettrait à sa famille d'avoir tout le temps du pain : même si elle manquait d'argent, elle ne manquerait jamais de farine. La richesse s'engendrerait alors d'elle-même. Cette première acquisition était la plus difficile pour des femmes comme Assunta, qui, les bras chargés de bébés dont il fallait s'occuper, n'avaient pas un moment à elles pour gagner une *lira* de plus que ce dont elles avaient besoin pour assurer la survie de leur famille.

Désormais, Assunta pouvait disposer d'un poulailler. Elle pouvait avoir une porcherie.

En 1925, lorsque le marchand de cochons passa juste après Pâques, Assunta acheta deux porcelets. Ils étaient grands comme sa main, reniflaient tels des chiots, remuaient la croupe et avaient deux yeux noirs brillants sur leur tête bigarrée. Mais neuf mois plus tard, chacun serait transformé en six cents livres de porc fumé – du *prosciutto* et du *capicolo* veiné de gras, des *suppressata* épicées qu'elle pourrait fourrer dans les boyaux de ses porcs et servir en tranches à ses enfants au déjeuner. Toute sa vie, Assunta avait mangé de la viande deux fois par an – un poulet à Noël et une chèvre à Pâques. Ses enfants, eux, en auraient tous les jours.

Avant que les porcs vous offrent les trésors de leurs cuisses, il fallait trimer, apprit Assunta. Ils mangeaient comme... eh bien, des cochons. Ils grognaient de plaisir quand on les nourrissait, et de contrariété lorsqu'on ne leur donnait rien. Et ils étaient répugnants. Ils étaient malins comme des chiens, dotés d'yeux humains intelligents, mais faisaient leurs besoins n'importe où, se roulaient dedans ou mangeaient dessus si Assunta n'y prêtait pas garde. Elle nettoyait leur enclos chaque matin, ce qui nécessitait des allers-retours supplémentaires en haut de la montagne, à la citerne au-dessus de l'église. Si elle oubliait de s'en occuper, ne serait-ce qu'un jour ou deux, il commençait à empester, dégageant une puanteur aigre de tous les diables, et l'air était si épais et putride que traverser cet espace donnait l'impression à Assunta de nager dans un bac rempli d'urine de vieillard malade. L'odeur s'incrustait dans les fibres des vêtements et ne partait pas, même en frottant. Elle traversait gaiement l'allée et entrait dans leur cuisine, faisant perdre à Assunta le goût de ce qu'elle préparait. Ce fut cette année-là qu'Assunta se mit à astiquer vigoureusement les surfaces de sa maison avec du citron – le citron aidait à masquer l'odeur des cochons.

Quand vint l'été, les porcs étaient devenus trop gros pour se contenter de restes, et Assunta dut leur réserver des rations de pommes de terre. En décembre, suivant le conseil de sa belle-sœur Violetta, Assunta alla jusqu'à leur auge et y répandit avec morosité toutes les précieuses châtaignes qu'elle avait récoltées cet automne – de la confiture craquante pour les cochons. Violetta lui avait assuré que la châtaigne rendrait leur chair blanche et tendre de graisse.

Stella et Cettina adoraient les cochons, comme tous les animaux – les chats qui traînaient dans les ruelles de Ievoli, les gentils chiens errants qui vagabondaient à travers le village en acceptant des restes. Stella passait des heures à jouer avec les deux créatures, qui la poussaient du museau comme une sœur. Les fillettes couraient entre les porcs, caressaient leur croupe, grimpaient sur leurs dos cléments, en dégringolaient aussi. Assunta espérait que l'abattage à venir ne constituerait pas une leçon trop douloureuse pour ses filles.

Au cours de l'hiver 1925-1926, le village ploya sous les précipitations. En quatre occasions différentes, il neigea assez pour que Stella et Cettina fassent une bataille. Le matin, avant que la neige ait pu fondre, elles se plaçaient dans les congères peu profondes, et bombardaient les enfants le long de la route de montagne escarpée et verglacée, lesquels se baissaient et poussaient des cris perçants. Assunta était convaincue que ses filles auraient une fièvre carabinée. Et en effet, Cettina aurait le nez qui coule, mais Stella ne tombait jamais malade, ne semblait jamais avoir froid. Depuis que de l'huile s'était déversée sur elle ce fameux été, la peau de son bras et de son torse ébouillantés était constamment fébrile. Elle adorait sentir la neige traverser ses vêtements, ce qui ne réussissait pas aux nerfs d'Assunta.

Le jour de l'incident avec les porcs, en janvier 1926, les chutes de neige de la nuit s'étaient transformées en gadoue à l'aube. Assunta avait oublié son linge sur la corde la veille au soir, et passa une bonne partie de la matinée brumeuse à récupérer les vêtements et à les disposer dans la maison près du feu afin qu'ils sèchent. Puis le soleil refit son apparition, et elle les remit sur la corde à linge tendue entre le toit de la maison et l'abri des cochons. L'allée entre ces deux points s'était muée en un froid bourbier.

Debout dans l'embrasure de la porte, Stella et Cettina regardaient leur mère étendre le linge. Stella bloquait le passage en faisant barrage avec ses pieds afin que bébé Giuseppe ne puisse pas se carapater. Stella avait grandi pendant l'été : la graisse qui enrobait jadis ses cuisses avait fondu, laissant place à des jambes d'enfant musclées, et ses cheveux, plus foncés, cascadaient en boucles noires rappelant celles de son père. Cettina, quatre ans, lui arrivait à hauteur d'épaule. Comme souvent, Stella avait passé un bras autour de sa cadette. Assunta se rendit compte que les filles regardaient en bas de l'allée. Elle se retourna et vit sa belle-sœur Violetta qui remontait la colline en soufflant pour sa visite quotidienne, laquelle consistait généralement en une cascade de cancans peu charitables et de remarques moralisatrices sur l'éducation des enfants. Sa venue n'enchantait pas Assunta, qui cria malgré tout à travers le linge :

— Stella, invite ta Za Violèt à entrer le temps que je termine !

Violetta, qui était assez enrobée, s'arrêta dans leur ruelle pour reprendre son souffle. Elle tenait un ballot en lin dans une main.

Stella fit la moue en voyant sa grosse tante haleter. Elle n'aimait pas Za Violetta, et le sentiment était réciproque. Récemment, elles s'étaient disputées. Tout avait commencé lorsque Violetta avait dit à Stella qu'il fallait qu'elle fasse preuve de plus de respect envers ses aînés – ce à quoi la petite avait répondu qu'elle ne respectait pas Violetta parce qu'elle ne l'aimait pas. Une saillie qui avait conduit sa tante à lui flanquer une gifle. Stella, qui en général ne pleurait pas, lui avait alors lancé : « C'est pour ça que je ne t'aime pas. Tu n'es pas gentille. » Et elle était sortie, ne revenant qu'après le départ de sa tante.

Assunta n'avait jamais rien vu de tel. La fillette n'avait même pas six ans. Ros, de passage ce jour-là, avait tellement ri qu'elle en avait eu les larmes aux yeux.

« Ce n'est pas drôle, Ros, l'avait sermonnée Violetta. Quelqu'un doit apprendre le respect à cette fille, Assunta, sinon, tu vas avoir de vrais ennuis.

— Oh, c'est une coriace ! » avait lancé Ros en s'essuyant les yeux.

Debout dans l'allée, Violetta, tête penchée, espérait que Stella lui offrirait un nouveau motif de confrontation. La fillette croisa son regard noir et prit elle aussi un air renfrogné.

— Dis-lui : entre donc, *zia* ! suggéra Assunta à Stella.

— Entre donc, *zia*, sortit en écho à sa mère la jeune Cettina, qui cherchait toujours à faire plaisir.

Stella recula pour que sa tante puisse franchir le seuil de leur maison.

Lorsque Assunta rejoignit sa belle-sœur dans la cuisine, Violetta avait étalé le contenu de son ballot sur la table. Quatre miches de pain, que Violetta coupait en quartiers avec le couteau d'Assunta.

— De vieilles miches de la semaine dernière, expliqua Violetta. Je me suis dit qu'elles seraient bonnes pour les cochons.

Assunta souleva bébé Giuseppe, qui était par terre. Le garçon était déculotté. Elle passa son coude sous son derrière froid.

— C'est très gentil de ta part, Violèt.

Celle-ci haussa les épaules.

— Cela ne me coûte rien. Ça ne me dérange pas de m'en passer pour vous.

Ah, la voilà, l'amertume. Cette pauvre femme arrivait même à vous gâcher un cadeau.

— Eh bien, merci, fit Assunta, qui emmena son fils jusqu'à sa belle-sœur. Fais un bisou à ta tata, Giuseppe.

Il s'exécuta puis sourit.

— Bon garçon ! dit-elle.

Il ne parlait pas encore beaucoup, mais il était déjà son enfant le plus sociable. Assunta le reposa par terre.

— Maintenant, va mettre ton pantalon.

Violetta essuya ses mains couvertes de miettes sur sa jupe.

— Vous voulez aller en donner un peu aux cochons ? proposa-t-elle aux filles.

Elle leur tendit deux croûtons.

— Maman, est-ce qu'on doit donner à manger aux cochons ? demanda Stella.

Sa voix disait : *Je ne le ferai que si ça vient de toi, maman.*

Assunta se retint de rire. Comme elle était vive, avec son petit minois pointu ! On aurait dit une adulte – elle en avait la cruauté.

— Oui, oui, allez les nourrir ! Et ensuite, rentrez, on préparera le repas.

Elle n'avait nulle raison de s'inquiéter pour ses filles lorsque celles-ci sortirent dans le soleil hivernal.

Les deux petites entrèrent dans l'enclos sans appréhension. Les cochons, comme d'habitude, approchèrent pour qu'elles les caressent. Cettina leur offrit ses bouts de pain et ils les reniflèrent en émettant des bruits porcins. Leur cage thoracique, qui donnerait bientôt de la délicieuse pancetta, cogna contre le buste des fillettes. La force de leurs corps en action était inexorable. Lorsque l'un des porcs eut terminé de manger le pain de Cettina, il se tourna vers Stella. Ses yeux cerclés de noir arrivaient au niveau de sa clavicule. Curieusement, lorsqu'elle sentit la truffe humide de l'animal contre son poignet, Stella eut un mouvement de recul. En un spasme inexplicable, elle serra la main et retira son bras droit.

L'autre cochon, comprenant qu'on refusait de leur donner du pain, s'en prit à Stella. Les deux porcs, en se battant pour le croûton qui leur échappait, enfonçaient leur tête dans sa poitrine. Stella sentit qu'elle reculait. La pression qu'ils exerçaient sur elle se faisait moins joueuse, plus agressive.

— Cochons, Stella, dit Cettina qui, les yeux écarquillés, avait enfoui ses mains gluantes de bave dans sa jupe. Les cochons.

Stella comprit qu'il lui suffisait de lâcher le pain. Les bêtes le prendraient et lui ficheraient la paix. Alors elle laissa tomber le morceau. Ou du moins, son cerveau prit la décision de le faire. Mais ses poings restèrent serrés. Dans les premiers instants de cette trahison, tandis que Stella se demandait ce qui ne tournait pas rond dans son corps, l'un des deux animaux la poussa sur le sol boueux. Elle atterrit sur le dos, et une onde de choc parcourut sa colonne vertébrale. Les porcs se mirent à la piétiner, à vociférer en un mélange assourdissant de grognements et de rongements. Choquée, Stella considéra sa main. C'était comme si – et elle se rappellerait cette sensation exacte toute sa vie – une autre main enveloppait la sienne et la serrait, piégeant le pain entre ses petits doigts repliés.

Dans la cour, le silence régnait. Cettina, raide de confusion, regardait. Stella se battait contre sa main et les animaux se battaient entre eux. Ce fut le cri de Stella qui déchira l'atmosphère humide d'après la pluie et fit accourir Assunta et Violetta, un cri d'enfant perçant et retentissant tandis que les cochons, à tour de rôle, mordaient et piétinaient l'abdomen de Stella, qui s'ouvrit et répandit son contenu – tout comme l'abdomen des bêtes était destiné à être ouvert pour confectionner et garnir des enveloppes à saucisses.

Et voilà comment Assunta se retrouva à dévaler pour la deuxième fois la montagne jusqu'au cabinet du médecin. Cette excursion était bien plus désespérée que la première – le ventre de sa fille s'était ouvert en son milieu comme une châtaigne bouillie, et les cochons avaient copieusement pétri ses intestins dans la boue.

Alors qu'elle descendait péniblement la montagne, et que le torse de sa fille était emmailloté dans des chiffons jadis blancs et désormais d'un rouge vif terrifiant, Assunta était persuadée qu'il s'agissait là de ses derniers instants avec sa seconde Stella – tout cela à cause d'un stupide croûton de pain fourni par sa belle-sœur malsaine. Elle haletait, un goût de sang dans sa gorge à vif, et peinait à garder l'équilibre sur le sentier muletier escarpé et boueux. « Je vous salue, Marie, pleine de grâce, le Seigneur est avec vous », répétait-elle d'une voix râpeuse dans l'atmosphère hivernale humide. Le reste du chapelet lui échappait. Elle était convaincue que sa fille avait été victime d'un mauvais sort.

Cet après-midi et cette nuit-là, pendant qu'on la nettoyait et qu'on la recousait, puis le lendemain, pendant qu'on guettait une infection, Stella se retrouva à un moment éminemment critique. Étonnamment, les intestins – comme les désigna le médecin devant une Assunta concentrée, laquelle n'avait jamais ouvert de mammifère et ne savait pas trop ce qu'était la substance écumeuse émanant de sa fille – sortaient indemnes du piétinement. Le médecin, dont l'odeur de peau de poulet leur était désormais familière, lava les entrailles de Stella afin de les débarrasser de la terre, les replaça dans son ventre avec ses doigts nus et recousit la masse sanguinolente de tissu avec une aiguille et un fil, comme Assunta aurait raccommodé un chemisier. Les yeux de la fillette restèrent ouverts, secs et fixes, pendant toute l'opération. Personne, pas même la principale intéressée, ne savait si elle était consciente. Un certain nombre de côtes avaient été cassées, mais aucun de ses poumons n'avait été perforé puisqu'elle ne perdait pas de sang par les voies respiratoires. D'après le praticien, c'était grâce à la souplesse de son ossature d'enfant, qui s'était apparemment adaptée au poids écrasant des cochons au lieu de se briser à des endroits potentiellement mortels comme le cou ou la colonne vertébrale. L'homme expliqua qu'il s'agissait désormais de voir si un poison n'avait pas infesté la cavité. Si Stella passait la semaine, il faudrait alors déterminer si son nid féminin n'avait pas été abîmé, et si, une fois adulte, elle pourrait concevoir et donner naissance à un enfant.

Assunta, qui versait des larmes silencieuses, réfléchit à cette dernière phrase tout en tenant la main de sa fille dans la salle de repos du médecin. Comme il était intéressant que le docteur évoque ce sujet maintenant, à cet instant, alors que le sang de Stella était toujours logé dans les plis de ses mains. Dans un seul et même souffle, il avait dit à Assunta « Elle ne passera peut-être pas la semaine » et « Si elle survit, elle ne pourra peut-être pas avoir d'enfants ». Était-ce juste une remarque médicale émise spontanément ? Ou bien était-ce un point qu'il avait appris à aborder pour d'autres mères du village, parce que d'autres mères lui posaient la question ? Le récit du médecin était-il une simple suite de déclarations, ou bien son implication était-elle vraie ? Une vie sans enfants était-elle une vie, pour une femme ? Assunta ne le saurait jamais puisqu'elle avait eu des enfants alors qu'elle-même n'était qu'une enfant. L'esprit d'Assunta se pencha sur ces questions avec un désintérêt philosophique. Rien n'avait d'importance hormis que l'aiguille miraculeuse du médecin pouvait avoir, sans qu'on sache comment, redonné vie à Stella en la recousant.

Lorsque le médecin célibataire l'avait laissée seule avec sa fille, Assunta, penchée au-dessus du lit, avait posé ses mains de part et d'autre de l'abdomen de Stella, à distance des points de suture. Le ventre de Stella était bouillant comme une marmite sur le feu. Une fois que ses paumes ne furent plus du tout froides, Assunta les retourna, comme elle l'avait fait en cette nuit de 1918, quand la première Stella s'était battue contre la fièvre et qu'Assunta avait essayé d'aspirer la chaleur de la peau de sa fille avec ses mains.

Stella se réveilla au son de la voix étouffée de sa grand-mère, mais elle n'ouvrit pas les yeux. En proie à une intense nausée, elle avait l'impression que ses entrailles allaient exploser. Alors qu'elle était allongée immobile dans l'obscurité taciturne et se demandait si elle voudrait rouvrir les paupières un jour, elle fut prise par surprise par la pièce, par l'odeur nostalgique de fluides corporels appartenant à divers inconnus mêlée à celle de la menthe, vive et sucrée.

— Menthe, coassa Stella. La menthe.

Le médecin, qui ne s'était pas montré optimiste quant aux chances de survie de sa patiente après l'opération, trouva cela déconcertant. Maria, en revanche, non.

— Oui, souricette, la menthe, dit Maria.

Sa petite-fille lui demandait de conjurer le Mauvais Œil. Avant que le médecin puisse voir ce qu'il ne devait pas voir, Maria lui arracha la bougie des mains et s'en servit pour le chasser de sa propre salle.

Tout en pratiquant le désenvoûtement, Assunta s'efforça de ne pas se demander qui, avec sa jalousie, avait jeté un sort à sa petite. C'était la deuxième fois que sa Stella était conduite aux portes de la mort par une étrange malchance. Le Mauvais Œil était-il toujours fixé sur elle ? Un villageois à l'air gentil était-il secrètement jaloux de la belle enfant intelligente d'Assunta ? Ou jaloux d'Assunta, parce qu'elle avait une fille comme Stella ?

Ou bien était-ce la jalousie d'un fantôme, qui chaque année était un peu plus oublié par les personnes aimées, alors que sa remplaçante brillait comme une étoile dans leurs cœurs ?

Le médecin préférait ne pas déplacer Stella avant au moins une semaine, craignant que ses intestins tout juste remis en place ne cèdent. Il faudrait qu'elle reste à Feroleto. Assunta pourrait dormir par terre. Lorsqu'il annonça cette nouvelle, il se garda d'évoquer le surcoût induit.

Antonio n'avait pas envoyé le moindre sou à Assunta en presque quatre ans. Installée à côté du lit, celle-ci fit la moue en tâchant de ne pas penser à la dépense que cela représentait, se souvenant que c'était ce genre de considérations qui avait coûté la vie à sa première Stella.

Elles tuèrent l'un des poulets du médecin et le firent bouillir dans une marmite. La volaille serait ajoutée à la note d'Assunta. Elles essayèrent de donner le bouillon à Stella mais, lorsque celle-ci ouvrit la bouche pour avaler, le liquide sortit sur les côtés, laissant des traînées sur ses joues. C'était comme si elle avait une balle ronde d'air dans le gosier qui repoussait tout ce qui essayait d'y passer. Elle pouvait parler, mais sa gorge était irritée. Maria lui donna de la menthe à mâcher. Au moins, cela la faisait saliver.

— Tu as été attaquée par les cochons, souricette, lui expliqua Nonna Maria.

Mais Stella s'en souvenait.

— Non. Ils voulaient juste le pain. J'avais le pain et ils voulaient juste le manger.

— Bécasse, dit Maria d'une voix douce. La prochaine fois, donne-leur le croûton.

— Il n'y aura pas de prochaine fois ! intervint Assunta. Qu'on ne lui parle plus jamais de cochons.

— J'ai essayé de leur donner le pain. » Les mots de Stella étaient comme des bouffées d'air. « Mais je ne pouvais pas.

— Comment ça, tu ne pouvais pas ? demanda Maria en caressant la tête de Stella, seule partie de son corps qui tolérait le contact.

Stella était soulagée de pouvoir expliquer ce qu'elle ressentait, que quelqu'un lui ôte cette peur.

— Il y avait une main. Comme ça. » Avec sa main droite, elle attrapa sa main gauche et serra tellement qu'à force de décrire des ronds stériles le sang prisonnier dans ses doigts donna à ceux-ci des allures de grappes de raisin mûrissant lentement. « Une main me tenait.

— Quelle main ? demanda Maria. Celle de Concettina ?

— Non, Concettina était là », expliqua Stella en faisant un geste vers la gauche. Ses mains bougeaient si librement, sans aucune douleur ! Tout le reste de son corps n'était qu'un ventre ardent. « C'était une main invisible.

Maria et Assunta ne dirent rien. Tout cela leur paraissait affreusement surnaturel. Finalement, Maria pensa à sortir son chapelet, et les deux femmes se mirent à psalmodier des *Je vous salue, Marie.* Assise par terre, Cettina leva les yeux vers sa sœur qui, allongée en silence sur le lit, lui rendit son regard. Elles n'avaient pas à se dire quoi que ce soit, pas plus qu'elles n'avaient quoi que ce soit à se dire. Stella était celle qui avait été piétinée, mais Cettina avait dû regarder.

Lorsque l'enfant meurtrie fut enfin assoupie, Assunta parla :

— Je ne pense pas que ce soit l'Œil, m'man.

Maria ne répondit pas. Assise sur le lit, la paume posée sur le front de sa petite-fille, elle fit une moue avec la moitié de sa bouche.

Le sixième jour, le médecin autorisa Assunta à ramener sa fille à la maison. Elle semblait avoir échappé à l'infection. Une fois que l'homme eut de nouveau emmailloté le ventre et le torse de Stella dans un bandage, Assunta lui tendit une liasse de *lire* correspondant à ses honoraires, au prix de l'opération, à l'hébergement pour cinq jours et au prix d'un poulet – toute la note intégralement payée, sans qu'il faille prévoir des mensualités. Les cochons jadis aimés avaient été vendus à Zu Salvatore, qui avait l'épicerie du *centro*. Désormais, les cuisses des animaux pendaient dans son sous-sol. Entre leur nourriture pour une année et cette facture médicale, le bénéfice était presque nul.

Tandis qu'une épaisse croûte cicatricielle se formait sur la plaie qui scindait son abdomen, Stella resta alitée de nombreuses semaines – une sacrée épreuve pour une enfant de six ans. Pendant tout ce temps, sa marraine, Zia Ros, tâcha de la divertir en lui enseignant des techniques artisanales féminines. Elle lui apprit à broder des mouchoirs et à crocheter de la dentelle décorative de plus en plus élaborée. Stella, qui avait l'esprit de compétition, concentra son énergie nourrie d'ennui à maîtriser ces techniques, puis savoura l'admiration des adultes. Tout le monde soulignait son intelligence.

Un jour de février bien trop chaud pour la saison, après quatre semaines ardues au cours desquelles on ne l'avait autorisée à quitter le lit que pour aller sur le pot de chambre, Stella parvint à convaincre sa mère qu'elle se sentait suffisamment bien pour sortir. Assunta donna le bras à sa fille et, ensemble, elles gravirent les quarante marches jusqu'à la *chiazza* de l'église – Assunta n'autoriserait pas Stella à aller plus loin. Debout sur le belvédère, elles contemplèrent toutes deux la montagne en contrebas, profitant en silence du panorama. Le soleil faiblard transperçait les nuages gris et éclaboussait la vallée en dessous telle une flaque jaune de printemps entre les montagnes.

Trois cents ans auparavant, les ancêtres de Stella s'étaient arrêtés à cet endroit précis pour bâtir le village de Ievoli face à cette vue incroyable. Depuis la *chiazza* où ces ancêtres avaient érigé leur église, on voyait jusqu'à la mer Tyrrhénienne à droite, et la mer Ionienne à gauche. L'île volcanique de Stromboli se consumait perpétuellement à l'orée de la baie vert lichen, et Stella et Assunta la regardèrent émerger de l'horizon brumeux lorsque le soleil commença à plonger derrière elle.

C'était le monde de Stella, cette montagne était celle où elle devait vivre en dépit de tout ce qui essayait de la tuer. Le ventre endolori, la fillette glissa sa main dans celle de sa mère, et elles regagnèrent la maison pour le dîner. Mais Stella reviendrait contempler le coucher de soleil le lendemain.

MORT N°3

COUPS

(Éducation)

La troisième fois où Stella Fortuna faillit mourir coïncide avec la fin de sa scolarité. C'était le 16 août 1929. Stella avait neuf ans et demi.

En général, l'école de Ievoli n'était pas un endroit très dangereux, parce que les enfants n'y passaient pas beaucoup de temps. Dans l'Italie de Mussolini, l'enseignement élémentaire était obligatoire jusqu'au CE2, mais il était difficile de faire appliquer cette loi dans des villages comme Ievoli, où envoyer son enfant à l'école n'offrait que des bénéfices limités.

L'école était un bâtiment en bois et en pierre aux allures de boîte qui se dressait à l'autre bout de la *chiazza* de l'église. Elle était dotée d'un plafond voûté de plus de trois mètres cinquante de hauteur, et de grandes fenêtres qui laissaient largement passer la lumière. Comme en hiver il y faisait très froid, il n'y avait pas classe entre l'Avent et Pâques. Il n'y avait pas classe non plus en août pour Ferragosto, la fête de l'Assomption, ni en septembre, pour la fête de la Madonna Addolorata – Notre-Dame des Douleurs, la sainte patronne de Ievoli. Ni lorsqu'il fallait récolter les olives.

Quand l'école fonctionnait, il y avait deux enseignantes : Maestra Giuseppina, qui enseignait aux garçons, et Maestra Fiorella, qui enseignait aux filles. Maestra Giuseppina, qui était allée au lycée à Nicastro, était mariée à un universitaire qu'elle avait rencontré avant la Grande Guerre. Ils habitaient dans l'appartement situé au-dessus de l'école, où il écrivait des livres d'histoire pendant qu'elle faisait classe aux fils de Ievoli.

Maestra Fiorella avait une tout autre histoire. Elle vivait seule car ses deux parents étaient morts. Elle n'avait que vingt-trois ans, mais aux yeux des femmes du village, qui avaient pitié d'elle, c'était déjà une vieille fille. Ce n'était pas facile d'être vieille fille, surtout quand on ne pouvait guère espérer rencontrer l'âme sœur. Et pour Maestra Fiorella, c'était vraiment sans espoir – entre les pertes de la Grande Guerre et la vague d'émigration qui avait fait de tant de Ievolitana des veuves blanches, il ne restait aucun homme célibataire de sa génération. De plus, Fiorella n'avait pas l'étoffe d'une épouse. Elle ne savait pas cuisiner et tenait piètrement sa maison – des dames passaient la voir pendant la sieste de l'après-midi pour évaluer le niveau de crasse sur ses murs et nettoyer en douce son plan de travail. Fiorella avait une peau atroce, sans doute le résultat des maladies qui l'accablaient en permanence (raison pour laquelle l'école des filles était souvent fermée sans explication). Elle était d'une nature patiente, mais ne brillait pas par son intelligence. Elle avait choisi d'occuper le poste d'institutrice du village parce qu'il était devenu évident qu'elle ne serait pas douée pour grand-chose d'autre.

Généralement, les cours des filles se déroulaient comme suit : la *maestra* lisait à voix haute son manuel, omettant les mots qu'elle ne reconnaissait pas. Ces passages étaient assommants et souvent inintelligibles, notamment à cause des mots manquants, et aussi parce que le livre était écrit en italien, une langue très différente du calabrais que les élèves parlaient à la maison. Il n'y avait qu'une seule ardoise, que toutes devaient se partager, alors après la lecture du matin, celles qui avaient pris la peine de venir à l'école ce jour-là – parce que, soyons honnêtes, cela n'arrangeait pas toujours les fillettes de se déplacer, surtout quand on avait de bonnes chances de découvrir que la maîtresse était absente – écrivaient chacune à leur tour les lettres de l'alphabet sur le support. Comme Fiorella n'aimait pas les mathématiques, elle ne leur enseigna jamais les multiplications ni la géométrie. Dommage pour Stella, qui était douée pour les chiffres. Elle aurait probablement appris rapidement.

Stella commença à aller à l'école en 1927, à Pâques, quand elle avait sept ans. Assunta avait souhaité que Stella attende que Cettina soit elle aussi en âge d'être scolarisée. Les sœurs partageaient un pupitre et s'agenouillaient ensemble sur des cailloux dans un coin quand la *maestra* les surprenait en train de se chuchoter des choses. Stella était intelligente et aimait être admirée et jalousée des autres élèves. Mais les leçons de la *maestra* étaient ennuyeuses, alors parfois elle et Cettina se contentaient de faire semblant d'aller en classe. Elles s'habillaient, embrassaient leur mère, puis passaient la matinée à cueillir des cerises sur les arbres des autres ou, assises sur le rebord en pierre de la citerne remplie d'algues, à essayer d'attraper les lézards vert bergamote qui sortaient pour se chauffer au soleil.

Quand elles allaient à l'école, la journée commençait à 9 heures et se terminait à midi ; parfois, elle finissait plus tôt. Lors de la saison des châtaignes ou des fraises, Maestra Fiorella forçait toute la classe à sortir dans les champs pour ramasser des fruits tombés au sol, qu'elle rapportait ensuite chez elle pour son dîner. Les écolières n'étaient pas censées parler de ce genre de récréation à la maison, mais bien entendu, des gens apercevaient les petites filles qui marchaient en groupe vers la *chiazza*, et les parents mécontents se plaignaient de ce que Fiorella volait le travail de leurs enfants au lieu de leur apprendre des choses. Personne n'intervenait pour l'arrêter ; la discussion aurait été bien trop embarrassante.

Quant à Maestra Giuseppina, qui enseignait aux garçons, c'était une fervente fasciste. Chaque matin lorsqu'elle entrait dans la classe à 9 h 05, elle attendait des *ragazzi* qu'ils soient déjà en rang dans leurs uniformes assortis pour lui faire à elle, ainsi qu'à la photo de Mussolini sur le mur, le salut officiel. Mais au moins, les garçons apprirent à lire.

De toute façon, il y avait tant de choses qu'une fille devait apprendre à la maison : cuisiner, jardiner, s'occuper de ses frères et sœurs, faire le ménage. Les travaux de couture n'en finissaient pas. Il fallait tisser du linge, coudre ou raccommoder des vêtements. Une fille se devait de préparer son trousseau – tous les draps, torchons, sous-vêtements dont elle aurait besoin pour son mariage. Elle se mettait généralement à l'ouvrage vers neuf ou dix ans. C'était à cet âge-là aussi qu'elle commençait à travailler à la magnanerie artisanale du village, qui l'occupait vingt-quatre heures sur vingt-quatre en juillet.

Néanmoins, l'éducation la plus importante de toutes pour une petite fille était l'éducation spirituelle, qui devait faire d'elle une bonne épouse et une bonne mère chrétienne. Stella et Cettina avaient commencé le catéchisme en 1928, après Pâques. Stella avait huit ans, ce qui était un peu tard, et Cettina, six, ce qui était un peu tôt.

Les cours de catéchisme avaient lieu le samedi après-midi dans la sacristie à côté de l'église. En 1928, ils étaient dispensés par Signora Giovannina, la propriétaire du verger de pêches, à qui incombait la lourde responsabilité d'inculquer la peur de Dieu à ces enfants afin de rendre leurs âmes immortelles.

Stella était une bonne élève. Elle mémorisait les incantations et les versets de la Bible aussi facilement que les chansons populaires. Cettina n'était pas aussi douée qu'elle. Elle avait du mal à se souvenir de ce qu'elle avait appris d'une semaine sur l'autre. Lorsque Stella essayait de souffler des réponses à sa sœur, Signora Giovannina hurlait sur Cettina, ce qui pétrifiait la petite et l'obligeait à abandonner toute pensée. C'était un moment compliqué : Stella détestait voir sa petite sœur souffrir mais, si elle essayait d'intervenir, cela ne faisait qu'attirer davantage d'ennuis à Cettina.

Stella n'oubliait pas ce que sa mère lui avait dit : qu'il fallait qu'elle veille sur sa cadette, que celle-ci était petite, pas aussi futée qu'elle. Pendant leur enfance, il fut difficile de savoir si Cettina n'était réellement pas intelligente, ou si elle n'arrivait juste pas à rattraper sa sœur aînée alors qu'on attendait pourtant toujours qu'elle suive.

Maintenant que leur caractère adulte avait émergé de leur graisse de bébé, elles étaient grandes. Stella avait déjà conscience du genre de choses que les femmes du village disaient à son propos, et du genre de choses qu'elles disaient de sa sœur. Elles trouvaient que Cettina était une gentille fille, une fille obéissante, qui travaillait dur, un peu mal dégrossie parce qu'elle manquait de bon sens. Stella, en revanche, était selon elles belle et intelligente – rapide, maligne et têtue, *capotost'*, la petite fille la plus obstinée et volontaire qu'on ait jamais vue. Stella était fière de toutes ces étiquettes. Elle voulait être forte. Par deux fois, elle avait, contre toute attente, échappé de justesse à la mort. Elle aimait se voir comme la personne la plus dure et la plus robuste de son entourage.

Elles disaient que Cettina était la meilleure des deux sœurs, mais en secret, elles trouvaient toutes Stella plus intéressante. À seulement neuf ans, la fillette s'en rendait déjà compte. Et elle avait beau aimer sa cadette, cela ne la dérangeait pas le moins du monde.

Stella fit sa première communion en 1929, à Pâques. Cettina n'était en revanche pas encore prête à communier. Il lui faudrait une deuxième année de catéchisme au moins. Cela contraria beaucoup la petite, qui se sentit exclue. Elle détestait le catéchisme, et désormais, elle devrait y aller sans sa sœur, qui en serait exemptée. Faire sa communion n'était cependant pas optionnel ; la place de Cettina au royaume de Dieu en dépendait. Elle devrait se débrouiller toute seule.

Le jour où elle apprit que Stella allait faire sa communion, Cettina pleura sans discontinuer. Elle pleurait encore quand Stella se mit au lit.

— Ça va aller, petite bestiole, la rassura Stella en remuant les jambes dans les couvertures froides afin de les réchauffer avec la chaleur de son corps. Marietta et Vicenzina continuent le catéchisme avec toi.

Cettina renifla dans l'oreiller. Stella imagina qu'il était recouvert de morve.

— Je voulais porter une robe blanche, déclara sa petite sœur quand elle put parler. Je voulais porter… comment ils appellent ça ? Avec les fleurs ?

— Un bouquet, répondit Stella.

— Je voulais porter un bouquet, rentrer dans l'église avec toi et communier.

— Tu communieras en même temps que les autres filles de ton âge, l'année prochaine. Si je n'y vais pas cette année, je serai trop vieille. La plus grande.

Cettina sanglotait de nouveau.

— Et si je ne fais jamais ma communion parce que je suis trop stupide ?

— Hein !?

Sa mère utilisait généralement cette interjection pour mettre ses enfants en garde.

— Ça suffit ! Tout le monde fait sa communion, et tu es plus intelligente que beaucoup de ces enfants.

Ce qui contrariait le plus Cettina était que, si elle faisait sa communion cette année, elle aurait sa robe blanche à elle pour l'église. Au lieu de quoi, l'année prochaine, elle devrait porter la robe blanche de Stella. Mais c'est le lot des cadettes.

« *Chi tutto vo', tutto perdi* », rappela Assunta à ses filles. Parmi ses nombreux proverbes, celui-ci était son préféré : « Celui qui veut tout perd tout. » L'ennemi d'Assunta était toujours l'*invidia* ; elle faisait de son mieux pour apprendre à ses filles à ne pas être jalouses, surtout entre elles.

Stella avait une nouvelle robe blanche – pas Cettina.

— Mais regarde ce que tu as. » Assunta offrit un citron à Cettina, du genre aigre avec une écorce épaisse. C'était le seul agrume qui poussait à cette altitude. « Tu as un citron et, si tu veux, tu peux avoir un citronnier.

Cettina aimait les plantes, et voulait aimer un citronnier. Stella avait une robe blanche de communiante, mais Cettina avait un futur citronnier – peut-être.

Après le printemps vint l'été, et la petite pousse grandit. En juillet, Assunta aida Cettina à la transplanter dans le jardin. Elle lui aménagea un coin spécial juste à côté de la maison. Cettina pouvait voir le citronnier depuis son lit quand la fenêtre était ouverte.

Après sa première communion, Stella se levait avec sa mère pour recevoir l'eucharistie au cours de la messe. Pendant ce temps-là, Cettina devait rester assise sur le banc et tenir Giuseppe pour l'empêcher de les suivre jusqu'à l'autel. Stella allait également à confesse avec Assunta tous les jeudis.

Ce fut lors de la confession du dernier dimanche de juillet que le père Giacomo parla des Verginelle à Assunta. Stella était à portée de voix, dans le vestibule du confessionnal, où, assise et absoute, elle disait son rosaire.

— Je souhaite inviter Mariastella à se joindre à la procession des Verginelle cette année, annonça le prêtre à Assunta. L'y autoriserez-vous ?

— Bien entendu, répondit-elle sans hésitation.

Elle sentit la fierté lui chauffer la poitrine. Ses yeux étaient déjà emplis de larmes. La veille de l'Assomption, treize petites filles âgées de neuf à douze ans prenaient la tête du pèlerinage annuel qui descendait dans la vallée à travers les oliveraies, jusqu'au vieux sanctuaire de la Vierge à Dipodi, construit en l'an 314 par l'empereur Constantin. Les Verginelle, vêtues de blanc, s'agenouillaient et priaient à la lueur des cierges toute la nuit, offrant leurs douces prières virginales à la Madone. Les fidèles prenaient place sur les bancs en bois derrière elles et, tous ensemble, ils passaient la nuit à psalmodier les textes liturgiques. Au point du jour, ils amorçaient la remontée vers les villages de montagne et, à l'arrivée, les femmes se mettaient immédiatement aux fourneaux parce que le banquet débutait à midi – les pèlerins aux pieds meurtris étaient alors dans un état d'euphorie proche du délire.

Cette procession des Verginelle était particulièrement chère au cœur d'Assunta, car elle-même était vouée par son nom à l'assomption de la Madone. Elle n'avait jamais raté un pèlerinage, hormis l'année où, alors qu'elle était enceinte de sept mois de Cettina, son état déplorable le lui avait interdit. À onze ans, Assunta avait été choisie pour être l'une des Verginelle. Elle chérissait ce souvenir – pendant ces heures sacrées, elle avait eu l'impression d'être un ange. À présent, elle imaginait Stella, sa jolie petite fille, coiffée d'une couronne de fleurs blanches. À n'en pas douter, cette image était également apparue au père Giacomo.

Au dîner, lorsque Assunta annonça que Stella avait été choisie pour les Verginelle, la fillette attendit que le roucoulement de sa tante et de sa grand-mère cesse pour dire :

— Maman, je ne peux pas faire partie de la procession. » Elle passa son bras autour de sa sœur, dont les yeux luisaient sombrement de détresse. « Pas si Cettina n'en fait pas partie elle aussi. Parles-en au père Giacomo, s'il te plaît.

— Stella ! s'esclaffa Assunta. Cettina est petite. Elle sera choisie une autre année.

— Non, maman, répliqua Stella. Nous sommes sœurs. Nous sommes censées être ensemble.

Stella retournait cette idée dans sa tête depuis l'église, et était très fière de l'avoir eue. En adoptant cette attitude, elle passerait pour une martyre altruiste – encore mieux que d'avoir simplement été sélectionnée pour les Verginelle. Elle serait une héroïne – une sainte.

Assunta craignait d'offenser le prêtre et la Madone en revenant pour négocier la participation de ses filles au pèlerinage. En revanche, elle était absolument ravie de voir Stella veiller sur sa sœur. Elle trouverait un moyen de convaincre le prêtre, une offrande spéciale, même si elle n'avait pas d'argent cet été-là. Elle était sans nouvelles de son mari depuis six ans. Mais elle pouvait sans doute mettre un poulet de côté pour le prêtre.

Stella était contente que la sournoiserie de son plan semble échapper à Assunta. Si elle pouvait convaincre sa mère de ses bonnes intentions, elle n'avait à convaincre personne d'autre.

Le 14 août 1929, en tête du pèlerinage vers le sanctuaire de la Madone pour la fête de l'Assomption, se trouvaient quatorze et non pas treize fillettes en robe blanche, coiffées de couronnes de fleurs blanches en papier. L'une d'elles était trop jeune – elle n'avait même pas huit ans. Elle s'endormit au cours de la veillée de prière qui durait toute la nuit, et ronfla sur les genoux de sa sœur. Tout le monde était très heureux.

La Madone connaissait peut-être la vérité sur le petit cœur sombre de Stella, car ce fut le lendemain de l'Assomption que celle-ci faillit mourir pour la troisième fois.

C'était un après-midi d'août à la chaleur infernale, et la *chiazza* entre l'église et l'école grouillait d'enfants. Stella et Cettina se joignirent à la mêlée après le déjeuner, guettant leur chat de gouttière noir préféré. Elles jouèrent à la marelle sur la placette avec Giulietta, une fille au teint cireux et aux allures d'oiseau qui n'avait pas non plus de père. Elle avait cinq ans de plus que Stella, était vraiment trop grande pour jouer sur la *chiazza*, et était un peu simplette. Mais elle était rapide et avait à peu près la même taille que Stella, qui aimait faire la course avec elle sur les sentiers de forêt.

Au début, c'était bien de jouer à la marelle. Mais passé la joie de l'épuisement physique, Stella commença à avoir la bougeotte. Elle s'arrêta et se mit sur le côté, les bras croisés sur son ventre bardé de cicatrices. Après que Stella eut laissé passer un tour, Cettina cessa de jouer et alla voir sa sœur.

— Qu'est-ce qui ne va pas, Stella ?

— Il fait trop chaud pour continuer à jouer ici », expliqua-t-elle. Stella s'ennuyait et ne tenait plus en place. Elle sentait sur sa robe l'odeur de feu de bois de la cuisine mêlée à celle de la sueur. « Allons dans l'école. Il fera bon.

L'école était censée être fermée pendant les vacances. Mais tout le monde savait quc la porte de derrière restait ouverte parce que le verrou reliant ses deux vantaux était cassé. Il suffisait de donner un grand coup dans le battant inférieur pour qu'il s'ouvre. On pouvait alors se faufiler à l'intérieur. Les mères disaient à leurs enfants de ne pas jouer dans l'école parce que des garçons plus âgés allaient dans les salles de classe désertes pour faire de mauvaises choses. Mais les plafonds étaient tellement hauts que l'atmosphère y était fraîche et humide même en août, et les enfants du village y jouaient souvent jusqu'à ce que Maestra Giuseppina les disperse.

Cettina, l'incorrigible sainte-nitouche, ne voulait pas enfreindre les règles.

— C'est mal, Stella. Que dira maman ?

— Rien. Pourquoi dirait-elle quelque chose ?

Stella avait désormais une idée agréable en tête : s'allonger sur le sol froid en pierre de la classe des garçons, où elle n'avait pas le droit d'aller.

Tout cela ne plaisait pas à Cettina, mais elle suivit sa sœur, comme d'habitude. Stella s'appuya fort contre l'épaisse porte en bois et parvint à l'ouvrir. Giulietta arrêta de sauter et se joignit à elle. En gloussant, elles repoussèrent le battant inférieur de la porte derrière elles, et s'engagèrent à pas feutrés, sur leurs pieds nus crasseux, dans le silence des locaux obscurs.

Elles passèrent une heure dans l'école, s'attardant dans le bâtiment des garçons, où elles essayèrent de trouver quels secrets masculins celui-ci recelait. Allongées par terre dans la classe, exactement ainsi que Stella l'avait imaginé, elles sentirent les pierres froides absorber la chaleur de leur corps et finirent par s'assoupir dans la pénombre de l'après-midi.

Quand Stella se réveilla, sa peau était gelée. Les côtés de ses bras étaient hérissés de chair de poule. Cettina somnolait à ses côtés, et Giulietta chantonnait. Le soleil amorçait sa descente dans la vallée des oliviers et, lorsque Stella, moins groggy, commença à voir plus nettement, ses yeux s'arrêtèrent sur une tache noire au mur, qu'elle trouva déconcertante dans la faible lumière couleur citron. Un chatouillement froid remonta le long de ses bras, et Stella essaya de comprendre ce qui clochait dans cette tache. Et puis celle-ci bougea, et la petite fille poussa un cri – c'était l'une de ces araignées marron charnues dotées de longues pattes qui se cachaient dans les tas de bois de chauffage.

Stella n'aimait pas du tout les araignées. Elle se mit debout et donna un petit coup de pied dans les côtes de sa sœur, que son cri avait de toute façon déjà réveillée.

— Ce n'est qu'une araignée, Stella, disait Giulietta, qui se leva quand même aussi.

L'aventure avait assez duré comme cela.

Les trois filles sortirent à la hâte de la classe des garçons et traversèrent le couloir principal. Stella chercha de la main le loquet cassé. Le soleil avait tellement décliné qu'aucune lumière ne parvenait jusqu'au chambranle.

Elle localisa le loquet et tira dessus, mais la porte ne bougea pas. Stella sentait une frustration pleine de rage monter en elle, un inconfort étrange dans son ventre, et ce froid qui s'insinuait le long de ses bras. Elle tira de nouveau, avec tout le poids de son corps. Le vantail s'était ouvert si facilement tout à l'heure. Pourquoi lui résistait-il autant à présent ? Une image apparut furtivement dans l'esprit de Stella, une image qui grossissait comme un feu de joie : celle d'une autre main de l'autre côté de la porte, son aura surnaturelle brûlant à travers le bois, la retenant pour empêcher Stella de l'ouvrir. Prise au dépourvu par cette image, elle lâcha le verrou et regarda ses mains. Elle se rendit compte en clignant des paupières que c'était sa main à elle qu'elle avait vue, un peu comme on voit apparaître des points argentés quand on se frotte trop fort les yeux.

— Qu'est-ce qu'il y a, Stella ?

Stella regarda sa sœur, qui, dans l'ombre, n'était rien d'autre qu'une paire d'yeux noirs accusateurs.

— Rien, répondit-elle sèchement. (Quel était son problème ? Elle n'arrivait même pas à ouvrir une porte.) Le loquet est coincé, c'est tout, expliqua-t-elle.

Elle tendit de nouveau la main et attrapa le loquet, tirant avec tout le poids de son corps, sauf que cette fois-ci le battant ne lui résista pas. Il s'ouvrit brusquement, et la petite fille bascula en arrière. Mais elle marcha sur le pied de Cettina et trébucha. Pour contrebalancer sa chute, elle lança ses bras en avant et plongea vers la porte.

Et voilà. Juste un petit coup sur la tête. Mais aussi improbable que cela paraisse, jamais, au cours de ses huit accidents quasiment fatals, Stella ne fut aussi proche de la mort. Car personne ne savait comment la ramener de l'abîme.

La porte de l'école était en chêne massif, et Stella avait

exactement la bonne – ou la mauvaise – taille. Quand elle bascula en avant, elle s'ouvrit la tempe contre le bord pointu du battant supérieur resté verrouillé, sa tête rebondit et Stella tomba sur le dos, se fendant le crâne contre le dallage.

Alertée par les cris des fillettes, Suora Letizia, qui se trouvait dans le prieuré voisin, accourut. Il y avait du sang partout, comme toujours dans le cas de blessures à la tête. La minuscule nonne enroula son tablier autour de la plaie béante de Stella, prit la petite dans ses bras et la ramena chez sa mère. L'enfant respirait, mais demeurait inconsciente, même après avoir été aspergée d'eau. Son corps était mou et atone. Cettina était dans tous ses états et Assunta s'arrachait les cheveux de panique. Cette fois-ci, ce fut Suora Letizia, quatre-vingts ans, qui dévala la montagne jusqu'à Feroleto.

Le médecin apporta son matériel chirurgical et, pour la troisième fois, il recousit Stella Fortuna, comme si celle-ci était une chaussette qu'il fallait raccommoder. La balafre sur son cuir chevelu était longue, et la peau à cet endroit est mince et difficile à replacer une fois ouverte. Le médecin eut beau déployer tout son savoir-faire pour réaliser les points de suture les plus petits possible, son travail laisserait une longue cicatrice en forme de croissant argenté, discrète mais visible, et un accroc à la naissance des cheveux de Stella.

La fillette ne se réveilla pas. Tous s'accordaient à dire que ce qui s'était passé cette fois-ci était très étrange. Elle resta inconsciente pendant quatre jours. Le deuxième jour, alors que Stella n'était toujours pas revenue à elle, Za Ros se rendit à Feroleto pour demander conseil au médecin. Celui-ci ne la crut d'abord pas. Stella était sûrement juste en train de se remettre, et ne tarderait pas à reprendre connaissance, lui dit-il. Le troisième jour, quand Ros revint le voir, le docteur fit un deuxième voyage jusqu'à Ievoli. Il ne put cacher sa réaction à Assunta : son visage était gris comme du foie. La mère ne s'était pas tiré les cheveux pour rien. Stella allait mourir.

Le médecin ne savait pas quoi faire. Il n'avait jamais rien vu de semblable auparavant. Il essaya tous les remèdes qui lui passèrent par la tête pour qu'elle se réveille. En vain.

Pour Stella, ce long crépuscule ne dura qu'un instant. Lorsqu'elle se réveilla, la faim provoquait une crampe ardente au creux de son ventre. Elle s'assit, et son étourdissement, causé par un cocktail de déshydratation, de faim intense et de commotion cérébrale, lui donna la nausée.

— Je veux une tomate, dit-elle d'une voix rauque.

Le soleil projetait des rayons jaune vif sur les murs, sur la porte ouverte, sur la surface plane de la table. Une douleur lui transperçait le crâne tandis qu'elle plissait les yeux pour s'habituer à la clarté. Il y avait sa mère, Cettina et Za Ros, qui toutes la regardaient d'un air abasourdi.

— Une tomate, répéta Za Ros.

Elle donna une petite tape à Cettina, qui se leva d'un bond et se précipita dans le jardin.

Le vertige… Il fut difficile à vaincre. Stella posa une main contre le mur, et les points argentés qui traversèrent son champ de vision lui rappelèrent la main fantomatique qu'elle avait vue de l'autre côté de la porte de l'école. C'était son souvenir le plus récent, la porte bizarrement coincée et la main invisible.

— Stella *mia*, tu es réveillée, elle est réveillée.

Les femmes formaient désormais un cercle autour de son lit, faisant barrage au soleil éclatant. Elles touchaient sa main et priaient. Stella se moquait bien de ce qu'elles disaient. Une faim féroce la tenaillait.

Cettina revint en courant, ses petites mains remplies de tomates. Leur chair rouge foncé et chaude était gorgée du soleil d'août. Elles étaient parfaites, humides et lisses, et avaient la saveur de la terre.

— Pain, dit Stella, le souffle court.

Et on lui apporta du pain, de l'eau, des olives et des haricots.

Elles la nourrirent jusqu'à ce qu'elle arrive enfin à satiété.

Assunta était incapable de parler ; elle pleurait de soulagement. Ros demanda à Stella :

— Dis-moi, *amore*, pourquoi es-tu aussi malchanceuse ? Personne, à ma connaissance, n'a d'accidents comme toi.

— Je ne suis pas malchanceuse », répliqua Stella.

La vision de son fantôme était encore toute fraîche dans son esprit. Trois ans auparavant, elle avait soupçonné qu'elle était hantée lorsqu'elle avait senti cette main se refermer autour de la sienne dans l'enclos aux cochons. Mais cette fois-ci, elle en était certaine.

« C'est le fantôme de l'autre Stella. Elle essaie de me tuer.

Ros caqueta sa désapprobation, mais Cettina dit :

— Elle est maudite.

Cette fois-ci, Ros éclata de rire.

— Maudite ou hantée ? Est-ce un fantôme ou un sortilège ?

Stella secoua la tête. Celle-ci palpitait de douleur.

— Je ne sais pas.

Sa voix ressemblait au bêlement d'une brebis.

— Peut-être les deux, suggéra Cettina.

Après cet incident, Stella ne remit plus jamais les pieds à l'école. Cettina non plus. Arrivées au terme de leur scolarité, à l'âge respectivement de neuf et sept ans, elles avaient appris à écrire les lettres de l'alphabet. Elles avaient appris des rudiments d'italien. Elles savaient faire le salut romain. Elles savaient additionner et soustraire des nombres, ce que leur mère leur avait déjà appris à la maison, et elles savaient chanter les airs préférés de Maestra Fiorella. Elles avaient appris qu'il était important de séparer les garçons et les filles, et que lorsque les ressources étaient limitées, les garçons étaient prioritaires. Elles avaient appris, grâce à l'exemple donné par leur maîtresse, à forcer la charité, à manipuler les faveurs et à ne pas se sentir coupables de profiter d'une situation, quelle qu'elle soit. Parmi ces leçons, certaines auraient plus d'impacts que d'autres.

Une semaine après que Stella eut frôlé la mort pour la troisième fois, Antonio Fortuna refit son apparition à Ievoli sans prévenir. Sa femme était sans nouvelles depuis sept ans. Assunta tâcha de masquer son désarroi, mais elle ne pouvait duper Stella.

Pour la première fois, Stella était en âge de se souvenir de la visite de son père. En général, il lui laissait la très nette impression que la vie était vraiment mieux sans un *capo famiglia* – sans chef de famille. Sa voix et ses odeurs étaient bien trop fortes pour l'unique pièce de leur maison. Il ne s'adressait que rarement à ses enfants mais, lorsqu'il avait quelque chose à dire, il l'exprimait toujours d'une voix tonitruante. Les filles subissaient des fessées en représailles de crimes indignes d'une femme, comme courir dans la maison et parler à table. Ces actes n'étaient pas passibles de punition auparavant. La fierté de Stella était piquée au vif, et son caractère s'aigrit sous le nouveau régime promulgué par Antonio.

On avait dit à Stella qu'elle aimait son père et que son père l'aimait mais, maintenant qu'ils se rencontraient, ils étaient deux inconnus de calibre différent qui n'avaient rien en commun hormis Assunta. À en juger par le nombre de fois où elle l'avait entendu prononcer son prénom, Stella n'aurait même pas su dire avec certitude si Antonio le connaissait. Et surtout, elle détestait les changements qu'il provoquait chez sa mère. Le visage d'Assunta était crispé et ses yeux tombants ; elle semblait à la fois contrariée et épuisée. Elle nettoyait ce qu'il salissait, et baissait la tête lorsqu'il lui criait dessus. Elle devait se sentir seule, car Za Ros et Nonna Maria ne passaient plus lui rendre visite. La maison était devenue un lieu austère et sans joie. Stella avait tout juste le bon âge pour se demander à quoi cela servait d'avoir un mari ou un père alors que l'un comme l'autre semblaient être une source de désordre et de souffrance arbitraires.

J'ai bien peur qu'Antonio ait vraiment mal choisi son moment pour revenir. Je me demande dans quelle mesure la vie de Stella aurait été différente si elle avait eu un père plus tôt, à un âge où elle aurait été trop jeune pour se montrer critique envers sa domination. Serait-elle devenue une adolescente aux désirs plus prévisibles, qui aurait considéré l'amour et le mariage comme un trophée qu'il fallait décrocher et non comme une sentence à endurer ?

Ce qui la dégoûtait le plus chez son père était de le voir utiliser le corps de sa mère. Cela se produisait pratiquement toutes les nuits dans le deuxième lit qu'Antonio avait aménagé contre le mur exposé au nord, le jour où il était revenu au village – ou à proximité de cette couche. Stella avait l'habitude de se nicher contre la poitrine charnue de sa mère, qui la câlinait jusqu'à ce qu'elle s'endorme. Mais à présent Assunta se couchait dans le nouveau lit à l'autre bout de la pièce, et la fillette était tirée du sommeil par la voix de sa mère qui murmurait : « Ce soir ? Encore ? Tu n'es pas fatigué ? » ou : « Moins de bruit, les enfants vont t'entendre. » Ces susurrements se mêlaient à d'autres bruits, des clac-clac et des grognements contenus que Stella entendait par-dessus la lourde respiration de son frère et de sa sœur assoupis. Et Stella essayait d'en voir le plus possible, parce qu'elle ne comprenait pas du tout pourquoi son père et sa mère faisaient cette même chose insensée encore et encore – le derrière jaune de son père s'agitant dans le clair de lune estival et les cuisses de sa mère tremblotant dans les plis retroussés de sa chemise de nuit. Lorsque Stella apercevait le visage de sa mère dans l'obscurité, il lui semblait qu'Assunta affichait toujours une expression inquiète.

Ce fut la semaine précédant la *fhesta* annuelle de Santa Maria Addolorata, Notre-Dame des Douleurs, que la Chose se produisit. Curieusement, cela n'était pas arrivé auparavant, malgré toutes les nuits où Stella avait mordillé l'intérieur de ses joues en observant son père qui faisait sa petite affaire avec sa mère – mais ce soir-là, il leva les yeux au milieu de l'action et croisa le regard de sa fille. L'estomac de Stella se noua. Elle enfouit son visage dans le matelas et passa son bras par-dessus sa tête, mais il était trop tard. Lorsqu'il en eut fini avec Assunta, Antonio alla jusqu'au lit des enfants.

— Tonnon ! murmura Assunta depuis le lit.

— Une minute.

— Laisse-les dormir.

Jetant un coup d'œil sous son aisselle, Stella trembla d'une peur maladive en voyant les jambes nues de son père s'arrêter devant son lit.

— Je sais que tu es réveillée, lui dit-il. Espèce de petite perverse.

Stella crut qu'elle allait vomir. Elle avait déjà entendu ce mot, même si elle ne savait pas trop ce qu'il signifiait. Elle s'efforça de rester parfaitement immobile.

— Regarde-moi ! ordonna son père.

Stella ne bougea pas.

— Tonnon ! cria Assunta, d'une voix plus alarmée.

— Silence, femme.

Ses pieds se déplacèrent sur le sol. Les poils noirs de ses mollets étaient aussi drus que ceux d'un porc.

« Mariastella. Regarde-moi ou je te fouette à mort.

Elle n'avait pas le choix. S'efforçant de ne pas montrer qu'elle avait la nausée, Stella déplaça son bras et s'assit. Elle ne parvint pas à prononcer un seul mot, mais fusilla son père du regard. Son pénis était devant son visage, et elle s'obligea à détourner les yeux, même si le membre luisait, maladif, dans le clair de lune grisâtre qui filtrait à travers la fenêtre.

Antonio la toisa un moment de toute sa hauteur.

« Tu aimes regarder ? Hein ?

Il attrapa le menton de Stella et s'approcha tellement que l'odeur de sueur et de fer de son entrejambe emplit ses narines.

« T'aimes regarder le truc de ton papa ? Pourquoi donc ? T'aimes rêver aux trucs des hommes ? T'es en train de te transformer en petite traînée ?

Stella mordit l'intérieur de sa joue. Le goût aigre de la bile emplissait sa bouche, et elle ravala un morceau semi-solide de son dîner, qu'elle avait régurgité.

« Tu vas devenir une traînée ?

Il enfonça les doigts dans sa mâchoire. Stella ne pleurait jamais, mais la pression qu'exerçaient ses doigts lui faisait monter les larmes aux yeux.

« T'as pas intérêt.

— Antonio, laisse-la tranquille, intervint Assunta, une pointe de panique dans la voix. Ce n'est qu'une enfant.

— Une enfant que sa mère a élevée pour qu'elle devienne une traînée, dit Antonio. C'est une bonne chose que je sois rentré maintenant. Aucune de mes filles ne deviendra une traînée, tu m'entends ?

Raide de terreur et de furie, Stella resta muette. Elle se concentrait pour ravaler la bile, pour que les larmes qui s'amoncelaient dans ses yeux soient réabsorbées.

« Tu m'entends ? répéta Antonio.

Et puis, en un mouvement brusque, il se pencha, fit remonter sa main sous la chemise de nuit et pinça la peau serrée et délicate de ses parties intimes. Stella cria, autant de surprise que de douleur.

— Antonio ! hurla Assunta.

— Tu me réponds ?

Son père la pinçait tellement fort qu'elle sentait le sang palpiter dans ses tissus.

« C'est pour ton mari. Personne d'autre. Si tu laisses quelqu'un d'autre te toucher ici, je te tuerai de mes propres mains.

Il relâcha sa chair et retira sa main. Il le fit maladroitement, et ses doigts s'emmêlèrent dans les plis de la chemise de nuit de Stella pendant un instant grotesquement long. L'esprit et le corps de Stella étaient des ténèbres de peur, de dégoût, de rage, de douleur et de fluides. Elle ne se rendit presque pas compte de l'étreinte de sa mère, qui était montée dans le lit des enfants, et avait passé un bras autour de son buste tremblant.

— Tu ne dois pas contrarier ton père, ma petite étoile, lui murmura-t-elle en lui caressant les cheveux. Tu ne dois pas te montrer têtue avec lui ou le fâcher, sinon il te fera du mal.

Stella n'écoutait pas. Ses tremblements s'intensifièrent, se transformant en spasmes incontrôlables. La peau de ses parties intimes était endolorie et se mit à enfler, et la douleur irradia jusque dans son bassin et dans ses entrailles. Elle ne laisserait plus jamais quiconque la toucher à cet endroit. Et elle ne se demanderait plus jamais si elle aimait son père ou si lui l'aimait.

On ne savait pas trop combien de temps resterait Antonio. Ferait-il désormais partie de leur vie pour de bon ? Il parlait de l'Amérique comme si c'était chez lui, alors peut-être qu'il finirait par repartir. Mais les jours passaient lentement, et Antonio était toujours là.

Chaque nuit depuis qu'il l'avait pincée, Stella était terrifiée à l'idée qu'il puisse s'en prendre à elle dans son sommeil. Cela l'empêchait de fermer l'œil et elle était complètement épuisée. Si Stella se réveillait en pleine nuit, elle entendait son père ronfler, et était incapable de penser à autre chose qu'à sa présence à l'autre bout de la pièce. Elle dormait au bord du lit, se sentant obligée de se servir de son corps comme d'un rempart pour protéger Cettina, car elle savait que sa cadette serait trop bête pour se protéger elle-même.

Quand vint le mois de septembre, Stella décrocha son premier emploi, plus bas, dans la montagne, dans l'oliveraie de la Barona Monaco. C'était elle qui avait eu l'idée d'aller travailler, mais bien entendu, Cettina l'accompagna. Elles n'allaient plus à l'école, et à quoi bon rester à la maison alors qu'elles pouvaient rapporter de l'argent – sans compter que cela leur permettait d'éviter leur père.

Pour rejoindre l'oliveraie de la *barona*, on traversait un pont de pierre qui enjambait le ravin, et ensuite, plutôt que de continuer jusqu'à Feroleto, il fallait descendre le flanc abrupt et boisé de la colline en suivant le chemin muletier. Et puis en l'espace d'une bouffée d'air, le parfum humide et épicé de la forêt cédait la place à l'odeur chaude d'humus des champs cultivés, à l'étendue gris-vert des *ulevetti*. Les oliviers évoquaient un attroupement d'animaux touffus dont la fourrure serait le mince feuillage à deux tons qui changeait de couleur au gré du vent. Quand Stella louchait, la vallée se transformait en une couverture ininterrompue et moelleuse d'un vert-bleu-gris rappelant le lichen qui parsemait la citerne où elle aidait sa mère à laver leurs vêtements.

Les frères Gaetano et Maurizio Felice, des voisins qui avaient quelques années de plus que les filles Fortuna, les présentèrent au contremaître de la *barona*. Le premier jour, Stella et Cettina aidèrent les garçons Felice, mais dès le lendemain elles surent comment s'équiper : de vieilles couvertures, du pain pour le déjeuner, une bouteille en verre vide chacune, un petit sac en tissu. Les garçons leur montrèrent la technique : on secouait un arbre, fort. Les olives qui étaient assez mûres tombaient par terre. Stella et Cettina s'agenouillaient pour les ramasser et les recueillaient dans leurs tabliers qu'elles resserraient pour retenir leur butin. Il fallait prendre garde à ne pas récolter les fruits qui n'étaient pas durs au toucher, et qui auraient pu se trouver sur le sol avant qu'elles agitent l'olivier, parce qu'une seule olive rance suffisait à laisser sur la meule une trace de graisse, qui gâcherait le parfum de la fournée.

Vers 16 heures, lorsque la journée se rafraîchissait ostensiblement, les filles transféraient les olives dans des toiles prévues à cet effet, qu'elles nouaient avant de hisser le ballot sur leur tête et de suivre le sentier à travers les oliviers qui menait au pressoir, situé à côté de l'immense demeure de la Barona Monaco. Lors d'une bonne journée de cueillette, on pouvait ramasser assez d'olives pour produire cinq bouteilles d'huile. Pendant que le moulinier inspectait leurs fruits et les répartissait uniformément sur la grande dalle en pierre du pressoir, les filles siphonnaient leur propre bouteille d'huile d'olive – leur rétribution pour leur journée de travail.

Le petit sac en tissu que les filles apportaient chaque jour à la plantation servait bien entendu à voler. Lorsque venait la fin de la cueillette, au moment où elles nouaient leur ballot, elles remplissaient leur grosse pochette d'olives fermes et lisses que leur mère servait ensuite fraîches au dîner, ou qu'elle mettait en saumure pour l'hiver. Stella et Cettina attachaient le sac sous leurs jupes en s'assurant qu'aucun renflement révélateur n'éveillerait de soupçons si elles étaient arrêtées par le contremaître au visage pincé alors qu'elles prenaient le chemin de la maison.

Stella adorait travailler dans la plantation. Elle adorait les feuilles, la sueur, et voir son butin s'accumuler, tablier après tablier. Son esprit se vidait, comme une longue prière, comme si Dieu lui parlait à travers la terre chaude sur ses mains et la brûlure dans ses cuisses. Elle adorait les moments déconcertants où elle posait le pied trop vite et sentait une olive fraîche et lisse écarter ses orteils nus.

Après la guerre, une loi agricole obligerait les héritiers

de la Barona Monaco, qui n'était plus là, à vendre cette terre. Les *contadini* qui avaient travaillé pour elle pourraient dorénavant récolter pour eux-mêmes, s'ils parvenaient à rassembler l'argent nécessaire à l'achat d'une parcelle. Stella serait partie depuis longtemps, mais un cousin issu de germain qu'elle n'avait jamais rencontré deviendrait le propriétaire de l'acre d'oliveraie sur laquelle elle travailla ce premier jour.

Après l'automne vint l'hiver, et Antonio ne partait toujours pas. Les olives finiraient bientôt par être toutes récoltées, et Stella serait coincée à la maison avec son père. Elle espérait que d'ici là il aurait plié bagage.

Pour Assunta, il était de toute façon trop tard. Elle avait commencé à s'arrondir – un nouveau bébé. Elle se mit à gonfler, et devait rester allongée tout l'après-midi. Ses jambes étaient gainées de veines saillantes, et ses pieds n'entraient plus dans les souliers qu'elle mettait pour aller à l'église. Une conséquence injuste du désir lubrique de son père, se disait Stella, le prix que sa mère devait payer pour quelque chose qu'elle n'avait même pas eu envie de faire.

La nuit précédant le départ tant attendu d'Antonio, en février 1930, Assunta prépara un festin d'au revoir à base d'épaisses tagliatelles à l'ail et à l'huile d'olive au *peperoncino.* Antonio n'aimait pas les haricots – il disait qu'en Amérique c'était un plat de pauvres –, ce qui limitait beaucoup les possibilités en cuisine pour Assunta, étant donné les aliments disponibles en hiver.

Au cours du dîner, Antonio fit savoir à sa famille qu'il ne reviendrait jamais.

— J'en ai fini avec cette vie minable. Pas de viande, pas d'eau courante, la peur d'être bouffé par les loups quand on chie dans les bois… C'est tellement arriéré ici, et vous n'en savez rien parce que vous vivez comme des bêtes, vous n'êtes même pas capables d'imaginer quelque chose de mieux que les animaux, lâcha Antonio, qui descendit son vin et se resservit. Je dépense tellement d'argent à faire les allers-retours, à abandonner des postes et à devoir en trouver de nouveaux. Cette fois-ci, c'est la bonne. Un aller simple.

Stella essaya de ne pas trop se bercer d'illusions. Ce ne serait pas la première fois que son père lancerait des paroles en l'air.

— C'est pour cela que je suis resté aussi longtemps, cette fois-ci. » Lorsqu'il mangeait, il poussait les pâtes sur sa fourchette à l'aide d'un morceau de pain. « Pour passer du temps avec ma mère. Je ne la reverrai sans doute jamais, sauf si elle vient en Amérique.

Assunta ajusta le torchon qu'elle avait noué sur ses cheveux. Elle étudiait son mari qui, en débitant ce mensonge, avait gardé les yeux rivés sur sa nourriture. Le regard de Cettina croisa celui de Stella, et celle-ci secoua la tête afin de signifier à sa sœur de ne pas interrompre la conversation. Stella récolta des pâtes entre ses doigts, une à la fois, et observa ses parents en attendant que quelque chose se produise.

Après un silence trop long, Antonio annonça à la tablée :

— Bientôt, nous serons tous américains. Dès que j'arrive là-bas, je passe l'examen de citoyenneté, et puis je vous ferai tous venir pour que vous viviez avec moi.

— Je ne pars pas, déclara soudain Assunta. Ievoli, c'est chez moi. Ma famille est ici.

Stella était tout autant choquée d'entendre sa mère répondre à son père que perturbée par la menace que représentait ce dernier.

— Femme, *nous* formons une famille, répliqua Antonio. Une seule chair, devant Dieu et les hommes. Ce sont mes enfants, ceux que je t'ai donnés.

Stella sentit la terreur envahir sa poitrine. *Pitié, ne pleure pas, maman.* Il la frapperait, il les frapperait tous.

Mais Assunta ne pleura pas.

— Je voulais parler de *ma* famille, précisa-t-elle d'une voix dure comme une châtaigne. Qui veillera sur ma mère si je m'en vais ? Qui prendra soin de la tombe du bébé ?

Antonio haussa les épaules.

— Vous allez tous venir en Amérique, et là-bas nous formerons une famille. J'achèterai une grande maison sur un demi-hectare de terre, et nous nous déplacerons en automobile. Finis, les ânes !

Ce n'était pas gentil de dire cela. Ils aimaient tous leur âne.

— Je n'ai pas besoin d'une autre maison. J'ai une maison, rétorqua Assunta. C'est ma maison, et tu es en train de manger dedans.

Pour la première fois, Antonio sembla stimulé par cette conversation. Il posa l'une de ses mains à plat sur les larges planches de la table.

— Je mange la nourriture que tu as achetée avec l'argent que je t'ai donné.

— J'ai déjà une maison, répéta Assunta, qui se leva et commença à empiler les assiettes sales des enfants. J'ai nourri tes enfants pendant des années lorsque tu ne nous envoyais pas d'argent. Nous avons tout ce qu'il nous faut ici.

Antonio émit un rire étranglé et chargé de rage.

— Tu penses que j'ai besoin de toi ? Tu penses que *l'America* ne regorge pas de femmes ? J'ai toutes les femmes que je veux, là-bas. Des femmes qui me donnent moins de fil à retordre que toi.

On aurait dit qu'Assunta venait de se prendre un coup. Elle posa une main sur son ventre, peut-être inconsciemment, peut-être pour exprimer quelque chose.

Stella sentit les tagliatelles former un amas coagulé déplaisant dans son estomac. Elle n'avait que dix ans, mais avait compris ce que son père voulait dire. Elle avait l'image en tête, les fesses luisantes s'agitant au clair de lune, son expression concentrée fixée sur le dos d'une femme qui n'était pas sa mère.

Antonio savait qu'il s'était mal comporté mais il n'était pas un homme faible, comme il allait le leur montrer. Et il avait la prérogative de les remettre à leur place lorsque le désordre régnait et que sa femme lui répondait. Il se leva. Sa chaise tomba. Il agrippa le menton d'Assunta dans l'une de ses mains.

— Écoute. Je n'ai pas besoin de toi et tu n'as pas besoin de moi. Mais toi, tu as promis à Dieu de m'obéir et de me servir. » Il relâcha son menton et Assunta recula d'un pas. « Je te propose de m'occuper de toi et de tes enfants. C'est ce qu'il convient de faire. Maintenant, à toi de décider. Tu peux venir et être ma femme en Amérique, ou tu peux rester ici et ne pas être ma femme. Mais je ne vais plus me disputer à ce sujet.

Et il sortit boire un verre avec ses amis.

Stella ne fut pas obligée de dire au revoir à son père car la calèche pour Naples passa le chercher très tôt le lendemain matin, et elle put faire semblant de dormir. Elle se dit avec soulagement qu'elle n'aurait plus jamais à le revoir.

DEUXIÈME PARTIE

JEUNESSE

Je voulais venir en Amérique parce que j'avais entendu dire que les rues étaient pavées d'or. À mon arrivée, j'ai appris trois choses.

Primo : les rues n'étaient pas pavées d'or. Deuzio : les rues n'étaient pas pavées du tout. Tertio : c'était moi qui étais censé les paver.

« Vieille histoire italienne », Ellis Island Museum

Cchi vue, a vutte chjina o la mugliere mbriaca ?
« Qu'est-ce que tu veux,
une bouteille pleine ou une femme soûle ? »

Proverbe calabrais

MORT N°4

NOYADE

(Immigration)

Le 9 décembre 1988, alors qu'elle avait presque soixante-neuf ans, Stella Fortuna faillit mourir pour la huitième et dernière fois dans un épisode que notre famille appelle l'Accident. Comme vous le savez déjà, certaines choses ne furent plus jamais les mêmes après la lobotomie qui lui sauva la vie. Depuis qu'on lui avait enlevé son cortex préfrontal, elle n'avait plus d'inhibitions ni de contrôle sur ses impulsions. Lorsqu'elle pinçait la joue d'un adorable enfant, elle pouvait la serrer jusqu'au sang. Elle refusait de porter une autre couleur que le rouge. Elle développa un besoin compulsif d'éponger tout liquide stagnant – ainsi, par exemple, il ne fallait pas la laisser sans surveillance devant un bol de soupe, car elle était capable de rouler en boule sa serviette en papier et de la plonger dedans. Pire que tout, lorsqu'elle se réveilla de son coma, Stella éprouvait une rage furieuse contre sa sœur, Concettina.

J'ai encore bien d'autres choses à dire ici, mais je les réserve pour plus tard. Pour l'heure, j'aimerais vous raconter une petite histoire étrange.

Depuis leur arrivée en Amérique, où ils avaient appris que les anniversaires se célébraient, les Fortuna avaient toujours fêté celui de Stella le 12 janvier – c'est-à-dire à la date figurant sur son passeport et sa carte de Sécurité sociale. Lorsqu'elle sortit de son coma, Stella insista pour que la date de son anniversaire soit désormais le 11 janvier. Elle se débattit avec les mots pour expliquer les choses – ses capacités de langage revenaient, mais doucement. Elle éprouva de la frustration, se replia sur elle-même et bouda. Elle mit tout le monde en garde : si on organisait une fête en son honneur le 12 janvier, elle n'irait pas. La famille avait loué la salle du restaurant le Mount Carmel – ils n'avaient plus qu'à s'asseoir sur la caution.

« Mon anniversaire est le 11 », s'entêta-t-elle.

Le débat était clos.

Cette folle de Stella, avec ses tenues rouges et sa réalité pleine de trous. Tout le monde leva les mains au ciel ; on avança son anniversaire d'une journée. Que pouvaient-ils faire ? Discuter avec elle ? À compter de ce jour, depuis trente ans, ils se réunissent le 11 janvier pour le « nouvel anniversaire de Stella » – la bonne blague. Ils se tapotent la tempe et roulent les yeux en disant : « Dieu sait ce qui se passe là-haut. »

À Ievoli, je me suis rendue au bureau de la *comune* pour retracer l'arbre généalogique de la famille. L'employée au registre s'est montrée on ne peut plus généreuse de son temps, photocopiant l'intégralité du dossier familial, qui remontait à 1826.

Brillant lecteur, tu sais déjà ce que j'ai trouvé au cours de l'un des moments les plus étranges de ma vie. Là, sur ce registre, à côté du nom *Mariastella Fortuna (seconda)* : la date de naissance du *11 Gennaio 1920.*

Stella Fortuna était née le 11 janvier, pas le 12. Donc, après son Accident, quand Stella se réveilla, elle était folle. Hormis sur le sujet de son anniversaire – elle avait raison sur ce point, là où tout le monde se trompait.

Pourquoi avait-elle laissé sa famille commettre cette erreur pendant toutes ces années ? Et qu'est-ce qui, après l'Accident, l'avait finalement poussée à taper du poing sur la table et à corriger cette bévue ?

J'ai rendu visite à tante Tina en rentrant de Calabre, et je lui ai demandé si elle se souvenait quand ou pourquoi l'anniversaire de sa sœur Stella avait changé.

« Ça a toujours été le 12 janvier », m'a-t-elle répondu.

Le fait que le registre de naissance coïncide avec le nouvel anniversaire de Stella la folle n'était qu'une simple coïncidence, a soutenu Tina.

Mais ce n'était pas une simple coïncidence. Tina ne se souvenait pas bien des choses. Cela peut arriver lorsqu'une personne vit avec une version révisée de l'histoire pendant si longtemps que cette dernière finit par effacer la précédente.

Stella, Stella la folle, connaissait la vérité, alors que personne ne la prenait au sérieux. Quelles autres vérités étaient enfermées dans sa tête ? Quels étaient les autres faits dont nous ne nous souvenions pas bien ?

Après bien des recherches, me voilà en mesure de vous expliquer pourquoi on changea la date de l'anniversaire de Stella, et pourquoi elle garda cela secret pendant si longtemps – quarante-neuf ans – que même sa sœur finit par oublier. C'est aussi le récit de la quatrième fois où Stella faillit mourir en se noyant presque alors qu'elle essayait d'émigrer vers les États-Unis.

Cette quatrième mort est la plus controversée, car la plus ambiguë – le danger ne fut reconnu que bien longtemps après qu'il fut passé. Il n'est peut-être pas tout à fait exact de répertorier cet épisode parmi les occasions où elle frôla la mort. C'est une excellente histoire, cependant, et parfois une bonne histoire contient plus de vérité que la vérité elle-même.

Antonio Fortuna est un méchant assez insondable. Après avoir passé des années à ignorer sa famille, pourquoi se mêlait-il à présent de leur vie et obligeait-il les siens à le rejoindre en Amérique ?

Antonio avait ses raisons, même si celles-ci peuvent sembler obscures. Certaines d'entre elles étaient peut-être même altruistes. Aujourd'hui, tout ce que nous retenons d'Antonio Fortuna – à raison ou à tort –, ce sont les choses mauvaises qu'il a dites ou faites. Mais l'ensemble du tableau est plus complexe que les fragments qui le composent, si simples et laids pris indépendamment les uns des autres. Pour être honnête, il existe des pans entiers de la vie d'Antonio au sujet desquels je ne peux rien vous dire. C'était un homme déterminé mais laconique, et bon nombre de ses secrets furent ensevelis avec ses os.

Pas tous, cependant. J'en connais certains.

Tracci, comme vous le savez, était un hameau au sud de Ievoli. Une route à flanc de montagne relie tous les villages entre eux telles les perles d'un collier. Si l'on suit cette route au départ de Ievoli pendant environ une demi-heure après Polverini, on parvient au campanile délabré de la chapelle de Tracci, laquelle est à peine plus grande qu'une écurie pour deux chevaux. Tracci n'existe plus ; les maisons qui subsistent sont vides, et les derniers habitants sont partis, mais au début du XXe siècle le bourg comptait une cinquantaine d'âmes. À une époque, le village attirait les pèlerins grâce à sa statuette de la Madone, réputée miraculeuse – elle aurait notamment protégé un prêtre qui la transportait alors qu'il était cerné par les loups. La statuette se trouve désormais dans une grotte creusée dans la montagne, et est légèrement gluante à cause de la mousse visqueuse qui la recouvre. Une grille en fer rouillé protège la petite grotte, et les gens du coin rendent certainement encore visite à la Vierge, car des offrandes de fleurs en plastique sont nichées parmi les pierres à ses pieds.

En 1896, le père d'Antonio, Giuseppe Fortuna, avait dix-huit ans et était fiancé à une fille de Tracci du nom d'Angela Gaetano. En septembre, deux mois avant leur mariage, Giuseppe alla chez son oncle maternel Luigi Callipo à Pianopoli afin de l'aider à la récolte des olives. Ils étaient quatre cousins germains Callipo. L'aînée, Mariastella, avait un an de plus que Giuseppe. Elle ne raconta jamais à personne ce qui s'était passé entre elle et son cousin Giuseppe – qu'elle ait manqué de volonté ou que le garçon ait profité d'elle –, mais huit mois après le retour du jeune homme à Ievoli, où il épousa sa fiancée Angela, Mariastella donna naissance à Antonio.

On ne pouvait rien faire. Le père du bébé était déjà marié devant Dieu à une bonne chrétienne. Le père de Mariastella obligea sa malheureuse fille, dont le corps était encore endolori et déchiré par l'accouchement, à porter son nourrisson vagissant jusqu'à Tracci, plus haut dans la montagne, afin d'affronter le cousin qui avait abusé d'elle. Luigi Callipo exigea de Giuseppe qu'il le soulage du fardeau de ce bébé. Angela, qui était enceinte et dont le bonheur conjugal fut anéanti à jamais ce jour-là, s'y opposa. La trahison était si terrible qu'elle devint folle de rage. Elle se mit à faire de l'hyperventilation, à tel point que tout le monde eut peur qu'elle n'accouche de façon prématurée. Luigi demanda de l'argent en échange de l'honneur perdu de sa fille, mais Giuseppe n'avait pas un sou, pas plus que son père. L'honneur de Mariastella était le problème des Callipo, pas celui des Fortuna.

Pendant les douze années qui suivirent, Mariastella vécut dans la maison de son père, une femme perdue impossible à marier dont la présence rappelait son abomination. Toutes les familles n'auraient pas fait preuve d'autant de froideur, certaines auraient élevé l'enfant bâtard de leur fille dans l'amour, en espérant que le passage du temps contribuerait à effacer la honte. Mais les Callipo prenaient très au sérieux la vertu féminine, et on n'autorisa jamais Mariastella à oublier son péché. Je ne peux pas vous en raconter beaucoup plus sur les premières années de la vie d'Antonio, hormis qu'elles ne furent pas heureuses.

Angela, l'épouse de Giuseppe, mourut en 1909 en donnant naissance à son cinquième bébé. À vingt-six ans, c'était une femme si ratatinée et vache que son souvenir avait complètement disparu le temps d'arriver aux enfants de ses enfants, qui appelaient Mariastella Callipo « *Nonna* ». Car à la mort d'Angela, Giuseppe épousa sa cousine déchue en secondes noces, la sauvant ainsi d'une vie d'ignominie autrement impossible à racheter. Il avait besoin d'une femme pour prendre soin de ses quatre jeunes bambins, et Mariastella était le bon choix – ce geste donnait à Giuseppe une occasion de faire la paix avec Dieu au sujet d'inconduites passées, de panser une blessure familiale.

En 1909 déjà, Tracci était sur le déclin. La maison des Fortuna dans laquelle Mariastella emménagea avec son fils était vieille et délabrée. Le puits se trouvait à plus d'un kilomètre, et il était par conséquent difficile de garder la maison propre ou de laver le linge. Mais au moins, Antonio était à présent un fils légitime avec un nom de famille.

Le garçon se retrouva avec quatre demi-frères et sœurs. Mariastella pondrait deux autres bébés avant d'être bien trop affligée par le prolapsus et les infections utérines pour être une partenaire sexuelle désirable aux yeux de son mari.

Elle mourrait des suites d'une infection urinaire en 1950, à l'âge de soixante-treize ans. Personne ne sut reconnaître les signes d'une septicémie, même lorsqu'elle déambula sur la *chiazza* avec pour tout vêtement une couverture dans laquelle elle s'était enveloppée, et la peau que Dieu lui avait donnée. Tout le monde pensa qu'elle était devenue folle.

Cette mort n'arriva que quarante ans plus tard, cependant. Entre-temps, Mariastella eut des petits à élever, dut faire pousser de la nourriture, cuisiner, aller chercher de l'eau, laver du linge dans le ruisseau froid. Elle ne fut pas détruite par sa situation, contrairement à Angela. Mais c'était une femme très dure, aussi dure que la poêle en fonte dont elle usait pour enseigner la discipline à ses enfants et beaux-enfants.

Je sais qu'il devient difficile de suivre les histoires de notre famille calabraise à cause de tous ces noms qui se répètent. D'un point de vue taxonomique, nos arbres généalogiques sont vraiment stupéfiants, des cauchemars linnéens avec leurs racines pas assez nombreuses pour soutenir leurs troncs, et dans lesquels une lignée malsaine peut être mise en pagaille à cause de noms qui se recoupent. Dans la famille Fortuna, inutile de remonter trop loin pour tomber sur des racines enchevêtrées – elles sont juste là, à la génération des frères et sœurs d'Antonio.

Comme vous le savez déjà, Giuseppe Fortuna et sa famille vécurent dans une seule pièce dotée d'un unique lit carré. Un vieux lit carré dans lequel les enfants furent conçus, et dans lequel ils durent ensuite dormir. Bien sûr, la chose devint intenable, mais cela se fit progressivement, petit à petit, chaque enfant prenant une livre, puis une autre – bras et jambes de bébés dodus et coudes pointus de bambins composant, crescendo, une symphonie. Il est difficile d'isoler le point de rupture, de déterminer le jour où la goutte d'eau fit déborder le vase. C'est d'autant plus compliqué lorsque vous n'avez plus d'argent pour acheter de nouveaux meubles ni d'endroit où les mettre. Parfois, la meilleure solution consiste simplement à se dire *Bien sûr que ça se gâte, il va falloir agir*, avant de retourner au cycle des labours, de l'épuisement et du sommeil.

Vous êtes-vous demandé pourquoi Antonio Fortuna, l'homme agité, le play-boy, s'était marié à Assunta Mascaro alors qu'il n'avait pas dix-sept ans ? Vous comprenez désormais pourquoi. Le mariage fut la solution la plus facile qu'il trouva pour échapper à cette maison miteuse et grotesque et à ce lit partagé. Tout le monde n'eut pas cette chance.

Nous voilà au cœur de la fausseté de la célèbre jalousie sexuelle italienne qui servit d'inspiration poétique au machisme mondialement célèbre, aux coups de couteau vengeurs et au patriarcat disciplinaire. Nul besoin d'être jaloux d'une épouse ou d'une *inamorata.* Aucun lit ne pouvait accueillir son infidélité, aucun moment de la journée ne se trouvait exempt d'un labeur physique qui l'obligeait à se casser le dos et à se faire des ampoules. Le plus probable était qu'on lui fasse la chose chez elle.

À l'été 1918, Mariangela, la demi-sœur d'Antonio, mit au monde une petite fille qu'elle prénomma Angela. La mère avait douze ans ; le père était l'un de ses deux frères qui vivaient toujours à la maison. Soit Anto, soit Domenico. Impossible de dire avec certitude lequel des deux était responsable.

En dépit de sa vertu perdue, Mariangela finit par trouver un mari. Nous faisons comme si la virginité était tout, était l'unique atout d'une femme, alors qu'en réalité le seul critère vraiment important, c'est sa capacité de travail. Aucun des demi-frères ou des demi-sœurs encore en vie d'Angela, qui sont tous bien plus jeunes qu'elle, ne semble savoir ce qui lui est arrivé après la guerre, moment à partir duquel il n'existe plus aucune trace historique écrite la concernant. (Honnêtement, il n'est pas facile de parler d'Angela ; quand je m'y suis essayée, même mes interlocuteurs les plus francs ont changé de sujet.) Je me demande si Angela a jamais quitté le village où elle est née et, le cas échéant, si l'histoire de ses origines l'a suivie. Je me demande si par la suite elle a eu des enfants, avec si peu d'arrière-grands-parents. Je me demande si elle a dû batailler, ou si les choses ont été acceptées sans sourciller, comme cela arrive souvent, depuis toujours.

D'autres questions piquent ma curiosité, mais je n'ai personne à qui les poser. Par exemple :

Comment a-t-on permis le viol de Mariangela ? Comment, surtout, ses parents n'ont-ils pas su ce qui se passait ? À moins qu'ils n'aient été au courant et n'aient fermé les yeux ? Giuseppe, le patriarche, a-t-il battu ses fils pour les punir de leur comportement monstrueux, ou bien a-t-il battu sa fille pour la punir d'avoir cédé cet unique atout précieux ?

Et ensuite, que s'est-il passé ? Ont-ils continué à vivre tous ensemble, et le cas échéant pour combien de temps ? Mariangela a-t-elle dû continuer à partager sa couche avec ses violeurs ? Comment ses agresseurs ont-ils vécu avec leur honte quand ils ont vu le fruit de celle-ci ?

Et puis… les violeurs ont-ils souffert en conséquence de leur acte ? Ou bien était-ce une transgression de jeunesse – il faut que jeunesse se passe, essayons tous de tourner la page ? Un violeur regarde-t-il sa fille qui vient de naître avec amour ? Y a-t-il un désir de protéger la mère du bébé ou de veiller sur elle ? Comment, exactement, fonctionnent les lois de l'humanité dans ce genre de situation ?

Je sais qu'Anto a fini par s'installer en Californie, et que Domenico est parti en Amérique du Sud, mais personne ne sait exactement où. Les frères ont peut-être été chassés pour leur mauvais comportement, ou peut-être qu'ils ont cherché à éviter la conscription, comme le raconta Mariangela à Assunta. Frères et sœurs ne sont pas restés en contact.

Cette histoire est taboue, alors mieux valait ne pas en parler, quelles que soient les circonstances.

Sauf que je sais tout cela, ce qui prouve que seuls certains secrets sont faits pour être gardés. J'avoue ne pas avoir trouvé ce qui distingue ces deux types de secrets. Cela explique peut-être pourquoi j'écris ce livre.

Quoi qu'il en soit, voilà l'enfance qu'Antonio Fortuna laissait derrière lui. Quand il se maria et s'installa à Ievoli, quand il quitta Ievoli pour prendre part à la guerre, quand il repartit pour l'Amérique. Je ne dis pas qu'Antonio Fortuna n'était pas un monstre. Je vous explique juste les origines de ce monstre.

Antonio avait beau vouloir à tout prix échapper à son éducation, il n'alla pas à la guerre par choix. Il fut appelé sous les drapeaux, comme la plupart des cinq millions d'hommes qui combattirent.

Il n'est pas facile de lire des choses au sujet de la Grande Guerre en Italie. Tout d'abord parce qu'on a du mal à trouver des documents – la vérité fut occultée par Mussolini, enterrée sous la propagande –, mais aussi parce que les faits sont bouleversants. Le prix de la guerre fut absurde : des centaines de milliers d'hommes envoyés à la mort sur quelques kilomètres de montagnes enneigées à la frontière austro-hongroise.

Les combats furent un carnage, le ratio entre le sang versé et le gain de territoire encore pire que sur le front occidental pendant presque toute la guerre. Les soldats progressaient à flanc de montagne, enjambant les cadavres de leurs propres défunts au milieu d'un arsenal technologique jamais imaginé auparavant – gaz empoisonnés, barbelés, mitrailleuses, grenades –, tandis que la police militaire italienne braquait ses armes dans leur dos pour les forcer à avancer.

Cela fut leur quotidien pendant plus de trois ans.

Ils combattirent sur un territoire alpin désolé et hivernal recouvert de neige, sous la menace constante des avalanches – la Mort Blanche –, qui tuèrent davantage de soldats italiens que les balles autrichiennes. Il y avait une pénurie permanente de casques et d'armes. Les gourdes d'eau, en bois, étaient remplies de moisissure. Les masques à gaz, dont seule une poignée d'entre eux était de toute façon équipée, n'étaient pas efficaces contre le chlore et le phosgène, qui passaient au-dessus des bataillons en nuages empoisonnés et laissaient des rangées de cadavres accroupis qui, l'écume aux lèvres, s'agrippaient le ventre.

Les soldats italiens souffraient tellement de déshydratation à cause du mauvais approvisionnement que leurs pieds étaient trop enflés pour leurs bottes, ce qui les obligeait à se déchausser et à souffrir d'engelures. Leurs uniformes étaient incrustés de boue et de vermine au point qu'ils en vinrent à porter des vêtements de femmes trouvés dans des villages abandonnés. Ils mangeaient des chevaux morts et des rats capturés dans les tranchées. Ils chiaient dans les trous où ils dormaient car ils craignaient de tomber sous les balles des tireurs embusqués en se rendant aux latrines. Ils mouraient de la typhoïde et du choléra. Les explosions les rendaient sourds, ils perdaient l'équilibre en trébuchant sur le terrain accidenté ou sur des camarades tombés au champ d'honneur. Ils chargeaient vers la mort dans la confusion la plus totale. Parce qu'on tirait parfois contre son propre camp, il y eut des accidents épouvantables.

Ils obéissaient à un général ignorant, égocentrique, entêté et indécis – tout cela en même temps –, un idiot à l'autorité débridée qui n'accordait aucune valeur à la vie de ses hommes. Ce général s'appelait Luigi Cadorna et, si j'écris son nom ici, c'est uniquement parce que je crois que sa monstruosité devrait être largement connue. À ceux qui objecteraient que Cadorna était incompétent, pas malfaisant, je réponds qu'il est de la responsabilité des hommes incompétents d'identifier leurs faiblesses et de ne pas accepter des postes où l'on a du pouvoir.

La vérité est encore plus désolante quand on sait que ces hommes sont morts pour rien du tout. Les diverses promesses faites à l'Italie pour la pousser à entrer en guerre se retrouvèrent caduques face au visage grimaçant de la paix. Au terme de quatre années de carnage, un million et demi d'Italiens perdirent la vie, et sept cent mille soldats se retrouvèrent handicapés suite à leurs blessures. Comme dans toutes les guerres, nous ne disposons pas de statistiques sur le nombre de femmes violées en territoire contesté. Un demi-million de civils italiens périrent de la grippe espagnole que les soldats avaient ramenée des hôpitaux de guerre – le pire taux de mortalité de cette maladie.

Les pertes s'étendirent au-delà des années de conflit, et continuent encore aujourd'hui. Il fallut cinquante ans à l'Italie pour venir à bout de ses dettes de guerre. L'économie du pays fut détruite, et l'industrialisation se déplaça irrévocablement vers le nord, portant un coup fatal à tout développement significatif du sud de l'Italie. C'est pour cette raison que, de nos jours encore, la Calabre continue d'envoyer ses jeunes travailler dans des villes lointaines, dans lesquelles ils s'installent pour ne jamais revenir.

Antonio Fortuna survécut je ne sais trop comment à la guerre.

À l'âge de dix-sept ans, il fit partie des tout premiers soldats mobilisés, et il survécut, rentra entier à la maison sans être criblé de balles ou d'éclats d'obus. Il survécut à l'offensive de novembre 1915 sur San Michele, au cours de laquelle la moitié de la brigade Catanzaro fut massacrée. Il survécut à l'offensive du Trentin, un désastre au cours duquel les soldats italiens se retrouvèrent piégés dans des entonnoirs mortels et du barbelé, et où le 141e régiment de la brigade Catanzaro perdit les trois quarts de ses effectifs.

Les soldats qui n'avaient pas été décimés par les tirs durent passer la nuit glaciale à faire semblant d'être morts parmi les cadavres. Ils ne furent en mesure de fuir qu'à l'aube.

On dit que la guerre est un creuset où se forgent les hommes. Je m'aventurerai à dire qu'un creuset peut tout aussi bien forger un monstre qu'un homme. Certains hommes partent à la guerre et trouvent Dieu ; d'autres perdent Dieu à tout jamais. Antonio se rangeait dans cette seconde catégorie.

Mais il survécut.

Peut-être que sa fille Stella avait hérité de lui sa capacité à survivre. Elle n'a jamais aimé son père, mais peut-être lui devait-elle cette aptitude.

Quand Antonio Fortuna revint à Ievoli après quatre années dans l'armée, le village était devenu trop petit pour lui. Il largua pour la première fois les amarres pour les États-Unis en février 1920, marchant sur les traces de quatre millions d'autres immigrés italiens. La plupart d'entre eux venaient du Sud – Sicile, Campanie, Pouilles, Basilicate, ainsi que Calabre –, où l'unité italienne avait été la plus délicate, où la guerre et les taxes avaient saigné à blanc les *contadini* déjà appauvris. Le Sud se vida de ses hommes adultes. En Calabre, trente pour cent des foyers n'avaient pas de *capo* – pas de chef de famille masculin.

Les hommes italiens émigrèrent parce qu'ils voulaient travailler, se bâtir une vie meilleure en laissant derrière eux la pauvreté et l'exploitation, bien que *l'America* ne soit pas non plus exempte de pauvreté ni d'exploitation. Les travailleurs italiens – presque toujours des hommes, souvent illettrés et livrés à eux-mêmes – traversèrent l'océan dans l'entrepont, avant d'être entassés dans des trains à destination des mines de charbon de Virginie-Occidentale, ou des forêts de Pennsylvanie où l'on construisait des voies ferrées. Ils quittèrent des villages sans pavage, sans raccordement à l'eau, déboisés et frappés par la malaria ; ils quittèrent la famine, le choléra, la féodalité tenace, un système de classe inexorable. Ils quittèrent leurs familles dans l'espoir de les retrouver sous de meilleurs auspices. Ils emportèrent avec eux leur amour pour la nourriture et les jardins ordonnés, leur langue et leurs préjugés, leur mystérieuse trinité divine et leur myriade de saints, leurs rites, leurs chansons et leurs fêtes. Ils emportèrent avec eux leur culte de la mère ; ils emmenèrent leurs mères. Très souvent, ils avaient l'intention de rentrer au pays, ce qui fait de nos ancêtres italiens des exceptions parmi les immigrés qui aspiraient à devenir américains, mais dans bien des cas ils ne rentrèrent jamais au pays, ce qui fait que nous sommes exactement comme les autres.

Antonio arrivait un peu tard sur le territoire américain. Quelques années après seulement, à partir de 1924, quand le gouvernement américain fit passer le National Origins Act qui instaura les quotas ethniques, Antonio aurait fort probablement dû choisir une autre destination, peut-être le Canada, l'Argentine, l'Australie ou la France, où bon nombre de Calabrais finiraient par atterrir.

La première fois qu'Antonio émigra, il ignorait tout de l'endroit où il allait. Il ne parlait pas anglais, mais il n'était pas inquiet. Dans les Alpes autrichiennes, où les officiers et les soldats sous leurs ordres avaient à peine été en mesure de communiquer entre eux, Antonio avait appris à envisager l'autoconservation comme un choix physique. Et il était un homme fort.

Antonio avait de la chance : d'autres lui avaient déjà ouvert la voie. En 1920, une micro-ville italienne existait dans chaque métropole américaine. Ceux qui avaient émigré une génération plus tôt avaient été confrontés à de grands dangers. Ne sachant ni lire ni écrire, les hommes italiens signaient alors des contrats dans lesquels ils vendaient leur âme et se mettaient à la merci du sens de l'humanité aléatoire de leur employeur. Bon nombre moururent d'épuisement au travail, dans des accidents professionnels, des explosions. Certains disparurent tout bonnement. D'autres tombèrent entre les mains des syndicats du crime organisé italo-américain, qui prospéraient en créant des réseaux de protection et d'extorsion parmi leurs concitoyens apeurés et sans droits.

Mais comme je l'ai dit, Antonio avait de la chance. Son navire arriva à Ellis Island. Au cours de l'histoire humaine, bien des gens ont fait le choix d'embarquer sur des bateaux afin de se rendre dans des contrées inconnues et hostiles – vous imaginez le désespoir nécessaire pour monter à bord d'un navire en sachant que celui-ci n'arrivera peut-être jamais à bon port ? Ces dernières années, ces gens sont des émigrants qui essaient d'entrer en Italie, et non des Italiens qui essaient de quitter leur pays. Leur traversée n'est ni plus aisée ni plus sûre que celle de ces derniers. Des milliers de réfugiés en provenance de Syrie, de Libye, d'Érythrée, de Somalie, du Ghana et du Nigeria ont perdu la vie sur les côtes italiennes ces dix dernières années, après avoir chaviré, s'être noyés, avoir été engloutis par des flammes. La marche de l'histoire continue, les noms et les destinations changent, mais pas les injustices que nous nous laissons mutuellement subir.

Antonio Fortuna arriva à New York en février 1920, à bord d'un bateau qui s'appelait *Providence.* Vous pouvez aller regarder, si cela vous intéresse – c'est écrit dans le manifeste d'Ellis Island.

Il avait quitté Naples avec un camarade de l'armée de Catanzaro qui s'appelait Nico Carbone. À leur arrivée dans cette ville, ils n'avaient aucun ami au monde hormis l'un l'autre, et n'étaient mus que par la vague idée qu'en émigrant vers *l'America* ils pourraient devenir riches. Ils avaient obtenu des billets prépayés et des contrats de travail d'un *padrone*, et passèrent le printemps et l'été à poser des voies de chemin de fer dans l'ouest de la Pennsylvanie. Je ne peux que deviner que ce premier séjour en Amérique fut difficile parce que Antonio reprit le bateau pour l'Italie dès que ses finances le lui permirent.

Il retourna à Ievoli en novembre 1920 avec pour tout bagage les vêtements qu'il portait et un porte-monnaie contenant des pièces américaines. Les preuves de son séjour en Amérique étaient bien maigres – il avait à peine été en mesure de rembourser sa traversée. Mais il en avait beaucoup appris sur le fonctionnement du monde, et était vivant. Les chemins de fer n'avaient pas été pires que la guerre. Cela n'avait pas été pire que Tracci.

La deuxième fois qu'il émigra, Antonio ne tomba pas dans le panneau d'une arnaque de *padrone*. Il paya lui-même sa traversée en puisant dans la réserve d'argent qu'il avait rapportée de son premier voyage. Il trouva tout seul un travail dans les chemins de fer en se rendant dans les bureaux de la Reading Company dans la gare new-yorkaise de Pennsylvania Station. Ses rudiments d'anglais lui permirent d'expliquer qu'il avait de l'expérience. Il décrocha tout de suite un travail dans la reconstruction du couloir Mid-Atlantic.

Ce deuxième séjour fut encore plus bref que le premier, car Antonio rentra à la hâte au pays pour assister à la naissance de son premier garçon – vous connaissez déjà cette histoire. Mais cette fois-ci, des gens pouvaient témoigner de son séjour en Amérique. L'un d'eux était un élégant beau parleur originaire des Abruzzes du nom de Tomaso Maglieri. Tomaso était deux fois plus âgé qu'Antonio et ne mesurait que les deux tiers de sa taille, mais ils étaient dans la même équipe de poseurs de voies ferrées. Ils creusaient et déblayaient avant de fixer les traverses et de raccorder les rails. Antonio Fortuna et Tomaso Maglieri avaient peu de points communs, hormis leurs années sur le front autrichien. En mai, après avoir travaillé ensemble pendant trois mois, Antonio et Tomaso reçurent le même jour une lettre d'Italie. Antonio apprit qu'Assunta était enceinte, et que le bébé devait naître en octobre. Tomaso lut que sa femme, Cristina, avait mis au monde sans encombre un petit garçon le dimanche de Pâques. Elle l'avait appelé Carmenantonio.

— Tu auras peut-être une fille, plaisanta Tomaso Maglieri, et un jour mon fils l'épousera.

— Non, mes deux premiers enfants sont des filles, alors cette fois-ci ce sera un fils. Mais ton fils Carmenantonio peut épouser ma Mariastella.

— Hé, une femme plus âgée ! s'exclama Tomaso. Le rêve de tout homme. Tiens, concluons tout de suite un marché, comme ça, plus besoin de nous soucier de leurs fiançailles plus tard.

Tomaso et Antonio ne se revirent pas pendant vingt ans. Ils ne restèrent pas en contact, et ne pensèrent sans doute pas du tout l'un à l'autre entre-temps. Tout cela n'était qu'une boutade, je pense – nous le pensons tous. Eh bien, Carmenantonio « Carmelo » Maglieri a toujours aimé les bonnes blagues, alors que Stella n'a jamais partagé son sens de l'humour.

Lorsque Antonio Fortuna effectua son troisième voyage aux États-Unis, il retrouva son vieux camarade d'armée Nico Carbone à New York. Nico habitait dans un immeuble sans fenêtres de Mott Street, dans le quartier de Little Italy. Il vivait sous le même toit que huit jeunes hommes dormant à tour de rôle dans des lits de camp et des lits superposés. Un emploi dans l'équipe de maçons où travaillait Nico attendait Antonio à son arrivée. Manhattan poussait comme un potager au mois de juin – les immeubles s'empilaient, et le travail ne manquait pas pour les garçons italiens. Au cours des sept années qui suivirent, Antonio construisit une banque, le prieuré d'une église, une station de métro et un grandiose édifice en pierre qui devint le réfectoire d'une université.

Durant les mois plus froids de blizzard, quand New York mettait sa frénésie de contrats en pause, Antonio traînait dans les bars d'Elizabeth Street en compagnie de Nico. Antonio vivait ses années folles en même temps que la ville et, pour dire les choses sans ambages, il oublia sa famille. Il n'était pas habitué aux pères qui aimaient leurs enfants, et il ne lui venait pas à l'esprit d'aimer les siens. Entre ses missions dans le bâtiment et les activités secondaires qui complétaient ses revenus, il gagnait probablement de jolies sommes, mais il n'envoyait jamais d'argent à la maison. Pendant qu'Assunta mettait en conserve jusqu'au dernier fruit ridé afin que ses enfants ne meurent pas de faim durant l'hiver, Antonio engraissait à force de manger du bifteck et de boire le gin de contrebande que l'on servait dans les bars clandestins. Il dépensait ce qui lui restait pour payer des femmes.

Mais Antonio fut rappelé à son devoir paternel au printemps 1928, lorsqu'il assista à l'enterrement du vieux Rocco Scavetta, le grand épicier pansu de Mott Street. Tout le quartier vint lui rendre un dernier hommage, même les mafieux avec qui Rocco s'était querellé pendant toutes ces années. Assis sur l'avant-dernier banc de l'église, Antonio balaya du regard les centaines de têtes brunes baissées et pensa à ses propres obsèques. Signor Scavetta était un homme qui avait un héritage, sept fils et deux filles, des petits-enfants et des arrière-petits-enfants, et à présent tous ses amis le pleuraient. Antonio comprit enfin à quoi servaient les enfants.

Quelques semaines plus tard à peine, un homme de Pianopoli retrouva Antonio. Tony Cardamone était le plus jeune frère de Violetta, la belle-sœur d'Assunta. Antonio n'ayant passé que très peu de temps à Ievoli depuis son mariage, son chemin et celui de Tony s'étaient rarement croisés.

Les deux hommes s'installèrent à une table au lourd plateau de marbre dans l'un des troquets de Mott Street, et burent un café trouble si corsé que sa vapeur aromatique masquait l'odeur de la liqueur à l'anis que le propriétaire de l'établissement avait fait entrer en douce. Tony Cardamone n'était que de passage à New York avant de rentrer chez lui à Hartford auprès de sa femme. Il avait travaillé pendant un temps pour les chemins de fer, mais désormais il avait un emploi fixe dans le bâtiment. Il ne semblait rien vouloir en particulier d'Antonio, même si ce dernier restait sur ses gardes.

— Quand le moment sera venu de faire venir ta famille ici, lui dit Tony Cardamone avec sincérité, tu devrais penser à t'installer à Hartford. Là-bas, tu peux habiter dans une vraie maison, pas comme ici, où tout le monde vit entassé comme de la volaille dans un poulailler.

Antonio serra la main de l'homme, et tous deux se souhaitèrent bonne continuation. Tony Cardamone devait prendre un train pour rentrer chez lui et ne pouvait pas rester dîner.

— Viens à Hartford, répéta-t-il avant de partir. On s'occupera de toi. On t'aidera à t'installer.

Antonio ne voyait pas de raison particulière à cette générosité. Tony Cardamone éprouvait probablement de la compassion à l'égard d'Assunta, qui, tout le monde le savait, était une sainte, et qui avait été abandonnée depuis bien longtemps. Mais Antonio ne se pressa pas. Si les choses devaient arriver, elles arriveraient.

Une année passa. En août 1929, Antonio était dans un saloon du Lower East Side en compagnie de Nico Carbone quand tous deux se retrouvèrent impliqués dans une bagarre de bar qui se solda par la mort d'un homme. J'ignore si cette histoire va plus loin qu'il n'y paraît ou s'il ne s'agit que d'une soirée de beuverie en ville ayant particulièrement mal tourné. Je sais juste que le nom de l'homme assassiné était Johnny Mariano, qu'il était l'un des sbires de Frank Costello, et que c'est le couteau d'Antonio qui s'est retrouvé entre ses côtes. Antonio prit la fuite, laissant

Nico, qui avait été assommé, porter le chapeau. Antonio resta caché dans la penderie de sa logeuse pendant deux jours, avant d'embarquer en catimini à bord d'un navire en partance pour Naples. Nico Carbone fut condamné à quinze ans de prison pour le meurtre de Johnny Mariano, mais on le retrouva mort dans sa cellule seulement deux mois après son incarcération. Je vous laisse deviner s'il s'est réellement suicidé.

Antonio savait qu'il ne pourrait pas revenir à New York de sitôt, mais son retour à Ievoli le chagrinait, car il avait cru que cet endroit était de l'histoire ancienne. La proposition de Tony Cardamone lui trotta dans la tête pendant l'hiver 1929, tandis qu'il attendait son heure. Dès qu'il eut le sentiment qu'il ne risquait plus rien en foulant de nouveau le sol américain, Antonio demanda à sa belle-sœur Violetta de lui donner l'adresse de son frère à Hartford.

Le dernier bébé d'Assunta, celui qu'Antonio sema lors de son dernier voyage à Ievoli, naquit début juillet 1930. Stella aida sa grand-mère à le mettre au monde.

Assunta était agenouillée dans le jardin, supervisant Stella et Cettina qui installaient des tuteurs pour les haricots, quand elle sentit qu'elle perdait les eaux, que le liquide coulait le long de ses cuisses et s'enfonçait dans le sol sous ses pieds. Pendant un instant, elle envisagea de rester là et de laisser l'enfant naître dans le jardin, sous le soleil estival exubérant. Arriverait-elle seulement à se lever ? Les cloches de l'église venaient de sonner midi, et le fichu qu'Assunta avait sur le front était incrusté de sueur séchée. Le soleil brûlant sur le globe de son ventre lui rappelait un four à pain rond, dans lequel le bébé cuisait. Elle cultiva cette image pendant des minutes entières, mais finit tout de même par se mettre debout en poussant sur ses pieds, avec du jus de bébé entre les jambes.

— Cettina, va dire à ta *nonna* et à Za Ros que le bébé arrive. Stella, aide-moi à rentrer.

Stella, que l'anticipation rendait nerveuse, conduisit Assunta à l'intérieur de la maison. Cettina, pour sa part, fonça dans la via Fontana. La fillette passerait en fait la nuit chez Za Ros, avec les vers à soie, qui avaient besoin d'être nourris vingt-quatre heures sur vingt-quatre en période de mue. Il était préférable qu'elle ne soit pas sur le dos de sa mère.

À dix ans, Stella était en revanche en âge d'aider à l'accouchement. Elle installa sa mère sur un tabouret en bois et suivit les instructions que celle-ci lui dicta d'une voix tendue mais pleine de sang-froid jusqu'à l'arrivée de Maria. Fais ceci. Va chercher cela. Pendant tout le processus, Assunta ne pousserait pas de cri, pas plus qu'elle ne pleurerait, car il valait mieux que les voisins apprennent la nouvelle une fois l'affaire conclue. Pour éviter de s'attirer le Mauvais Œil.

Stella obéit à sa mère. Elle étendit sur le lit la vieille couverture marron qui servait à la récolte des fruits afin qu'elle absorbe l'essentiel de la saleté. Elle raviva les braises, et sentit les cicatrices de ses bras palpiter comme pour résister à la chaleur. Elle n'avait jamais assisté à la naissance d'un bébé, était trop jeune à l'époque pour se souvenir de la dernière fois où sa mère avait accouché. Elle regarda fixement le visage d'Assunta pendant les contractions. La peau de celle-ci était gonflée, ses yeux étaient rouge vif, et les veines sur ses tempes et son cou saillaient. Stella était assez grande pour le saisir : si tout ne se déroulait pas comme prévu, sa mère pouvait mourir. Elle se rendit compte, alors qu'elle se précipitait à la citerne en haut de la colline, que c'étaient peut-être les dernières minutes qu'elle passait avec sa mère, et elle fit de son mieux pour garder son calme, pour se déplacer prudemment mais plus vite afin de ne pas gâcher ces instants.

Nonna Maria arriva avec sa pochette remplie de menthe, le visage tout rose d'avoir grimpé la colline sous le soleil de la mi-journée. Stella ne ressentit qu'un peu du soulagement qu'elle aurait aimé éprouver en voyant sa grand-mère. Maria lui semblait vieille et faible. Suora Letizia était à Nicastro aujourd'hui. Elles n'étaient que toutes les deux, Stella et sa petite grand-mère, pour aider Assunta à faire sortir le bébé.

À vrai dire, ce fut un accouchement facile, qui dura moins de cinq heures. Mais Stella, qui ne pouvait contextualiser les choses, fut secouée par cette expérience. Elle était assez mûre pour comprendre que c'était la seule occasion dans la vie où la zone féminine taboue devait ne plus être taboue, où elle devait être exposée à d'autres femmes afin que le bébé vienne au monde. Mais voir la peau marron violacé du vagin de sa mère avec sa multitude de couches tannées évoquant une énorme figue s'ouvrir convulsivement autour du crâne chevelu du bébé – Stella eut l'absolue certitude que celui-ci était mort tant sa tête resta longtemps immobile –, voir le serpent de matière fécale marron-jaune qui sortit sous la tête du bébé, que Maria ordonna sèchement à Stella d'essuyer avec un torchon et qui était encore chaud et mou dans sa main quand elle le laissa tomber, avec le chiffon, dans le pot de chambre, voir les yeux du bébé scellés par une substance gluante lorsqu'il émergea enfin, l'étrange cordon blanc et bleu enroulé autour de ses petites épaules… Stella n'y était pas préparée. Elle n'était pas une enfant et elle aurait dû rester stoïque, prête à aider par tous les moyens possibles. C'était ce que vous faisiez, quand vous étiez une femme. Cet accouchement l'introduisait dans le monde secret des femmes adultes, dont le cœur et l'esprit de Stella rejetaient la laideur. Elle avait vu sa précieuse mère réduite à l'état d'animal, une truie dans une porcherie, sans aucune maîtrise de son destin à cet instant terrible.

Ce fut pour Stella une expérience formatrice. Cela fut à l'origine de sa seconde phobie, qui était l'horrifiante répercussion de la première.

Trois choses fort mauvaises se produisirent en 1931.

La première fut que Za Ros partit vivre en France, où ses deux fils habitaient.

— Ils sont bien là-bas, expliqua Rosina à Assunta. Ils ne reviendront jamais ici, même pour me voir. Alors c'est à moi d'aller jusqu'à eux.

Assunta comprenait que des enfants puissent manquer à leur mère – bien évidemment. Mais Ros avait remplacé le père qu'Assunta avait perdu, avait remplacé son mari absent. Ros était sa fibre morale, qui faisait d'elle une meilleure personne, plus pieuse. Elle n'arrivait pas à imaginer sa vie de tous les jours sans sa minuscule sœur. Elle pleura de l'instant où Ros lui annonça la nouvelle jusqu'au moment où celle-ci monta à bord d'un train en direction du nord deux semaines plus tard. Elle n'avait pas tort de pleurer – jamais plus elle ne reverrait sa sœur. Et Stella non plus ne reverrait plus sa marraine adorée.

Ros faisait partie des meilleurs, comme on dit. Je me demande dans quelle mesure le destin des Fortuna aurait été différent si elle était restée. Mais elle prit la bonne décision pour elle-même. Le village au sud-ouest de Marseille où ses fils l'installèrent était un endroit charmant où les gens l'accueillirent avec gentillesse. Ros s'entendit si bien avec les gens du coin qu'à soixante ans passés elle épousa un veuf français, et devint la belle-mère de cinq grands enfants. Elle but de la *grappa* tous les après-midi de sa vie et vécut jusqu'à cent cinq ans. Pour son centenaire, en 1982, le journal de la ville publia en première page sa photo, sur laquelle on la voit esquisser un sourire édenté.

Heureusement que Ros quitta Ievoli à ce moment-là, car si elle avait attendu un peu plus, elle n'aurait pas eu le cœur de partir. La deuxième mauvaise chose arriva en septembre, alors que le frère d'Assunta, Nicola, était sur sa charrue et retournait la terre en vue de planter de nouveaux arbres. Nicola perdit le contrôle de son cheval capricieux, tomba, et le soc passa sur sa cuisse. Nicola, qui n'avait pas du tout la chance de sa nièce Stella, saigna à mort à cause d'une artère sectionnée que personne ne fut en mesure de refermer.

Ainsi, en six mois, Assunta perdit sa sœur et son frère. Nonna Maria perdit sa fille et son fils. Maria était une femme solide, bien plus qu'Assunta. Mais je crois que les deux femmes gardèrent la raison après la mort de Nicola uniquement parce qu'elles pouvaient s'épauler mutuellement.

En décembre, la troisième mauvaise chose se produisit : une lettre d'Antonio.

Assunta, mon épouse,
Le moment est venu maintenant pour toi et nos enfants de me retrouver en Amérique. Écris-moi en me donnant leur date de naissance pour que je puisse demander un passeport pour la famille. Quand les papiers seront prêts, je te ferai venir.

Antonio Fortuna

Assunta était sans nouvelles de lui depuis qu'il était parti en déclarant qu'il n'avait pas besoin d'elle si elle ne voulait pas être son épouse. Elle avait alors pensé que son monde ne risquait plus de subir d'autres interférences de sa part – qu'elle allait vivre telle une veuve blanche dans son village adoré, et élever paisiblement ses enfants. Elle demanda à Suora Letizia de lui lire la lettre plusieurs fois, jusqu'à ce qu'elle l'ait mémorisée. Mais elle n'écrivit pas à Antonio. Peut-être que, si elle ne lui répondait pas, son mari ne pourrait pas la faire venir.

Le printemps suivant, Nonna Maria coupait du bois derrière sa maison quand la lame de la hache tomba sur un nœud. Une esquille se détacha et percuta son œil. Ce fut un coup étrangement précis, rapide et net. La douleur fut retardée par le choc, et il fallut plusieurs secondes à Maria pour comprendre ce qui s'était produit. Elle laissa tomber la hache dans la terre tandis que la douleur qui pulsait dans son visage s'intensifiait. Ce ne fut que lorsqu'elle baissa la tête et vit son œil qui la regardait, rond, jaune et étonnamment grand, qu'elle comprit.

Maria se baissa et ramassa l'œil entre son index et son pouce, le retournant dans sa main. Il emplissait toute sa paume. Un œil dans une main et sa canne dans l'autre, elle gravit la colline en criant :

— Assù ! Assù ! J'ai un problème !

Ce fut la première urgence médicale familiale depuis que Stella avait été assommée dans la cour de l'école. Cette fois-ci, Assunta envoya Stella à Feroleto afin de ne pas laisser Maria toute seule.

— Il va falloir que tu demandes au docteur de venir jusqu'ici, Stella. Tu te rappelles où est sa maison ?

Stella était sûre de pouvoir la retrouver.

— Et s'il ne veut pas venir ? demanda Stella.

Assunta secoua la tête.

— Tu dois le faire venir, coûte que coûte.

Pendant qu'Assunta mettait l'œil de Maria dans une assiette creuse remplie d'eau afin qu'il reste humide, Stella retroussa sa jupe et se mit à dévaler la montagne.

Un détachement envoyé par le gouvernement à Catanzaro avait construit une vraie route jusqu'à Feroleto ainsi qu'un pont qui enjambait le ravin, mais Stella resta sur le chemin muletier qu'elle connaissait.

Elle trouva instinctivement ce qu'elle cherchait. La maison du médecin se dressait avec ses finitions en stuc jaune. Quand on montait, c'était la septième porte sur la gauche de la route pavée qui traversait le centre de la ville. La plaque indiquait DOTTORE et, en dessous, MASCARO AGUSTINO. Elle ignorait que le médecin portait le même nom que sa mère.

Il n'y avait personne chez lui, mais Stella savait où aller. C'était l'heure de repos de l'après-midi, et presque tous les hommes de la ville étaient rassemblés sur la *chiazza* devant le bar, tournant le dos à la vallée. Certains considérèrent Stella avec méfiance, mais aucun ne lui demanda ce qu'elle cherchait. Pensant à sa grand-mère qui saignait sur la table de la cuisine d'Assunta et à son œil qui se trouvait dans une assiette creuse, Stella prit une grande inspiration et mugit :

— *Duttore ! U duttore è ca ?* » Elle se souvint du bon

italien qu'elle avait appris à l'école, adapté, pensa-t-elle, à cette occasion publique, et essaya de nouveau : « *Il dottore è qui ?*

Les hommes se turent en faisant leur propre inventaire, mais le médecin n'était pas là. À ce moment-là, un homme à grosse moustache se souvint que le docteur était parti à Nicastro pour refaire son stock de matériel médical. Stella allait devoir patienter.

La petite fille s'assit devant le châtaignier au milieu de la *chiazza*, d'où il était impossible qu'elle rate le médecin s'il passait. Les hommes bavardaient autour d'elle, mais le sang bourdonnait dans ses oreilles, et elle n'entendait rien de ce qu'ils disaient. Sa *nonna* allait peut-être mourir. Chaque fois que Stella envisageait de rentrer chez elle en courant pour être aux côtés de sa grand-mère, elle entendait la voix de sa mère : « Tu dois le faire venir, coûte que coûte. » Alors elle attendit, tâtant les nervures des cicatrices sur son bras gauche, en se demandant si le médecin se souvenait de l'avoir recousue, alors qu'elle-même ne s'en souvenait pas.

Stella avait de la chance : il fallait deux heures pour aller à Nicastro, alors le médecin aurait pu décider de rester là-bas pour la nuit. Mais elle ne l'attendit qu'une heure et demie.

— Je m'appelle Stella Fortuna, lui dit-elle. Vous m'avez sauvée trois fois, et maintenant il faut que vous sauviez ma grand-mère.

L'homme était certainement fatigué à cause de son voyage, mais il la suivit jusqu'à Ievoli, là-haut, alors que les cloches de Santa Maria Addolorata sonnaient le premier appel pour la messe du soir. Maria était allongée sur le lit d'Assunta. Un chiffon plié était posé sur le côté droit de son visage. Le ventre de Stella se noua en la voyant. Même si elle n'était pas vraiment en mesure de dire d'où lui venait ce souvenir, elle se rappelait viscéralement ce que l'on ressentait quand on arrachait un pansement. Elle imagina le médecin enlevant le bandage, révélant ainsi du sang frais qui giclait de l'orbite de sa grand-mère.

Cela ne se produisit pas. C'était une blessure propre, comme c'est souvent le cas quand on se coupe avec du bois. Lorsque le médecin rinça la chair à vif avec une solution, Maria se cambra de douleur. L'homme fit un nouveau pansement avec un morceau de tissu blanc qu'il fit tenir en nouant sans trop le serrer un mouchoir autour de la tête de Maria.

— Il faut vous reposer pour laisser la plaie cicatriser, dit le médecin en regardant Maria dans son œil sain. Ne la touchez pas, quoi qu'il arrive. » Puis, s'adressant à Assunta : « La priorité, c'est d'éviter l'infection. Il y a une grosse plaie ouverte par ici, expliqua-t-il, décrivant un cercle autour de son œil à lui. Et par conséquent, de nombreuses possibilités d'infection, à moins de veiller à ce que cela reste très propre.

Assunta hocha la tête.

— Compris, répondit-elle, même si les mots étaient compliqués.

— Qu'est-ce que je fais de mon œil ? demanda Maria.

Stella trouva que sa grand-mère avait exactement la même voix que d'habitude.

Le médecin haussa les épaules.

— Faites-en ce que vous voulez.

Et il partit retrouver sa femme pour le dîner – au moins était-il désormais marié.

Le lendemain après-midi, tout le visage de Nonna Maria était chaud quand on le touchait, et il apparut clairement que les avertissements du médecin quant aux risques infectieux n'étaient pas vains. Pendant cinq jours, la maison embauma la menthe et la fleur de camomille assainissante. Assunta faisait bouillir ces plantes dans l'eau avant de les utiliser pour nettoyer la plaie de Maria.

L'infection passa, mais d'abord elle gagna l'œil gauche. Lorsque la fièvre finit par tomber, Maria avait complètement perdu la vue.

Après que sa mère eut perdu son second œil, Assunta pria nerveusement pour demander conseil. Elle ne reçut aucune révélation spécifique, et après moult tergiversations, elle paya Mancini, le facteur de Pianopoli, afin qu'il écrive pour elle une lettre à Antonio à Hartford. Dans son courrier, elle expliquait qu'elle ne pouvait pas quitter Ievoli parce que sa mère était aveugle et qu'il n'y avait personne pour veiller sur elle. Elle était navrée de ne pouvoir lui obéir en venant en Amérique, mais elle serait toujours sa femme, devant Dieu. Elle bégaya lorsqu'elle dut dire cela à Signor Mancini, et quitta le bureau de poste en pleurant.

Antonio ne répondit jamais à cette lettre. En fait, il n'écrivit plus jamais à Assunta.

La famille Fortuna ne recevait pas le moindre sou d'Amérique. Pendant ce temps-là, Ievoli se développait tout en se vidant : ses jeunes hommes partaient pour l'Argentine et la France, envoyaient une partie de leur salaire à leurs proches puis revenaient au pays afin d'emmener leurs femmes avec eux. Les villageoises achetaient des choses au magasin avec de l'argent qui leur arrivait par la poste ; elles n'allaient plus nu-pieds ni sans sous-vêtements.

Alors qu'elle entrait dans l'adolescence, Stella vit la culture de son village changer autour d'elle. Ses voisins s'enrobèrent, la dîme qu'ils donnaient se fit plus généreuse, l'église fut parée de stuc et peinte en jaune, et l'on rénova la *chiazza*, que l'on recouvrit de dalles rondes. Les familles construisirent de nouvelles maisons avec un étage. Des mandevillas grimpaient joliment sur leurs charmantes façades pastel, et les enfants ne quittaient pas l'école avant d'avoir appris à lire.

Quant aux Fortuna, ils avaient toujours la maison d'Assunta en haut de la colline, un cube de pierre aux murs de mortier. Là-haut, tout était un peu plus misérable. Les enfants Fortuna s'asseyaient pieds nus sur le banc tout au fond de l'église. Du haut de la montagne, dans le jardin d'Assunta, Stella regardait ses voisins en contrebas – des voisins qu'elle soupçonnait de mépriser sa mère.

Stella était en âge de voir son fuyard de père comme la source de leurs problèmes. Eh bien, ils n'avaient pas besoin de lui, ni de son argent américain. Stella et Cettina ne chômaient pas. Elles récoltaient des olives vertes en septembre, et des olives noires en janvier. En mars et en avril, les sœurs cueillaient des oranges dans les collines autour de Feroleto. Quand elles en avaient fini avec les agrumes, le printemps était consacré à leur propre jardin. En juillet, elles s'occupaient jour et nuit du *baco da seta* – elles nourrissaient les vers à soie avant de les faire bouillir. Ensuite, elles se reposaient pendant la fête de l'Assomption en août, puis retour aux olives.

Entre deux récoltes d'olives, elles travaillaient dans la châtaigneraie de Don Mancuso. Elles arrivaient à l'aube pour prendre de vitesse les écureuils, qui étaient des adversaires redoutables. Les sœurs passaient au peigne fin l'herbe filasse qui entourait la base des châtaigniers pour essayer de trouver les coques hérissées vert petit pois des fruits mûrs tombés pendant la nuit. Elles balançaient les bogues dans des paniers à l'aide de bâtons afin de ne pas se piquer les doigts. Quand le panier était plein, elles déversaient leur trésor sur la couverture servant à la cueillette, avant de décortiquer les fruits et de jeter les bogues vides dans les bois, afin que celles-ci ne se confondent pas avec la cueillette du lendemain. Elles avaient le droit de garder le quart de leur cueillette, le reste allait au contremaître de Don Mancuso, Pepe.

Les filles avaient chacune une vieille paire de gants que leur avait donnée leur Nonna Maria pour ramasser les châtaignes. L'intérieur était doublé d'une bande rectangulaire de cuir craquelé. Ces gants n'étaient cependant pas imperméables, et les doigts des filles, tout comme leurs poignets, étaient rouges à cause des piquants. Cettina décortiquait les fruits rapidement et sans précaution, comme si elle prenait plaisir à cette douleur, et Stella faisait glisser subrepticement les bogues fermées les moins commodes vers le côté de la couverture de Cettina, laissant à sa sœur le sale travail. Cettina était soit stupide, soit contrariante, car elle ne s'en plaignait jamais.

Ce fut dans la châtaigneraie de Don Mancuso que Stella devint une femme, au mois d'octobre, l'année de ses treize ans. Elle se sentait mal depuis l'après-midi de la veille, avait l'abdomen endolori et était en proie à la nausée sans pour autant vomir. Ce sentiment, cette impression désagréable si particulière qui accompagne les crampes menstruelles, lui serait immédiatement familier lorsqu'il s'emparerait d'elle la fois suivante. Mais la première fois, ce fut effrayant, et il ne s'agissait pas d'une chose à laquelle on l'avait préparée.

Lorsqu'elle et Cettina avaient commencé à gravir la montagne juste avant l'aube, Stella avait cru qu'elle serait en mesure de supporter la douleur. Mais la pression dans son ventre avait augmenté au fil de la matinée. Elle se demanda si elle avait un problème grave, si peut-être une autre épidémie de choléra arrivait, à laquelle elle serait la première à succomber. Car après tout, voilà quatre ans déjà qu'elle n'avait pas frôlé la mort – ces derniers temps, elle se disait que la malédiction était dormante au point que c'en était louche. Où se cachait donc le petit fantôme malicieux ? Une part de Stella cherchait la mort dans chaque recoin – peut-être que son heure était venue. Lorsqu'elle se baissait pour ramasser les châtaignes, son torse pulsait de douleur et elle avait la sensation que son esprit suintait de son corps tandis qu'un immense poids invisible la tirait vers le sol.

En milieu de matinée, lorsque les sœurs eurent rassemblé les châtaignes et se furent accroupies sur la couverture pour les décortiquer, Stella remarqua qu'elle se sentait bien mieux. Ce soulagement ne dura que tant qu'elle ne bougea pas. Au moment où elle se déplaça parce que son pied gauche était engourdi, elle s'aperçut que sa jambe gauche paraissait humide. Son mollet, replié sous elle jusque-là, était recouvert de sang. Le cœur battant, elle se frotta la jambe avec sa main sale et meurtrie par la cueillette, en se disant qu'elle avait peut-être malencontreusement ouvert les plaies causées par les piqûres de puces en se grattant alors que sa mère la grondait toujours pour la dissuader de le faire. Elle ne vit ni coupure ni fissure dans sa peau, mais découvrit que ses cuisses étaient également maculées de sang, comme si ce dernier provenait de son ventre.

Cettina décortiquait toujours. Stella était soulagée que sa sœur n'ait rien remarqué d'anormal ; elle ne se sentait pas capable de soutenir sa cadette si celle-ci s'effondrait. En s'efforçant de parler calmement, Stella dit :

— Il faut que je rentre à la maison, Cettina.

Mais elle n'était pas sûre d'arriver saine et sauve – et si elle tombait raide morte au milieu du chemin muletier, comme c'était arrivé à Nonno Franciscu ?

— Quoi ? demanda Cettina en levant la tête. Ce n'est pas possible. Il faut qu'on rapporte ça chez Don Pepe.

— Je ne me sens pas bien », expliqua Stella. À vrai dire, à chaque nouvelle inspiration, Stella était convaincue qu'elle allait mourir. « J'ai un problème. Je dois voir maman.

— Qu'est-ce qui ne va pas ? demanda Cettina en se mettant debout. Qu'est-ce qui ne va pas, Stella ?

La voix de Cettina montait dans les aigus et gagnait en volume.

Stella voulait s'énerver contre sa sœur, mais voulait surtout pleurer. Elle se força à se rappeler qu'elle n'était pas faible. Elle mourrait sur le chemin muletier avant de pleurer. Elle se leva aussi, et Cettina, en voyant le sang sur ses mains, en eut le souffle coupé.

— Stella ! Stella ! Il y a du sang !

Il n'en fallut pas plus. Cettina sanglotait.

Rassérénée par l'hystérie de sa sœur – qui lui rappelait que quelqu'un devait se comporter en adulte –, Stella dit :

— Ça va aller. Il faut juste que je rentre à la maison pour que maman voie si j'ai besoin d'un médecin.

Elle n'aurait pas besoin de médecin, car elle serait morte, mais divulguer cette information à Cettina ne serait d'aucun secours.

— Je… je viens avec toi, déclara Cettina en essuyant la morve sur son visage entre deux sanglots.

— Arrête de raconter des bêtises ! Finis ça et apporte-les à Pepe.

Mais Cettina en était incapable – elle pleurait de panique à l'idée de rester seule. Ainsi le travail du matin fut-il abandonné tel quel – un autre récoltant audacieux pourrait en profiter. Plus tard, Stella regretterait qu'elles n'aient pas au moins pensé à voler certains des fruits décortiqués. Mais non, toute une journée de travail fut gâchée.

Elles dévalèrent la montagne jusqu'à la maison, ce qui leur prit une demi-heure. Assunta était assise sur le lit et nourrissait Luigi, qui, à trois ans, aurait dû être sevré depuis longtemps. Avec une certaine culpabilité, Assunta remit son sein dans sa robe et se leva, ce qui, de toute évidence, contraria le bambin.

— Les filles. Qu'y a-t-il ?

Cettina, essoufflée par la course et agitée de sanglots, avait besoin de réconfort et jeta ses bras autour de sa mère. Stella, qui se tenait, hésitante, dans l'embrasure de la porte – allait-elle contaminer son petit frère ? –, souleva sa jupe de ses mains ensanglantées, révélant ses pieds marron et rouge recouverts de poussière.

— Je saigne, maman. Ça sort de mes jambes et de mon ventre. J'ai mal partout.

— Oh, Mariastella ! s'écria sa mère.

Quel était son ton ? Le reproche ? *Comment as-tu pu laisser une chose pareille t'arriver ?* Lorsqu'elle serait une femme plus mûre, Stella revisiterait ce souvenir très net – celui du visage de sa mère –, et aurait une tout autre lecture de son désarroi : Comment cela peut-il déjà arriver à mon bébé ? Mais une telle conclusion requérait la sagesse qui vient avec l'âge. Sur le moment, rien ne put la repêcher de la mare de honte dans laquelle elle baignait tandis que sa mère, sans se soucier de contagion, la guidait vers un tabouret et lui tapotait gentiment la tête, lui donnant l'impression d'être jeune et bête parce qu'elle avait eu peur.

— Ça va aller », la rassura-t-elle.

Puis vinrent les mots que toutes les filles doivent entendre à ce même moment barbare et gênant de leur vie :

« Cela veut dire que tu es une femme, maintenant.

Stella sentit qu'elle s'embrasait de la clavicule jusqu'au front tandis que sa mère lui montrait comment faire un bouchon avec un torchon et lui expliquait comment elle devait se l'enfoncer à l'intérieur.

— Tu dois faire ça pendant environ une semaine. Et souviens-toi que, quoi qu'il arrive, jamais un homme, quel qu'il soit, ne doit voir les torchons ensanglantés. Cache-les jusqu'à ce que tu puisses les nettoyer. Tu devrais commencer à porter des culottes maintenant, pour qu'ils ne tombent pas. Tu peux t'en fabriquer ?

— Oui, répondit Stella, d'une voix sourde d'humiliation.

Elle n'avait rien d'autre à faire de l'après-midi, puisqu'elles avaient perdu toutes leurs châtaignes.

Assise sur le tabouret, le torchon – un objet humide et lourd qui lui rappelait qu'elle ne pouvait contrôler sa vie – coincé à l'intérieur d'elle, là où rien n'avait jamais été, elle sentit sa honte céder le pas à la colère. Sa mère savait que cela allait se produire. Elle aurait pu trouver un moyen de la prévenir. Rien ne justifiait que Stella ait dû rester accroupie dans la châtaigneraie en pensant qu'elle allait mourir. Stella ne le pardonna jamais vraiment à sa mère.

Cettina eut ses premières règles un mois après Stella, alors qu'elle avait tout juste douze ans. Elle ne supportait pas d'être séparée de sa sœur de quelque façon que ce soit. Même leurs cycles féminins étaient en harmonie. Quelle frustration pour Stella – souffrir et être indisposées au même moment toutes les deux tous les mois. Elle savait que Cettina n'en était pas personnellement responsable, que ce n'était pas comme si elle avait le choix. Mais sérieusement !

Cettina était douée pour la cuisine et aidait Assunta à sa façon sacrificielle. Stella regardait avec une certaine jalousie sa mère et sa sœur glousser, émincer, touiller. Elle se consolait car elle savait qu'elle leur était plus précieuse à chacune parce qu'elle était distante, dédaignait les activités de la cuisine. Elles disaient pour la taquiner qu'elle était une princesse, mais la gâtaient, lui apportaient ses repas disposés sur une assiette, les aliments déjà coupés ; elles se plaignaient entre elles de sa paresse, mais nettoyaient derrière elle.

Eh bien, cela convenait parfaitement à Stella. Elle n'était pas esclave de la cuisine et avait d'autres talents, plus raffinés. Elle était la meilleure couturière du village. C'était à cela qu'elle occupait les heures les plus chaudes de la journée, aux côtés de sa grand-mère aveugle, qui, allongée sur le lit, chantait de vieilles comptines tandis que Stella confectionnait des choses parfaites avec ses mains. Les motifs minuscules et compliqués lui semblaient aussi simples que compter jusqu'à dix. Elle cousait des nappes, des napperons et de la dentelle, et avec un tel talent que d'autres filles de Ievoli lui demandaient de les aider à préparer leur trousseau. Leurs mères rétribuaient Stella en poulets, fromage, pizzas à l'origan tellement grandes qu'elles occupaient la moitié de la table d'Assunta, et que Giuseppe finissait tout seul quand personne ne regardait. Sale marmot !

« Dommage qu'aucune de ces filles ne puisse te payer en t'aidant à confectionner ton trousseau, déplorait Assunta. Mais personne n'est aussi habile que ma Stella. »

Ce genre de propos pouvait porter malheur, alors Assunta s'empressait de réciter un *cruce.*

« Ce n'est pas grave. Je n'aurai pas besoin de trousseau de toute façon, maman.

— Pas de trousseau ? répliquait Assunta. Sur quelles couvertures vas-tu dormir une fois que tu seras mariée ? Vas-tu servir le repas à ton mari sur une table sans nappe ?

— Je ne me marierai jamais. Pas si je peux l'éviter.

— Madonna ! Ayez pitié de ma fille ! » Assunta clappait de la langue et se signait. « Ne dis pas ces choses-là, Stella. Tu trouves ça drôle aujourd'hui, mais tu te maudiras plus tard si tu manques de chance. »

Stella laissait tomber le sujet. Inutile de contrarier sa mère. Mais elle avait déjà une idée de ce qu'elle voulait pour son avenir. Cela ne l'intéressait pas d'épouser un homme comme son horrible père brailleur. Ou qu'on lui déchire le corps pour qu'elle puisse lui donner un enfant. Plus elle y pensait, moins elle s'imaginait mariée à un homme.

Après le repas de midi, pendant que Stella cousait avec une concentration intense près de la fenêtre qui donnait sur le citronnier, toute la ville de Ievoli se barricadait jusqu'à ce qu'on sonne une première fois les vêpres à 17 h 30. Les maisons étaient silencieuses et obscures, les bougainvilliers qui s'agitaient cordialement dans la brise étaient le seul signe de mouvement. La fontaine, qui était la source de vie du village, glougloutait sans être importunée par les ménagères frottant leur linge. Les jardins étaient aussi déserts que s'ils s'étaient plantés tout seuls, et les visages rubiconds des tomates et des piments brillaient sur leurs piquets bien droits. Un voyageur passant par là au mauvais moment de la journée aurait pu croire que la ville avait été complètement abandonnée et qu'elle était hantée par les fantômes d'horticulteurs perfectionnistes.

La maison des Fortuna comptait désormais parmi les plus délabrées. Les filles Fortuna, qui n'avaient plus de père et n'avaient pas de dot, souffraient d'un handicap social. Malgré tout, en 1935, alors que Stella était âgée de quinze ans et que Cettina allait sur ses quatorze, on les tenait pour les plus belles filles de Ievoli. Leur peau nette et leurs lèvres pulpeuses y étaient évidemment pour beaucoup. Mais la garde-robe remarquable que Stella leur avait confectionnée n'était pas étrangère à ce titre.

Avec l'argent de poche qu'elle avait gagné en vendant des soieries et des dentelles, Stella avait acheté du tissu à un marchand ambulant afin de réaliser de nouvelles robes pour elle et pour sa sœur. Elle se lança dans les manches bouffantes stylisées et les tailles étroites et cintrées. Les sœurs mettaient ces toilettes pour la messe du soir, une vanité que le Seigneur sanctionnait certainement car cela donnait à tout le monde une raison de venir à l'église et de cancaner au sujet des filles Fortuna, si jolies et si vaines.

Ambitieuse comme à son habitude, Stella passa l'été 1935 à confectionner une *pacchiana*, un costume de fête traditionnel, pour elle et Cettina. Ces tenues étaient très compliquées, comme elle le comprit au fur et à mesure. La plupart des femmes les commandaient à un couturier spécialisé. Les pères économisaient pendant des années pour payer à leurs filles une *pacchiana* qui leur durerait ensuite toute la vie, mais avec une seconde jupe qui changeait – verte pour la jeune fille, rouge pour la femme mariée et noire pour la veuve.

S'il est vrai que Stella n'avait pas beaucoup d'argent, elle avait en revanche la volonté de venir à bout de cette tâche. Cettina et elle participeraient à la fête cette année – elles iraient à Nicastro pour la première fois de leur vie. Son voisin Gae Felice avait raconté à Stella que la fête de Nicastro était bien plus importante que celle de Ievoli

– deux jours de danse, et de musique, avec des marchands qui vendaient de tout, bonbons à l'anis comme bijoux en or, cartes postales peintes par les moines de saint François de Paule. Assunta avait promis à ses filles qu'elle les autoriserait à aller à la *fhesta* de Nicastro si Stella parvenait à confectionner les costumes, une condition qu'elle pensait irréalisable – mais c'était méconnaître la détermination de Stella quand elle voulait quelque chose.

Stella avait besoin d'un modèle pour son projet. La *pacchiana* de sa mère n'était pas idéale. Elle avait été réalisée avec peu de moyens l'année où Assunta s'était fiancée, quand son père était tombé raide mort, laissant Maria quasiment sans le sou pour la dot de leur fille. À la place, Stella s'inspira de la *pacchiana* de sa Nonna Maria, un vêtement bien conçu mais qui avait tout de même cinquante ans et nécessitait d'être légèrement remis au goût du jour. Sa grand-mère aveugle enfila chaque pièce une par une, montrant à Stella comment il fallait les nouer. Ensemble, elles passèrent leurs mains sur les coutures, Stella étudiant l'assemblage et le reconstruisant dans son esprit, tandis que sa *nonna* tournoyait sur elle-même pour lui montrer comment la jupe devait se soulever, à quoi devait ressembler le drapé du châle. Maria souriait comme une fillette insouciante, et l'orbite flétrie de son œil disparaissait derrière ses joues.

Une *pacchiana* était composée de plusieurs pièces, et Stella devait réaliser deux exemplaires de chacune, un pour elle, un autre pour Cettina : un long jupon blanc, puis la deuxième jupe en lin, d'un vert vif comme les feuilles d'un oranger, dont la fille drapait généreusement sa taille de façon à se créer une tournure. Venait ensuite le corsage en laine noire, qui s'enfonçait dans un tablier froncé descendant jusqu'aux genoux. Il fallait que le buste soit ajusté – une occasion pour Stella de souligner leur silhouette. Les manches noires arrivaient au niveau du coude, en dessous duquel Stella nouerait la dentelle à œillets qu'elle était en train de réaliser au crochet. Par-dessus le corsage, recouvrant de façon ingénue le décolleté, le costume tolérait qu'une unique bande d'étoffe rouge pétulante dépasse des couches de noir et de blanc.

Cettina contribua au vêtement en confectionnant les ceintures. Elles étaient de la largeur d'un pouce et seraient resserrées le plus possible pour renforcer l'effet sablier des cascades de tissu. Cettina était une brodeuse patiente tant qu'elle pouvait suivre un modèle, et Stella cousit donc des fleurs et des vignes que sa sœur cadette copia avec minutie.

La semaine de Ferragosto, après leur pèlerinage au sanctuaire de la Vierge à Dipodi, Stella termina les costumes. Cettina l'aida à les disposer sur le lit afin que leur mère les voie. Assunta n'était pas satisfaite :

— Il faut t'assurer que l'ensemble produit bien l'effet qu'il est censé produire, Stella, dit-elle.

Alors les deux sœurs s'aidèrent à s'habiller mutuellement. Même si elles avaient essayé chacune des pièces individuellement ces derniers mois, Stella eut malgré tout une sensation bizarre, comme quand on traverse un pont, en enfilant l'intégralité du costume et en voyant comment sa mère et sa sœur l'observaient. Et puis il y avait sa sœur cadette vêtue de l'attirail complet d'une femme – sa sœur cadette, qui mesurait quelques centimètres de plus qu'elle et dont la poitrine explosait si énergiquement du corsage serré qu'il était impossible de ne pas regarder. Eh bien, voilà l'effet que la tenue était censée produire. Stella baissa les yeux vers sa propre poitrine, qui se dressait avec enthousiasme. Les gens la regarderaient aussi.

— *Fhijlie mie*, dit Assunta, qui pleurait les yeux ouverts. Mes filles, vous êtes des dames. » Elle posa la main sur le front de Stella, dessinant une minuscule croix trois fois de suite avec son pouce pour conjurer le *mal'oicch'*, avant de faire de même avec Cettina : « C'est maintenant que vous devrez faire preuve de la plus grande prudence. C'est maintenant que tout le monde sera jaloux.

Les Fortuna se mirent en route pour la *fhesta* de Nicastro à l'aube. Les filles étaient assises dans la charrette des frères Felice, toutes raides dans leur corset de *pacchiana*, qui leur faisait une poitrine généreuse. Le cœur de Stella battait fort d'impatience à l'idée de visiter la trépidante Nicastro, de cette fête à laquelle assistaient des milliers de gens. Tandis que la charrette descendait la route de montagne accidentée, la poitrine de Stella rebondissait de façon ostentatoire – bien plus proche de son menton qu'à l'accoutumée, ce qui était à la fois palpitant et déconcertant. Des hommes allaient la regarder. Le souhaitait-elle, cependant ? Sans qu'elle comprenne pourquoi, le souvenir de l'injonction brutale de son père refit surface. Elle le revit qui la pinçait dans le noir. Alors que le soleil se levait au-dessus du petit groupe, colorant de rose le dessous argenté des feuilles d'olivier, Stella essaya de repousser l'image écœurante de son père.

Gae et son frère Maurizio marchèrent joyeusement tout le long du trajet à côté de la charrette, discutant avec Assunta comme s'ils étaient de vieux amis. Les garçons Felice avaient le don de flirter avec les femmes plus mûres, et cela ne dérangeait pas Assunta de faire comme si elle ne voyait pas clair dans leur jeu. Elle avait noué sur sa tête son fichu noir de tous les jours – pourquoi afficher une mise trop festive –, mais son visage rayonnait de joie, laquelle lissait les rides tracées par les tracas.

Nicastro était une ville ancienne, qui cascadait à flanc de montagne, en contrebas des ruines d'un château normand. Toutes les rues étaient pavées et longées de murs normands en mortier, effrités mais néanmoins immortels. Le *corso* central était un boulevard majestueux, de la largeur d'un champ. Lorsqu'ils arrivèrent, il retentissait déjà du son des marchands ambulants et de la musique. Jamais dans sa vie Stella n'avait vu autant de gens – ni même imaginé autant de monde en un seul et même endroit. Les jupes des femmes et les longues capes des hommes passaient tel un tourbillon noir entre les charrettes et les étals de bois qui emplissaient la *chiazza* pavée. Des filles aisées à la peau couleur crème arboraient des crucifix en or ou des *cornetti* étincelants dont les chaînes trônaient, imposantes, sur leurs poitrines qui s'élevaient et s'abaissaient pour capter les rayons du soleil. Stella essaya d'imaginer le prix de telles parures.

Les femmes Fortuna marchaient timidement parmi les vendeurs, suivant Gae, qui menait le cortège telle une sentinelle bienveillante. Giuseppe avait demandé à Assunta la permission de suivre Maurizio dans la foule, et le tandem disparut jusqu'à midi. Quand vint l'heure du déjeuner, Stella s'était habituée à l'énergie bouillonnante des lieux et s'était détendue. Elle était ravie de boire du vin et de taper dans ses mains au rythme de la musique.

La masse de jupes noires des *pacchiane* était émaillée çà et là d'explosions de couleurs inattendues. Stella remarqua une femme vêtue d'une robe voyante, rose comme un mandevilla. La jeune fille scruta l'inconnue – quelle teinture pouvait bien donner un coloris pareil ? La passante ne portait pas de fichu sur ses cheveux noirs et, s'aperçut Stella, elle se dirigeait vers eux.

Assunta, qui tenait le coude de Stella, remarqua également que la femme approchait, et fit effectuer une volte-face à ses filles, les tirant par le bras.

— *Zingara*, leur murmura-t-elle.

Des gitanes. En fait, elle n'aurait pas osé l'affirmer si elle n'avait entendu quelques instants plus tôt une autre dame mettre en garde la personne qui l'accompagnait.

La tête de Cettina se tourna, et Assunta tapa sur la main de sa cadette.

— Ne les regarde pas, sinon, ils vont te voler ton sac.

Stella sentit son cœur s'accélérer. De vrais gitans. Elle essaya de jeter des coups d'œil sans tourner la tête.

— Détourne les yeux, lui recommanda Gaetano. Et surveille ton argent.

— Pourquoi sont-ils ici ? murmura Cettina.

— Pour mendier, répondit Gae. Et pour profiter de la naïveté de certains.

Le visage de Cettina était rouge.

— Non, je veux dire, pourquoi sont-ils ici, à Nicastro, si personne ne les apprécie ? Pourquoi ne vont-ils pas ailleurs ?

— Personne ne les apprécie nulle part, expliqua Gae. Ils n'auraient aucun endroit où aller.

Cettina s'acheta un beignet avec son argent de poche. Stella regarda, émerveillée, le vendeur déverser de la pâte liquide dans l'huile crépitante, récupérer la pâte gonflée, plonger une cuillère dans du miel de châtaignier – un pot de cette taille-là ne devait pas être donné ! – et parsemer la pâtisserie chaude de gouttelettes ambrées. Il servit la douceur à Cettina sur une fine lamelle en pin. Bien entendu, Cettina la partagea avec Stella.

Stella choisit un bonbon à l'anis – la *liquirizia.* C'était salé et épicé, et sa langue se rétracta, alors qu'elle avait l'habitude de manger les piments les plus forts sans verser une larme. Elle fureta avec envie parmi les étals des vendeurs de tissus, les tables de rubans, de fil brillant et de boutons. Elle trouvait intéressant de comprendre à côté de quoi elle passait en n'achetant qu'au colporteur, et de voir si elle pourrait marchander davantage certains articles à l'avenir.

Assunta fit quelques achats : un fromage à pâte dure, des cèpes séchés du plateau de la Sila, dont on racontait qu'ils étaient meilleurs que la viande. Il y avait un gros vendeur d'or nu-tête dont la table était protégée par une escorte de garçons basanés. Assunta s'arrêta et examina chacun de ses articles. Elle cherchait quelque chose en particulier.

— Ça vaut combien, ça ? demanda-t-elle à l'homme derrière la table.

Avant que le gros monsieur ait eu le temps d'ouvrir la bouche pour lui répondre, Gaetano s'avança et se tint à côté d'Assunta, inclinant son chapeau avec respect à l'intention du vendeur d'or, qui donna un prix de façon laconique. Assunta regarda Gae, qui hocha la tête – le prix était juste.

Stella, impressionnée malgré elle par la galanterie de Gae, s'approcha afin d'apercevoir le trésor. C'était un minuscule *cornetto* pour se protéger contre le Mauvais Œil, une amulette en forme de piment sculptée dans de l'os blanc.

— C'est ce dont tu as besoin maintenant, à ton âge, dit Assunta.

Sa mère ne s'était pas retournée, mais Stella savait qu'elle s'adressait à elle. C'était à cause de tout cet étalage de décolleté.

— Pour garder à distance les fascinations, poursuivit Assunta. En avez-vous un autre ? demanda-t-elle au vendeur.

— Non, *signora.* Juste ce que vous voyez ici. » Le vendeur s'appuya sur son ventre pour lui montrer un autre article sur la table. « Il y a celui-ci, en os sculpté, mais il est noir, pas blanc.

Assunta considéra l'objet, se penchant au-dessus de la table de sorte que son nez se retrouva à quelques centimètres seulement du bijou.

— C'est différent, remarqua-t-elle.

— Oui, la couleur est différente. » La voix du gros homme semblait à la fois patiente et lasse. « Mais à part ça, c'est pareil, os sculpté, même prix.

Assunta se redressa et se tourna vers Gae.

— Pourrais-tu dire à cet homme que je souhaite acheter les deux ? » Elle se tapota le sein droit avec une énergie peu appropriée en public, sans se rendre compte que par ce geste elle avait montré à tout le monde où elle cachait son argent. « Nous reviendrons les chercher dans quelques instants.

Stella et Cettina battirent en retraite avec leur mère dans la ruelle la plus proche, où, d'un air méfiant, Assunta s'accroupit pour récupérer sa fortune entre ses seins. Elle déversa les pièces dans la paume de sa main afin que Stella les compte. Les deux amulettes leur coûteraient presque tout leur argent. Mais à vrai dire, n'était-ce pas à cela que servaient les fêtes ? À faire des folies, à s'acheter les choses qu'elles ne pouvaient avoir tous les jours ?

Elles retournèrent à la table du vendeur d'or où Assunta confia l'argent à Gae, lequel le donna au gros monsieur. Les talismans furent accrochés à des cordons en cuir avant d'être remis à Assunta.

— Un jour, quelqu'un vous achètera une vraie chaîne en or pour ces bijoux, dit Assunta à ses filles. Peut-être moi, peut-être votre mari, ajouta-t-elle, avant d'attacher un *cornetto* autour du cou de chacune, le blanc pour Stella, le noir pour Cettina. Lorsque ce moment viendra, souvenez-vous que la grosse chaîne paraît plus brillante, mais qu'en réalité la petite contient plus d'or, car il y a moins d'espace entre ses chaînons. Vous saurez que vous êtes face à un homme bon s'il vous offre une toute petite chaîne.

Dans l'après-midi, la musique envahit les rues, et les emplettes firent place aux chants, aux boissons et à la danse. Stella éprouva d'abord de la timidité en voyant les autres filles danser, mais leur envia également leur charme. Il était impossible de ne pas les regarder, avec leurs joues souriantes et leur chevelure virevoltante. Bientôt, toute réserve s'envola, et Stella et Cettina se joignirent au cercle de filles hilares, qu'elles n'avaient jamais rencontrées à ce jour, et qui tournoyaient sur la plante de leurs pieds nus au rythme de la musique enjouée et sans fin du concertina et du violon – c'était le secret de la tarentelle, il ne fallait pas s'arrêter de danser afin que l'araignée ne puisse pas vous mordre. Stella éprouva une joie toute particulière à jeter des œillades au joueur de concertina, un beau jeune homme enthousiaste au visage amical et aux cheveux bouclés, qui devait avoir un peu plus de vingt ans. La musique qu'il produisait avec ses mains la mit en émoi, et parvint presque à effacer le souvenir abject de son père, qui l'avait tracassée toute la journée.

Stella, qui était plongée dans ses pensées agréables, fut prise au dépourvu lorsqu'une voix derrière elle lui lança :

— Salut, *bella ragazza.*

Si elle n'avait pas été aussi surprise, elle aurait peut-être réagi autrement – sur un ton défensif, ou sarcastique. Au lieu de quoi, elle se retourna, les yeux écarquillés, et demanda :

— Moi ?

Le jeune homme qui se tenait derrière elle, assez proche pour qu'elle l'ait entendu par-dessus la musique et les rires, mesurait quinze centimètres de plus qu'elle, et devait être de trois ans son aîné. Il avait des cheveux noirs bouclés, et une peau bien bronzée. Il souleva sa casquette noire et la salua.

— Ah, j'aurais dû dire *belle ragazze*, se corrigea-t-il.

Stella perçut que Cettina, tout agitée derrière son épaule, respirait fort.

— Des belles filles qui sont sœurs ?

Ni l'une ni l'autre ne prononça un mot pour confirmer ou infirmer.

— Vous n'êtes pas de Nicastro. Je n'aurais jamais oublié vos visages si je les avais déjà vus. D'où venez-vous ?

— Ievoli, répondit Cettina.

Elle en aurait probablement révélé plus si Stella ne lui avait pas pincé la peau de l'avant-bras si fort qu'elle poussa un petit cri de douleur.

— On ne raconte pas comme ça aux inconnus d'où l'on vient, la tança Stella.

— Ta sœur a raison, dit le passant.

Stella n'eut pas besoin de regarder Cettina pour savoir que ses yeux rougis s'étaient emplis de larmes de honte. L'homme l'avait peut-être également perçu.

— Mais de toute façon je ne suis pas un inconnu, alors vous n'avez pas à vous en vouloir.

D'un mouvement de menton, il montra Gae Felice, qui, on ne sait trop comment, s'était retrouvé dans la conversation. Quelques instants auparavant, leur chaperon était au milieu du *corso* avec un groupe de jeunes gens. Mais il avait sans doute surveillé ses souris tel un faucon.

— Vous êtes de la même famille que cet homme ? C'est un ami à moi.

— Elles ne sont pas de ma famille, mais je les considère comme des sœurs, précisa Gae, qui s'avança et tapota l'épaule de l'homme aux yeux noirs. Comment va, Stefano ?

— Oh, pas trop mal, Gae. » Stefano sourit à Stella, qui sentit la peau chaude de ses bras se hérisser. Elle lui plaisait, et il ne s'en cachait pas. « Alors, tu ne me présentes pas à tes sœurs ?

Du dos de la main, Gae donna un coup, pas spécialement tendre, dans la poitrine de Stefano.

— N'exagérons pas. Comme des sœurs, j'ai dit. » Gae s'adressa alors à Stella et Cettina : « Mesdemoiselles, permettez-moi de vous présenter Stefano Morello, de Sambiase. Vous connaissez Sambiase ?

Les filles secouèrent la tête, et Gae pointa son doigt vers l'autre bout de la *chiazza*, là où la route de Nicastro descendait vers la mer.

— Si vous allez dans cette direction, c'est le prochain *paese*.

— Enchantée, dit Stella, même si, parce qu'elle ne connaissait rien au sujet de cet homme, elle s'efforçait de masquer la sincérité dans sa voix.

Stefano ôta son chapeau et s'inclina.

— Et puis-je te demander comment s'appellent tes charmantes amies mystérieuses ? demanda-t-il.

Gae ne répondit pas immédiatement. Il regarda Stefano fixement – il défendait son territoire.

— Mariastella et Concettina Fortuna. Et juste là-bas, poursuivit-il en faisant un geste en direction du rocher contre lequel était appuyée Assunta, qui tapait dans ses mains au rythme de la musique, bienheureuse de ne pas savoir que de jeunes gens mettaient en péril la vertu de ses filles, il y a leur mère, Signora Assunta Mascaro.

— Je suis impatient qu'on me la présente, dit Stefano avec une assurance dénuée de toute agressivité.

Sous la pression de son attention, le chaperonnage courtois de Gae avait pris une nouvelle tournure, plus possessive. Stella ne savait pas trop si les deux hommes étaient de bons amis qui se taquinaient ou s'il y avait autre chose en jeu.

Gae et Stefano discutèrent quelques minutes ensemble. Stella et Cettina se regardaient à la dérobée, sans trop communiquer leur opinion. Il était impossible de ne pas comparer les deux jeunes hommes. Stella savait que Gaetano était admiré de toutes les filles de Ievoli, mais Stefano, qui était mince, propre et mat, était plus à son goût. Sous sa masse de boucles noires élastiques, il avait un visage fin et délicat.

— Bien, dit Stefano alors que la musique changeait comme pour étayer sa demande. Aurai-je l'honneur de danser avec vous, *belle* ?

— Nous ne dansons pas avec les hommes, expliqua Cettina.

Si elle était à l'aise avec quelque chose, c'était bien avec les règles.

— Oh, non ! » déplora Stefano. Son visage exprimait un chagrin exagéré, mais en réalité il n'était pas surpris. « Eh bien dans ce cas, peut-être pouvons-nous nous joindre à votre mère et profiter ensemble de la musique ?

Ils allèrent donc retrouver Assunta. Celle-ci se méfia tout d'abord du nouveau venu, mais fut rassurée dès qu'elle comprit que Stefano avait l'approbation de Gae, qu'elle tenait en très haute estime. Ce dernier leur acheta une flasque de vin, qu'ils partagèrent tandis que Giuseppe courait parmi les danseuses, tout fou, comme un chat des rues qui veut être partout à la fois. Quand Stella se détendit, elle se dit que ce Stefano Morello lui plaisait bien – il était intelligent et agréable, et ne courtisait pas d'autres danseuses, se satisfaisant de passer ce jour férié à charmer sa mère. Voudrait-elle qu'il lui fasse la cour ? Qu'il lui tienne la main ? Qu'il l'embrasse ? Son esprit se détourna de cette pensée, et elle se concentra sur la musique.

Ils profitèrent de la *fhesta* jusqu'à ce que les cloches sonnent pour la messe de 18 heures. Après avoir communié dans l'église caverneuse de Nicastro, ils prirent le chemin de la maison. Les frères Felice les escortèrent le long du sentier qui gravissait la montagne, Mauri précédant la charrette afin d'empêcher l'âne de s'écarter de la route. Stella, qui était à la fois épuisée et euphorique, piquait du nez et se réveillait. Un air lui trottait dans la tête, *Calabrisella Mia* – une chanson que les musiciens avaient entonnée deux fois ce jour-là. C'était l'histoire d'un jeune homme dont le cœur était brisé par une belle fille aux yeux noirs qui ne l'aimait pas en retour.

Tu m'as regardé avec des yeux si passionnés, disaient les paroles, *et j'ai volé ton beau mouchoir. Ma Calabrisella, devenons amants. Je meurs de désir.*

Cela ne pouvait être la première fois que Stella entendait cet air emblématique du folklore calabrais, que tout garçon de la région faisant la cour chantait amoureusement ou pour plaisanter à la demoiselle rougissante ou agacée qu'il convoitait. Mais Stella n'oublierait jamais cette nuit où elle avait entendu cette ritournelle, dont le refrain emplit ses oreilles pendant des jours.

Tirulalleru lalleru lala ! Sta Calabrisella muriri mi fa !

Deux semaines après la *fhesta*, Stefano de Sambiase fit tout le trajet jusqu'à Ievoli un samedi après-midi. Il avait dû voyager dans la chaleur du jour pour arriver à l'heure du dîner. Il fut hébergé par les Felice, et le dimanche matin, après être allé à la messe de Santa Maria Addolorata, il frappa à la porte d'Assunta et lui demanda s'il pouvait leur rendre visite l'après-midi.

— Vous venez de si loin, dit Assunta.

— Mais pas d'assez loin, répondit-il en souriant. Pas d'assez loin pour ne pas revenir.

Toutes les femmes de Ievoli chuchotaient au sujet du jeune et bel érudit aisé qui faisait tout le trajet depuis Sambiase parce qu'il avait été ensorcelé par la beauté de l'aînée des Fortuna. Tout le monde en ville enviait cette dernière, et Assunta récitait souvent la formule contre le Mauvais Œil pour la protéger de la jalousie des autres filles. Mais en effet, Stefano devait être très épris de Stella. Cet hiver-là, il leur rendit visite encore quatre dimanches – même début janvier, quand une tempête frappa la région par surprise. Ce jour-là, il tomba plus de deux centimètres de neige, qui n'avaient toujours pas fondu lorsque Stefano les retrouva, à l'improviste, à la sortie de la messe. Il avait apporté aux Fortuna un minuscule pot de vrai café. Ils le mirent à infuser dans une casserole sur le feu, puis le laissèrent refroidir sur les pierres enneigées devant la porte d'entrée. Stefano sortit avec les femmes Fortuna, hilares, dans les rues blanches et humides, et préleva sur les branches des arbres de la neige qu'il collecta dans un bol. Ils versèrent le café presque froid sur cette neige, ajoutèrent deux cuillerées de miel précieux, et savourèrent cette friandise rare, la *scirubetta*, en faisant tourner trois cuillères. Luigi, cinq ans, qui avait le bec sucré, s'arrangea pour se tailler la part du lion.

En plus du café, Stefano offrit d'autres présents aux Fortuna – une bouteille d'eau-de-vie de raisin, une cuillère à service sculptée. Et puis il avait apporté une chaîne pour le *cornetto* de Stella – toute fine, en or, avec des chaînons de la taille d'une tête d'aiguille. Stella se demanda s'il avait entendu le conseil qu'Assunta avait donné à ses filles le jour de la fête bien des mois auparavant, ou si, tout simplement, ses parents lui avaient enseigné la même chose.

Ce fut lors de cette visite qu'il demanda à Assunta la permission d'être le *fidanzato* de sa fille.

— Eh bien, je ne suis pas son père. Alors je ne sais pas. » Assunta n'était pas très sûre de son jugement dans cette affaire, mais il ne lui revenait pas de priver sa fille d'une telle opportunité. « Mais oui, oui, vous avez ma permission.

Un autre parent aurait pu ajouter : « Si elle est d'accord », mais cela ne traversa pas l'esprit d'Assunta. Stella lui en était reconnaissante, car au moins elle n'eut jamais à faire de promesses concernant sa propre coopération. Elle était troublée par l'attention que lui portait Stefano, et mal à l'aise aussi. Lors de ses visites, elle était perpétuellement partagée entre la joie que lui procurait sa merveilleuse compagnie et la crainte qu'il souhaite faire d'elle son épouse. Pourquoi redoutait-elle de devenir sa femme ? Elle ne pouvait répondre à cette question, mais cette idée lui retournait l'estomac. Elle l'appréciait et le trouvait beau. Mais plus elle se sentait attirée par son charisme, plus son aversion était marquée. Si elle le laissait trop s'approcher, il pourrait la toucher ; il pourrait mettre ses mains là où son père les avait mises, s'unir à elle, la remplir de sa semence. Stella ne pouvait concevoir qu'elle aimerait un jour suffisamment un homme, aussi beau fût-il, pour justifier l'asservissement du mariage.

— Je ne vais pas devenir un *contadino*, lui dit Stefano, qui ne pouvait deviner que ses paroles faisaient écho à celles du père de Stella. Tu ne seras pas une femme de fermier qui transporte du bois sur son dos et laboure les champs comme un bœuf.

— Je suis contente de travailler, je suis une bonne travailleuse, expliqua Stella, qui ne voulait pas alimenter chez lui une confiance indue. Et puis, que vas-tu faire, si tu n'es pas *contadino* ?

— J'aurai des terres. Je ne cultiverai pas pour quelqu'un d'autre.

Stella réfléchit à son idée. C'était alléchant. Mais elle se dit qu'une poule pouvait tout aussi bien dire *Je ne pondrai plus d'œufs. À partir de maintenant, je vais être un coq.*

— Comment vas-tu avoir des terres ? Il faut tellement d'argent.

— Mussolini est en train de faire changer les choses. Il va reprendre l'Italie des mains des princes fortunés et la rendre aux Italiens. » Stefano agita sa chevelure ; ses boucles noires ne laissaient pas les femmes Fortuna indifférentes. « Je pourrais m'installer à Catanzaro, pourquoi pas à Rome. Je pense peut-être faire de la politique.

Stella échangea un regard avec Cettina. Les filles n'étaient pas certaines de comprendre le terme « politique ».

— Tu veux devenir maire, ou quelque chose comme ça ?

— Je veux faire partie du nouveau monde, répondit Stefano, en plissant ses yeux noirs. Peut-être être un ministre du gouvernement. Mais pour y parvenir, il faut que je me construise une réputation, qu'on me respecte. Alors je vais d'abord devenir soldat.

— Oh, un général, je vois ça d'ici, dit Assunta, qui se pencha vers Stefano pour lui proposer une assiette de beignets qu'elle venait de frire. Il serait si beau en uniforme.

Stella resta muette pendant tout le reste de sa visite. Sa mère était très sûre de Stefano, et Stefano semblait très sûr de Stella. Voilà un homme intelligent et ambitieux qui voulait veiller sur elle. C'était certainement le bon numéro – il était soigné, bien élevé, instruit, prompt à voyager pendant des heures en quittant un village plus riche rien que pour la voir. Elle avait l'impression que le monde autour d'elle s'accélérait tandis qu'elle s'enfonçait de plus en plus dans le malaise.

Elle n'eut jamais à prendre position, car la lettre arriva.

La lettre d'Antonio, qui arriva début avril, était adressée au fils aîné de Nicola, Cicciu Mascaro, qui, étant l'homme le plus proche de la famille encore en vie, devait tenir lieu de chaperon et de représentant de sa tante Assunta. Le courrier expliquait qu'en dépit du manque de coopération de sa femme, Antonio avait reçu pour sa famille un passeport valable pour cinq personnes. Le document les attendait à Naples chez un certain Signor Vittorio Martinelli, qui avait également en sa possession des billets prépayés pour leur traversée à bord d'un navire qui s'appelait le *Monarque.* Ils partiraient dans cinq semaines, le 18 mai. Cicciu mettrait de l'ordre dans les affaires familiales et vendrait l'âne, les chèvres et les meubles. S'ils ne trouvaient personne pour acheter la maison dans cette fenêtre de tir restreinte, Cicciu s'en chargerait ultérieurement. Ce dernier était censé accompagner Assunta et les enfants jusqu'à Naples, et rencontrer Signor Martinelli avec sa tante – laquelle payerait toutes les dépenses liées à cette entreprise.

Comment Antonio avait-il le droit d'organiser une chose pareille ?

— Ce n'est pas possible, maman, s'indigna Stella. Il ne peut pas vendre ta maison. Il ne peut nous forcer à rien.

Assunta était muette de chagrin, mais Maria répliqua tristement :

— Il le peut, si. Il est son mari.

Antonio était en droit de disposer de tout ce qui appartenait à Assunta selon son bon vouloir. Une maison qu'une femme, Ros, avait donnée à une autre femme, Assunta, engloutie par le patriarcat, *paf !* Juste comme ça.

Nul besoin de vous préciser sans doute qu'Assunta était bouleversée. Pendant deux jours d'une crise de nerfs invalidante, elle resta allongée dans son lit à sangloter, un torchon posé sur les yeux.

Qu'allait-il advenir de Nonna Maria ? Elle n'était pas incluse sur le passeport. Assunta était convaincue que sa mère mourrait, privée de ses yeux, sans source de revenus, sans personne pour lui apporter de la nourriture ou l'aider à laver ses vêtements. Certes, il y avait Za Violetta, mais cela ne la rassurait pas vraiment.

Au cours de cette période où Assunta fut paralysée par des émotions désastreuses, Cettina prépara tous les repas. Avec l'aide de Stella, elle désherba le jardin – toutes deux se firent la réflexion qu'elles ne seraient pas là pour manger ce qu'elles avaient planté.

L'ambivalence plongeait Stella dans l'hébétude. Son cœur était brumeux, froid, verrouillé. En marge de son vide émotionnel – tels les gitans qui tournaient en rond à la *fhesta*, guettant une occasion de s'approcher – se trouvaient des éclaboussures de regret, de soulagement, de chagrin, de haine envers son père, de colère contre son village – pourquoi n'était-il pas plus prospère, plus difficile à quitter ? Mis bout à bout, ces sentiments ne voulaient rien dire. Alors elle les repoussa, parce qu'elle était quelqu'un qui préférait que les choses soient noires ou blanches. L'idée de quitter Ievoli lui était insupportable – sa grand-mère, son perchoir sur la *chiazza* de l'église, d'où elle aimait admirer le coucher du soleil, les chats errants qui s'attardaient à ses côtés dans les ruelles gorgées de soleil. Mais il y avait autre chose, qui bourgeonnait, fleurissait à l'intérieur de son chagrin – une ambition pour une autre vie. En dépit du choc glacial – celui d'apprendre que d'un claquement de doigts à distance leur bon à rien de père tourneboulait leur existence –, Stella se demanda s'il s'agissait d'un cadeau du ciel. Elle irait en Amérique, et n'aurait pas à choisir d'épouser ou non Stefano.

Cettina, quatorze ans, oscillait entre les larmes et le stoïcisme. Elle s'inspirait toujours des émotions de sa mère et de sa sœur, alors cette période fut particulièrement perturbante pour elle. Stella savait que sa cadette souffrirait plus qu'elle car elle n'avait pas la peau aussi dure. Stella n'allait pas compliquer encore plus les choses pour sa mère et sa sœur. À la place, elle réprima sa peine, comprima ses frustrations qui se muèrent en compassion, brossa et natta leurs cheveux, leur frotta le dos, tourna et retourna les questions logistiques – la réalité – dans sa tête.

Il fallait bien que quelqu'un se charge des derniers détails. Tandis qu'Assunta pleurait dans le giron de sa mère aveugle, Stella décida que cette personne, ce serait elle. Le temps manquait pour vendre la maison, alors ils n'essayèrent pas. Cicciu enverrait l'argent à Antonio quand la vente serait effective. Tous les vêtements des Fortuna pouvaient tenir dans une malle, que Stella acheta au magasin de Zu Salvatore. Elle la remonta seule jusque chez eux. Le coffre était peu maniable, lourd, et, arrivée à mi-chemin, Stella, dégoulinante de sueur, s'en voulut terriblement de ne pas avoir accepté qu'on l'aide. Une fois que sa sœur l'eut apporté à la maison, Cettina parsema le fond de basilic et de menthe afin de repousser les insectes, les maladies et la malchance, et les deux sœurs préparèrent ensemble leurs affaires.

Le porc fumé en janvier serait gâché, alors la famille en mangea autant que possible. Il y avait des tranches de *suppressata* à chaque repas. La veuve Nicoletta, qui avait entendu que les Fortuna partaient, demanda si elle pouvait garder leurs poules. Elle n'avait pas d'argent à leur donner en échange, mais c'était un souci de moins. C'étaient de bonnes pondeuses, et Stella espérait que Nicoletta ne les tuerait pas pour les servir à son fainéant de fils.

Stella donna l'âne, qui avait treize ans, à Gae Felice. Elle ne voulait pas vendre la pauvre créature, pas à quelqu'un qui voudrait mettre la bête épuisée devant une charrue. Mais elle pensait que Gae avait bon cœur, et qu'il prendrait soin du *ciucciarijllu* avec affection. Elle dut faire cela dans le dos d'Assunta, afin d'éviter un pataquès dont personne ne voulait.

Stefano vint leur dire au revoir l'avant-dernier dimanche avant qu'ils s'en aillent. Leur départ ne le contrariait pas. Lui aussi partait cet automne, pour rejoindre l'armée.

— Nous serons bientôt réunis, dit-il à Stella, qui était encore moins sûre qu'avant de le souhaiter. Il n'est pas difficile de traverser l'océan. Quand j'aurai assez d'argent pour une belle maison, je te ferai venir. Ton absence sera de courte durée.

Lorsqu'elle salua Stefano pour la dernière fois, Stella le laissa l'embrasser sur la joue. Elle voulait lui accorder cette petite faveur au cas où elle ne le reverrait jamais.

Cinq semaines – ce n'est rien du tout, surtout quand elles sont suivies de « pour toujours ».

Toute la famille se rendit à Nicastro afin de faire des photos pour le passeport. Quand Stella vit son cliché développé, elle fut surprise de découvrir à quoi ressemblait son visage. Il lui rappelait de façon consternante celui de son père.

Stella et Cettina se lavèrent les cheveux qu'elles parfumèrent avec du citron et mirent leur plus jolie robe pour leur dernière messe à Ievoli. Stella voulait que le village se souvienne d'elle sous son meilleur jour. Tandis que la famille était agenouillée sur le banc des Fortuna, le soleil tapa fort sur la laine noire de sa robe, et Stella transpira dans ses manches bouffantes. Elle avait calé des feuilles de basilic sous ses aisselles afin de camoufler ses odeurs corporelles, mais il lui faudrait tout de même laver sa tenue avant de la ranger dans la malle pour le voyage. Elle ne pouvait deviner qu'elle ne la mettrait jamais en Amérique, qu'aucun vêtement porté par les femmes américaines ne ressemblait à sa plus belle robe. Elle ne parvint pas à se concentrer sur l'homélie du père Giacomo et, à la place, adressa ses prières à la statue de Notre-Dame des Douleurs, qu'elle implora pour que le bateau à bord duquel ils s'apprêtaient à embarquer ne sombre pas au milieu de l'océan.

Ce lundi-là, suivies du petit Luigi, elles emportèrent leur dernier ballot de linge sale en haut de la montagne, jusqu'au lavoir. Tandis que Stella frottait ses vêtements contre les pierres, elle pensa au monde d'Antonio, où l'eau arrivait toute seule jusqu'aux maisons, ce qui revenait au même que d'avoir sa propre fontaine privée dans sa cuisine – un monde où l'on ne portait jamais un seau rempli d'eau au bas de la montagne, où l'on ne frottait jamais le linge contre des pierres dans un ruisseau. Stella se dit qu'elle ne serait pas malheureuse de ne plus jamais avoir à laver de linge. Elle ne pouvait deviner à quel point le goût froid et propre de l'eau de montagne de la citerne de Ievoli lui manquerait, ni que dans les années à venir, et pour le restant de sa vie adulte, elle ne ferait rien tant que les lessives.

Le 15 mai, la veille de leur départ pour Naples, Stella sortit en catimini de la maison, toute seule – elle ne voulait pas que Cettina l'accompagne, pour une fois –, et gravit la montagne jusqu'à la châtaigneraie de Don Mancuso. Les arbres regorgeaient de chatons rose argenté, et les feuilles plates en forme de couteau vrombissaient d'abeilles et de mouches à fruits. Stella était la seule personne à des kilomètres à la ronde, car rien ne justifiait la présence humaine pendant que les arbres accomplissaient leur mission estivale.

Elle trouva l'arbre sous lequel elle avait eu ses premières règles – elle était pratiquement sûre que c'était le bon – et toucha son écorce, dont les nervures rappelaient la laine.

Jamais plus elle ne s'ouvrirait la pulpe des doigts sur une bogue de châtaigne, ni n'enfoncerait par accident une épine sous son ongle. Ses jours de travail agricole étaient terminés. Elle ne savait pas où les Américains trouvaient leurs châtaignes, mais certainement pas dans l'exploitation de Don Mancuso. Elle s'assit au pied de l'arbre et ferma les yeux, s'efforçant d'absorber le bourdonnement de la châtaigneraie et le parfum du vent chaud estival.

Au crépuscule, alors qu'elle descendait la montagne, au lieu de rentrer, Stella continua sur la via Fontana après leur maison, après les ruelles en pierre et les bâtiments en stuc. Sans laisser personne croiser son regard, elle traversa le *centro*, prit la route de terre et descendit en direction du cimetière.

Stella n'y avait pas mis les pieds depuis des années. Elle se rappelait être venue avec sa mère quand elle était petite afin de s'occuper de la tombe de la défunte Mariastella. Désormais, Assunta priait chaque jour devant l'autel qu'elle lui avait aménagé à la maison, mais Stella ignorait si elle continuait à visiter la tombe régulièrement.

Le bougainvillier était en fleur, et ses lanternes magenta tapotaient contre le mur du cimetière dans la brise. Des bouquets étaient posés sur les rebords en dessous des plaques funéraires, laissant aisément deviner qui manquait le plus cruellement aux vivants. Stella passa devant toutes les sépultures, et tourna dans la dernière allée, ombragée et fraîche. Elle sursauta lorsqu'un lézard qui se chauffait sous un rayon de soleil tardif se carapata. Stella se demanda si elle était seule.

Il était là, gravé dans le marbre, son nom. C'était la chose la plus chère que sa mère ait jamais achetée. Il n'y avait pas de fleurs. Sa sœur défunte se sentait-elle négligée ? Le prêtre rétorquerait qu'il n'y avait personne à négliger ici, qu'elle était aux côtés de Dieu au paradis. Mais si tout le monde croyait le prêtre, pourquoi y avait-il tant de fleurs sur les autres tombes ?

« Mariastella », dit-elle tout haut, d'une voix qui semblait sèche et impuissante. Comme il était étrange de dire son propre nom à quelqu'un d'autre. Elle déglutit pour humidifier son palais et se lança de nouveau : « Mariastella ! »

Était-elle là ?

Ses avant-bras balafrés de cicatrices s'étaient hérissés, mais elle s'était mise dans un tel état de nerfs que cela ne prouvait selon elle rien du tout.

« Je voulais te dire… » Mais non, elle ne voulait pas lui dire. « J'ai pensé qu'il fallait que tu le saches. Nous partons. » La brise lui sembla résonner dans ses oreilles. Parce qu'elle sentait que c'était ce qu'elle était censée faire, Stella tendit la main, passa les doigts sur les indentations en biseau des lettres gravées. « Nous devons te laisser. Je suis vraiment désolée. »

Ce fut au moment où elle prononça ces mots – « Je suis vraiment désolée » – que Stella sentit la pression amassée dans ses sinus, l'humidité en périphérie de son champ de vision. Elle n'avait pas pleuré depuis des années, et bien évidemment elle ne pleurerait pas maintenant.

Lorsqu'elle eut repris le contrôle de ses émotions, Stella déclara avec raideur : « Mais nous ne t'oublierons jamais. Vraiment, tu n'as pas à t'inquiéter. »

Sa voix résonna sur la pierre sans aucune chaleur. Avec un sentiment de confusion qu'elle ne s'expliqua pas, Stella croisa les bras autour d'elle et partit.

Assunta dut dire au revoir à Maria la nuit précédant leur départ – il aurait été trop difficile pour sa mère aveugle de faire le trajet jusqu'à la gare de Feroleto. Stella n'avait jamais vu Assunta aussi mutique que le matin de leur départ. On aurait cru une vieille dame tant elle était tourmentée par cette séparation.

Aucun membre de la famille Fortuna n'avait encore pris le train, et le cousin Cicciu, qui les accompagnait à Naples, non plus. Tous étaient légèrement impressionnés par le concept et souhaitaient vivement faire les choses correctement. C'était une journée brumeuse pour un mois de mai, une drôle de moiteur s'élevait de la marina. Ils étaient arrivés trop en avance, et tournèrent en rond sur la *chiazza* de Feroleto pendant deux heures. Quand vint enfin le moment de monter à bord du train, Za Violetta, petite et rondelette, pinça la joue de Stella affectueusement.

— Tu vas me manquer, Stella, dit-elle simplement.

Stella regarda dans les yeux marron clair de sa tante et la crut.

— Que Dieu te bénisse, *zia*, répondit Stella, elle aussi sincère.

Le train venait de Catanzaro, et des passagers se trouvaient déjà à son bord. Stella, tenant le coude de sa mère qui ne pipait mot, attendit nerveusement que Cicciu leur trouve des places assises.

— Il ne faut pas quitter des yeux nos bagages, pas un seul instant, les mit-il en garde. Les voleurs sont partout.

Ils passeraient la journée dans le train, qui arriverait à Naples tard dans la nuit. Le lendemain, ils retrouveraient Signor Martinelli et feraient les examens médicaux, et le jour suivant ils embarqueraient à bord du *Monarque* avec la première marée. Stella avait des portions de nourriture pour chacun des repas, et était responsable de la bourse qui contenait les *lire* de la famille. Elle avait attendu que Cicciu, leur chaperon, lui demande de lui remettre l'argent, mais jusqu'à présent il ne l'avait pas fait. Stella comprit que Cicciu était aussi angoissé par ce voyage que les autres Fortuna.

Le train descendit la montagne en bringuebalant, longeant les villages, les routes et les vergers que Stella connaissait par cœur, et s'enfonça dans les plaines jaunes moins familières de Nicastro, où ils s'arrêtèrent pendant une demi-heure pour prendre davantage de passagers. Certains profitèrent de l'occasion pour promener leurs chèvres le long du quai. Après Nicastro, le paysage changeait complètement. Là, si proche derrière la vitre qu'elle lui sembla à portée de main, se trouvait la mer.

Stella avait vu la marina depuis le sommet de sa petite montagne, avait contemplé les changements de couleur de la cuvette d'eau, au loin, qui était argentée lorsqu'un orage grondait, dorée au coucher du soleil. Mais à présent, tandis que le train passait en se dandinant sur ses rails en pente, la mer emplissait toute la fenêtre. Il n'y avait pas d'horizon, seulement des rides formées par les vagues turquoise, qui devenaient blanches en s'ourlant contre le sable beige du rivage. Stella n'avait jamais imaginé les vagues de la mer, ni cet infini. Le surlendemain, elle naviguerait sur ce néant. Elle fut envahie par un sentiment angoissant mais familier de peur.

Ils arrivèrent à Naples deux heures après le coucher du soleil. Les passagers s'amassèrent vers la sortie et se mirent à pousser, bousculant Assunta avec leurs coudes et leurs bagages. Les Fortuna rassemblèrent leurs affaires et Cicciu, inquiet que le train ne redémarre avec eux à son bord, leur enjoignit de se dépêcher, de faire vite, jusqu'à ce que, enfin, ils dévalent maladroitement les marches en bois qui descendaient jusqu'au quai. Les yeux de Stella essayaient tant bien que mal de se fixer sur un visage dans le méli-mélo de chapeaux et de fichus. Pendant un court instant, elle resta clouée sur place, hébétée, tandis que la foule la poussait, la dépassait, tout le monde se dirigeant en un unisson tacite vers la sortie. Puis son instinct de survie la secoua, et elle attrapa le bras de Giuseppe.

— Toi, tu restes à côté de moi, lui ordonna-t-elle sèchement. Maman ! cria-t-elle ensuite.

Assunta, le visage toujours hagard de chagrin, se rangea à côté de Stella, en étreignant fermement Luigi d'un bras. La brave Cettina suivait Stella sans avoir besoin d'instructions, serrant fort contre elle la sacoche des Fortuna tel un gros poupon.

— Zu Cicciu, nous te suivons, dit Stella avec insistance.

Il se ressaisit, souleva leur malle et les guida à travers la foule pressée.

Après douze heures passées dans le train, les Fortuna étaient ensommeillés et endoloris, mais ils n'étaient pas trop fatigués pour être intimidés par le spectacle à l'étrangeté effrayante qui les attendait à l'extérieur de la gare. Les rues nocturnes étaient éclairées par les globes vitrés des lanternes à gaz, et les immeubles se dressaient aussi haut que des arbres. Il faisait chaud et lourd, ici, au bord de la mer, où l'air paraissait humide et dense. Malgré l'heure avancée, il y avait des gens partout, qui marchaient, flânaient. Des groupes de gitans, que Stella reconnaissait désormais, se tenaient dans l'ombre, sous les portiques de pierre en arc. Des hommes napolitains de tous âges déambulaient bras dessus, bras dessous pour leur *passeggià* du soir, ou discutaient avec des femmes tête nue vêtues de robes de toutes les couleurs. Stella se dit qu'il s'agissait de gitanes également, et se demanda pourquoi des hommes leur parlaient – ne craignaient-ils pas qu'elles cherchent à les dépouiller ? Cicciu, lorsqu'il la vit regarder avec insistance, se pencha vers elle pour lui murmurer « *Puttane* ». Sa voix était presque joyeuse. Peut-être que Cicciu n'avait lui non plus jamais vu de prostituée, et qu'il était aussi fasciné que Stella. C'étaient des femmes déchues, souillées, qui avaient choisi de faire la chose avec des hommes en échange d'argent. Étaient-elles nées déviantes ? Ou bien étaient-ce les hommes qui les avaient rendues ainsi ? La différence se lisait-elle sur leurs visages ?

Une charrette tractée par un cheval s'arrêta à grand fracas devant elle.

— Je vous emmène ? leur cria le cocher avec un accent à couper au couteau.

Stella sortit de sa rêverie. Quelle bêtise de rester plantés là à regarder comme des abrutis en se livrant en pâture aux voleurs et arnaqueurs de cette ville réputée dangereuse !

— Je peux vous déposer quelque part ? cria de nouveau le conducteur.

Stella observa Cicciu et remarqua l'incertitude sur son visage. Elle sentit son ventre se nouer. Le garçon ne savait pas quoi faire.

— Je vous emmène, dit le conducteur. Une *lira*, quelle que soit votre destination.

Stella observa de nouveau Cicciu, vit ses yeux étinceler d'angoisse. Il était paralysé par le doute.

— Allez, insista le conducteur, d'un ton plus grave cette fois-ci. Ignorez-vous à quel point cette ville est dangereuse ? Ça saute aux yeux que vous êtes des nouveaux venus, et les gens profiteront de vous. Permettez-moi de vous déposer là où vous êtes hébergés avant que quelqu'un ne vienne vous détrousser. Ou pire.

— Une *lira*, répéta Stella, surprise d'entendre sa propre voix. Une *lira*, quelle que soit la destination ?

Cette ville était immense et étrange ; Stella ne pourrait jamais les emmener au bon endroit si elle ne pouvait se fier à aucun de ses interlocuteurs. Elle n'avait plus qu'à espérer que le conducteur ne soit pas l'un de ces individus fourbes.

— Une *lira*, confirma l'homme.

Stella regarda une nouvelle fois Cicciu, et son cousin hocha la tête.

— Une *lira*, dit-il.

Et ils montèrent tous dans la charrette.

Cicciu donna à l'homme le nom de l'hôtel, et la rue dans laquelle il se trouvait – des informations qui étaient toutes contenues dans la lettre d'Antonio. Le conducteur leur fit la conversation, se retournant par-dessus son épaule pour leur crier des questions dans son dialecte napolitain. Cicciu et Assunta étaient mutiques, et Stella se sentit obligée de répondre au début – lui disant d'où ils venaient, pourquoi ils allaient en Amérique. Elle se sentit de plus en plus mal à l'aise de partager des informations personnelles avec cet inconnu et cessa de réagir, le laissant remplir le silence avec son propre bavardage nonchalant. L'air humide charriait une pointe d'aigreur, comme l'odeur qui vous frappe lorsque vous découvrez une courge pourrie au fond de votre cellier – en plus salée. Tandis qu'ils passaient devant des magasins et des ruelles sombres, le cœur de Stella s'affolait à l'idée de dépenser une *lira* entière pour un trajet en charrette jusqu'à l'hôtel. Mais elle se raisonna : jamais ils n'auraient été en mesure de le trouver tout seuls.

Quand le conducteur arrêta son cheval, Cicciu compara le nom de l'hôtel inscrit sur l'enseigne à ce qui était écrit sur le papier. Il lui fallut longtemps pour vérifier, pensa Stella. Elle remarqua que ses mains tremblaient. Les Fortuna descendirent de voiture, et l'homme les aida à décharger la malle.

Stella repêcha sa bourse, qu'elle avait cachée dans les plis de sa jupe. Quand elle sortit la pièce pour la remettre au conducteur, elle revit la main tremblante de Cicciu, et s'efforça de calmer ses nerfs.

— Une *lira* par personne, *signorina*, dit le conducteur.

Le cœur de Stella s'accéléra. Elle savait que ce prix n'était pas le bon, le salaire d'une journée pour un trajet aussi court – il essayait de la duper.

— Je crois que c'est censé être une *lira* pour nous tous, *signore.* » Dès que les mots eurent quitté sa bouche, elle s'en voulut terriblement d'avoir dit « Je crois », d'avoir donné l'impression d'être molle. Elle le fusilla du regard : « Six *lire*, c'est bien trop cher pour ce trajet.

— *Signorina*, on vous a mal informée. » Les yeux profondément enfoncés dans les orbites du conducteur étaient sincères. « Peut-être que vous ne connaissez pas la taxe routière ? Tous les prix ont augmenté ces deux derniers mois. Si je ne donne pas aux autorités le montant exact de la taxe que je dois pour chaque passager que j'ai transporté, je paie une très grosse amende, je risque même de perdre mon affaire… Et ils savent toujours qui je transporte, ces *carabinieri*, car ils n'ont rien de mieux à faire que d'épier les honnêtes gens toute la journée. Si quelqu'un m'a vu avec six personnes à bord de ma charrette et que je ne peux pas payer la taxe – *pfff !*

Avec sa main, il fit un geste comme s'il se tranchait la tête.

Stella regarda Cicciu, qui regardait le sol. Il ne lui serait d'aucun secours. Elle bouillonnait de colère et se noyait dans le doute – elle était persuadée que le conducteur l'arnaquait tout en n'en étant pas sûre. Et puis, il y avait sa gentille petite maman, Cettina et les garçons qui la considéraient de leurs grands yeux inquiets. C'était elle qui avait l'argent. Il lui revenait de prendre les décisions. De toute façon, bientôt ils seraient en Amérique et n'auraient plus besoin de ces *lire.*

Elle replongea la main dans la bourse, essayant de trouver une pièce de cinq *lire.*

— Je suis navrée qu'il en aille ainsi, *signorina*, disait l'homme. Je sais que c'est dur pour vous, les *emigranti*, qui venez de la campagne, où les choses sont vraiment différentes. Moi-même, je suis originaire de la campagne.

Elle sentit son pouls se calmer en lui remettant la pièce. L'expression dans ses yeux enfoncés semblait réellement sincère.

— Mais quand vous vivez en ville depuis longtemps, vous comprenez comment marchent les choses, vous voyez ? » Il regarda sa main. « Et le reste, *signorina* ?

Stella, qui avait baissé la garde, fut de nouveau submergée par la colère.

— Comment ça, le reste ? Six, cela ne vous suffit pas ? » Elle sentait que sa famille trépignait à ses côtés, sentait la pression qui pesait sur elle de ne pas commettre d'erreur pour eux tous. « Vous voulez nous voler davantage ?

Le conducteur rit, sans méchanceté.

— Non, *signorina*, six, c'est bien suffisant. Mais vous ne m'avez donné que deux.

Il tendit sa paume, lui montra deux pièces de une *lira* chacune.

— Oh », répondit-elle d'un ton bourru, toute penaude de sa bévue.

Comment ai-je pu être aussi bête ?

« Désolée.

Elle récupéra dans la main de l'homme une pièce d'une *lira* et l'échangea contre une pièce de cinq *lire* dans sa bourse. Les doigts de l'homme se refermèrent autour de la pièce avant même qu'elle ait pu cliqueter contre sa camarade. Le doute assaillit de nouveau Stella, mais le conducteur sauta sur son siège et ordonna à son cheval d'avancer.

Une fois dans l'hôtel, les Fortuna restèrent debout près de la porte, formant un cercle protecteur autour de leur malle et de leurs sacs. Cicciu s'approcha du comptoir d'accueil pour s'adresser à l'hôtelier. Ils étaient au bon endroit, visiblement. Une très longue conversation s'ensuivit entre les deux hommes. Comment pouvait-il y avoir tant de choses à expliquer ? Stella, toujours nerveuse à cause de l'affrontement avec le conducteur, se tenait à côté de sa mère, une main rassurante autour de son bras, sentant le pouls hésitant d'Assunta dans la veine chaude et épaisse qui palpitait au creux de son coude. Cicciu finit par appeler Stella afin qu'elle paye pour deux chambres – une pour lui-même, une autre pour les Fortuna –, pour deux nuits au prix exorbitant. Cette fois-ci, cependant, il n'y avait pas de surprise. Stella compta les quarante *lire* précieuses. Quand elle les posa sur le comptoir, elle regarda ce qui lui restait, et sentit de nouveau son ventre se nouer. Sa bourse était trop faiblement garnie.

— *Scusi, signore*, pourriez-vous me dire combien coûte un trajet en charrette depuis la gare ? demanda-t-elle à l'hôtelier. Pour nous six ?

L'homme haussa les épaules.

— Une *lira*, pas plus.

Une lira.

— Mais, et la… » Stella essaya de se souvenir des mots du conducteur : « La taxe routière. Contrôlée par les… *carabinieri* ?

— Il n'y a pas de taxe routière, *signorina*, répondit l'hôtelier en secouant la tête. Je suis vraiment navré. Les *truffatori* de ma ville. Ils sont responsables de notre mauvaise réputation.

L'homme les accompagna jusqu'à leur chambre, où ils s'installèrent sans entrain. Stella s'en voulait tellement qu'elle était incapable de parler. Tandis que sa mère leur distribuait le dîner, Stella déversa le contenu de sa bourse et compta tout son argent. Sans surprise, il lui manquait quatre *lire.*

— Il m'a arnaquée, dit-elle tout haut.

— Oh, Stella, dit sa mère. C'est moche, mais nous n'y pouvons rien. Cinq *lire*, mais c'est fini.

— Non, dit Stella, sentant son ventre s'embraser. Il m'a roulée une deuxième fois. Je savais que je lui avais donné six, mais il a dû changer la pièce très vite, et avec sa ruse il m'a soutiré encore cinq *lire.*

Stella était tellement furieuse – contre cet homme, mais aussi contre elle-même – que sa vue s'embruma d'un brouillard argenté. Elle cligna des paupières pour chasser le nuage, et vit qu'Assunta et Cettina la regardaient d'un air ahuri.

« Donc, au total, je lui ai donné une pièce d'une *lira*, une pièce de cinq, puis cinq *lire* de plus. Même en considérant que j'ai repris une *lira*, j'ai tout de même payé dix *lire* pour un trajet qui aurait dû n'en coûter qu'une.

Maintenant qu'elle avait compris la tragédie, Cettina poussa un cri de surprise. Assunta clappa de la langue et laissa échapper un « Madonn' ». Cicciu était très concentré sur sa *suppressata,* ou faisait de son mieux pour ne pas croiser le regard de Stella.

Celle-ci aspira une grande bouffée d'air. Il fallait qu'elle se calme.

— Comment un homme peut-il être aussi mauvais ? Voler des gens sans défense ?

— Le monde est rempli de gens mauvais, ma souricette, déclara Assunta.

Ses yeux étaient rouges d'avoir tant pleuré pour sa mère, mais désormais elle consacrait son attention à sa fille. Stella essaya de déglutir, en vain – son erreur lui restait en travers de la gorge.

— On ne peut faire confiance à personne dans ce monde, à part soi-même. Il faut savoir exactement en quoi on croit, afin de s'y tenir. Autrement, des gens essayeront toujours de vous duper ou de vous berner, poursuivit Assunta, qui tapota le lit à côté d'elle. Viens t'asseoir, Stella, et mange un peu de pain.

La jeune fille se tourna vers le mur pour se ressaisir, mais regarda sa mère du coin de l'œil. Le conseil d'Assunta de ne faire confiance à personne était un adage que tout le monde répétait sans jamais réfléchir à son sens. Stella, elle, y réfléchissait. Elle réfléchissait à ce que cela voulait dire, de savoir en quoi l'on croyait – elle croyait avoir donné six *lire* au conducteur, et il l'avait persuadée que ce qu'elle croyait était faux. C'était sa faute à elle. Son esprit et sa volonté avaient flanché.

Cette nuit-là, allongée dans le lit inconfortable, tête-bêche avec sa mère et sa sœur, Stella polit le cristal de rage et de honte qu'elle avait dans le cœur. Elle ne se montrerait pas faible. Elle saurait à quoi s'en tenir – elle ne laisserait plus jamais le doute l'envahir. Elle serait prête à toutes les éventualités ; elle ne laisserait jamais, jamais personne abuser d'elle. Si cela arrivait, ce serait parce qu'elle le méritait.

Un garçon à peine plus âgé que Stella retrouva les Fortuna à l'hôtel à 8 heures le lendemain matin afin de les conduire jusqu'au Signor Martinelli, l'agent de l'émigration. Il s'assura qu'ils avaient pris leurs photos de passeport. Ensuite, ils marchèrent un peu par les rues pavées, le long d'un large boulevard qui les mena au bureau de l'agence. Quinze autres personnes attendaient déjà. Il y avait une place sur l'un des bancs pour Assunta, mais pour personne d'autre.

— C'est une journée chargée, avec le bateau qui part demain, expliqua le garçon. Attendez ici que Signor Martinelli vous appelle.

Leur escorte partit, sans doute pour aller chercher des familles dans d'autres hôtels, devina Stella.

Ils patientèrent peut-être une heure. Périodiquement, la porte du bureau privé s'ouvrait, laissant sortir une famille, et Signor Martinelli lisait un autre nom de la liste. À mesure que la foule dans la salle d'attente déclinait, de nouveaux arrivants venaient la réalimenter. Assunta, qui était d'humeur un peu plus joyeuse, chantait des chansons à Luigi. Cicciu apprit au petit garçon un nouveau jeu de cartes. Cettina ne disait pas grand-chose. Stella n'entama pas la conversation avec sa cadette, cependant – elle était accaparée par une angoisse qui supplantait même son épuisement.

Quand Signor Martinelli les appela enfin, Stella commençait à avoir faim. L'homme s'installa derrière un beau bureau en bois lustré. Assunta et Cicciu s'assirent sur les tabourets juste devant. Les enfants restèrent debout. Cettina tenait Luigi contre sa hanche, même si son frère avait passé l'âge d'être porté de la sorte.

Signor Martinelli, un homme qui se dégarnissait et dont le visage était dominé par une moustache grise soyeuse, examina une liasse de papiers. Pour Stella, le mauvais pressentiment était déjà là – elle avait la conviction que quelque chose n'allait pas. L'expression qu'affichait cet homme en était la confirmation.

— Vous êtes la Signora Fortuna », dit-il enfin. Il avait le même accent napolitain qu'ils entendaient depuis leur arrivée, mais s'exprimait lentement et distinctement. Il devait être habitué aux émigrants qui parlaient des dialectes des quatre coins des provinces méridionales. « Assunta Mascaro, n'est-ce pas ? demanda-t-il.

— C'est elle, répondit Cicciu.

— Et vous devez être Mario ?

Il y eut quelques secondes de silence.

— Non, finit par répondre Cicciu. Je suis leur cousin Francesco. Je suis juste leur chaperon.

— Vous ne voyagez pas.

— Non, *signore.*

Signore Martinelli leva les yeux pour examiner chacun des enfants debout.

— Très bien. Lequel d'entre vous est Mario ?

Un autre silence assez long s'installa dans la pièce. Stella, lorsqu'elle vit que Cicciu ne répondrait pas, prit la parole :

— Il n'y a pas de Mario, *signore.* Nous sommes Stella, Concettina, Giuseppe et Luigi.

Elle montra du doigt chacun des Fortuna en énonçant son nom.

— Stella ? répéta Signore Martinelli. Stella qui ?

Stella cligna des yeux. L'angoisse bourdonnait dans ses oreilles.

— Mariastella Fortuna, répondit-elle. C'est moi.

Signore Martinelli laissa échapper un grand soupir.

— Problème, mes amis. Gros problème.

Il tourna les papiers comme pour qu'ils les voient, non pas que la plupart d'entre eux fussent en mesure de lire ce qui était écrit.

« Votre visa est pour la femme d'Antonio Fortuna, Assunta Mascaro, et ses quatre enfants mineurs : fils Mario, seize ans ; fille Concettina, quatorze ans ; fils Giuseppe, treize ans ; et fils Luigi, cinq ans. Il semblerait que quelqu'un vous ait remplacée, Signorina Stella, par un fils prénommé autrement. Tout le visa est erroné. J'ai le regret de vous annoncer que vous n'allez pas pouvoir voyager.

Cette fois-ci, le blanc s'éternisa. Stella sentait que Cettina tremblait à ses côtés. Elle finit par rompre le silence :

— Quoi ?

Signor Martinelli se répéta. Il lui fallut répéter de nombreux mots pour expliquer.

— Cela ne rime à rien, intervint Cicciu.

Stella était soulagée qu'il prenne enfin la parole.

— C'est prévu de longue date. Zu Antonio a payé pour qu'on s'occupe de ces papiers. Cette famille a tout laissé derrière elle. Za Assunta et les enfants doivent prendre place à bord de ce navire demain.

— Je suis désolé, dit l'agent. C'est fort malheureux, mais les règles sont strictes.

— Cela ne rime à rien, répéta Cicciu. Cela ne...

— Comment corriger cette erreur ? le coupa Stella.

Cicciu était empêtré dans le problème ; elle avait besoin d'une solution, et vite, avant que le Signor Martinelli ne les jette hors de son bureau.

— C'est impossible, répondit-il en s'adressant à Cicciu, comme si c'était lui qui lui avait posé la question. Le visa n'est pas conforme. Je ne peux rien faire, car il a été émis par le gouvernement américain. Antonio Fortuna doit faire une nouvelle demande de visa.

L'esprit de Stella passait frénétiquement en revue toutes sortes de possibilités. Elle se souvint de ce qu'elle avait entendu à propos des télégrammes, capables de distribuer une lettre très loin en seulement quelques heures. Peut-être était-il encore temps de contacter son père en Amérique ?

— S'il peut corriger le passeport aujourd'hui, nous pouvons revenir ce soir avec notre…

— *Signorina*, dit l'agent, fermement mais avec bienveillance. Il faudra plusieurs mois pour corriger cette erreur. Peut-être des années. Votre père doit refaire une demande de passeport avec le gouvernement des États-Unis, et ils ont des quotas stricts sur le nombre de passeports qu'ils émettent.

— Les quotas », répéta Stella. Ce mot lui paraissait familier, mais elle n'était pas sûre de son sens. Son esprit était engourdi. « Un petit accident est à l'origine de cette erreur, reprit Stella, qui sentait qu'elle était à deux doigts d'éclater d'un rire délirant. Un tout petit, petit changement, que personne n'a remarqué. Ne pouvez-vous pas tout simplement le corriger ?

La moustache de Martinelli gonfla lorsqu'il soupira.

— Je suis navré, *signorina.* Ils sont très stricts sur les visas. Ils peuvent refouler toute votre famille s'il y a le moindre écart et, vous et moi, nous serons alors vraiment dans de sales draps.

Son visage était compatissant et triste. Mais celui du cocher arnaqueur avait affiché ce genre d'expression aussi.

— Je ne peux pas vous autoriser à monter sur ce navire, conclut l'agent.

— Que faire ? demanda Cicciu.

À côté de lui, Assunta pleurait.

— Rentrez chez vous, dans votre village, dit l'agent.

Que pouvaient-ils faire d'autre ?

Les Fortuna rebroussèrent chemin et rentrèrent chez eux.

À la gare de Naples, Stella compta ses pièces pour le retour. Elle avait abordé ce départ pour l'Amérique avec perplexité, mais maintenant qu'ils ne partaient plus, tout lui paraissait futile. Balancer toutes leurs économies dans la paume crasseuse du guichetier, tout cela pour retourner à leur point de départ – à quoi bon ?

Cettina, nerveuse, le visage luisant de sueur, partageait son point de vue.

— Nous aurions pu nous acheter tant de choses à la place, chuchota-t-elle si fort qu'on pouvait l'entendre à dix pas de là. Tant de paires de chaussures.

— Nous n'avons pas besoin de chaussures, rétorqua sombrement Stella. Nous n'avons aucun endroit où les porter.

Parfois, le pire aspect d'une mauvaise nouvelle n'est pas tant la mauvaise nouvelle en elle-même, mais le fait de devoir l'expliquer encore et encore, de devoir supporter les réactions de gens qui sont parfois bien intentionnés, qui font parfois juste semblant de l'être, ou qui parfois ne s'en donnent même pas la peine.

Une grossière erreur. La faute à qui ? Et personne ne pouvait la corriger ? Avez-vous tout essayé ? Pourquoi ne pas avoir tenté ci, ou ça ? Tout cet argent. Quel gâchis. Que va dire votre mari ? Il va être très en colère, qu'allez-vous faire ?

Oui, parfois, l'enfer, c'est les autres.

Au moins, les Fortuna avaient un endroit où vivre, puisqu'ils n'avaient pas réussi à vendre leur maison en si peu de temps. Mais c'était bizarre d'être de retour. Ils n'étaient partis que quelques jours, et pourtant, désormais, le village de Ievoli leur paraissait petit et pitoyable. Stella avait vu un train, une mer, une ville ; elle avait croisé des hommes d'affaires, des prostituées, des voleurs. Ievoli était le seul lieu sûr dans un maelström de destins disparates mais, dans le même temps, ne suffisait plus à l'en protéger.

À plus de quatre mille huit cents kilomètres de là, Antonio Fortuna était furieux. Il avait payé un supplément pour que les papiers soient faits correctement par Signor Martinelli, et à la place ils avaient été rédigés n'importe comment. Était-ce la faute de l'écriture d'Antonio ? C'était lui qui avait décidé d'écrire « Maria » plutôt que « Mariastella », car ce prénom lui avait semblé long et à consonance peu américaine. Il avait pensé qu'un prénom banal comme « Maria » faciliterait l'avancée des papiers d'immigration. Avait-il introduit l'erreur en essayant quelque chose de nouveau et de pas tout à fait vrai ? L'avait-on escroqué ?

Après cinq années d'attente dans la file des visas, les efforts d'Antonio avaient échoué. Mais il était calabrais : sa tête ne ferait que s'endurcir jusqu'à ce qu'elle se fende comme une citrouille à force d'entêtement. Il remplit une nouvelle fois les papiers, renseignant péniblement les formulaires à la main. On était en mai 1936. Si la mystérieuse loterie des visas prenait autant de temps que lors de sa première tentative, lui et ses enfants, parmi lesquels se trouvait un fils qu'il n'avait jamais rencontré, seraient peut-être réunis d'ici à 1941. En attendant, trois d'entre eux auraient atteint leur majorité, et il faudrait qu'ils remplissent des formulaires à part pour des passeports adultes. Mais il ne maîtrisait rien dans cette affaire, alors il envoya croupir les papiers dans un bureau, au bas d'une pile sous laquelle ils croupiraient bien trop longtemps pour qu'il en sorte quoi que ce soit de bon.

La nouvelle au sujet du *Monarque* ne parvint à Ievoli qu'en juillet. Le navire avait fait naufrage – il avait pris feu au milieu de l'Atlantique et avait sombré avec tout l'équipage et les passagers à son bord.

— Tu es presque morte encore une fois, Stella, souligna Giuseppe. Tu as failli te noyer dans l'océan. Maintenant, tu es presque morte quatre fois.

Stella ne sut que sa vie avait été en danger que deux mois après les faits.

Assunta récita de nombreux chapelets pour les passagers

du navire. Elle était obsédée par l'idée qu'elle avait été assise parmi les morts dans le bureau de Signor Martinelli, que les petits bébés qui jouaient par terre à ses pieds étaient au fond de la mer.

— L'erreur sur ton nom, Stella, est un cadeau du Seigneur pour te sauver, dit Nonna Maria. Dieu soit loué. Sur le coup, cela ressemblait à une vilaine bévue, mais c'était en réalité un don de Dieu.

Stella songea aux prières qu'elle avait faites quand elle était agenouillée à l'église ce dernier dimanche avant leur départ pour Naples. Avait-elle invoqué la main de Dieu ? Elle repensa à sa visite au cimetière pour dire au revoir à sa petite sœur défunte, au regret qui l'avait saisie à l'idée de la laisser toute seule. Si les Fortuna avaient péri en mer, leur sépulture n'aurait même pas été en mesure de tenir compagnie au petit fantôme.

Lors d'un dimanche après-midi venteux, Stella se glissa hors de la maison tandis que Cettina était occupée à son lavage de cheveux et à son épouillage hebdomadaire. Stella avait des questions, et il fallait qu'elle soit seule pour les poser. Elle dévala la via Fontana jusqu'au cimetière, et se planta devant la tombe de Mariastella, les bras croisés devant sa poitrine comme pour se protéger. L'atmosphère angoissante de sa visite précédente s'était dissipée, mais l'impression de danger perdurait.

« Je sais que tu es là », lança Stella à la froide plaque de marbre. Bien évidemment, elle n'obtint aucune réponse. « Je veux juste savoir une chose. As-tu fait sombrer tout ce navire dans le but de m'avoir moi ? As-tu tué tous ces gens parce que tu me détestes vraiment ? » Stella attendit dans le silence aussi longtemps qu'elle en eut la patience. « Ou bien est-ce l'inverse ? demanda-t-elle. M'as-tu sauvée en sabotant mon passeport ? »

Le soleil tapait sur sa natte noire chaude et le vent remuait la poussière entre les mausolées. Stella savait qu'elle n'obtiendrait pas de réponse, mais était tout de même frustrée.

« Je sais que tu es là », répéta-t-elle encore. Elle renonça et rentra chez elle.

L'attente. Des années d'attente. Le contraire de n'avoir que cinq semaines pour faire ses adieux était d'avoir un temps indéfini pour dire au revoir, de savoir que vous alliez être arrachés à un lieu en ignorant tout du long quand cela se produirait.

Et voilà comment Stella vécut de ses seize à ses dix-neuf ans : elle attendit. Dans beaucoup de vies, ces années adolescentes sont les plus étourdissantes, sont celles qui ont le plus gros impact sur la personne que l'on devient une fois adulte. Stella regarda jeunes hommes et jeunes femmes tomber amoureux et en désamour, se quereller, avoir des enfants. Elle les regarda cimenter leurs personnalités et leurs rôles dans la société, tandis qu'elle et sa sœur étaient assises à attendre, attendre, attendre des nouvelles.

Les mois et les saisons s'écoulèrent, mesurables au rythme des récoltes, des jours de fête, de l'exubérance croissante de Giuseppe, qui avait plongé dans la fureur de l'adolescence et était confronté à bien des défis dans son monde limité à une pièce unique qu'il partageait avec des femmes, près des membres qui poussaient de bébé Luigi, lequel n'était plus un bébé. Stella avait arrêté de grandir à onze ans, mais pas sa poitrine. Cettina la dépassait de deux bons centimètres, et avait des épaules charpentées et des hanches solides – elle était faite pour enfanter, plaisantait Assunta. Les filles étaient belles, très belles. Assunta bénissait leur *cornetto* tous les jours pour repousser les pensées envieuses de leurs voisins. Mais à quoi bon être les beautés de la ville, quand tout le monde savait que vous alliez partir ?

Les filles de l'âge de Stella se fiançaient et convolaient. Ces derniers temps, Cettina avait l'impression de passer sa vie à aider les futures jeunes mariées à préparer les *mustazzoli* qui étaient offerts après la cérémonie. Les filles de

Ievoli s'empressaient de se caser avec un garçon, et les mères de Ievoli de caser leurs fils afin qu'ils se retrouvent coincés avec femme et enfants, parce que tous les garçons voulaient émigrer. Stella observait cette agitation avec un amusement distant – les machinations des filles, le flirt public, les codes dramatiques de la cour à sens unique ou mutuelle. L'immigration avait imposé au marché matrimonial du village une économie inversée – c'était toujours la prérogative du garçon de choisir, mais désormais il s'attendait à ce que les filles lui courent après pour l'honneur, et non l'opposé. Toute cette comédie était agaçante, surtout parce qu'il ne s'agissait pas d'une comédie, et que cela deviendrait la réalité de bien des gens pour le restant de leurs jours. Contrairement à Cettina, Stella n'avait pas d'amies filles en dehors de la famille – sa mère et sa sœur lui suffisaient – mais, de loin, elle s'émerveillait de leur désir de quitter le nid où elles avaient vu le jour et de mener une autre vie avec un homme. Il en allait ainsi, il fallait qu'il en aille ainsi, comme le réclamait l'injonction divine de croître et de se multiplier. Stella restait de marbre lorsque le prêtre insistait sur le fait que les bonnes chrétiennes se mariaient – après tout, les nonnes vierges n'étaient-elles pas des saintes ? –, mais au village elle était seule sur ce coup-là. Il lui manquait une pièce, une pièce que toutes les autres filles, même sa sœur, possédaient.

Durant l'été 1936, le gentil Stefano, ce garçon si distingué, lui rendit visite tous les dimanches. C'était un périple difficile, mais il refusait de s'en lasser. Tout le monde s'était attaché au jeune homme, notamment Stella, qui se disait que cela ne lui coûtait rien d'être aimable à son égard puisque de toute façon il allait bientôt rejoindre l'armée. Plus tard, elle serait contente de lui avoir donné cela, au moins.

Au cours de l'automne, tandis que Stella était occupée à ouvrir des bogues de châtaigne, elle se souvint de sa visite à la châtaigneraie en mai. Elle se rappela qu'elle s'était dit, à tort, qu'elle ne percerait plus jamais la pulpe de ses doigts sur une coque épineuse. Elle se sentait idiote de ne pas avoir vu que le plan échouerait. Ce projet d'émigration avait toujours été sans queue ni tête. Pourquoi avaient-ils tous fait comme si ce n'était pas le cas ?

Novembre arriva, et Stefano partit rejoindre l'armée. Il envoya à Stella sa première lettre deux semaines après son départ. Elle ne lisait pas très bien, mais elle devinait que le jeune homme avait une plume élégante. Assunta rangea la missive sur son étagère, à côté de la vaisselle qu'elle réservait aux occasions spéciales, car à cet endroit le courrier ne s'abîmerait pas. Elle le sortait pour le montrer à tous les gens qui venaient à la maison.

Printemps. Artichauts. Haricots. Lentilles. Pâques. Tomates. Courges. Été. Vers à soie. Cueillette de mûres, longues nuits. Ferragosto. Pèlerinage à Dipodi, fête de l'Assomption. Automne. *Fhesta*, olives, châtaignes. Hiver. Olives. Noël, fête de San Salvatore. Olives, encore. Abattage du cochon. Fenouil. Oranges, mandarines. Et artichauts.

Ampoules, puces, ongles cassés. Messe, messe. Prier pour les visas, prier pour les mères aveugles. Mariages d'autres filles. Bébés d'autres filles. Garçons qui disparaissaient, en Afrique, à Rome, en France.

Attendre.

Et attendre.

Et attendre encore.

Trois années et demie s'écoulèrent. On était à la fin octobre 1939. Le monde partait en guerre, et je ne suis pas en mesure de vous expliquer comment Antonio s'est débrouillé pour obtenir des visas pour sa famille dans le dernier créneau précieux avant que toute émigration soit suspendue. Certaines des personnes que j'ai interrogées pensent que de l'argent a dû circuler.

Il y avait trois passeports cette fois-ci : un visa pour une épouse et ses enfants dépendants (Assunta, Giuseppe et Luigi), et deux visas pour adultes seuls (Mariastella et Concettina). Ils devaient partir le 16 décembre de Naples sur un paquebot qui s'appelait la *Comtesse-de-Savoie.* Antonio leur avait acheté des billets en deuxième classe. Ils ne dormiraient donc pas dans l'entrepont, contrairement à lui, mais arriveraient dans leur nouveau lieu de vie avec style. Le voyage prendrait sept jours ; il les retrouverait le 23 décembre au port de New York.

Le fils aîné de Za Ros, Franco, qui vivait en France, acheta la maison de la via Fontana afin de l'offrir à son propre fils, qui voulait revenir à Ievoli pour se trouver une épouse. Stella savait qu'Assunta était contente que la maison reste dans la famille Mascaro, même s'il avait suffi qu'un homme à des kilomètres de là écrive quelques lignes pour qu'elle, qui était propriétaire d'un logement, ne possède plus rien. Mais il en allait ainsi. Alors à quoi bon se tourmenter ?

— Quoi qu'il arrive, dit Cettina à leur cousin Cicciu, je t'en prie, ne laisse pas Zu Franco abattre le citronnier.

Elle pointa le doigt, de l'autre côté de la fenêtre, vers l'arbuste qui se dressait dans le coin au soleil entre la maison et l'étable – le citronnier qu'elle avait planté quand elle était petite fille.

— Bien sûr qu'ils n'abattront pas le citronnier, lui assura Cicciu. Cela porterait malheur.

Sauf que, bien sûr, l'arbre fut abattu. Comme tous les autres arbres, et on utilisa tout le terrain d'Assunta pour bâtir des maisons qui furent ensuite vendues aux fils d'autres hommes.

Assunta et ses quatre enfants allèrent faire des emplettes à Nicastro à la fin du mois de novembre avec une liasse d'argent que leur avait envoyée Antonio. Tout le monde avait pour instructions de s'acheter une tenue de voyage. Luigi, neuf ans, était adorable vêtu de sa première belle chemise et de sa culotte marron. Stella et Cettina choisirent dans un magasin des robes de prêt-à-porter bleu foncé adaptées au voyage en mer américain, d'après la couturière. De plus, avec ses manches jusqu'aux poignets, le modèle couvrirait les cicatrices de Stella. Personne ne parvint à convaincre Assunta de mettre autre chose que du noir.

Depuis le bureau de poste de Nicastro, Stella envoya un message à la mère de Stefano afin que ce dernier ait l'adresse des Fortuna en Amérique. Il avait été déployé avec la division d'infanterie Catanzaro en Afrique. Pendant ses années d'armée, Stefano lui avait périodiquement écrit, mais Stella n'avait jamais répondu. Elle ne savait pas quoi dire, et aurait eu honte de son écriture. Lorsqu'il avait rejoint l'armée, Stefano avait dû penser qu'en 1939, il en aurait déjà fini. Stella ne pouvait croire qu'il avait imaginé qu'à vingt-deux ans pour lui et près de vingt ans pour elle, ni l'un ni l'autre n'auraient encore d'avenir. Stella priait pour lui, mais il était si loin, dans un endroit qu'elle n'était pas en mesure de se représenter, et ses prières lui paraissaient vides et sans but. Ou peut-être avait-elle l'impression que ses prières étaient souillées – souillées par son espoir secret que l'armée le garderait loin d'elle pour une durée indéterminée, et qu'elle n'aurait jamais à être son épouse.

Stella ne se rendit pas au cimetière lorsqu'elle quitta pour la deuxième fois Ievoli pour toujours. Elle décompta les jours jusqu'au 14 décembre, date de leur voyage en train à destination de Naples, en se disant : Demain, j'irai. Mais elle ne le fit pas.

En décembre, il régnait un froid humide à Naples, les vents moites soufflaient dans le port ouvert et s'accrochaient aux bâtiments délabrés du front de mer. Stella ne ressentit aucun émerveillement lors de ce deuxième passage dans la ville portuaire. Elle n'était pas parvenue à chasser le sentiment désespéré que cette fois encore quelque chose d'important se passerait mal. Elle était à fleur de peau lorsqu'elle repensait à leur dernière tentative, à l'équipage et aux passagers au fond de l'océan.

Les Fortuna arrivèrent à Naples le 14 décembre au soir. Le lendemain matin, ils se rendirent à la première heure à la billetterie de la compagnie maritime. Tout était en ordre pour les billets, et cette fois, les bons noms figuraient sur les passeports.

Lorsque le guichetier montra à Stella son visa, elle remarqua la date de naissance écrite à côté de son nom : 12 GENNAIO 1920. Elle était sur le point de signaler cette erreur à l'employé – son index planait déjà au-dessus de la page –, quand son cœur se mit à battre la chamade dans sa poitrine à l'idée qu'une fois de plus toute la famille serait refoulée à cause d'elle. Non, Stella, se dit-elle. Personne n'a à le savoir. Elle dut tousser pour couvrir les mots qui avaient commencé à émerger de sa gorge.

— *Scusi*, dit-elle poliment.

Elle ne parla ni à sa mère ni à Cettina de l'erreur sur son visa, pas avant d'avoir passé l'immigration au port de New York – cette nouvelle aurait pu les mettre dans tous leurs états. Quand elle évoqua le problème, la date était déjà inscrite sur tous les papiers officiels. Le 12 janvier était son nouvel anniversaire américain.

Une fois leurs billets en main, ils se rendirent chez le médecin afin d'obtenir les certificats médicaux qui leur seraient nécessaires pour embarquer sur le paquebot. La queue, sinueuse, allait jusque dans la rue glaciale, mais les Fortuna n'attendirent qu'une demi-heure. La viste médicale était très succincte – une inspection des yeux et de la langue, et un rapide examen général.

À l'hôtel, ils partagèrent le pain que Cettina avait mis dans leurs bagages. Après le dîner, Cicciu les emmena se promener, mais tous redoutaient de se perdre dans Naples, alors au bout de dix minutes ils rebroussèrent chemin. C'était une soirée longue et morne. Les trois femmes s'allongèrent tête-bêche sur le lit aux draps rances ; Giuseppe et Luigi dormirent par terre et remuèrent bruyamment pendant toute cette nuit obscure. Quand, le lendemain matin, on frappa à la porte avant l'aube, Stella était déjà réveillée et avait mal au crâne.

C'était Cicciu, et il ne venait pas leur dire qu'il était temps d'emporter leurs affaires sur le quai. Non – il tenait un journal, et son visage était rouge comme un poivron. C'était là, étalé en une – Stella eut l'impression de s'être attendue au gros titre que Cicciu leur lut. Mussolini avait suspendu tous les voyages transatlantiques ; le pays se préparait à la guerre. Plus aucun navire ne quitterait le port de Naples. Plus aucun Italien ne serait autorisé à partir.

Le guichet était déjà bondé quand les Fortuna arrivèrent. L'employé refusait de rembourser qui que ce soit, et repoussait menaces et malédictions d'un revers de la main empreint de lassitude. Il fallait que tout le monde se calme – ils essayaient de voir si le bateau était autorisé à partir, même si les ordres en provenance de Rome semblaient ne pas laisser de place à l'ambiguïté. Les heures s'écoulèrent lentement, et la colère paniquée se mua en épuisement. Les gens étaient assis sur des malles, marchaient en roulant des mécaniques, criaient, commençaient à se bagarrer. Certaines femmes pleuraient, même si, pour une fois, Assunta ne se trouvait pas dans le lot. Stella regarda les yeux rusés de sa mère en se demandant à quoi elle pensait – si, peut-être, elle espérait être renvoyée à Ievoli une seconde fois.

Ils attendirent toute la journée à la billetterie que des nouvelles leur parviennent. Assunta s'assit sur la malle parce que ses varices, qui n'avaient cessé d'enfler depuis la naissance de Luigi, lui faisaient mal aux jambes à force de rester debout. Stella tressa et détressa les longs cheveux de sa mère. Luigi se comporta en bon garçon ; il dépensa son énergie pleine d'ennui en tournant en rond dans la salle, puis finit par s'accroupir par terre et somnoler, la tête posée sur les genoux d'Assunta. Pendant ce temps-là, Giuseppe était introuvable. Stella l'imagina qui courait dans les rues crasseuses et mal famées de Naples. Elle se demanda jusqu'où il pourrait aller dans une ville où tout coûtait dix ou cent fois plus cher qu'ailleurs.

— Et si le paquebot s'en va alors qu'il n'est pas revenu ? s'inquiéta Cettina.

— Ça lui fera les pieds, répliqua Stella.

Lorsque les cloches annonçant les vêpres retentirent, le guichetier demanda à tout le monde de partir.

— Revenez demain ! cria-t-il par-dessus le murmure de la foule agitée. Même heure, même endroit. Le bateau lève l'ancre demain matin, 8 heures.

Les aspirants passagers, hébétés ou intraitables à cause de la fatigue abrutissante, se regardaient d'un œil morne, tâchant de décider s'ils allaient lui accorder leur confiance et obéir. Les commis du guichetier firent le tour de l'assemblée. Ils secouèrent les gens assoupis et répétèrent les instructions en parlant fort et lentement, afin que leur italien soit compris des anciens et des péquenauds.

L'hôtelier les logea pour la nuit. Heureusement, il avait deux chambres, que les Fortuna payèrent avec les pièces que l'employé de la compagnie maritime leur avait remises. Cicciu proposa de sortir leur acheter de quoi manger, mais Assunta rejeta sa proposition. Elle savait qu'il avait besoin de cet argent pour rentrer à Ievoli. Ils se couchèrent tôt, le ventre vide.

— Que ferons-nous si le bateau ne part pas demain ? chuchota Cettina à Stella.

Son murmure ne fut pas assez discret : les paupières lourdes de Luigi s'entrouvrirent et il loucha vers ses sœurs.

— Nous n'avons pas assez d'argent pour une nuit d'hôtel de plus, insista Cettina.

— Ne t'inquiète pas, dit Stella en prenant une voix des plus sérieuses. Tout ira bien, même s'il faudra peut-être que nous vendions Giuseppe au tourneur de manivelle.

— À qui donc ? demanda Cettina, toujours un peu lente à la détente.

— Tu sais, l'homme qui a un petit singe, sur la *chiazza.*

— Oh, c'est horrible, Stella !

Atterrée par la lenteur d'esprit de sa sœur, Stella roula les yeux. Mais Cettina ajouta alors :

— Tu sais, Giuseppe est trop vieux pour être l'assistant du tourneur de manivelle. Nous devrons sûrement vendre Luì à la place.

Les sœurs échangèrent un sourire tandis que Luigi s'enfouissait dans les jupons de sa mère en couinant.

Pour la deuxième nuit consécutive, Stella contempla le plafond noir aux côtés d'Assunta et de Cettina qui ronflaient. Elle les enviait – elles étaient capables de s'endormir à force de pleurer quand elles étaient fatiguées, pouvaient s'assommer comme des petits bébés avec leurs émotions sans retenue. Les vaisseaux sanguins sous les yeux de Stella palpitaient et sa tête tambourinait de fatigue, mais Dieu ne lui offrit pas l'apaisement. À la place, elle hallucina toute la nuit, voyant un océan qui s'étendait à l'infini. Elle imagina un bateau qui se brisait en morceaux et qui disparaissait dans les vagues.

La *Comtesse-de-Savoie* leva les voiles le lendemain matin à 8 heures, un jour plus tard que prévu. Ce fut le dernier paquebot d'émigrants à quitter l'Italie jusqu'après la guerre.

Voici ce que les Fortuna ratèrent en quittant l'Italie à ce moment-là.

Six mois après leur départ, en juin 1940, Mussolini déclara la guerre à la France et à la Grande-Bretagne. Avant l'effondrement de l'État italien en septembre 1943, quatre millions d'hommes furent déployés sur des zones de conflit partout sur l'hémisphère, du Somaliland jusqu'à la Russie ; un demi-million d'Italiens périrent, dont un tiers de civils.

Pour la plupart des Italiens, ce fut une période de privations et de peur. Des soldats – les fascistes de Mussolini, les « libérateurs » américains et britanniques, et puis, fort cruellement, les forces allemandes, qui jusqu'en 1943 avaient été dans le camp des Italiens – occupèrent à tour de rôle des villages de campagne, parmi lesquels Ievoli, où, m'a raconté une femme d'une voix hésitante, « ils profitèrent des belles filles ». J'ai rencontré un homme né en 1943, au beau milieu des six années d'absence de son père parti combattre avant d'être fait prisonnier en Russie. « Nous n'en parlions pas, m'a-t-il confié. Mon père a dû accepter le fait que ma mère n'avait pas eu le choix. »

Au moins, Nonna Maria n'eut pas à souffrir pendant la guerre. Elle mourut quelques mois seulement après le départ d'Assunta. Tout comme le *ciucciu*, que plus personne n'aimait.

En 1956, Cettina retournerait à Ievoli, au cours d'un voyage qu'elle et son mari firent pour leur dixième anniversaire de mariage. En revoyant son village natal elle fut peinée, car il lui sembla avoir beaucoup changé – désert, apathique, meurtri. Elle laissa un tas de cousins dont elle se souvenait vaguement l'habiller dans une belle *pacchiana* et la prendre en photo, *Calabrisella bella*, devant l'église. Désorientée, Cettina sourit tout du long, et rapporta des négatifs à la maison, qu'elle donna à développer et fit circuler parmi ses amis italo-américains.

Mais Stella ne remettrait plus jamais les pieds à Ievoli. Elle ne reverrait plus jamais les premiers rayons du matin se réfléchir sur les écorces des fruits qui mûrissaient sur le citronnier, et qui n'étaient pas aussi jaune citron que le soleil. Elle ne se tiendrait plus jamais sur la *chiazza* de l'église pour voir le volcan Stromboli et ses fumerolles apparaître sur l'horizon orange aux derniers instants du couchant. Plus jamais elle ne marcherait le long du sentier de montagne plongé dans un épais brouillard après une vague de froid en janvier et ne verrait de la vapeur s'élever des chênes verts tandis que la gelée s'évaporait au contact du soleil hivernal calabrais, plus jamais elle ne s'inquiéterait qu'un *cinghiale*, ce sanglier aux défenses grises, ne surgisse de la brume basse, avec dans son sillage ses marcassins bruns grognant et reniflant le sol pour trouver des insectes et des champignons parmi les racines des oliviers. Plus jamais elle ne s'assiérait sur le monticule de terre rouge en haut de l'oliveraie pour regarder les feuilles virevolter au vent, bleu argent, vert, bleu argent.

Quand on prend place à bord d'un bateau, on sait que c'est pour toujours, d'une manière ou d'une autre. Mais comprendre le sens de ce « pour toujours » – voilà quelque chose dont votre cœur essaie de vous protéger.

L'océan est vaste. Vous et moi pouvons oublier à quel point il est impressionnant. Nous pouvons fermer les yeux et le traverser en quelques heures. Pour Stella, ce furent sept jours sans autre chose que de l'eau dans toutes les directions, à observer avec inquiétude chaque fois qu'un passager vidait la cendre de sa pipe, à penser à l'équipage et aux passagers qui avaient péri en mer.

Le matin du septième jour, Stella et Cettina étaient à la proue du navire, fermement agrippées au bastingage afin de résister à la cohue des passagers qui avaient afflué pour voir apparaître le port.

L'un des membres de l'équipage bavardait dans un italien rapide avec les voyageurs amassés, et Stella eut bien du mal à distinguer des mots qu'elle comprenait. Un homme entre deux âges croisa son regard et lui demanda en calabrais :

— Vous ne parlez pas italien ?

— Un peu seulement, répondit-elle.

Stella savait qu'il ne fallait pas qu'elle s'adresse à cet inconnu, mais n'était-ce pas là le genre d'occasions où l'on peut outrepasser les règles ? De plus, sa mère était loin, essayant d'échapper à son mal de mer dans leur cabine.

Le Calabrais au feutre gris lui traduisit ce que le prolixe membre d'équipage disait à la foule. Le paquebot a trois heures de retard, les familles qui vous attendent en ont été informées. C'est le réveillon de Noël, joyeux Noël à tous. Le Seigneur nous a fait don de son unique fils, ainsi que d'une traversée sans encombre jusqu'en Amérique. Devant nous à gauche, vous pourrez voir la statue.

— La statue ? s'étonnèrent Stella et Cettina de conserve.

— La Madone du port de New York. Attendez un peu. De toute façon, si je vous le disais, vous ne me croiriez pas, ajouta gentiment l'homme au feutre.

Bien entendu, vous savez à quoi ressemble le port de New York, vous êtes en mesure d'imaginer à quoi il ressemblait en 1939. Mais à présent, imaginez que vous venez d'un monde où le bâtiment le plus haut ne compte qu'un étage, et où le verre n'est utilisé que pour les vitraux d'église. Imaginez que vous avez un père qui n'a jamais pensé à vous envoyer une carte postale.

Le gentil Calabrais les aida à porter leur malle au moment de débarquer. À chaque passage de poste de douane, il leur expliquait ce qui les attendait. Ici, c'est l'examen médical, mais il est court, et il n'y aura aucun problème puisque vous avez déjà vu un médecin à Naples. Vous pouvez entrer tous ensemble, je serai juste derrière vous. Ici, c'est la salle d'enregistrement. Nous en avons pour un petit moment, il faut s'armer de patience. Votre famille vous attend de l'autre côté de ce mur. C'est maintenant qu'on vous remet le certificat d'arrivée. Quoi que vous fassiez, ne perdez pas ce papier. Il vous sera nécessaire lorsque vous ferez une demande de nationalité.

Et lorsqu'il les quitta – le *paesan* qui venait de son village l'attendait dans le hall – il leva son chapeau et leur dit quelque chose en anglais.

— Cela veut dire *buon natale*, expliqua-t-il en leur adressant un clin d'œil.

— Redites-le, implora Giuseppe.

L'homme répéta la phrase lentement, et ils lui répondirent en chœur :

— *Me-ri Cris-mas !*

Les Fortuna étaient d'humeur enjouée quand ils entrèrent dans la salle d'attente munis de leurs nouveaux papiers de résidence aux États-Unis, joyeusement fébriles grâce à la gentillesse d'un inconnu, et impatients de commencer une nouvelle vie.

Mais Antonio n'était pas là.

Stella balaya du regard la foule de visages empreints d'espoir et de fatigue. Elle n'avait pas revu son père depuis neuf ans, et à l'époque, elle n'était qu'une enfant. Elle était capable de faire apparaître une très forte image viscérale de lui, mais elle n'était pas certaine de savoir à quoi il ressemblerait si elle le voyait. Désorientée, elle jeta un coup d'œil à sa mère. Assunta affichait une mine inquiète, mais elle ne dit rien à ses enfants.

Ils restèrent plantés maladroitement avec leur malle à côté de la sortie jusqu'à ce qu'un jeune homme les approche et les invite dans un anglais inintelligible à se mettre sur le côté afin de ne pas être en plein passage. Il portait une chemise et un pantalon noirs soignés qui, d'après Stella, ressemblaient à un uniforme militaire. Cependant, Assunta continua de ne rien dire, ni à l'homme en uniforme ni à ses enfants. Sa mère était totalement démunie ici, une enfant parmi les enfants. Stella sentit son cœur se serrer, par compassion pour sa mère, mais aussi à l'idée angoissante que, s'il fallait agir, ce serait à elle de le faire.

Où était Antonio ?

La grande horloge sur le mur, ornée de filigranes, disait 3 h 35 la première fois que Stella l'avait consultée. Elle regarda l'aiguille des minutes monter puis redescendre. Des résidents américains fraîchement munis de papiers émergeaient et étaient absorbés par des étreintes larmoyantes, par les poignées de main hésitantes de ceux qui étaient venus les attendre. De l'autre côté du mur, c'était New York, mais Stella ne voyait rien de la ville hormis le fin rayon de lumière blanche en provenance des fenêtres en hauteur. Elle se tenait immobile, et sentait l'air glacial remonter le long de son bras. Il faisait froid ici, aussi froid qu'au beau milieu d'une nuit de janvier à Ievoli. Faisait-il très froid dehors ?

Cettina parvint enfin à convaincre Assunta de s'asseoir sur la malle. Ainsi, au moins, ses jambes endolories la tourmenteraient moins. Que ferait Stella si Antonio ne se présentait jamais ? Où iraient-ils ? La jeune fille envisagea les différentes possibilités. Ils avaient la lettre sur laquelle se trouvait son adresse. Pourraient-ils trouver sa maison tout seuls ? Pourraient-ils se rendre à Hartford à pied ? C'était peu probable, surtout à l'approche du soir. Ils n'avaient pas d'argent. Ils ne pourraient pas se payer de chauffeur. Ils ne pourraient pas se prendre une chambre d'hôtel pour la nuit non plus. Stella sentit ses entrailles se nouer d'angoisse et de colère. Toute sa vie, elle s'en était remise à des chaperons. À présent, sans chaperon, elle se sentait démunie.

Quand l'aiguille se mit à remonter de nouveau sur le cadran, l'homme en costume de style militaire traversa le hall pratiquement désert et se dirigea vers eux. Il s'exprima de nouveau en anglais, pointa le doigt vers l'horloge, les issues, et à travers ces gestes parvint à leur faire comprendre que le bâtiment fermerait ses portes à 18 heures. Stella hocha la tête, s'efforçant de prendre un air compétent, et dit dans son plus bel italien :

— Merci, monsieur. Nous patienterons ici jusqu'à 18 heures.

Assunta, qui semblait petite sur la malle, hocha aussi la tête.

La lumière blanche qui émanait des fenêtres en hauteur était devenue grise, puis avait disparu. Les courants d'air étaient encore plus froids maintenant, et Cettina s'était lovée contre Stella afin qu'elles puissent partager leur chaleur corporelle. Luigi et Giuseppe, que les sœurs avaient dû gronder parce qu'ils faisaient trop de bruit, dormaient par terre, la tête posée sur les genoux d'Assunta. Stella avait mal aux pieds dans ses chaussures neuves achetées à Nicastro.

Il fut bientôt 17 h 30, et le cœur de Stella se mit à tambouriner. Agents fédéraux, médecins et employés au registre étaient partis les uns après les autres. Tandis qu'ils traversaient le hall, ils avaient enfilé par-dessus leurs uniformes des manteaux en laine qui leur arrivaient aux genoux, et replié des écharpes sous leur col avant de sortir à l'extérieur, où le vent soufflait. À 17 h 55, l'homme à la chemise noire revint les voir et leur dit quelque chose. Stella, dont les sutures au ventre palpitaient sous le coup de la panique, lui offrit un sourire radieux et hocha la tête. Il se répéta, alors elle hocha de nouveau la tête. Il soupira et retourna dans sa guitoune.

On éteignit les plafonniers à 18 heures, mais l'homme en uniforme laissa la lumière de son bureau allumée. Les sœurs étaient silencieuses. Cettina tremblait, mais pour une fois, elle n'ouvrit pas sa bouche stupide. Stella caressa la tête de sa mère comme celle d'un chat pour les calmer toutes les deux. Elle regarda l'aiguille des minutes descendre une fois de plus sur le cadran. Il y avait eu une erreur innocente, et Antonio s'était trompé de jour. Antonio ne les avait pas attendus au bon endroit et les retrouverait ici lorsqu'il comprendrait où il devait aller. Antonio ne les cherchait pas. Antonio était mort. Antonio était en prison. Les billets étaient un canular. Ce voyage était une façon de punir Assunta parce qu'elle était une mauvaise épouse, et désormais ils se retrouveraient tous à la rue dans un pays étranger. L'aiguille des minutes dépassa le 6 et reprit son ascension en direction du 12. D'un instant à l'autre, le gardien les jetterait dehors.

Il était 19 h 20 quand Antonio vint enfin chercher sa famille. Il était accompagné d'un homme dont le visage était familier à Stella, mais dont le nom lui échappait.

— On est allés voir un film quand on a su que le bateau avait du retard, fut la première chose qu'Antonio dit à sa femme qu'il n'avait pas vue depuis près d'une décennie. Mais on s'est levés tellement tôt ce matin pour venir jusqu'ici en voiture que, quand les lumières se sont éteintes dans le cinéma, on s'est tous les deux endormis.

— Vous avez dû vous inquiéter, dit l'inconnu, qui avait un visage avenant et une moustache sympathique. Mes pauvres ! ajouta-t-il.

— C'est Zu Tony Cardamone, annonça son père. Le frère de votre Za Violèt. Il va nous ramener chez nous en voiture.

Stella et Cettina échangèrent un regard. Voiture ?

— Zu Tony, tu connais ma femme, Assunta. Ce sont mes enfants. Mariastella, Concettina, Giuseppe, et ce doit être Luigi. » Antonio regarda le fils qu'il n'avait jamais rencontré dans les yeux : « Luigi, je suis ton papa.

— Je sais, répondit le garçon.

Son visage s'était empourpré.

— Ce sont les seuls vêtements que vous avez ? Des culottes courtes ? » Comme Luigi, troublé, ne répondait pas, Antonio se tourna vers sa femme. Il haussa le ton : « Tu le laisses porter des culottes courtes en décembre ?

Assunta ne répondit pas non plus, et Stella ne pouvait qu'imaginer le sentiment de désorientation qu'elle devait éprouver en sachant qu'elle avait commis une erreur sans comprendre en quoi celle-ci consistait exactement. Stella sentit son ventre se nouer de colère contre son père qui humiliait sa mère comme une enfant. Elle déglutit afin de s'empêcher de dire quoi que ce soit.

Antonio ôta son long manteau et en enveloppa les épaules de Luigi. L'ourlet arrivait au niveau de ses chevilles.

— Voilà, dit Antonio. Garde-le tout contre toi pour ne pas t'enrhumer. Il fait encore plus froid à Hartford.

Ahuris et emplis d'appréhension, ils suivirent Antonio Fortuna dehors, dans le parc contigu au port plongé dans les ténèbres. Stella enfonça son regard dans les ombres impénétrables, essayant de voir ce que cet endroit avait de différent. L'air lui parut dur contre sa peau, le vent froid était si âpre que ses joues picotaient. Stella frissonna et se concentra sur ses pieds endoloris jusqu'à ce qu'ils arrivent à un terrain rempli de voitures garées, leurs phares en verre comme une rangée d'yeux qui clignaient dans la pénombre. Stella, impressionnée, resta muette. Elle essaya d'imaginer combien pouvaient valoir toutes ces automobiles.

— Il va falloir qu'on rentre tous là-dedans, leur dit Antonio, qui ouvrit l'une des portières du véhicule et sortit un bout de corde. Giuseppe, aide-moi à attacher la malle sur le toit. Assunta, tu montes à l'avant avec moi et Zu Tony. Stella et Tina, vous irez à l'arrière avec les garçons.

— Cettina, corrigea sèchement Stella.

Son père se retourna pour la regarder. Il savait qu'elle venait de le reprendre.

— Quoi ?

— On l'appelle Cettina, pas Tina, dit Stella, qui savait que sa sœur serait trop timide pour parler.

— Ici, elle s'appellera Tina, répliqua son père. Cettina, c'est vraiment démodé.

Ses yeux rapprochés soutinrent le regard de Stella. Ensuite, il les laissa délibérément se promener sur son corps, descendre sur ses hanches avant de remonter pour se fixer sur sa fameuse poitrine. Soudain, Stella se souvint de la nuit où il l'avait pincée. Un hérissement huileux remonta le long de son torse, sa bouche s'emplit de bile.

— Tina, c'est mieux, comme nom, pour une Américaine, soutint Tony.

Tandis qu'elle et celle qui s'appelait désormais Tina s'entassaient sur la banquette arrière de la voiture, Stella comprit qu'elle détestait encore plus son père maintenant que quand elle était enfant.

Il y avait tant à voir, mais il faisait sombre. Stella s'était sûrement endormie. Tina la secoua pour la réveiller alors que la voiture descendait une colline en direction d'une grappe scintillante de grands bâtiments.

— Papa dit que c'est Hartford.

Des lampadaires électriques, grands comme des arbres, se dressaient au-dessus de la chaussée. Chacun d'entre eux était orné d'une guirlande verte attachée par un ruban. Pendant que Stella admirait toute cette opulence, Tina secoua les garçons pour qu'ils puissent eux aussi s'émerveiller devant ce spectacle. Cette ville était-elle riche au point que tout le monde avait la lumière électrique et des rues pavées ? L'un de ces grands bâtiments était-il leur maison ?

— Vous voyez, ici, dit leur père, vous voyez, ce grand magasin ? C'est G. Fox. La société de construction pour laquelle je travaille a entrepris des travaux de rénovation ici l'année dernière.

Stella essaya d'imaginer ce que son père pouvait avoir à voir avec les arcs de verre scintillant, la maçonnerie monolithique.

— C'est une église ? demanda Tina en contemplant les lumières vives.

— Quoi ? s'esclaffa Antonio. Non, *stupida*, je t'ai dit que c'était un magasin. Le plus grand magasin de tout le pays, ici, à Hartford. » Il se pencha par-dessus le siège passager pour regarder Tina : « Pourquoi penses-tu que c'est une église ?

Mais Tina, après avoir été traitée d'idiote, était échaudée. Stella n'intervint pas car elle était ensommeillée, mais elle comprenait pourquoi sa sœur avait eu cette impression. De grandes statues de dames à la peau blanche, qui semblaient étrangement vivantes pour des statues, se dressaient, immobiles, derrière les vitrines illuminées par les lumières les plus flamboyantes et vives que Stella ait jamais vues. Elles ressemblaient à des anges émergeant de boîtes venues du paradis.

Il était minuit passé, mais ils s'arrêtèrent chez Zu Tony Cardamone. La femme de Zu Tony, Za Pina, qui semblait endormie mais néanmoins allègre, avait préparé un immense plat d'antipasti. Il y avait des tranches d'aubergine, du provolone, des champignons vinaigrés, des poivrons grillés conservés dans de l'huile. Il y avait toute une variété de poissons – des anchois, des sardines et de la *baccalà* en panure. Après tout, c'était le réveillon de Noël. Il y avait un grand bol rempli de *fettuccine*, et du *raù* que Pina avait réservé afin d'en napper les pâtes. Voilà ce que mangeaient les Italo-Américains, comme allait l'apprendre Stella. C'était ce qui leur rappelait le pays, même s'ils n'avaient jamais rien mangé de semblable quand ils vivaient en Italie.

Stella était affamée. La peur terrible qu'elle avait éprouvée pendant l'interminable attente dans le terminal à New York s'était enfin dissipée. Dès qu'elle eut fini de manger, elle eut tellement sommeil qu'elle aurait été capable de s'endormir jusqu'au lendemain dans le fauteuil joliment tapissé sur lequel elle était assise. Au moment où garder les yeux ouverts devenait pénible, Antonio les emmena jusqu'à la voiture afin que Zu Tony puisse les déposer dans leur nouvelle maison.

Le bâtiment devant lequel ils se garèrent ressemblait beaucoup à celui de Zu Tony, mais la rue était plus sombre. Ils gravirent deux volées de marches parsemées de moisissure. Zu Tony insista pour porter la malle d'Assunta avant de leur souhaiter à tous une bonne nuit. Bien que groggy de sommeil, Stella ne put s'empêcher de s'étonner que cet homme gentil ait quelque lien de parenté que ce soit avec sa Za Violetta à l'œil mauvais.

Antonio ouvrit l'une des deux portes sur le palier du deuxième étage avec une longue clé en argent, et les invita à entrer dans l'appartement plein de courants d'air qui serait leur maison. Il appuya sur un interrupteur au mur, et une lumière électrique illumina un salon miteux. Aucune femme n'était venue ici pour veiller aux choses qui faisaient que la vie valait d'être vécue.

Stella et Tina suivirent leur père dans le couloir.

— Voilà votre chambre, leur dit-il. Vous aurez votre intimité. N'est-ce pas beaucoup mieux qu'à la maison ?

Aucune de ses filles ne répondit. Il montra du doigt la salle de bains, leur expliqua comment se servir des toilettes.

— Nous n'avons pas à les partager avec qui que ce soit. Ce sont nos toilettes à nous. Faites juste attention de ne pas les boucher, d'accord ? Le plombier coûte une fortune.

Tina et Stella échangèrent un regard. Elles ignoraient ce qu'était un plombier, ou comment on bouchait des toilettes.

Stella espérait qu'elles sauraient répondre à ces questions le lendemain matin.

Lorsqu'elles se retrouvèrent seules dans leur nouvelle chambre, Stella ôta ses chaussures et s'assit sur le matelas du lit simple, frottant d'abord l'un de ses pieds endoloris, puis l'autre. Tina ouvrit la malle et regarda à l'intérieur. Stella finit par dire :

— Je suis trop fatiguée, petite bestiole, on fera ça demain matin.

— Oui.

Tina referma le coffre. Elle remarqua alors les rideaux :

« Oh, Stella, nous avons une fenêtre !

Elle ouvrit le rideau, et le silence qui s'ensuivit fut tel que Stella vint regarder.

Là, deux étages plus bas, adossées à une clôture grillagée hérissée de barbelés, se trouvaient des rangées – ou plutôt des piles – de baraques misérables. Éclairés par un feu au milieu d'un terrain jonché de poubelles, des toits rouillés luisaient faiblement parmi des poutres de bois de récupération. Autour du feu, des gens sales étaient vêtus de guenilles dans le froid cinglant. Stella repensa aux gitans de Nicastro, aux couleurs vives qu'ils portaient et à leurs yeux vigilants. Elle en eut la nausée.

— C'est ici ? » s'écria Tina, dont le souffle dessina une trace de buée sur la vitre. Sa voix se grippa dans sa gorge. « C'est ici que nous vivons, désormais ?

MORT N°5

VIOL

(Mariage)

La cinquième mort commença dans un rêve.

Un matin de juillet 1941, dans le bleu lavande qui précède le lever du soleil, Stella Fortuna quitta le lit qu'elle partageait avec Tina, laissant sa sœur couche-tard à ses dernières minutes de ronflement humide avant leur journée éreintante dans les champs de tabac.

Stella emporta leur cuvette en céramique dans la cuisine, la remplit d'eau chaude et la rapporta jusqu'à leur table de chevet. C'était le coin beauté des filles, à l'abri de l'impérialisme chaotique des garçons, qui, sans-gêne, débarquaient où bon leur semblait avec leurs odeurs. Ce matin-là dans son rêve – car il s'agissait d'un rêve –, Stella observa son visage dans le miroir bleu éraflé cloué au mur au-dessus de la cuvette tout en guidant le gant sur les parties qui réclamaient le plus d'attention. Elle ne se reconnaissait pas, mais cela ne lui parut pas étrange.

Elle ne s'aperçut de la présence de l'homme que lorsqu'elle entendit la porte se refermer. Au début, elle fut contrariée ; elle passa l'un de ses bras sur sa poitrine et cala le gant entre ses jambes, en attendant que l'homme lui présente ses excuses et s'en aille. Il n'en fit rien – il resta solidement planté dans le sol, tendant les bras de sorte à créer une cage entre Stella et la porte. À cet instant, elle comprit qu'il n'était pas dans sa chambre par accident.

Stella cria : « Tina ! » Les murs de l'immeuble, si perméables quand ses frères braillaient, semblèrent absorber sa voix. « Tina ! » Mais sa sœur n'était pas là – ce qui ne pouvait arriver que dans un rêve.

L'homme posa un doigt sur ses lèvres. Il n'était qu'une ombre grise dans la lumière faiblarde, mais ses iris noirs brillaient. Stella sentit une vague froide passer sous la peau de ses fesses, à l'endroit où son regard était posé. Elle était exposée, impuissante.

Agité de tremblements de révulsion, son corps nu se gondolait de façon incontrôlable. (Dans le monde réel, son corps endormi fut pris d'un spasme, et donna un vilain coup de pied dans la jambe de Tina.) L'homme marcha sur les lattes de parquet qui les séparaient, ses paumes calleuses l'enserrèrent. Ce contact était répugnant mais sensuel ; Stella ressentit un picotement réactif dans sa chair. Au même moment, son ventre se mit à palpiter, doucement et fermement derrière les cicatrices de suture. Aucun homme à la main calleuse n'avait jamais touché sa peau de cette façon. Comment son être, dans ce rêve, connaissait-il cette sensation ?

L'homme attrapa son épaule, tourna Stella vers lui. Elle essaya de résister, mais ses membres étaient paralysés par le sommeil, ne lui obéissaient pas. Elle serra si fort son bras protecteur contre sa poitrine que l'un de ses seins passa en dessous. Avec un écœurement consterné, elle vit son aréole se libérer brusquement, son téton effrayé se rétracter.

La peur la gagna. Sans plus prendre la peine de cacher sa nudité, elle repoussa l'homme de toutes ses forces. Comme elle n'avait d'autre échappatoire, elle grimpa à la fenêtre. Elle écarta les jambes le moins longtemps possible, puis se recroquevilla rapidement. Elle dut endurer la sensation étrange de l'air caressant sa peau la plus intime. L'homme secoua la tête avant de se diriger une nouvelle fois vers elle. Ça n'allait pas, vraiment pas, perversement pas. Les mains de l'intrus se refermèrent autour de son bras.

Son champ de vision se brouilla sous l'effet de la panique. Elle chercha à se défendre et perdit l'équilibre, se sentit basculer sur le côté. Son menton heurta le sol et sa mâchoire se bloqua dans son crâne, ce qui fit vibrer ses dents. Les mains de l'homme se serrèrent autour de son bras et elle hurla. Le monde était invisible. Elle ne pouvait que ressentir les choses – des mains sur ses bras, puis sa jambe, les perles de sang qui montaient, les bleus qui commençaient à se former. Le rêve se fracassa. Elle était réveillée.

Le petit matin blême dans sa chambre était exactement de la même couleur lavande que dans son rêve. Les sens de Stella balbutiaient. « *Tina !* » C'était son père qui beuglait. « *Qu'est-ce que tu fous, bon sang ?* » Au-dessus d'elle, elle vit le visage gonflé de sa sœur entouré de papillotes en tissu. La tringle par terre à côté de ses jambes ; un rideau en coton bleu qui serpentait entre les bras des deux sœurs.

Stella sentit les muscles de son épaule se crisper autour de la douleur dans son articulation. Elle se rendit compte que les mains qui agrippaient son bras n'étaient pas celles du violeur de son rêve mais celles de sa sœur, qui l'empoignait avec tant de force qu'elle imprimait des ovales blancs dans le rose luisant de ses cicatrices de brûlure. Stella tendit le bras pour toucher sa mâchoire. Sa peau était tellement sensible qu'elle se rétracta.

La silhouette de son père traversa la pièce remplie d'ombres.

— Espèce de petite pute !

Il fit passer son bras autour du cou de Tina, qui se retrouva précipitée vers le mur. Elle se rattrapa juste à temps contre le lit pour se prendre une bonne claque du dos de la main.

— Petite traînée ! Qu'est-ce qui t'as pris ?

Tina sanglotait, incohérente. Stella, hébétée, resta allongée par terre près de la fenêtre. Son corps passait en revue ses différentes douleurs : les bleus sur son bras, son coccyx et sa joue, ses gencives blessées qui saignaient, la déchirure qu'elle percevait dans son épaule. Son père se dressait au-dessus d'elle, menaçant. Il était furieux, comme à son habitude, et attendait en laissant échapper des souffles irréguliers et humides dans sa moustache. De longues secondes passèrent. Tina haleta et toussa dans sa robe de chambre. Elle ne répondrait pas.

Antonio se tourna vers Stella.

— Qu'est-ce que c'est que ce cirque ?

Stella se redressa afin de sentir la surface plane et rassurante du mur dans son dos. Elle avait un goût de sang dans la bouche, et passa la langue sur des fissures à l'endroit où, jadis, il y avait des dents.

— Elle a essayé de te pousser par la fenêtre ?

La tête de Tina surgit, et elle leva un bras pour protéger son visage maculé de larmes.

— Non, papa ! Elle essayait de sauter par la fenêtre. Elle allait se tuer. J'étais juste…

— La ferme, toi ! » Antonio, léonin, rugissait. Sa chevelure projetait une ombre bouclée et sauvage. « Stella, je t'ai demandé si elle avait essayé de te pousser par la fenêtre ? Vous vous battiez ?

L'estomac de Stella se noua. Un résidu de ce qu'elle avait ressenti dans son rêve.

— Non. » Elle parlait avec difficulté. Sa bouche enflait à vue d'œil. « Non, papa, c'était un rêve.

— Un rêve ? Un *rêve* ?

Stella avala du sang.

— Un mauvais rêve, précisa-t-elle, sentant les bras robustes se refermer de nouveau autour de sa cage thoracique nue. Il y avait… un homme méchant, et j'essayais de m'échapper.

— Elle était sur le point de sauter par la fenêtre, et je l'ai arrêtée, intervint Tina. Elle allait tomber, et je l'ai tirée vers moi pour l'obliger à descendre.

Stella devinait à l'expression de dégoût de son père qu'il ne les croyait pas vraiment.

— Quelle genre d'idiote es-tu, Stella ? finit-il par demander, toujours assez fort pour qu'on l'entende dans le couloir. Tu allais te tuer à cause d'un mauvais rêve ?

Un tournesol de rage jaune surgit dans l'esprit de Stella. Elle sortit brusquement :

— Un homme est entré dans la chambre pour me violer, papa.

Le mot « violer » eut l'effet qu'elle escomptait ; le front d'Antonio se plissa dans une touffe de sourcils. Elle se leva, remit convenablement sa chemise de nuit et frotta son épaule endolorie.

— J'étais terrorisée. J'ai le droit de prendre la fuite devant un homme qui essaie de me violer.

Stella voyait bien qu'Antonio réfléchissait. Elle s'obligea à soutenir fermement son regard.

— Ah, *mannaggia*, jura-t-il, mais la violence était passée. C'était quoi, ces cris ?

— C'était Stella, dit Tina. C'est ce qui m'a réveillée, Dieu merci. Sinon, je n'aurais pas vu qu'elle allait tomber par la fenêtre.

C'est alors qu'Assunta entra dans la chambre, son fichu pour les travaux des champs déjà noué sur la tête.

— Que se passe-t-il ? Quel est le problème ?

Tina avait dompté ses larmes.

— Stella a rêvé qu'on la violait, m'man. Elle a essayé de sauter par la fenêtre.

— Un viol ?

La voix de sa mère était si stridente que Stella eut l'impression qu'elle transperçait sa nausée.

— C'était un rêve, m'man.

— Qui était-ce ?

Assunta passa la main sur l'épaule de Stella et sur sa poitrine, pour vérifier que sa fille était toujours intacte.

— Oui, qui était-ce ? demanda Tina dans un écho.

Les yeux des deux sœurs se croisèrent, comme aimantés. Stella trouva lascive l'étincelle qu'elle vit dans le regard de Tina. Elle détourna la tête, l'orientant vers la paume contusionnée de sa main gauche posée sur ses genoux. C'était le genre de discussion qui pouvait lui échapper.

— Qui était-ce ? insista Tina, qui n'avait jamais fait preuve d'une grande finesse dans son voyeurisme. Était-ce un homme de couleur ?

À ces mots, le rêve réapparut dans l'esprit de Stella. Elle revit soudain les yeux sombres de son violeur, le morceau de flanelle sur ses épaules. Et les mots étaient juste là. Détourner la vérité était d'une simplicité enfantine, alors elle fit ce que tant d'autres Italo-Américains firent avant et après elle : elle accusa un homme de couleur.

— Oui. Un homme de couleur.

— Qui ? » Tout excitée, Tina s'agenouilla à côté de Stella en lui saisissant les épaules : « C'était le livreur du magasin ?

— Est-ce que c'était l'un des Jamaïcains du camion ? suggéra sa mère. Était-ce ce Donny ?

— Non. » Ce supplice donnait la nausée à Stella ; elle préférait ne pas penser à ce qui se passerait si sa mère et sa sœur accolaient un nom à ce coupable imaginaire. « C'était juste un homme de couleur.

Antonio se remit à vociférer.

— Tu ne parleras jamais à des hommes de couleur. Si je te surprends…

— Papa !

À son cri, la pièce se fit silencieuse, et Stella éprouva un soulagement. Elle était sur le point de vomir.

« Sors de notre chambre. Il faut qu'on se prépare pour le travail maintenant, sinon, on ratera le camion.

Pendant un instant, on aurait dit qu'Antonio allait lever la main pour lui montrer à quoi ça la mènerait, de parler sur ce ton à son père. À la place, il tourna les talons et sortit, suivi d'Assunta, qui reniflait fidèlement. Lorsque Tina referma la porte derrière eux, son père cria :

— Je vais barricader cette fenêtre !

Tandis qu'elles étaient toutes les deux devant le miroir bleu, Tina murmura :

— Dis-moi la vérité, Stella. C'était qui ? Donny ?

— Je ne sais pas qui c'était, Tina, mentit Stella. Arrête de demander.

Elle s'habilla à la hâte, en s'efforçant de ne pas sentir les yeux du violeur sur son dos nu. Ce qu'elle se garda de confier à Tina était que l'homme de son rêve – un rêve qu'elle ferait encore et encore au cours de la prochaine décennie, un rêve terrifiant qui perturberait son sommeil et hanterait ses relations dans la journée –, l'homme du rêve qui l'avait coincée, nue, contre la fenêtre de la chambre, n'était pas du tout un homme de couleur. C'était son père.

Ce fut la cinquième fois que Stella Fortuna frôla la mort – lorsqu'elle faillit se suicider en sautant par la fenêtre du deuxième étage.

Stella fit pour la première fois ce rêve pendant l'été 1941, dix-huit mois après son arrivée à Hartford. Ces dix-huit mois avaient été les plus faciles et les plus difficiles de son existence.

Tony Fortuna, comme on l'appelait ici, vivait dans un immeuble du centre-ville de Hartford, et non dans la maison qu'il avait promise à sa femme. L'appartement se composait d'un salon, d'une cuisine équipée d'une gazinière, dont il fallut leur expliquer le fonctionnement, et de trois chambres étroites. Il n'y avait pas l'ombre d'un jardin dans cette rue – pas un seul endroit où faire pousser des tomates. Assunta devait les acheter aux marchands ambulants qui rangeaient leur charrette en bois dans Front Street.

Tony prétendait que l'appartement n'était qu'une solution temporaire. Il allait acheter une maison qui se trouvait dans Bedford Street, dans une partie plus sympathique du quartier italien. Le propriétaire, un vieux Napolitain, avait promis de laisser deux ans à Antonio afin qu'il puisse économiser les deux mille dollars sur lesquels ils s'étaient mis d'accord. « Il m'aime bien. Il me fait confiance », disait leur père.

À certains égards, l'Amérique, c'était mieux que Ievoli, même si ce pays ne correspondait pas à ce que Stella avait imaginé. Dans les toilettes, il y avait une chasse d'eau. L'eau était mystérieusement pompée jusqu'au dernier étage et emportait tout dans un tourbillon. Ils mangeaient de la viande deux fois par semaine – Tony y mettait un point d'honneur. Assunta ne savait pas cuisiner la viande ; elle n'avait jamais mangé de bœuf de sa vie avant d'arriver en Amérique. Pina Cardamone, l'épouse de Zu Tony, accompagna les femmes Fortuna dans l'immense épicerie intimidante, et leur expliqua comment choisir parmi l'orgie rose et rouge de chair morte sur l'étal du boucher. Za Pina montra à Assunta et Tina comment faire frire un bifteck dans une poêle, et comment cuire des escalopes panées de poulet au four. Au début, les menus de viande mettaient les nerfs d'Assunta à rude épreuve – une petite erreur pouvait gâcher tout un morceau onéreux, et elle cuisinait avec la peur des coups de ceinture d'Antonio. Cependant, elle s'acclimata. Elle était un vrai cordon-bleu parce qu'elle aimait manger et avait un bon palais. Tina était également une cuisinière-née, et ferait une bonne épouse – Za Pina aimait le répéter, tout particulièrement et d'autant plus ostensiblement quand Stella pouvait entendre. Stella souriait et ignorait Za Pina – ses taquineries ne l'atteignaient pas. Mais elle ne cuirait pas de bifteck, même si Za Pina pétait un plomb ou deux en essayant de lui apprendre à le faire.

L'autre *zia* qui venait leur donner des leçons s'appelait Filomena Nicotera. Elle essayait d'enseigner des choses aux Fortuna en s'appuyant sur son manuel du citoyen américain. Elle et son mari, Zu Aldo, étaient à la tête d'un service de livraison, et leur anglais était excellent. Elle était souvent accompagnée de sa fille, Carolina, seize ans. Carolina Nicotera avait un menton pointu et des yeux d'un noir éclatant qu'elle roulait à la mode américaine en réaction à sa mère autoritaire. Carolina emmitouflait Stella et Tina dans des écharpes en laine et les emmenait en excursion sur Front Street pour leur apprendre les règles en vigueur. Elle leur acheta un flacon de vernis à ongles et leur montra comment couper leurs cuticules.

On inscrivit Luigi dans une école américaine. La scolarisation était obligatoire jusqu'à seize ans – Stella n'arrivait pas à imaginer ce que les enfants pouvaient bien étudier pendant tout ce temps-là. Luì était tellement petit qu'il lui fallut des mois pour comprendre qu'il avait deux ans de plus que la plupart de ses camarades de classe de CE1. Il s'appelait désormais « Louis Fortuna », mais son surnom américain, « Louie », sonnait exactement comme celui qu'on lui avait toujours donné.

L'hiver à Hartford ne ressemblait à rien de ce que Stella avait pu imaginer. Il neigeait presque tous les jours, de gros amas blancs qui avaient l'air si lourds qu'elle ne comprenait pas pourquoi ils mettaient autant de temps à tomber du ciel. Depuis leur chambre pleine de courants d'air, les filles apercevaient un homme costaud dépenaillé qui, armé d'une planche en contreplaqué, balayait la neige tapissant les toits déformés des baraques misérables derrière leur immeuble.

Recluse dans leur petit appartement minable, Stella cherchait à se distraire du mal du pays intense dont elle était victime. Elle avait froid, elle était triste, sa grand-mère lui manquait, son *ciucciu* et son adorable petite maison au sommet de la montagne aussi. La nostalgie lui serrait le cœur – parfois, celui-ci palpitait si violemment qu'elle devait s'allonger pour reprendre son souffle. Mais il ne fallait pas que sa mère ni ses frères et sœur l'apprennent. Si elle ne tenait pas, les autres n'en seraient pas capables, et elle risquait de compromettre la réussite de leur nouvelle vie. Elle rassemblait ses frères pour jouer aux cartes autour de la table de la cuisine, où il faisait meilleur que dans le salon. Elle convainquit Assunta et Tina de l'aider à crocheter des couvertures, car celles en coton, maigrichonnes, que Tony avait sur les lits ne suffisaient pas. Elle essayait d'entretenir la conversation afin que leurs esprits ne s'appesantissent pas sur ce qu'ils avaient laissé derrière eux. Quand Stella ne trouvait pas de sujet de discussion, elle chantait des airs que Nonna Maria lui avait enseignés, dans l'espoir que sa mère et sa sœur se joignent à elles. Lorsque sa gorge était trop serrée pour chanter, elle fredonnait.

Le froid ne leur laissait aucun répit, et leur nez coulait en permanence. Stella découvrit le supplice impossible à soulager des narines gercées, endémiques à Hartford en février et en mars. L'air n'était pas le même que celui qu'elle avait respiré à Ievoli – il perçait ses poumons et sa gorge lorsqu'elle inhalait. Cette atmosphère charriait des affections dont les Fortuna n'avaient jamais souffert auparavant – des toux semblables à des aboiements de chien, des fièvres carabinées pendant quatre jours d'affilée accompagnées d'une douleur, derrière les yeux, qui brouillait tout dans la tête. Des inconnus crachaient dans l'air leur maladie en toussant à l'église, dans le bus, dans les rues, chargeant le vent de la malignité de leur souffrance individuelle.

Aucun des enfants Fortuna ne possédait de vêtements assez chauds. Leur premier mois, janvier 1940, fut un défilé de cousins et de *paesan*, des gens que Tony connaissait par le biais de l'église du Sacré-Cœur et de l'Italian Society. Des femmes leur apportèrent des sacs remplis de vieux habits – manteaux, gants, pulls. Le fait de porter des robes de seconde main poussa Stella à voir à quel point sa vie avait changé. Les tissus avaient été cousus ensemble par des machines et étaient adaptés à la taille d'une autre personne. Ils étaient trop serrés au niveau des épaules ou trop longs au niveau des bras. Ils étaient vieux, avaient été mis au rebut par quelqu'un d'autre, et pourtant ils étaient mieux que tout ce qu'elle avait jamais possédé.

Au cours des neuf années sans Tony, Assunta et ses enfants avaient été pauvres mais libres. Désormais, ils étaient prisonniers de son bon vouloir et de ses caprices. Tony avait tout l'argent ; il était le seul à savoir parler anglais. Il contrôlait chaque aspect de leur vie.

Stella n'avait jamais aimé qu'on la contrôle, et ce depuis son plus jeune âge, quand elle avait dit à sa Za Violetta qu'elle ne la respectait pas. Stella Fortuna était désormais une femme adulte, mais elle s'accrochait aux mêmes opinions de base concernant les gens dignes de son respect. Son père ne remplissait pas les conditions requises. Il buvait, il criait, ne disait pas où il allait.

« Pourquoi tu nous as fait venir ici ? » vociférait Stella lors des nombreuses disputes avec son père. Pour garder le moral, elle s'efforçait de lutter contre la peur qu'il lui inspirait, et lui répondait à la moindre occasion. « Tu nous gardes enfermés toute la journée comme des prisonniers. Tu nous as enlevés à notre maison, à notre *paese,* à notre *nonna,* à notre famille et à nos amis, pourquoi ? Pourquoi avoir fait une chose pareille ? »

Antonio ne répondait jamais à sa question. Il lui mettait une claque ou une fessée en lui ordonnant de la boucler. Ou bien il répliquait avec désinvolture : « Si ça te plaît autant là-bas, pourquoi tu n'y retournes pas ? »

Mais bien entendu, il ne s'agissait pas d'une possibilité. L'Italie était en guerre ; les Fortuna avaient fui juste à temps.

Ils étaient tous nerveux en présence de Tony. Assunta avait coutume de taper ses enfants sur le derrière avec sa grosse cuillère s'ils enfreignaient l'une de ses règles, mais c'était une forme de justice froide, et ils savaient toujours qu'ils méritaient la punition. La justice de Tony était mystique et tout sauf exempte de passion, surtout lorsqu'il buvait.

Deux nuits par semaine, en moyenne, Tony ne rentrait pas du tout à la maison, ce qui était pour eux tous un soulagement.

La première fois, ce fut à la fin du mois de janvier, alors qu'Assunta et les enfants habitaient à Hartford depuis quatre semaines. Elle avait préparé le dîner et ils avaient attendu Tony. Comme, à 21 heures, il n'était toujours pas rentré, Assunta renonça et servit les pâtes, qui avaient refroidi entre-temps. Les enfants mangèrent rapidement. Lorsque les garçons eurent nettoyé leurs assiettes, Stella les envoya au lit. En temps normal, Giuseppe leur aurait donné du fil à retordre, mais ce soir-là ils sortirent l'un après l'autre, emportant la radio de la cuisine avec eux.

— Où est papa ?

Tina avait déjà posé la question quatre fois, comme si Stella en savait plus qu'elle. Celle-ci ravala l'agacement qu'elle ressentait envers sa sœur. Ce n'était pas sa faute.

— Ne t'inquiète pas pour papa, dit Stella. Je suis sûre qu'il va bien. Il est grand.

Elle regarda sa mère manger le reste de macaronis. Les joues d'Assunta étaient humides, mais ses yeux étaient petits et en colère. L'affreux souvenir de l'été de ses neuf ans, quand elle avait regardé son père grimper sur sa mère par-derrière, comme un animal, revint à Stella. Elle l'arrêta avant qu'il ait pu se dérouler intégralement. Comment s'était débrouillé cet homme aux appétits voraces au cours de la décennie qu'il avait passée loin de sa femme ? Ce que Stella savait déjà probablement dans un coin de son esprit lui apparut clairement, et son inquiétude se dissipa complètement.

Tina la contemplait avec cette expression résolument stupide. Elle attendait que sa sœur aînée lui dise quoi penser, quoi sentir.

Stella se leva.

— Tina, tu ne veux pas aller laver les assiettes ?

— Mais, et papa ?

— Papa pourra manger quand il rentrera, lâcha Stella, en passant derrière la chaise vide de son père. Ne t'inquiète pas. Reste assise », dit-elle à sa mère, qui s'apprêtait à se lever.

Elle avait une idée. Tremblant tant elle était nerveuse – elle n'avait jamais fait une chose pareille auparavant –, elle alla dans la cuisine et prit trois petits verres dans le placard, puis le pichet qui contenait le vin de son père dans le buffet. Elle posa les godets sur la table et les remplit presque jusqu'à ras bord.

« Voilà.

Sa sœur et sa mère la regardaient avec perplexité. Stella savait ce qu'elles pensaient – *Qu'est-ce que c'est que ça ? On ne fait pas ce genre de choses* –, parce que c'était l'apanage des hommes, de boire après le dîner, comme de fumer la pipe. Elle passa un verre à Tina et en prit un pour elle.

— *Salut'*, lança-t-elle, attendant que les autres, qui la considéraient toujours avec appréhension, lèvent leur verre. *Salut'*, répéta-t-elle, en avalant la plus grande gorgée possible.

Elle se sentit presque immédiatement mieux, comme si le vin était un médicament aux vertus calmantes.

— *Salut'*, dit Assunta en écho, avant d'ingurgiter elle aussi une grosse lampée.

Puisqu'il n'y avait aucune raison de ne pas le faire, Tina les imita.

Les femmes burent et jouèrent à la *briscola* jusque tard dans la nuit. La tension retomba grâce au vin, qui aviva leurs colères et leurs affections respectives. Stella remarqua que le sentiment d'ivresse s'installait, se complut dedans tandis que les cartes devenaient plus difficiles à compter et que leurs erreurs étaient de plus en plus amusantes. Le salon cessa d'être d'une froideur inconfortable ; Stella appréciait désormais le courant d'air, qui remontait sensuellement le long de ses bras. Alors c'est pour cela qu'ils boivent, pensa-t-elle. Cette joyeuse douceur.

— Je m'en moque qu'il veuille aller voir une *puttana* », déclara Assunta entre deux tours. Depuis qu'elles avaient commencé à boire, elle n'avait pas pleuré. « Oh, Madonn', vous croyez que je suis jalouse de ce qu'il est en train de faire à une autre femme ?

Stella n'aurait jamais pu dire ces mots si elle avait été sobre, mais ils étaient là, à se précipiter hors de sa bouche :

— C'est comment, maman ? Quand il te le fait ?

Assunta agita la main, chassant cette pensée désagréable.

— Oh, c'est juste un gros enquiquinement, tu vois ? C'est ça aussi, être une épouse. Il faut être là pour lui quand il veut le faire, peu importe comment tu te sens, et parfois ça donne un bébé.

Assunta fixait la table de ses yeux vides, mais elle continua tout de même à parler, honnêtement – Stella essayait de ne pas bouger un muscle, de crainte que la moindre perturbation ne pousse sa mère à se taire.

— Et même quand tu penses *On a assez de bébés, je n'ai pas envie de tomber de nouveau enceinte*, tu ne peux pas dire non à ton mari.

La flamme de la bougie posée entre elles sur la table vacillait. Le cœur de Stella battait à toute allure. L'alcool alimentait les rouages de son imagination, et elle ne pouvait empêcher ses visions d'avancer : elle se mettait à la place de sa mère.

Tina regardait Assunta avec de grands yeux.

— Ça fait mal ? osa-t-elle demander.

— Non. Pas tout le temps. Seulement quand tu n'en as pas du tout envie. Ou parfois, quand il a trop bu, ou si ça prend longtemps, répondit Assunta, qui plissa son nez gercé. Les meilleurs maris sont ceux qui finissent la besogne rapidement, et dont la *pistola* n'est pas trop grosse. Comme ça, ils ne font pas autant mal. » Elle haussa les épaules. Son embarras prit le pas sur l'immunité que lui conférait l'alcool. « Mais vous ne devez pas apprendre tout ça avant votre mariage. C'est un risque à prendre.

Stella descendit son verre de vin. Elle espérait avoir déjà pris tous les risques possibles dans sa vie.

Quand elles eurent terminé la bouteille, elles étaient trop soûles pour continuer à jouer aux cartes. Gloussant dans un demi-sommeil, Stella et Tina aidèrent leur mère à se coucher dans son lit, puis allèrent se blottir dans le leur – le froid s'était infiltré dans la chaleur vaporeuse du vin. Les filles chuchotèrent dans le noir. L'haleine de Tina était aigre-douce et épaisse. Stella se demanda si la sienne l'était aussi. Est-ce qu'Antonio les battrait lorsqu'il découvrirait ce qu'elles avaient fait ? Pourquoi était-il allé avec une *puttana* alors que son épouse était là ? Stella devait-elle se réjouir qu'il n'embête pas Assunta, ou être offensée qu'il ait brisé la loi de Dieu et préféré une autre femme à la sienne ? Comme il était grotesque de penser que votre mari faisait des choses grotesques à une autre femme… Cette autre femme avait-elle également des enfants de lui ?

Stella pensa à l'argent que Tony devait dépenser pour entretenir une *puttana.* S'il avait économisé cet argent, aurait-il pu faire venir sa famille en Amérique plus tôt – s'il avait vraiment voulu les avoir à ses côtés ?

L'obscurité se contracta et se bomba autour d'elle. Stella était remplie du souvenir de cette chaude nuit d'été à Ievoli, du derrière nu d'Antonio qui frappait sourdement contre la jupe retroussée d'Assunta. Elle sentit le pincement dans son entrejambe, le sang qui montait sous les ongles de son père. Stella eut la nausée – à cause du vin, du souvenir, de l'indignité que sa mère avait endurée parce qu'elle devait obéissance à une brute… La jeune femme se rendit compte que ses cuisses palpitaient ; elle les serra fort l'une contre l'autre. Cela ne lui arriverait jamais. Jamais.

Le printemps explosa sur l'année 1940. Le long du chemin que les Fortuna empruntaient pour se rendre à la messe et en revenir, les arbres étaient toujours dénudés, mais des arbustes gris et secs se couvraient de fleurs jaunes de la racine à la pointe. Des forsythias – ils étaient partout, sauvages sur le bord de la route ou bien taillés et formant d'épaisses haies carrées entre les maisons. Stella apprendrait que c'était grâce aux forsythias que l'on savait que l'hiver était fini dans le Connecticut. L'air printanier était toujours plus froid que l'hiver au pays, et Stella n'en revenait pas que les fleurs ne meurent pas. Mais elles ne mouraient pas, et d'autres suivaient.

Chez elle, à Ievoli, pensa Stella, les camélias et les jonquilles seraient en fleur. Elle espérait que quelqu'un en avait ramassé pour Nonna Maria, qui adorait leur odeur.

Il y avait un hic au sujet de la maison qu'Antonio allait acheter dans Bedford Street. Même si c'était une formidable aubaine, jamais il n'aurait les deux mille dollars nécessaires. Il n'avait jamais évoqué des économies qu'il aurait faites avant l'arrivée de sa famille à Hartford ; Stella était certaine qu'il n'y en avait pas. Il gagnait dix-huit dollars par semaine sur ses chantiers. Le loyer de Front Street s'élevait à six dollars par semaine. Un dollar allait à la quête à la messe. Cinq dollars se retrouvaient dans le pot réservé aux courses sur le plan de travail de la cuisine. Même si Antonio déposait les six dollars restants à la banque, ce dont Stella doutait, il ne pourrait économiser que trois cents dollars par an.

Sa femme et ses enfants allaient devoir trouver un travail.

Et c'est ainsi qu'au cours de l'été 1940 Assunta, Stella, Tina et Giuseppe se retrouvèrent dans l'exploitation de tabac. Vito Aiello, un ami d'Antonio, y avait travaillé à son arrivée aux États-Unis. Il avait dressé des tentes et récolté le tabac à larges feuilles cultivé sous toile qu'on utilisait pour confectionner les capes des cigares haut de gamme. En avril, Antonio avait invité Zu Vito à dîner afin que celui-ci leur explique comment cela se passerait. Ils prendraient un camion dans Farmington Avenue, qui les déposerait à la ferme située en dehors de Hartford, à la campagne, et qui les ramènerait en ville ensuite. La saison du tabac allait de mai à août. N'importe qui pouvait travailler là-bas. Il suffisait de bien se débrouiller le premier jour, et on vous laissait revenir.

Ce soir-là, Tina pleura dans son lit, en petits sanglots hoquetants. Stella baignait elle-même dans la confusion et la consternation en repensant aux oranges qu'elle serait en train de récolter à Ievoli. Elle laissa Tina pleurer un moment, imaginant que les larmes iraient en s'amenuisant, mais cela n'arriva pas. Finalement, réprimant ses mauvaises pensées, Stella caressa les longs cheveux de Tina et dit :

— Calme-toi, petite bestiole. Allez, arrête de pleurer. Tu vas t'épuiser.

Tina se mit à tousser pour racler sa gorge larmoyante.

— Je pensais que la vie serait vraiment agréable ici, que nous aurions de beaux vêtements. Mais à la place, il nous a forcés à abandonner notre maison pour venir vivre dans cet endroit que nous devons partager avec d'autres gens, et il nous a obligés à abandonner notre terre pour aller travailler dans la ferme de quelqu'un d'autre comme *cafoni.*

Tout cela était vrai. Stella continua à caresser les cheveux de sa sœur sans rien dire pendant quelques minutes. Ne gâche pas ta tristesse sur ce problème, se sermonna-t-elle. La tristesse est une faiblesse. Réfléchis plutôt à comment régler ça.

— Nous ne sommes pas des *cafoni.* Bien au contraire. N'importe qui peut posséder une terre, ici, en Amérique. Oui, nous allons travailler dans un champ, mais ensuite nous aurons de l'argent pour acheter notre maison. D'accord ? Oublie papa. Nous allons travailler dur et acheter une maison à maman.

Les pleurs de Tina avaient cessé. Stella devinait ce que sa sœur devait penser – que des filles comme elles deux puissent acheter une maison, quelle drôle d'idée ! Elles avaient travaillé pour des châtaignes et de l'huile d'olive, mais jamais pour de l'argent.

— Tu penses vraiment que nous pouvons acheter une maison ? demanda finalement Tina.

— Nous allons travailler vraiment dur, répondit Stella. Tu sais bien que nous sommes douées pour ça, ma bestiole. Nous pouvons y arriver.

— Nous pouvons y arriver, Stella, répéta Tina. Nous allons acheter une maison à maman.

Chaque jour, dans la faible lumière précédant l'aube, Assunta, Stella, Tina et Giuseppe marchaient jusqu'à Farmington Avenue, où ils attendaient aux côtés des autres journaliers l'arrivée du camion de l'exploitation de tabac. Puis tous gravissaient les marches en métal qui menaient à la plateforme du véhicule, où ils s'asseyaient cuisse contre cuisse sur les bancs couverts d'échardes et se cramponnaient à leurs voisins. Le camion les conduisait en dehors de Hartford par une large route peinte, avant de rouler dans des rues plus étroites bordées de splendides maisons qui se succédaient, un peu comme si tous les habitants du coin appartenaient à la petite noblesse. Une fois dans les fermes de tabac cultivé sous toile, des tentes en coton tendues sur des piquets de deux mètres cinquante se déployaient sur des hectares entiers. Dans la brise estivale, les feuilles vert foncé, larges comme la main, tapaient doucement contre leur cage de tissu telles des ombres dansantes que l'on apercevait de la route.

Le soleil se levait tout juste quand les travailleurs étaient répartis en deux groupes : les ouvriers agricoles et les couturiers. Dans les champs, le travail consistait à désherber, réparer des tentes et récolter des feuilles arrivées à maturité pendant dix heures sous un soleil de plomb. L'air était ici plus lourd et plus humide qu'à Ievoli, ce qui amplifiait les effets néfastes de la chaleur. L'ombre sous les tentes à tabac n'était d'aucun réconfort, car il y régnait une atmosphère étouffante et moite. Les douces joues roses de Stella et de Tina brûlaient tellement que leur peau se craquelait et se desquamait en lambeaux qui les démangeaient. Stella apprit à repérer les petits serpents verts dans la terre ainsi que les araignées marron à pattes fines parfois aussi grandes que la paume de sa main. Elles se nichaient à proximité des trous dans les filets des tentes, car la chasse aux insectes y était plus fructueuse.

Dans les granges, l'équipe « couture » faisait le tri dans les paniers qu'on avait rentrés pour le séchage, et rangeait les feuilles par tailles. Chacune était alors ficelée dans une liasse graduelle qui serait ensuite roulée en cigares. Le contremaître, qui était prévenant envers les femmes d'un certain âge, ne choisissait jamais Assunta pour les travaux aux champs, bien heureusement pour elle, qui souffrait de varices.

Tous les autres travailleurs qui attendaient le camion le matin étaient noirs. Le premier jour, Stella éprouva une peur quasiment panique lorsqu'elle se retrouva entourée de Noirs. Aucun des Fortuna ne serait monté à bord si Vito n'avait pas été là.

— Gardez vos mains et vos yeux pour vous et ils ne vous

embêteront pas, leur conseilla-t-il. Joey, tu peux veiller sur ta mère et tes sœurs, n'est-ce pas ?

— Oui, monsieur, répondit Giuseppe, bien que son rôle de chaperon soit plus symbolique qu'autre chose, car à dix-sept ans il était toujours aussi maigre qu'un garçonnet.

Heureusement, il y avait essentiellement des femmes, ce qui était bien moins inquiétant que d'être entouré d'hommes de couleur, contre lesquels Antonio avait mis son épouse et ses filles en garde. Stella ne pouvait s'empêcher de penser cependant que, si son père jugeait si important que leur vertu ne soit pas exposée à des inconnus, le plus simple aurait peut-être été de ne pas les envoyer travailler aux champs. La plupart des femmes étaient sympathiques et essayèrent de discuter avec Assunta et les filles. Certaines de ces dames n'étaient pas non plus américaines, comme l'apprit Stella. Elles étaient jamaïcaines, et leur île était plus chaude que le jour d'été le plus chaud du Connecticut.

— Vous faites test ? demanda Stella, dans l'anglais que Za Filomena lui avait enseigné, à deux des dames dont elle n'apprit jamais le nom. Pour *sitizenscippu* ?

Elles secouèrent la tête.

Elles n'étaient en Amérique que pour l'été. À la fin de la saison du tabac, elles retrouveraient la chaleur de leur île.

— C'est chez nous, et on adore.

Stella, envieuse, se laissa brièvement aller à un fantasme dans lequel elle rentrait à Ievoli à la fin de la saison du tabac.

— Alors pourquoi venir ici, si vous rentrez chez vous après ?

Les dames se mirent à rire.

— L'argent, ma fille, déclara la plus mince. Comme toi.

L'argent en question, c'était soixante *cents* par jour et par personne, en deux pièces de vingt-cinq *cents* et une autre de dix. Le contremaître les payait quand ils montaient à bord du camion à la fin de la journée. Zu Vito les avait avertis qu'ils seraient des cibles faciles pour les voleurs lorsqu'ils descendraient du camion à Hartford au coucher du soleil, car on verrait bien qu'ils rentraient du travail. Voilà pourquoi ils marchaient vite et gardaient la tête baissée. Une fois arrivés à bon port à leur immeuble, les Fortuna déposaient leurs pièces dans une boîte de haricots décolorée sur une mince étagère, à côté de la photo de la première Stella. Quand tous les Fortuna avaient fait leur dépôt du jour dans la banque haricots, Stella calculait le total, faisant pour chaque dollar cumulé une marque sur une feuille de comptes qu'elle pliait et mettait ensuite dans la boîte. Elle rangeait celle-ci dans un endroit bien en vue, afin qu'elle les inspire tous. Elle tenait les comptes de façon aussi ostentatoire afin que Giuseppe – ou Joey, comme on l'appelait maintenant – sache qu'il ne pouvait pas piocher dans le pot pour s'acheter des bonbons ou des cigarettes.

Le vendredi soir après le dîner, Stella et Tina répartissaient les gains de la semaine en tas de pièces de vingt-cinq et de dix *cents*, et les enroulaient dans les emballages en papier que la banque leur remettait. Un rouleau de dix dollars contenait quarante pièces de vingt-cinq *cents*, et chaque semaine les Fortuna en remplissaient au moins un. Ceux de cinq dollars, constitués de pièces de dix *cents*, étaient plus rares – un toutes les deux semaines. Le samedi, pendant que ses enfants travaillaient un sixième jour dans les champs de tabac, Assunta se rendait à la banque pour déposer l'argent de la semaine sur leur compte d'épargne destiné à l'achat de la maison.

Tout ce cycle aurait dû être épouvantable : travailler comme des brutes au soleil afin de mettre de l'argent de côté pour une maison qu'ils avaient crue déjà achetée par leur père. Mais… non. La boîte qui sonnait de moins en moins creux à mesure qu'elle se remplissait de pièces – c'était devenu le son préféré de Stella. Assunta et ses enfants étaient en train de s'acheter leur propre maison. Ils formaient une petite armée menée par un général certes mal organisé mais aimable, et, ensemble, ils géraient leurs affaires.

La saison du tabac durait en tout quatre mois, et début septembre, il n'y avait plus de travail. Stella et Tina se retrouvèrent donc de nouveau coincées dans leur appartement de Front Street toute la journée.

Pour ne rien arranger, la nouvelle de la mort de Nonna Maria finit par arriver jusqu'à Hartford. Elle leur parvint sous la forme d'une lettre du frère le plus jeune d'Antonio, Zu Egidio, qui leur écrivait pour leur faire part de son intention d'émigrer en Australie, et qui, au passage, leur présentait ses condoléances. Maria avait dû mourir des mois auparavant. Za Violetta n'avait même pas été fichue de leur envoyer un courrier.

Bien entendu, cette nouvelle amoindrit Assunta. Elle avait été convaincue qu'en quittant Ievoli, elle signait l'arrêt de mort de sa mère, et désormais sa culpabilité était irréfutable. Assunta oscillait entre le silence, les prières entrecoupées de sanglots et la colère hystérique. Dans son chagrin, la peur qu'elle éprouvait envers son mari disparut. Elle reprochait à Tony de l'avoir arrachée à sa mère à un moment où celle-ci avait besoin d'elle. Elle lui criait dessus et, lorsqu'il la frappait pour qu'elle se taise, elle criait de plus belle. Les voisins du dessous cognaient au plafond quand leurs rixes étaient trop bruyantes ; la femme au chignon blond qui vivait de l'autre côté du palier venait les voir armée d'un rouleau à pâtisserie pour leur signifier qu'elle aimerait bien que « ces gueulards de ritals » baissent d'un ton. Assunta se moquait bien qu'on la traite de « ritale », contrairement à Antonio, que l'insulte faisait enrager encore plus.

Stella voulait réconforter sa mère, voulait qu'elles fassent le deuil de Nonna Maria et prient pour elle ensemble, mais elle n'allait pas s'aventurer dans la querelle qui opposait ses parents. À la place, elle et Tina se cachaient dans leur chambre et faisaient du crochet en regardant les habitants du bidonville se mouvoir entre leurs feux de camp. Stella plissait les yeux en fixant les façades glauques des immeubles derrière les *sciantinas*, imaginant qu'au-delà, sur l'horizon obscur, se trouvait sa petite montagne qui surplombait la marina, et que dans une maison en pierre au sommet de cette petite montagne, sur une table, se trouvait un bol rempli d'olives fraîches, tout juste cueillies, qui attendaient qu'elle croque dans leur peau verte et tendre. Stella pensait à la première Mariastella. Maintenant que Nonna Maria n'était plus de ce monde, plus personne ne se souviendrait d'elle ni ne nettoierait sa tombe.

Elle reçut également un courrier de la mère de Stefano à Sambiase, lequel était toujours en Afrique. Elle implorait Stella d'envoyer une lettre à son fils. Elle la garderait pour lui.

Stella était partagée entre la culpabilité de ne pas avoir écrit – elle le devait à Stefano, aucune autre fille ne lui écrirait pendant qu'il était à la guerre – et la peur de ne pas savoir quoi dire à cet homme qu'elle n'épouserait jamais, comme elle l'avait compris. À la fin, elle demanda au petit Louie, qui avait acquis de bons talents d'écriture à l'école américaine, de rédiger un message de sa part.

> *Chère Signora,*
> *Nous prions pour Stefano chaque jour, ainsi que pour votre famille. Nous sommes bien ici, mais travaillons dur et pensons à notre famille en Calabre. Nous vous transmettons toutes nos amitiés.*
> *Cordialement,*
>
> *Stella Fortuna*

Après cela, la guerre était certainement devenue plus difficile, ou peut-être que la censure bloquait la communication, car les Fortuna ne reçurent aucune autre lettre pendant longtemps.

Stella et Tina ne restèrent coincées dans la chambre de leur immeuble minable que quelques semaines avant de retrouver un travail. L'une de leurs nouvelles amies de l'Italian Society, une gentille fille toute mince originaire des Pouilles qui s'appelait Fiorella Mulino, leur avait déniché un emploi dans une blanchisserie de Front Street. Cela ne marchait pas pour Joey, car ils n'embauchaient que des femmes, ni pour Assunta, qui ne pouvait pas rester debout dix heures d'affilée, mais Stella et Tina se présentèrent avec Fiorella le premier lundi d'octobre, et le directeur les garda. Elles furent affectées dans le groupe de Fiorella, repassant et amidonnant au premier étage.

Au lieu de payer un salaire quotidien comme les exploitations de tabac, la blanchisserie payait à la pièce, ce qui mettait sur le travail une sorte de pression de performance. Stella aimait cela. Chaque chemise amidonnée et repassée rapportait deux *cents*. Après une première journée frustrante, elle prit le tour de main – plonger la chemise, l'étendre sur la planche, la repasser en alternant les fers. Elle s'essaya à la rotation des fers afin que la chaleur pénètre plus vite et de façon homogène dans le tissu. Elle pouvait terminer quatre, voire cinq chemises à l'heure, et rentrait parfois à la maison avec en poche quatre-vingts ou quatre-vingt-dix *cents*.

Tina, en revanche, ne réagissait pas bien à cette pression. C'était quelqu'un qui aimait faire les choses à fond, minutieusement – sans se soucier du travail des autres. Par exemple, un jour, elle avait lavé le joli pichet en céramique d'Assunta si énergiquement que l'anse du récipient lui était restée dans la main. Cette approche agressive des tâches ne s'accordait pas bien avec le calcul angoissant d'un rendement horaire ; sous la pression, Tina ne parvenait pas à atteindre l'habileté requise. La première fois qu'elle eut des ennuis, ce fut pour une chemise tellement amidonnée qu'on dut la faire rouler pour que son enveloppe craque, avant de la renvoyer au rez-de-chaussée afin qu'elle soit lavée de nouveau. Tina amidonna ensuite pendant quatre jours d'affilée. La sueur ruisselait sur son visage rouge, coulant telles des larmes le long de sa mâchoire et éclaboussant son corsage. Le quatrième jour, elle surcompensa sa lenteur en appuyant trop fort sur la chemise qui l'occupait, lui laissant une trace dévastatrice de brûlure en forme de fer. Le directeur était fou de rage, mais crier contre Tina n'était jamais une bonne idée, car elle sanglotait tellement – aussi fort qu'elle astiquait les pichets – qu'au bout d'un moment vous vous sentiez bête de lui crier dessus et finissiez par faire tout ce qui était en votre pouvoir pour qu'elle s'arrête. Tina fut donc expédiée chez elle à 15 heures sans sa paie ; elle ne fut pas renvoyée, même s'il fallut à Stella toute la soirée pour convaincre sa sœur qu'elle n'avait pas perdu son emploi. Elle ne raconta pas à sa cadette qu'elle avait donné au directeur ses soixante-dix *cents* du jour pour rembourser la chemise esquintée afin qu'il ne puisse pas s'en servir contre elle. Tina pouvait revenir travailler le lendemain, mais elle serait au rez-de-chaussée dans l'équipe de lavage, avec les dames polonaises. C'était un poste moins prisé des filles italiennes, mais dans la salle de lavage, au moins, Tina ne pouvait rien abîmer par accident. Peut-être qu'avec sa vigueur elle parviendrait à éliminer certaines des taches les plus tenaces.

Voyant que ses filles avaient le goût du travail, Tony les obligea à étudier plus assidûment l'anglais. Il essaya de les impressionner avec l'avantage comptable que représentait le fait d'avoir des papiers – si elles étaient naturalisées, elles pourraient postuler dans des usines.

« En une semaine, arguait-il, je gagne cinq fois plus d'argent que vous. »

Cependant, l'examen de citoyenneté était un obstacle insurmontable. Stella et Tina portaient à tour de rôle leur manuel mais, après des mois à tourner les pages de celui-ci, il n'était pas plus lisible qu'au début. En se concentrant beaucoup, Stella pouvait prononcer tout haut les mots anglais et deviner leur sens, mais Tina était allée si peu à l'école à Ievoli qu'elle se souvenait à peine du son d'une seule lettre en italien – alors dans cette langue étrangère bizarre où les sons produits ne ressemblaient pas du tout à ce qui était écrit… Au bout de dix mois aux États-Unis, elles n'avaient pas appris grand-chose en anglais. Elles étaient entourées de locuteurs italiens. Stella avait honte de son accent ; même quand l'occasion de parler à un Américain se présentait – disons par exemple au magasin –, elle se mettait à douter de mots dont elle était certaine quelques instants plus tôt, et s'en sortait en montrant les choses du doigt ou en laissant échapper de l'italien à la place.

Néanmoins, elle interrogeait sa sœur comme pour le catéchisme à l'époque.

« Celle-ci, tu la connais, disait-elle avant de lire en anglais : "Où se trouve la statue de la Liberté ?"

— J'en sais rien, répondait Tina, découragée.

— Mais si, tu sais ! Tu l'as vue de tes yeux.

Stella levait le bras et dardait son poing dans les airs, comme la dame verte brandissant sa torche.

« Statue de la Liberté, prononçait-elle doucement en anglais.

— New York ! » s'exclamait Tina en souriant.

Une bonne réponse !

« Comment s'appelle le président ? » lisait avec application Stella.

Silence pour réfléchir.

« Rosa Vela », répondait Tina.

En italien, ces mots signifiaient « voile rose » – un moyen mnémotechnique que Stella avait trouvé pour que sa sœur se souvienne du nom de Roosevelt. « Imagine un beau bateau avec des voiles roses, lui avait suggéré Stella. Il est tellement beau que le président navigue à son bord. »

Mais ensuite les choses devenaient très opaques, et les

réponses du livre n'aidaient pas les filles à comprendre les questions.

« Pourquoi le drapeau américain a-t-il treize bandes ? »

Stella étalait le livre entre elles afin que Tina puisse voir l'image du drapeau.

« C'est quoi, des "bandes" ?

— *Strisce.* »

Stella montrait du doigt les bandes alternativement blanches et grises du dessin. Tina restait muette.

« Ils expliquent qu'il y a treize bandes parce qu'il y a treize "colonies".

— C'est quoi, "colonies" ?

— Tu sais, comme *colonia*, répondait Stella. L'eau de Cologne, le parfum. »

Elle-même n'était pas convaincue par cette explication, mais elle n'avait pas mieux à offrir à Tina.

« Peut-être que l'Amérique possède treize parfums célèbres ? »

Les questions se faisaient de plus en plus difficiles, remplies de mots dont Stella n'avait jamais entendu l'équivalent italien. Qui a écrit la Déclaration d'indépendance. Comment un Américain peut-il participer à sa démocratie. Quel est le rôle du Congrès. D'après notre Constitution, quels pouvoirs sont confiés au gouvernement fédéral. Combien de fois la Constitution a-t-elle été amendée. Il était très difficile d'aider Tina à mémoriser les réponses alors que Stella elle-même était bien en peine d'expliquer le sens des questions posées.

Fiorella leur rappela qu'elle avait réussi l'examen de citoyenneté en assistant à des cours du soir à Hartford High. C'était gratuit. Comme ils commençaient à 19 heures, on pouvait y aller après le travail.

L'idée des cours du soir ne plaisait pas à Stella, qui aurait préféré continuer à essayer de mémoriser le livre toute seule. Elle détestait se mettre dans des situations où ses faiblesses étaient exposées ; elle ne se réjouissait pas non plus de devoir marcher la nuit pour sortir de leur ghetto de *paesan,* de devoir passer devant les bidonvilles et les ruelles sombres où rôdaient les inconnus.

— Je vous accompagnerai, proposa Fiorella. Stella, tu es vraiment futée, tu pourras peut-être le réussir toute seule, mais pas Tina, quoi que tu fasses. Tu le sais bien. Et si tu assistes aux cours avec elle, peut-être que tu pourras l'aider à rattraper. » Elle sourit timidement : « Et puis, vous pourrez peut-être rencontrer de chouettes garçons…

— Oh, Madonn' ! fit Stella, qui joignit les mains et roula les yeux vers le ciel en signe de supplication. Pitié, ne va pas lui fourrer cette idée dans le crâne !

Leur premier cours eut lieu un mardi de la mi-novembre. Stella et Tina n'avaient pas pensé à mettre autre chose que la robe raide de sueur qu'elles avaient portée toute la journée à la blanchisserie mais, après avoir vu que certains immigrants s'habillaient fort élégamment pour aller en classe, elles suivirent leur exemple. Les cours étaient ennuyeux et perturbants, comme l'école, mais pire encore, car maintenant c'était en anglais. Stella était souvent fatiguée après dix heures passées debout derrière la planche à repasser. Pourtant, elle y allait tout de même, tourmentée par un sentiment de culpabilité lorsqu'elle pensait à l'argent qu'elle pourrait déjà gagner si elle avait moyen de décrocher un meilleur emploi.

Joey, qui travaillait à mi-temps comme gardien à l'Italian Society, ne semblait pas s'inquiéter pour sa citoyenneté américaine. Mais d'une manière générale, Joey ne s'inquiétait de rien. C'était son don à lui. Des yeux marron pétillants, des dents blanches et droites quand il souriait, et pas le moindre souci dans la vie.

Après leur premier Thanksgiving américain, qu'ils fêtèrent avec les Nicotera, Carolina convainquit Stella et Tina de se couper les cheveux.

— Il vous faut ça, dit-elle en caressant ses boucles, qui

irradiaient de sa tête tels les halos des saints dans les peintures que l'on voyait à l'église. Et une permanente, si possible, pour ne pas avoir à vous embêter avec des papillotes tous les soirs.

— Notre père aime qu'on ait les cheveux longs, expliqua Stella à Carolina.

Tony trouvait que les femmes aux cheveux courts avaient des mœurs dissolues. Elles pouvaient se déplacer plus vite, danser avec plus d'énergie sans s'inquiéter de semer des épingles autour d'elles.

— Mais il n'arrête pas de répéter qu'il veut que vous deveniez de vraies Américaines, souligna Carolina. Demande-lui de regarder autour de lui. Toutes les Américaines ont les cheveux courts. Les seules à avoir les cheveux longs, ce sont les filles de la campagne.

Stella savait ce qu'elle voulait dire par « filles de la campagne ». Il y avait dans Front Street quelques familles italiennes qui vivaient de façon stricte, en élevant leurs filles comme au pays – des jupes jusqu'aux chevilles, des voiles, des mariages arrangés. Tony Fortuna avait ses règles et explosait quand on y dérogeait, mais il n'obligeait pas ses filles à se couvrir le visage pour aller à la messe. Stella trouvait qu'il avait l'intelligence de ne pas imposer ce genre de restrictions désagréables à sa famille ; après tout, ils avaient vécu presque toute leur vie sans lui, et il ne voulait pas se retrouver dans une position où sa femme et ses enfants pourraient lui tenir tête. D'après Stella, son père était un être répugnant, mais un despote rusé.

Ce soir-là, Stella et Tina évoquèrent le sujet ensemble en se peignant avant d'aller au lit. C'était bizarre d'imaginer se séparer de tous ces cheveux – le marqueur de leur féminité. Mais Stella ne voulait plus être mise dans le même sac que les « filles de la campagne ». Bien entendu, Tina suivrait une fois de plus sa sœur.

La conversation avec Tony commença exactement comme prévu.

— Papa, Tina et moi, on aimerait se couper les cheveux, annonça Stella au cours du dîner ce dimanche-là.

— Hors de question. Les femmes de cette maison se doivent d'avoir une mise respectable.

— Mais, papa, tu dis que tu veux qu'on soit des Américains. Aucune femme américaine n'a les cheveux longs. Tout le monde croira que nous... que nous sommes pauvres, et que nous venons d'arriver.

Stella s'était préparée à un échange prolongé mais, après quelques instants d'intense réflexion, Antonio semblait prêt à changer d'avis.

— Oui. Tu as raison. Les cheveux courts, c'est mieux pour la vie américaine.

Cela semblait trop facile. Stella scruta le visage de Tony pour essayer de deviner quel genre de pensées le traversait.

— Alors tu vas nous donner de l'argent pour le coiffeur ?

— D'accord, répondit-il. D'accord. Vous irez vous faire couper les cheveux, et ensuite on ira tous ensemble chez le photographe. On enverra le portrait de famille au pays pour Noël, décréta-t-il en claquant ses cuisses. Une année qu'on est américains. Oui, ça mérite un portrait.

Son père avait une vision en tête. Stella décida de pousser sa chance :

— Tina et moi avons besoin de cinq dollars chacune.

Antonio se tourna vers elle pour la regarder. Son visage s'empourprait, et elle se raidit pour la suite. Mais il se mit à rire.

— Si c'est ce que coûte un coiffeur, trouve un moyen de te couper les cheveux toi-même.

— Non, papa, c'est pour la permanente. Il faut qu'elle soit faite par un professionnel. Ils doivent mettre des produits chimiques dans tes cheveux.

— Hors de question pour la permanente. *Mannaggia*, on leur donne une main, et elles veulent tout le bras. » L'attention d'Antonio se porta de nouveau sur sa nourriture : « Tu sais quoi, je vais vous donner deux dollars à chacune. Et à vous aussi, les garçons, dit-il en s'adressant à ses fils. Vous pourrez les dépenser comme bon vous semble. Coiffeur, vêtements, que sais-je. Débrouillez-vous juste pour être présentables pour la photo.

Deux semaines avant Noël, les six Fortuna mirent leurs plus beaux vêtements et se rendirent à G. Fox pour être pris en photo. Les filles avaient dépensé cinquante *cents* chacune pour leur nouvelle coupe. Elles avaient appris à boucler leurs cheveux à l'aide de papillotes et à les placer savamment de manière à ce que les mèches encadrent leur visage. Le reste de leur budget alla dans l'achat d'un pan de tissu bleu en coton, que Stella transforma en robes identiques à manches longues en se servant de la machine mécanique de Fiorella. Stella et Tina avaient supplié Antonio de leur donner un peu plus d'argent pour de nouvelles chaussures, mais il avait mis le holà.

Les Fortuna posèrent pour le portrait. Antonio et Assunta sont au premier plan, leurs fils de part et d'autre, et Stella et Tina se tiennent debout derrière eux afin de cacher les vieux souliers achetés à Nicastro. Tina mesure deux centimètres de plus que Stella, a un peu moins de poitrine que sa sœur, et bien entendu il y a ce grain de beauté exceptionnel au-dessus de sa lèvre supérieure. Sinon, leurs sourires sont identiques, tout comme leur robe, leur posture, l'angle selon lequel elles inclinent le coude – elles sont semblables de cette façon subtile et complète qui n'appartient qu'aux sœurs. Assunta croise les chevilles et ses pieds sont repliés sous son siège. Cette fois-ci, elle sourit. Antonio sourit peut-être aussi mais, comme pour Mona Lisa, impossible de savoir à quoi il pense – l'essentiel de son expression est caché par sa moustache. Ensemble, ils constituent une réussite familiale impressionnante.

Pendant cinquante ans, ce portrait se retrouva accroché à divers murs à côté de la photo en noir et blanc plus granuleuse de la première Mariastella. Bizarrement, il n'existe pas d'autre cliché de la famille réunie, pas même des photos qu'on aurait prises aux mariages des enfants. Ce fut la première et la dernière fois qu'on les photographia tous ensemble.

1941 fut une meilleure année que 1940. Front Street devenait moins étrangère. Les Fortuna connaissaient leurs vendeurs ambulants préférés ; ils comprenaient l'argent et savaient combien les choses étaient censées coûter. Ils avaient appris à apprécier la nourriture américaine, sa diversité et ses riches ingrédients. Ils parlaient un peu mieux anglais. Ils travaillaient dur six jours sur sept, mettant régulièrement de l'argent de côté pour leur maison, ce qui leur laissait assez pour s'habiller comme des Américains. Les filles se rendaient aux bals de l'Italian Society tous les samedis soir, et retrouvaient avant Fiorella Mulino, Carolina Nicotera et Franceschina Perri pour une séance collective de coiffage. Généralement, elles se donnaient rendez-vous chez les Nicotera, car Carolina n'avait pas de frère sans-gêne susceptible de les enquiquiner pendant qu'elles s'habillaient.

Tous les week-ends, il y avait un groupe. Le plus souvent, c'était un ensemble de trois musiciens qui interprétait des chansons en italien et en anglais. N'importe quel samedi ordinaire ici était une plus grosse fête que la *fhesta* annuelle de Ievoli. Stella adorait danser, et se débrouillait très bien. Franceschina lui avait enseigné le fox-trot et le swing, et même Stella avait été surprise d'avoir laissé tomber aussi vite sa timidité de villageoise pour danser avec les garçons. Comme il était excitant de penser au scandale qu'aurait provoqué un tel spectacle au pays – les garçons et les filles qui se trémoussaient ensemble, les jupes qui virevoltaient, les chevilles dénudées, les poitrines sans corset qui rebondissaient. Jamais son corps ne s'était senti aussi libre et joyeux.

Stella avait des partenaires préférés. Elle dansait souvent avec Frankie d'Agata, qui était très populaire parmi les filles, jusqu'à ce qu'elle trouve qu'elle passait trop de temps avec lui et se mette à lui refuser des danses, ce qui alimenta les cancans. Elle disait non à tous ceux qui n'étaient pas plus grands qu'elle. Elle repoussa la cour que lui faisait le frère aîné de Fiorella, Vittorio, trop obséquieux à son goût. Par principe, elle refusait toujours, quoi qu'il arrive, de danser avec l'un ou l'autre des frères Perri, surtout avec l'aîné, Mario, qui était particulièrement beau et imbu de sa personne. Il lui proposait tout de même pour l'enquiquiner, et essayait de lui pincer les fesses. Parfois, elle disait non aux garçons sans aucune raison, et dansait avec ses copines.

Franceschina admirait l'attitude de Stella.

— Oh, comme tu peux être garce ! gloussa-t-elle.

Les autres filles se mirent elles aussi à glousser en entendant ce vilain mot.

— Quand tu es jolie, tu dois te comporter en garce, dit Carolina, les faisant rire de nouveau. Sinon, les hommes prennent tout ce qu'ils peuvent.

— Au moins, aucune de vous n'a de sœur aussi jolie, remarqua Tina comme si elle plaisantait, alors que ce n'était pas le cas. Moi, je ne serai jamais que la sœur de Stella. Les gens diront toujours : « Oh, la belle Stella est ta sœur ? Étonnant ! »

Les filles rirent de nouveau, protestèrent – *non, bécasse, tu es très jolie, vous vous ressemblez comme deux gouttes d'eau.*

Stella, pleine d'assurance, sourit à sa sœur.

— Sois pas jalouse, bestiole. La jalousie te pourrira le cœur.

— T'inquiète », lança Fiorella en caressant le bras de Tina de ses mains fines et douces. Elle adressa un clin d'œil à Stella et sortit : « Toi, tu es la gentille sœur, Tina. Tout le monde le sait.

Au printemps 1941, Stella et Tina retournèrent travailler dans les champs de tabac. Fiorella trouvait qu'elles étaient folles de laisser tomber leur emploi à la blanchisserie.

— Mais comme ça, on peut être avec maman, expliqua Stella. Et vraiment, ça rapporte plus, parce que c'est trois salaires au lieu de deux.

Assunta n'avait pas travaillé de tout l'hiver à cause de ses jambes enflées. Elle avait également fait une fausse couche, et Za Pina l'avait convaincue d'aller voir un médecin américain. Celui-ci lui recommanda de ne plus avoir de bébés, et lui diagnostiqua une arthrite rhumatoïde débutante ainsi que des varices. À quarante-deux ans à peine, Assunta était une vieille femme.

Ce fut au cours de l'été 1941 à la chaleur accablante, alors que Stella vivait avec les poings volants et les ricanements lubriques de son père depuis un an et demi, que le cauchemar commença – quand elle manqua de se tuer en sautant par la fenêtre. Qui peut dire quel poison était entré dans son esprit pour y planter ce rêve ? Peut-être s'était-elle attiré le Mauvais Œil en exhibant trop fièrement sa beauté, en brisant trop de cœurs. La vie de Stella était si confortable, si heureuse ces derniers temps. Un peu de douleur la guettait certainement. Peut-être que le destin l'avait laissée tranquille un peu trop longtemps.

C'était comme si le cauchemar avait démoli une digue dans son esprit car, une fois qu'elle l'eut fait, le rêve lui revint encore et encore – son père la poussait dans un coin, nuit après nuit, pour l'agresser sexuellement. Les détails changeaient. Parfois, les choses se déroulaient dans la grange à tabac, ou dans leur ancienne maison de Ievoli.

L'histoire était toujours la même, cependant – Stella était exposée, piégée et touchée ; quand, au fil du temps, son rêve s'étoffa, un organe masculin se retrouva frotté contre elle. Le rêve ne durait jamais assez longtemps pour qu'elle sache ce qui se passait après. Mais quand elle ouvrait les yeux, elle savait qu'on l'avait touchée, et qu'elle ne voulait pas qu'on la touche comme ça. Elle se réveillait en sueur, terrifiée et dégoûtée.

Fidèle à sa promesse, Tony cloua des planches sur la fenêtre de la chambre des filles afin que Stella n'essaie pas de sauter de nouveau. Mais à part cela, l'épisode n'était plus qu'une anecdote amusante. Je me suis toujours demandé pourquoi personne ne l'a pris plus au sérieux ; pourquoi, plus tard, quand Stella leur répétait, encore et encore, qu'elle ne souhaitait pas se marier, personne ne se rappela la fois où son subconscient avait choisi la mort plutôt que le viol.

Une fois la fenêtre condamnée, les nuits estivales se muèrent en longues heures étouffantes d'insomnie. Stella devint la victime de son propre inconscient, tellement tourmentée par l'épuisement qu'elle ne faisait plus la différence entre le moment où elle s'endormait et celui où elle se réveillait. Même lorsque le cauchemar lui devint familier, elle ne s'y habitua jamais, pas plus qu'elle ne surmonta la peur paralysante qui s'emparait d'elle quand l'homme tendait sa main calleuse. Ses journées de dix heures aux champs étaient un brouillard douloureux de souffrance. Son éreintement l'obligea un jour à manquer le travail.

Allongée à côté de Tina dans leur lit étroit, Stella enfonçait les ongles dans la paume de ses mains pour tenter de rester éveillée. Dans ses prières, elle demandait à la Vierge de lui offrir du répit. Elle demandait la même chose au fantôme de la première Mariastella. Elle s'était rendu compte qu'elle ne l'avait pas laissé à Ievoli.

« Je t'en supplie, fais que ça s'arrête, murmurait-elle encore et encore. Je sais que tu es là. Je sais que c'est toi qui fais ça. Je t'en supplie, fais que ça s'arrête. Je t'en supplie, laisse-moi en paix. »

Mais les rêves ne cessèrent pas.

Quelle était leur finalité ? La punissaient-ils d'être en vie ?

Ou bien étaient-ils une sorte d'avertissement ?

Stella ne pouvait parler à personne du cauchemar, pas même à Tina, car les mots étaient trop laids. Ce rêve avait déjà fait des dégâts sur elle ; il ne fallait pas qu'il atteigne quelqu'un d'autre. Alors elle le garda pour elle. Mais le rêve eut un effet énorme et permanent sur sa vie. Il lui apprit que certaines blessures ne peuvent être recousues, que certaines mauvaises choses n'arrivent pas une seule fois, mais encore et encore. Cette année-là, Stella apprit à sourire sans ouvrir les lèvres, afin que personne ne voie qu'il lui manquait deux dents à cause de sa chute. C'est à cette époque-là qu'elle se mit à éprouver une aversion incontrôlable envers son père, à redouter quand il s'approchait trop d'elle, posait les mains sur ses épaules, laissait ses yeux se promener sur ses courbes, comme cela arrivait si souvent. Certains jours, elle tremblait rien qu'en étant assise en face de lui à la table du dîner.

Si Tony remarqua un changement de comportement chez sa fille, il ne le laissa jamais transparaître.

Manque de chance pour Carmelo Maglieri, il rencontra Stella quelques mois seulement après qu'elle eut commencé à faire ce cauchemar. Dans une autre version de l'histoire, une version dans laquelle la fenêtre n'était pas condamnée et laissait passer de l'air, ou dans laquelle l'éducation reçue au catéchisme permettait à Stella de penser qu'il existait une différence entre le sexe et le viol, ou dans laquelle les miasmes de Tracci n'avaient pas suivi Antonio Fortuna pratiquement à l'autre bout du monde… dans ces versions de l'histoire, peut-être que Carmelo Maglieri n'aurait pas eu le mauvais rôle.

Stella et Tina retournèrent à la blanchisserie en septembre. Les feuilles d'érable jaunirent, les feuilles de chêne brunirent, et l'atmosphère se fit affreusement froide, exactement comme l'année précédente. Stella connaissait désormais le cortège de fêtes américaines. Elle guettait Noël avec impatience. Stella savait quoi attendre de l'Amérique, elle s'y était habituée.

Et puis, en décembre, il y eut Pearl Harbor.

Il était terrifiant que le conflit éclate, même si ça ne surprit personne. Maintenant que les États-Unis avaient déclaré la guerre à l'Italie, les Italo-Américains avaient de quoi alimenter leurs discussions. À l'Italian Society, certains hommes voulaient rentrer au pays et combattre aux côtés de Mussolini, et certains envoyaient de l'argent pour soutenir son effort de guerre. D'autres encore étaient bien contents d'être en Amérique, loin du fascisme du *Duce.* De part et d'autre, on s'inquiétait pour la famille restée en Italie. Mais il ne s'agissait plus de parler – les Italo-Américains habitaient et étaient nés dans des pays ennemis. Il fallait choisir son camp.

Pour les Fortuna, l'Amérique était le seul choix possible. Tony, leur patriarche, n'éprouvait aucun amour pour sa patrie et était fier d'avoir été naturalisé. Il ne les ramènerait jamais à Ievoli. Le monde changeait déjà quand les immigrants étaient partis, et voilà que le changement s'était accéléré : des bombes étaient lâchées sur des villages ancestraux, réduisant à néant leur ancien mode de vie. Stella craignait que le Ievoli de son cœur n'existe plus que dans les gravats de sa mémoire.

La nuit, des avions vrombissaient dans le ciel. Allongés dans leur lit, les Fortuna se demandaient si des bombes allaient leur tomber dessus. Comme leurs voisins, ils installèrent des rideaux noirs pour le black-out, afin que leur immeuble ne soit pas pris pour cible. Hartford était un centre névralgique de production de munitions, et les Fortuna n'habitaient qu'à dix minutes à pied de l'usine Colt, qui fonctionnait vingt-quatre heures sur vingt-quatre. La vie à Hartford pendant la guerre était effrayante – les rues désertes, l'énergie furtive derrière les rideaux noirs. L'éclairage public étant contraire à la réglementation, les filles devaient se rendre à leur cours et rentrer chez elles dans l'obscurité.

Il était regrettable que Stella et Tina n'aient pas déjà obtenu la nationalité américaine. Désormais, tous les Fortuna excepté Tony étaient des « ennemis étrangers ». Ils durent aller à la mairie pour qu'on les enregistre comme tels. On les photographia pour leur fournir une carte d'identité d'ennemis étrangers, on prit leurs empreintes. Si on les arrêtait et qu'ils n'étaient pas en mesure de produire leurs papiers d'identité, ils risquaient gros. On pouvait les fouiller et les interroger à tout instant ; la police pouvait venir chez eux et confisquer leurs biens. La moindre lettre en provenance d'Italie pouvait les incriminer. Des Italiens furent pris dans des rafles et envoyés dans des camps d'internement reculés. Ils n'avaient plus le droit de posséder de poste de radio, car la police pouvait penser qu'ils s'en servaient pour communiquer avec des sous-marins allemands.

« Qu'est-ce qu'on raconterait à un sous-marin allemand ? » s'étonnait Joey.

Il était contrarié de ne plus pouvoir écouter *Crime Doctor* ou Jack Benny, que Louie adorait.

Pour les jeunes gens, il y avait une façon rapide de ne plus être considérés comme des ennemis étrangers. Si on était prêt à risquer sa vie pour les États-Unis d'Amérique, on pouvait se faire naturaliser en un rien de temps. Un demi-million d'hommes italo-américains s'enrôlèrent dans l'armée pendant la guerre. Ce qui nous amène au prochain moment important de notre histoire.

La première fois que Stella Fortuna parla à Carmenantonio Maglieri, il neigeait. Les sœurs Fortuna rentraient à pied de Hartford High après un cours du soir. C'était en janvier 1942. Les rues sombres à cause du black-out étaient recouvertes d'une couche de verglas.

Carmelo – dont bien sûr Stella ignorait tout à l'époque – ralentit sa voiture afin d'avancer à la même allure que les filles, ce qui les rendit nerveuses. Lui et l'homme assis côté passager portaient l'uniforme vert olive de l'armée américaine.

Carmelo baissa sa vitre et cria :

— On vous peut vous déposer quelque part ?

Ce furent les premiers mots qu'il adressa à Stella.

Les premiers mots qu'elle lui adressa furent :

— Allez-vous-en.

Mais il ne s'en alla pas. À la place, il sortit la tête et les épaules par la vitre, un sourire amical sur les lèvres. Stella regarda avec méfiance des amas de neige humide s'enfoncer dans ses boucles noires gominées. À l'idée que des hommes en voiture les suivaient, elle et sa sœur, son cœur se serra. Les filles étaient sur Farmington Avenue, qui se trouvait encore à vingt minutes de la maison, et les talons noirs et durs de leurs chaussures dérapaient sur la chaussée glissante.

— Allez, montez ! » insista Carmelo. Il parlait italien avec l'accent du Sud générique que certains hommes immigrés adoptaient pour communiquer avec des compatriotes parlant différents dialectes régionaux. Il pouvait être originaire de n'importe où en Italie. « Les jolies filles ne devraient pas être obligées de marcher dans la neige quand il fait froid comme ça. Permettez-nous de vous déposer chez vous.

— Non, merci, répondit Tina. Nous ne montons jamais dans la voiture d'inconnus.

Elle tira sur le bras de Stella, et elles poursuivirent leur marche glissante, bras dessus, bras dessous, laissant de la neige humide s'accumuler dans les points d'exclamation imprimés par leurs pas.

Carmelo fit avancer la voiture et les rattrapa.

— C'est très malin de ne pas accepter de monter dans la voiture d'inconnus. Mais, mesdames ! Ce temps, vraiment, ce n'est pas possible !

Ni Tina ni Stella ne répondirent, et la voiture les suivit tandis qu'elles continuaient à marcher péniblement sans rien dire. Les baraques en carton devant lesquelles elles passèrent étaient plongées dans un silence perturbant, et la neige s'amassait sur leurs avant-toits ramollis. L'éclat de la lune, nichée parmi les nuages, était brillant mais diffus. Toutes les nuits où elles faisaient ce trajet, Stella hésitait entre le désir d'un meilleur éclairage afin de pouvoir guetter un assaillant et le souhait qu'il fasse plus sombre encore afin de pouvoir se cacher si nécessaire.

— Allons, mesdames, tenta encore l'homme pendu à sa vitre. Cet endroit n'est pas sûr. Je vous promets de vous déposer directement chez vous. Je le jure sur notre honneur de soldat.

Il sourit et ses joues se muèrent en billes brillantes de jovialité. Stella eut deux pensées concomitantes : elle trouvait son visage à la fois beau et visqueux. Il surprit son regard, alors elle plissa les yeux à son intention afin qu'il n'y lise aucune invitation.

— Nous savons tout des soldats, déclara-t-elle.

Elle le regretta immédiatement ; elle ne voulait pas lui donner des idées qu'il n'avait pas déjà.

Mais il avait replongé dans la voiture afin de consulter l'homme assis côté passager. Quelques instants plus tard, la tête bouclée ressortit.

— Votre père, c'est Tony Fortuna, n'est-ce pas ?

— Comment le savez-vous ? demanda Tina par réflexe.

Stella lui donna un si grand coup de coude que sa cadette dut s'accrocher à elle pour ne pas perdre l'équilibre.

— Donc nous ne sommes pas des inconnus ! s'exclama le jeune homme en souriant de plus belle. Votre père nous connaît. Posez-lui la question quand vous serez chez vous, dans quelques minutes. Il vous dira tout sur nous. Je suis Carmelo Maglieri, et voici Rocco Caramanico, dit-il, pointant son pouce vers son camarade. J'ai travaillé avec votre père. Nous avons tous travaillé ensemble, corrigea-t-il.

Il était tellement nerveux qu'il n'avait pas bien rodé son discours.

— Nous ne monterons pas dans votre voiture, répéta Tina.

— Travaillé ensemble où ? voulut pour sa part savoir Stella.

Avec le froid, sa méfiance s'était évaporée. Elle voulait entrer dans cette voiture où il faisait chaud.

— Chantier, pour G. Fox, répondit-il. Il y a deux ans, pendant l'été.

C'était vrai. Tony avait travaillé sur le site de G. Fox. Mais Tina dit :

— Si vous connaissiez vraiment notre père, vous sauriez que jamais il ne nous autoriserait à monter dans votre voiture.

— Allez, Tina, dit Stella, qui avait mal aux chevilles à force de marcher sur le verglas. C'est idiot. Ils vont juste nous déposer chez nous.

— Stella !

— Très bien, marche. Moi, je monte. » Stella se dirigea vers le bord du trottoir, et le chauffeur, Carmelo, arrêta la voiture. « Essaie de ne pas te casser le cou en glissant, dit-elle à sa sœur.

— Mais, Stella !

L'expression sur le visage de Tina était tout simplement désespérée. Son rouge à lèvres rouge semblait beaucoup plus sombre dans la rue mal éclairée, et avec la neige qui s'accrochait à ses cheveux, Tina évoquait une image arrêtée dans un film.

Stella se laissa glisser sur la banquette en cuir beige et lui lança :

— Allez, Tina. Monte. » Et puis, avec plus de tendresse : « Monte, tout va bien se passer.

Et Tina monta.

Les filles arrivèrent chez elle sans encombre, et leur père ne leur hurla même pas dessus. Le problème, c'est que même si la nuit est froide et obscure, quand vous acceptez qu'un homme vous dépose chez vous, vous autorisez tous vos proches à se mettre à cancaner. En montant dans cette voiture, Stella creusa sa propre tombe.

Peut-être attendiez-vous l'entrée en scène de Carmelo Maglieri, étant donné que son père Tomaso avait rencontré Tony bien des années auparavant sur le chemin de fer. Eh bien, Stella, elle, ne l'attendait pas. Elle n'avait jamais entendu parler du garçon. Néanmoins, je me dois de vous en apprendre un peu plus à son sujet ici, puisque en dépit de tout ce que Stella pourra bien lui dire ou lui répéter il ne partira pas.

Carmenantonio Maglieri, que l'on appelait Carmelo, était né en mars 1921 à Sepino, un village de montagne des Abruzzes semblable à un labyrinthe de ruelles pavées médiévales, qui se trouvait un peu au-dessus de l'antique cité samnite d'Altilia. Malgré une riche histoire, malgré ce mélange de nature et de vieilles pierres si pittoresque, il n'y avait pas de travail dans cette région. Pendant toute l'enfance de Carmelo, son père, Tomaso, avait envoyé de l'argent à sa famille depuis l'Amérique. Mais en 1935, Tomaso avait presque soixante ans. Il ne serait plus en mesure de subvenir très longtemps aux besoins des siens par le biais de son travail, qui était physique.

Quand Carmelo eut dix ans, Tomaso fit une demande de visa pour qu'il vienne le retrouver en Amérique. Mais au bout de quatre années, sa requête n'avait toujours pas abouti. En attendant, la ferme familiale dans les Abruzzes était en difficulté, et chaque année les Maglieri étaient un peu plus pauvres que la précédente. Qui plus est, Tomaso Maglieri ne nourrissait pas de sentiments positifs à l'égard du gouvernement de Mussolini – l'une des raisons pour lesquelles il essaya de convaincre sa femme xénophobe de le rejoindre avec toute la famille aux États-Unis. Cependant, grâce aux restrictions de l'immigration américaine, son épouse n'eut jamais à taper du poing sur la table pour s'opposer à ce projet.

Les Maglieri finirent par faire entrer Carmelo aux États-Unis en douce, sans visa. Il voyagea en train pendant deux jours vers le nord, jusqu'à Gênes, où il embarqua à bord d'un cargo espagnol en partance pour New York. D'autres jeunes gens de sa province avaient fait la même migration sans papiers, sous couvert de marine marchande ou en se mêlant assez longtemps à des marins internationaux pour disparaître, sans traces écrites, dans un port étranger. Carmelo avait des instructions qui lui permettaient de savoir à qui poser des questions sur les docks génois, et assez d'argent pour graisser toutes les pattes nécessaires, que ce soient celles des vendeurs de billets ou des arnaqueurs qu'il croiserait du côté italien de son périple.

À quatorze ans, Carmelo possédait l'intrépidité adolescente que nous regardons tous avec la même morne stupeur lorsque nous considérons notre passé. Tant mieux pour lui, car il ne put parler à personne sur le bateau pendant les dix jours de traversée. Il y avait deux autres passagers clandestins à bord, mais ils étaient grecs, et l'équipage ne parlait qu'espagnol. Quand vint le moment critique – l'arrivée à New York –, les clandestins durent être exfiltrés avant l'inspection qui aurait lieu une fois à quai. Un petit bateau à rames les conduisit jusqu'au rivage au cœur de la nuit – un trajet très éprouvant pour un garçon qui n'avait jamais appris à nager. La barque accosta sur les bancs de sable d'une plage plongée dans l'obscurité, et le marin espagnol demanda aux clandestins de débarquer là et de franchir en pataugeant les derniers mètres d'eau glacée peu profonde qui les séparaient du rivage. Ainsi s'acheva son émigration.

Carmelo ne savait pas trop ce qu'il devait faire ensuite. Il fallait qu'il trouve l'endroit où était censé l'attendre son père. Tomaso, ne sachant pas exactement quand son fils arriverait, lui avait donné l'adresse d'un *paesan,* un docker qui habitait à Brooklyn. Carmelo ignorait ce qu'était Brooklyn, alors quant à s'y rendre…

Après des adieux maladroits aux Grecs, le garçon se mit à marcher. Il suivit la première route sur laquelle il tomba, et poursuivit son chemin jusqu'à ce qu'il arrive au port. Cela lui parut être le bon endroit où s'installer pour la nuit ; le lendemain matin, il chercherait quelqu'un en mesure de lui indiquer comment rejoindre sa prochaine destination.

Malheureusement, la lumière du jour ne jouait pas en faveur de Carmelo. Il était dépenaillé et sentait mauvais dans ses vêtements de voyage crasseux, et aucun New-Yorkais n'aurait accepté de lui parler, même s'il s'était exprimé en anglais. Il avait un peu d'argent sur lui, mais ne savait absolument pas comment l'employer, pas plus qu'il ne savait quoi faire – il savait juste qu'en aucun cas, aucun, il ne devait être emmené par la police. Il passa neuf jours de la sorte. Neuf jours ! Il dormit sur un banc des docks, abordant avec hésitation des inconnus à qui il s'adressait dans son meilleur italien, mais qui étaient incapables de l'aider, se volatilisant chaque fois qu'il apercevait un uniforme, et acceptant les restes que lui donnaient des marchands ambulants pour qui il accomplissait de menus travaux. Finalement, ce fut l'un de ces marchands qui fit venir un ami italophone au dock afin d'essayer de résoudre le problème de ce garçon sans abri. L'Italien accompagna le garçon dans le ferry, puis dans le métro, jusqu'à l'adresse du *paesan* dont Carmelo disposait. Le garçon était tellement soulagé que son supplice des docks soit terminé qu'il ne se rendit compte que plus tard de la générosité de cet inconnu italien. Il apprit rapidement l'anglais afin de ne plus jamais être dans l'incapacité de s'exprimer.

Tomaso vint chercher Carmelo à Brooklyn et le prit dans son équipe de cheminots en Pennsylvanie. Au début, le garçon n'eut le droit d'être qu'un porteur d'eau. Il touchait un demi-salaire pour accomplir des commissions. Mais le temps d'atteindre ses quinze ans, Carmelo était devenu un cheminot à part entière. Grégaire, de bonne composition, et ravi d'être tourné en dérision dans les blagues, il était populaire parmi les autres hommes. Les cheminots lui apprirent à cuisiner et à lire l'anglais. Le soir, ils jouaient des chansons populaires autour du feu, et tous les hommes pouvaient chanter des airs de chez eux dans leur dialecte. Carmelo apprit le concertina auprès d'un certain Otello, originaire de Cosenza. Lorsque ce dernier rentra en Italie en décembre 1936, il laissa son instrument à Carmelo.

Carmelo et son père allèrent là où la Reading Company les envoyait jusqu'en 1937, date à laquelle Tomaso tomba dans un fossé et se cassa une jambe. Les deux Maglieri s'installèrent à Hartford pour la convalescence du vieil homme, se partageant le canapé de la famille Carapellucci, des amis des Abruzzes, qui habitaient dans un appartement de Front Street. Carmelo, qui n'avait toujours pas de papiers, parvint, en discutant avec les gens, à décrocher un travail dans un chantier. Ce fut là qu'il rencontra Rocco Caramanico, qui deviendrait comme un frère pour lui. Il y rencontra également Tony Fortuna. Quand ils comprirent que Tony connaissait Tomaso – ce qui arriva rapidement, puisque la première chose que font les Italiens lorsqu'ils croisent d'autres Italiens est de chercher d'éventuelles connexions familiales –, ils rirent du fait qu'à sa naissance Carmelo avait été promis à Stella, qui vivait alors à des milliers de kilomètres de là.

Les hommes auraient pu devenir de bons amis, qui sait, mais il y eut l'inondation de 1938, et l'immeuble des Carapellucci fut détruit. Tomaso retourna à Sepino, mais Carmelo resta, louant une chambre dans une pension pour hommes. Il promit à son père de travailler dur, de mettre consciencieusement de l'argent de côté, et de faire tout son possible pour que la famille soit réunie.

Carmelo s'enrôla dès que les États-Unis entrèrent en guerre afin d'obtenir sa nationalité grâce à son engagement dans l'armée. Quand l'officier chargé du recrutement demanda à voir ses papiers, Carmelo dit – ce qui n'était pas faux – qu'il était très jeune quand il était arrivé d'Italie, et qu'il n'avait pu retrouver les documents. L'armée américaine n'allait tout de même pas rejeter un jeune homme désireux de se battre et de mourir pour « le pays de la liberté » sous prétexte qu'il n'avait aucun droit d'être là.

Sous l'église de la *piazza* centrale de Sepino, la ville natale de Carmelo Maglieri, il existe une grotte dédiée à Santa Cristina. Le sanctuaire est bordé de salles dorées illustrant les étapes de sa vie, ses miracles, son martyre, qui ont chacune été subventionnées par un émigré vivant très loin. Dans l'une de ces salles, on trouve une plaque en or qui porte le nom de Carmelo Maglieri. C'est un vieux cliché sur les immigrés italo-américains de dire qu'ils gardaient leur patrie dans leur cœur, mais Carmelo ne cessa jamais de penser à Sepino, même quand il fut clair qu'il ne rentrerait jamais au pays.

Que puis-je dire. Carmelo était un peu bêta. Du genre à verser sa larme quand ses petits-enfants venaient lui rendre visite. En tout point opposé à Tony Fortuna – enfin, presque en tout point. Peut-être est-ce pour cette raison que la blague des fiançailles était vraiment ratée, si l'on estime que les femmes sont censées épouser des hommes qui leur rappellent leur père.

La deuxième rencontre entre Stella et Carmelo se produisit la nuit où Rocco décida d'épouser Tina.

— Celle qu'il te faut, c'est celle avec le grain de beauté sur la lèvre, lui conseilla Barbara, sa sœur aînée.

Les sœurs Fortuna portaient des robes bleues identiques, alors le grain de beauté était la meilleure façon de les distinguer.

— Celle avec le grain de beauté, c'est Concettina, expliqua Rocco.

C'était deux jours après que lui et Carmelo avaient ramené les filles chez elles depuis Farmington Avenue. Rocco avait demandé à Tony l'autorisation de revenir – il était évident qu'il voulait revoir les sœurs. Lors de cette seconde visite, il avait emmené Barbara en guise de conseillère, et afin de représenter ses parents en Italie. Carmelo Maglieri était là pour le soutenir, ou peut-être avec d'autres idées derrière la tête.

Rocco avait l'intention de demander à Tony la permission d'épouser l'une de ses filles avant de quitter l'immeuble de Front Street le soir même. Rocco et Barbara avaient évoqué le sujet ensemble. Dans quatre jours, le jeune homme serait envoyé dans le Pacifique avec son unité, et mieux valait qu'il ait quelqu'un qui l'attende au pays, quelqu'un qui lui enverrait des lettres et des paquets.

Et voilà que Rocco et sa sœur se tenaient dans l'embrasure de la porte de la cuisine des Fortuna pour avoir cette conversation privée. Assis ou debout autour de la table, les Fortuna, tout endimanchés, prétendaient ne pas se demander de quoi pouvaient bien parler le frère et la sœur Caramanico.

— Concettina a l'étoffe d'une épouse, déclara Barbara. Il suffit de la regarder pour savoir qu'elle est travailleuse.

Le frère et la sœur observèrent le groupe nerveux quelques minutes. Tina semblait en effet travailleuse. Elle se tenait à côté de sa mère, servant de bonnes pelletées de pâtes et veillant à ce que personne ne manque de vin. Tony présidait la table, puis venaient Joey, dix-neuf ans, Louie, onze ans, et un ami de Tony, Vito Aiello, dont la femme était en Italie et qui passait parfois jouer aux cartes. Carmelo Maglieri racontait une histoire qui amusait beaucoup les garçons. Comme Rocco, Carmelo était venu en uniforme complet. Stella, la seule femme assise à la table, boudait. Rocco voyait que son copain au charme irrésistible ne parvenait pas à la séduire, ce qui lui donna envie de tenter sa chance.

— Elles sont toutes les deux travailleuses, expliqua Rocco à Barbara. Elles travaillent six jours par semaine à la blanchisserie. Elles donnent tout leur argent à leur père, il te le dira.

Rocco suivait toujours docilement les conseils de sa sœur. Elle était de seize ans son aînée et veillait sur lui. Il lui résistait pour l'heure parce qu'une petite étincelle en lui s'intéressait à Stella Fortuna, pas à Tina. Il espérait que Barbara changerait d'avis.

Sa sœur n'en démordait pas.

— Mais regarde, Stella est assise pendant que sa mère et sa sœur font tout.

Oui, il voyait bien, c'était difficile de passer à côté.

— Tina, elle est obéissante. Regarde-moi ces jambes calabraises robustes, souligna Barbara.

Et il était vrai que, de là où Rocco se tenait, les mollets de Tina semblaient particulièrement solides.

— Elle te donnera de nombreux fils et pourra ensuite leur courir après.

En fait, Barbara se trompait sur le premier postulat.

Même si Tina courrait en effet après bien des enfants qui ne seraient pas les siens.

Rocco prit une dernière fois position :

— Je préfère Stella. Stella est plus jolie.

— Écoute-moi, Rocco. On ne choisit pas la femme avec qui on va passer le restant de ses jours pour son physique. Ça, c'est penser comme un homme. » Elle voulait dire par là « penser avec sa queue », mais jamais elle n'aurait prononcé ce mot. « Les jolies filles, c'est pour s'amuser. Les filles vigoureuses et travailleuses, pour se marier.

Peut-être était-elle fière d'appartenir elle-même au genre des bonnes à marier. Ou peut-être certaines sœurs plaçaient-elles leur sympathie et leurs espoirs féminins dans des femmes dociles qui prendraient soin de leurs petits frères.

— Tu t'apprêtes à partir à la guerre, rappela Barbara à Rocco. Il te faut celle qui t'attendra encore à ton retour.

La table croulait sous les piles de nourriture qu'Assunta avait été en mesure de produire avec un préavis aussi court : un bol de quarante-cinq centimètres rempli de *tagliatelle* fraîches qu'elle et Tina avaient déroulées le matin même ; un plat de *pizzelle* qui restait du week-end précédent. Il y avait tout un éventail de légumes marinés : les derniers champignons des bois qu'Assunta avait ramassés au cours de l'été ; un bocal de *lupini* jaunes, des poivrons rôtis dans de l'huile à l'ail. Un bol était rempli de boulettes de bœuf et de porc de la taille d'un œuf, qui trempaient dans du *raù* à la tomate encore chaud. Elles étaient densément chargées en fromage et frites à la perfection. Il était difficile d'imaginer que la personne qui les avait préparées n'avait jamais vu de boulettes de viande de sa vie deux ans auparavant seulement. Comme les choses changent vite et complètement, encore et encore. Stella se souviendrait de ces boulettes de viande comme étant les dernières qu'ils mangeraient, sans prendre le temps de les apprécier, avant le rationnement en viande imposé par la guerre.

Stella passait un bon moment, mais observait les choses

avec une forme de suffisance. Elle observait Rocco en face d'elle, qui écoutait Tony lui raconter une longue histoire. Elle essaya d'imaginer si les filles de l'Italian Society le considéreraient comme un beau parti – personnellement, elle ne le trouvait pas attirant, même s'il était à l'évidence soigné, et que ses habits étaient impeccables. Ses cheveux étaient coupés court sur les côtés, et poussaient en petites boucles serrées. Elle décelait une dureté en lui, une énergie fébrile – la marque selon elle d'une personnalité stricte, d'un perfectionniste. En ce sens, il ressemblait à son père. Elle se demanda si Antonio apprécierait Rocco pour ces raisons, ou si au contraire le garçon lui déplairait.

Tandis que les voix des hommes bourdonnaient autour d'elle – il fut essentiellement question de la vie de soldat, de l'enrôlement des garçons, de l'expérience militaire de Tony Fortuna dans les Alpes, du fait qu'il était troublant que des jeunes hommes partent en guerre contre l'Italie alors que leurs pères s'étaient battus pour ce pays vingt-cinq ans auparavant seulement –, Stella se demanda si elle était nerveuse. C'était la première fois que quelqu'un venait parler à Tony Fortuna de ses filles. Elle avait vingt-deux ans et Tina vingt ; tôt ou tard, cela devait arriver. Elle n'était pas certaine de la réaction de son père, ne savait pas s'il ferait fuir les prétendants ou s'il voudrait se débarrasser de ses filles en les confiant au premier parti respectable venu. Peut-être évacuerait-il la question à la manière américaine – en répondant que c'était à ses filles de décider. Auquel cas Stella déclinerait la proposition, et on n'en parlerait plus.

Et si Rocco était venu pour Tina, et non pour Stella ? Lui enlèverait-il Tina ? Stella s'imagina dormant seule dans le lit qu'elles avaient toujours partagé, Assunta seule dans la cuisine au-dessus des casseroles fumantes. Mais cela finirait par se produire. Tina se marierait, elle ferait sa vie avec un homme et aurait une ribambelle de bébés. Et Stella resterait sur le carreau. Parce que c'était ce qu'elle voulait, n'est-ce pas ?

Après avoir réfléchi à ces choses, Stella mangea en silence, se replongeant dans l'atmosphère du repas. Carmelo Maglieri, qui était assis à côté d'elle, parlait avec Louie et Joey d'entraînement militaire. Joey pensait s'engager dans l'armée. C'était la première fois que Stella l'entendait dire une chose pareille. Son frère semblait stupéfié par le charisme de Carmelo. Comparé à son ami Rocco, raide et prudent, Carmelo était expansif, avait les joues roses et énergiques. Il était beau, indubitablement ; ses cheveux noirs étaient épais et brillants, et ses yeux étaient d'un bleu clair pétillant – le genre d'yeux bleus dont toutes les filles italiennes parlaient avec mélancolie. Oui, il était beau. Stella voulait bien l'admettre. Non pas qu'elle s'en soucie ; les hommes ne l'intéressaient pas. Mais pourrait-elle l'aimer ? Si elle avait des raisons de le faire ?

Elle repensa, délibérément, à la première impression ambivalente qu'elle avait eue de lui – sa tête, son cou, ses épaules sortant de la vitre de la voiture en ce soir de neige. Elle s'autorisa à se rappeler et à savourer la méfiance qu'elle avait éprouvée – les hommes beaux ne sont pas bons, car ils n'ont pas besoin de l'être. Ce vieil adage s'imprima sans difficulté dans sa conscience. Il était là à cause du manège de son copain.

— Et comment allez-vous ce soir, Mariastella ? demanda Carmelo, redirigeant ainsi la conversation vers elle.

— Très bien », répondit-elle en s'asseyant droit et en plissant les yeux. Elle avait été trop amicale auparavant. « Et appelez-moi Stella. Mariastella, c'est le nom de ma sœur qui est morte.

Elle regarda son visage s'adoucir de compassion.

— Votre sœur est morte ? Je suis navré, je l'ignorais.

— C'était il y a longtemps, dit-elle au bout de quelques instants, se montrant plus affable sous l'effet du regard critique de Joey. Et je ne l'ai jamais connue.

Quand elle prononça ces mots qui niaient son petit fantôme, elle sentit de l'air froid se propager sur la peau de son bras brûlé. Mais elle était assise près de la fenêtre, et ce n'était sûrement que la fraîcheur nocturne de janvier.

— Stella aussi a failli mourir, raconta Louie à Carmelo.

— Cinq fois, précisa Joey en émettant un petit grognement.

— Quoi ? Cinq fois ?

Carmelo haussa ses sourcils noirs broussailleux pour inviter les garçons à lui en révéler davantage.

Stella écouta son petit frère se vanter de la malchance de sa sœur – c'était leur anecdote familiale préférée. *Attaquée par une aubergine ! Des cochons, des intestins... Allongée là, comme morte, pendant quatre jours... On aurait tous pu se noyer, en fait... Elle ne savait même pas qu'elle était sur le point de sauter...* Louie s'attarda sur les détails scabreux, insista sur les passages les plus spectaculaires sans s'inquiéter du malaise éventuel de son auditoire. Carmelo fit des moues horrifiées, comme on l'attendait de lui, et Stella sourit en agitant la main pour signifier que ce n'était rien. Tandis que Louie parlait à Carmelo, sa voix avait perdu presque toute inflexion calabraise, comme s'il avait attrapé l'accent neutre du jeune homme au cours de la dernière heure.

— Il fallait s'y attendre, sortit Joey pour aider Louie à conclure cette histoire. Avec un nom comme Stella Fortuna...

— Stella Fortuna, répéta Carmelo. Quel nom.

Maintenant que Stella avait été incluse dans la conversation, Carmelo se concentra sur elle. Il lui posa des questions à propos de son travail à la blanchisserie, lui demanda si elle et Tina se rendaient parfois aux bals de l'Italian Society. Elle n'arrivait pas à savoir s'il se montrait courtois ou s'il flirtait, alors elle s'appuya contre le dossier de sa chaise, croisa les bras sur son ventre et répondit flegmatiquement.

Joey n'appréciait pas de ne plus être au centre de l'attention.

— Et ton pote ? demanda-t-il. Qui lèche les bottes à

mon père, là. Il est venu faire la cour à mes sœurs, ou juste à mon père ?

— Tu connais les règles, Joey. S'il ne plaît pas à ton père, peu importe qu'il plaise à tes sœurs, répondit Carmelo en haussant les épaules. Rocco est un type sérieux. Il fait les choses à l'italienne. Sa famille essaie de maintenir les traditions.

Stella s'interrogea sur la famille de Carmelo. Les jeunes gens qui vivaient seuls étaient dangereux parce qu'ils ne craignaient pas les conséquences de leurs actes, n'avaient aucune pression familiale les poussant à agir convenablement. Il était tellement plus simple pour eux de préférer la façon de faire américaine avec les filles, et puis de prendre un emploi dans une autre ville si cela chauffait trop. Tout le monde racontait que c'était ce qui était arrivé à Adelina Rossi, qu'on avait renvoyée à Vibo Valentia, le village de son père, l'année précédente. Stella regarda Carmelo Maglieri couper une boulette de viande en deux avec sa fourchette, et pousser un morceau sur un quignon de pain. Peut-on savoir si un homme est un play-boy rien qu'en le regardant ?

— Bon, pour quelle sœur il est venu, d'abord ? demandait Joey. Je ne l'ai vu parler à aucune des deux.

— Je ne sais pas. Mais, ajouta Carmelo avec galanterie, elles sont tellement des bons partis toutes les deux que, quand il choisira, je demanderai à ton père l'autorisation de courtiser l'autre.

— Humpf, lâcha Stella.

Joey était incrédule.

— Il ne t'a même pas dit laquelle il visait avant de venir ici !?

— Eh bien, peut-être qu'il a du mal à se décider. Tes sœurs sont toutes deux très belles.

Cette fois-ci, ce fut Louie qui laissa échapper un grognement en riant. Voilà bien le genre de remarques que les adolescents de onze ans décrient.

Joey leva son verre, portant un petit toast pour avertir Carmelo.

— Ne dis pas ça alors qu'elles peuvent t'entendre. Elles sont déjà très snobs.

Stella hocha innocemment la tête à l'intention de Joey. Elle se réjouissait de cette étiquette.

Carmelo, bien sûr, s'indigna :

— Elles ne sont absolument pas snobs !

— Oh, que si ! insista Joey. Ne perds pas ton temps à être sympa avec elles. Aucun gars des environs n'est assez bien pour elles.

— Ce n'est vraiment pas très gentil de dire cela au sujet de tes sœurs, intervint Stella.

— Eh bien, pourquoi alors tu n'as jamais de petit ami ? demanda le garçon.

— J'ai un petit ami, répondit Stella.

— Non, c'est faux, dit Joey à Carmelo.

— Si, j'en ai un, fit Stella, calme à présent – inattaquable. Tu sais bien que je suis fiancée à Stefano Morello, ajouta Stella, qui se tourna vers Carmelo avec un sourire : Il est parti combattre en Afrique, mais il m'écrit. » Elle venait de se rendre compte qu'en trafiquant quelques détails de sa relation ténue et tiède avec Stefano, qui vivait loin, elle pourrait peut-être se protéger des intentions plus agressives des coureurs de jupons de Hartford. « Il est prévu que nous nous mariions, précisa-t-elle. Après la guerre.

— Après la guerre… ça peut nous emmener très loin, répliqua Carmelo.

Semblait-il déçu ? Elle en eut l'impression. Très bien. Mieux valait qu'il soit déçu maintenant que plus tard.

Mais elle éprouva un éclair de pitié à son égard, maintenant qu'elle ne risquait plus rien – ce très bel homme tout seul dans ce pays, qui se cherchait peut-être tout simplement une famille. Elle le regarda dans les yeux et lui offrit son sourire le plus beau et le plus radieux. Les joues rondes comme des cerises de Carmelo rosirent lorsqu'il lui rendit la pareille.

Après le repas, alors que Carmelo et lui récupéraient leur manteau, Rocco Caramanico demanda à Tony s'il pouvait lui parler en tête à tête. Celui-ci le guida vers la cuisine.

— J'aimerais épouser votre fille Concettina, lui annonça le garçon.

Dans le couloir, on entendait tout ce qu'il disait.

Antonio avait attendu toute la soirée de pouvoir sortir sa réplique.

— Si tu reviens vivant, tu pourras me le redemander.

Le premier samedi de mai 1942, Joey escorta Stella, Tina et Fiorella au bal de printemps de l'Italian Society. Il y avait des bouquets d'œillets sur chaque table, et l'ambiance était à la fois festive et fébrile. Les conversations résonnaient si fort que Stella ne reconnaissait pas toujours les morceaux que jouait l'ensemble.

Les garçons étaient venus dans leur nouvel uniforme, car tout le monde s'était engagé dans l'armée. Les avis au sujet de la patrie, du devoir et de l'aubaine que cela représentait étaient tranchés et contagieux, et le devinrent encore plus avec l'alcool. Joey, qui se vantait de vouloir rejoindre l'armée depuis des mois, avait bien des choses à dire aux évangélistes en kaki. Stella savait que Joey était particulièrement attiré par l'uniforme, par l'effet qu'il avait sur les demoiselles.

Parmi la gent féminine, l'urgence était tout autre. Maintenant que tant de garçons de Hartford partaient à la guerre, l'étau se resserrait sur les relations et les fiançailles. Certaines avaient des amoureux ou des garçons approuvés par leur famille dans leur village italien ; d'autres chassaient avec une voracité nouvelle, agitées collectivement par le sentiment que quelque chose devait être mis en marche avant que tous soient affectés quelque part.

Les filles Fortuna étaient au-dessus de tout cela – Tina,

armée de la promesse de Rocco Caramanico, Stella, avec son fiancé à moitié imaginaire en Afrique, autour duquel elle avait habilement brodé. La ferveur romantique qui contaminait les filles italiennes l'amusait. À quoi bon se mettre dans la position de la future veuve pour un homme qu'on connaissait à peine ? C'est qu'apparemment, mieux valait être veuve que vieille fille. Il en était toujours allé ainsi, n'est-ce pas ? Eh bien, qu'elles se pavanent toutes tels des coqs soyeux dans leurs robes de printemps. Quelle joie infinie d'être les deux seules personnes de l'assemblée à n'avoir aucun ordre du jour...

Stella et Tina avaient quelque chose à célébrer : les Fortuna avaient acheté la maison de Bedford Street. Le vieux Napolitain s'était décidé à rentrer en Italie et avait accéléré le transfert de propriété. Il avait été indigné, ou peut-être avait-il eu peur, quand les agents du FBI étaient venus chez lui pour lui confisquer sa radio. Il accepta 1 860 dollars en liquide pour la maison, et Antonio lui promit de lui envoyer le reste à une adresse que le Napolitain lui transmettrait ultérieurement. En réalité, il ne lui enverrait jamais son adresse, et par conséquent les 140 dollars restèrent pendant cinq ans sur le compte des Fortuna sans que ces derniers touchent à cette somme. Il avait dû être tué dans les bombardements, pensèrent-ils.

Quoi qu'il en soit, ils avaient désormais une maison. En guise de récompense, les filles reçurent une nouvelle robe à trois dollars de chez Sears, avec des manches courtes et de gros boutons devant. Stella se sentait extrêmement américaine dans cette robe, qui était rouge pastèque. Ses avant-bras étaient nus, mais elle n'était pas complexée par ses cicatrices, dont le rose discret semblait assorti à sa tenue.

Fiorella leur avait acheté des cadeaux pour les féliciter : des broches en émail en forme de petits papillons.

— Après tout ce dur labeur ! » Son sourire illuminait son long visage plein de douceur : « J'ai tant de respect pour vous, les filles. *Tanti auguri !*

Carmelo Maglieri les rejoignit alors que Stella et Tina fixaient les papillons sur leurs robes. Au début, Stella ne le reconnut pas dans son banal costume gris. Son esprit, frappé par un éclair de familiarité, réfléchit – ce bel homme aux yeux bleus, qui était-il ? Ah oui. Mais que faisait-il ici, et sans son uniforme ? Il inclina la tête pour les saluer, tenant son feutre contre sa poitrine.

— Bonsoir, belles demoiselles.

— Carmelo ! couina presque Tina.

Le garçon l'embrassa chaleureusement sur les joues, mais ne tenta pas la même chose avec Stella.

— De quoi te félicite-t-on, Stella ?

— Stella nous a acheté une maison, expliqua Tina, un peu étourdie par sa présence. Une maison sur trois niveaux, dans Bedford Street !

— Ce n'est pas moi qui l'ai achetée. Nous l'avons achetée ensemble.

Stella s'en voulait de ne pas avoir tout de suite reconnu Carmelo, et de l'avoir trouvé attirant.

— Oh, Stella, reconnais au moins ça. Tu as su gérer intelligemment la banque, nos économies…

— Notre Stella, la fille la plus intelligente de Front Street ! s'exclama Fiorella en serrant le bras de l'intéressée.

— Je ne suis absolument pas surpris de l'entendre, dit Carmelo, qui inclina la tête vers Fiorella. Stella, me ferais-tu l'honneur de me présenter à ton amie ? Je ne crois pas avoir déjà eu ce plaisir.

Quel cinéma ! Stella était certaine qu'il rejouait une scène qu'il avait aimée dans un film.

— Voici Fiorella Mulino, répondit Stella en s'efforçant de parler d'un ton sec. Sa famille est originaire des Pouilles.

Carmelo inclina de nouveau la tête.

— *Piaccere*, répondit Fiorella en rougissant.

— Mesdemoiselles, puis-je vous proposer un verre ? demanda Carmelo. Avez-vous essayé le punch ?

Elles secouèrent la tête.

— Ne bougez pas.

Sa voix était aussi chaleureuse et animée que dans le souvenir qu'elle en avait.

— Je vous rapporte ça du bar.

Inclinant pour la troisième fois la tête, il tourna les talons et s'enfonça dans la masse de robes et de costumes.

— Quel homme charmant ! lança Tina.

Stella n'avait rien à répondre à cela, pas plus que Fiorella, qui paraissait avoir succombé à l'aura de Carmelo. Les filles firent semblant d'écouter le groupe jusqu'au retour du jeune homme, qui tenait dans ses grandes mains quatre verres de punch rouge. Il les distribua précautionneusement, et ils trinquèrent tous les quatre en se souhaitant la bonne santé. Le punch avait un goût de vin rouge, mais pétillait sous l'effet du carbone. Stella sentit une vague joyeuse lui traverser les nerfs – elles portaient un toast comme des adultes, buvaient de l'alcool avec un inconnu.

Les joues chaudes, Stella demanda :

— Carmelo, où est ton uniforme ?

Carmelo lui adressa son grand sourire amical.

— Oh, tu n'es pas au courant ? L'armée m'a viré. Je ne suis pas apte au service. » Ses yeux bleus brillaient ; même cette mauvaise nouvelle semblait être quelque chose qu'il acceptait de bon cœur. « Pieds plats.

— Pieds plats ? C'est quoi ? demanda Tina.

— Des pieds plats, littéralement. » Carmelo leva la main au niveau de son nez, et courba les doigts pour former un dôme : « La partie médiane d'un pied est censée se cambrer de la sorte. Sinon, c'est problématique quand on doit marcher ou courir longtemps, ce qui est le cas des soldats. Eh bien, Dieu m'a donné des pieds comme ça, précisa-t-il en mettant sa main à plat et en souriant à Tina, qui lui rendit son sourire. Plats comme une crêpe, dit-il en anglais, faisant glousser Tina et Fiorella. Finie, pour moi, la vie de soldat.

— Finis, pour toi, les papiers, lança Stella, qui sentit son visage chauffer.

Ses propos étaient agressifs, indignes.

Mais Carmelo agita un doigt.

— Ah, non, non, *signorina.* J'ai servi trente jours dans l'armée américaine. Je suis désormais un citoyen naturalisé des États-Unis. Pas de retour en arrière possible.

— Vraiment ? » Stella avait du mal à le croire. « Pourquoi n'ont-ils pas regardé tes pieds au début ?

Carmelo haussa les épaules.

— Coup de bol. Je suis un homme chanceux. J'ai beau être né avec des mauvais pieds, il s'avère que ces mauvais pieds sont une bonne chose.

— *Truffatore !* s'exclama-t-elle.

« Arnaqueur. » Elle le pensait vraiment, mais sourit pour adoucir un peu les choses.

— C'est ce que Rocco a dit, répliqua Carmelo, attristé. Il était furieux. C'est moi qui ai suggéré l'idée qu'on s'enrôle dans l'armée au départ, et voilà qu'il part tout seul à la guerre.

Stella observa l'expression de Tina, attendant que tout s'emboîte dans l'esprit de sa sœur.

— Qu'a-t-il dit ? demanda-t-elle.

— Il a essayé de sortir, lui aussi. Mais ses pieds sont absolument comme il faut. De belles voûtes plantaires, Tina, lança-t-il, comme pour la complimenter sur son choix d'homme.

Ils bavardèrent pendant une dizaine de minutes encore. Carmelo posa des questions à Fiorella sur sa famille. Quand ils eurent presque fini leur verre de punch, Carmelo s'inclina et prit congé. Stella ressentit un pincement de jalousie lorsqu'il s'en alla ; il n'était donc pas venu flirter avec elles, il était juste passé leur présenter ses respects. Eh bien, elle ne voulait que son respect. Simplement, elle s'était réjouie de penser qu'il l'aimait bien mais ne pouvait pas l'avoir.

Stella revit Carmelo une autre fois cet été-là, quand Joey l'invita dans leur nouvelle maison de Bedford Street pour fêter son enrôlement dans l'armée. C'était le deuxième samedi de juin, et le temps était au beau fixe. Tous les amis des Fortuna – les Nicotera, les Perri, dont les garçons, Mario et Mikey, s'engagèrent également dans l'armée à la même période, les Mulino, les Cardamone, Zu Vito Aiello – étaient rassemblés dans les pièces fraîchement repeintes ou disséminés dans le jardin, où ils purent admirer les plants de tomates qu'Assunta avait repiqués la semaine précédente.

Carmelo Maglieri se joignit au groupe. On aurait juré qu'il faisait déjà partie de la bande. Il avait apporté une grosse boîte noire, qu'il déposa au pied du portemanteau. Joey lui présenta les tantes et les oncles, le présenta à ses invités, et Stella épia les réactions de leurs amis face au beau sourire du garçon des Abruzzes et à ses yeux bleus pétillants. Les mères qui avaient des filles poussaient presque des cris aigus tellement elles étaient ravies de trouver un poisson aussi frétillant dans leur mare.

— C'est quoi, ton problème, Stella ? murmura Franceschina Perri.

Les filles se rassemblèrent dans la cuisine, sous le regard pour le moins moralisateur de la nouvelle statuette de la Vierge Marie qui trônait sur l'autel mural à côté de la photo de feu bébé Stella.

— Arrête de faire l'idiote ! Quelqu'un d'autre va te le chiper, reprit Franceschina.

— Chipe-le si tu le veux, répliqua Stella, qui voulait à tout prix éviter que son père pense qu'elle encourageait Carmelo à lui faire la cour. Je te le donne. C'est cadeau, tu me remercieras plus tard.

— Ces yeux, quand même ! s'extasia Franceschina en clappant de la langue. À mourir !

— En Calabre, beaucoup d'hommes ont les yeux bleus, déclara Stella avec indifférence. Je ne trouve pas ça extraordinaire. De toute façon, je préfère les yeux noirs.

Quand tout le monde eut mangé, Carmelo ouvrit la boîte noire qu'il avait apportée et révéla son concertina.

— Puis-je vous jouer un morceau, Signora Fortuna ? demanda-t-il à voix haute, car les gens s'amassaient déjà pour voir ce qui allait se passer.

Assunta gloussait de tant d'attention ; à vrai dire, elle dut mettre les mains sur sa bouche pour se contenir.

— Oh, Carmelo, ne fais pas tant de manières avec moi ! Appelle-moi Assunta.

— Eh bien, adorable Zia Assunta, puis-je te jouer un morceau ? » Il avait passé les sangles de son concertina sur ses épaules et jouait quelques accords – dans le salon, les gens avaient hâte que le spectacle commence. « Je sais exactement l'air que je veux jouer. Je l'ai dans la tête chaque fois que je te vois.

Il fit des yeux rêveurs et posa la main sur son cœur. Quel cabot, pensa Stella.

Assunta, qui riait encore, hocha la tête. Le pied de Carmelo se mit à battre une mesure à trois temps sur le parquet et, avant même que le premier accord retentisse, Stella sut ce qu'il allait jouer. Son cœur tambourinait dans ses oreilles ; elle savait que son visage était rouge d'émotion. Les paroles différaient légèrement de celles qu'elle connaissait, ce dialecte avait des intonations plus septentrionales que celui qu'on parlait à Ievoli, mais c'était du calabrais – où Carmelo avait-il donc appris à chanter en calabrais ?

Je l'ai vue près de l'eau laver le linge
Ma Calabrisella aux yeux noirs

Dès le second vers, tout le monde poussait des petits cris et applaudissait de joie, parce que *Calabrisella Mia* était la chanson préférée de tous les Calabrais, surtout ici, si loin du pays. Même ce vieux grincheux de Zu Aldo souriait. Il avait suffi à Carmelo d'un seul air de concertina pour conquérir une pièce remplie de Calabrais butés et méfiants.

Le cœur de Stella battait toujours la chamade, car elle était happée par le souvenir de la *fhesta* à Nicastro bien des années auparavant. Elle se souvenait des danses autour des feux parmi les *pacchiane* virevoltantes et les gitans, de cette nuit qui était à ses yeux la plus heureuse de sa vie. Cette chanson avait ramené Stella chez elle.

La voix de Carmelo était claire et douce, et fut totalement submergée quand la pièce entière se mit à chanter le refrain en chœur :

Tirulalleru lalleru lala ! Sta Calabrisella muriri mi fa !

À la fin de la dernière mesure, alors que tous les amis réunis applaudissaient et poussaient des cris de joie, Carmelo se tourna vers Stella et lui adressa un clin d'œil.

À l'automne 1942, Fiorella prit un nouvel emploi dans une usine où elle fabriquait des obus de mortier. Elle était payée trente *cents* de l'heure – douze dollars la semaine, car ils étaient stricts et ne vous laissaient travailler que huit heures par jour. « Si tu es fatiguée et que tu n'assembles pas les pièces exactement comme il faut, ça peut tuer quelqu'un », expliqua Fiorella. Mais tout de même, douze dollars la semaine ! Jamais elle ne retournerait à la blanchisserie.

Hartford – la ville de Pratt & Whitney, qui fabriquait des pièces détachées pour l'aviation, et d'usines de munitions comme Colt – s'était muée en une machine de guerre. Les propriétaires d'usines cherchaient désespérément à remplir leurs effectifs afin d'honorer les contrats passés avec le gouvernement. Ils embauchaient des filles à tire-larigot, et il y avait un salaire minimal même pour le personnel féminin.

Stella et Tina, en attendant, étaient des ennemies étrangères, et n'étaient même pas autorisées ne serait-ce qu'à franchir le seuil de la moindre usine en lien avec l'effort de guerre. Désormais, les quatre dollars par semaine qu'elles gagnaient à la blanchisserie et qu'elles remettaient à leur père leur paraissaient bien ridicules.

Antonio, qui avait laissé tomber les chantiers pour construire des hélices chez Pratt & Whitney, leur disait : « Si seulement vous m'aviez écouté, et aviez étudié et obtenu vos papiers ! »

Rocco Caramanico écrivait régulièrement à Tina depuis la Nouvelle-Guinée, où il avait été affecté. Il écrivait deux, parfois même trois fois par semaine, ce que les filles déduisaient des dates inscrites en haut de ses lettres, alors que celles-ci arrivaient par paquets environ une fois par mois. S'il y avait un trou dans la correspondance, Tina savait que c'était parce que les lettres s'étaient perdues, pas parce qu'il n'écrivait pas ; il s'était révélé un jeune homme constant. S'il s'écoulait trop de temps entre deux paquets, Tina se disait que Rocco était mort, et Stella devait alors consoler sa sœur en lui rappelant que, les fois précédentes, cela n'avait jamais été le cas.

Ses missives s'adressaient toujours à « Mon amie Tina » :

> *Mon amie Tina,*
> *Merci pour les cadeaux que tu m'as envoyés. C'était fort gentil de ta part. Les petits gâteaux étaient délicieux. Juste un peu rassis, mais je crois que tu les as postés il y a plus d'un mois. Merci de les avoir préparés pour moi. Il pleut ici au moment où je t'écris, et je dois aller dormir. Transmets mes amitiés à ta famille, s'il te plaît.*
> *Ton ami, Rocco Caramanico*

Louie leur montra sur une carte dans son manuel de géographie où se trouvait la Nouvelle-Guinée – bien plus loin que ce qu'ils avaient imaginé, à côté de l'Australie –, et leur traduisit des mots qu'elles ne connaissaient pas et qui appartenaient au champ lexical de l'armée comme « mess » ou « corvée de cuisine ».

Rocco parlait souvent de la corvée de cuisine, notamment de boîtes remplies de morceaux de poulet. Le poulet arrivait dans une boîte qui avait été congelée à l'origine mais qui, le temps de parvenir jusqu'à lui, ne contenait plus qu'un amas de cuisses, d'organes et de bouts de sang coagulé qui bloblotait dans un liquide jaune et gluant. Le travail de Rocco consistait à jeter le tout dans une marmite et à tout cuire tel quel, et c'était ce que mangeait son unité tous les jours. Parfois, il retrouvait des plumes dans la boîte.

Les lettres ne parlaient jamais de combat, d'ennemis, ni du travail effectué par le corps de génie chimique auquel il appartenait. Les femmes n'avaient aucun moyen de savoir dans quelle mesure il se censurait afin que les lettres leur parviennent.

Barbara, la sœur de Rocco, avait du mal à imaginer son frère derrière les fourneaux. « Rocco ne sait rien cuisiner du tout. » Il était très traditionnel dans ce genre de domaine. C'était l'une des raisons pour lesquelles il était primordial qu'il trouve une épouse capable de s'occuper des repas et de tenir la maison.

Tina et Barbara préparaient des paquets qu'elles envoyaient en Nouvelle-Guinée au début de chaque mois, des petits gâteaux faits maison, des chaussettes qu'elles tricotaient, et tout ce qu'elles estimaient assez solide pour résister au voyage.

Des trente colis qu'elles lui envoyèrent pendant la guerre, Rocco n'en reçut que huit.

En octobre 1942, les Fortuna reçurent une lettre portant le cachet de Nicastro. Stefano Morello, de Sambiase, avait été tué en Afrique du Nord.

Tina attendit juste que Tony ait terminé de lire pour éclater en sanglots sonores.

— C'était un garçon si gentil, réussit-elle à dire. Je suis vraiment désolée, Stella, vraiment désolée, c'était un garçon si gentil.

Assunta aussi avait commencé à pleurer, et souleva son tablier pour s'essuyer le visage.

Stella, qui bien sûr était incapable de verser la moindre larme, même maintenant, serra sa mère et sa sœur dans ses bras et leur frotta le dos quand, à tour de rôle, elles vinrent se lamenter dans son corsage. Dans son cœur, elle avait toujours su qu'elle n'épouserait jamais Stefano mais, après six années passées à faire croire à tout le monde qu'elle en avait l'intention, elle fut envahie par la mélancolie. Elle repensa au jour où ils s'étaient rencontrés à la *fhesta* de Nicastro, à ses visites hivernales à Ievoli, à la fois où ils avaient ramassé de la neige dans le jardin pour la *scirubetta*, que Stefano avait déposée dans sa cuillère afin que le petit Luigi puisse y goûter.

Stefano était mort sans jamais savoir qu'elle avait l'intention de rompre leur engagement.

Ce soir-là, immobile dans le lit après que Tina se fut endormie à force de pleurer, Stella s'efforça de se construire une image mentale de Stefano, de ses mains, de ses cheveux, de sa façon de s'habiller. Même son visage était flou. Peut-être aurait-elle pensé plus souvent à lui si elle avait eu un aide-mémoire, comme la photo de feu Mariastella qu'avait sa mère.

Vaguement dégoûtée d'elle-même, elle finit par être gagnée par une impression de soulagement, et se détendit. Stefano lui avait offert un cadeau en mourant – une excuse à son célibat. Personne ne s'attendrait à ce qu'elle laisse quiconque la courtiser – elle était en deuil. Stefano lui avait permis de gagner du temps. Peut-être assez. Elle pouvait légitimement faire durer le deuil pendant cinq ans, pensait-elle, et à ce moment-là elle aurait vingt-sept ans. Elle serait bien trop âgée pour se marier.

Stella dit une prière pour Stefano.

La soirée du réveillon de Noël à la Society fut l'événement-phare de l'année, et avait requis beaucoup de préparation. Franceschina Perri avait jeté son dévolu sur un certain Frank Carapellucci, et avait réquisitionné toutes ses copines afin qu'elles l'aident à lui mettre le grappin dessus. Stella n'avait jamais vu une fille s'enticher aussi ouvertement d'un garçon. Mais Franceschina était une fille américaine au sang chaud ; elle rejetait les règles de décorum que les jeunes Italiennes étaient destinées à suivre du fait de leur éducation. Pour obtenir ce que l'on voulait, elle ne reculait devant rien.

Franceschina avait rencontré Frank à la fête qu'il avait organisée pour son retour au pays au début du mois de décembre. Il avait rejoint l'armée, était allé dans le Pacifique, avait été blessé à la colonne vertébrale et avait été renvoyé chez lui, tout cela en six mois. La balle avait été délogée, et Frank avait obtenu ses papiers de démobilisation, qui faisaient de lui un homme libre claudiquant légèrement. Franceschina était déterminée à planter ses griffes dans ce beau héros de guerre avant qu'une autre fille n'ait la même idée de génie.

Malheureusement, Frank était d'un calme olympien, et avait jusqu'ici résisté au flirt de Franceschina. Elle avait trouvé un moyen de convaincre sa mère d'inviter les Carapellucci à déjeuner après la messe, mais tous ses efforts avaient été vains puisque Frank n'était resté que pour un sandwich et était ensuite parti rejoindre des amis. Franceschina lui avait laissé entendre que s'il lui proposait un rendez-vous elle accepterait, mais il n'avait pas mordu à l'hameçon.

— Je ne comprends pas, pleurnicha Franceschina.

Une fois leurs propres déjeuners d'après-messe terminés, les filles s'étaient rassemblées chez les Perri pour savoir comment cela s'était passé, et voilà qu'elles étaient enfermées dans la chambre de Franceschina.

— J'avais l'impression qu'il m'aimait bien, qu'il me faisait les yeux doux, mais il ne m'a pas proposé qu'on sorte ensemble ! Pourquoi ? Je lui ai tellement laissé entendre qu'il me plaisait, la honte !

— Il a sûrement une autre fille dont il ne te parle pas, dit Stella. C'est pour cette raison qu'il agit comme ça.

Fiorella, qui accordait souvent trop de crédit à la bonté humaine, défendit cet homme qu'elle connaissait à peine.

— Je pense qu'il est juste timide.

— Moi aussi, dit Carolina d'une petite voix. Avec les timides, il ne faut pas y aller de main morte, sinon ils t'échappent et c'est quelqu'un d'autre qui les décroche.

— Oh, Carolina ! fit Stella, lui assenant une petite tape sur le bras. Ne va pas lui raconter ça ! Elle se jette déjà dans ses bras. Ce n'est pas du tout comme ça que fonctionnent les hommes.

— Que dois-je faire, Stella ? Dis-moi ! l'implora Franceschina. Comment faire pour qu'il me regarde ?

— Tu ne peux pas le forcer à te regarder, répondit Stella. C'est tout le problème. Il faut qu'il veuille te regarder. Sinon, tu n'as que des ennuis.

— D'accord, alors comment je fais pour qu'il veuille me regarder ?

Assises sur le lit et sur la moquette, Carolina, Tina, Fiorella et Franceschina, l'amoureuse transie, se tournèrent toutes vers Stella, suspendues à sa réponse. Stella était l'experte en garçons de la bande parce que tous les garçons la désiraient, et elle avait le respect absolu des filles parce qu'elle s'en fichait royalement.

Stella resta muette pendant une minute, réfléchissant à ce qu'elle avait dans son arsenal pour cette situation.

— Bon, si on te trouvait une très jolie robe… Carolina, tu as encore ce patron que tu voulais essayer ? Celui avec… tu sais.

Ses mains décrivirent un mouvement autour de sa poitrine. Toutes savaient de quoi elle parlait. Carolina hocha la tête.

— Si tu me trouves le tissu, poursuivit Stella, je peux te confectionner cette robe pour la fête de Noël à la Society.

— Tu peux utiliser ma machine à coudre, Stella, proposa Fiorella.

Stella comptait déjà là-dessus – elle était la meilleure couturière du groupe, mais n'aurait pas été en mesure de finir une robe entière en si peu de temps sans le matériel plus performant de Fiorella.

— Mais… et s'il ne va pas à cette fête ? dit Tina.

— À nous de nous assurer qu'il ira, répondit Stella. On fera tout pour.

Stella donna les instructions. Au cours de la semaine suivante, Fiorella inviterait Stella et Tina à dîner tous les soirs chez elle après le travail afin que Stella puisse confectionner la robe. Carolina était chargée de la partie cancans : elle devait trouver qui étaient les amis de Frank Carapellucci, et ruser pour qu'ils fassent en sorte que leur copain vienne à la fête de Noël.

— Pas la peine de les entourlouper, lui conseilla Stella. Dis aux copains qu'une fille l'attend à cette soirée. » Elle réfléchit un instant, avant d'ajouter : « Flirte avec le type, si tu le dois. Donne-lui une raison de coopérer, tu vois ?

Carolina secoua sa chevelure noire et brillante.

— Je suis prête à tout pour la cause.

— Si vous vous mariez, vous serez Francesco et Franceschina, fit remarquer Tina.

Les yeux de Franceschina s'illuminèrent.

— Trop mignon ! C'est parfait !

Stella eut pitié de ce garçon. Mieux valait pour lui qu'il n'ait pas l'intention de dire non.

Le soir de la fête, les filles se rassemblèrent chez les Nicotera. Toutes se préparèrent à prendre leur place dans la bataille, déployant des bigoudis chauffants de dernière minute et faisant circuler un flacon de parfum appartenant à la mère de Fiorella.

— Je dois te dire quelque chose, Stella, confia Carolina. Mais avant de te fâcher contre moi, tu te souviens que tu m'as dit de tout faire pour m'assurer que Frank irait bien à cette fête, n'est-ce pas ?

— Oui, c'est vrai ! affirma Franceschina.

— Qu'est-ce qu'il y a, Carolina ?

Carolina esquissa un petit sourire diabolique.

— Eh bien, devine qui est le *paesan* de Frank ?

— Il vient des Abruzzes, se souvint Franceschina. Comment s'appelle son village ?

Mais Stella connaissait déjà la réponse avant que Carolina pépie :

— Carmelo Maglieri ! Du coup, Stella, je lui ai dit que tu serais à la fête et que, s'il faisait en sorte que Frank vienne, tu danserais avec lui…

Fiorella et Tina poussèrent un petit cri.

— Oh, Carolina ! Quelle canaille ! » Le cœur de Stella battait fort. Le beau Carmelo Maglieri, si fier de lui-même – elle n'avait pas envie de le revoir, et elle avait encore moins envie de devoir supporter une danse avec lui. « Tu as attendu jusqu'à maintenant pour me le dire ? Je n'ai même pas le temps de penser à une excuse pour me sortir de là !

— Je t'aurais appelée, si tu avais eu un téléphone, répliqua Carolina, qui s'interrompit pour se passer sur les lèvres un rouge vif assorti à sa robe de Noël. En plus, Stella, tu pourrais être obligée de danser avec des cavaliers bien pires. Attends de savoir à qui j'ai promis Fiorella.

Elle fit un clin d'œil et toutes les filles s'esclaffèrent de joie.

Stella savait qu'elle ne serait pas capable d'expliquer pourquoi elle était si farouchement opposée à l'intérêt que lui portait Carmelo – ses amies voyaient en lui un beau parti, avec ses yeux d'un bleu pétillant, sa voix quand il chantait au concertina et son beau costume gris. Elle pouvait à peine se l'expliquer à elle-même, mais au fond de ses tripes, son instinct le rejetait à grands cris.

Stella résolut le problème en restant collée à sa mère pendant la fête au lieu de se mélanger à ses amies. Tina, navrée de rater le chassé-croisé romantique mais peu disposée à lâcher sa sœur, resta avec elles aussi. Les femmes Fortuna regardèrent Carolina, Fiorella et Franceschina attaquer les garçons des Abruzzes, formant autour d'eux une cage de jupes. Bientôt, tout le groupe riait et bavardait. Stella se félicita de la merveilleuse apparence de la poitrine de Franceschina, que Frank semblait avoir du mal à ne pas regarder.

— Bien joué, Stella, dit Tina.

— Merci, répondit Stella.

— Franceschina devrait faire plus attention à ses *minne*, sinon, ils vont s'échapper, s'inquiéta Assunta.

Mais on ne se débarrassait pas comme ça de Carmelo Maglieri. Profitant de ce que son *paesan* Frank dansait tranquillement avec sa prédatrice, le garçon fendit la foule pour rejoindre les Fortuna. Il se pencha très bas pour baiser la main d'Assunta. Stella vit que ce geste charmait sa mère, sa mère si simple qui n'avait jamais vu de film au cinéma. Carmelo portait une cravate d'un vert rappelant le houx. Difficile d'ignorer l'éclat de ses yeux.

Tina avait des dizaines de questions à poser à Carmelo au sujet de Rocco, mais il apparut très vite qu'il n'avait pas grand-chose à lui répondre pour l'éclairer ; Rocco n'écrivait pas à Carmelo de l'étranger. Voyant que Tina en était contrariée, le garçon se mit à rire.

— Pourquoi il m'écrirait ? Il est bien plus important pour lui d'écrire à sa chérie.

Sans grande surprise, le visage de Tina devint pivoine.

— Je suis vraiment sa chérie, tu crois ?

— Je suis sûr que Rocco pense à toi tous les jours.

L'idée que, peut-être, Carmelo tâtait le terrain pour son

copain, encourageait la loyauté de Tina, traversa l'esprit de Stella. Une nouvelle vague de méfiance la parcourut.

— Nous prions pour lui chaque jour, disait Tina, dont les yeux étaient humides et vifs dans son visage rougeaud. Tu devrais prier pour lui, toi aussi.

— Je le ferai », répondit Carmelo. Sa voix était désormais sérieuse. Il se tourna vers Stella : « J'ai été navré d'apprendre pour ton fiancé. Mes condoléances à toi et à ta famille.

La méfiance de Stella à l'égard de Carmelo se fondit en une nausée froide. Pourquoi serait-il triste pour Stefano, qu'il n'avait jamais connu ? Aucun homme n'était sensible à ce point. Non. En évoquant Stefano, Carmelo la prévenait : il la considérait comme étant sur le marché.

— Nous sommes très, très tristes, répondit Stella avec raideur. C'était un homme bon.

— C'était un homme bon, répéta Tina, dont la voix se brisa.

Oh, pas pendant la fête, Tina, pensa Stella, mais Assunta tendait la main pour saisir le poignet de Carmelo, un geste intime qui surprit tellement les deux sœurs qu'elles se turent.

— Vous êtes un homme très bon, dit Assunta à Carmelo. Merci de penser à nous.

Soudain, la nausée submergea Stella, qui se retrouva à moitié aveuglée par des points argentés s'agitant dans son champ de vision.

— Veuillez m'excuser, dit-elle.

Elle tourna les talons et se dirigea hâtivement vers les toilettes. Elle devait fuir. Qu'ils pensent qu'elle était bouleversée à cause de Stefano. Heureusement, il n'y avait pas la queue. Elle s'enferma dans un box et s'assit sur la lunette sans soulever sa robe, avalant des bouffées d'air chargé d'urine pour tenter de se calmer.

Elle était sens dessus dessous à cause d'une vision qu'elle avait eue d'elle mariée à Carmelo – Carmelo, qui était trop mielleux, avec ses blagues patientes et ses projets insondables. Une fois cette idée implantée dans son esprit, elle fut incapable de lutter contre les pensées qui en découlaient. Ses mains posées sur elle… – elle en eut des frissons phobiques. Son corps qui s'arrondissait avec son bébé. Ses jambes écartées comme celles d'un animal, comme celles de sa mère quand Louie était né, cette horrible figue violette gluante de sang. Stella sentit son corps se crisper, une déferlante de peur et de dégoût qui allait de son pubis à son estomac. Elle fut incapable de bannir cette vision. Elle agrippa son ventre, sentant ses cicatrices à travers l'étoffe de sa robe. On l'avait déjà ouverte une fois. Cela ne se reproduirait pas.

Quand Tina entra dans les toilettes et l'appela sous les portes des box, Stella l'ignora.

— Stella. *Stellll*-la. Sors ! *Stellll*-la.

Stella persista dans son silence. Finalement, après les tentatives d'intervention de plusieurs autres femmes, Tina s'en alla.

Stella ferma les yeux et essaya d'invoquer son image mentale de la montagne, les feuilles d'olivier bleu argent ondulant telle l'eau dans la brise. Elle attendit dans le box jusqu'à ce que l'agitation dans son estomac se soit calmée. Avant de rejoindre la fête, elle profita de l'occasion pour vider sa vessie. Quand elle descendit sa culotte, elle vit qu'elle était tachée de sang – une fois de plus, elle avait dû perdre de vue les dates. Elle prit une poignée de papier toilette, en fit une liasse qu'elle cala entre ses jambes. Elle se sentait déjà mieux. Peut-être n'était-ce pas une prémonition qui lui avait donné des frissons, mais de simples crampes menstruelles.

Tout de même. Elle fut incapable de laisser Carmelo Maglieri s'approcher de trop près.

— As-tu déjà pensé, demanda Stella à sa mère le lendemain matin tandis qu'elles mettaient la table pour le déjeuner, que les yeux bleus, comme ceux de Carmelo… qu'il faut faire attention au *mal'oicch'* ?

— Bêtise ! répliqua Assunta.

— Tu sais ce qu'on dit des hommes aux yeux bleus, dit Stella. Rien ne peut empêcher le diable de regarder ce qui se passe dehors.

— Ce sont des âneries superstitieuses. Tu sais bien que ça ne marche pas comme ça.

— Oui, je sais, répondit Stella, châtiée.

Mais avant d'aller se coucher ce soir-là, Assunta prononça la formule de désenvoûtement pour chacun de ses enfants.

La guerre fut une période difficile, une période sombre au sens propre du terme, un monde assourdi par les rideaux du black-out. Entre les couvre-feux et les jeunes hommes absents, les fêtes étaient courtes, abrutissantes. Il n'y avait plus de viande ; il n'y avait plus de sucre. Il y avait des messes en mémoire des garçons qui ne rentreraient pas.

Pendant ce temps-là, les Fortuna travaillaient dur et tiraient leur épingle du jeu. Tony mit en location le premier et le deuxième étage de la maison de Bedford Street, et l'argent des loyers s'additionna à leurs salaires. Il prenait toujours la paye de ses filles, mais leur donnait de l'argent de poche pour les films, les coupes de cheveux, les buvettes. À chaque jour qui passait, les Fortuna devenaient plus américains.

Chaque année, Stella se languissait un peu moins de la Calabre, la douleur de la séparation s'adoucissant en nostalgie. Quand elle s'en rendit compte, elle éprouva de la culpabilité, mais elle ne pouvait rien y faire. Ievoli cicatrisait, telle une vieille blessure que Stella, la survivante, avait dépassée. Elle avait beaucoup de choses à aimer en Amérique – ses robes colorées, la nourriture délicieuse et riche, les cinémas, les voitures et les toilettes équipées d'une chasse d'eau.

On travaille dur, le temps passe. Même les temps difficiles

passent. Pour Stella, cette période n'était pas difficile – elle aurait été heureuse de vivre ainsi, à travailler dur, à manger à sa faim, à veiller en compagnie de sa mère, de sa sœur et de ses amies, pour le restant de ses jours.

Joey s'était engagé dans l'armée en 1942 et, après deux années passées à préparer son déploiement, il fut envoyé en Europe avec son unité à la fin de l'automne 1944. Il adressa à sa mère une lettre, une page unique et triste rédigée dans un anglais approuvé par la censure. Le courrier se terminait par une phrase écrite dans un italien approximatif : *La maison me manque.* Et puis, plus aucune nouvelle de lui pendant six mois, jusqu'à ce jour de mars 1945 où le garçon de la Western Union se présenta à Bedford Street.

Stella sut pourquoi il était là dès l'instant où elle le vit à travers le rideau. L'uniforme, le chapeau à larges bords avec le sceau en or – ils n'envoyaient un télégramme que pour une seule raison.

— J'y vais, maman ! cria Stella en direction de la cuisine.

Il fallait protéger sa mère d'une chose pareille – il ne fallait absolument pas qu'Assunta ouvre cette porte. Stella prit une profonde inspiration. Tina apparut à ses côtés.

— Stella. Pourquoi il est là ?

La voix de Tina était déjà déchirée par les larmes.

Stella prit une autre inspiration. Son cœur tambourinait dans sa poitrine. On allait lui annoncer que son frère était mort. Il fallait qu'elle s'y prépare.

Elle ouvrit la porte aux trois quarts et se tint solidement devant, pour empêcher Tina de se ruer sur la galerie.

— Oui ? dit Stella au messager.

Elle avait la gorge nouée.

Il devait avoir une quinzaine d'années, avait le front maculé d'acné et portait de grosses lunettes à monture invisible.

— M'dame. Est-ce la maison d'Anthony et Assunta Fortuna ?

Il prononça Assunta « Uh-suhn-ta ».

Tina, qui était derrière elle, lui serrait tellement fort le bras que c'en était douloureux.

— Oui, répondit Stella. Ce sont mes parents.

— Il a un télégramme, dit Tina en calabrais avant d'éclater en sanglots.

— M'dame, j'ai une livraison pour eux.

— Je vais la prendre.

Stella s'appuya sur la paume de sa main qui était posée sur le cadre de la porte, laissant le bord pointu du bois s'enfoncer dans sa peau. Derrière elle, les sanglots de Tina s'étaient mués en halètements aigus.

Le garçon, mal à l'aise, se frotta le nez.

— Je suis censé livrer ceci à M. ou Mme Anthony Fortuna.

Stella avança d'un pas et lui arracha le télégramme des mains.

— Mon frère est mort ?

Elle sentit son estomac se nouer en imaginant Joey, dans son uniforme, comme elle l'avait vu la dernière fois, Joey, fringant, beau ; et puis son esprit fit apparaître sa petite tête soyeuse blottie contre son épaule dans le lit qu'ils avaient partagé, enfants. Elle entendit le bruit sec des mains de Tina contre les dalles de l'entrée derrière elle. Sa sœur s'était effondrée par terre et gémissait.

Le messager recula d'un pas et Stella agrippa son poignet afin qu'il ne puisse pas partir.

— Qu'est-ce que ça dit ? » demanda-t-elle.

Il n'y avait que quelques lignes de texte, mais Stella ne comprenait rien hormis le nom de Joey et la date. Elle chercha les mots « mort » et « tué », mais l'anglais du télégramme, trop officiel, ne lui était pas familier.

« Mon frère Joey… il a été tué ?

— Euh… » Le garçon se pencha en avant et étudia le texte. « Pas mort, non. Elle va bien ? demanda-t-il en pointant le doigt vers Tina, qui, prostrée, pleurait la bouche ouverte, collée aux carreaux du sol.

— Elle va bien. » Le tunnel noir de terreur commençait à reculer. « Mon frère n'est pas mort ?

Il secoua la tête.

Sans lâcher le poignet du garçon, Stella se tourna vers Tina.

— Ressaisis-toi. Joey n'est pas mort.

Tina cessa immédiatement de pleurer.

— Pas… mort ? hoqueta-t-elle. Alors quoi ?

Le garçon proféra des mots en anglais que Stella ne comprit pas. Elle posa sur lui des yeux ahuris, il se répéta, et pointa le doigt vers le télégramme.

— Il est blessé ? tenta Stella. Sévèrement blessé ?

— Non, bon sang… », répondit avec impatience le garçon, qui avait tout un sac à livrer. « Y a pas quelqu'un chez vous qui parle mieux anglais ?

Après plusieurs mois dans un hôpital militaire en France, Joey était renvoyé chez lui à Hartford. Il se remettait d'une blessure par balle qu'il s'était infligée à lui-même dans l'avant-bras gauche. Du moins était-ce ainsi que ses papiers de démobilisation décrivaient sa blessure – Joey ne l'admettrait jamais lui-même, si bien que les gens hausseraient toujours les épaules en disant : « On ne saura jamais ce qui s'est passé. »

Deux années d'entraînement dans l'armée n'avaient apparemment pas mentalement préparé Joey pour le combat ; quand son unité atterrit en France, ses doutes le submergèrent. La 103e division d'infanterie se dirigea vers le nord pour envahir l'Allemagne, mais Joey Fortuna ne quitta jamais Marseille.

Dès qu'il fut en mesure de sortir de l'hôpital militaire, l'armée le traduisit devant une cour martiale et le renvoya chez lui pour manquement à l'honneur. Malgré son acte criminel d'automutilation, l'hôpital des anciens combattants de Hartford lui proposa d'opérer son bras gracieusement. Joey refusa, craignant d'être réexpédié à la guerre une fois valide. Un sacrifice inutile – si Joey avait eu l'intelligence de se renseigner un peu, il aurait appris que les soldats démobilisés pour manquement à l'honneur n'étaient jamais redéployés.

Malgré le long séjour à l'hôpital français, le bras de Joey ne se remit pas convenablement. L'impact de la balle avait brisé son radius et son cubitus, et, ironie du sort, ce fut un chirurgien militaire tourmenté qui ne tolérait les faux malades qu'en vertu de son serment d'Hippocrate qui réduisit sa fracture. Joey avait évité la prison, mais ce renvoi et son handicap physique portèrent une longue ombre sombre sur sa vie et ses perspectives.

De plus, comme l'exigeait le protocole pour les soldats qui n'étaient pas citoyens américains et qui avaient été démobilisés pour manquement à l'honneur, le service de l'immigration avait mis un terme au processus de naturalisation de Joey.

Tony traîna Joey jusqu'au bureau de l'armée sur Asylum Street pour se plaindre. Il obligea son fils à porter un costume.

— Vous ne pouvez pas faire une chose pareille ! beugla Tony au soldat assis derrière son bureau. Il est allé à la guerre pour vous ! Les papiers, c'est déjà fait. Il est un citoyen américain !

Le soldat n'avait aucune sympathie pour les lâches. Il était froid et calme.

— Dans le cas d'un renvoi pour manquement à l'honneur, on peut arrêter une demande de naturalisation, même rétroactivement.

— Rétroactivement ? répéta Tony.

— Cela veut dire même si c'est déjà fait. Ils peuvent la défaire.

Joey garda les yeux rivés sur le lino tandis que Tony sortait totalement de ses gonds.

— Il s'est battu pour votre pays !

— Mon pays ? répéta le soldat d'un ton neutre. Écoutez, monsieur Fortuna. Votre fils a commis un crime contre l'armée américaine en temps de guerre. Il a de la chance de ne pas faire l'objet de mesures disciplinaires extrêmes. » Pour que ce soit clair, il traduisit : « Vous avez de la chance qu'il ne soit pas en prison.

Ainsi s'acheva la négociation. Tony sortit en trombe et se réfugia au bar. Il n'avait plus rien à dire à son fils, qui rentra seul à la maison.

Si Joey était mort en servant sous les drapeaux, toute sa famille – parents, frère et sœurs – aurait immédiatement eu droit à la nationalité américaine. Mais c'était bien le problème : Joey n'avait pas voulu mourir, ni même risquer la mort. Et voilà qu'il était désormais un criminel à la petite semaine disgracié, privé d'allocation militaire et embarrassé par un bras hors d'usage.

Tony ne pardonna jamais à son fils sa lâcheté. Tony, qui avait passé quatre années au combat sur l'un des fronts les plus sanglants de l'histoire humaine et ne s'était jamais tiré dans le bras, ne supportait pas la faiblesse qu'il percevait chez Joey. Un fils était censé refléter le côté mâle de son père – celui de Tony était un pleutre. Il était faible, gâté et peureux – c'était un homme indigne de respect. De leur vivant, père et fils furent incapables de colmater cette fissure. S'ils se retrouvaient dans la même pièce, Tony ignorait Joey. S'ils se parlaient – si Joey, en quête de drame, forçait la conversation –, cela se terminait par des cris, des railleries et une symphonie de portes qui claquent.

Joey était dans l'incapacité physique d'occuper les postes sur les chantiers ou dans les usines que les autres immigrés non naturalisés prenaient. La vérité de sa situation était comme une tache noire sur lui. Il était rapidement démasqué par les recruteurs, dont les garçons courageux étaient à la guerre. *Vous êtes blessé parce que vous avez servi dans l'armée, mais vous n'avez pas obtenu vos papiers américains et ne touchez aucune allocation pour anciens combattants ?* Après quatre ou cinq vagues tentatives pour trouver un travail, Joey laissa tomber et passa son temps dans sa chambre de Bedford Street. Il buvait dès son réveil – généralement aux environs de midi – et jusqu'au moment où il s'endormait enfin. Il s'enfilait des litres du vin de Tony. C'était à l'armée qu'il avait commencé à boire, et il avait l'intention de passer le restant de ses jours dans un brouillard gris alcoolisé.

« Tu n'as pas besoin de ça », disait Assunta quand il s'asseyait à la table de la cuisine en maillot de corps et caleçon long. C'était ce qu'elle affirmait tout en lui versant un grand verre de vin rouge d'une carafe qu'elle gardait prête sur le plan de travail.

« Si, je t'assure, m'man, j'en ai besoin », répondait-il. Il attendait qu'elle mette devant lui un plat de *pastina* pour le petit déjeuner. « Voilà qui je suis, maintenant. Ton raté de fils, alcoolique et pathétique. Ce sera comme ça, désormais. »

La présence de ce monstre qui avait remplacé le Joey malicieux, affectueux et mignon parti à la guerre choquait Stella. Le voir à la table de la cuisine tachée de vin l'écœurait complètement. C'était son frère, le bébé qu'elle avait appris à tenir dans ses bras quand elle-même n'était qu'un bébé, qui avait pleuré un jour entier quand son chat errant préféré avait disparu, qui faisait des clins d'œil quand il ouvrait pour elle des châtaignes en un coup de dents tranchant et habile. Son petit frère – encore si beau, en dépit de ses yeux rouges et de son sourire mauvais. Mais c'était un monstre qui se moquait bien de savoir à qui il faisait du mal, du moment qu'il pouvait célébrer son propre naufrage. Contrairement à sa mère, Stella ne percevait pas sa souffrance. Il était un agent de corruption dans leur maison, une chose jadis parfaite qui avait pourri et comptait bien vicier tout ce qui l'entourait.

Le retour de Joey était particulièrement contrariant pour Louie, quinze ans, qui avait eu la chambre des garçons pour lui tout seul pendant trois ans. Louie était franc et direct, soigné et poli, et ses manières contenues plaisaient à ses professeurs. Il était en passe de terminer le lycée – le premier dans la famille à accomplir une telle chose –, et se débrouillait bien au football. Le frère aîné à l'odeur rance et au vin mauvais était une entrave à son style adolescent. Pendant l'été, une fois les cours terminés, Louie se mit à dormir chez des copains, ne remettant parfois pas les pieds chez lui pendant des jours.

Assunta le déplorait, car Louie était son préféré.

— Tu sais que c'est le meilleur d'entre vous, disait-elle à Joey tandis que celui-ci était attablé, vêtu de son peignoir entrouvert. Tu le laisses veiller sur toi comme si c'était lui, l'aîné.

— Dans mon cœur, je suis vieux, m'man. Je suis tellement vieux que je n'ai aucune raison de courir dans tous les sens en faisant des trucs pour impressionner les gens. Je sais que ça ne sert à rien.

De temps à autre, Carmelo Maglieri emmenait Joey boire une bière. Cela semblait être ce dont Joey avait besoin, et il rentrait à la maison de meilleure humeur.

— Tu devrais l'épouser, Stella, lança Joey un soir à toute la famille qui dînait. Tu sais qu'il en pince pour toi. Ça fait trois ans qu'il attend que tu changes d'avis.

Tony leva les yeux de sa nourriture pour jauger sa fille

aînée. Stella se sentit rougir si violemment que la peau de son cou se mit à la démanger.

— Grand bien lui fasse, fut sa seule réponse.

— Allez, Stella, tu pourrais tomber sur pire que lui, vraiment.

— La ferme, Joey, lui dit-elle en anglais. Espèce d'abruti.

Elle savait que son père la regardait encore.

— Espèce de morveuse, répliqua Joey, secouant la tête. Qu'est-ce qui te fait croire que tu peux trouver mieux que Carmelo ? Un beau gars comme lui ? N'importe quelle fille de la Society lui dirait tout de suite oui.

— Eh bien, qu'elles se battent pour lui, alors.

Stella se concentra sur l'air frais qui l'entourait, cherchant à faire disparaître la brûlure sur son visage et son cou.

— Tu devrais penser à ton avenir, Stella, dit Tony. Tu as vingt-cinq ans. Impossible de savoir qui reviendra de cette guerre.

— Papa, inutile de donner à Tina davantage de raisons de s'inquiéter pour Rocco, répondit Stella.

Sa remarque avait pour but d'orienter la discussion dans cette direction. Et pour un coup d'essai, ce fut un coup de maître. On parlait désormais des dernières nouvelles de Rocco Caramanico. Personne n'évoqua plus Carmelo Maglieri ce soir-là, mais Stella savait que la graine avait été plantée dans la tête de son père. Carmelo venait juste de devenir son ennemi.

Carmelo travaillait chez Pratt & Whitney, comme Tony, mais dans l'unité moteurs. Après que Joey eut abordé les perspectives de mariage de Stella à la table du dîner, bizarrement, Carmelo passa chercher Tony tous les jours dans sa Plymouth pour le déposer au travail. Stella ne savait pas trop si c'était son père qui avait demandé à Carmelo de le faire, ou si c'était celui-ci qui l'avait proposé. Dans un cas comme dans l'autre, il s'agissait d'une mauvaise nouvelle.

Le soir, après avoir ramené Tony à la maison, Carmelo montait boire un verre de vin et finissait par rester dîner. Il n'était pas subtil dans son intérêt pour Stella. Elle était courtisée, et son père, qui avait encore en lui assez de l'ancien monde pour croire que son avis avait de l'importance, était ravi. Stella était consciente du danger. De petits changements innocents de style de vie, comme la voiture et les visites pour dîner, allaient s'empiler sur elle jusqu'à ce qu'elle devienne la mère des dix enfants de Carmelo sans savoir quand, précisément, elle avait été vaincue.

Stella était assiégée dans sa propre maison, et ceux qui étaient censés être ses alliés avaient des sympathies pour l'ennemi. Tout le monde aimait Carmelo. Il flirtait avec Assunta, qui gloussait et lui donnait des petits coups de torchon. Elle le réinvitait à dîner soir après soir. « Le pauvre, disait-elle. Habiter dans cet atroce immeuble pour célibataires avec tous ces hommes. » Stella n'était absolument pas navrée pour lui ; le garçon ne mourait pas de faim et pourrait aisément convaincre une autre mère gaga de le nourrir en usant de ses charmes.

Carmelo et Tina cancanaient comme de vieilles copines. Il apprit à Louie à jouer aux cartes. Les soirs où Carmelo venait, Tony et Joey restaient à la maison, et les hommes jouaient aux cartes sur la table de la cuisine – un rapprochement rare entre Joey et son père. Ce fut l'année où Tony commença à sortir moins le soir ; sa liaison avec l'inconnue se termina peut-être à ce moment-là. Stella avait beau en vouloir à Carmelo de s'infiltrer dans sa famille, elle savait que sa mère était plus heureuse, libérée de l'angoisse et de la tristesse contre lesquelles elle avait dû se mobiliser chaque fois que son mari ne rentrait pas.

Carmelo lisait et écrivait correctement à la fois en italien et en anglais. Il parcourait le journal tous les matins, leur disait-il, et c'était ainsi qu'il apprenait tout ce qu'il savait. Ce fut grâce à Carmelo que les filles Fortuna réussirent enfin leur examen de citoyenneté américaine, en juillet 1945.

Carmelo lisait les questions du manuel à voix haute, les traduisait en italien, et interrogeait les filles jusqu'à ce que Stella ait l'impression de mémoriser quelque chose qu'elle comprenait. Il parlait à Tina en anglais, car il savait qu'elle peinait à s'exprimer dans cette langue, et lui soufflait gentiment les réponses.

Carmelo employait désormais des expressions calabraises qu'il tenait sans doute des Fortuna. S'efforçait-il tellement de s'intégrer parmi eux qu'il en changea même sa façon de parler ? Le faisait-il exprès ou était-ce inconscient ? s'interrogea Stella. Et… qu'est-ce qui était le pire ?

Elle arriverait un jour, la confrontation directe. « Un jour », ce fut la semaine après que Stella fut devenue citoyenne américaine.

— Avec la permission de ton père, dit Carmelo au cours du dîner devant toute la famille, j'aimerais te proposer un rendez-vous, Stella.

— Un rendez-vous ? demanda Antonio, en répétant le mot américain. Quel genre de rendez-vous ?

— Un dîner et une séance de cinéma samedi soir, expliqua Carmelo.

Il semblait calme et confiant. Stella, envahie par la peur, fixait son plat de pâtes alors que tous les yeux de la famille étaient braqués sur elle. Leur joie était palpable, elle emplissait la salle à manger et l'enserrait comme un étau invisible. Comment lutter contre le charisme de Carmelo ?

— Eh bien, Stella ? demanda Tony.

— Non, merci », répondit-elle de sa voix la plus polie. Il ne fallait pas qu'elle cède à toute cette pression. On ne l'asservirait pas. « Je ne vais pas à des rendez-vous avec des garçons.

— Ce serait le bon moment pour commencer, dit Tony. Sinon, tu vas être vieille fille.

— Non, merci, répéta-t-elle en se redressant sur son siège

et en regardant son père dans les yeux. Je ne sors pas avec des hommes. Je fais le deuil de mon fiancé disparu.

— Foutaises ! s'exclama Joey en anglais.

Si Assunta avait compris, elle lui aurait flanqué une gifle.

— Ça suffit ! » Tony était passé en mode gueulard. « Elle accepte ton invitation, dit-il à Carmelo. Tu peux passer la chercher samedi à 18 heures.

Les mains de Stella vibraient de fureur. Elle n'avait pas le contrôle de la situation. Que faire ?

— Tina, tu seras notre chaperon, improvisa-t-elle.

— Tu as vingt-cinq ans. Tu n'as pas besoin de chaperon, répliqua laconiquement Tony.

Stella regarda autour d'elle, ses frères, sa sœur, ses parents et son prétendant attablés, qui tous l'observaient, suspendus à ses lèvres. Flanquée de Joey d'un côté et de Tina de l'autre, elle ne pouvait absolument pas se lever et sortir en trombe de la pièce avec dignité. Elle envisagea de balancer son assiette remplie de nourriture, mais elle ne tirerait aucune fierté d'un tel mélodrame.

Alors elle leur donna aussi peu de satisfaction que possible. Elle prit sa fourchette, y planta plusieurs morceaux de *ziti* et les enfourna. Sa langue était sèche et son ventre noué. Cet instant sembla s'éterniser, tout le monde attendait sa réaction tandis qu'elle continuait à manger son plat de pâtes.

— Eh bien, d'accord, conclut Carmelo avec un train de retard. Je viendrai te chercher samedi.

Toute cette mascarade pour passer pour un gentleman – un vrai gentleman se serait retiré lorsqu'elle avait clairement exprimé qu'elle ne souhaitait pas sortir avec lui. Non, il était comme tous les autres, cette conspiration épuisante d'hommes qui œuvrait pour que les femmes fassent ce qu'ils voulaient. Elle la garderait dans un coin de sa tête, cette preuve irréfutable que Carmelo n'était pas aussi charmant qu'il en avait l'air.

Cette nuit-là, puis toutes celles jusqu'à ce rendez-vous, Stella fit son cauchemar. Voilà plus d'un an que cela ne lui était pas arrivé, et elle avait espéré en être affranchie. Mais c'était revenu – son emprisonnement, les mains de son violeur sur sa peau nue, son impuissance. Incapable de dormir, épuisée, elle s'asseyait à la table de la cuisine sous le sanctuaire en mémoire de la première Stella et essayait de somnoler sur ses bras repliés. Elle tentait de se débarrasser de l'impression de sentir l'érection du violeur sur sa cuisse en frottant jusqu'à en avoir des bleus. Dans ses prières, elle implorait la Vierge Marie de lui apporter protection et pardon.

Rendue obstinée par l'insomnie, à bout de forces et réfractaire, Stella refusa de faire un effort particulier pour soigner son apparence le soir du rendez-vous, ce qui contraria beaucoup Assunta.

— Pourquoi tu ne peux pas juste jouer le jeu, Stella ? » sanglota sa mère. Ce vendredi soir avait carrément pris des allures de débat houleux. « Pourquoi tu ne peux pas juste être gentille avec lui afin de ne pas gâcher tes chances ?

— Bon sang, maman, pourquoi tu ne peux pas juste m'écouter ? rétorqua Stella, dont la voix se brisa de rage. Je dis que je ne veux pas l'épouser. Je me moque de gâcher mes chances parce que je ne veux pas l'épouser.

— Si, tu le veux ! cria Assunta. Si, tu le veux, et tu le sais !

— Maman, pourquoi tu ne me crois pas ? Pourquoi tu n'écoutes pas ? » Une telle dispute aurait été plus simple avec son père – il n'était qu'une brute et Stella le détestait. Mais de la part d'Assunta… c'était une trahison venant de la femme que Stella aimait le plus au monde, et qui, de toute évidence, se moquait bien des espoirs et des opinions de sa fille.

« Quand est-ce que je t'ai menti sur quoi que ce soit ? Jamais, ajouta Stella.

Les sanglots d'Assunta se muèrent en hurlements. Son comportement était incohérent, la situation, désespérée. Stella, épuisée par sa colère, alla dans la salle de bains, où elle se lava les cheveux et les boucla. Il le fallait pour l'église, de toute façon. Elle avait juste un jour d'avance.

Carmelo s'était aussi apprêté. Quand il passa la chercher, ses boucles noires étaient humides et lissées de part et d'autre d'une raie bien nette. Il portait son costume gris et une cravate bleu ciel. Lorsqu'elle le retrouva à la porte, il serrait un feutre tout neuf contre sa poitrine.

Carmelo bavarda avec une légère nervosité pendant le court trajet en voiture, et Stella resta plongée dans un silence déprimé. La dispute avec sa mère lui pesait encore beaucoup. La frustration l'affaiblissait. Personne ne croyait qu'elle savait ce qui était le mieux pour elle ; tout le monde voulait la contrôler.

Elle était désormais seule avec Carmelo, et c'était elle qui devait supporter le poids de cette situation. Ruminer ses mauvais sentiments n'allait pas l'aider à sauver sa peau. Il fallait qu'elle se concentre sur Carmelo, qu'elle trouve un moyen de mettre un terme à sa cour.

Elle n'avait pas encore choisi sa tactique. Allait-elle se montrer froide, courtoise et très distante ? Ou carrément méchante et malpolie ? Ou bien fallait-il qu'elle se comporte normalement, de façon amicale, puisqu'il était très difficile de garder ses distances avec le sympathique Carmelo, et qu'elle lui explique tout bonnement qu'elle appréciait ses efforts, mais qu'elle ne dirait jamais oui, et qu'il serait plus simple pour eux deux qu'il cesse d'essayer ? Elle n'avait toujours pas tranché quand ils arrivèrent Chez Tom, le restaurant que Carmelo avait choisi pour le dîner.

Pendant tout le repas – elle commanda un hamburger, et Carmelo l'imita –, Stella hésita. Chaque fois qu'elle se rendait compte qu'elle discutait de manière trop amicale, elle s'en voulait et se mettait à bouder. Mais elle se sentait alors bête et faible. Se souvenir régulièrement qu'elle n'était pas censée prendre du bon temps l'épuisait.

Et Stella avait l'impression d'être négligée, assise en face de lui dans ce *diner* bien éclairé. Elle imaginait que les autres clients les regardaient – ce bel homme élégant et cette femme à peine coiffée, pas maquillée, qui ne portait même pas de rouge à lèvres. Elle réprima des éclairs de regret. La vanité – elle ne laisserait pas la vanité précipiter sa chute. Ce que pensaient les inconnus importait peu.

Carmelo était imperturbable. À vrai dire, au cours du repas, son assurance ne fit que croître. Il lui parla de sa sœur jumelle à Montréal, de ses parents et de son frère restés au pays, dans les Abruzzes. Il lui posa des questions polies dont il avait déjà les réponses – elle était désavantagée car il avait passé énormément de temps à essayer de la connaître.

— La prochaine fois, dit Carmelo tandis que Stella pliait sa serviette et la posait sur son assiette vide, je pourrais t'emmener à la roseraie.

Stella avait apprécié le hamburger et se sentait rassasiée. Elle s'efforça de sortir de sa stupeur.

— Carmelo. Il n'y aura pas de prochaine fois.

— Si, si.

Il lui adressa un clin d'œil. Comme il était sûr de lui-même.

Un sursaut de haine la secoua. C'était bon, ça. Il fallait alimenter ce sentiment.

— Je suis ici parce que mon père m'a obligée à sortir avec toi. Tu le sais. Tu ne me plais pas, et tu ne me plairas jamais.

— Oh, tu verras. Je vais faire en sorte de te plaire. » Nouveau clin d'œil. « En fait, je pense que je te plais déjà.

— Carmelo. Écoute-moi. » Son clin d'œil la dégoûtait. Elle ravala sa frustration, s'exprima lentement et clairement afin que cette fois-ci, peut-être, il entende ce qu'elle avait à dire. « Ça, toi et moi, ça n'ira nulle part. Tu peux me courir après autant que tu veux, jamais je ne me marierai. Ni avec toi ni avec personne.

— À d'autres ! lança-t-il joyeusement. Toutes les femmes veulent se marier.

— Pas moi.

Sa poitrine était serrée. La fureur de la nuit passée était revenue, et désormais elle était braquée sur lui.

— Si, tu le veux. Même si tu ne le sais pas encore. Tu changeras d'avis. Tu verras.

Stella le regarda fixement de l'autre côté la table. Pour la première fois, elle remarqua sur ses sourcils plusieurs poils rebelles qui partaient dans tous les sens, se dressant comme les antennes d'un insecte.

— Carmelo, je te dis que je ne t'aime pas, et que je ne t'aimerai jamais. Tu ne m'écoutes pas.

Il haussa les épaules, comptant l'argent dans son portefeuille, mais son sourire était plus crispé.

— Tu crois savoir ce que tu veux, Stella, mais tu vas comprendre que tu as tort.

Sa fureur bouillonnait dans sa gorge. Elle avait l'impression de parler à un mur.

— Pourquoi es-tu si obstiné ? Il y a des centaines d'autres filles qui t'aiment bien. Arrête de perdre ton temps avec moi.

Carmelo posa sur elle des yeux brillants.

— Stella, j'ai vu notre avenir ensemble. C'est un bel avenir. Tu le verras, toi aussi. Nous sommes destinés à être ensemble depuis notre naissance.

Elle rit avec dédain. Il parlait sérieusement, là ?

— Écoute. Mon ami Rocco va rentrer de la guerre et va bâtir une famille avec ta sœur. Réfléchis : ce serait vraiment chouette que toi et moi, on se marie. Nos enfants grandiraient ensemble comme des frères et sœurs.

Pendant des années, elle avait ressenti de l'ambivalence à l'égard de Carmelo Maglieri – était-il sincère ou dangereux, gentil et doux ou bien secret et manipulateur ? Désormais, elle comprenait : malgré son air gentil, Carmelo était aussi macho et dominateur que Tony, dans un autre genre. Carmelo n'aimait pas Stella – comment le pourrait-il, alors qu'il n'était même pas capable d'écouter ce qu'elle avait à dire ? Ce qu'il aimait, c'était ce rêve à lui de son avenir à lui, pour lequel il avait besoin d'elle. Cela ne l'intéressait pas d'essayer de saisir pourquoi elle ne voulait pas en faire partie.

Il fallait qu'elle l'éconduise. Qu'elle fasse quelque chose de drastique pour rompre son fantasme. Stella regarda ses bras posés à côté de son assiette, et fit tourner son poignet gauche pour étudier la cicatrice plate en réfléchissant intensément. Son cœur battait dans ses oreilles.

— Tu sais que je ne cuisine pas. Et que je ne le ferai jamais.

— Oh, eh bien, dans ce cas, tu as tout intérêt à m'épouser. Je suis un excellent cuisinier, fit-il, inclinant le menton d'un air entendu. Peu d'hommes accepteraient cela de leur femme.

La furie bouillonnante de Stella était de retour.

— Qu'est-ce qui ne tourne pas rond, chez toi ? lui demanda-t-elle, se levant et haussant le ton. Pourquoi continues-tu à me courir après alors que tu sais que je ne veux pas de toi ? Jamais je ne pourrai respecter un homme pareil. C'est pathétique. » Elle fit deux pas en direction de la porte, puis se retourna et s'obligea à crier : « Oui, j'ai bien dit que tu étais pathétique !

Les autres clients pouvaient bien penser qu'elle était une ritale hystérique. Elle s'en moquait. Carmelo pouvait bien penser qu'elle était une ritale hystérique. Qu'il se concentre là-dessus.

Il se leva aussi, mais elle ne le laissa pas en placer une.

— Tu veux une femme qui ne te respectera jamais ? cria-t-elle. Tu aimes qu'on se paie ta tête ?

Le visage de Carmelo était rose.

— D'accord, Stella. Partons.

— Pathétique, répéta-t-elle.

Une horrible impression s'empara de ses tripes. Munie d'un balai, la serveuse se dirigeait vers eux. Elle ne pouvait deviner l'objet de ses cris, se rendit compte Stella.

— Viens, dit Carmelo avec un geste en direction de la porte.

Elle le précéda vers la sortie, jusque dans la rue. Elle avait la nausée. Quel manque de dignité. Elle tâcha de ne pas flancher. S'il la laissait tranquille, le jeu en valait la chandelle.

— Je veux rentrer à la maison, lui dit-elle. Je ne me sens pas bien.

Ils rejoignirent sa voiture, et il ouvrit la portière côté passager. Le visage de Carmelo était toujours rouge vif lorsqu'il s'installa derrière le volant. Était-il en colère ? Gêné ?

Le trajet jusqu'à Bedford Street se fit dans le silence. Il sortit de la voiture pour lui ouvrir la portière, puis l'accompagna jusqu'au perron. Assunta accourut pour retrouver Stella dans l'entrée.

— Qu'y a-t-il ? Vous ne deviez pas aller au cinéma ?

— Stella se sent mal, expliqua Carmelo.

Il n'entra pas dans la maison. Il resta planté sur le paillasson.

— Stella se sent mal ? Stella, ça va ? demanda sa mère en lui secouant l'épaule.

— Ça va aller, maman. » Stella repoussa des vagues de mortification et de colère. N'allait-il pas en dire plus ? Était-ce terminé ? « J'ai mal au ventre, c'est tout. Je vais me coucher.

Carmelo souleva son chapeau et inclina la tête pour saluer Assunta, puis fit de même pour Stella.

— Merci pour cette charmante soirée, fit-il d'une voix neutre, dénuée d'émotion. J'espère que tu te rétabliras vite.

Il enfonça son chapeau jusqu'aux oreilles et rejoignit sa voiture.

Assunta semblait paniquée. Elle essayait probablement

d'imaginer quelle chose horrible avait bien pu se produire lors de leur rendez-vous.

— Qu'est-ce qui ne va pas, Stella ?

Celle-ci ne répondit pas. Elle passa devant sa mère en la poussant et alla dans la salle de bains, où elle vomit son hamburger dans les toilettes.

Après ce rendez-vous raté avec Carmelo Maglieri, Stella revécut le cauchemar quatre nuits d'affilée. Elle avait si peur de le faire que, malgré son épuisement, elle ne parvenait pas à s'endormir. Et puis, curieusement, le cauchemar cessa.

Carmelo ne resta plus dîner avec eux. Lorsqu'il déposait Tony après le travail, il entrait à peine dans la maison pour dire bonjour. Elle avait mis un terme à sa cour avec succès.

Tina et Assunta la harcelèrent, et Tony lui fit un œil au beurre noir qu'elle arbora fièrement pendant une semaine. Toutefois le mal était fait, et Carmelo ne voulait plus d'elle. Elle ne craignait plus rien – jusqu'au prochain prétendant que lui dégoterait son père. Cependant, avec la rude compétition faisant rage parmi les filles du quartier italien qui se disputaient les soldats rentrés au pays, Stella n'était pas inquiète. C'était avec Carmelo qu'elle avait frôlé le plus dangereusement le mariage, elle en était convaincue. À présent, tout serait bien plus simple.

Maintenant qu'elles étaient américaines, Stella et Tina travaillaient à l'usine Silex, dans une chaîne d'assemblage de cafetières. Le jour où elles se présentèrent pour leur entretien, Assunta les accompagna. Elle apporta un plateau de raviolis pour graisser la patte du contremaître. Quelle que fût l'influence des raviolis dans l'affaire, les filles Fortuna décrochèrent les postes.

Un soir d'août, Carmelo Maglieri enfreignit son moratoire sur les visites et passa à Bedford Street. Il s'attabla dans la cuisine pour discuter avec Assunta tandis que celle-ci cuisinait, faisant comme si des semaines ne s'étaient pas écoulées depuis qu'il s'était assis à cette place pour la dernière fois. Stella tenait compagnie à sa mère, triant et équeutant des haricots-kilomètres, et quand Carmelo s'assit en face d'elle il la salua d'un signe de tête. Son expression était sérieuse aujourd'hui, nul sourire de chérubin en vue. Les premiers boutons de sa chemise beige étaient ouverts, révélant une croix en or attachée à une chaîne sur une poitrine velue que Stella avait du mal à ne pas regarder.

Carmelo accepta le verre de vin que lui proposa Assunta, qui était tellement ravie de le voir qu'elle peinait à trouver ses mots. Stella aimait sa mère pour son cœur débordant d'affection, même si elle était une traîtresse.

— J'ai une nouvelle, Za 'Ssunta, annonça Carmelo, qui

regardait en fait Stella. Zi Tony et moi en avons déjà discuté ensemble, mais je voulais vous en parler en personne.

Le frère aîné de Carmelo, Gio, avait acheté à un *paesan* une épicerie à Chicago. Apparemment, Carmelo avait envoyé tellement d'argent au pays que Gio avait pu veiller sur leurs parents pendant la guerre tout en ayant de quoi acquérir cette épicerie.

— Il dit que, puisque c'est mon argent, il a acheté le magasin à mon nom, expliqua Carmelo.

Comment faisait-il pour avoir l'air humble ?

Gio était déjà à Chicago. Il gérerait le commerce jusqu'à l'arrivée de Carmelo. Ensuite, ils le feraient tourner ensemble. Carmelo avait apporté la lettre de son frère, et Assunta la retournait, étudiant l'écriture comme si elle pouvait la déchiffrer.

— C'est chouette, un magasin. Mais tu t'en vas, Carmelo ?

Il haussa les épaules.

— C'est formidable, un magasin. Beaucoup de boulot, mais si tu gères l'affaire avec intelligence, tu peux gagner beaucoup d'argent. Le travail en usine ici, c'est bien, sauf que tous les hommes vont rentrer de la guerre et vouloir récupérer leur poste.

Tina, occupée au jardin, rentra dans la cuisine, son visage rose auréolé de frisottis à cause de la transpiration. Elle déposa sur la joue de Carmelo un baiser humide plein d'enthousiasme, et il dut lui répéter toute l'histoire. Stella écouta les interventions de sa mère et de sa sœur, tour à tour chagrines et ravies.

— Mais je suis venu pour te parler, Stella, dit Carmelo en récupérant sa lettre, qu'il brandit comme une menace.

Assunta et Tina se turent immédiatement.

Il la regarda. Stella lui rendit son regard.

— Écoute, Stella.

En entendant son nom pour la deuxième fois, son cœur frémit.

— Tout ce que tu as à faire pour le moment, c'est dire

peut-être. Peut-être qu'un jour tu m'épouseras. Il te suffit de dire peut-être et je déchirerai cette lettre devant toi, pour rester à Front Street. Peut-être, dis-moi juste peut-être, Carmelo. Peut-être un jour.

Stella soutint son regard sans flancher.

— Jamais.

Elle était profondément reconnaissante que son père ne se soit pas joint à eux dans la cuisine pour cette conversation.

— Stella ! couina Tina.

— Jamais ? demanda Carmelo.

— Jamais.

Elle fut surprise de recevoir un coup rapide et brutal à l'arrière de la tête. Sa main traversa le bourdonnement pour toucher l'endroit d'où provenait sa douleur, et ses doigts en ressortirent humides – visqueux d'huile d'olive. Il lui fallut un moment pour comprendre que sa mère l'avait tapée avec la grosse cuillère en bois dont elle se servait pour frire de l'ail.

— *Stupida brutta !* s'écria Assunta. C'est quoi, ton problème ? À quoi tu joues ? » Elle semblait à la fois fâchée et blessée. Comme si Stella avait repoussé son propre fils. « À ton avis, combien de fois encore va-t-il te le demander avant de se lasser et de trouver quelqu'un d'autre ?

Stella frotta son crâne.

— Maman, comment peux-tu prendre son parti plutôt que le mien ?

En voyant comment Assunta serrait sa cuillère, elle se prépara à un autre coup.

— Je t'aurais donné tout ce que tu aurais voulu, Stella, intervint Carmelo. Je t'aurais donné le monde. Tout ce que je voulais, c'était te rendre heureuse.

Vague de pensées en images – ses mains sur sa peau, son ventre de femme enceinte.

— Tu ne pourrais jamais me rendre heureuse, rétorqua-t-elle, la bouche sèche.

Le visage de Carmelo se durcit.

— Que penses-tu vouloir de la vie, exactement ? Qu'est-ce que je ne pourrais pas te donner, à ton avis ?

Stella était à court de mots. Quand n'avait-elle pas été claire sur ce qu'elle voulait ? Combien de fois le lui avait-elle déjà dit – le leur avait-elle dit à tous ?

— Je veux qu'on me laisse tranquille.

Un ange passa dans la cuisine. Carmelo secoua la tête.

— Tu es une femme froide, Stella.

Comme s'il lui avait jeté un sort, elle sentit un frisson remonter le long de ses bras et de son buste.

— Peut-être, répliqua-t-elle. Mais ce n'est pas ton problème.

— Tu penses pouvoir trouver quelqu'un qui t'aimera plus que je t'aurais aimée ? demanda-t-il, la regardant avec une telle intensité qu'elle dut détourner les yeux. Idiote », conclut-il. Après un moment lancinant de silence, Carmelo se leva et fit sa petite révérence à Assunta et Tina : « J'ai essayé, Za 'Ssunta, dit-il. J'aurais aimé être ton gendre. Mais je crois qu'il vaut mieux que je rentre chez moi, maintenant.

Assunta et Tina tentèrent de le convaincre de rester dîner, mais c'était peine perdue. Carmelo embrassa Assunta et Tina de façon solennelle et leur souhaita de la santé.

— Stella, dit-il à cette dernière en hochant la tête pour lui adresser un au revoir saumâtre.

Carmenantonio Maglieri était sorti de leur vie.

En fait, Rocco Caramanico survécut à la guerre. Lui et bon nombre d'hommes envoyés dans le Pacifique étaient partis presque quatre ans là-bas pour faire des choses étranges totalement incomprises par leurs familles. Jusqu'à la fin de ses jours, Rocco garderait une photo de son unité des Engineers Chemical Corps accrochée dans son couloir, mais personne ne sut ce qui s'était passé en Nouvelle-Guinée.

S'était-il servi d'une arme ? Avait-il tué un Jap ? Avait-il vu des horreurs, été exposé à des substances chimiques dangereuses, vu mourir des amis à lui ? Avait-il participé à des combats, avait-il senti le danger ? Il revint au pays sans cicatrice extérieure, sans marque d'éclat d'obus ni médaille. La seule chose que Rocco fit comprendre clairement à tout le monde fut que jamais il ne remangerait de poulet. À part cela, il ne raconta jamais à personne autre chose que ce qu'il avait confié à Tina dans ses lettres stériles et convenables.

Rocco et Tina restèrent tous deux fidèles à leur promesse. Rocco retourna à Hartford en janvier 1946, quand son unité fut démantelée et qu'il fut libéré d'une quarantaine prolongée. Il arriva un samedi, et le lendemain après-midi, une fois tout le monde rentré de l'église, il téléphona à Tony pour lui demander la permission de passer les voir dans la soirée.

Il arriva avec sa sœur à 18 heures. Barbara apportait un plat sur lequel se dressait une grande pile de *mustazzoli*. Rocco avait une douzaine de roses rouges. Lorsqu'elle leur ouvrit la porte, Stella ne put s'empêcher d'être impressionnée.

Les Fortuna se réunirent autour de la table basse, sur laquelle Assunta disposa les gâteaux de Barbara et des petits verres pour le vin. Rocco était bien plus mince que quand il était parti – il avait dû perdre une quinzaine de kilos. Il portait un costume noir datant certainement d'avant la guerre, car le vêtement était trop ample pour lui, mais à part cela, il était impeccable.

Après pratiquement quatre années de séparation, Tina et Rocco se saluèrent avec une poignée de main et des sourires timides. Tina s'assit maladroitement sur une chaise au dossier en rotin à côté du canapé, les roses de Rocco étalées sur ses genoux. Stella resta debout dans l'embrasure de la porte, écoutant sans rien dire Tina et Rocco se livrer à un échange insipide et contraint. La lampe posée sur la table ronde qui les séparait avait un abat-jour en verre dépoli de style Tiffany, orné de dorures et d'un motif de vigne vert et violet. Dans sa lumière teintée, Tina semblait particulièrement mate de peau, et Rocco particulièrement jaune. Stella pensa à tout ce qui aurait pu lui arriver pendant la guerre. Sa sœur avait beaucoup de chance que rien de tout cela ne soit advenu.

Assunta servit le vin puis annonça qu'elle allait préparer le dîner. Tina se leva et la suivit ; Barbara resta sur le canapé. Elle participerait aux négociations. Stella, qu'on n'attendait pas en cuisine, recula en silence d'un pas et se retrouva dans le couloir, dans l'ombre de la porte, en espérant que personne ne penserait à se demander où elle était.

— Bon, je suis revenu et je suis vivant, dit Rocco à Tony sans préambule. J'aimerais vous demander la main de votre fille Tina.

C'était en train de se produire. C'était à cela que ressemblait la demande en mariage d'un homme.

— Je suis content de te voir, Rocco, dit Tony. Je suis ravi que tout se soit bien passé pour toi.

— J'ai eu de la chance.

— Dieu a veillé sur lui, précisa Barbara.

Il y eut quelques instants de recueillement, le temps de rendre grâce à Dieu dans un murmure et de boire après que Tony eut levé son verre pour porter un toast.

— J'aimerais épouser Tina, répéta alors Rocco. Je pense qu'elle ferait une excellente épouse.

— Mais est-ce que toi tu ferais un bon mari ? répliqua Tony.

Rocco se redressa sur son siège, encore plus raide que tout à l'heure.

— Je pense que je serai un mari que n'importe quelle gentille fille intelligente serait heureuse d'épouser.

Tony gloussa.

— Allons donc, c'est ce que tu penses ?

Stella ne savait pas trop s'il le taquinait ou pas – Rocco non plus.

— Oui, monsieur.

— Bien, bien, donc tu penses que tous les deux vous iriez bien ensemble. Moi, je pense que tu as peut-être raison, si je me fie à ce que j'ai vu. Vous vous êtes écrit des lettres pendant tout ce temps-là.

— Alors j'ai votre permission de l'épouser ? demanda Rocco.

— Tu as la permission de me le demander. Ici, c'est...

Tony toussa dans sa main. Il prit une gorgée de vin et essuya sa moustache sur son poignet. Rocco et Barbara étaient suspendus à ses lèvres.

— Ici, c'est l'Amérique, mon garçon. Je ne vais pas arranger un mariage pour elle. C'est à elle de choisir.

Un moment de silence. Stella se demanda si, dans la cuisine, sa mère et sa sœur tendaient l'oreille pour écouter. Elle n'entendait ni bruits de casserole, ni robinet qui coulait, ni ail en train de frire.

Rocco tendit la main.

— Merci, monsieur. J'en serai honoré.

Tony hésita, ou attendit peut-être juste un peu, avant de serrer la main de Rocco.

— Eh bien, bonne chance.

— Merci, monsieur, répéta Rocco.

Bon sang, qu'il était raide !

Puis vint le tour de Barbara.

— En ce qui concerne la dot..., commença-t-elle.

Elle n'eut pas à en dire davantage. Tony était parti.

— La dot ? beugla-t-il. La dot ? C'est de cela qu'on parle ? Vous pensez que je vais vous payer pour que vous partiez avec ma Tina, le pilier de ma maison ? Vous payer avec les miettes que j'ai mises de côté en m'échinant pendant vingt-cinq ans ?

Il secoua la tête, soufflant tel un taureau. Ses cheveux s'étaient déployés et formaient un halo de rage autour de sa tête. Stella éprouva la peur viscérale qu'elle ressentait naturellement face à la colère de son père – des poings allaient peut-être voler –, mais comprit aussi qu'il jouait la comédie.

— Je pense que vous prenez le problème à l'envers, *signora.* Et si vous me disiez plutôt comment votre frère compte subvenir aux besoins de ma fille ?

Barbara avait la peau dure. Ce n'était pas la première fois qu'un homme lui criait dessus.

— *Scusa*, Zio, mais vous savez très bien qu'il est de la responsabilité de l'épouse de fournir un trousseau. Sinon, avec quoi elle et son mari sont-ils censés commencer leur vie ?

— Ma fille a un trousseau excellent, merci de vous en inquiéter, rétorqua Tony, qui fulminait tellement qu'il respirait avec difficulté. Non pas que cela regarde votre frère, si vous êtes ici pour me demander de l'argent. Chez moi, quand un homme demande une femme en mariage, il a un foyer où l'emmener. Votre frère a-t-il un foyer à offrir à ma fille ? » Et, s'adressant à Rocco : « Alors ? Tu as une maison ?

Moment d'hésitation.

— Pas encore, monsieur.

Barbara dit courageusement :

— La coutume veut que le père de la mariée aide le jeune époux à acheter…

— La coutume ! » Les hurlements avaient repris. « La coutume, chez moi, c'est qu'un homme est un homme ! J'ai l'impression que dans votre famille, les hommes attendent de leurs femmes qu'elles prennent soin d'eux !

Stella s'était penchée en avant, dangereusement en dehors de l'ombre de la porte, afin de voir l'expression sur le visage du frère et de la sœur. Barbara avait croisé les bras et les jambes très serré. Rocco était toujours assis comme au garde-à-vous. Sa bouche dessinait une ligne jaune foncé.

La voix de Barbara restait posée, mais trahissait sa colère.

— La coutume veut qu'un homme soutienne ses filles quand vient le moment pour elles de se marier.

Tony se tut quelques instants. Puis :

— J'ai l'impression que tu n'es pas prêt à faire une proposition sérieuse.

Stella sentit son cœur cogner à cause du suspense. Tony était-il en train de rétropédaler sur sa permission ? Ne donnerait-il vraiment rien à Tina pour sa nouvelle maison ? Ou bien n'était-ce là que de l'esbroufe ? Stella essaya d'imaginer ce que devait ressentir sa sœur, qui écoutait depuis la cuisine.

— Si..., commença Barbara.

Mais Rocco leva une main et elle se tut. Il était resté immobile pendant si longtemps que ce mouvement surprit Stella.

— Je suis très sérieux, dit Rocco.

Stella se rendit compte que lui aussi exsudait la colère. Quel genre de personne devenait-il, se demanda-t-elle, si les choses n'allaient pas dans le sens qu'il voulait ?

— J'achèterai une maison à votre fille. Je n'ai pas touché à mes soldes de soldat. Dans deux ou trois ans, j'aurai assez d'argent.

— Quel genre de maison ? demanda Tony, qui fit un grand mouvement de la main englobant son château à lui. Les enfants de ma fille auront mieux que ça, si leur père est un soldat américain à la retraite. Il faudra qu'il y ait au moins trois chambres.

Rocco cligna des yeux. Stella attendit, trop tendue ne serait-ce que pour respirer.

— Je lui promettrai une maison avec au moins deux chambres.

Rocco négociait, s'aperçut Stella. C'était comme acheter un âne à la foire aux bestiaux.

Sa réponse sembla satisfaire Tony.

— Très bien, dit-il, décroisant les jambes et se penchant en avant pour les resservir. Eh bien, dans ce cas...

Rocco leva de nouveau une main, cette fois-ci pour faire taire son futur beau-père.

— Et… Et vous achèterez tous les meubles. Tous. » Il énuméra les articles sur ses doigts : « Deux lits, un pour chaque chambre. Deux commodes pour les vêtements. Un canapé pour le salon, et une table basse. Une table pour la cuisine, une table et des chaises pour la salle à manger.

Tony riait avec dédain tandis que Rocco déroulait sa liste. Le jeune homme, qui attendait une réponse, ajouta :

— Et un réfrigérateur.

À ces mots, Tony cessa de rire.

— Un réfrigérateur ? Dans la maison ?

— Oui.

— As-tu la moindre idée de ce que ça coûte ?

— Bientôt, chaque maison en sera équipée. Votre fille n'aura besoin de personne pour gérer sa cuisine.

Il y eut un silence pendant un temps que Stella jugea très long. Tony finit par dire :

— Une fois que tu auras acheté la maison, j'achèterai deux lits et un canapé. Je vous achèterai la table et les chaises, mais c'est à ma fille de choisir comment elle compte équiper sa cuisine, alors vous vous achèterez vous-même votre réfrigérateur. Voilà le cadeau de mariage que je vous offre : deux lits, un canapé et la table et les chaises de la salle à manger.

— Très bien, Tina choisira les objets qu'elle veut pour la cuisine et je les achèterai pour elle quand nous emménagerons. Et je ne vous demanderai pas de table basse. Mais vous fournirez les commodes, une pour chaque chambre.

Stella ressentit du soulagement ; ils arrivaient à un dénouement. Mais Rocco ajouta :

— Et vous achèterez deux lampes pour chaque pièce de la maison. De bonnes lampes.

Stella décela une pointe de vitriol dans ses propos.

— Et vous achèterez les ampoules pour ces lampes.

Il plaisantait, pensa-t-elle. C'était sûrement une plaisanterie.

Tony se mit de nouveau à rire, cette fois-ci avec ce qui semblait être une joie véritable.

— Non, mon garçon, tu peux t'acheter toi-même tes ampoules. » Sans cesser de glousser, il tendit la main : « Je pense que nous en avons terminé. Tu peux aller lui parler, maintenant, si tu veux.

Rocco se leva, ignorant la poignée de main que Tony offrait.

— Soit vous achetez les ampoules, soit vous gardez votre fille.

Il y eut un instant de silence abasourdi. Barbara ouvrait de grands yeux. Stella savait qu'elle aimait bien Tina, et ignorait probablement s'il fallait qu'elle dise quelque chose ou laisse son frère mener tout seul sa bataille.

— Voilà, Signor Fortuna. J'en ai fini. Si vous pensez que votre fille peut trouver mieux, alors je vous souhaite le meilleur à tous les deux. » Il essuya ses mains sur son pantalon. Peut-être étaient-elles moites. « Je connais des tas de filles qui seraient prêtes à épouser n'importe quel homme en ce moment, surtout un vétéran de l'armée américaine avec de bons états de service. Je ne cherche pas à tout prix à me caser.

Un frisson nerveux traversa Stella, un frisson induit par le côté vicieux de tout cela. Était-ce réellement l'homme que Tina souhaitait épouser ? L'aurait-il réellement échangée contre huit ou dix ampoules ? Même après les quatre années qu'elle avait passées à lui envoyer lettres et colis au front ? Ou bien était-ce aussi de l'esbroufe ?

Tony se leva également. Il dit sobrement :

— Très bien. J'achèterai les ampoules. Deux pour chaque pièce.

— Les ampoules et les lampes, corrigea Rocco.

— Oui, dit doucement Tony. Les ampoules et les lampes.

Rocco et Barbara ne restèrent pas dîner. Cela aurait

été un calvaire de devoir endurer un repas après une telle confrontation, et vraiment terrible pour les filles de ne pas pouvoir en rediscuter. De plus, Joey aurait pu émerger puant de la chambre des garçons à n'importe quel moment ; Stella était soulagée qu'il n'ait pas choisi de le faire pendant la dispute de tout à l'heure, puisque parfois il était attiré par les drames. À la place, Rocco demanda à Tina de le rejoindre dans le couloir afin d'avoir une discussion privée avec lui. Ils passèrent devant Stella, mais Rocco ne sembla pas la remarquer.

Stella, qui ne savait pas trop ce que Tina avait entendu, décida qu'elle n'avait pas envie d'écouter la proposition, alors elle traversa le salon, où elle adressa froidement un hochement de tête à son père, qui semblait agacé et confus, puis retrouva sa mère dans la cuisine, où toutes deux se servirent en silence un grand verre de vin, qu'elles burent après avoir trinqué.

Le mariage aurait lieu le 17 août 1946. Il y aurait une cérémonie à l'église du Sacré-Cœur, suivie d'une réception au foyer italo-américain de Platt Street. Tony Fortuna paya pour tout, comme se devait de le faire le père de la mariée. Il accompagna Tina à la boutique de mariage du grand magasin G. Fox afin de choisir la robe et le voile, qui lui coûtèrent respectivement cent et vingt-cinq dollars. C'était une robe en lin blanc tout raide. La soie n'était plus rationnée mais toujours chère, alors Tina n'avait même pas essayé de tenue dans cette matière. À sa place, Stella en aurait au moins passé une pour voir.

Bien entendu, Stella serait le témoin de Tina. Les émotions qui la traversaient formaient un étrange mélange : elle éprouvait une fierté déchirante et de l'excitation à l'idée d'aider sa petite sœur pour ce mariage, mais avait des doutes quant à cette union. C'était la deuxième fois que Stella était témoin – elle l'avait été au mariage de Franceschina Perri et de Frank Carapellucci à l'automne précédent –, et elle avait donc quelques bonnes idées quant à la façon de rendre hommage à sa sœur. Elle lui organisa un beau déjeuner d'avant mariage, pour lequel elle dépensa quinze dollars qu'elle avait mis de côté en les prélevant consciencieusement sur son salaire à l'usine et cachés de son père dans une chaussette rose enfouie au fond de son tiroir à sous-vêtements. Elle acheta des pâtisseries à la Federal Bakery sur State Street, et prépara même de minuscules sandwichs pour le « thé », des triangles de pain blanc garnis de fromage ou de confiture semblables à ceux qu'ils vendaient au café du grand magasin G. Fox. Jamais Stella n'avait autant cuisiné. Elle ne l'aurait fait pour personne d'autre que Tina. Toutes les convives s'extasièrent sur la finesse de ses sandwichs. Pendant un mois, Stella passa ses soirées à préparer un petit souvenir pour les invitées – un mouchoir orné d'une bordure multicolore brodée au crochet. Elle leur acheta, à Tina et à elle-même, une nouvelle robe d'été ainsi que des souliers tout neufs pour le repas de fête. Et enfin, Stella demanda à Joey de lui trouver une bouteille d'anisette, que ces dames firent circuler après leur thé. Tout le monde était joyeux au moment d'embrasser Tina pour lui dire au revoir, et tout le monde laissa une enveloppe avec de l'argent sur la table. Cette fête fut un grand succès. Stella était contente. Ce n'était pas demain la veille qu'on se moquerait de ses talents d'hôtesse.

Sa robe de témoin était jaune avec des manches bouffantes et un décolleté en cœur, comme le modèle que porterait Tina. Celle des demoiselles d'honneur serait identique à celle de Stella, mais en bleu layette. Les demoiselles d'honneur que Tina avait choisies étaient Fiorella Mulino, Carolina Nicotera, Loretta, la sœur cadette de Franceschina, et une certaine Josie Brandolino, qui était la fille du nouveau chef de Tony, un homme originaire des Abruzzes. En mars, Tony avait été renvoyé de son poste à l'usine – il fallait faire place nette pour les garçons qui rentraient de la guerre –, et il vivotait de petits boulots pour une entreprise de bâtiment. Il voulait faire bonne impression sur son nouveau chef, et demanda à Tina d'inviter Josie à être l'une de ses demoiselles d'honneur, même si les filles Fortuna la connaissaient à peine.

Tony réserva un groupe de musiciens et s'occupa de la nourriture – des sandwichs et des pizzas. Si cela avait été son mariage, Stella aurait aimé avoir son mot à dire, mais

Tina ne se plaignit pas. Tony payait, alors il pouvait choisir les plats qui lui chantaient.

Qu'il en profite, pensait Stella. Il n'organiserait pas d'autre mariage.

Barbara, la sœur de Rocco, insista pour faire un gâteau, une pièce montée aux fruits secs garnie de raisins, de figues, de pruneaux et de miel, des ingrédients qui se substituaient au sucre, toujours rationné. Barbara utilisa tout le sucre qu'elle put dégoter pour que le glaçage du monstre qui mesurait un mètre et pesait trente kilos soit d'un blanc nuptial adéquatement angélique. Elle n'en était pas à son premier gâteau de mariage – c'était un cadeau qui valait au moins trente-cinq dollars, et au fil des années elle était devenue une véritable spécialiste à Hartford. Mais la décoration n'était pas, selon elle, son point fort, et elle réquisitionna Stella pour l'aider. Deux jeudis avant le mariage, Barbara et Stella descendirent State Street et se postèrent pendant deux heures devant la pâtisserie Federal Bakery afin d'observer les professionnels en tablier blanc qui, comme chaque matin, ornaient à la vue de tous un gâteau de mariage derrière la grande vitrine. Stella se balançait sur ses pieds endoloris – elle avait mis ses belles chaussures afin qu'elle et Barbara passent pour de vraies clientes, et non pour des espionnes – tandis que la sœur de Rocco regardait sans complexe et murmurait des choses comme « Ah ah ! Tu as vu ce qu'elle vient de faire avec le couteau ? » ou « Eh bien, nous n'allons pas réussir à confectionner des fleurs comme celle-ci à la maison, hein, Stella ? ».

La semaine après sa demande, Rocco avait apporté à Tina une bague de fiançailles de style américain, un anneau en or jaune avec au milieu un diamant d'un demi-carat. Elle la porta partout, même à l'usine de fabrication de cafetières, chaque jour jusqu'à la fin de sa vie, y compris celui où, alors qu'elle faisait la vaisselle, le diamant s'échappa de sa monture et tomba au fond de l'évier. Elle demanda à son neveu Artie de démonter le tuyau, mais ils ne retrouvèrent jamais le diamant. Cet incident se produisit en avril 2006, à quelques mois de son soixantième anniversaire de mariage, et deux semaines après la mort de Rocco.

La semaine précédant le mariage de Tina, Louie, qui venait d'avoir seize ans, se rendit dans les bois à côté de Keney Park avec deux copains d'école, Bobby Minghella et Danny Peach. Selon les versions de l'histoire, soit le père de Danny, agent de police à Hartford, avait prêté son pistolet à son fils pour qu'il l'essaie, soit il l'avait laissé sans surveillance et le garçon l'avait trouvé – en tout cas, les garçons allaient s'entraîner à tirer sur des écureuils. Ils n'eurent même pas l'occasion de faire un seul essai avant que le coup parte tout seul – Danny ou Bobby s'efforçait de charger l'arme –, et la balle se logea dans le cœur de Louie, dans la paroi musculaire entre les ventricules gauche et droit.

Pour un accident, ce fut précis : un demi-centimètre dans n'importe quelle autre direction, et la balle aurait arrêté son cœur. Bobby et Danny paniquèrent en voyant le sang d'un bordeaux étonnamment foncé qui jaillissait de la poitrine de leur copain. Ils laissèrent tomber l'arme et prirent leurs jambes à leur cou, partant du principe que Louie était mort, mais arrêtèrent la première personne qu'ils croisèrent dans le parc – un homme entre deux âges qui promenait son berger allemand – et lui montrèrent du doigt la clairière où ils avaient abandonné le cadavre.

Le monsieur qui promenait son chien se précipita chez lui et appela une ambulance, qui arriva à temps pour sauver la vie de Louie. On lui transfusa du sang, on lui donna des sédatifs et on pansa la plaie, mais il n'y avait rien d'autre à faire. Le médecin expliqua que, s'il essayait d'extraire la balle, il y avait cinquante pour cent de risques que l'opération tue le garçon. Il n'y avait plus qu'à attendre et à prier. Le cœur avec la balle ne fonctionnerait probablement jamais tout à fait bien, mais une stricte convalescence l'aiderait à guérir. Quarante-trois ans plus tard, Louie subirait un triple pontage au cours duquel son chirurgien extrairait la balle sans problème. À la fin, ce ne serait pas son cœur mais ses reins qui le tueraient.

Et donc, même si le mariage Fortuna-Caramanico avait été très attendu, en préparation pendant quatre ans, ce ne fut finalement qu'une journée confuse dans une semaine stressante. Tina envisagea d'annuler, mais tout était payé, et c'était hors de question pour Tony.

Assunta refusa de quitter le chevet de Louie. Elle dormit dans un fauteuil qui était contre-indiqué pour sa circulation sanguine, et conserva un vase rempli de menthe sur la table de chevet. Elle se livrait à d'innombrables incantations chaque jour – cette histoire était un exemple plutôt classique du Mauvais Œil en action. Après une semaine à l'hôpital, elle n'était pas rentrée une seule fois pour se changer. Le soir précédant le mariage, Stella, qui avait passé la journée entière à aider Barbara à incruster à l'aide d'une pince de minuscules billes argentées dans le glaçage du gâteau afin de dessiner un motif de dentelle, et dont les cheveux sentaient encore le sucre glace, alla chercher sa mère et sa sœur à l'hôpital. Mais Assunta refusa de partir. Le médecin de Louie tenta d'intervenir prudemment, essaya de la rassurer en lui disant que tout irait bien pendant son absence. La tension monta rapidement : Assunta pleura et le médecin hurla. Pour Stella, qui observait la scène avec la gêne naissante d'une personne bilingue depuis peu, il était évident que le médecin de Louie prenait sa mère pour une folle, une paysanne sale et toquée avec des idées puériles sur la sorcellerie, qui rejetait son avis médical éclairé. Tina, qu'on n'aurait pas dû autoriser à venir à l'hôpital la veille de son propre mariage, comprit que sa mère ne viendrait pas à la cérémonie et s'effondra sur le sol, certainement jonché de toutes sortes de maladies. Tony mit un terme au spectacle en disant à sa femme : « C'est bon. Tu restes ici avec Louie. Tina n'a pas besoin de toi. »

Assunta se calma immédiatement et, intimidée, se contenta de hoqueter.

Ce soir-là, elle rentra chez elle à Bedford Street, se lava, se mit des papillotes en tissu dans les cheveux et dormit dans son propre lit, puis se leva le matin pour préparer le petit déjeuner de ses filles avant qu'elles s'apprêtent pour la séance chez le photographe. S'entendre dire que sa fille n'avait pas besoin d'elle semblait avoir porté ses fruits.

Happée par le dramatique accident de Louie, Tina en oublia complètement de paniquer au sujet du rapport sexuel imminent qu'elle allait avoir avec son futur mari. Ce qui était tout aussi bien. Stella n'en pouvait plus d'écouter sa sœur spéculer et se faire du mauvais sang.

Le mariage se passa bien, et l'on félicita copieusement Tony Fortuna pour le joli événement qu'il avait organisé.

Stella, qui n'en était plus à son premier mariage américain, savait à quoi s'attendre. Mais en voyant Tina marcher jusqu'à l'autel d'un air aussi serein, aussi sacré, elle sentit son cœur battre de mélancolie. Tina quittait Stella pour bâtir sa propre famille.

Carmelo Maglieri n'était pas rentré de Chicago pour être le témoin de Rocco, mais envoya aux jeunes mariés une carte dans laquelle il avait glissé huit dollars. Rocco demanda à un autre de ses *paesan*, un petit homme aux allures d'écureuil du nom de Jack Pardo, d'être son témoin. Parmi les autres témoins du marié se trouvaient Joey, Mikey Perri, et, fait enthousiasmant, un Portugais prénommé Jimmy avec qui Rocco travaillait à l'usine où il venait d'être embauché. Rocco et Tina demandèrent à Jimmy d'être le cavalier de Josie Brandolino, la fille du chef de Tony, qui n'était pas très jolie et qui, pensaient-ils, serait contente d'être accompagnée, même par un non-Italien.

Fiorella Mulino attrapa le bouquet, mais elle ne serait pas la prochaine à se marier. En fait, elle ne se marierait jamais. Elle allait mourir d'un cancer du sein deux ans plus tard, à l'âge de vingt-six ans. Elle devait déjà être malade au mariage, même si les filles l'ignoraient. Sur la photo de mariage qui est toujours accrochée sur le mur de Tina Caramanico, les yeux de Fiorella sont très pétillants et son sourire charmant déborde de la perfection de la jeunesse.

Le soir venu, les jeunes époux Caramanico partirent rejoindre en limousine un bel hôtel à proximité de la gare ferroviaire. Leurs valises étaient déjà prêtes, et les y attendaient. Le lendemain matin, ils prendraient un train en direction de Washington D.C., où ils passeraient leur semaine de lune de miel.

Ce soir-là, pour la première fois de sa vie, Stella dormit seule. Elle se réveilla plusieurs fois, et dut faire un effort dans sa confusion ensommeillée pour se souvenir de la raison pour laquelle Tina n'était pas là.

Apparemment, il faisait très chaud à Washington, et la ville regorgeait de grands immeubles blancs. Mais là n'était pas le sujet intéressant.

— Ça fait tellement mal, Stella, raconta Tina. J'avais tellement peur. Et ensuite il a voulu le faire plein de fois, chaque nuit, et parfois le matin.

Stella n'était pas surprise que Rocco se révèle un bouc aux appétits sexuels débordants. Elle ne savait pas trop si elle voulait que sa sœur partage d'autres cancans au sujet de sa lune de miel – sa curiosité à l'égard de l'expérience de sa sœur était aussi vaste que l'envie qu'avait celle-ci de la raconter, mais les détails la dégoûtaient. Elle se tut, et laissa Tina poursuivre son récit.

— Il m'a demandé d'enlever tous mes vêtements, même mon soutien-gorge. » Tina n'avait jamais mis de soutien-gorge et ne savait même pas ce que c'était avant de venir en Amérique, mais maintenant que les filles savaient à quoi servait ce sous-vêtement, l'idée de ne pas en porter leur paraissait perverse. « Il veut sucer mes tétons, comme un bébé, ajouta Tina, dont les yeux profonds s'écarquillaient face à ce fait scandaleux. A-t-on jamais vu ça ! Un homme adulte qui tète comme un bébé ?

Stella fit une grimace. Elle imaginait que les hommes adultes étaient capables de toutes sortes de choses répugnantes.

— Et ensuite, quand il déverse son liquide en toi, c'est tout collant et ça te gratte la peau. Tu as envie de te laver parce que ça sent mauvais, mais je ne sais pas si je suis censée nettoyer, parce que peut-être que si je le fais je n'aurai pas de bébé. Et puis parfois je le sens sur moi, même dehors, quand je marche, et je me demande si les gens le sentent aussi.

— C'est dégoûtant !

— Oui, répondit Tina d'un air contrit, comme pour faire amende honorable. Peut-être que si je tombe enceinte, il arrêtera bientôt.

Rocco Caramanico avait un bon poste à l'usine Gillette, où il était contremaître à l'étage de production, mais il n'avait pas encore les moyens d'acheter la maison qu'il avait promise à sa jeune épouse. En attendant, les Caramanico s'installèrent chez les Fortuna pour mettre de l'argent de côté.

L'organisation des couchages devait être revue. Les jeunes mariés devaient avoir leur propre chambre, évidemment, avec une porte. La seule possibilité était celle que les sœurs avaient partagée. Mais où irait Stella ? Elle ne pouvait pas dormir avec les garçons, et le salon d'Assunta n'était pas une solution envisageable. Tous les beaux objets qu'elle avait demandé à Tony de lui acheter y étaient exposés – la table basse en marbre recouverte d'un napperon, la banquette tapissée d'un tissu doré. Autant de symboles d'une vie meilleure ici en Amérique, autant de choses qui la distinguaient de la pauvresse balayant la poussière qu'elle avait un jour été. Personne ne transpirerait ni ne baverait sur ce canapé en dormant dessus.

— Si tu voulais bien te marier et déménager, tout ça ne serait pas un problème, lança Tony à Stella en plaisantant, mais seulement à moitié.

Assunta espérait que les locataires du premier déménageraient bientôt afin que les Caramanico puissent s'installer à l'étage et que Stella puisse récupérer sa chambre. La maison de Bedford Street était prévue pour trois familles. En se débrouillant bien, Assunta pourrait avoir tous ses enfants sous le même toit pour toujours. Mais elle ne pouvait pas mettre les locataires à la rue comme cela, surtout que Tony comptait ses sous parce qu'il ne travaillait qu'à mi-temps et qu'il avait dépensé beaucoup pour le mariage.

— Tu pourrais dormir avec moi dans le lit, et ton père sur le lit d'appoint de notre chambre, proposa Assunta.

Tony n'avait plus de droits conjugaux depuis la dernière fausse couche d'Assunta – ordres du médecin.

— Bon Dieu, non, m'man, répondit Stella.

Et Assunta la punit de ce juron en lui donnant une tape sur la main.

Assunta ignorait tout des cauchemars de Stella sur son père. Plutôt aller dans le bidonville derrière Front Street que de partager une chambre avec Tony.

À la place, Stella dormit dans la cuisine sur le lit gigogne. En raison de la surpopulation, la maison était bruyante et sentait mauvais. La nuit venue, Stella ne pouvait installer son lit avant que tout le monde soit parti se coucher, car elle risquait sinon de gêner la circulation. Elle manquait de sommeil et était toujours à cran. Elle n'avait aucune intimité, et voilà qu'un autre homme se baladait dans la maison. Stella n'avait nulle part où ranger ses vêtements dans la cuisine, alors elle les laissait dans la chambre de Rocco et de Tina. S'habiller le matin avait pris des allures de quadrille maladroit : Stella essayait de se précipiter dans la chambre pour récupérer ses sous-vêtements propres pendant le petit créneau au cours duquel Rocco prenait sa douche à l'efficacité militaire. Elle détestait qu'il la surprenne seule dans la chambre, sentait ses yeux inquisiteurs sur sa chemise de nuit tandis que lui était en peignoir.

La lascivité en sourdine de Rocco mettait Stella mal à l'aise. C'était le genre d'homme qui n'avait jamais appris à ne pas regarder la poitrine d'une femme, et elle remarqua que ses yeux se promenaient sur toutes les parties de l'anatomie féminine qui se présentaient à lui. Une fois qu'elle eut cette idée en tête – que le mari de sa sœur pensait à son corps et que cet homme avait accès à elle quand il le voulait –, Stella eut grand mal à se laisser gagner par le sommeil la nuit. Elle se réveillait en sursaut avec un sentiment de vulnérabilité extrême.

Dans ce brouillard de demi-sommeil perpétuel, le cauchemar revint. Les journées se mirent à défiler indistinctement dans une brume de fatigue. Le travail de Stella à l'usine devint léthargique et imprécis.

Vivre de cette façon va m'user, se disait-elle.

Dans ce moment de faiblesse, le pire qui pouvait arriver arriva – comme si Dieu piétinait son avenir. Elle vit son pied s'abattre sur elle, mais elle n'avait aucun moyen de fuir.

Le 12 janvier 1947, les Fortuna célébraient le vingt-septième anniversaire de Stella. Tina avait préparé un quatre-quarts au citron. Stella était guillerette grâce au vin, et se réjouissait de cette fête. Tout le monde – les Fortuna, les Caramanico, Zu Ottavio et Za Caterina Perri, la famille Nicotera au complet – était attroupé autour de la table de la salle à manger, sur laquelle était disposé le joli service à dessert en verre jaune, quand on sonna à la porte.

Joey se leva pour aller ouvrir puis revint en courant dans la salle à manger pour annoncer :

— Regarde qui est là !

Il était là, brandissant une douzaine de roses comme un chevalier son épée. Ses joues étaient rougies par le froid, et la neige striait les épaulettes de son manteau et le bord de son chapeau de feutre. Peut-être n'était-ce que la conséquence de la bouffée d'air froid qu'il avait apportée avec lui en entrant, mais on aurait dit de la sorcellerie lorsque la température de la salle à manger chuta assez pour que Stella en ait la chair de poule sur les bras. *Tu es une femme froide, Stella* – elle se souvenait des propos qu'il avait tenus lors de leur dernière rencontre, un sort jeté sur sa peau.

— Carmelo ! » Assunta ne put se retenir et laissa couler des larmes de joie. « Qu'est-ce qui t'arrive, Joey ? Débarrasse-le de son manteau, il doit être gelé, il doit être trempé ! Carmelo, que fais-tu ici ? Donne ton manteau à Joey. Viens t'asseoir, viens te réchauffer !

— Elles sont pour toi, Stella, dit Carmelo, le bras avec les roses tendu vers elle tandis que Joey se débattait pour enlever de l'autre épaule le manteau partiellement ôté, répandant au passage de la neige sur le tapis. Désolé de perturber ta fête d'anniversaire. *Auguri, tanti auguri !*

Stella prit les fleurs, abasourdie, sous le choc, hébétée. Un sourire alcoolisé s'étira sur son visage, et elle ne se rendit compte que trop tard, lorsque les joues rouge cerise de Carmelo se déployèrent pour lui rendre son sourire, qu'elle devait donner l'impression d'être heureuse de le voir.

Elle n'eut pas à lui dire quoi que ce soit, Dieu merci, parce que tout le monde se jetait sur Carmelo avec des baisers, des étreintes, des poignées de main et des claques dans le dos. Était-il de retour ? Simplement de passage ? Stella resta assise sans parler au milieu du tohu-bohu, et fit rouler un pétale de rose entre son pouce et son index dans l'espoir que cette matière fibreuse et soyeuse la ramènerait à la réalité.

Assunta apporta une chaise supplémentaire et Carmelo fut installé à table avec une part de gâteau jaune de la taille d'une brique. Interrompu plusieurs fois, comme il se doit, par son auditoire, il raconta l'histoire qui suit.

Le magasin de Chicago n'avait pas marché aussi bien que prévu. Le commerce tournait convenablement, il y avait du passage toute la journée, beaucoup de ventes, un réapprovisionnement constant du stock, mais le frère de Carmelo, Gio, était trop généreux et laissait les gens acheter à crédit, si bien que les frères arrivaient à peine à l'équilibre. Au bout d'un an et demi, Carmelo en savait assez sur la gestion d'une affaire pour se rendre compte qu'il avait eu tort de vouloir en diriger une. Il avait décidé de vendre sa part et de revenir à Hartford. Gio était lui aussi en train de vendre sa part du magasin, et le suivrait dans quelques mois.

Carmelo était revenu à Hartford avant Noël. Il lui fallait un emploi, cependant, et ses recherches ne le menaient à rien. Le travail ne courait pas les rues depuis que les soldats étaient rentrés au pays et qu'il n'y avait plus les contrats de guerre pour faire tourner les usines. Alors que Carmelo commençait à être à court d'idées, la chance était venue frapper à sa porte.

Alors qu'il marchait dans Franklin Avenue à 5 h 30 du matin – il était sorti tôt pour s'acheter un journal et consulter les offres d'emploi –, il passa devant un groupe d'hommes qui s'affairaient autour d'un grillage. Des pelles et des pioches étaient posées à côté d'eux. Sur un coup de tête, Carmelo ôta son long manteau en laine, le laissa à côté de la clôture puis rejoignit les ouvriers. Il était frigorifié, mais on le remarquait moins sans son pardessus. Il avait bien choisi son moment, car le contremaître n'avait pas encore réparti les tâches. Carmelo prit une pioche et se rendit à l'endroit que l'homme lui indiqua du doigt, une ligne blanche peinte sur le bitume qui s'effritait. Il regarda quelques types se mettre au travail, les regarda se battre contre le vieux béton et bêcher dans la ligne blanche, creusant d'étroits canaux bien définis dans la route – ils faisaient de la place pour des fils électriques souterrains.

Carmelo creusa et creusa. Les heures passèrent, les autres gars qui travaillaient sur la ligne discutèrent avec lui, mais personne ne lui demanda d'où il venait ni ne trouva étrange qu'ils soient en surnombre. Il commençait tout juste à prendre le coup de main, commençait à sentir qu'il était assez bon pour les convaincre de le laisser rester, lorsqu'il toucha quelque chose qui s'avéra être un fil électrique – quelqu'un avait mal peint la ligne qu'il suivait.

— Soudain, je n'avais plus froid ! s'exclama Carmelo en se claquant la cuisse.

Et toute la tablée autour de Stella se mit à rire ou à pousser des cris d'horreur.

Quand il se réveilla, il était allongé sur le dos à l'hôpital. Il avait failli mourir électrocuté. Et ce fut à ce moment-là, lorsqu'ils essayèrent de rédiger les papiers pour les factures hospitalières, que l'on comprit que Carmelo Maglieri n'était même pas un employé de la compagnie United Electrical. Tout le monde commença à s'affoler à l'idée d'un procès, et sembla rassuré d'apprendre que Carmelo n'avait pas l'intention de porter l'affaire devant les tribunaux – du moment qu'ils lui trouvaient un travail. Un travail, ils lui en donnèrent un, ainsi qu'un peu plus d'argent que nécessaire pour couvrir ses dépenses médicales.

Joey resservit les hommes en vin et l'histoire se termina. Tina souriait en débarrassant les assiettes. Sa joie de revoir Carmelo était simple et pure ; son ami était revenu. Pour une fois, Stella l'aida à rapporter la vaisselle sale dans la cuisine. En voyant sa sœur si heureuse, Stella s'en voulut d'avoir poussé Carmelo à partir, de l'avoir enlevé à des gens qui l'appréciaient. Mais Tina ne pensait pas en ces termes-là. En tout cas, Stella l'espérait.

Par-dessus l'évier, dans lequel Tina faisait couler de l'eau chaude, Stella murmura :

— Je n'arrive pas à croire qu'il soit ici, Tina. Je pensais qu'on en avait fini avec lui.

— Mais il t'aime bien, Stella. » Tina referma d'un coup

sec le robinet et essora des deux mains la lavette – encore un déploiement de force inutile de sa part. « Tu ne le vois donc pas ? Il est ici parce qu'il t'aime encore malgré la méchanceté dont tu as fait preuve à son égard.

Stella déglutit.

— Je n'ai pas…

— C'est quelqu'un de bien, Stella, la coupa Tina. Tu devrais arrêter de te moquer de lui. Il ne le mérite pas.

Tina abandonna le torchon dans l'évier et laissa Stella tout seule dans la cuisine.

En février 1947, Tina était mariée depuis six mois. Les trois premiers, les dames aux soirées de l'église du Sacré-Cœur remarquaient en plaisantant que Tina était vraiment bien portante, et qu'un petit bout était probablement en route. Mais quand la jeune femme rougissait en esquissant un petit geste de la main pour qu'elles arrêtent, elles lui fichaient la paix, car tout le monde sait bien que cela porte malheur de parler de grossesse avant que celle-ci ne se voie. Au moment des fêtes, cependant, Tina était devenue une cible légitime. Elle était mariée depuis assez longtemps, et toutes les femmes qui avaient déjà vécu ça voulaient lui faire endurer la même chose, s'assurer qu'elle aussi en passerait par là. Elles venaient la voir après la messe, lui caressaient le ventre, là, dans l'église, et lui demandaient si quelque chose se préparait.

« Nous essayons », répondait Tina en prenant sa couleur rose foncé.

Les dames gloussaient et répondaient : « Il va falloir essayer avec un peu plus de conviction ! »

Au bout de six mois, les gens demandaient à Tina de but en blanc ce qu'elle attendait, ou s'il y avait un problème. La jeune femme ignorait comment répondre à ces questions, et perdait ses moyens, se laissait piétiner. Ce n'était pas agréable à regarder. Lorsqu'elle le pouvait, Stella intervenait en changeant de sujet, ce qui, habituellement, impliquait qu'elle s'offre en agneau sacrificiel, car la plupart de ces dames étaient encore plus mécontentes de son célibat que de l'absence de grossesse de Tina.

Le mercredi des Cendres, Tina prépara un plantureux dîner pour toute la famille, des *polpette* de ricotta chaude, du poisson cuit dans du persil, des *linguine* fraîches qu'elle avait coupées avant d'aller travailler. Mais les six mois de mariage étaient passés très vite et se trouvaient déjà derrière elle, et elle était tellement désemparée par cette date importante qu'elle fut incapable de manger sa part de son propre festin. Six mois qu'elle était une épouse, et elle n'avait pas été fichue de faire la chose la plus importante qui soit.

Stella frotta le dos de sa sœur qui pleurait dans la chambre des Caramanico.

— C'est quoi, mon problème, Stella ? demanda Tina, comme si Stella avait la réponse.

— Tu sais que cela peut prendre du temps. Tu as entendu les mêmes histoires que moi. Cela ne fait que six mois.

— Peut-être que j'ai fait quelque chose de mal, et que Dieu ne veut pas que je devienne mère.

À ces mots, Tina se mit à sangloter de nouveau.

— Tina. Ça suffit. Tu n'as jamais rien fait de mal de ta vie. » Stella gratta doucement la tête de Tina, une caresse qui avait toujours consolé cette dernière depuis le plus jeune âge. « Sois patiente, petite bestiole, et prie Santa Maria. Je te promets de prier pour toi aussi. *Va bene ?*

Stella ne voulait pas voir Tina souffrir de la sorte. Mais elle voulait aussi que Tina conçoive le plus vite possible pour des raisons égoïstes : s'il y avait un petit-fils ou une petite-fille sur qui se concentrer, Assunta et Tony lui mettraient moins la pression pour qu'elle épouse Carmelo.

Personne ne pouvait accuser Tina de ne pas mettre autant de cœur à cette tâche qu'à n'importe quelle autre. Elle avait dit à Stella plus d'une fois qu'elle espérait que l'enthousiasme de Rocco finirait par décliner, mais derrière leur porte close Tina ne semblait pas souffrir outre mesure en accomplissant son devoir conjugal. Cette nuit-là même, seulement quelques heures après avoir trop pleuré pour pouvoir manger ses propres *polpette*, Tina fit tant de bruit, des petits cris semblables à ceux d'un bébé, que Stella, qui se rendait sur la pointe des pieds dans la salle de bains, s'arrêta dans le couloir pour écouter avec un amusement teinté de dégoût. La voix de Rocco était grave, un grondement grossier, et ses mots voilés, mais pas ceux de Tina.

Stella n'aurait pas dû, mais le fit tout de même : prudemment, sans un bruit, elle avança d'un pas vers la porte de son ancienne chambre, et plaqua son oreille contre le bois.

« Oh oui, continue », entendit-elle, suivi du murmure grave de Rocco. « Continue », répéta Tina.

Ce n'était pas la première fois que Stella surprenait les Caramanico en pleine action – le contraire aurait été impossible, puisqu'elle dormait juste à côté dans la cuisine –, mais elle trouvait toujours horrifiant et fascinant, pratiquement incroyable, qu'une bonne fille comme sa sœur semble prendre du plaisir à cette chose horrible qu'on lui faisait. Respirant par petites bouffées, la porte froide contre son oreille trop chaude, Stella essayait de deviner ce que signifiaient les sons qu'elle entendait. En imaginant ce que Tina devait laisser Rocco lui faire, elle ressentit la même boule à l'estomac, la même nausée que dans son rêve.

Stella était tellement occupée à ne pas trahir sa présence qu'elle ne remarqua pas que son père approchait jusqu'à ce que son haleine nocturne, aillée et moisie, atterrisse sur son cou.

— Jalouse, hein ?

Stella toussa de surprise et s'étouffa avec sa propre salive lorsqu'elle fit volte-face et se retrouva le nez dans une toison gris plomb en forme de T imbibée de sueur.

Tony gloussa.

— J'ai toujours su que tu étais une petite pute. Tu n'arrives pas à le cacher. » Avant que le cerveau à moitié endormi de Stella ait le temps de comprendre ce qui se passait, son père tendit le bras et referma la main autour de son sein gauche, le pressant doucement. « Ne t'inquiète pas, on va te trouver une *pistola* très bientôt.

Pour la première fois, Stella envisagea de quitter Bedford Street. Une femme célibataire qui quittait le foyer de ses parents – ce n'était pas une mince affaire, mais comment pourrait-elle continuer à vivre ici ? Une fois que cette idée lui eut traversé l'esprit, elle la hanta en permanence. Elle ne savait pas du tout comment procéder, à part en épousant Carmelo Maglieri, mais cela reviendrait à l'arracher à la gueule d'un loup pour la mettre, nue, dans la gueule d'un autre.

Stella trouvait que devenir nonne était une très mauvaise idée – passer sa journée à accomplir des tâches ménagères et à prier, telle une prisonnière enfermée loin de tout ce qui était intéressant et agréable dans le monde... Mais comment, sinon, une femme se débrouillait-elle pour s'en sortir seule ? Elle n'avait pas fait d'études et son anglais était rudimentaire. Le problème dépassait les lacunes de Stella, cependant. Dans le monde où les filles Fortuna avaient été éduquées, une femme ne quittait jamais la maison de son père avant d'être mariée. S'enfuir était la même chose que se prostituer. Si elle s'enfuyait, elle risquait de se couper à jamais de son monde. À l'église, elle serait ostracisée. Ses amies n'auraient peut-être plus le droit de la voir. Elle briserait peut-être le cœur de sa mère. Stella mit de côté la peur de ce que pourrait être la réaction d'Assunta – pour l'heure, elle ne pouvait s'inquiéter de sa mère.

Quelle que soit la forme que prendrait sa fuite, Stella savait qu'il lui faudrait de l'argent. Elle en avait un peu, de petites économies qu'elle détournait de son salaire à l'usine avant de le remettre à son père. Un matin de février, une fois Rocco parti au travail, Stella traîna pour se préparer afin de pouvoir compter son argent. Elle avait quatorze dollars en monnaie. Seulement quatorze dollars. Elle repensa aux quinze dollars qu'elle avait dépensés à la fête de Tina avec chagrin, avant de se reprendre – cela avait été l'un des jours les plus heureux de la vie de sa sœur, ainsi que de la sienne. Mais hormis cette fête, il y avait des robes pour lesquelles elle avait fait des folies inutiles, l'argent qu'elle dépensait au cinéma et à la buvette avec les filles. Son esprit moulinait, produisant une bouillie où la planification stratégique se mêlait aux récriminations qu'elle s'adressait à elle-même.

— On va être en retard à cause de toi, Stella, dit Tina tandis que, assises sur le lit conjugal des Caramanico, elles comptaient les pièces de vingt-cinq et de dix *cents*.

— Je me demande quel loyer papa demande aux gens, s'interrogea Stella.

Elle pensait à Mlle Catherine Miller, la locataire de l'appartement au deuxième étage. Mlle Miller était une institutrice à la retraite qui n'avait jamais été mariée. Stella aurait aimé pouvoir demander à cette femme comment elle avait quitté la maison de son père. Mais Mlle Miller était une Américaine d'ascendance anglo-saxonne, pour qui les règles étaient différentes. Et la vieille dame n'avait jamais été particulièrement gentille ; elle risquait de répéter tout ce que Stella lui dirait à Tony. Stella savait qu'elle ne pouvait se fier qu'à elle-même.

— Il demande vingt dollars par mois, répondit Tina.

Stella dévisagea sa sœur vêtue de son manteau boutonné jusqu'en haut.

— Quoi ? Comment tu le sais ? Il te l'a dit ?

— Il l'a dit à Rocco. Tu sais qu'il essaie de faire partir l'un des locataires pour que, lui et moi, nous puissions louer l'un des appartements.

Stella ressentit une pointe de soulagement. La fin de ses nuits de cauchemar dans la cuisine était en vue.

— Quand ?

— Peut-être cet été, répondit Tina. Le mari au premier » – elle voulait parler de M. Czarnecki, mais n'arrivait pas à prononcer son nom de famille – « cherche un nouveau travail, mais il a promis qu'ils déménageraient dès qu'il en aurait trouvé un.

Vingt dollars par mois. Stella gagnait seize dollars par semaine à l'usine. Elle réfléchit à tout cela, ainsi qu'au fait que Tina était au courant de ce projet et ne lui en avait pas parlé. Jamais de sa vie Stella ne s'était dit que Tina gardait certaines choses pour elle. Apparemment, les choses changeaient, une fois qu'on était marié.

— Allez, Stella. On va être en retard.

Le visage de Tina luisait d'angoisse, ou bien elle avait peut-être simplement trop chaud à force de porter son gros manteau à l'intérieur.

Alors qu'elles se dirigeaient vers l'usine Silex, Tina lui demanda :

— Il est pour quoi, l'argent dans la chaussette ?

Tina aurait dû pouvoir trouver la réponse elle-même, pensa Stella, à qui le fait d'énoncer clairement les choses donnait l'impression que le crime était vraiment sur le point d'être commis.

— Je veux déménager », finit-elle par dire. Et parce que Tina, perdue, la regardait en grimaçant, Stella ajouta : « Enfin, je veux aller vivre ailleurs. Pas avec maman et papa.

— Avec Carmelo ? s'enquit Tina, qui faisait des yeux si ronds que Stella voyait le blanc tout autour de ses iris couleur chocolat. Stella ! s'exclama-t-elle d'une voix suraiguë.

— Non, répondit Stella en repoussant sa colère. Pas avec Carmelo. Toute seule.

— Quoi ? Pourquoi ?

Elles marchèrent en silence quelques instants, le temps que Stella réfléchisse à sa réponse.

— Je ne peux plus vivre avec papa. » Stella ne pouvait pas dire que les yeux de Rocco qui se promenaient sur elle la rendaient nerveuse ; elle ne pouvait pas lui dire, même si Tina ne s'en était pas rendu compte, que les sœurs ne formaient plus une équipe, qu'elle n'avait pas d'allié dans sa maison. « Je déteste papa. Tu le sais. Je ne supporte plus de vivre avec lui.

Tina restait muette. Stella posa les yeux sur elle, suivit son regard. Sur leur droite, il y avait une aire de jeux pour enfants. Même s'il n'était que 7 h 45, une jeune mère, une fille d'une vingtaine d'années, se tenait déjà, apathique, près du bac à sable, où son bambin, emmitouflé dans son écharpe bleue et coiffé d'un bonnet rouge en tricot, creusait avec une mini-truelle. Tina les scrutait avec tant d'intensité que Stella, pensant au *mal'oicch'*, l'attrapa par le coude et les obligea à hâter le pas.

— Bref. Je me dis que si je mets un peu plus de côté, je pourrai aller vivre quelque part toute seule. Comme Mlle Miller, à l'étage. » Stella était contente que Tina l'écoute de nouveau, maintenant que le sinistre envoûtement du tableau mère-enfant était brisé. « Fabriquer des cafetières, économiser de l'argent, vivre seule… Comme Za Ros, qui économisait l'argent des vers à soie, tu te souviens ?

Tina fronçait les sourcils.

— Qui cuisinerait pour toi, Stella ? Que mangerais-tu ?

— Oh, Tina. Cela n'a pas d'importance. Il faut juste que je sorte de cette maison. » Elle sentit la chaleur lourde de la main de son père sur son sein comme s'il était en train de la toucher à cet instant même. « Si je ne pars pas, je risque de mourir.

— Tellement théâtrale, Stella, dit Tina. Pourquoi tu n'épouses pas tout simplement Carmelo ? Ensuite tu pourras partir sans problème. Papa ne pourra pas t'arrêter.

Le cœur de Stella se crispa, comme si une main encore plus grande que celle de son père s'était posée sur sa poitrine et la pressait.

— Je ne veux pas épouser Carmelo, Tina. » Comment Tina pouvait-elle dire de telles inepties ? Comment, après une vie passée ensemble ? N'avait-elle pas écouté une seule fois ce que Stella disait ? « Lui, ou n'importe qui d'autre. Vraiment, sincèrement… Je te le promets : jamais je n'épouserai un homme. » Sa voix était soudain plus aiguë. Stella se sentait au bord de l'hystérie. « Je le pense du fond du cœur, je te le jure devant Dieu le Père et la Vierge Marie, je dis la vérité, Tina. Je ne sais pas pourquoi tu ne me crois pas.

— Je te crois, répondit Tina, penaude.

Stella savait cependant que la foi que Tina avait en elle ne durerait que le temps de ce trajet à pied ensemble, qu'à l'instant où elle parlerait à Assunta, à Tony, Carmelo, Rocco ou n'importe laquelle de leurs amies, elle oublierait qu'elle l'avait crue et hausserait les épaules en disant à son interlocuteur qu'elle non plus ne comprenait pas l'entêtement de sa sœur.

Elles marchèrent quelques minutes sans un mot, et Stella s'efforça de calmer la rage, la peine et la frustration dans sa poitrine. Lorsque l'usine ne fut plus qu'à quelques centaines de mètres, Tina demanda :

— Mais où pourrais-tu aller, toute seule, Stella ?

— Je n'en sais rien. Tout ce que je sais pour l'instant, c'est qu'il faut que je mette autant d'argent de côté que possible.

— Je t'aiderai, dit Tina avant d'agripper les doigts de sa sœur pour cimenter son vœu.

Il y avait tant d'autres questions pour lesquelles Stella n'avait pas de réponse, ne disposait d'aucune information. Où pourrait-elle aller ? Existait-il des chambres à louer pour célibataires, comme l'endroit où vivait Carmelo, mais pour les femmes seules ? Son anglais était tellement mauvais ; serait-elle capable de se faire comprendre du propriétaire ? Comment saurait-elle en qui avoir confiance ? Y avait-il quelqu'un à qui elle puisse demander conseil sans avoir d'ennuis, sans que tout cela revienne aux oreilles de son père ?

Elle pensait pouvoir mettre deux dollars de côté par semaine sans que Tony s'en aperçoive – il faudrait qu'elle se montre sournoise, qu'elle trouve des excuses pour expliquer où allait l'argent. Mais c'était possible. Si elle parvenait à économiser cinquante dollars, cela devrait suffire pour partir, n'est-ce pas ?

S'en sortirait-elle toute seule ? En était-elle capable ?

Et sinon, quel était son plan B ?

Stella rejeta Carmelo Maglieri pour la dernière fois le dimanche des Rameaux de l'année 1947. Elle n'était pas préparée à cette rencontre, et ce ne fut pas son plus bel accomplissement. Mais ils auraient dû réfléchir à ce qui se passerait si elle se retrouvait acculée dans un coin comme un animal piégé.

Les Fortuna allèrent à la messe à l'église du Sacré-Cœur. Ils chantèrent la liturgie en latin, reçurent leurs feuilles de palmier, donnèrent à la quête et communièrent. Après, ils déjeunèrent tous chez les Perri. Za Caterina servit de la *baccalà* frite caoutchouteuse, et un bel assortiment d'antipasti sans viande pour le carême, avec du provolone, des petits légumes vinaigrés et des *lupini.* Ils rentrèrent chez eux à pied dans le soleil scintillant du mois de mars, tous un peu ivres à cause du vin maison qu'ils avaient bu, et ravis de se souvenir qu'Assunta avait préparé un gâteau à l'orange pour l'après-midi.

Ils venaient à peine d'arriver chez eux quand quelqu'un frappa. Stella commença à se méfier lorsque Tony, qui n'allait généralement pas ouvrir la porte, se leva d'un bond et beugla :

— Assù ! Fais-nous du café !

Stella suivit sa mère dans la cuisine.

— Qui est là, m'man ?

Assunta ne dit rien, mais ses mains tremblaient tandis

qu'elle essayait de mettre du café moulu dans la cafetière. Elle n'était pas douée pour les secrets.

Stella entendit en provenance du couloir que la personne frappait de nouveau à la porte, et que l'on actionnait la serrure.

— C'est qui ? articula Stella silencieusement.

Sa mère renversa du café sur le plan de travail et se hâta d'essuyer, mais resta muette.

Tant pis. Stella sortit de la cuisine, se glissa sans un bruit dans la salle de bains et s'enferma à l'intérieur juste au moment où Tony ouvrait la porte. Elle s'assit sur le couvercle des toilettes et serra les poings pour écouter l'inévitable.

Elle était là – la voix de ténor retentissante de Carmelo, tellement convaincu que le monde entier voulait une part de sa bonne humeur. « Quelle belle journée ! » entendit-elle à travers la porte. Et ensuite, toutes les platitudes associées à une visite traditionnelle – *Zi Tony, c'est bien aimable à vous de m'inviter dans votre maison. Za 'Ssunta, avec plaisir, pour le café. Le gâteau a l'air délicieux.*

Stella se rendit compte que sa mère, cette traîtresse, avait dû faire ce gâteau en sachant que Carmelo viendrait. Depuis combien de temps était-ce prévu ? Tina était-elle au courant, elle aussi ?

On frappa à la porte. Stella, qui fulminait avec une telle vigueur qu'elle peinait à reprendre son souffle, ne répondit pas.

— Sors, Stella. » C'était Tina, bien sûr : « Stella, Carmelo est là. Sors et viens lui dire bonjour.

La naïveté avec laquelle elle la suppliait énerva encore plus Stella.

— Je t'avais prévenue, Tina.

Un silence peu sincère.

— Quoi ? Il est venu rendre visite à Rocco. Allez, sors et viens le saluer.

— Tu parles…

Cet événement avait été planifié. Assunta avait préparé un gâteau. Stella aurait parié n'importe quoi que Carmelo était venu la demander en mariage. Elle aurait parié n'importe quoi que Tony avait déjà approuvé l'arrangement – il l'avait peut-être même suggéré.

Tina frappa de nouveau à la porte, comme si tout ce qu'elle savait sur la personnalité de sa sœur la portait à croire que celle-ci allait sortir des toilettes.

— Stella, sors et viens dire bonjour. Carmelo est là.

Tina continua à frapper à la porte et à l'appeler pendant quelques minutes avant de laisser tomber et de partir. Stella s'efforça de calmer sa respiration car elle se sentait blêmir. Elle fut prise d'une nausée passagère, alors elle frotta son *cornetto* et essaya de chasser ce malaise. Elle finit par se rendre compte que cela n'était pas du tout dû à un fantôme ou à une impression de déjà-vu, mais juste à un souvenir – la fête de Noël quatre ans auparavant, quand Carmelo l'avait obligée à se cacher dans les toilettes de l'Italian Society, et qu'elle avait cru tomber malade alors qu'il s'agissait juste de son saignement menstruel. Stella vérifia pour en avoir le cœur net. Ce n'était pas aujourd'hui. Elle avait simplement été submergée par cette réminiscence. Elle s'aspergea le visage d'eau.

Tandis qu'elle attendait le départ de Carmelo, le temps défila lentement. Chaque fois que Stella entendait des pas à proximité de la pièce, elle était envahie par une peur sourde. Elle redoutait le moment où Tony viendrait abattre la porte, où il lui en flanquerait une ou deux pour son impertinence, et la traînerait par ses cheveux en bataille jusqu'au salon. Mais Tony ne vint pas.

À peu près toutes les quinze minutes, Tina frappait à la porte en lui demandant de sortir. Stella ne lui répondait pas. Une fois, on tambourina plus violemment, virilement, et il y eut la voix de Rocco :

— Sors, Stella. J'ai besoin de pisser.

— Pisse par la fenêtre ! rétorqua-t-elle, regrettant immédiatement d'avoir ouvert la bouche.

Elle entendit Rocco lâcher un juron mais s'éloigner.

Elle ne pouvait pas faire grand-chose dans les toilettes hormis se perdre dans ses angoisses. Elle trouva un flacon de vernis rouge dans l'armoire à pharmacie, et elle s'occupa un moment en se peignant les ongles. Elle fredonna pour s'imposer un peu de sérénité, appliqua le vernis avec application. D'ordinaire, c'était Tina qui lui faisait la main droite. Stella essaya de ne pas imaginer les répercussions de cet après-midi. Avec quelle vigueur Tony allait-il la battre ce soir après le départ de Carmelo ? Était-ce ce qui l'attendait pour le restant de ses jours – se cacher dans les toilettes ?

Carmelo semblait déterminé à prouver qu'il était aussi têtu que Stella. Deux heures avaient dû s'écouler, et pourtant elle entendait toujours sa voix d'une gaieté agressive dans le salon. Ne se rendait-il donc pas compte que si on la forçait à sortir maintenant elle serait complètement humiliée ? Avait-il l'intention de ne lui laisser aucune dignité ?

La dernière fois que Tina frappa, son ton cajoleur s'était envolé.

— Sors, Stella. Je dois faire la grosse commission. C'est sérieux.

Stella ne répondit pas. Désormais, elle boudait fermement. Elle n'était pas fière d'elle-même, mais ne voyait pas d'autre issue. De l'autre côté de la fenêtre, le soleil faiblissait, et sa tête s'emplissait d'une douleur crépusculaire.

Deux minutes plus tard, Tina revint à la charge :

— Stella, sors, s'il te plaît. Je dois y aller. » Elle frappa, fort. *Bang, bang, bang.* « Stella ! Pitié, pitié, Stella, s'il te plaît. C'est une urgence. Sors, je t'en prie. Ou alors laisse-moi entrer ! Tu n'es pas obligée de sortir !

Tina n'était pas très bonne actrice. Elle souffrait sans doute réellement. Eh bien. Bien fait pour elle. Elle avait choisi d'être loyale envers Carmelo, de prendre son parti plutôt que celui de sa sœur. Avec une méchanceté sincère, Stella espérait que Tina se chierait dessus.

— S'il te plaît, Stella, implora Tina d'une voix qui se brisait. Je ferai tout ce que tu veux. Je te donnerai mon collier en or. S'il te plaît, Stella. » Elle frappa encore. « Tous mes bijoux. Je ferai toutes tes corvées à ta place. S'il te plaît, Stella.

Stella baissa les yeux et regarda ses ongles brillants qui séchaient. Ils n'étaient pas parfaits, mais plutôt réussis. *Tu es une femme froide, Stella,* entendit-elle Carmelo dire.

Elle resta assise en silence jusqu'à ce que sa sœur s'éloigne en sanglotant.

Finalement, Stella entendit Carmelo dire au revoir et partir. Par mesure de précaution, elle attendit encore quinze minutes ; elle aurait détesté sortir et découvrir qu'ils lui avaient tous joué un tour, et qu'il était encore là. D'un air pincé, elle quitta la salle de bains, ses ongles rouges lissant la jupe, toute chiffonnée par la sueur, de la robe rose qu'elle avait mise pour le dimanche des Rameaux.

Rocco, qui était assis sur le canapé, lui sourit avec mépris. Elle espérait qu'il avait suivi son conseil et uriné par la fenêtre. Tina était à côté de lui, tout avachie, les yeux baissés. Stella n'eut pas à décider si elle voulait demander à sa sœur ce qui s'était passé, car sa mère entra dans le salon et annonça :

— Le dîner est prêt. Je n'ai plus qu'à égoutter les pâtes. Tina, va mettre la table. » Assunta braqua des yeux mauvais sur Stella. « Toi aussi, *stupida brutta.* Aide ta sœur, pour une fois dans ta vie.

Elle émit un grognement et retourna dans la cuisine en trombe, à sa manière – ses hanches larges tanguant sur ses jambes enflées.

Les deux sœurs restèrent silencieuses pendant tout le dîner. Stella ne voulait pas attirer l'attention sur elle, de peur que son père, à la neutralité effrayante, en profite pour prendre position sur son comportement de l'après-midi. Tina, pendant ce temps-là, contemplait sombrement son assiette. Stella avait commencé à s'en vouloir d'avoir traité sa sœur de façon aussi vindicative, même si cette dernière l'avait trahie. Elle se demandait ce qui était arrivé à la grosse commission de Tina.

Une fois le repas terminé, Rocco alla dans la chambre à coucher des Caramanico pour enfiler son peignoir. Les femmes entendirent son cri depuis la cuisine.

— Tina ! Qu'est-ce qui se passe ici ? Ça pue la merde !

Stella attrapa le bras de sa sœur.

— Qu'est-ce que tu as fait ? murmura-t-elle.

Tina posa violemment la pile d'assiettes sales sur le plan de travail et s'essuya le front, qui suait prodigieusement, avec la manche de sa belle robe.

— Oh, *Madonna*, Stella. Tu n'as pas voulu sortir des toilettes, et j'avais terriblement envie de *cacchi*... J'avais mal au ventre, je ne sais pas pourquoi. Oh, c'était vraiment horrible, je n'y pouvais rien ! Alors j'ai...

Stella lui tendit un torchon, que Tina utilisa pour s'essuyer la bouche – même sa bouche transpirait.

— Alors je suis allée dans notre chambre, et j'ai pris l'une de ces assiettes creuses du service en porcelaine qu'on nous a offert à notre mariage, tu sais, dans la boîte sous le lit. Je me suis mise sur l'assiette et...

Stella s'étouffa presque avec son rire scandalisé.

— Tina ! Tu as fait *cacchi* dans la vaisselle en porcelaine de ton mariage ?

Tout en parlant, elle essayait d'imaginer ce que sa sœur aurait pu faire d'autre. Aller dans le jardin ?

— Tina ! beuglait Rocco.

— Une grande assiette creuse, s'empressa de préciser Tina. Tu sais, le genre qu'on utilise pour les jolies soupes. Je n'avais rien pour m'essuyer, alors j'ai utilisé ma chemise de nuit, celle en soie de ma lune de miel. Mais je n'avais nulle part où mettre tout ça, alors j'ai glissé l'assiette à *cacchi* et la chemise de nuit sous le lit. Et maintenant, toute la chambre empeste ! » Tina pleurait à chaudes larmes. « Qu'est-ce que je fais ? Si Rocco découvre que j'ai...

— Tina ! vociféra Rocco.

— Rooo-ccoo ! cria Assunta, si fort que Tina, surprise, cessa de pleurer. Rocco, j'ai besoin de toi ! » Assunta se tourna pour jeter sur Stella un regard accusateur fort théâtral, puis cria : « Il y a un truc coincé derrière la cuisinière, Rocco ! J'ai besoin que tu viennes la déplacer pour moi !

— Une minute !

— Non, maintenant ! » Assunta tirait le four vers elle, loin du mur. « Dépêche-toi ou ça va tomber sur moi !

On aurait dit un vaudeville – Assunta s'était mise à genoux pour déplacer la cuisinière. Mais Rocco se précipitait dans la pièce, alors peut-être n'était-ce pas ridicule.

— Vas-y, *stupida*, siffla Assunta en assenant une claque sur le mollet de Tina.

Stella et Tina passèrent sans s'arrêter devant Rocco, se précipitèrent dans le couloir et dans la deuxième chambre. Ça empestait comme l'étal d'un boucher en juillet.

— Beurk, Tina !

Mais il n'y avait pas de temps à perdre. Stella entendit le four couiner. Rocco le déplaçait avec une facilité malencontreuse.

— Je ne vois pas pourquoi tu as cru qu'il allait te tomber dessus, disait-il à Assunta.

Elles n'avaient plus que quelques secondes pour résoudre cette crise.

Tina se pencha derrière le lit et se releva doucement, prudemment, avec dans les mains l'assiette creuse en porcelaine remplie à ras bord d'un liquide jaune-marron dans lequel Stella distingua avec clarté et regret les *lupini* que sa cadette avait grignotés au déjeuner. Elle entendit Rocco dans le couloir et, dans un éclair de synchronisme, ouvrit d'un coup la fenêtre juste au moment où Tina se précipitait vers la vitre – l'espace d'un instant, elles étaient de nouveau parfaitement connectées, comme lorsqu'elles étaient enfants, comme si elles partageaient les mêmes yeux, les mêmes mains, les mêmes impulsions. Sa sœur balança l'ensemble, chemise de nuit, merde, assiette creuse, tout, par la fente de la fenêtre à guillotine, que Stella rabattit violemment juste au moment où la porcelaine se fracassait dans l'allée.

Rocco ouvrit la porte et son regard alla d'une sœur aux joues rouges à l'autre. Elles lui souriaient avec amabilité.

— Qu'est-ce que tu fais ici ? demanda-t-il à Stella après un instant de confusion.

— Je m'en vais, répondit-elle. Tina me prêtait son vernis rouge.

Elle aurait aimé trouver une autre excuse, mais quelle était la probabilité pour que Rocco remarque que ses ongles étaient déjà peints ?

— Hum, grogna Rocco.

Stella passa en vitesse devant lui, suivie de Tina, qui alla se nettoyer avant que son mari remarque la strie marron sur sa poitrine.

C'était trop beau pour être vrai, que Tony assiste à toute cette comédie sans broncher.

Tina et Rocco étaient partis se coucher. Stella était assise à la table de la cuisine avec Assunta quand son père se joignit à elles. Il semblait joyeux et juvénile. La bonne humeur de Carmelo se révélait contagieuse. Il se servit un verre de vin, et remplit de nouveau celui de sa femme et de sa fille.

— *Salut' !* dit-il.

Stella murmura un *salut'* empreint de gravité lorsqu'il trinqua avec elle. Assunta l'imita, mais considérait son mari à travers ses sourcils broussailleux d'une façon qui mit Stella en état d'alerte.

— Je trinque au mariage imminent de ma fille aînée, dont tout le monde pensait qu'elle était condamnée à devenir vieille fille. » Tony sourit à ses femmes : « Félicitez-moi.

— Tonnon ! le mit en garde Assunta.

— Félicitez-moi ! » Il frappa sur la table, une façon de montrer que sa bonne humeur pouvait disparaître à tout moment. « C'est quelque chose de formidable pour un père.

— Félicitations, murmura Assunta en adressant à Stella un regard contrit.

— Bon, *fhijlia mia.* Je crois que tu as pas mal de pain sur la planche pour ton trousseau. » Il agita son doigt vers elle, de façon presque joueuse. « J'ai l'impression que tu as été très négligente.

— Papa, je ne me marierai pas.

Mais Stella tremblait, des frissons remontaient le long de ses bras. *Tu es une femme froide, Stella.*

— Oh que si. Je l'ai annoncé à Carmelo cet après-midi. Il revient demain avec une bague. » Antonio haussa les épaules, jovial : « Qui sait... Peut-être qu'il t'achètera un diamant, même si Dieu sait que tu ne le mérites pas.

L'esprit de Stella tremblait de confusion. Dans ce moment étrange, sa conviction s'était érodée. Le lit dans la cuisine, le cauchemar récurrent, qui était revenu ; les roses de Carmelo. Carmelo, Carmelo. Carmelo, qui l'avait achetée à son père comme on achèterait une vache, qui se moquait bien d'avoir son consentement tant qu'il avait celui de son père. Mais... elle se détestait de le penser, mais... serait-ce si terrible que ça, d'être mariée à Carmelo Maglieri ? Il n'était pas Rocco Caramanico : jamais il ne troquerait Stella contre des ampoules ni ne zieuterait sa sœur. Mais le mariage... avoir son corps ouvert par un homme...

— Mais papa... » Stella avala la moitié de son verre de vin, une giclée aigre dans sa gorge. « Tu te souviens quand tu as dit à Rocco que tu n'obligerais pas Tina à l'épouser ? Que c'était à Tina de décider si elle voulait se marier ?

— Tu as le choix aussi. Tu peux choisir d'épouser Carmelo Maglieri ou bien aller tout droit en enfer, même si je dois te tuer de mes propres mains.

Pour une fois dans sa vie, Tony se montra clément. Il

se leva et quitta la cuisine, une sortie théâtrale de *pater ex machina.* Au moins, Stella n'était plus obligée de discuter avec lui. Il lui restait si peu de dignité.

Sans croiser le regard de sa mère, Stella but le reste de son vin et essaya d'y voir clair dans ses sentiments. « Je t'aurais donné tout ce que tu aurais voulu, Stella, avait dit Carmelo. Je t'aurais donné le monde. » Était-il sincère ? Mais à quoi bon avoir le monde, si son propre corps ne lui appartenait pas ? Le deuxième verre de vin se répandait dans son estomac. Elle se leva et alla chercher la flasque sur le plan de travail.

Assunta la suivit et posa une main sur sa nuque. Sa paume était chaude. Stella prit conscience qu'il faisait vraiment froid dans la cuisine.

Sa mère avait toujours aimé Carmelo. Sa mère, qui aimait tant Stella. Sa mère intelligente et simple, experte en survie. Elle ne voudrait pas de ce mariage pour sa fille si c'était une si mauvaise chose.

Assunta toucha le *cornetto* en os blanc qui pendait contre la poitrine de Stella.

— Tu en as besoin maintenant.

Stella resta un long moment sans bouger devant le plan de travail après que sa mère fut partie se coucher. Il lui fallait bien plus qu'une protection contre le Mauvais Œil en ce moment. Il lui fallait un plan.

Jouer le jeu.

Stella se souvint de l'adage populaire selon lequel le meilleur moyen de couvrir une aventure amoureuse était de se marier à quelqu'un d'autre – une fille souffrait bien moins du regard public une fois que sa virginité n'était plus dans la balance. Stella adopta une stratégie similaire, mais à une fin opposée : elle allait sauver sa virginité en se fiançant. Au lieu de continuer à traiter Carmelo comme un ennemi, elle ferait de lui un allié – à son insu, cependant – dans son plan pour fuir Tony. Les mois menant au mariage, comme Stella l'avait appris de l'expérience de Tina, donneraient lieu à de nombreuses dépenses frivoles, ce qui lui offrirait une couverture parfaite pour détourner de l'argent de son salaire chez Silex dans sa planque secrète. Entretemps, elle devrait réfléchir à la logistique. Elle devrait se préparer à la possibilité d'être déshéritée, à être séparée de sa mère pour toujours.

Dans tous les cas, la première étape de sa résistance serait les fiançailles.

Le lundi après le travail, Stella se donna beaucoup de mal pour se montrer sous son jour le meilleur pour la visite de Carmelo, s'enfermant dans les toilettes une dernière fois. Elle enfila sa robe couleur pastèque, même s'il était encore un peu trop tôt dans le printemps pour son étoffe en lin léger, et fixa la broche papillon de Fiorella à sa poitrine. Elle n'avait pas le temps de se laver les cheveux avant le dîner, mais elle leur donna du volume à l'aide d'un peigne et mit de jolies barrettes au-dessus de ses oreilles. Elle était entre deux coupes, et ses boucles tombaient sur ses joues, qu'elle teinta de rouge.

Stella était en train de retoucher son rouge à lèvres quand elle entendit Carmelo arriver. Tina frappa ensuite nerveusement à la porte de la salle de bains.

— Il est là. Stella ?

Sa sœur devait se demander s'il y aurait une nouvelle confrontation ce soir.

— Une minute !

Stella prit son temps pour appliquer une dernière couche de rouge à lèvres. Elle avait une paisible impression de contrôle. Voilà des mois qu'elle ne s'était pas sentie aussi apaisée, aussi heureuse. Depuis que Rocco s'était installé chez eux – non, depuis que Louie avait été blessé.

Lorsqu'elle sortit des toilettes, les Fortuna étaient déjà rassemblés bruyamment autour de l'assortiment qu'Assunta et Tina avaient préparé : des escalopes panées cuites au four, des cœurs d'artichauts servis chauds, encore dans la casserole où ils avaient été braisés, un saladier contenant un kilo de pâtes *aglio e olio*, et des pissenlits du jardin. Stella prit un air de mélancolie contrite en tendant la main à Carmelo pour le saluer. Elle ne voulait pas que son père se méfie.

Carmelo n'attendit pas longtemps, il ne patienta que jusqu'à ce que tout le monde hormis Assunta soit assis. Bien qu'il tînt à peine entre la table et le mur de la salle à manger, Carmelo poussa sa chaise et posa un genou à terre devant Stella.

— Stella Fortuna, je souhaite te demander quelque chose, dit-il.

Il sortit de la poche de sa veste une boîte à bijoux, l'ouvrit et la mit sur la table entre eux. À l'intérieur se trouvait une bague sertie de trois diamants. Stella la regarda fixement, distraite malgré elle par l'éclat du diamant central, lequel, elle ne put que le remarquer, était plus gros que l'unique diamant que Rocco avait acheté à Tina.

Carmelo, qui était encore sur un genou, prit la main de Stella, qui observa la scène plus qu'elle ne vécut les choses.

— Stella Fortuna, répéta-t-il, Stella Fortuna, je serais honoré que tu deviennes ma femme. Veux-tu m'épouser ?

Il lui parlait en italien, mais les formules étaient américaines, une façon galante de lui demander de lui accorder ses faveurs. Comme si ce choix revenait à Stella. Comme si cet accord n'était pas tout autant une transaction commerciale que le troc d'ampoules électriques de Rocco avec Tony.

— Oui, répondit Stella rapidement.

Elle était ravie que ce soit la seule réponse qu'on lui demande. Dans le moment concret de cette demande en mariage, son calme s'évanouit et un malaise lui hérissa le ventre. Elle n'était pas une bonne menteuse, même si elle était douée pour jouer la comédie.

— Es-tu sûre de vouloir m'épouser, Stella ?

Les yeux bleus de Carmelo, calmes et inquisiteurs, cherchaient les siens, et elle dut se faire violence pour croiser son regard. La bague dans le boîtier ouvert était posée sur la table de la salle à manger entre eux.

— Longtemps, tu ne l'as pas voulu. Tu es sûre d'avoir changé d'avis ?

Le malaise qui frémissait dans son ventre se mit à bouillir. Carmelo lui demandait de but en blanc ce qu'elle voulait. Lui mentir, l'utiliser – était-ce la bonne décision ?

Mais non, se souvint-elle, il ne voulait pas vraiment savoir. Jamais auparavant il ne l'avait prise au sérieux. Pourquoi serait-ce le cas maintenant ?

— Oui, j'en suis sûre.

Elle était choquée par le son de sa propre voix, ferme, neutre. C'était le seul moyen qu'elle avait de gagner la guerre contre son père ; si Tony ne la tuait pas, comme il avait menacé de le faire, il lui trouverait au moins un autre homme.

— Avant, je ne voulais pas me marier du tout, dit-elle. Maintenant, j'ai décidé que je n'épouserais jamais quelqu'un d'autre.

Les fiançailles durèrent six mois, ce qui n'était ni trop court ni trop long. La bague de Carmelo était juste un peu trop serrée sur son doigt et laissait une marque rouge quand elle l'enlevait pour se laver les mains.

— Tu devrais arrêter de faire cela, la mit en garde Za Pina. Tu vas la perdre. Il faut que tu t'habitues à la porter tout le temps.

Tous les gens qui l'avaient enquiquinée et avaient fait pression sur elle ces quatre dernières années se montraient soudain gentils et prévenants. Ils organisèrent des fêtes en son honneur, lui achetèrent des cadeaux. Ils étaient sincèrement heureux pour elle, maintenant qu'elle rentrait dans le rang.

Carmelo venait dîner chez eux trois ou quatre soirs par semaine, et tout le monde était désormais très joyeux. Il l'embrassait sur chaque joue en arrivant et en partant, et elle acceptait ses baisers. Elle ne faisait pas d'histoires. Elle patientait.

Lors des chaudes nuits de l'été 1947, en attendant son lit, Stella restait assise à la table de la cuisine avec un verre de vin pendant qu'Assunta récurait la cuisinière et passait une tranche de citron sur les plans de travail pour éloigner les fourmis. Une fois le reste de la maisonnée endormi, elles s'asseyaient ensemble et buvaient sous l'unique ampoule nue qui pendait au-dessus du lino. Jadis, Tina se serait jointe à elles, mais à présent elle était enfermée derrière la porte de sa chambre avec son mari. Néanmoins, c'était le moment de la journée où Stella était le plus heureuse, assise aux côtés de sa mère. Lors de ces nuits estivales ensommeillées, Stella pouvait presque imaginer qu'elles étaient chez elles, à Ievoli, dans un monde sans hommes qu'il fallait servir ou entretenir, juste elle et sa mère, qui l'aimait ; que, si elle sortait par la porte de derrière dans l'atmosphère chaude du soir, elle ne verrait pas la clôture qui séparait le jardin des Fortuna de celui de leurs voisins, mais la via Fontana qui descendait le long de la montagne, dans la vallée d'oliviers vert argent qui s'agitaient dans la brise.

Stella aimait tant sa mère. Son cœur se serrait à l'idée que ces soirées seraient les dernières qu'elles passeraient ainsi ensemble. Stella avait quarante-deux dollars dans sa chaussette secrète, et il restait encore six semaines avant qu'elle marche jusqu'à l'autel, comme le pensaient les Fortuna. Elle n'avait pas encore trouvé où elle irait, mais allait devoir se décider bientôt. Sinon, elle serait piégée à tout jamais.

— J'ai tellement peur, maman.

Ce soir-là, elles avaient fini tout le pichet. Le cœur de Stella tambourinait, gonflait douloureusement sous le poids de ce qu'elle voulait dire à sa mère.

— Je ne suis pas comme toi », parvint-elle à sortir. C'était ce qui se rapprochait le plus de ce qu'elle voulait exprimer. « Je ne peux pas être mère.

— Bien sûr que si, petite étoile, répondit Assunta, qui entoura le poignet de Stella de sa main rassurante. N'importe quelle femme peut être mère. C'est naturel. Il n'y a aucune raison d'avoir peur.

Stella repoussa l'image grotesque d'un enfant grandissant dans son ventre.

— Ce n'est pas naturel pour moi. Je n'aime pas les bébés comme les autres femmes. Je ne les aime même pas un peu.

— C'est différent quand c'est ton enfant, Stella. Tu verras. Tu l'aimeras plus que tout. Tout changera pour toi.

— Et si je n'étais pas comme les autres femmes, maman ?

Stella fut à bout de souffle avant la fin de sa question.

— Tu es comme les autres femmes, répondit Assunta. Toutes les femmes sont pareilles.

Quand Assunta alla se coucher, Stella resta allongée à regarder l'ampoule électrique éteinte, dont la fibre semblait émettre une lueur résiduelle dans la cuisine noir et gris. Même sa mère, la personne qu'elle aimait le plus au monde, ne comprenait pas que Stella était sincère lorsqu'elle disait ces choses-là. Même sa mère ne la prenait pas au sérieux.

Une personne prenait Stella au sérieux : son ennemi, son père. Il l'avait observée attentivement, attendant qu'elle commette une erreur. Peut-être avait-elle trop joué la carte de la docilité ; peut-être que cela avait éveillé ses soupçons.

Stella avait toujours un peu la gueule de bois lorsqu'elle rentra à la maison après le travail le lendemain. Son mal de crâne avait fermenté au cours des huit heures passées sur la ligne d'assemblage. L'atmosphère de la maison de Bedford Street était moite dans la chaleur de la fin août, et chargée de l'arôme de basilic et d'ail du *raù* d'Assunta. Dénouant le fichu qu'elle avait sur la tête, Stella suivit sa sœur dans la cuisine, où elles avaient l'habitude de se préparer un encas en attendant le dîner.

Mais Tony était à la maison ce jour-là, et il était attablé. À la façon qu'avait Assunta de se tenir près de la cuisinière en regardant fixement sa casserole, Stella sut que quelque chose clochait avant même qu'elle remarque ce que Tony avait devant lui : une pile de pièces, un éventail de billets froissés qui avaient été lissés, une chaussette rose toute molle en tricot.

— Papa…, commença Tina.

— Je te conseille de partir, Tina, fit Tony. Va voir ton mari.

Le visage écarlate baissé, Tina sortit à la hâte de la cuisine. Lorsqu'elle passa devant Stella, elle évita de croiser son regard. Rétrospectivement, Stella aurait dû saisir à ce moment-là. Mais son esprit était à la traîne.

— Tonnon.

Assunta pleurait – pourquoi Stella ne s'en était-elle pas aperçue tout de suite ?

— Silence, femme. » Tony n'avait pas l'air fâché, et sa voix ne trahissait pas non plus d'irritation. Il tapota la pile de pièces sur la table devant lui. « Rocco m'a remis tout cet argent. Il l'a trouvé dans le tiroir de sa chambre. Il craignait qu'il m'ait été volé, alors il me l'a donné. Tu sais d'où vient cet argent, Stella ?

Rocco. Le pervers, le voleur, le traître. Stella ressentit une vague de culpabilité, du sang coupable lui monta aux joues et tambourina dans ses oreilles. Elle repoussa sa mauvaise conscience avec sa colère.

— Il est à moi. C'est mon argent, répondit-elle.

— Comment ça, il est à toi ? » Les sourcils de Tony tressautaient. « Tu dis que c'est ton argent, mais tu veux dire que c'est le mien, n'est-ce pas ? Tu es ma fille, et tant que tu vivras sous mon toit l'argent que tu rapporteras sera à moi.

L'esprit en proie à une intense stupéfaction, Stella essayait de trouver un moyen de calmer son père. Assunta pleurait dans ses mains désormais. Son visage était entièrement caché.

« À quoi sert cet argent, Stella ? demanda Tony. Pourquoi as-tu volé de l'argent à ton père ? Ton père qui dépense jusqu'à son dernier sou pour t'offrir un beau mariage ? » Sa chaise grinça sur le lino lorsqu'il se leva. « Trente dollars rien que pour ces satanées fleurs, hein ?

Son argent étalé sur la table. De façon irrationnelle, Stella essaya de réfléchir à comment elle pourrait le récupérer. Plus tard, elle serait incapable de s'expliquer pourquoi elle n'avait pas tout simplement détalé – n'avait pas reconnu que la situation était désespérée et n'avait pas couru pour sauver sa peau. Sur le coup, cependant… eh bien, ce fut l'un de ces moments où une personne ne comprend pas les choses qui lui arrivent, ne les comprend qu'une fois que tout est terminé.

« Alors ?

Tony était debout devant elle à présent. Il serrait son épaule, son large pouce inflexible s'enfonçait dans la chair tendre et fragile de l'articulation de son bras. Il la souleva contre le papier peint à fleurs rouges. Stella laissa échapper un son involontaire, un jappement sourd. De sa main gauche, Tony attrapa des boucles de cheveux de Stella qui dépassaient et lui cogna la tête contre le mur, en plein dans l'autel qu'Assunta avait dressé à la première Stella. La vision de Stella s'embua puis revint. Elle vit que la photo dans le cadre en bois était tombée sur le sol, face contre terre.

« Alors, *fhijlia mia* ? Cet argent, il était pour quoi ? Pour rembourser ton gâteau de mariage ?

— C'était pour m'enfuir.

Les mots sortirent de sa bouche telle une malédiction. Elle ne saurait jamais pourquoi elle les avait prononcés. Peut-être était-elle si en colère qu'elle se serait tranché la tête pour contrarier son père. Peut-être qu'elle n'avait jamais été une très bonne menteuse, ou qu'elle savait au fond de son cœur que ses projets de fuite étaient à tout jamais révolus, et craquait par désespoir. Ou peut-être que le petit fantôme, face contre terre, l'avait poussée à le dire, profitait de cette dernière occasion de se venger.

« J'allais m'enfuir, et ne plus jamais revenir, ajouta Stella.

— Ferme-la ! hurla Tony à Assunta, qui criait désormais, un ululement perçant qui donna la chair de poule à Stella. Toi, dit-il en s'adressant à Stella, tu fais pleurer ta mère. Sa fille aînée dit qu'elle va s'enfuir et vivre comme une pute ?

L'empoignant par les cheveux, Tony traîna Stella hors de la cuisine. Penchée en avant, elle avançait péniblement, tel un chien à trois pattes. Il l'emmena dans le couloir et jusque dans sa chambre. Tout le corps de Stella brûlait de panique. Sa peau fourmillait tandis qu'elle trébuchait en essayant de suivre le rythme de Tony.

— Il te faut une bonne leçon, disait Tony. Tu es tellement têtue que tu refuses d'apprendre quelle est ta place dans le monde. Eh bien, ça ne peut pas durer. Je ne peux pas te donner à ton mari comme ça. » Il la balança sur le lit et ferma la porte derrière lui, une barrière en chêne qui le protégeait des articulations ensanglantées et des ongles de sa femme, qui griffaient la porte. « Enlève ta robe, ordonna Tony à Stella. Tes chaussures. Tous tes vêtements. Enlève-moi tout.

— Je… » Stella se leva, regarda son père, dont les cheveux ébouriffés formaient un halo noir dans la faible lumière de l'après-midi. Elle était en train de plonger dans son cauchemar – c'était exactement comme ça. Ses membres se retrouvèrent paralysés. Elle déglutit : « Pourquoi ?

— J'ai dit, enlève tous tes vêtements. Soit tu m'obéis et tu les enlèves gentiment, soit je les découpe sur toi avec mon couteau.

Tandis que sa conscience s'était retranchée sur le rebord de la fenêtre, tout là-haut dans son esprit, Stella, dont les doigts vibraient, se détourna de son père et fit face au mur, se déchaussa, se contorsionna pour descendre elle-même sa fermeture Éclair. Elle frissonnait tellement que son corps ondulait. Elle plia sa robe et la laissa tomber sur ses souliers.

— Tous tes vêtements. Tout.

Stella dégrafa son soutien-gorge et le regarda tomber sur le sol, sous son opulente poitrine libérée. Ses coudes étaient agités de soubresauts. Elle tremblait comme si elle était en train de mourir de froid. Ses bras étaient hérissés d'une chair de poule qui déformait ses cicatrices. Elle passa les pouces dans son corset et, s'étranglant avec sa salive, le fit glisser sur ses hanches. Derrière elle, le claquement métallique de la boucle de ceinture de son père, le *zzzziiiif* de la bande de cuir contre les passants.

Mais il ne la viola pas, contrairement au père de son cauchemar. En effet, quelles que soient les formes que prenaient les perversions de Tony Fortuna, il n'était pas homme à jeter aux orties le seul atout de sa fille : sa virginité. Certes, il avait regardé ses seins et pincé sa chair, certes, ses désirs insatiables avaient donné des cauchemars à Stella, mais Tony savait où était sa limite. La virginité d'une femme appartenait à son mari, c'était une règle sacrée. Il tenait cette règle de sa propre mère, dont le père n'avait pas su protéger la vertu.

Non, il ne la viola pas, il se contenta de la battre. Il lui demanda de monter sur le lit, et lorsqu'elle résista et hurla il écrasa son poing sur sa joue, comme s'il posait violemment son verre sur la table. Plus tard, la molaire et l'incisive qu'il avait déchaussées avec ce coup tomberaient, créant les troisième et quatrième trous dans les gencives de Stella. Après cet impact, qui fit résonner sa tête, elle ne résista plus. Elle resta sur le lit à endurer la correction, la ceinture de cuir et la boucle en métal contre ses fesses, ses cuisses et son dos nus.

— Tu es pire qu'un âne, lui dit Tony.

Stella ne le voyait pas, mais sa respiration était lourde, hachée.

— Je dois te casser comme un âne si je veux t'apprendre à obéir à ton maître.

Les yeux rivés sur le mur tandis qu'elle encaissait la douleur, se livrant au supplice afin que, peut-être, il s'achève plus vite, Stella pensa au *ciucciu* qu'ils avaient laissé à Ievoli. Elle se demanda si Tony lui aurait vraiment infligé le même genre de correction.

Ce fut à ce moment-là que Stella Fortuna baissa les armes. Elle cessa de résister. Elle cessa tout.

Stella rata deux jours de travail parce qu'elle ne pouvait ni marcher normalement ni s'asseoir. La chair de ses cuisses et de son dos était en lambeaux, et saigna pendant des jours avant que des croûtes se forment enfin. Elle resta allongée sur le ventre sur le canapé de sa mère recouvert d'une couverture, et fut autorisée à y dormir à cause de l'urgence médicale. Quand quelqu'un passait dans le salon, Stella gardait les yeux fermés et le visage tourné vers le tissu du canapé.

Lorsque Carmelo vint dîner, Tony le reçut dans la cuisine. Stella resta allongée à regarder les coutures des coussins, à écouter le rire tonitruant du jeune homme, se laissant envahir par l'obscurité morne en elle. Le garçon lui apporta un bouquet de tournesols, qu'Assunta disposa sur la table basse afin que Stella puisse le voir, mais les Fortuna ne laissèrent pas Carmelo entrer dans le salon. Que lui avait raconté sa famille ? Qu'elle ne se sentait pas bien ? Ou bien lui avaient-ils dit la vérité ? Bientôt, son corps brisé appartiendrait à Carmelo. Cette pensée la laissait complètement vide.

Sa mère lui apporta une assiette de *pastina* et lui caressa les cheveux.

— Ton œil sera complètement guéri d'ici au mariage, *piccirijl'*, dit Assunta.

Stella ne répondit pas. Elle n'avait rien à dire à sa mère.

Et encore moins à sa sœur. Tina entra dans la pièce et s'assit sur la chaise à côté du canapé.

— Je suis vraiment désolée, Stella. Je ne savais pas que Rocco parlerait de l'argent à papa. Je n'ai pas pu lui mentir quand il m'a posé la question. Il est mon mari. Il fallait que je lui dise la vérité.

Stella entendit la voix de sa mère dans sa tête. *Cettina est petite, c'est tout. Elle n'est pas aussi maligne que toi. Concettina* muscarella*, ma petite bestiole.*

— Je n'ai pas pu lui mentir quand il m'a posé la question, répéta Tina.

Comme Stella ne répondait pas, Tina abandonna et laissa

Stella souffrir toute seule. Ces derniers temps, Tina abandonnait terriblement vite.

Dans un coin secret de son cœur endolori, Tina avait-elle souhaité cela pour sa sœur ? Tina, qui avait un mari autoritaire et un utérus peu réceptif, avait-elle désiré que l'on contrarie sa jolie sœur intelligente et charismatique ?

Cette pensée tourmenta Stella tandis qu'elle était à plat ventre sur le canapé. Mais comme elle ne pouvait vivre avec cette idée, elle la supprima – avec un tel succès qu'elle ne referait surface que quarante années plus tard.

Tina étant déjà mariée, le témoin de Stella fut Carolina Nicotera. Je ne peux vous dire qui étaient les demoiselles d'honneur, car toutes les photos de mariage des Maglieri ont été détruites, et ces détails se sont perdus. Si les photos avaient survécu, cependant, Stella n'aurait souri sur aucune d'elles. Stella ne sourit plus jamais sur aucune photo jusqu'à la fin de sa longue vie, car désormais elle avait quatre dents manquantes à cacher.

La robe de Stella était en soie blanche – une robe plus coûteuse que celle en lin raide de sa cadette. Tony lui acheta un voile en dentelle qui descendait jusqu'au sol, comme celui de Tina. Quel gâchis de ne pas pouvoir porter celui de sa sœur. Dépenser vingt-cinq dollars pour ça – c'était la moitié de ce qui lui aurait permis de s'enfuir.

Stella ne se souvenait pas qu'on l'ait coiffée, ne se rappelait ni les photos ni même les vœux. Elle était anesthésiée, pratiquement aveugle, envahie d'une peur si puissante que celle-ci l'enveloppait comme une couverture formant une couche protectrice entre son esprit et le monde. Les invités la trouvèrent calme, béate avec son demi-sourire aux lèvres closes.

Elle se souvenait seulement de leur premier baiser.

Carmelo prit son visage dans sa main gantée de blanc et se pencha doucement vers elle, l'embrassant délicatement sur ses lèvres fermées. Stella fut choquée par la sensation de ce baiser – par sa douceur et son électricité. Elle n'avait jamais senti les lèvres d'un homme sur les siennes auparavant, et l'impact fut surprenant. Son corps se rétracta en un frémissement de peur, et elle s'agrippa à la main de Carmelo pour se ressaisir. Il lui souriait ; il était si heureux.

La réception eut lieu au State Armory, dans le tout récent cercle des officiers que l'on pouvait louer pour des occasions spéciales. Stella prit place dans le fauteuil doré réservé à la jeune mariée sur l'estrade de la table principale. Elle resta assise à observer les gens qui dansaient, et Carmelo resta assis à côté d'elle par solidarité. En voyant ces gens heureux danser, cette fête qui lui était apparemment réservée, Stella n'éprouva que de la distance. Elle ne contrôlait rien ici. Ce sentiment lui rappela l'un de ses souvenirs les plus anciens, ses doigts d'enfant refermés autour d'un morceau de pain tandis que les cochons l'encerclaient. Elle était sur le point d'être piétinée, et elle ne pouvait rien faire, parce que quelqu'un d'autre avait saisi sa main.

La salle était louée jusqu'à minuit, mais Stella quitta la fête à 21 h 45. Dans la pièce réservée à la famille et aux amis de la mariée, elle se changea et enfila son costume de voyage bleu, qui consistait en une veste à gros boutons, en une jupe ajustée et en une toque assortie, qu'Assunta lui avait acheté chez Sage-Allen. Ils allaient passer leur lune de miel à Montréal, où le mois d'octobre pouvait être froid. Son manteau d'hiver était plié sur sa valise, qui l'attendait.

Sa mère et sa sœur, qui l'aidèrent à ôter sa robe de mariée, s'extasièrent devant le costume, lissant la belle étoffe bleue sur ses épaules et sur sa poitrine de leurs mains robustes et affectueuses. Stella était contente qu'il n'y ait pas de miroir dans la chambre, parce qu'elle n'avait pas envie de se regarder dans les yeux. Elle s'appelait désormais Stella Maglieri, et le corps parfait dans le tailleur bleu était un paquet destiné à être déballé, consommé, cassé et démantelé par un homme.

Assunta prit le bras de Stella ; Tina se chargea de la valise et du manteau. Elles accompagnèrent Stella jusqu'au couloir. Il paraissait si sombre, la musique jouée par le groupe si lointaine. Dehors, Carmelo et Tony attendaient à côté de la Buick à l'arrêt de Rocco. Assunta et Tina, toutes deux en pleurs, embrassèrent Stella pour lui dire au revoir. Carmelo ouvrit la portière arrière de la berline pour Stella, puis fit le tour de la voiture pour monter de l'autre côté. Lui aussi était nerveux. Il gardait les mains soigneusement posées sur les genoux, si bien que tout le siège du milieu les séparait. Rocco était au volant, Tony sur le siège passager. Il était là pour s'assurer que sa fille montait bien à bord de ce train – il aurait recours à la force si nécessaire.

Stella n'avait rien bu de toute la réception, de peur que l'alcool la rende encore plus vulnérable. Même enveloppée dans sa couverture anesthésiante de distance, elle ne parvenait à penser à rien d'autre qu'à la menace du rapport sexuel. Son corps entier était tendu d'angoisse, complètement recroquevillé comme un escargot disparaissant dans sa coquille.

La première nuit des jeunes époux Maglieri se passerait dans une succession de trains. Le premier, des chemins de fer Boston & Maine, partirait d'Union Station à 23 h 15. À Boston, ils emprunteraient un autre train qui traverserait la Nouvelle-Angleterre et les emmènerait au Canada. Carmelo avait rangé leurs billets dans une pochette de voyage en cuir, avec une feuille contenant des instructions qu'il avait écrites en guise de pense-bête.

Épuisée, l'œil hagard, Stella garda les yeux rivés sur la vitre sombre jusqu'à leur arrivée à South Station, à Boston. La gare était presque aussi grande que celle de Naples mais, en comparaison, était déserte à cette heure tardive.

Pendant quelques instants vaseux, Stella imagina qu'elle allait prendre un autre train qui la conduirait non pas à sa défloration au Canada mais chez elle, à Ievoli. Sauf que les seuls trains à quai étaient celui dont elle descendait et celui dans lequel elle allait monter ; elle avait le choix entre continuer avec son mari ou rentrer à la maison retrouver son père – non pas qu'elle eût réellement le choix, ni même un sou à son nom. Elle n'avait rien du tout hormis son costume de voyage, deux nouveaux trous dans la bouche et une main froide et invisible autour de la sienne.

Ils arrivèrent à Montréal à 14 heures le dimanche, en piteux état. Carmela, la sœur jumelle de Carmelo, et Paolo, son mari, les attendaient à la gare. La nouvelle belle-sœur de Stella était grande, dans les un mètre soixante-dix, et était affûtée mais robuste. La ressemblance familiale était particulièrement marquée autour du nez et des yeux.

Carmela leur offrit un panier garni qu'elle avait préparé pour eux : des sandwichs au jambon, des pommes, un pichet de vin maison. Paolo les conduisit en voiture jusqu'à leur hôtel, un immeuble majestueux qui rappela à Stella les manoirs de Prospect Avenue dans West Hartford, parfaitement entretenus et embaumant la richesse. Le verre taillé de la porte d'entrée scintilla dans le soleil déclinant d'octobre quand un chasseur en livrée blanche leur ouvrit.

Hormis ces nuits affreuses à Naples, Stella n'avait jamais dormi à l'hôtel. Dans son imagination, un « hôtel » était un endroit sombre et insidieux où les hommes emmenaient les femmes pour faire leur petite affaire, où le père ou les frères d'une fille ne pouvaient entrer – où tout le monde savait ce qui vous amenait, un endroit rempli d'inconnus complices au sourire en coin. Mais cet hôtel-ci était tout en comptoirs de marbre et parquets cirés, et affichait un luxe rutilant – Stella n'avait jamais rien vu ni touché d'aussi beau.

Carmela eut recours à son français pour aider les Maglieri à récupérer leur chambre. Le séjour à l'hôtel, d'une durée de cinq nuits, était le cadeau de Carmela et de Paolo aux jeunes mariés, et une façon de s'excuser de ne pas avoir assisté au mariage.

— Pourquoi ne prenez-vous pas le temps de vous détendre et de vous rafraîchir ? suggéra Carmela. Nous reviendrons à 17 heures pour vous emmener dîner.

On donna à Carmelo la clé de la chambre 6, qui se trouvait au premier étage. Tandis que Stella suivait son mari dans l'escalier, elle sentit la nausée enfler dans son estomac. Sa situation n'était pas différente de celle de n'importe quelle femme se rendant dans n'importe quel hôtel – ni plus subtile ni plus mystérieuse que celle de n'importe quelle putain. En ce moment même, tous les gens qu'elle connaissait – tous les hommes qu'elle avait rejetés, toutes les femmes qui l'avaient traitée de snob – l'imaginaient entrer dans cet hôtel pour qu'on lui fasse la chose. Elle les imagina imaginant son indignité, imagina que, au moment où Carmelo mettrait son bout sale en elle, elle n'aurait d'autre choix que de penser à l'amusement collectif des *paesan.*

Le temps d'arriver devant la chambre numéro 6, ses inspirations étaient brèves et sa respiration bruyante. Carmelo se tourna vers elle. Il n'était pas impossible, pensa Stella, qu'il ait été happé par sa propre rêverie sexuelle à l'idée de consommer cette union après quatre années passées à la courtiser. Il y avait de l'inquiétude sur son visage encore souriant.

— Ça va ?

Stella repoussa compulsivement le bras qu'il avançait vers elle.

— Juste des problèmes de femme.

Cela pouvait tout vouloir dire pour lui – cette excuse venait juste de lui traverser l'esprit, mais pourrait lui permettre de gagner du temps.

La chambre aurait paru gigantesque si elle avait comporté un autre point de mire que le lit, recouvert d'une couette dodue et de coussins rouges et dorés. Leur tissu brillait légèrement. Des inconnus avaient bavé sur ces oreillers brillants, se rendit compte Stella. Comment le personnel de l'hôtel pouvait-il nettoyer ce genre de matière scintillante ? Carmela leur avait envoyé un bouquet de roses blanches ; elles les attendaient sur la commode noire lustrée, accompagnées d'une carte rigide et grise sur laquelle on lisait : *Félicitations, Stella & Carmelo Maglieri.* Stella pensa à l'argent que les Martino avaient dépensé pour lui offrir cet endroit merveilleux. Quel dommage qu'elle ne puisse en profiter.

— Tu veux t'allonger et te reposer ? » Carmelo fit un geste en direction de la pile de soie rouge et or. « Le voyage a été long.

Oui.

— Non », répondit-elle.

Sa colonne vertébrale craquait à cause du voyage en train. Elle était incapable de regarder Carmelo, alors elle ôta ses gants.

« Je... je crois qu'il vaut mieux que j'aille aux toilettes.

— Oui, oui.

Carmelo fit une grande révérence et lui céda le passage. En refermant la porte entre eux, Stella posa une dernière fois les yeux sur son mari. Debout devant la fenêtre, il contemplait la rue. Un carré de soleil illuminait ses cheveux noirs huilés. Il souriait toujours.

Stella ouvrit le robinet pour se créer une intimité auditive, et s'étudia dans le miroir. Elle essaya de penser à sa situation. Elle voulait se sentir angoissée, fâchée ou maligne, au lieu de quoi elle se sentait juste fatiguée.

Au bout de quelques minutes, elle ne put laisser l'eau couler plus longtemps – elle éprouvait de la culpabilité en pensant à la facture de l'hôtel. Elle rangea ses gants dans son sac à main, s'assit sur l'abattant des toilettes baissé et regarda fixement les traces de saleté que ses talons avaient imprimées sur le carrelage blanc. Elle transpirait à cause de l'ascension des marches, mais lorsqu'elle envisagea de déboutonner sa veste, elle élimina cette idée. Le lit de l'autre côté de cette porte la dissuadait d'ôter le moindre de ses vêtements.

D'accord. D'accord. Et maintenant, que vas-tu faire ?

Elle était en lune de miel. Elle avait évité une relation sexuelle de nuit de noces grâce au voyage en train, mais chaque heure était comptée. Cela allait se produire, il ne semblait pas raisonnablement possible qu'elle puisse encore l'éviter. Elle endurerait la violation de ses parties les plus intimes, le travail et l'accouchement la rabaisseraient à l'état de bête, sa chair serait déchirée, étirée – elle mourrait peut-être. Une pensée qui n'aidait pas vraiment germa dans son esprit, comme du trèfle sur un muret de pierre : elle avait mal jugé Joey, elle comprenait enfin pourquoi il s'était tiré dessus plutôt que d'offrir son corps à une situation qu'il ne contrôlait pas.

Allait-elle juste laisser les choses se produire ? Laisser sa vie entière se résumer aux choix que d'autres faisaient à sa place ? Mais elle n'avait jamais fait de choix pour elle-même – cela avait été son erreur. Elle n'avait jamais su ce qu'elle voulait de la vie, seulement ce qu'elle ne voulait pas. Les gens ne peuvent pas comprendre les convictions négatives. Un homme qui veut mourir pour quelque chose est un héros, alors qu'un homme qui, avec passion, ne veut pas mourir pour quelque chose est un lâche. Peut-être était-ce pour cette raison qu'on ne l'avait pas écoutée, qu'on avait pensé qu'elle se contentait de se laisser désirer.

Elle se voûta sur les toilettes, vêtue de son costume bleu de voyage froissé. Une lourdeur s'était installée au fond de sa poitrine, un poids qui lui pesait du fond de son cœur. Elle se demanda si c'était du désespoir. Qu'allait-elle faire ? Elle avait passé la plus grande partie de leur période de cour assise sur des toilettes à se cacher de Carmelo. Elle doutait de pouvoir traverser tout un mariage avec cette stratégie.

Tout l'après-midi, Stella et Carmelo se promenèrent dans les rues pavées près de l'hôtel. Ils entrèrent dans des magasins et s'arrêtèrent pour déguster des pâtisseries. Stella laissa Carmelo mener la conversation, et accepta son bras lorsqu'il le lui offrit. Ce n'était pas désagréable de flâner dans les rues d'une belle ville au bras d'un bel homme. Mais même lorsqu'elle profitait de la promenade, Stella était affligée d'une nausée grandissante de peur. C'étaient ces pensées complaisantes qui étaient dangereuses. Si Stella s'autorisait à apprécier un bout de son mariage, elle pourrait succomber à toute l'entreprise.

Carmela et Paolo les emmenèrent dîner dans un restaurant que Tina aurait jugé « chic ». Les tables étaient recouvertes de nappes roses et parsemées de petites bougies dans des gobelets en verre. Pendant un long moment, Carmela prit la main de Stella dans la sienne, qui était froide – Stella portait ses gants, mais le froid les traversait.

— Mon frère nous avait prévenus que tu étais très belle, dit Carmela.

Carmelo toucha le coude de Stella, là où sa manche faisait un pli.

— Et maintenant, tu peux le voir de tes propres yeux, lança-t-il à sa sœur.

Paolo appela le serveur et passa la commande en français. Ils partagèrent plusieurs plats afin que Stella et Carmelo puissent tout goûter : des moules au vin blanc, des os géants de vache coupés en deux et servis luisants dans leur propre moelle, de longues pommes frites moelleuses. Stella n'avait jamais dégusté une nourriture aussi raffinée. Elle ne remarqua qu'une fois qu'elle eut rongé toute la chair d'un os de canard que Carmela avait laissé le sien sur une assiette, et détachait la viande à l'aide de son couteau et de sa fourchette.

Carmela et Paolo lui parurent gentils et attentionnés.

Paolo avait un travail sur les docks, et Carmela était femme de ménage à l'université. Paolo avait une voix douce. Il ne parla pas beaucoup pendant le repas. Carmela, qui ressemblait énormément à son frère, écouta attentivement les réponses de Stella à ses questions sur sa famille, sur Ievoli, sur les cadeaux qu'elle avait reçus pour son mariage. Elle lui demanda s'il lui manquait quelque chose pour la cuisine, ce à quoi la jeune mariée répondit en souriant :

— Oh, je ne cuisine pas, alors tu ferais mieux de demander à ton frère ce dont il a besoin !

Sa réponse choqua Carmela, qui se tut. Carmelo dissipa le malaise en riant d'un air faussement contrit, et l'expression de sa sœur se raviva en un grand sourire.

— Tu as de la chance qu'il ait passé des années à nourrir tous ces hommes des chemins de fer. Ils ont fait de lui un cordon-bleu. Il cuisine au moins deux fois mieux que moi, dit Carmela.

Pour le dessert, Carmela commanda un petit gâteau moelleux au chocolat, qui était chaud à l'intérieur. Le gâteau, une surprise pour Stella, arriva au moment où Paolo insistait pour payer l'addition du dîner. Carmelo déploya des billets canadiens colorés sur la nappe et menaça en plaisantant de ne plus jamais revenir leur rendre visite si son beau-frère payait pour tout. En attendant, le gâteau resta sagement sur sa garniture d'écorces d'orange, exhalant un arôme pâtissier. Stella avait tellement mangé qu'elle commençait à sentir de l'agitation dans ses intestins. Mais Carmela insista pour qu'elle goûte.

— Une seule bouchée. Juste une *forchetta.*

— Pas une *forchetta*, intervint Carmelo. C'est de l'italien. Nous devons apprendre le calabrais, maintenant, Carmela. » Il adressa un clin d'œil à Stella. « Tu dois dire "*Na bròcc*".

La lumière des bougies sur la table ondula dans les petites rides de son sourire, et Stella ne put s'empêcher de penser qu'à vingt-six ans cet homme avait quasiment souri pour toute sa vie. Voilà un aspect que quelqu'un d'autre aurait adoré chez lui, mais qui, elle, l'attristait. Elle ne l'aimait pas, et ne l'aimerait jamais. Une autre femme aurait voulu à tout prix le rendre heureux. Mais il n'avait pas pu s'empêcher d'être têtu comme une mule. L'épais chocolat qui enroba sa gorge lui donna envie de tousser. Comme Carmelo était stupide – les forcer à cette union qui les rendrait malheureux tous les deux.

La bonne nouvelle avec ce gâteau roboratif au chocolat fut qu'il pesa tant dans l'estomac de Stella que, quand elle et Carmelo regagnèrent leur chambre d'hôtel, Stella fut en mesure de se faire vomir. Elle laissa la porte de la salle de bains ouverte, afin que Carmelo voie que son indisposition n'était pas feinte. Quel dommage de tirer la chasse sur ce canard et ces belles pommes de terre. Mais elle avait sauvé sa virginité une nuit de plus. Elle dormit encore une fois dans son costume bleu, sans même prendre la peine d'enlever ses collants ni sa veste.

Montréal était une ville charmante en cette première semaine d'octobre, quand les feuilles étaient à l'apogée de leur transition automnale. Une bise glaciale traversait les façades en pierre, si bien que Stella n'avait jamais trop chaud dans son nouveau manteau épais. Au fil des heures, l'anxiété de Stella s'accumulait, lentement mais inexorablement, comme du sable au fond d'un sablier. Le temps finirait par lui manquer.

Ils allèrent à la messe à la basilique Notre-Dame – une cathédrale, un mot dont Stella finit par comprendre le sens. L'édifice était plus grand que le paquebot qui l'avait emmenée en Amérique. Sa voûte lointaine était soutenue par des piliers puissants en pierre incurvée. Stella aurait volontiers assisté à un second office afin de pouvoir continuer à contempler les vitraux étincelants.

Après la messe, alors qu'ils déjeunaient dans la rue Notre-

Dame, Carmelo parla à Stella des grandes cathédrales d'Italie, qui avaient inspiré l'architecture de toutes les églises.

— Cette cathédrale est belle, lui dit-il, mais, Stella, les nôtres le sont dix fois plus encore.

Elle avait du mal à imaginer que même le Vatican puisse être plus opulent.

— Tu les as vues ?

— Seulement la cathédrale de Gênes. À quatorze ans, l'après-midi avant de monter sur le bateau pour venir ici. » Il plissait les yeux dans le soleil. « Elle est très ancienne, Stella, elle a huit cents ans. Ils n'en ont pas des comme ça, en Amérique, précisa-t-il avant de marquer une pause. J'espère qu'elle existe toujours. Après les bombardements.

Un homme sentimental. Stella baissa les yeux et considéra les miettes de son sandwich.

— Mais Rome ! dit-il au bout d'un moment, d'une voix de nouveau claire. Le Vatican, Saint-Pierre… Ce sont les bâtiments les plus éblouissants au monde, *certo.* Nous irons là-bas un jour. Nous traverserons ensemble la basilique Saint-Pierre.

Carmelo se trompait. Cela n'arriverait jamais.

Lors de cette seconde soirée de lune de miel, Stella et Carmelo allèrent voir un film avec Carmela et Paolo dans un cinéma aux allures de palais. Il n'y avait qu'un seul film en anglais, une histoire d'amour entre deux pianistes. Stella ne comprenait pas ce que disaient les acteurs, qui parlaient vite, mais la musique était magnifique.

Alors qu'ils marchaient vers leur hôtel, Carmelo prit la main de Stella dans la sienne, et l'angoisse qu'elle avait mise de côté pendant toute cette belle journée revint au galop. Elle avait baissé la garde, elle avait été gentille avec lui – comment lui dirait-elle non désormais ? Stella faisait presque de l'hyperventilation pendant que Carmelo se débattait avec la clé de l'hôtel.

Toujours vêtue de son manteau d'hiver, elle se précipita vers le tiroir dans lequel elle avait rangé ses affaires, les ramassa toutes contre elle et s'enferma dans la salle de bains, comme à son habitude. En aspirant de l'air par la bouche pour se calmer, elle se prépara une tenue pour dormir : la chemise de nuit à manches longues de sa lune de miel sur un sous-vêtement lui arrivant aux chevilles. Elle possédait ce dernier parce que Za Filomena lui avait donné une astuce de femme mariée quelques semaines avant la cérémonie : quand Filomena voulait signaler à Zu Aldo que ce n'était pas un bon jour pour elle, elle portait ce long sous-vêtement au lit. Son mari savait ainsi qu'il n'aurait pas accès à ce qui se trouvait en dessous. « Ce n'est plus un problème maintenant que nous sommes vieux et que mon changement a eu lieu, lui avait confié Za Filomena, mais lorsque j'étais plus jeune, je le mettais parfois même quand je ne saignais pas, simplement lorsque je ne voulais pas qu'on m'embête ce jour-là. » Stella avait bien pris soin d'inclure trois sous-vêtements longs dans son trousseau final.

Stella ne disposait pas de grand-chose d'autre pour se constituer une armure, même si elle eut l'idée de tirer un corset sur sa culotte longue, ce qui lui donna l'impression que son bassin était protégé. Il serait difficile de traverser ces différentes couches – impossible sans sa coopération, pensa-t-elle. Bon. Elle ne pouvait faire mieux.

— Je suis très, très fatiguée », annonça Stella en sortant de la salle de bains. Elle était alarmée de voir que Carmelo ne portait que son pantalon, et un marcel blanc. La forme de son torse, qui lui était désormais révélée, lui rappela la poitrine de son père. Il avait de grands bras dotés de muscles lisses, les bras d'un homme fort qui deviendrait trapu, et non filiforme, avec l'âge. La bouche de Stella était sèche, et son corset palpitait. « Je… je suis très fatiguée », répéta-t-elle. Sa voix paraissait faible. Elle se détestait. « Je vais dormir.

— Stella…, commença Carmelo.

— Bonne nuit, dit-elle avant d'éteindre la lumière.

Craintivement, Stella replia les couvertures sur elle dans l'obscurité et se pelotonna à l'intérieur. Par mesure de précaution, elle sortit l'oreiller de sous sa tête et le plaça entre eux deux, au milieu du lit.

Aucun son ne lui parvenait de là où se trouvait Carmelo, et Stella craignit d'abord de ne pas avoir réussi à le localiser dans le noir à cause de son cœur qui battait la chamade et éclaboussait ses tympans telles des vagues incessantes contre la coque d'un bateau. Mais au bout d'un long moment il laissa échapper un soupir bruyant, et elle l'entendit défaire sa boucle de ceinture et ôter son pantalon. Elle fut paralysée par la panique, et attendit de voir s'il allait la respecter ou s'il allait essayer de la toucher malgré tout, jusqu'à ce qu'enfin, enfin, après une période terrifiante, elle l'entende ronfler.

Elle resta allongée dans le noir, la tête posée à plat sur le matelas. Elle sentait ses chevilles palpiter après une journée passée à arpenter les rues pavées en talons, et son cœur battre à tout rompre. Il lui fallut un temps incalculable, des heures, avant de pouvoir s'endormir.

Le mardi, elle dut intensifier ses efforts. La veille, elle avait vraiment frôlé le pire. Aujourd'hui, il faudrait qu'elle soit mauvaise, qu'elle cherche la dispute, qu'elle se mette en quatre pour le repousser.

Stella avait été tellement angoissée même pendant son sommeil qu'elle s'était réveillée avec la première lumière du jour et s'était habillée de manière défensive. Dans ce silence méditatif du matin, une idée lui était venue : si la lune de miel se passait suffisamment mal, Carmelo la rendrait peut-être à sa famille lorsqu'ils rentreraient à Hartford. Si le mariage n'était pas consommé, il pourrait être annulé. Il y avait un lambeau d'espoir – il suffisait qu'elle pousse Carmelo à la détester.

Pour ce troisième jour de lune de miel, Carmelo avait préparé une surprise pour Stella : il avait réservé une calèche pour faire le tour de la ville. Tandis qu'ils se baladaient en silence, chacun regardant de son côté les rues et les parcs pittoresques, Stella imagina le monologue intérieur déçu de Carmelo, qui avait dépensé une semaine de salaire pour cette expérience stupide que sa jeune épouse refusait d'apprécier. Elle savourait sa propre mauvaise humeur, nourrissait ses griefs et sa rancœur en espérant que Carmelo se prendrait sa malveillance comme un vent empoisonné.

La journée passa lentement, et même Carmelo fut découragé par la morosité de Stella. Mais le pire pour tout le monde restait à venir, pendant le dîner avec les Martino. Le bavardage chaleureux et attentionné de Carmela donna le tournis à Stella. Il fallait qu'elle coupe court à toute amitié naissante que Carmela percevait entre elles.

Stella refusa de parler de tout le repas, ignorant les questions et évitant le contact visuel. Ses comportements les plus hostiles furent cependant contrecarrés par Carmelo, qui la couvrit sans complexe. Il rit, raconta de mauvaises blagues, et s'excusa profusément auprès de Carmela et Paolo d'avoir soumis cette pauvre Stella à une journée aussi fatigante. Les dommages n'étaient pas assez importants – il fallait que Stella fomente son agression.

L'occasion se présenta juste après l'arrivée du plat de résistance. Carmela disait à son frère :

— Ce n'est pas facile pour nous de dégager du temps, mais nous viendrons vous visiter quand vous aurez un bébé. J'espère que ce sera bientôt.

Le moment était venu pour Stella. Elle avait là matière à se montrer mauvaise.

— Je ne vois vraiment pas pourquoi vous vous intéressez tant à notre futur enfant, s'étonna-t-elle d'une voix des plus distinctes qui surprit tout le monde, alors que vous ne vous êtes même pas donné la peine d'en avoir un à vous.

Le blanc qui suivit fut si long que même Stella, qui en

était à l'origine, s'en trouva désorientée. Paolo baissa les yeux vers son assiette.

— Nous essayons depuis que nous sommes mariés », expliqua Carmela. La chaleur à laquelle elle les avait habitués avait disparu de sa voix. « Je… je n'ai pas eu de chance jusqu'à présent. Mais Dieu sait ce qui est mieux pour nous.

— Pas de chance ? » Stella poussa sa fourchette. Mauvaise, elle allait être mauvaise. Son ventre se crispa par anticipation, comme pour la mettre en garde. Elle ouvrit la bouche et força les mots à sortir : « C'est vrai, Dieu sait ce qui est mieux pour nous. Peut-être que Dieu ne trouve pas que tu mérites d'être mère.

— Stella », intervint Carmelo. Il était choqué. Ses yeux étaient écarquillés. « Comment peux-tu dire une chose pareille ?

Elle savait qu'il pensait à Tina, dont Stella bannit le visage de son esprit.

— Je trouve simplement que ce n'est pas poli ! » s'écria Stella, assez fort pour faire taire les tables alentour. Elle fixa Carmela, s'obligeant à plisser les yeux afin de ne pouvoir cligner des paupières ou détourner le regard accidentellement : « Nous attaquer avec des questions sur nos enfants… Certaines personnes doivent apprendre à se mêler de leurs propres *cazzi.*

Stella était bien contente que la lumière soit tamisée, parce qu'elle était incapable d'utiliser ce terme vulgaire sans sentir son visage s'embraser – elle ne l'avait jamais dit tout haut jusqu'ici, avait juste entendu son père et Joey l'employer. Mais cela produisit l'effet escompté.

Carmela s'était tournée vers Paolo avec le visage las d'une vieille femme.

— Cela te dérange si nous partons ?

Elle n'attendit pas sa réponse, et laissa tomber sa serviette en tissu sur son assiette en se levant. Paolo l'imita, et sortit son portefeuille tandis que Carmela se dirigeait vers le vestiaire.

Carmelo protesta :

— Paolo, non, je t'en prie, laisse.

— Non, non, dit Paolo, d'une voix aussi douce et neutre que d'habitude. Je vous en prie, permettez-moi de payer. Carmela ne pense pas à mal.

Carmelo essaya de repousser la générosité de Paolo, mais celui-ci laissa des billets sur la table et suivit sa femme dehors. Carmelo se leva, comme abasourdi. Le cœur de Stella tambourinait, ses oreilles palpitaient. Si elle les touchait, elles seraient chaudes, elle le savait. Certains clients du restaurant les regardaient ouvertement. Stella se consola en se disant que la plupart de ces gens qui parlaient le français n'imaginaient absolument pas à quel point elle s'était montrée odieuse. Elle mangea un petit morceau de son porc, s'efforçant d'en apprécier la saveur.

Lorsque Carmelo se rassit, il resta muet pendant plusieurs minutes. Stella persévéra avec son porc, mais elle dut couper de minuscules morceaux et les mâcher plusieurs fois. Son estomac était sensible, pratiquement endolori, à cause de ce qu'elle venait de faire.

— Allons-y, Stella, finit par dire Carmelo.

— Non », répondit-elle, d'une voix qu'elle modula pour qu'elle soit effrontée et irrespectueuse. Elle était incapable de le regarder. « Pourquoi gâcher toute cette nourriture si chère ? Cela ne rime à rien.

Ils gardèrent le silence pendant que Stella mangeait consciencieusement son dîner, prenant de petites gorgées de vin dans l'espoir que cela dissiperait la sensation aigre dans son estomac. Le serveur vint à leur table pour leur demander si la nourriture n'était pas à leur goût, et Carmelo échangea avec lui quelques mots maladroits, avant de mimer le paiement de l'addition. L'affreux spectacle de Carmelo se livrant à une pantomime exagérée à un moment où il était malheureux provoqua en Stella un sursaut de dégoût.

Quand le serveur leur rendit la monnaie, Carmelo descendit son verre de vin, puis fit le même sort à celui de Paolo. Alors que Stella terminait son rôti de porc, il sortit soudain :

— Elle disait ça pour être gentille, je le sais parce qu'elle est ma sœur. Il n'empêche qu'elle a peut-être dépassé les bornes en évoquant les enfants. Mais tu sais que c'est une chose que font les gens, même s'ils ne devraient pas, mitrailla-t-il.

Il se parlait à lui-même, pensa Stella, pas à elle.

— Elle voulait juste montrer qu'elle s'intéressait à sa famille. C'est tout. Tâche de ne plus y penser.

Là, il s'adressait à elle ; il lui touchait de nouveau le coude.

Stella leva la tête. Elle vit son doux sourire et ses yeux tristes à la lueur des bougies.

— J'espère que tu ne te tracasses pas pour ça, Stella. Je sais qu'elle s'en voudra beaucoup de t'avoir contrariée. Elle veut juste être ton amie, et elle a commis une erreur.

Stella avait envie de vomir. Comment pouvait-il prendre parti pour elle ? Pourquoi ne s'empressait-il pas de prendre la défense de sa sœur, ne criait-il pas des invectives à son épouse vulgaire et méchante ? À cet instant, Stella eut la certitude d'avoir rendu le monde plus laid sans en tirer le moindre profit.

— On peut rentrer maintenant, dit-elle d'une voix d'enfant.

Quand ils retournèrent dans leur chambre d'hôtel, Stella vibrait de remords et de peur. Elle venait de faire une chose terrible, terrible. Maintenant, il fallait qu'elle soit forte et qu'elle consolide les choses. Elle se ressaisit, s'éclaircit la gorge et dit à Carmelo qu'elle était trop contrariée par ce qui venait de se passer, qu'elle n'aurait pas le courage de le regarder ce soir, parce qu'il ressemblait trop à cette femme. Elle garda les yeux rivés sur le sol.

— Il vaudrait mieux que tu me laisses tranquille, maintenant.

Carmelo ne dit rien, et Stella finit par lever la tête pour voir son expression, qui ressemblait à de l'incrédulité, ou à de la colère rentrée. Mais il remit son manteau et lança :

— Dans ce cas, je vais aller boire un verre.

Et il partit.

Stella ne le vit pas ce soir-là. Elle eut du mal à s'endormir, sa conscience prise dans un tourbillon de remords et de justifications. Lorsqu'elle se réveilla le matin, les draps de l'autre côté du lit étaient encore tirés au carré.

Sans trop savoir quoi faire, Stella enfila sa quatrième robe de lune de miel, dont le vert pâle lui rappelait les feuilles gris-vert des oliviers de Ievoli. Elle descendit au rez-de-chaussée, dans la salle du petit déjeuner. Elle s'assit à une table et but une tasse de café que lui apporta la serveuse. Elle mangea une viennoiserie. Sa poitrine, la zone autour de son cœur, était endolorie à cause de la culpabilité qu'elle éprouvait. Les clients allaient et venaient, et Stella prit un autre café. Elle ne pouvait pas remonter dans sa chambre ; Carmelo avait la clé, et elle ignorait où il se trouvait. Mais c'était ce qu'elle avait voulu : qu'on la laisse tranquille.

Elle baissa les yeux sur sa robe verte, dont la couleur l'apaisa. Elle repensa au vert de la jupe de jeune fille de sa *pacchiana,* qu'elle n'avait pas mise depuis dix ans. Elle porterait du rouge désormais, en tant que femme mariée. Mais voilà qu'elle était vêtue de ce vert virginal. Elle retroussa soigneusement ses manches afin que ses cicatrices soient exposées. Comme ce beau monde dangereux où elle avait failli mourir tant de fois était loin. Voilà six ans qu'elle avait frôlé la mort pour la dernière fois, quand elle avait essayé de se tuer en fuyant un cauchemar qui s'était emparé de son esprit – un cauchemar qui faisait tout bonnement partie de son quotidien aujourd'hui. Comme ces six dernières années étaient passées vite, comme si elles n'avaient pas d'importance, un cycle de repassage, de prières, de séances de fer à friser, de crochetage de napperons, qui se maintenait tout en se défaisant. Il y avait des points noirs et des moments forts, mais même ces deux entités se confondaient, comme si ses souvenirs avaient cessé d'être importants.

Les échanges pénibles furent épargnés à Stella : Carmelo entra dans la salle du petit déjeuner quand l'horloge à pendule près de la cheminée indiqua 9 h 15. Il était habillé d'une chemise jaune toute propre et sa veste était repassée. Il venait sans doute de la repasser dans leur chambre.

— Bonjour, Stella, dit-il en s'installant sur la chaise en face d'elle.

Ses cheveux, lavés et huilés, étaient rassemblés en une grande mèche noire brillante sur son front.

— Bonjour, répondit-elle.

Elle se demanda où Carmelo avait passé la nuit. Était-il allé chez sa sœur ? Dans un autre hôtel ? Dans un bordel ?

Ils n'échangèrent pas un mot de plus de tout le petit déjeuner. Stella but une troisième tasse de café tandis que Carmelo mangeait deux tartines avec de la confiture.

Encore deux jours à passer, encore deux nuits.

Ce mercredi, Stella paya pour sa malfaisance. Tout son corps se contracta autour de son ventre pétri de culpabilité. Carmelo les emmena sur la jetée, où ils montèrent à bord d'un ferry pour touristes qui les conduisit sur le fleuve. Il y avait un bar sur le bateau, et Carmelo s'acheta une bouteille de bière. Stella avait tellement mal au cœur que même l'idée d'un verre d'eau la rebutait.

Ils ne retrouvèrent pas Carmela et Paolo pour le dîner. Carmelo choisit un restaurant près de leur hôtel, où le serveur se montra désagréable, et ne fit clairement aucun effort pour comprendre les mots français que Carmelo essaya de lire sur le menu. Ils mangèrent en silence. Stella avait mal à l'aine, une douleur lancinante dont elle souffrait parfois pendant les règles, mais dont elle savait malheureusement qu'elle résultait aujourd'hui de sa culpabilité. Ne se faisait-il déjà plus d'illusions à son sujet ? Vers la fin du repas, Carmelo s'absenta pour aller aux toilettes, et Stella profita de l'occasion pour laisser tomber le couteau à steak dans son sac. Cela semblait mélodramatique, mais peut-être serait-elle obligée de l'être plus tard.

Le trajet à pied jusqu'à l'hôtel fut trop court. Quand Carmelo ferma la porte de leur chambre, Stella déclara :

— Mieux vaut que tu ne t'imagines pas que tu vas me toucher maintenant.

Il se tourna vers elle, ôta son chapeau. Ses joues étaient roses et ses yeux pleins de colère.

— C'est ridicule. Tu penses que je n'ai pas compris ton petit manège ?

Stella ne répondit pas.

— Nous sommes mariés, dit-il. C'est mon droit.

— Si tu essaies quoi que ce soit, gare à toi. » À cet instant précis, elle le détestait, et était certaine que lui aussi la détestait. « Même si pour cela je dois dormir avec un couteau sous mon oreiller.

Un étrange silence s'ensuivit, le temps que chacun réfléchisse à sa prochaine réplique. Après une attente un peu trop longue, Stella ouvrit le fermoir de son sac à main, fouilla parmi ses gants et fit apparaître le couteau à steak.

— C'est ridicule, répéta-t-il. À ton avis, qu'est-ce qui va arriver ? Tu penses qu'on va passer le reste de notre vie sans jamais coucher ensemble ?

— Si je peux, oui ! cracha-t-elle.

Voilà, c'était dit.

— Enlève tes vêtements et finissons-en. » Carmelo criait. « Tu verras que ce n'est pas si terrible que ça.

L'estomac de Stella se noua encore plus.

— Non, ça n'arrivera jamais.

Carmelo leva les mains au ciel. La clé de la chambre vola contre le mur et rebondit sur la moquette.

— Tu te souviens de ce que tu as dit à ma sœur hier, comme quoi Dieu la punissait ? C'est quoi, ton plan ? Quand les gens te demanderont pourquoi tu n'as pas de bébé ?

— Cela ne les regarde pas, répondit Stella.

Sa conviction se mua en remords – elle avait maltraité Carmela.

— C'est bien connu que les gens s'occupent de ce qui les regarde. C'est comme ça que le monde fonctionne, évidemment…

— C'est simple, dit Stella, qui s'éclaircit la voix avant d'ajouter : Je leur dirai juste que ta *pistola* ne marche pas.

Les derniers vestiges de gentillesse sur le visage de Carmelo s'étaient envolés.

— D'accord, Stella. Tu penses à tout ça ? Tu te rends compte de ce que ça signifie pour moi ?

— Je pense…, fit Stella, qui dut se racler la gorge de nouveau. Je pense que je veux aller me coucher. » Elle souleva ostensiblement l'oreiller et plaça le couteau à steak en dessous. « Il serait peut-être préférable que tu dormes par terre.

— Non, merci. Je ne me sens pas fatigué. Je crois que je vais aller boire un coup. » Il inclina son chapeau à son intention et lui dit en anglais : « Très bonne soirée, Signora Maglieri.

Elle s'était préservée une nuit de plus. Allongée dans le lit, elle essaya de dissiper la panique suscitée par cette confrontation. Son cœur lui faisait mal à force de tambouriner, il tambourinait tellement depuis tant de jours.

Le jeudi, elle se réveilla à la faible lumière blonde de l'aube, une fois de plus dans un lit nuptial à moitié vide.

Elle n'avait pas pensé à baisser les stores. Elle resta allongée où elle était, au milieu de la cascade de coussins décoratifs, et regarda le plafond changer de couleur tandis que le jaune de l'aube se faisait plus intense et plus clair. Quel lit – jamais plus elle n'aurait l'occasion de dormir dans un autre comme celui-ci. Elle regrettait de ne pas avoir été capable de l'apprécier.

Elle finit par se lever quand il devint impératif pour elle de soulager sa vessie. En prenant soin de verrouiller la porte derrière elle, elle s'accorda une longue douche, laissant l'eau chaude couler sur elle en abondance, puis passa un peu de temps à remettre de l'ordre dans ses boucles dans le miroir au-dessus du lavabo. Elle porterait sa dernière robe aujourd'hui, sa robe rose de Pâques.

Stella venait de fixer son chapeau quand elle entendit la clé dans la serrure. Elle était debout près de la fenêtre, et vidait sur la table de chevet de vieux tickets qui s'étaient accumulés dans son sac. Carmelo referma la porte derrière lui, jeta son chapeau sur le lit et retira son manteau d'hiver. Il semblait tout chiffonné, était tout décoiffé, comme un homme, pensa Stella, qui a dormi sur une chaise.

— Enlève ta robe et va dans le lit, lui ordonna-t-il.

Immédiatement, le cœur de Stella s'affola dans sa poitrine. Ses doigts fourmillaient sur les tickets usagés. Elle s'obligea à rire, comme s'il plaisantait.

— Enlève ta robe et va dans le lit, répéta-t-il. Tu n'es pas ma femme tant que tu ne l'as pas fait, et je vais rentrer à la maison avec ma femme.

— Non, dit-elle en lui tournant le dos.

Le couteau n'était pas à proximité, et Carmelo approchait ; elle entendait ses pieds s'enfoncer dans la moquette moelleuse.

— Tu es ma femme, Stella. Les femmes font ce que leurs maris leur ordonnent de faire. Et maintenant, je te demande d'enlever ta robe.

Les doigts de Carmelo se refermèrent autour de son bras.

— Ôte tes sales pattes de là, dit Stella en se contorsionnant pour échapper à son emprise.

Elle aurait pu sortir de la chambre et dévaler l'escalier, mais à la place elle fit ce dont elle avait le plus l'habitude et se glissa dans la salle de bains, se précipitant contre la porte pour la refermer. Mais il avait réussi à passer un pied et il ouvrait la porte de force. Stella essaya de pousser de tout son poids, ses hauts talons glissèrent sur le carrelage mouillé de la salle de bains et son esprit se figea de panique. Carmelo était si fort – elle n'était rien. La porte s'ouvrit, inexorablement, et il se retrouva dans la pièce avec elle.

Carmelo donna un coup dans l'épaule de Stella. Elle virevolta et se retrouva face au miroir. Avec son bras gauche il lui maintint les coudes derrière le dos, et la pression fut telle qu'elle ressentit un élancement dans les épaules. Carmelo plaqua son bassin contre les fesses de Stella afin de la garder contre le lavabo pendant qu'il tirait sa robe par-dessus ses hanches. Il baissa ensuite brutalement son corset et ses collants pour les lui ôter. Cela prit du temps parce que l'élastique était solide et, lorsque Carmelo essaya de l'arracher, le fil se tendit contre la peau délicate de Stella.

Elle était prisonnière de son rêve – c'était la même impuissance léthargique, les mains rudes impossibles à arrêter. Son esprit sombra dans la lassitude. Le marbre était froid contre son ventre, et elle regarda son visage dénué de sens dans le miroir pendant ce moment étrange et terrifiant de peau à peau, un frottement sec et pénible qui n'était qu'un prélude à la véritable douleur. Son esprit était vide, un chiffon endormi de la couleur gris-blanc d'un rêve.

On s'y accroche si fermement et avec tant de crainte pendant tellement longtemps, et puis cela disparaît si rapidement, comme un broc d'eau dans un ruisseau.

Stella sentit une perle de son propre sang couler rapidement le long de sa cuisse gauche, sentit le marbre du lavabo chauffer contre son ventre. Le visage de Carmelo dans le miroir arborait une expression de concentration intense tandis qu'il poussait, poussait, poussait vers une conclusion délibérément accélérée. Son liquide suivit la perle de sang le long de sa cuisse gauche, et quand Carmelo se retira avec un soupir sonore elle baissa les yeux vers le carrelage blanc, et vit que du sperme rosi y avait atterri, d'une clarté laiteuse rappelant l'albumen d'un œuf fertilisé. Lorsque Carmelo sortit de la salle de bains en refermant la porte sur elle, Stella s'agenouilla pour nettoyer l'amas collant par terre avec un morceau de papier toilette.

TROISIÈME PARTIE

MATURITÉ

Fhijlii picciuli, guai picciuli ; fhijlii randi, guai randi.
« Petits enfants, petits soucis. Grands enfants, grands soucis. »
PROVERBE CALABRAIS

U lupu perde llu pilu, ma no llu vizzu.
« Un loup peut perdre sa fourrure, mais pas ses vices. »
PROVERBE CALABRAIS

Chi sulu mangia sulu s'affuca.
« Ceux qui mangent seuls s'étouffent seuls. »
PROVERBE CALABRAIS

MORT N°6

EXSANGUINATION

(Maternité)

Un matin de septembre 1954, Stella Maglieri se réveilla seule dans le lit qu'elle partageait avec son mari, qui avait pris son poste à la compagnie électrique à 5 heures, plusieurs heures auparavant. L'aube était orange mandarine sur les lamelles des stores vénitiens. Stella regarda le drap, à l'endroit où il se tendait sur la balle parfaite de son ventre. À l'intérieur de cette boule se trouvait son cinquième fœtus turbulent. Si elle parvenait à le mettre au monde vivant, ce serait son quatrième enfant. Dans le berceau à côté d'elle se trouvait son troisième bébé, âgé de dix mois, qui faisait du boucan. Son premier et son deuxième étaient empilés sur des lits superposés à l'intérieur du dressing de la chambre réaménagé à cet effet. Tandis qu'elle regardait le soleil glisser sur son ventre, une voix résonnait dans sa tête : *Tu n'es personne.*

Pendant un instant, Stella resta pétrifiée, se demandant s'il y avait quelqu'un dans la maison. La voix était aussi claire que celle d'un contremaître d'usine dans un haut-parleur. *Tu n'es personne.* Mais elle n'avait pas eu de chef depuis six ans. De plus, la voix ressemblait en tout point à la sienne.

Tu n'es personne, dit-elle de nouveau.

Et c'était vrai.

Cette histoire raconte comment Stella faillit mourir pour la sixième fois, de maternité.

Avant la maternité, cependant, il fallait qu'il y ait la grossesse, qui arriva pratiquement là, dans la salle de bains de l'hôtel de Montréal où ils passaient leur lune de miel. Car Stella Fortuna, qui avait frôlé cinq fois la mort et avait survécu, avait enduré ce qu'elle craignait encore plus que la mort. Cette fois-ci, personne n'éprouva de sympathie à son égard.

Pendant les treize heures de train du trajet retour, alors que le feuillage de Nouvelle-Angleterre s'embrasait le long des cours d'eau de l'autre côté de sa vitre, Stella était restée insensible au charme du paysage. Son esprit était gris, et grisait le monde entier. Quelqu'un aurait pu lui arracher son chapeau sans qu'elle le remarque. Dans cette grisaille, une idée tournait en boucle : elle n'était plus vierge. Elle avait renoncé à la *rosetta.* Un morceau de quelqu'un d'autre était en elle encore maintenant. C'était fini, c'était fini, ses choix, ses possibilités de fuir. Elle ne pourrait jamais la récupérer.

Ce fut le début de sa vie conjugale.

À leur arrivée à Hartford, Carmelo Maglieri emmena sa femme rendre visite aux Fortuna avant de regagner son immeuble. Carmelo et Stella burent un café autour de la table de la salle à manger d'Assunta, et mangèrent des petits biscuits palmiers qui restaient du mariage. Tina avait préparé un gâteau à l'orange et sa mère sortit son service en verre jaune comme s'il s'agissait d'une occasion spéciale.

Tout au long de la visite, Stella se sentit épuisée et honteuse. Elle laissa Carmelo assurer l'essentiel de la conversation, même si elle avait conscience d'être jugée pour cela également. Il l'a soumise, devaient-ils penser, il l'a maîtrisée, quelqu'un y est enfin arrivé. La seule chose que tout le monde autour de cette table savait était que Stella avait été déflorée depuis la dernière fois qu'ils l'avaient vue. Ils étaient émerveillés de voir à quel point l'acte l'avait transformée – les gens parlaient tout le temps du changement opéré sur une femme une fois qu'elle avait « connu » un homme. Il fallait juste qu'on lui fasse la chose – désormais, Stella agissait en épouse. La jeune femme savait que personne ici, même parmi les êtres qui lui étaient le plus chers, n'éprouvait la moindre compassion à son égard. Tandis que Carmelo racontait des histoires enjolivées sur Montréal et que les fourchettes tintaient contre les assiettes à dessert délicates d'Assunta, Stella jetait des regards à la dérobée autour d'elle, jaugeant les choses. Sa mère courbée et souriante, les yeux humides d'affection devant son nouveau gendre si beau. Sa sœur franchement curieuse, qui elle aussi la regardait à la dérobée. Son beau-frère Rocco au sourire narquois. Elle ne pouvait contrôler ce que Rocco imaginait à son sujet et, quand elle comprit que ses fantasmes n'étaient certainement pas très éloignés de la vérité, elle éprouva un douloureux sentiment de faiblesse.

Pour une fois, Stella regrettait que Tina ne la harcèle pas, ne lui pose pas de questions indiscrètes. Elle voulait déverser son dégoût, sans trop savoir comment. Peut-être que la franchise de Tina le lui permettrait. Mais les sœurs n'eurent pas de moment à elles.

À la tombée de la nuit, Carmelo transporta deux cartons contenant des affaires de Stella dans sa voiture. Il lui ouvrit la portière côté passager, et elle monta dans le véhicule alors que sa famille leur disait au revoir. Désormais, Stella appartenait à Carmelo, et son lot dans la vie était de le suivre là où il l'emmenait. Tina leur adressa un signe de la main quand ils s'éloignèrent, mais Stella fut incapable de lui rendre son salut.

L'appartement de Carmelo, situé dans Front Street, se trouvait dans une résidence pour hommes célibataires de quatre étages, divisée en chambres pour une personne. Il y avait une cuisine partagée, et une seule salle de bains au rez-de-chaussée. Le bâtiment, construit soixante ans auparavant, ne respectait aucune des normes résidentielles récentes, et était recouvert de moisissure depuis les inondations des années 1930. Il s'agissait d'un arrangement provisoire mais malsain. Les couloirs étaient bas et mal éclairés, et la cuisine regorgeait de choses qui détalaient dans l'ombre.

La chambre de Carmelo se trouvait au deuxième étage. Il n'y avait qu'un lit simple, cloué au mur. Une commode servait à ranger les vêtements, et Carmelo posait ses casseroles, ses poêles et sa nourriture sur des étagères afin de les mettre hors de portée des cafards et de ses voisins. L'espace restant accueillait une table et une chaise pliantes en tout point semblables à celles qu'on sortait des placards pour les fêtes à l'Italian Society.

Carmelo avait eu la courtoisie de vider les deux tiers de son armoire et la moitié de sa commode afin de libérer de la place pour les vêtements de Stella. Conformément à la promesse qu'il lui avait faite à leur premier rendez-vous, il ne lui demanda jamais de l'aider à cuisiner. Ce soir-là, il rassembla dans une marmite plusieurs aliments trouvés dans le garde-manger.

— Je te laisse tranquille pour que tu puisses ranger tes affaires, lui dit-il.

Et il sortit.

Stella avait l'impression que le monde autour d'elle n'était pas tout à fait réel. Méthodiquement, elle secoua chaque robe dans le silence calme et plat de la pièce. Maintenant que le soleil d'octobre s'était couché, la rue de l'autre côté de la fenêtre disparaissait déjà. Comme la pièce s'assombrissait, Stella chercha un interrupteur, mais n'en trouva pas. Dix années auparavant, l'électricité était une chose inimaginable, et désormais elle ne savait pas trop comment vivre sans.

Carmelo revint une demi-heure plus tard. Elle s'assit sur la chaise en bois dans le noir tandis qu'il posait la casserole fumante sur la table pliante. Il ouvrit la commode et en sortit trois petites bougies, qu'il posa sur une soucoupe et alluma à l'aide du briquet à cigare qu'il avait toujours sur lui. Il fredonnait une mélodie que Stella ne reconnut pas. À la lueur des petites bougies, Stella distingua les marques de chaleur sur la table entre eux. La casserole contenait des *pasta e fagioli*, et l'odeur n'était pas désagréable.

Avec une cuillère, Carmelo servit un bol de cette soupe à Stella, puis déballa un morceau de très bon parmesan parsemé d'éclats de cristaux de sel, et le râpa par-dessus son plat. Elle regarda les copeaux tomber dans la chaleur, une abondance de fromage venant de cet homme qui voulait lui montrer à quel point, une fois de plus, il était généreux. Savaient-ils déjà tous les deux qu'il était trop tard ? Ou bien était-elle la seule à s'en être aperçu ?

Ils étaient fatigués à cause du voyage en train et de la soirée de la veille, mouvementée et riche en émotion, alors ils ne parlèrent pas beaucoup. Carmelo lui fit savoir à quelle heure il s'en irait le lendemain matin, où ranger l'argent à utiliser en cas d'urgence et ses objets de valeur. Lorsqu'il fut à court de recommandations, il alluma la radio et la mit sur une station qui passait de la musique de *big band.* Ils finirent de manger, descendirent des verres d'un vin rouge contenu dans un bidon de sept litres et demi. Puis Carmelo prit les bols sales et la casserole et retourna dans la cuisine.

Le ventre de Stella était tout contracté. Elle ne pouvait plus lutter, lutter pour perdre une fois de plus. Au son des saxophones qui hésitaient et grondaient, elle enfila sa chemise de nuit blanche, ôta son corset et ses sous-vêtements, et se glissa dans le lit de Carmelo. Le souvenir de ce qui s'était passé à Montréal, du marbre qui chauffait au contact de son ventre tandis que Carmelo la pénétrait de force, ne la lâchait pas. En attendant qu'il revienne de la cuisine, elle se demanda si un bébé était déjà en train de grandir en elle, s'il était déjà trop tard. Elle devait le croire, se dire que tout espoir était perdu, sinon, chaque fois qu'elle devrait le faire, il lui serait insupportable de penser : Est-ce aujourd'hui qu'il va mettre en moi un bébé ? Y avais-je échappé jusqu'à présent ?

À son retour, Carmelo posa la vaisselle propre sur le radiateur froid afin qu'elle sèche. Il souffla sur les bougies pour les éteindre et, à la lumière de la rue qui entrait par la fenêtre sans rideau, Stella le vit enlever sa chemise, qu'il accrocha dans le placard, puis ôter sa ceinture et son pantalon, qu'il posa sur le dossier de la chaise, et enfin son maillot de corps et son slip.

Comment faisait-il pour sembler si sûr de lui devant elle ? Avait-il été avec tant de femmes qu'il n'était absolument pas troublé de se dévêtir devant l'une d'elles ? Ou bien parce qu'il n'était pas timide, il se moquait bien de ce qu'elle pensait de lui ? Pourquoi s'en soucierait-il, pensa-t-elle. Il n'avait plus à la courtiser.

Aujourd'hui, elle voyait à quoi il ressemblait nu. Il était étonnamment diminué sans ses vêtements soignés, voire légèrement comique avec son bronzage agricole, avec la boule de pâte peu menaçante de son pénis et de ses testicules qui se balançaient doucement sous un nid de poils pubiens. Stella sentit son estomac se nouer, anticipation physiologique de ce qui arrivait. Parce que Carmelo ne paraissait pas si effrayant que cela en cet instant, elle eut l'impression d'être encore plus faible, plus pathétique de s'être livrée à lui la veille.

Son mari s'avança vers le lit et rabattit la couverture, révélant le contour de ses jambes sous la chemise de nuit en dentelle. Il s'agenouilla sur le lit à sa gauche et fit remonter son vêtement le long de ses cuisses. Si Carmelo était content de voir qu'elle ne portait pas de culotte – qu'il n'y aurait pas ce genre de conflit, en tout cas pas ce soir –, il n'en laissa rien paraître. D'un geste fort et résolu, il éloigna le derrière de Stella du mur. Sous ses yeux, dans la pénombre, la forme vague de son pénis se mit à changer, ressortit, gonflée, sur son scrotum sombre.

Et voilà, cela allait se produire de nouveau. Stella était sortie de son corps et s'en était éloignée, exactement comme ce jour dans la porcherie où la main invisible s'était refermée autour de la sienne. De cette distance, elle regarda Carmelo disposer ses genoux. Son mari – l'homme avec qui elle allait passer le restant de ses jours – se moquait bien qu'elle ait mal ou qu'elle ait peur. Il allait tirer profit d'elle. Soudain, une bouffée d'air fit se hérisser de froid la peau chaude de ses parties intimes – Carmelo avait craché dans sa main et frictionnait désormais son membre. Stella sentit son pouls battre dans son aine quand le ventre de Carmelo se retrouva quelques instants contre le sien. Sa peur et son dégoût se concentrèrent dans son abdomen en une pierre ronde et dure. Et puis voilà qu'il était de nouveau en elle.

La peau de ses parties intimes était endolorie, et Stella frissonna lorsque Carmelo la pénétra. La douleur diminua soudain, et pendant un moment elle le regarda s'engager dans une activité rythmique absurde mais au demeurant quelconque : pousser, pousser et pousser. Elle observa son visage au-dessus d'elle. Il affichait une expression distante. Périodiquement, il touchait ses seins à travers sa chemise de nuit, les pressait doucement.

Après quelques minutes passées de la sorte, cependant, une autre douleur prit le dessus lorsque les plongées dans son conduit se firent de plus en plus sèches et abrasives. La gêne augmenta encore, et Carmelo sembla le percevoir également car il accéléra son mouvement. Juste au moment où Stella commençait à avoir tellement mal qu'elle se demandait si elle pouvait lui demander d'arrêter, il émit un bruit de gorge et s'immobilisa, son torse rua en arrière, exactement comme elle avait vu son père le faire sur sa mère. Quelques secondes s'écoulèrent, puis Carmelo se retira de manière assez maladroite. Sa rotule s'écrasa contre celle de Stella, qui poussa un cri de douleur. Il s'excusa.

Pendant qu'il remettait son slip, Stella resta allongée sans bouger. Le courant d'air créé par la couverture rabattue refroidit doucement l'humidité sur la peau de sa cuisse. Elle aurait vraiment voulu se débarrasser de cette chose humide sur elle, mais elle n'avait pas envie de la toucher. En imaginant la sentir sur ses doigts, elle serra ses mains l'une contre l'autre.

— Tu ne veux pas utiliser la salle de bains ? demanda Carmelo.

Stella secoua la tête, ce qui était idiot dans le noir, mais elle avait perdu sa voix. Carmelo avait dû comprendre car il retourna dans le lit, remonta la couverture jusqu'à la moitié de sa poitrine et dit :

— Eh bien, bonne nuit.

Pour lui, c'était fini – c'était tout. Après seulement quelques respirations sonores et profondes, il ronflait.

Couchée dans ce lit étroit, Stella avait une hanche contre le mur froid en plâtre et une autre contre la cuisse chaude de son mari. N'ayant nulle part où mettre les bras, elle posa les mains sur son ventre. Et dans son épuisement, il n'y eut plus d'idées noires, de dégoût, de désespoir ou de confusion – étrangement, il y eut le sommeil.

C'était ça, finalement, le mariage : une vie partagée dans un petit espace. Continuer, mais avec un homme dont elle ne connaissait pas les habitudes personnelles plutôt qu'avec la famille d'où lui venaient toutes les siennes.

Stella détestait l'immeuble de Carmelo. Comme ils ne possédaient pas grand-chose, l'appartement n'était pas encombré. Leurs cadeaux de mariage resteraient à Bedford Street jusqu'à ce qu'ils aient un endroit à eux. Mais la salle de bains commune était une humiliation quotidienne. Stella devait descendre deux étages et faire la queue au rez-de-chaussée. Tous les gens qui entraient dans le bâtiment voyaient qui attendait de pouvoir utiliser la salle de bains – Stella n'imaginait pas de meilleur contexte pour un cambriolage ou une agression sexuelle. La file devant les toilettes était exclusivement masculine, et il était possible de compter ceux qui prévoyaient de faire la grosse commission, car dans ce cas ils étaient munis d'une liasse de papier toilette. Toute son enfance, Stella avait déféqué dans les bois, mais ça… c'était pire, en quelque sorte. Au moins, dans les bois, elle était seule.

Il y avait l'étrangeté de l'intimité absolue avec Carmelo, même au-delà du fait de lui offrir son corps pour qu'il puisse en disposer. Par exemple, si elle devait faire des choses comme enlever des poils sous ses aisselles à la pince, il était là et la regardait. S'habiller en présence de l'autre était embarrassant, même si Carmelo semblait accepter sans sourciller que sa femme le voie faire des choses idiotes comme redescendre son pantalon et son slip sur les genoux puis les remonter pour opérer des ajustements virils avant de boucler sa ceinture tous les matins. C'était ça, la vie conjugale, comprit Stella. Faire des choses intimes devant l'autre sans aucun commentaire.

Stella n'était pas réellement suicidaire, jamais elle ne voulut mourir. Elle s'était trop battue contre la mort pour cela. Mais, nuance, elle regrettait souvent de devoir être en vie. Son existence actuelle était une réalisation perverse de sa plus grande peur.

Ce fut à cette période qu'une question s'immisça dans son esprit : À quoi ça sert, tout ça ? Bien sûr que cela ne servait jamais à rien mais, jusqu'à ce que vous vous posiez pour la première fois cette question, l'absence de sens n'est pas un problème. Et une fois que cette interrogation effleura

Stella, elle se retrouva coincée dans son esprit, imprégna sa peau et creusa un tunnel dans ses artères. Ses doigts rapides et parfaits devinrent gourds, ses coudes étaient plus durs à soulever et son cou était endolori. Ses journées étaient grises et se chevauchaient. Il n'y avait pas de moment lumineux, pas de souvenir qu'elle puisse emporter avec elle de cette époque, des premières années de son mariage.

Avant, Stella n'avait jamais eu de but dans la vie, n'avait jamais voulu une chose précieuse et spécifique, comme son père avait voulu devenir américain, comme sa mère avait voulu une maison, ou Tina un bébé. Mais désormais Stella avait autre chose : le savoir pur et irréfutable qu'il n'y avait rien du tout qu'elle souhaitât. Non seulement elle n'avait plus rien à perdre, mais elle n'avait rien à gagner non plus.

Quand je pense à la vie de Stella à cette époque, j'ai de la peine pour elle. Mais mon rapport à son malheur est nuancé car j'en suis un produit. Comme vous l'avez certainement deviné à ce point du récit, Stella Fortuna est ma grand-mère. Et comme vous allez vous en apercevoir si vous restez aux côtés de Stella même lors des passages les plus sinistres de son histoire, je ne suis que l'une des nombreuses vies qu'elle a épargnées en ne mettant pas fin à ses jours.

Tony avait acheté la maison sur trois niveaux de Bedford Street avec en tête l'idée qu'un jour chaque étage serait rempli de sa progéniture – un *palazzo* de familles issues des Fortuna. Sauf que maintenant que ces satellites commençaient à prendre vie, Tony avait du mal à se débarrasser de ses locataires.

La famille qui avait habité au premier étage était partie tranquillement dès qu'elle avait trouvé un autre logement, et les Caramanico s'étaient installés dans l'appartement ainsi libéré juste avant le mariage de Stella. Mais la dame au dernier étage, Mlle Catherine Miller, refusait de partir.

— C'est ma maison, lui dit Tony. Alors si je vous demande de partir, vous devez le faire.

— Les choses ne marchent pas comme ça ici, répliqua-t-elle avec la conviction moralisatrice d'une enseignante à la retraite. Je connais mes droits en tant que locataire. Je peux demander à mon avocat de venir ici pour vous les rappeler.

Les deux adversaires étaient coriaces, et elle ne serait peut-être jamais partie si elle n'avait pas fait une attaque juste avant Noël et n'avait pas été transférée dans une maison médicalisée. Dans d'autres circonstances, Stella aurait compati avec Mlle Miller. Elle n'était pas surprise que son père puisse provoquer une attaque chez quelqu'un. Mais elle en voulait secrètement à Mlle Miller de ne jamais avoir partagé avec elle le secret de son indépendance. Ce sentiment de trahison était irrationnel, car Stella n'avait jamais rassemblé le courage nécessaire pour lui parler, hormis pour échanger des banalités au sujet du livreur de lait.

Et Stella éprouvait une gratitude acide envers Mlle Miller : son attaque tombait à pic parce que, maintenant qu'elle était enceinte et devait s'y rendre encore plus souvent, la salle de bains partagée de Carmelo était insupportable. Si je meurs, avait-elle réellement commencé à se dire – elle avait même commencé à le formuler tout haut devant Carmelo –, si je meurs maintenant, au moins, je n'aurai plus à utiliser ces toilettes.

« Tu dis vraiment n'importe quoi », lui répondait Carmelo. Mais ils emménagèrent dans l'appartement du deuxième étage de Bedford Street le jour même où le neveu de Catherine Miller annonça à Tony que sa tante ne reviendrait pas. Tony donna cinquante dollars en liquide au neveu en échange des plus grands meubles. Assunta et Tina rangèrent les autres affaires de la locataire dans des cartons qu'elles stockèrent au garage. Mlle Miller ne viendrait jamais les récupérer.

Désormais, Stella pouvait uriner en toute intimité et aussi souvent qu'elle le souhaitait, mais désormais elle avait aussi des toilettes à elle qu'il fallait qu'elle nettoie. Désormais, elle avait une baignoire à pattes de lion, mais ne voulait jamais prendre de bain. Ces derniers temps, elle avait les cheveux courts, mais n'avait tout de même pas envie de les laver. Elle avait faim en permanence, mais détestait nourrir le monstre en elle. Elle mangeait et se détestait après coup, et frottait, griffait pour faire partir le sentiment gras de culpabilité sur son visage, opération qui lui laissait des marques rouges sur la peau.

Elle regarda son corps subir les premiers changements de la ruine liée à la grossesse, qu'elle avait redoutée toute sa vie. Elle avait été orgueilleuse, avait cru être belle, et à présent elle était punie pour sa vanité tandis que les traits de son physique dont elle avait été le plus fière lui étaient retirés les uns après les autres. Son ventre plat s'épaissit. Il ne serait plus jamais autre chose que gonflé ou pendant, vide, jusqu'à la fin de ses jours. Sa peau couleur de bronze jadis si douce était victime de diverses éruptions cutanées. Dans le miroir, ses yeux étaient éteints, leur blanc était d'un jaune teinté de rouge. Les poches sombres sous ses yeux se fondraient indistinctement à l'affaissement facial lié à l'âge, aussi n'y aurait-il jamais de moment entre deux grossesses où son joli visage serait restauré. Tout ce qu'il y avait de beau dans la vie de Stella Fortuna était terminé.

Pire que toute cette humiliation physique : son mari n'en désira pas moins son corps. Il la prenait pratiquement tous les soirs. Stella tournait son visage vers le mur afin de ne pas avoir à le regarder. Carmelo ne pouvait plus engendrer davantage de dégâts en elle – l'enfant bougeait déjà dans son ventre – et pourtant, étrangement, cela n'aidait pas Stella à haïr ou à craindre moins la copulation. Tout en contemplant le plafond, elle repoussait les strates d'associations qui en découlaient – le cauchemar, la ceinture en cuir de son père sur ses seins nus, le lavabo en marbre de l'hôtel de Montréal. En fermant les yeux, elle se souvenait de la sagesse de sa mère – les meilleurs maris étaient ceux qui faisaient ça vite. Parfois, Carmelo était rapide. D'autres fois, non.

Elle ne pouvait repousser son cauchemar, alors elle apprit à s'échapper dans son rêve. Le violeur venait vers elle avec ses grosses mains rugueuses, et elle grimpait dans l'encadrement de la fenêtre, où elle se retrouvait à l'abri de son agresseur. Tandis que le pénis de Carmelo cognait et éraflait la chair à l'intérieur d'elle, Stella essayait de se bâtir une vision de ce qu'il y avait de l'autre côté de la fenêtre, par-delà la clôture métallique et le bidonville. Elle se représentait Ievoli, le vert-jaune éclatant des feuilles des citronniers dans le soleil d'avril, le bleu argenté des oliveraies en septembre, les rangées de tuteurs à tomates dodues sous le soleil torride en juillet, marchant tels des soldats le long des terrasses sur le flanc de la montagne.

Son monde était une douleur grise dans laquelle elle ne pouvait vivre.

On l'obligeait à descendre pour dîner chez Tony et Assunta le dimanche, mais elle avait honte d'être vue par sa famille, car elle savait qu'en la regardant ils se disaient : *Comme elle est gentille et calme désormais,* et *Quelqu'un lui a rendu la monnaie de sa pièce.* Elle entendait leurs pensées résonner autour de la table du dîner dans le courant sous-jacent des questions attentionnées qu'ils lui posaient au sujet de sa santé. Joey était le seul à être honnête : la fertilité de Stella le faisait glousser chaque fois qu'il la voyait. Joey était franc. Il n'empêche qu'il était atroce.

Carmelo lui donnait de l'argent et lui disait d'aller s'acheter des robes, mais Stella n'avait pas envie de sortir. Son corps était endolori et la dégoûtait, et à quoi bon s'acheter une tenue qui ne lui irait plus dans une semaine ? Il lui disait de dépenser cet argent pour s'acheter tout ce qui pouvait lui faire plaisir, tout ce qui pourrait la rendre heureuse, mais rien ne pouvait la rendre heureuse.

La nuit, quand elle ne trouvait aucun répit dans le sommeil entre deux excursions aux toilettes, la jeune femme fermait parfois les yeux et imaginait le visage de la première Stella, le pauvre petit fantôme qui l'avait hantée pendant un quart de siècle. « Es-tu encore jalouse de moi ? » chuchotait-elle dans le noir. « Es-tu jalouse de ça ? » Parce que la jalousie avait deux visages, et la seconde Stella ne trouvait plus qu'elle avait de la chance d'être la Stella vivante.

Le samedi, quand on n'avait pas à aller au travail, Stella feignait d'être malade pendant que Tina assistait aux fêtes d'avant mariage de leurs amies de l'Italian Society. Quand elle rentrait, elle montait dans la chambre sombre de Stella et essayait de lui remonter le moral en lui offrant des gâteaux qu'elle avait dérobés.

— Tina, lui demanda un jour Stella. Tu crois qu'il y a un dieu ?

— Stella ! Bien sûr qu'il y a un dieu ! Qu'est-ce que tu racontes ? murmura sa cadette, comme si cela pouvait empêcher sa déité omnipotente de l'entendre.

— Mais pourquoi le crois-tu ? demanda Stella. Juste parce que le prêtre le dit ? Comment le sais-tu avec certitude, Tina ?

— Évidemment que je le sais, répondit Tina.

— Mais comment ?

Stella n'attendait pas de réponse. Tina n'avait à lui offrir que les réponses que lui avaient données d'autres gens, les réponses en lesquelles d'autres gens lui avaient assuré qu'il était convenable de croire, et dans lesquelles par conséquent elle croyait, sans l'ombre d'un doute.

Pourtant, cette fois-ci, Tina avait une réponse, qu'elle formula après un moment d'hésitation :

— Je sais qu'il y a un dieu parce que, sinon, à quoi

serviraient toutes les mauvaises choses ? Elles n'auraient aucun sens, alors il doit y avoir un dieu.

Après le départ de Tina, Stella retourna dans sa tête cette idée, qui faisait écho à ce qu'elle-même pensait. Si la réponse de sa sœur avait été plus optimiste, elle ne lui aurait été d'aucun secours. Mais en l'état, elle suffit à l'aider à traverser cette mauvaise passe.

Sa mère lui avait dit que cela arriverait – qu'avec son propre enfant elle comprendrait, qu'il n'y aurait rien qu'elle aimerait plus au monde. Stella lui avait répondu qu'elle était différente. Elle s'était trompée.

La connexion se produisit le mercredi des Cendres 1948. Stella assistait à la messe du soir. La faim tiraillait son ventre protubérant, puis le tiraillement n'était plus la faim, mais quelque chose d'autre – quelque chose qui s'ajoutait à la faim, une petite vague de vie qui clapotait. Il y avait un bébé en elle, qui s'affirmait, et le bébé avait faim, lui aussi. C'était comme si en faisant montre d'une telle solidarité le bébé lui disait : *Je suis ton allié.*

Ce ne fut pas la pensée la plus rationnelle de sa vie – elle le comprit dès que l'idée lui traversa l'esprit –, mais elle était assise sur un banc d'église inconfortable après une longue journée de travail à l'usine et était fatiguée, avait faim, et personne d'autre ne s'en souciait. Eh bien si, le bébé.

Après cela, elle sentit le bébé tous les jours. Maintenant qu'elle avait compris cette fameuse étincelle de vie qu'elle avait en elle, elle ne pouvait l'oublier. Même quand le bébé ne bougeait pas, elle savait qu'il était là et pensait à lui. Stella était à peine capable d'adresser la parole à Carmelo, mais elle pouvait parler au bébé pendant de nombreuses heures. Elle n'avait jamais très bien chanté, mais désormais elle interprétait n'importe quel air avec justesse. Sa voix résonnait plaisamment sur les murs de l'appartement, et l'écho qu'elle entendait semblait heureux.

Carmelo était gaga de joie à l'idée de devenir père. Il frottait le ventre de sa femme et se vantait en disant à qui voulait bien l'entendre que son fils poussait bien. Qu'il se vante. Stella avait cessé de se soucier de Carmelo. Elle le détestait encore, mais l'ardeur avait disparu. Son corps était fatigué par la grossesse, et elle avait besoin de son énergie pour d'autres choses.

Dieu lui avait joué un sacré tour dans cette histoire de bébé. Cela avait été la chose qu'elle avait le moins voulue au monde, et Dieu avait changé son cœur afin qu'elle le veuille plus que tout. Du moins était-ce ainsi que sa mère expliquait l'attachement de Stella à son enfant. Stella voyait plutôt cela comme une infection qui aurait contaminé son esprit – ses pensées ne lui appartenaient plus, pas plus que son corps. Elle se souvenait – très clairement – que quelques mois auparavant à peine elle n'avait pas voulu vivre ; à présent, non seulement cette ombre avait déserté son âme, mais voilà que Stella se dévouait désespérément à faire en sorte qu'un autre être vive. Sa richesse et ses ténèbres avaient été réduites à un globe rayonnant de la taille d'un poing qu'elle portait dans son ventre.

Tina souriait. Tina organisa une fête avant la naissance du bébé. Tina aimait Stella et lui caressait le ventre. Mais Tina avait un visage honnête et ne pouvait cacher sa jalousie même lorsqu'elle souriait.

Stella savait que pour sa sœur tout cela était perturbant. Ça l'était pour elle aussi. Tina avait passé son existence entière à se préparer à être mère, voulait tant cette vie-là. Stella ne l'avait pas du tout voulue, le chemin menant à la maternité avait été sombre, elle avait vécu des journées où elle aurait préféré mourir. Mais voilà, elle était enflée et béate, et le changement s'était opéré quelques instants après la consommation du mariage, alors que Tina essayait encore et encore, et rien ne venait. Le médecin avait pratiqué des examens, mais n'avait rien trouvé d'anormal chez elle.

Quand sa sœur avait le dos tourné – mais pas forcément –, des femmes demandaient à Stella si c'était la faute de Tina ou bien celle de Rocco. Tout le monde savait que c'était généralement celle de la femme. Cette question laissait Stella sans voix, alors qu'elle revenait souvent. Comment les gens pouvaient-ils être aussi bêtes et cruels ? Ne voyaient-ils pas à quel point ils blessaient Tina ? Voulaient-ils la blesser, d'une certaine façon ? Lui faire payer de ne pas s'astreindre aux mêmes sacrifices qu'eux ?

Lorsque le visage de Tina la trahissait – tristesse, jalousie confuse –, Stella serrait la main de sa sœur. « Tu seras la meilleure des tatas », lui disait-elle. Tina souriait encore plus, et Stella ajoutait : « Pas de bol. Mes enfants te préféreront à moi. Ils diront : Oh, maman ne sait rien cuisiner, on préfère aller chez tata Tina. »

Tina riait et baissait les yeux vers sa jupe.

« Eh bien, Carmelo peut cuisiner pour eux.

— Vaut mieux pour lui », répliquait Stella, irascible, pour que Tina rie encore.

Stella aimait Tina parce que ces mauvaises pensées n'étaient pas de sa faute. Et aussi parce que désormais il n'y avait plus de place dans son cœur pour la froideur ou la rancœur.

Assunta voyait bien la jalousie de Tina. Elle pratiquait le désenvoûtement sur le front de Stella au moins une fois par jour. Elle alla dans l'appartement du deuxième étage pour suspendre de la menthe aux fenêtres.

« Premier bébé, disait-elle. C'est le moment où on est le plus vulnérable. »

Carmelo voulut que Stella quitte son emploi chez Silex dès qu'elle sut qu'elle était enceinte, mais elle adorait travailler. Elle parvint à différer cette décision jusqu'en mai.

Elle était tellement grosse que le travail en usine était devenu désagréable.

Pour le dernier jour de sa sœur, Tina apporta de quoi organiser une petite fête : un plat sur lequel elle avait empilé des biscuits en forme de S et un plateau de raviolis froids. Les dames de la ligne de montage piochèrent les raviolis dans la casserole avec leurs doigts, les dégustèrent à petites bouchées et rattrapèrent la sauce dans leur serviette en papier. Tout le monde gloussa follement. Stella avait assemblé des milliers de cafetières avec ces femmes, mais ne reverrait jamais la plupart d'entre elles.

Stella commença à avoir des contractions le matin du 24 juillet. Elle tourna dans la cuisine de sa mère au rez-de-chaussée en attendant que les choses qui devaient arriver arrivent : l'accélération des contractions, de plus en plus douloureuses. La faim rendait Stella grincheuse. Assunta refusait de la laisser manger, ordre du médecin. Ce fut une journée exaspérante et sans fin ponctuée de plages de douleur intense dans la chaleur estivale accablante – une touffeur empreinte de l'humidité du Connecticut. À peine entrée dans la baignoire d'Assunta pour s'asperger d'eau fraîche, Stella perdit les eaux. Au moins, elle ne salit pas tout.

Ils appelèrent alors Carmelo, qui conduisit immédiatement Stella à l'hôpital, où l'attente douloureuse et moite se prolongea. L'hôpital était aussi inconfortable que ce que Stella avait imaginé, le fait d'être examinée par un homme qui parlait anglais tout aussi désagréable.

Les heures, pitoyables et ennuyeuses, s'écoulèrent dans une douleur atroce et monotone. On l'allongea sur un lit d'hôpital recouvert de papier et on plaça ses pieds dans des étriers. Stella n'y avait pas été préparée. Elle était horrifiée d'être ainsi exposée aux regards, mais cette humiliation fut complètement oblitérée par l'intensité de sa souffrance.

L'image de sa mère qui donnait naissance comme un animal sur son lit mentholé à Ievoli apparut furtivement à Stella. Elle n'avait pas l'impression d'être un animal. Elle avait l'impression d'être un monstre, un monstre qui se dépeçait lui-même avec ses propres griffes. Au moins, il n'y avait que des inconnus autour d'elle, et aucun être cher ne la voyait ainsi.

Les choses traînèrent en longueur, tout comme les contractions et la douleur. Depuis quand, combien de fois, combien ? Stella avait perdu le compte. Lorsqu'elle avait été piétinée par les cochons, cela n'avait pas été aussi horrible que ça, si ? Même mourir ne pouvait faire mal à ce point. La fenêtre de l'autre côté du rideau en papier était sombre. C'était la nuit, et la nuit ne se terminerait jamais.

— Il faut pousser, Stella, lui dit le médecin.

— Je suis pousser, répondit-elle, essayant de trouver des mots anglais qui ne venaient pas. Je fais pousser.

Après ça, Stella ne se souvint plus de rien.

Plus tard, les enfants de Stella et de Carmelo raconteraient l'histoire de ce qui se passa cette nuit-là. Le médecin quitta le bloc pour demander à Carmelo quelle vie il préférait sauver, celle de sa femme ou celle de son fils.

— Il n'y a pas le choix, répondit-il. Les deux.

Je me rappelle avoir entendu cette histoire quand j'étais petite. On racontait que grand-père avait dû choisir entre grand-mère et le bébé, et qu'il avait répondu : Y a pas moyen, je veux les deux. Et je me rappelle avoir pensé : Waouh, grand-père, il est tellement solide et loyal, il aime tellement sa famille. Un héros. Pas de compromis.

À présent, quand je repense à cette histoire, j'éprouve une grande colère. Il a risqué la vie de ma grand-mère par obstination et fierté ; il a préféré un bébé dont il ignorait tout à la femme qu'il était censé aimer. Et j'éprouve un chagrin terrible en pensant à Stella, qui a dû vivre dans ce mariage. J'ai tellement de chance de ne pouvoir imaginer être mariée à un homme qui ne choisirait pas immédiatement de me sauver moi.

Ce jour-là, Stella ne mourut pas, pour la sixième fois.

Lorsqu'elle se réveilla, elle brûlait, à la façon qu'a de brûler un corps après une opération : chaque capillaire essaie de se reconnecter, de se reboucher, de lutter contre l'infection. La douleur lui était familière, mais pas sa magnitude. Son corps avait été épuisé par les heures passées à pousser, par l'extraction de tant de matière, par la perte de tant de sang.

La chambre d'hôpital était rose, et son esprit cotonneux. Elle vit que sa mère dormait dans un fauteuil bas avec des accoudoirs en bois. En tournant le menton, elle vit le peignoir rose étendu sur sa poitrine. Elle essaya péniblement de comprendre pourquoi elle était à l'hôpital, et quand, l'esprit plus affûté, elle trouva la réponse, elle commença à paniquer parce qu'elle n'était plus enceinte. La sensation d'avoir un bébé dont le cœur battait en elle avait disparu, un vide que maintenant, abruptement, elle remarquait. Tenant son abdomen dégonflé, elle se redressa péniblement dans son lit, ou essaya, mais fut aveuglée par une vague de douleur d'une intensité telle que l'espace d'un instant la chambre disparut – peut-être pendant quelques minutes ou quelques heures, qui sait.

Elle rouvrit les yeux, finalement, et essaya d'appeler sa mère, mais elle avait la bouche sèche. Un tube s'enfonçait dans son bras ; autour de l'aiguille, il y avait un bleu, et sa peau la picotait. Stella se concentra sur ce minuscule inconfort, tenta d'ériger un mur entre elle et le reste de son corps. Il faisait jour ; la lumière filtrait, rose, à travers ce maudit rideau en papier.

— Maman », dit-elle. Sa voix rappelait un bout de papier qu'on écrase dans son poing. Mais cette fois-ci, Assunta était réveillée, et il y avait aussi Tina, debout à côté du lit. « Maman… Où est mon bébé ? Mon bébé ?

Tina l'aida à boire du jus dans un gobelet en carton et Assunta sanglota, serrant si fort sa main que leurs articulations à toutes les deux formèrent des plis rouge et blanc.

« Maman, répéta Stella.

Mais Assunta n'avait d'air que pour les larmes et pour sa prière circulaire : *Merci mon Dieu merci Madonna merci mon Dieu merci Madonna.*

Stella déglutit, et Tina l'aida de nouveau à boire. Son bassin était un oignon de douleur. Elle fit une tentative auprès de sa sœur, cette fois-ci :

— Tina. » Sa voix, était-ce sa voix ? Elle résonnait étrangement. « Tina, où est mon bébé ? Est-ce qu'ils ont emmené mon bébé ?

Tina regarda leur mère, mais Assunta sanglotait dans la main de Stella. Elle allait laisser sa fille faire le sale boulot. La moitié de l'esprit de Stella comprit avant que Tina puisse le formuler ; l'autre moitié ne le comprit même pas une fois la chose énoncée.

— Ton bébé est auprès de Dieu, Stella.

Tina était arrivée jusque-là, mais n'était plus bonne à rien, car elle s'était effondrée sur le sol en lino et pleurait dans sa jupe.

Stella regarda le plafond. Sa mère pleurait sur sa gauche, sa sœur sur sa droite. Elle espérait qu'une infirmière viendrait s'occuper d'elles parce qu'elle ne pouvait plus leur parler, peut-être même qu'elle ne le pourrait plus jamais. Elle ferma les yeux et plongea dans sa douleur.

Stella porta jusqu'au terme un petit garçon en pleine santé dont le cadavre pesait cinq kilos cent. Il s'était présenté par le siège, et le médecin, tout jeune, avait essayé de le retourner. Comme les choses ne se passaient pas comme prévu, le docteur avait utilisé des forceps qu'il avait enfoncés dans Stella pour essayer d'extraire l'enfant. Mais le bébé était bien trop gros pour la voie basse et ses épaules étaient restées coincées. Tandis que la panique s'emparait du bloc, le médecin avait eu recours à une épisiotomie. L'incision jusqu'au rectum qu'il pratiqua ne cesserait d'étonner les générations à venir – où pensait-il exactement que se trouvait ce bébé ? Quand ils parvinrent enfin à extraire l'enfant, celui-ci était mort. Il s'était étranglé avec son cordon ombilical.

Douleur atroce, délire, ténèbres, douleur atroce.

Est-ce que cela avait été aussi terrible quand, enfant, elle avait été charcutée de la sorte ? Était-ce parce qu'elle avait plus de chair à présent qu'elle ressentait davantage de douleur ?

Stella ne maîtrisait pas du tout ses plages de sommeil ni de veille. Dans les moments les plus difficiles, quand la sueur sur ses cicatrices à vif provoquait des démangeaisons, quand le poids de la perte pesait si lourd sur sa poitrine qu'elle devait lutter pour attirer assez d'air dans ses poumons… dans ces moments-là, quand tout ce qu'elle voulait, c'était quitter son corps, quand le sommeil aurait été le meilleur des sursis, elle n'y avait pas accès. Elle devait entendre les pleurs et les conversations maladroites à son chevet des gens abominables qui venaient lui rendre visite. À présent, ils étaient tous abominables.

Pourquoi m'as-tu laissée vivre cette fois-ci ? demandait-elle à Dieu, encore et encore. À quoi bon ?

Parfois, elle posait ces questions tout haut et, si Assunta l'entendait, elle lui disait *Chut.* Dieu ne procédait pas de la sorte.

Tina tamponna le front de Stella avec une serviette froide et humide. Elle retapa son oreiller et humecta d'eau ses lèvres sèches.

— Stella Courageuse, Stella Chanceuse, bonne étoile, fredonna-t-elle.

Elle avait inventé une chanson avec les noms de Stella. *Brava Stella, Stella Fortuna, stella fortunata.*

Stella attendit qu'Assunta ait quitté la pièce pour demander à sa sœur :

— Tu trouves que j'ai de la chance ?

Tina fut prise au dépourvu par la voix de sa sœur après tant d'heures de silence ininterrompu.

— Tu as de la chance d'être en vie, dit-elle.

Mais sa réponse ressemblait à une question.

Stella sentit l'Œil sur elle. Son chagrin était comprimé en un malaise qu'elle comprenait enfin.

— Au moins, maintenant, aucune de nous deux n'a de bébé, dit-elle.

Tina devint livide.

— Stella. Non.

— Admets-le. Décharge-toi, comme ça, Dieu pourra te pardonner. » Stella était tellement exsangue qu'elle était incapable de mettre la moindre ardeur dans ses mots. Mais ils n'avaient besoin de nulle ardeur. « Tu étais jalouse de mon bébé, et maintenant, au fond de ton cœur, tu es heureuse qu'il soit mort.

Lorsqu'elle vit l'expression sur le visage de Tina, Stella sentit son estomac se révulser de haine. Ses grosses larmes stupides – Tina tenterait de pleurer pour se sortir d'affaire comme elle l'avait toujours fait dès qu'une mauvaise chose lui arrivait. Stella détestait sa sœur plus intensément qu'elle n'avait jamais détesté quiconque auparavant, même Carmelo, même son père. Même son père n'avait pas tué son bébé.

— Non, Stella, tu te trompes. » Tina nettoya de la morve

claire sur son menton. « Je voulais juste l'aimer. Je voulais aimer ton bébé et je suis très triste pour toi.

— Tu pourras dire tout ce que tu veux, je ne te pardonnerai jamais, dit Stella.

Elle avait dépensé toute son énergie. Elle détourna la tête et ferma les yeux.

— Pourquoi pleures-tu, Tina ? demanda Assunta à sa fille à son retour.

— Je ne pleure pas, entendit Stella.

Sa sœur renifla et se moucha.

Tina ne chanta plus, mais elle ne quitta pas non plus le chevet de Stella.

La plupart du temps, quand Stella ouvrait les yeux, Assunta et Tina étaient là, quoi qu'il arrive. Mais cette fois-ci il faisait noir – la seule lumière provenait de l'aile d'hôpital à l'extérieur, et c'était un homme qui était assis à côté d'elle dans le fauteuil aux accoudoirs en bois.

— Carmelo ? demanda-t-elle aux ténèbres, parce que pendant un instant elle n'en fut pas sûre.

— Stella.

Il pleurait. Elle l'entendait à sa voix – c'était du Carmelo tout craché, il ne faisait aucun effort pour s'en cacher.

— Ma Stella, mon étoile, ma précieuse Stella. Je suis tellement navré. Tellement navré.

Elle se rendit compte qu'il lui tenait la main quand il la serra plus fort dans la sienne.

— Je t'en prie. Reviens-moi. Je t'en prie, ne me quitte pas. Laisse-moi prendre soin de toi. Laisse-moi arranger les choses.

Peut-être Stella n'avait-elle jamais été aussi faible de sa vie, car elle sentit son cœur basculer. Lorsqu'elle se demanda comment elle pourrait mettre derrière elle toutes les mauvaises choses, elle se rendit compte que son esprit ne voulait même pas se souvenir de ce qu'elles étaient. Et soudain, la route était complètement dégagée. Elle enterrerait sa première année de mariage avec son petit garçon. C'était comme cela qu'elle sauverait sa peau.

Stella Maglieri serra la main humide de son mari.

— Je suis là, Carmelo. Je ne vais nulle part.

L'hôpital l'autorisa à sortir au bout de quatre jours, avec pour recommandation de rester alitée pendant au moins cinq semaines. Le médecin lui prescrivit un analgésique que Stella prit sporadiquement les deux premiers jours, mais le médicament provoquait une telle désorientation et un tel malaise en elle qu'elle l'arrêta. De toute façon, la pire douleur était dans son esprit et dans son cœur, et les pilules ne l'aidaient en rien à s'en défaire.

Parmi les choses pénibles, il y avait le fait de se redresser ou de s'asseoir, ou tout autre mouvement exerçant une pression sur son périnée. Aller aux toilettes était une torture, car cela ravivait l'atroce douleur de la chair pas encore cicatrisée que le médecin avait tranchée pour faire passer les forceps. Cependant, le vagin est un organe de traumatismes et, aussi intense que fût ce calvaire, quand la guérison se produisit, elle fut totale.

Pendant la journée, Stella restait couchée et, tandis que la peau de ses bras brunissait dans la lumière de fin de matinée et que ses tétons endoloris et durs laissaient échapper le lait inutilisé sur l'étoffe aigre de sa chemise de nuit, elle déballait et remballait ses pensées. Tina montait la voir avant d'aller travailler avec une tasse de café accompagnée d'une assiette de *frittata* ou d'un muffin, qu'elle posait sur une chaise à côté de son lit. Sa cadette ne disait jamais rien, et généralement Stella faisait semblant d'être encore endormie.

Carmelo préparait le dîner pour Stella tous les soirs, des plats chauds garnis de viande afin qu'elle puisse reconstituer son sang. Mais Stella l'entendait souvent parler avec Tina dans la cuisine, et elle savait que de nombreux mets du repas que son mari lui apportait étaient des offrandes secrètes de sa sœur. Elle reconnaissait les escalopes de poulet de Tina, panées et cuites au four, et connaissait le goût de sa sauce tomate, qui était plus épicée et pas aussi sucrée que celle de Carmelo.

Assunta, dont les jambes étaient enflammées à cause de l'arthrite et qui n'avait pas été en mesure de travailler de toute l'année, restait aux côtés de Stella en crochetant. La plupart du temps, elles ne parlaient pas, sauf la fois où Stella laissa échapper :

— Maman, et si ça ne va jamais mieux ?

Les joues douces d'Assunta s'affaissèrent tristement. Elle entoura d'une main la cheville de Stella sous la couverture.

— Je sais ce que tu ressens, ma Stella. Moi aussi, j'ai perdu mon premier bébé. » Elle resta muette pendant quelques instants. « Et puis ensuite, Dieu m'a fait don de toi. Le plus beau cadeau que j'aie reçu, déclara-t-elle en serrant doucement la cheville de sa fille. Peut-être qu'il a un plus beau cadeau encore pour toi en réserve.

L'enterrement était une idée de Carmelo. Antonio estimait que c'était jeter de l'argent par les fenêtres – acheter un bout de terre et une pierre tombale à un bébé qui n'avait jamais inspiré un seul souffle d'air dans ce monde. Mais Antonio ne décidait plus pour sa fille.

L'enterrement eut lieu deux semaines après que Stella eut quitté l'hôpital. Elle n'était pas censée sortir de son lit, mais il ne s'agissait que de quelques heures, un office près de la tombe et la mise en terre du minuscule cercueil contenant le corps embaumé de bébé Bob Maglieri.

« C'est quoi, ce nom, Bob ? s'était moqué Joey. Ce n'est pas un vrai nom. Pourquoi vous ne l'avez pas appelé Robert, au moins ? »

Stella ne devait d'explication à personne, et certainement pas à son bon à rien de frère alcoolique. Mais elle avait prénommé son bébé mort « Bob » afin que jamais il n'ait à partager son nom avec quelque enfant vivant que ce soit.

Stella porta une robe noire neuve à l'enterrement. Elle marcha entre sa sœur et sa mère, chacune la tenant par un bras, exactement comme Assunta s'était rendue à l'enterrement de son enfant aux bras de sa mère et de sa sœur trente ans auparavant.

Stella jeta de la terre sur le cercueil – l'entrepreneur des pompes funèbres, un chauve à moustache, dut leur expliquer comment procéder. Après la cérémonie, les proches endeuillés se retrouveraient à Bedford Street pour un déjeuner.

Tandis que leurs amis s'éloignaient de la tombe, Tina demanda :

— Stella, est-ce que tu pourras me pardonner un jour ?

— Ne dis pas de bêtises, répondit Stella. Te pardonner quoi ?

Elle jeta un regard en coin à sa sœur, en se demandant si Tina avait quelque chose à ajouter. C'était le cas :

— De... d'avoir été jalouse.

La voix de Tina se brisa.

— Tina. Tu ne crois quand même pas à ces sornettes du vieux continent ? » Stella enroula un bras autour de celui de sa sœur et chassa la terreur de son cœur : « Le médecin a commis une erreur. Personne d'autre n'est responsable de quoi que ce soit. Il ne faut pas écouter ces vieilles vaches stupides qui déblatèrent de telles âneries. Elles gâcheront ta vie.

Tandis que le cortège rejoignait les voitures, Za Pina demanda à Assunta :

— C'est quoi, le problème de Stella ? Elle ne pleure pas à l'enterrement de son propre fils ?

— Tu ne connais pas ma Stella. Elle n'a jamais pleuré de sa vie, même quand elle était petite fille et que des cochons lui ont ouvert les entrailles.

Carmelo dormit sur le canapé jusqu'à ce qu'on retire les points de suture de Stella. Il retrouva leur lit en septembre, quand elle fut assez mobile pour pouvoir changer les draps avec l'aide de sa mère. Carmelo s'allongeait prudemment de son côté du lit, craignant de lui faire mal par accident pendant la nuit. Parfois, il lui caressait les cheveux jusqu'à ce qu'il finisse par s'endormir.

Un autre mois passa. La chair de Stella avait refermé toutes ses béances. La seule douleur qu'elle portait encore était métaphysique.

Carmelo sut attendre assez longtemps avant de lui poser la question. Et lorsqu'il lui demanda, une nuit d'octobre, « Stella, est-ce qu'on peut réessayer ? » – peut-être parce que la souffrance qu'il fallait qu'elle soigne le plus désespérément était celle dans son cœur –, elle répondit « Oui ».

Pendant le restant de sa vie sexuelle, qui dura quinze ans, Stella offrit son corps à son mari sans résistance ni commentaire, même quand elle était tellement enceinte qu'elle pensait que sa colonne vertébrale pouvait se briser, ou qu'elle était tellement épuisée qu'elle s'endormait au beau milieu. Avec le temps, Stella apprit à dissocier complètement son esprit de son corps. Elle apprit à se tapir dans la fenêtre de son esprit, à regarder par-delà le bidonville de son inconscient, bien au-delà, vers le bleu argenté de la marina tyrrhénienne et les montagnes couronnées par la *chiazza* de l'église de Ievoli, où se dressait la Très Sainte Vierge des Douleurs à jamais béatifiée, dont la patience était infinie et dont le cœur d'or saignait pour son fils défunt.

En avril 1949, Tina était mariée à Rocco Caramanico depuis deux ans et demi. Stella était enceinte de quatre mois quand sa sœur lui annonça la nouvelle sans appel.

— Nous n'aurons jamais d'enfants. Quelque chose cloche.

Cela n'aurait pas dû être une surprise, après tout ce temps à essayer, mais bizarrement Stella fut secouée en l'apprenant.

— Je croyais que tu avais dit que les tests…

Tina se dirigea vers la table de la cuisine avec deux tasses de café. Même si c'était l'appartement de Stella, c'était Tina qui se comportait en hôtesse. Elle disposa les tasses de part et d'autre du pot de confiture rempli des violettes que Carmelo avait cueillies pour Stella la veille.

— Moi, je n'ai aucun problème, expliqua Tina, non sans une certaine satisfaction. C'est Rocco. Quand il était en Nouvelle-Guinée, il a attrapé les oreillons, et cela a rendu ses, tu sais…

— Stérile ? Ça l'a rendu stérile ?

— Oui. » Le visage de Tina était rouge. « Son truc, tu sais, il marche parfaitement.

Stella avait déjà pu observer bien plus de preuves que nécessaire sur ce front.

— Mais ce qu'il a à l'intérieur n'a pas… tu sais. Pas de bébés. Il ne pourra jamais faire de bébés.

Il y eut quelques instants de silence gêné, le temps que

les détails prosaïques se dissipent et que l'irrévocabilité de la situation s'établisse.

— Mais, avant votre mariage, il devait savoir qu'il avait eu les oreillons, fit remarquer Stella. Il le savait depuis le début.

Tina haussa les épaules. Elle regarda fixement sa tasse de café. Ses yeux étaient ronds et semblaient nus.

Rocco avait-il pu réellement faire une chose pareille ? Avait-il pu épouser Tina en sachant qu'elle voulait désespérément avoir des enfants, et la laisser vivre tout ce temps-là avec de faux espoirs ? Même Rocco ne pouvait pas être à ce point cruel et égoïste – si ? Mais Stella ne pouvait pas poser ce genre de questions tout de suite ; ce serait une cruauté d'un autre genre.

— Tina, finit-elle par dire. Je suis vraiment désolée.

— Nous pourrions faire annuler le mariage si je le voulais. Je pourrais réessayer avec quelqu'un d'autre. Le prêtre m'a dit que dans un cas comme celui-ci cela ne poserait aucun problème.

— Tu veux une annulation ? demanda prudemment Stella, avec une pointe d'espoir.

— Non, s'empressa de répondre Tina. J'ai promis « pour le meilleur et pour le pire », n'est-ce pas ?

— Mais, Tina, ce n'est pas juste, pas si tu ignorais que…

— Nous avons un bon mariage, la coupa Tina d'un ton résolu. Nous voulons rester ensemble, même sans enfants.

Le petit espoir qu'avait entretenu Stella quant au fait que Rocco Caramanico puisse appartenir à son passé s'évanouit. Mais que voulait donc dire Tina par « un bon mariage » ? Stella resta muette pendant un long moment. Elle essayait de comprendre. Qu'est-ce qui faisait qu'un mariage était un bon mariage ? Stella n'avait jamais envisagé un mariage comme autre chose qu'un arrangement qu'il fallait endurer afin de créer des enfants – un arrangement qu'elle avait, pour cette raison exactement, tenté d'éviter à tout prix. Comment le mariage de Tina pouvait-il être bon s'il privait celle-ci de la chose qu'elle avait voulue le plus au monde : devenir mère ? Stella déglutit pour faire passer la boule qu'elle avait dans sa gorge sèche, un caillot de confusion et de tristesse.

— Vous pourriez adopter, dit-elle en sachant sa suggestion vaine.

Tina secouait déjà la tête.

— Nous n'avons pas besoin du bébé de quelqu'un d'autre, nous sommes heureux comme ça. Nous n'avons plus à prier pour cela. » Elle leva la tête et sourit : « Ça va aller, Stella. Je pourrai m'occuper de tous tes bébés. Et qui sait combien tu en auras.

La réponse était dix – dix qui survécurent à leur enfance.

En juin 1949, Louie obtint son diplôme de Hartford High. Stella assista à la cérémonie sous une chaleur de plomb, luttant contre l'envie pressante d'uriner, et applaudit fort lorsque son plus jeune frère traversa l'estrade provisoire installée sous le panier de basket-ball pour serrer la main du principal. Tony fit encadrer son diplôme et l'accrocha dans le salon des Fortuna.

Louie passait l'été à travailler pour un ami de Zu Tony Cardamone, un électricien habilité qui s'appelait Bill Johnson. Louie devait être au travail à West Hartford à 6 heures du matin précises – le temps, c'est de l'argent, et le temps d'un électricien, c'est beaucoup d'argent. Pour ses trajets, Tony lui acheta un vélo doté d'enjoliveurs noirs rutilants. Carmelo prit Louie à part et lui dit de ne pas s'inquiéter – il l'aiderait à avoir une voiture.

Joey aussi avait enfin un travail. Carmelo l'avait présenté à la personne chargée des embauches à la compagnie d'électricité. L'homme, qui appréciait Carmelo, avait trouvé un poste à Joey. Stella espérait que son frère respectait assez son travail pour ne pas tout gâcher. Elle ne voulait pas que Carmelo ait des ennuis à cause d'une mauvaise recommandation.

Le 2 septembre 1949, Stella donna naissance à un petit garçon de trois kilos cent soixante-dix grammes. L'accouchement se fit par voie basse et il n'y eut pas de complications, même si, soulignons-le, il ne fut pas beaucoup moins douloureux que la fois où elle faillit mourir en couches.

Ils prénommèrent le bébé Thomas, comme son grand-père paternel, mais avec l'orthographe américaine. Un garçon en bonne santé pour perpétuer leur nom de famille. Bien sûr, Tina et Rocco furent les parrains de baptême du bébé.

C'est ici que les choses s'accélérèrent pour Stella. Tout commença avec les heures, qui se fondirent indistinctement les unes dans les autres au point que les journées perdirent toute singularité. Il n'y avait plus d'horaire pour les repas : Stella mangeait quand elle avait faim, c'est-à-dire tout le temps, parce que son bébé, l'adorable cannibale, l'asséchait. Stella ne s'autorisa à se soucier que de lui, Tommy, jusqu'à ce qu'elle sente le suivant prendre vie en elle, et alors, elle dut partager son attention, et ensuite il y en eut un troisième, et rebelote, elle dut répartir ses soins, etc., etc., jusqu'à ce qu'elle soit si fractionnée et diluée à force de veiller sur eux que toutes les autres choses au monde s'éloignèrent pour ne plus être que des étoiles clignotantes dans un horizon en périphérie. Quinze ans plus tard, alors qu'elle aurait enfin fini d'enfanter, elle regarderait la femme de quarante-quatre ans dans le miroir sans pouvoir réellement détailler ce qui s'était passé dans cet entre-temps perdu.

Il se passa une chose : Queenie. Elle était jolie comme un cœur mais, rétrospectivement, bien des choses auraient dû leur mettre la puce à l'oreille.

Un mardi soir de mai 1950, Stella était assise dans la cuisine de sa mère, en train d'allaiter bébé Tommy, quand Louie fit irruption dans la pièce, laissant claquer la porte moustiquaire du jardin derrière lui. Il ignora Tina, qui épluchait des carottes et qu'il manqua de heurter avec la porte, et Stella, qui émit un petit son agacé, cacha son sein nu avec un chiffon et pinça le petit visage concentré de Tommy.

Assunta était devant la cuisinière et remuait des pâtes avec une cuillère en bois pour les empêcher de coller à la casserole.

— Maman, dit-il au dos de sa mère. Je veux me marier.

Assunta se retourna et regarda son fils.

— D'accord, Louie. Tu vas trouver une fille ?

— J'en ai trouvé une. Et je lui ai demandé de m'épouser, mais elle a dit non.

Assunta et Tina poussèrent un petit cri, et Stella cacha son sourire en même temps que son visage dans la couverture de Tommy.

— Tu as demandé une fille en mariage sans d'abord l'amener ici ? s'exclama Tina tandis qu'Assunta assenait une tape sur l'épaule de son fils avec sa cuillère dégoulinante.

— Pourquoi aller si vite ? » Assunta le frappa de plus belle. « Tu as des ennuis ?

— Pas d'ennuis, répondit Louie. C'est une fille bien. Le père est très strict. » Les poches qu'il avait sous les yeux depuis l'enfance lui donnaient un petit air canin qui le faisait paraître particulièrement sincère. « J'ai dit quelque chose parce que je ne voulais pas qu'elle parte. Je ne voulais pas qu'elle pense que je n'étais pas sérieux.

— Je crois qu'il va falloir que tu nous en dises plus sur cette fille, intervint Stella. Et vaudrait mieux accorder nos violons avant le retour de papa.

Deux semaines auparavant, Louie avait accompagné Bill Johnson dans une maison de West Hartford. Ce fut la fille aînée de la famille qui leur ouvrit et qui leur expliqua le problème avec la boîte à fusibles. Son anglais était parfait et rapide, et Louie ne se doutait pas qu'elle était italienne avant de remarquer la plaque en bois au-dessus de l'encadrement de la porte – le visage pastel de Jésus par-dessus les mots DIO BENEDICA LA NOSTRA CASA. La jolie fille resta à côté d'eux et observa attentivement leur travail. Louie transpirait de panique parce qu'il ne voulait pas mettre son emploi en péril, mais il ne pouvait partir sans dire quelque chose.

Finalement, il parvint à lui demander son nom. Pasqualina Lattanzi – un grand nom pour une personne aussi minuscule, pour reprendre la description qu'en fit Louie, à peine haute comme ça et avec un visage de poupée. Tout le monde, apprendrait-il plus tard, l'appelait Queenie.

Il ne pouvait pas lui proposer de rendez-vous devant Bill, alors il mémorisa son adresse, et dès qu'il eut fini sa journée de travail, il retourna chez elle à vélo. Elle était dans le jardin à l'avant de la maison, et lisait un livre tout en surveillant un troupeau de garçons qui jouaient à la guerre autour d'un pommier sauvage.

« Tu dois partir, dit Queenie. Mon père va te tuer.

— Je n'ai pas peur de lui, répondit Louie.

— Eh bien, moi si, et je n'ai pas envie non plus qu'il me tue.

Elle se leva, posa le livre sur la chaise et croisa les bras.

— Je suis juste venu te proposer un rendez-vous. Si ton père veut, je peux d'abord lui demander la permission.

— Je ne sors pas avec des garçons, répondit-elle.

Mais Louie voyait bien qu'elle l'examinait.

— Pourquoi pas ? Tu as quel âge ?

— J'ai dix-huit ans. Mais ma famille est vieux jeu. » Sa voix bien américaine semblait tout sauf vieux jeu à Louie. « Mon père ne croit pas aux rendez-vous. Il ne jure que par la cour, tu sais, comme en Italie, avec des chaperons, et seulement quand tu as l'intention de te marier.

— Et si on voulait se marier ? » répliqua Louie sans avoir pris le temps de réfléchir, avant de décider que, tant qu'à faire, autant aller au bout des choses : « Est-ce qu'on pourrait avoir un rendez-vous tous les deux si on allait se marier ?

— Tu ne me connais pas du tout.

— J'apprendrai. Est-ce qu'il faut qu'on se fiance avant de se parler ? Je peux faire ma demande tout de suite.

Queenie secoua la tête.

— Je viens d'entrer à la fac. Quand j'aurai terminé et que j'aurai un poste de secrétaire, là, je commencerai à penser à me caser.

L'un des garçons s'était détaché du groupe. Il se dirigea vers eux, se planta à côté de Queenie – il lui arrivait tout juste à l'épaule – et croisa les bras comme elle.

— Circulez, jeune homme, lança-t-il, exactement comme aurait pu le faire une version archi miniature de John Wayne.

— J'étais en train de lui dire la même chose, expliqua Queenie.

Louie circula, mais il fit étape devant la maison des Lattanzi tous les jours en rentrant du travail sur son vélo.

« Faut que tu arrêtes, lui disait Queenie. Tu ne peux pas venir ici comme ça. Tu vas m'attirer de gros, gros ennuis.

— J'arrêterai de venir si tu acceptes de sortir avec moi », répondait Louie.

Mais jusqu'à présent elle n'avait pas accepté.

Quand Louie fit part à sa mère et à ses sœurs de sa situation difficile, Stella lui dit :

— Tu ne vaux pas mieux que Carmelo. Tu ne sais donc pas que certaines femmes veulent juste qu'on leur fiche la paix ?

— Elle veut se marier, dit Louie. Sans son père, elle me dirait oui et sortirait tout de suite avec moi. Je le sais.

— Vous le savez tous, pas vrai, ironisa Stella.

Mais personne ne lui prêta attention. Elle baissa les yeux vers le petit Tommy.

— Est-ce que tu seras comme ça, un jour ? lui demanda-t-elle. Est-ce que tu seras convaincu d'être le meilleur et penseras que tu devrais toujours, toujours obtenir ce que tu veux, du moment que tu te montres assez insistant ?

— Tu es bien placée pour dire ça, Stella, rétorqua Louie.

— Il faudra que ton père appelle son père, et nous les inviterons tous ici à dîner, dit Assunta. C'est comme ça qu'il faut faire les choses.

— Oui, amène-la ici. Papa l'obligera à se fiancer à toi, que ça lui plaise ou non, lança Stella.

Louie se fiança à Queenie Lattanzi en juin 1950. Ils ne se marieraient pas tant qu'elle n'aurait pas fini ses études et n'aurait pas trouvé de travail. « C'est bien plus difficile pour les femmes mariées de trouver un emploi, expliqua Queenie à Stella. On pense que tu vas démissionner pour avoir un bébé. Alors il faut chercher tant que tu es encore une "Mlle Machin". »

Les parents de Queenie vivaient en Amérique depuis longtemps. Son père vieux jeu était un menuisier respecté dont les meubles étaient en vente dans tous les meilleurs magasins. Il était allé au bout de son CE2 en Italie – « On ne peut pas aller plus loin là-bas, tu sais », ajoutait Queenie sur la défensive – et était un fervent partisan de l'école. Ce qui expliquait qu'il finance le cours professionnel de Queenie.

Queenie, pour sa part, n'avait jamais mis les pieds en Italie. Elle parlait très bien italien, mais ne cachait pas son mépris pour les gens qui ne faisaient aucun effort pour vivre à l'américaine. Elle avait les ressources d'une femme italienne et la confiance en soi d'une fille américaine. Maintenant qu'elle et Louie étaient fiancés, elle venait à Bedford Street deux ou trois fois par semaine, prodiguant de façon autoritaire à sa future belle-famille des conseils pour les aider à améliorer leur lot. Il fallait qu'ils installent des ventilateurs électriques ; on n'était plus au village, ici. Il fallait qu'ils achètent une télévision pour le salon ; il fallait être au courant de ce qui se passait dans le monde. Il fallait qu'ils découpent des coupons dans le journal pour faire des économies au magasin. Il fallait qu'ils peignent les murs de leur maison et accrochent des œuvres d'art ; aucun Américain ne vivait dans des pièces blanches et nues. Et ça, ça, c'était une bien meilleure recette de muffins aux myrtilles que celle que Tina utilisait jusqu'à présent.

Tous les Fortuna l'aimaient bien, malgré son côté Mlle Je-sais-tout. Elle avait, constata Stella, généralement raison. Elle avait raison, par exemple, à propos de Tony, même si elle était disposée à dire ce que tout le monde préférait taire.

Ce fut Queenie qui remarqua que quelque chose n'allait pas chez le petit Tommy, parce que, même si elle était jeune et n'était pas mariée, elle était la seule à savoir ce que les bébés américains étaient censés faire.

— Il a plus de un an, dit-elle. Il devrait déjà marcher.

— C'est vrai, m'man ? demanda plus tard Stella à sa mère.

Assunta baissa les yeux sur Tommy, qui rampait maladroitement sur le sol de la cuisine. La bouche d'Assunta était crispée d'un côté – Stella devinait qu'elle s'en voulait de ne pas connaître la réponse à cette question.

— C'est vrai que vous marchiez tous avant vos un an, je crois, finit-elle par observer. Mais peut-être qu'ici il en va autrement. Les enfants ne vivent pas autant dehors.

Stella était inquiète maintenant, et demanda à Carmelo de les conduire à l'hôpital. Ce que le médecin voyait ne lui plaisait pas. Stella ne comprenait pas tout le langage médical complexe, mais le docteur n'excluait pas certaines terribles possibilités. Le pauvre petit corps de Tommy – trop petit, selon le médecin, il ne grandissait pas normalement – fut soumis à des mesures, des tapotements, des étirements, des contorsions. Pendant trois semaines d'insomnie, Stella se demanda si Dieu allait lui enlever encore un autre enfant.

Les examens se révélèrent tous négatifs – le petit Tommy n'avait pas de cancer. Il était affligé d'une maladie très rare à cause de laquelle son corps développait un peu partout des tumeurs, certes bénignes, mais qui inhibaient sa croissance. Il aurait toujours une petite ossature ; il n'intégrerait jamais une équipe de sport ni ne pourrait se défendre si on l'embêtait. Il fallait qu'ils veillent sur celui-ci – qu'ils le gardent près d'eux à la maison et à l'écart des ennuis aussi longtemps que possible.

Il s'avéra que ce « aussi longtemps que possible » fut « pour toujours ». Tommy n'habiterait jamais plus loin qu'en face de chez sa mère. Il aurait trente-neuf ans quand Stella serait victime de l'Accident qui la handicaperait. Il aurait pu se marier, poursuivre ses propres rêves, mais au lieu de cela il resterait pour veiller sur elle.

Le 28 mai 1951, Stella donna naissance à un deuxième fils vivant, Antonio « Nino » Maglieri, en hommage à son grand-père maternel. Malgré ce nom, il deviendrait le préféré de Stella, le dernier garçon de l'enfance duquel elle profita, car elle en avait encore la disponibilité mentale et le cœur, avant qu'il y ait trop de bébés renversant des choses, crachant, s'écrasant par terre et pleurant. Louie et Queenie furent les parrains du bébé, même s'ils n'étaient pas encore mariés.

Nino deviendrait un enfant robuste et jovial, entouré d'une ribambelle d'amis, et doté d'un bagout qui lui permettrait souvent de se tirer d'affaire. Il protégeait son frère aîné, dont il était le meilleur ami. Personne n'embêtait Tommy dans la cour de récréation parce que personne n'embêtait Nino où que ce soit. Contrairement à Tommy, dont la maladie le dispensa d'être appelé sous les drapeaux, Nino fit partie du neuvième contingent tiré au sort dans la loterie organisée en 1970 pour la conscription. Au moins, lorsque Stella allaitait son beau nourrisson aux yeux chocolat, ne pouvait-elle absolument pas imaginer que son corps parfait de jeune homme de tout juste dix-neuf ans exploserait sur une mine terrestre dans une forêt du sud du Vietnam.

À leur retour de lune de miel en avril 1952, M. et Mme « Louis » Fortuna, comme on les appelait désormais, emménagèrent dans l'appartement au rez-de-chaussée de la maison de Bedford Street, dans la chambre que Stella et Tina avaient un jour partagée. Queenie ne cacha pas son mécontentement face à cet arrangement.

— On manque cruellement d'intimité ici, confia-t-elle à Stella et à Tina. Nous sommes des *jeunes mariés.* On ne devrait pas avoir des gens collés à nous, qui ouvrent les portes n'importe quand.

— Tu sais que nous sommes toutes passées par là, répondit Tina. C'est juste le temps de mettre un peu d'argent de côté.

— Je ne suis pas comme vous, répliqua Queenie. J'ai grandi comme une Américaine, et en Amérique on ne tolère pas les choses que vous avez supportées sur le vieux continent.

Elle ne disait pas cela méchamment, mais ses propos étaient brutaux.

— C'est du provisoire, intervint Stella pour calmer le jeu, avant que Tina se fâche. Vois ça comme un loyer gratuit.

— Pas vraiment gratuit, rétorqua Queenie. Ton père pense que, parce qu'il est dans sa maison, il a le droit d'entrer comme ça dans ma chambre quand ça lui chante. N'importe quand. » Le sous-entendu était très clair, mais elle énonça tout de même les choses noir sur blanc : « Stella, il entre dès qu'il entend qu'on est en plein milieu de… tu sais.

— En train de faire la chose ? demanda Tina, horrifiée.

Stella était dégoûtée mais pas surprise. Au moins, Tina ne semblait pas savoir que Tony les épiait aussi jadis, elle et Rocco. Stella était tellement contente qu'il y ait des portes que l'on pouvait verrouiller et deux volées de marches entre sa vie conjugale et son père.

— Et j'ai surpris votre mère en train de fouiller dans mes affaires, ajouta Queenie.

— Non, dit Stella. Maman ne ferait pas ça.

Tant qu'elle se plaignait de son père, Queenie avait eu la sympathie de Stella. Mais cette dernière ne laisserait pas cette petite poupée médire sur Assunta.

— Impossible, intervint Tina.

— Que tu crois, dit Queenie.

— Peut-être pour t'aider avec le linge, ou quelque chose comme ça. Mais elle n'espionnerait jamais, ne te prendrait jamais rien. Si tu penses le contraire, c'est que tu la connais mal.

— Bien, conclut Queenie.

Elle s'adossa à sa chaise et n'en parla plus. Queenie avait peut-être toujours raison, mais elle avait également appris que, quand Stella prenait position, c'était inviolable.

Qui est responsable de ce qui s'est passé par la suite, vraiment ? Eh bien, c'était la faute de Tony – seul lui peut être blâmé pour ce qu'il a fait. Mais cela ne veut pas dire qu'il n'y avait pas d'autres responsables, ou des complices.

Ce fut Assunta, par exemple, qui fit entrer Mickey dans la famille.

En juillet 1952, alors que Louie et Queenie étaient rentrés de leur lune de miel depuis trois mois et que, comprit Stella, on commençait à se sentir un peu à l'étroit dans l'appartement du rez-de-chaussée, Assunta annonça quelque chose : elle n'avait pas vu ses proches à Ievoli depuis douze ans, et elle voulait y retourner. Elle voulait faire un pèlerinage pour voir la Madonna de Dipodi, fêter l'Assomption, et se recueillir sur la tombe de sa mère.

En réalité, Assunta avait fomenté un plan pour que son traînard de Joey grandisse et fonde une famille. Dans l'état actuel des choses, il ne trouverait jamais d'épouse parce qu'il dépensait tout son salaire au bar et en *puttane.* Assunta avait essayé les pleurs et les critiques incessantes, en vain. À présent, elle se disait que peut-être il fallait que les choses se passent dans l'ordre inverse : s'il avait l'épouse à la maison, dont il fallait qu'il s'occupe, il serait obligé de rentrer dans le rang. Il fallait juste trouver une ruse pour qu'il se marie. Bon, Assunta ne pouvait pas faire grand-chose ici à Hartford, parce qu'elle ne comprenait pas les filles comme Queenie, pas plus qu'elle ne savait comment les impressionner. De plus, il fallait qu'elle éloigne Joey de ses mauvaises habitudes et des gens qui étaient au courant de ces habitudes. À Ievoli, elle serait en mesure de contrôler la situation.

Le stratagème du pèlerinage fut rapidement mis sur pied. Lorsqu'elle fit son annonce à la famille au dîner du dimanche, elle ajouta qu'elle aurait besoin de quelqu'un pour l'accompagner et supplia Joey de venir avec elle. Ce ne serait l'affaire que de quelques mois.

— Quelques mois ? Impossible, m'man. Faudrait que je démissionne.

— Non, pas obligé », dit Assunta, alors que bien sûr qu'il y serait contraint. Un bon poste avec une retraite à la clé, qu'il venait tout juste de décrocher. « De toute façon, j'ai déjà pris nos billets.

Le plan était clair aux yeux de tous : Assunta n'était pas très douée pour les subterfuges. Stella était juste surprise que son père semble faire peu de cas de toute cette affaire. « Des histoires de bonnes femmes », disait-il. Tony avait jeté l'éponge avec son fils, et trouvait peut-être que cela valait la peine d'essayer le plan manigancé par Assunta.

Joey et Assunta partirent le 27 juillet. À la mi-septembre, Tony reçut une lettre écrite dans le mélange d'anglais et d'italien mal orthographié de Joey. Il expliquait qu'ils profitaient de leur séjour, qu'ils resteraient à Ievoli pour Noël, mais qu'ensuite ils rentreraient avec sa nouvelle épouse, Michelina, qu'il surnommait Mickey.

Tu as réussi, m'man ! pensa Stella. Elle était impressionnée. Elle se demandait où Assunta avait dégoté une femme consentante, et quelles mesures avaient été prises pour les forcer tous les deux à un mariage religieux. Elle espérait que cette Michelina avait les épaules solides pour faire quelque chose de son frère fainéant. À la messe, Stella dit une prière spéciale à l'intention de la Vierge. Faites que ma mère ait bien choisi, lui demanda-t-elle. Après tout, Assunta ne pourrait user qu'une seule fois de cette ruse pour trouver une épouse à Joey.

Joey et sa nouvelle femme, Mickey, emménagèrent dans la vieille chambre des garçons au rez-de-chaussée en janvier 1953. Mickey était déjà clairement enceinte, ce qui laissa entendre à Stella qu'il s'agissait là d'une femme qui ne perdait pas de temps.

Mickey, qui venait tout juste de fêter ses dix-huit ans, avait grandi à Nicastro, même si Assunta énumérait tous ses liens avec Ievoli : sa mère était la cousine germaine de Za Violèt de Pianopoli ; son frère aîné avait épousé la copine d'école primaire des filles Marietta. Mickey était grande et avait de longues jambes lisses, ce que tout le monde savait parce qu'elle se promenait dans la maison en nuisette de soie. Stella se demanda comment les choses avaient pu changer en Calabre au point de produire cette créature dévergondée. Mickey riait fort et flirtait avec tous les hommes à la ronde – son beau-frère, son beau-père, n'importe qui –, leur touchant le bras quand elle leur parlait, s'asseyant à côté d'eux sur le canapé et posant la tête sur leurs épaules. Stella était sombrement amusée de voir à quel point la jeune femme mettait mal à l'aise Carmelo, Louie et Rocco, mais de toute évidence cela ne faisait pas du tout rire Queenie, qui était celle qui devait se la coltiner le plus. Stella attendait avec impatience le jour où Mickey se verrait inculquer des bonnes manières à coup de gifles.

— Je ne peux pas, dit Queenie à Stella et Tina, comme elle le faisait au moins une fois par semaine. Je ne peux pas continuer à vivre avec cette femme. Déjà qu'avant c'était pas terrible, mais là…

Tina se pencha et se mit à parler tout bas :

— Tu vas faire quoi ?

Queenie grogna. Stella, qui crochetait, lança un coup

d'œil vers elle pour examiner son visage. Il affichait un rictus de ras-le-bol.

— Tu vas déménager ? demanda Tina.

— Comment ? Ta mère ne le permettra jamais.

Stella n'avait rien à lui offrir pour la consoler. Une fois de plus, elle était simplement soulagée qu'elle et Carmelo aient un verrou et une porte entre eux et toutes ces histoires.

Au début du mois de mai 1953, Mickey organisa pour elle une fête en vue de l'arrivée du bébé, sur ordre de ses nouvelles amies de l'église, qui vinrent, gobèrent des pâtisseries et apportèrent toutes sortes d'adorables cadeaux miniatures. Le temps était frais et pluvieux. Mickey indiqua à ses convives de poser leurs manteaux mouillés dans la chambre de Queenie et de Louie. Sur le lit de Queenie.

Ce fut la goutte de trop, même si Queenie avait dû planifier les choses depuis longtemps.

Le dernier dimanche de mai, le clan Fortuna se rendit à la messe de 11 heures. Queenie ne se sentait pas bien, alors elle resta à la maison avec Louie. Sur le chemin de l'église, Assunta et Tina se demandèrent si un bébé était en route.

Après la messe, ils s'arrêtèrent chez Za Filomena et Zu Aldo pour déjeuner. C'était une belle journée, et les garçons jouèrent dans le jardin à l'avant de la maison avec la fille de Carolina, âgée de deux ans. Assunta rentra avant tout le monde à Bedford Street pour entamer les préparatifs du dîner du dimanche ; tous les autres la suivirent une demi-heure plus tard, quand Nino commença à se montrer trop agité.

Stella entendit les cris avant même d'avoir posé le pied sur la galerie. D'abord, elle se demanda s'il s'agissait d'un animal blessé ou du couinement d'un tuyau défectueux. Mais non. *Maman.*

Stella flanqua Nino dans les bras de Carmelo et se précipita vers les marches du perron, qu'elle gravit en se dandinant – elle n'était enceinte que de quatre mois, mais cette fois-ci son ventre était déjà bien rond. La porte, qui n'était pas verrouillée, s'ouvrit brutalement sur un couloir sombre et fétide – la puanteur la frappa immédiatement. Quand Stella appuya sur l'interrupteur, il lui fallut un moment pour comprendre ce qu'elle regardait.

Sa mère, agenouillée dans le couloir de l'entrée, faisait de l'hyperventilation, à côté d'une flaque de vomi. À travers ses cheveux tout ébouriffés, on distinguait que son crâne était dégarni par endroits et qu'elle saignait. Plus tard, Stella trouverait les touffes qu'elle avait arrachées près de l'évier de la cuisine. Quelque chose de sombre tachait un côté de son visage. Stella ne tarderait pas à découvrir qu'il s'agissait de traces de diarrhée. De la matière fécale était étalée sur les murs, à peu près à hauteur de taille, comme si Assunta avait arpenté le couloir à quatre pattes, la main posée sur le papier peint. Au-dessus de la merde, les éraflures que, dans leur hâte, Queenie et Louie avaient laissées, et qui trahissaient leur opération.

Elle l'a fait, pensa Stella, presque triomphalement, mais cette pensée disparut rapidement.

Tina s'effondra par terre à côté de sa mère et lui demanda :

— Maman, que s'est-il passé ?

Comme les sanglots reprenaient, Stella enjamba le vomi et traversa la maison pour faire l'inventaire. Queenie – feignant être malade, la petite crapule – avait dû sauter du lit à la minute où ils étaient partis pour la messe et avait commencé à charger un camion. Dieu seul savait où elle avait trouvé une entreprise de déménagement qui travaillait un dimanche. Au cours des quatre petites heures d'absence des Fortuna, Louie et Queenie avaient tout pris – chaque meuble du salon et de la salle à manger ainsi que de la chambre. Ils avaient pris les casseroles dans les placards de la cuisine, le savon sur le support dans la salle de bains. Le seul signe de leur présence qu'ils laissèrent derrière eux fut la faible auréole dessinée par le soleil autour de l'endroit sur le mur du salon où, jadis, le diplôme de Louie avait été accroché.

— *Malandrina*, n'arrêtait pas de répéter Antonio. Elle ne vaut pas mieux qu'un escroc, cette Queenie.

Peut-être n'aurait-elle pas volé tous tes meubles, pensa Stella, si tu ne t'étais pas rincé l'œil gratuitement, espèce de vieux dégueulasse.

Mais toute la sympathie qu'elle pouvait bien éprouver pour Queenie fut gâchée par la réaction d'Assunta à une telle calamité – exagérée, certes, mais Stella ne pensait pas que sa mère jouait la comédie. Assunta pensait réellement qu'elle ne pourrait survivre à tout cela : son fils préféré qu'on lui enlevait, sa maison réduite en miettes, sa famille en ruine.

Il n'y eut pas de sauce du dimanche ce soir-là ; Queenie n'avait laissé aucune casserole dans laquelle cuisiner.

— Elle a pris ma passoire à pâtes ! répétait Assunta, comme s'il s'agissait de l'injustice la plus inhumaine de toute la journée. Ma passoire à pâtes ! Elle aurait au moins pu me laisser quelque chose pour égoutter mes pâtes !

Carmelo tenta de les entraîner hors de l'appartement vide pour dîner à l'étage. Mais on ne pouvait laisser Assunta toute seule. Stella l'avait obligée à prendre une douche, avait enlevé la merde qu'elle avait sur elle en lui frictionnant la peau et avait doucement rincé son crâne ensanglanté avant de la mettre au lit. Assunta, ivre de chagrin, continua à pleurer de façon hystérique. Tina pleura doucement par solidarité.

— Laisse tomber, Carm, dit Stella à son mari. C'est sans espoir.

Carmelo finit par descendre une casserole de pâtes préparées à l'étage, dans la cuisine des Maglieri. Ceux qui étaient en état de manger prirent leur dîner assis sur la moquette du salon. Les garçons profitèrent de ce grand espace vide pour courir en rond dans la pièce, et Nino renversa le fromage.

Quatre jours plus tard, ils reçurent par courrier la carte de changement d'adresse, dont la bienséance spécieuse et l'écriture de secrétaire trahissaient Queenie. Le samedi venu, Stella confia les enfants à Tina et demanda à Carmelo de la déposer en voiture devant la nouvelle maison de son frère, dans le quartier de West Hartford. La bâtisse, qui ne comptait qu'un niveau, était petite et dotée d'une façade en briques et d'une haie carrée. Le jeune couple avait dû économiser assidûment pour se l'offrir, ou peut-être que les parents de Queenie lui avaient donné de l'argent.

Stella demanda à Carmelo de l'attendre dans la voiture.

— Je n'en ai pas pour longtemps.

Elle ne voulait pas que le bon naturel et la compassion de son mari la freinent.

Louie n'était pas à la maison, ce qui était tout aussi bien, car c'était avec sa belle-sœur que Stella avait un compte à régler.

— Tu devrais avoir honte, dit-elle à la jolie jeune femme lorsque celle-ci lui ouvrit.

Queenie portait une robe d'intérieur rose à fleurs cintrée sur ce que Stella jugea être une taille incroyablement fine.

— Tu devrais avoir honte de ce que tu as fait à ma mère. Elle a toujours été gentille avec toi.

— Je n'ai aucun problème avec ta mère. Je trouve que c'est une femme charmante, même si elle est un peu déséquilibrée. » Queenie lâchait ses mots comme de la mitraille, si bien que Stella ne comprenait ce qu'elle disait qu'une fois qu'il était trop tard pour réagir efficacement. « Mais ton père est un pervers, ton frère Joey est un gros nul et sa femme une traînée fainéante et dénuée d'éducation. Je n'élèverai pas mes enfants dans une maison pareille.

Stella sentait la colère monter, même si elle n'était en désaccord avec aucun des propos de Queenie.

— Tu n'étais pas obligée de partir comme ça, finit-elle par dire. C'était cruel.

— Je suis navrée que tu le prennes comme ça. » Le petit visage dur de Queenie se radoucit : « Ta mère ne nous aurait jamais laissés partir, Stella. Et Louie n'aurait jamais eu le courage de lui tenir tête.

Tony alla voir M. Greenburg, le Juif de Franklin Avenue, et racheta un nouveau mobilier pour toute la maison. Les prix de M. Greenburg étaient corrects, et il faisait crédit. Payez ce que vous voulez maintenant, disait-il toujours, et ensuite remboursez-moi chaque semaine à hauteur de ce que vous pouvez.

— Tu aurais pu obliger Queenie à te rendre tous vos meubles, p'pa, fit remarquer Stella.

Tony balaya tout de suite cette idée.

— Ce ne sont que des gamins. Ils n'ont pas d'argent à dépenser. De toute façon, ça donne à ta mère l'occasion de se faire plaisir en choisissant de nouveaux meubles.

Stella se demanda si son père se sentait coupable, mais ne pensait pas qu'il en ait la capacité. C'était sa version personnelle d'une indulgence papale envers ses péchés. Sauf que le pape, c'était Assunta.

Le bébé de Mickey naquit en juillet, une petite fille qu'ils prénommèrent Betty. Rocco et Tina furent choisis pour parrain et marraine. Stella était soulagée que Mickey ne l'ait pas proposé à elle et Carmelo.

Le deuxième dimanche d'octobre, Mickey ne se sentait pas bien et resta à la maison plutôt que d'aller à l'église. Joey n'y alla pas non plus, pour veiller sur le bébé. Quand les Fortuna rentrèrent à la maison, Stella fut plus dégoûtée que surprise de découvrir que l'appartement du rez-de-chaussée avait été vidé de tous ses meubles.

— Encore ? murmura Tina à Stella.

— Quelle truie », dit Stella sans prendre la peine de chuchoter. Elle était tellement enceinte qu'elle n'avait pas l'énergie de faire quoi que ce soit sinon s'adosser au mur dépouillé de ses photos. « Une péquenaude, comme je l'ai toujours pensé.

— Je trouve qu'elle n'était pas obligée de faire tout ça de nouveau par surprise, fit remarquer Tina.

— Bien sûr que non. Elle veut juste que tout le monde parle d'elle comme de quelqu'un de spécial. » Sans bouger, Stella examina les dégâts, la pièce vide, le petit accroc dans l'encadrement de la porte, laissé par des déménageurs indisciplinés. « Mais tu sais quoi ? Bien fait pour eux. Maintenant, ils vont devoir se payer leur fichu loyer, se préparer eux-mêmes à manger et nettoyer les saletés de leur bébé.

— Oh, le pauvre bébé…

Et avant que les grandes eaux ne se mettent à couler, Stella intervint :

— Détends-toi. Tu la verras beaucoup, tu verras.

Comment allaient-ils s'en sortir, cependant ? se demanda Stella. Joey n'avait pas récupéré son poste dans la compagnie d'électricité, et avait passé les six derniers mois à balayer le sol chez un coiffeur pour hommes.

Cette fois-ci, Assunta exprima sa colère, au grand soulagement de Stella.

— Elle n'était pas obligée de se payer notre tête comme ça ! s'écria-t-elle.

— C'est rien qu'une sorcière, m'man. Une hystérique. Elle veut attirer l'attention, dit Stella.

Assunta claqua les portes des placards les unes après les autres en établissant qu'en effet les Joseph Fortuna lui avaient pris toutes ses casseroles et même sa nouvelle passoire pour les pâtes.

— Nous leur aurions donné tout ce qu'ils voulaient.

Nous savons ce que gagne Joey. Nous lui aurions acheté une maison. Il n'était pas obligé de voler la nôtre.

— On ne lui aurait rien acheté du tout, la coupa Tony. C'est terminé pour lui. Il est temps pour lui de grandir, bon sang, et d'être un homme.

Assunta parut soudain tracassée.

— Mais, Tonnon…

— Non. Pour reprendre l'expression des Américains, comme on vole son lit on se couche.

En novembre 1953, Stella donna naissance à un troisième bébé vivant. Une fille, cette fois-ci, qu'ils prénommèrent Bernadette, comme la sainte dans ce film qu'elle avait vu pendant la guerre, la fille de France qui avait aperçu la Vierge sur la colline. Le frère de Carmelo, Gio, et sa femme furent le parrain et la marraine.

Bernie serait la seule fille de Stella, et jamais elle n'aurait peur de dire aux hommes ce qu'ils devaient faire. Elle se détournerait des divers écueils de l'adolescence en regardant ses frères commettre toutes les erreurs possibles et imaginables ; elle deviendrait enfin la première personne de sa famille à obtenir un diplôme universitaire, que son père, très fier, insisterait pour payer. Sa personnalité terre à terre s'accorderait parfaitement avec sa carrière de comptable dans un grand groupe d'assurances à Hartford, dont elle finirait par devenir la vice-présidente. Après avoir farouchement refusé pendant des années de se caser, à l'instar de Stella, elle finirait par changer d'avis. Et je l'en remercie, puisqu'il s'agit de ma mère. Elle épouserait un programmeur informatique d'ascendance germanique rencontré lors d'un cours de développement commercial à l'université du Connecticut – mon père, la raison blonde aux yeux bleus pour laquelle je passe difficilement pour une Italienne.

Ma mère est une branche rebelle isolée dans l'arbre

généalogique des Maglieri, la seule ramification à être sortie du ghetto italien pour s'installer en banlieue, la seule à lire des romans de science-fiction et à refuser de baptiser ses enfants. Mais voyez-vous, jamais vous n'auriez pu entendre cette histoire si elle ne vous était pas contée par une quasi-étrangère. Un authentique Maglieri n'aurait jamais écrit toutes ces choses.

En mai 1954, après des mois d'organisation et, plus important encore, avec la bénédiction durement obtenue d'Assunta, les Maglieri quittèrent Bedford Street pour une maison que Carmelo avait achetée dans une ville voisine, Dorchester. Front Street tombait en ruine, et les Maglieri ne furent pas les seuls à partir.

La nouvelle maison avait été bâtie une vingtaine d'années auparavant et, avec sa forme de cube, elle évoquait un cadeau d'anniversaire bleu vif qui ne demandait qu'à être déballé. Il y avait deux chambres, deux salles de bains, et une galerie couverte à l'arrière qui surplombait l'herbe marécageuse que Carmelo transformerait en tonnelle et en jardin potager. Il y avait un escalier tapissé de moquette que les garçons de Stella passeraient les vingt années suivantes à gravir en trombe et à redescendre sur le ventre. La rue s'appelait Alder Street, du nom d'un arbre, apprendrait Stella, l'aulne – *ontano* en italien –, très commun à Ievoli, mais qu'elle n'avait pas vu une seule fois en Amérique.

Finalement, on installerait dans la seconde chambre deux paires de lits superposés, une troisième sur le palier, puis une quatrième à l'emplacement de la table de la salle à manger, évincée – ce n'était pas comme s'ils l'utilisaient vraiment. Généralement, les garçons mangeaient debout dans la cuisine, et le repas du dimanche avait lieu chez Tina. Stella transformerait son dressing en chambre pour Bernie, afin que sa fille n'ait pas à partager son espace avec ses voyous de frères. Malgré tout, il manquerait en permanence un lit aux Maglieri. Mais il y avait toujours un adolescent torse nu étalé sur le canapé, avec des chaussettes puantes aux pieds qui dépassaient d'un bout, ou qui somnolait à plat ventre sur la moquette devant la télévision. Parfois, en fait, plusieurs lits étaient vides, parce que plusieurs garçons n'étaient pas rentrés à la maison de la nuit. Mais ils étaient tellement nombreux – qui pouvait savoir où chacun se trouvait ? Certainement pas Stella.

La maison d'Alder Street avait un voisin sur la gauche, mais à sa droite il y avait une parcelle inoccupée que Rocco et Tina achetèrent. La qualité marécageuse du terrain ne plut pas à Rocco. Il mit le prix pour le recouvrir de terre qu'on fit venir par camions entiers. Ensuite, ils bâtiraient une maison correspondant exactement à leurs desiderata.

Entre le crédit et les enfants à qui il fallait tout le temps acheter de nouvelles chaussures, Carmelo prit un deuxième poste. Il travailla comme barman au Charlie's, un restaurant qui faisait aussi bar. Il était à la compagnie d'électricité de 6 heures à 15 heures, rentrait à la maison, se préparait des pâtes, enlevait son uniforme et se rendait au Charlie's pour ouvrir le bar à 17 heures. Carmelo finirait par prendre un troisième emploi. Le week-end, il tondrait des pelouses et taillerait des haies pour une entreprise de paysagisme. Mais quoi qu'il arrive, il joignait les deux bouts, même si parfois c'était de justesse.

En octobre 1954, Stella donna naissance à son quatrième bébé vivant et troisième fils. Stella et Carmelo débattirent du choix du parrain et de la marraine. Ils étaient toujours en froid avec Joey et Mickey. Franceschina Perri, qui était désormais Mme Carapellucci, et son mari, Frank, furent finalement retenus.

Carmelo avait choisi le prénom Gaetano, en hommage à un ami des chemins de fer mort à la guerre. « Guy » deviendrait le plus riche de leurs fils. En plus de gérer avec succès quatre restaurants, il serait à la tête d'un bowling et d'une entreprise d'approvisionnement de distributeurs automatiques. La plupart de ses frères travailleraient pour lui d'une façon ou d'une autre, à l'exception de Tommy, qui resterait à la compagnie d'électricité avec son père. Alors qu'il ne fréquenta jamais les bancs de l'université, Guy rencontrerait sa future femme, Annabelle, une joueuse de tennis semi-professionnelle et fille de député, à une fête organisée par une sororité wesleyenne, à laquelle ses copains motards avaient décidé de s'incruster. Tout le monde adorait la jeune femme, même si elle briserait le cœur de Carmelo en faisant de son fils un Républicain.

En décembre 1954, juste avant les premières neiges, Rocco et Tina emménagèrent dans leur nouvelle maison. Ils avaient une chambre d'amis pour leurs invités – un luxe américain. Généralement, Tina verrouillait la porte de cette chambre afin que les garçons n'aillent pas la mettre sens dessus dessous, ni ne mangent l'assortiment de gâteaux qu'elle avait préparé pour la fête organisée en vue de l'arrivée du bébé d'une *paesan.*

Depuis la rue, la maison sur deux niveaux des Maglieri et celle de plain-pied des Caramanico semblaient se dresser à la même hauteur, vu que Rocco avait fait bâtir son pavillon sur une colline artificielle. Au cours des soixante années suivantes, chaque fois qu'il pleuvrait beaucoup, le sous-sol des Maglieri serait inondé, et l'eau laisserait une odeur fétide dont Carmelo mettrait des jours entiers à se débarrasser en aérant. Les garçons adoraient les inondations parce qu'elles leur donnaient l'occasion de descendre les marches en ciment en éclaboussant partout, et de se livrer à des jeux de guerre aquatique – même si un jour Johnny marcha sur un tournevis caché sous l'eau sombre, et termina avec des points de suture au pied.

Parfois, Stella s'asseyait à l'arrière de sa maison, sous sa galerie ceinte d'une moustiquaire, et levait les yeux pour contempler le pavillon propre et blanc de sa sœur ainsi que son jardin où régnait un ordre militaire. Elle se prenait alors à rêver qu'elle avait une maison propre, un sous-sol sec, et que cette ribambelle d'enfants crottés était à quelqu'un d'autre. Mais elle n'en parlait à personne, bien entendu, car elle était sûre que parfois Tina s'asseyait à côté de Rocco sur sa chaise longue et regardait en bas de la colline la pelouse parsemée de flaques du jardin des Maglieri en songeant : J'échangerais cette maison et tout le reste juste pour avoir l'un de ces enfants.

La maison de Bedford Street était désormais désertée, tous les enfants adultes des Fortuna étaient partis vivre ailleurs. Stella pensait que Tony la louerait de nouveau, au lieu de quoi il la mit en vente.

Stella se rappelait à quel point les Fortuna avaient dû batailler pour s'offrir cette maison, comptant leurs sous dans cette boîte de conserve. Elle ne leur avait servi qu'une décennie.

— Tu n'es pas triste de partir, m'man ? demanda-t-elle à Assunta.

— Elle est trop loin de chez mes petits-enfants.

Elle voulait parler des enfants de Stella, pas de ceux de Joey. Tony n'avait pas parlé à Joey depuis leur exode, et Mickey se vengeait en n'autorisant pas Assunta à venir rendre visite au bébé.

Une autre façon de voir les choses, se rendit compte Stella, était de dire qu'elle et Carmelo étaient devenus le centre de la famille – tous s'étaient rassemblés autour d'eux, avaient restructuré leur vie autour des Maglieri. Était-ce ce qu'ils lui devaient tous ? Ils l'avaient placée à l'endroit qu'ils voulaient, et à présent, ils faisaient d'elle leur reine.

Louie et Queenie venaient à l'occasion au repas du dimanche, mais n'avaient toujours pas fondé de famille. Lorsque Assunta avait pris Queenie à part pour lui demander s'il y avait un problème, la jeune femme l'avait regardée dans les yeux et lui avait répondu : « Pas que je sache, mon Dieu. On attend juste d'avoir plus d'argent. »

« "On attend." Qu'est-ce qu'elle veut dire par là ? » avait murmuré Assunta à ses filles alors qu'elles faisaient la vaisselle après le départ de Louie et de Queenie.

Stella rit, mais son cœur était froid. Elle berça Guy sur son genou en attendant que le frisson se dissipe. Une idée lui traversa l'esprit : Queenie avait recours à une ruse que Stella n'avait pas été capable de trouver. Mais cette pensée s'évanouit comme si elle n'avait été que le souvenir du passé lointain de quelqu'un d'autre.

— Vous savez ce que j'ai entendu ? commença Tina.

Son visage était déjà rouge, et Stella sut que quelque chose de merveilleux ou de dégoûtant allait suivre.

— Si tu ne veux pas tomber enceinte, tu peux toujours demander à ton mari qu'il la mette… » Elle hésita, excitée par cette révélation, mais effrayée de choisir les mots. « Dans le *cul.* Il peut faire tout ce qu'il veut là-dedans, il n'y aura pas de bébé. Ou il peut la mettre ici, dit-elle en mimant un mouvement de poussée évocateur en direction de son aisselle. Ou dans ta bouche…

— Tina ! Chut !

Rocco, Carmelo et Tony buvaient de l'*amaro* dans le salon, à portée de voix, tandis que les trois enfants les plus grands étaient rassemblés par terre à côté d'eux avec leurs camions et leurs poupées. S'il y avait bien une chose que Stella ne voulait pas que Carmelo entende, c'était ce que Tina venait de dire.

— D'ailleurs, qui t'a raconté ça ?

— Les femmes qui travaillent chez Silex, répondit Tina, sûre de l'autorité de ses amies américaines et polonaises de la ligne d'assemblage.

— Ce sont les mêmes qui racontent qu'on peut deviner la taille de l'engin d'un homme en regardant son nez, ironisa Stella.

Mais Tina ne perçut pas le sarcasme.

— Oui, c'est vrai.

Tina semblait pensive.

— Comment ces femmes pourraient-elles jamais savoir une chose pareille, Tina ? À moins qu'elles en aient vu plus d'un, auquel cas elles peuvent comparer, la taquina Stella. D'après moi, tes amies chez Silex sont des dévergondées.

— Non. » Le rose, tel un bouclier, gagna encore plus les joues de Tina. « Ce sont des amies à elles qui leur ont raconté ça.

Assunta en était encore aux prédilections de son fils cadet.

— Tina, tu veux dire que Queenie laisse Louie la mettre… la mettre dans son *cul* ?

Concentrée qu'elle était sur cette nouvelle idée, elle dévisagea sa fille.

— M'man ! » aboya Stella. Le bavardage dans le salon s'était fait terriblement silencieux. « Pose-lui toi-même la question la prochaine fois que tu la verras.

Incapable de fermer l'œil cette nuit-là dans son lit, les seins endoloris car Guy était déjà sur la voie du sevrage, Stella tourna et retourna cette idée dans sa tête. Laisserait-elle Carmelo mettre son engin dans sa bouche, si cela lui permettait de ne plus tomber enceinte ? Rien que d'y penser, elle eut envie de vomir, et ne parvint pas à en arriver à la réponse *oui*.

Stella demanda à des jardiniers de planter une haie devant sa propriété afin d'empêcher les enfants de courir jusqu'à la route lorsqu'ils jouaient dans le jardin. Elle se réjouit de regarder les hommes dans leurs jeans sales et moulants creuser des trous et se pencher par-dessus des pots. Cela ne demanda que quelques heures et, *bam*, voilà qu'elle avait un luxuriant rideau vert qui la séparait du reste du monde.

Carmelo était furieux. Il prétendait qu'il aurait pu planter lui-même cette haie, et économiser ainsi beaucoup d'argent. Stella fit peu de cas de sa colère.

— Quand est-ce que tu aurais eu le temps de le faire ?

Plusieurs mois plus tard, alors qu'elle en avait particulièrement marre de son mari, Stella contacta une entreprise et fit repeindre la maison en rose vif pendant qu'il était au travail. Ça apprendrait à Carmelo à lui taper sur les nerfs.

Plus tard, bien plus tard, lorsqu'elle devint folle, Stella abattrait elle-même la haie au sécateur. Ses fils n'en reviendraient pas de la force qu'avait dû requérir cette destruction.

En 1955, lors de leur deuxième été à Alder Street, Carmelo retourna la terre spongieuse de leur terrain, pompa l'eau qu'elle contenait et mit du terreau pour un potager. Dès les premières lueurs de l'aube, il se levait pour désherber avant d'aller travailler. Il planta des courgettes, des tomates et des petits pois. Il planta deux massifs de groseilles, une variété très rare venue des Balkans qu'un copain albanais de la compagnie d'électricité avait fait entrer en contrebande. Il planta deux treilles à raisin, l'une le long du potager, et l'autre suspendue au-dessus d'une table de pique-nique.

En contemplant le potager de Carmelo, Stella se disait qu'il semblait avoir été transplanté d'une terrasse de montagne de Ievoli. Elle et Carmelo venaient de deux villages très éloignés l'un de l'autre, mais aux États-Unis, elle et lui paraissaient venir du même endroit.

L'air ici était trop humide, et l'hiver trop froid, mais si, par une chaude journée de juin, allongée dans l'herbe infestée de tiques près du jardin potager, Stella regardait à travers les feuilles de haricots translucides de la couleur du citron vert au soleil, elle pouvait imaginer qu'elle était de retour chez elle.

Pendant les cinquante années qui suivirent, les après-midi où ils travaillaient dans leurs potagers respectifs, Carmelo hélerait Tina en haut de la colline, ou bien elle le hélerait en bas de la colline – Est-ce qu'il te reste des bouts de tissu pour que j'attache mes haricots ? Est-ce que Freddy a tondu ta pelouse comme je lui ai demandé ? Est-ce que l'aspirateur de ta femme est toujours cassé ? Ça te dit de passer boire un verre de vin ?

Les groseilliers et les treilles seraient abattus également, tout comme le beau figuier de plus de quinze mètres, quand Stella deviendrait folle.

En août 1955, le petit Tommy aux genoux cagneux commença la maternelle. L'école fut un calvaire pour lui. Il était minuscule et incapable de courir correctement ou de lancer une balle – il n'avait jamais appris à le faire avec son père, qui lui-même n'y connaissait rien en ballons. Le pire dans toute cette affaire d'école était que Tommy ne comprenait rien de ce qu'on lui disait parce qu'il n'avait jamais appris un mot d'anglais dans son foyer italien. Tommy était un gringalet qui ne parlait pas, et rejoindre la société dans de telles conditions se fait dans la douleur.

Tommy, en tant qu'aîné de deux parents immigrés, fut celui qui en bava le plus. Quand Nino arriva en maternelle l'année suivante, les choses furent difficiles mais pas autant, parce que, au moins, il avait Tommy. Et puis le temps que Bernie entre à l'école, deux années plus tard, elle avait tellement l'habitude d'entendre ses frères aînés parler anglais à la maison, et était tellement habituée à la télévision en anglais dans le salon, que le traumatisme fut minime.

En octobre 1955, Stella donna naissance à Federico. Carmela et son mari, Paolo, prirent le train de Montréal pour être marraine et parrain.

Freddy serait le plus beau des fils de Stella, avec ses cheveux noirs brillants (avant qu'il les perde tous) et les yeux couleur chocolat tombants de sa mère, cette forme d'œil si singulière caractéristique des Mascaro, qui avait fait d'Assunta la beauté de Ievoli, et qui ici, en Amérique, valut à Freddy le surnom de « Jap ». Il hériterait du talent pour la musique de son père, et deviendrait le leader d'un groupe local.

Freddy, le cinquième bébé, serait aussi le point de rupture pour l'esprit de cette pauvre Stella, qui ne voyait plus tant ses enfants comme des individus que comme une masse. Peut-être que quatre ça aurait été, mais cinq c'était tout simplement trop et, arrivés à l'adolescence, les grands s'appelaient *TommyNinoGuyFreddy* ! Bernie, bien évidemment, fut l'exception, elle qui était une princesse et non un voyou.

Le suivant fut Nicola, « Nicky », en août 1956, moins d'un an après Freddy. Personne n'était vraiment prêt pour Nicky. Stella n'avait même pas cru pouvoir être enceinte jusqu'à ce qu'elle soit pratiquement arrivée au sixième mois de grossesse. Elle s'était tellement aguerrie au cours de ces huit dernières années qu'elle avait mis ses nausées matinales sur le compte de gueules de bois. Stella et Carmelo ne savaient pas à qui demander d'être le parrain et la marraine à la dernière minute, alors Tina et Rocco remplirent de nouveau ce rôle. Avant de pouvoir organiser le baptême, les Maglieri durent cependant attendre le retour des Caramanico. Ils étaient partis en Italie pour célébrer leur dixième anniversaire de mariage, un voyage planifié bien plus en amont que l'arrivée de Nicky ne l'avait été. Mais au point où ils en étaient, Stella et Carmelo étaient prêts à être moins à cheval sur les règles, et ils étaient convaincus que Dieu comprendrait.

Heureusement, Assunta habitait désormais en face de chez eux. Elle travaillait toujours dans l'exploitation de tabac, mais pouvait rester à la maison les jours les plus critiques afin d'aider Stella à s'occuper de ses enfants en bas âge. Autant Stella était contrariée de la proximité de son père, autant elle était reconnaissante de celle de sa mère.

Nicky, qui serait l'un des deux fils à hériter des célèbres yeux bleus de Carmelo, deviendrait le plus doux des garçons Maglieri. Il adorait les animaux, et Stella le surprenait tout le temps qui gravissait subrepticement l'escalier, la veste zippée sur une bosse qui gigotait de façon suspecte. Elle était obligée de lui courir après et de tambouriner à sa porte – « Nicky ! Qu'est-ce que tu as là-dedans ! » – de peur de retrouver, en train de se vider de son sang dans son lit, un autre écureuil que le garçon avait arraché des griffes d'un chat, ou une énième couleuvre du jardin lovée dans la baignoire. Mais Nicky serait trop doux pour ce monde, et se retrancherait dans une existence d'ermite, passant sa vie adulte à regarder la télévision dans la chambre qu'il avait un jour partagée avec ses frères, et mettant à contribution plusieurs pensions d'invalidité pour se payer une réserve thérapeutique d'herbe et de soda au raisin.

Quand vous venez d'une grande famille italienne, non seulement vous êtes plus nombreux, mais en plus, vous maintenez des liens plus forts avec les membres qui la composent. Ce qui veut dire qu'un Italo-Américain socialement pratiquant aura un nombre d'événements à célébrer dépassant tout ce que ses amis non italiens peuvent concevoir. Des enterrements et des baptêmes, des fêtes pour les anniversaires et les diplômes, des goûters d'anniversaire pour les bébés, mais, pire que tout, des mariages, des mariages et encore des mariages, précédés de fêtes, de séances d'essayage et de blanchissage de chaussures.

Carmelo était un Italien socialement pratiquant et, pour le meilleur comme pour le pire, Stella était son épouse. C'était pour cette raison qu'elle avait l'impression de passer chaque samedi de sa vie à un mariage. Carmelo l'encourageait à aller s'acheter de belles robes, pensant que cela lui ferait du bien, mais elle détestait être harnachée dans des sequins et de la soie quand elle avait des fuites de lait ou que son ventre gonflé appuyait contre le tissu. La musique et les échanges de banalités la fatiguaient, tout comme le fait de choisir des cadeaux dans une liste de mariage ou de sourire à des gens dont elle se souvenait à peine du nom. Elle se rappelait qu'elle adorait la *fhesta* de septembre à Ievoli, les bals de l'Italian Society pendant la guerre, mais la personne qui dansait à l'époque n'était pas la même que celle qui se souvenait aujourd'hui de ces choses-là.

Les Italiens, si d'aventure vous l'ignorez, invitent systématiquement les enfants à toutes les occasions. Par conséquent, à peu près toutes les semaines, les voyous devaient être mis de force dans leurs petits pantalons de costume, dont l'étoffe se prêtait idéalement aux glissades sur des sols fraîchement cirés. Les garçons faisaient la noce, même si pour cela ils devaient ruiner celle des jeunes mariés. Les gens ne savaient jamais s'ils devaient rire face à ces adorables bambins dans leurs minuscules costumes identiques, ou si en fait il fallait appeler la police. Nino, qui avait le sens pratique d'un ingénieur, était connu pour organiser des courses de dragsters avec des chariots de service vides volés dans les cuisines. Jamais ils ne fracassèrent un gâteau de mariage, mais une fois, ils renversèrent un plat de sauce *marinara* sur la traîne de la mariée.

Ce fut à peu près à cette époque, aux alentours de 1958-1959, que Stella jeta l'éponge et les laissa tout simplement faire ce que bon leur semblait.

« Ils sont terribles, ces enfants, lui disaient les gens, de cette façon tout italienne de réprimander qui n'était jamais d'un grand secours.

— Je suis censée faire quoi ? demandait-elle alors. Ils sont trop nombreux. Je suis en minorité. »

Que tous ceux qui la regardaient de haut aillent en parler à son mari catholique. Dieu avait donné à Stella tous ces enfants ; il devait y avoir une raison pour qu'Il ne lui ait pas donné la capacité ou le désir de les suivre à la trace.

Parfois, l'idée d'un mariage de plus était insupportable à Stella. Au début, elle faisait semblant d'être souffrante, mais par la suite, de plus en plus, elle se contentait de ne pas se préparer, et Carmelo savait alors qu'il irait seul. Il n'était pas plus doué qu'elle pour contrôler les voyous, mais Stella savait qu'aucune femme critique ne venait se plaindre auprès de lui du comportement de ses fils, ce qui n'était que l'une des nombreuses raisons pour lesquelles elle ne ressentait aucune culpabilité. Ces soirs-là, quand elle avait la chance d'être libre, avec seulement les tout-petits à surveiller, elle remontait une bouteille de vin du cellier et la buvait seule sur la galerie de la maison, regardant le soleil se coucher derrière les chênes dans le marécage.

En janvier 1958, Giovanni arriva. Il portait le nom de son oncle paternel et parrain. Talonnant son frère Nicky, trop doux, Johnny deviendrait turbulent pour deux. Ce serait le fils qui apporterait le plus de chaos au sein du foyer Maglieri, à commencer par la fois où, en CM1, il fut expulsé pour port de couteau. Mais comme bébé, il fut l'un des plus faciles aux yeux de Stella. Pas la moindre foutue colique.

Et puis à l'automne 1958, il y eut une fausse couche. Stella n'était pas très avancée dans sa grossesse, moins de quatre mois, et cette fois-ci elle n'éprouva aucun chagrin, juste une impression de dégoût vide en tirant la chasse sur les gouttes visqueuses de tissu rose dans les toilettes. À vrai dire, elle ne ressentait plus grand-chose à présent et, quand cela arrivait encore, elle buvait jusqu'à ce que le sentiment disparaisse.

Assunta et Tina venaient passer du temps avec Stella après le travail. Les sœurs faisaient du crochet pendant que leur mère parcourait l'album de photos du voyage d'anniversaire de mariage de la cadette, qui restait dans la maison de l'aînée précisément dans ce but. Rocco avait pris des clichés de Tina entourée de pigeons sur la Piazza San Marco à Venise ; Tina sur les marches de la Piazza di Spagna à Rome, telle Audrey Hepburn dans le film où elle interprète une princesse en fuite. Tina au Vatican, devant la basilique Saint-Pierre, si proche de Sa Sainteté le pape. Comme il était agréable de se dire que les belles choses sur ces photos étaient leur héritage culturel en tant qu'Italiens, même si Ievoli avait plus de points communs avec Hartford qu'avec la lagune de Venise. Assunta tournait les pages avec un tel émerveillement qu'il était difficile de croire qu'elle faisait la même chose chaque jour depuis ces deux dernières années.

Le quorum du soir des femmes Fortuna durait jusqu'à ce que Rocco ou Tony rentre du travail et souhaite dîner. Carmelo, bien entendu, n'était pas à la maison avant

23 heures au plus tôt, quand il avait fini son service au bar. Par conséquent, Stella avait ses soirées pour elle – pour elle et ses sept enfants –, et pour remplir ce temps sans supervision, elle remontait généralement une des bouteilles de vin de Carmelo de la cave.

Lorsque Domenico naquit en février 1960, il fut le préféré de tout le monde, peut-être parce que pendant un temps les gens croyaient qu'il serait le dernier. Une fois adulte, il serait le moins aimé des garçons Maglieri, parce qu'il détruirait un bon mariage à cause de l'alcool et gâcherait le reste de sa courte vie en devenant toxicomane. Mais il était vraiment un bébé adorable, avec un visage rond et une tignasse de cheveux noirs soyeux. On le surnommait Mingo, ou simplement Ming, comme l'oncle de Carmelo.

Joey et Mickey furent parrain et marraine. Carmelo se dit que le fait de le leur proposer permettrait de colmater la fissure familiale. La vie n'avait pas été facile pour les Joseph Fortuna. Ils vivaient dans le même appartement que celui dans lequel ils s'étaient réfugiés en 1953. Mickey s'habillait toujours comme une traînée, mais la maternité l'avait adoucie ; Stella pouvait la tolérer le temps d'un déjeuner le dimanche.

Joey et Mickey avaient deux petites filles, et une troisième était en route. Stella ne savait pas trop si ces fillettes étaient normales, puisqu'elle vivait dans un monde de petits garçons, mais elles lui paraissaient sauvages avec leurs yeux hagards, et étaient vraiment peu soignées. Pas étonnant, songeait-elle : leur mère était elle-même un grand enfant. Les filles démontaient les jouets de Bernie sous le regard condescendant de celle-ci. Stella devait expliquer à sa fille que ses cousines crasseuses n'avaient pas de jouets à la maison. Elle dut lui apprendre à cacher ses plus jolies poupées dans sa taie d'oreiller afin que les pauvres petites Fortuna ne les saccagent pas ni ne les volent.

En juillet 1961, Stella donna naissance à son neuvième bébé vivant, Enrico « Richie » Maglieri. Il pesait quatre kilos et sortit après seulement quarante-cinq minutes de travail, Dieu merci. Louie et Queenie furent parrain et marraine.

Richie, une fois adulte, resterait un éternel célibataire. Incapable de concilier son orientation sexuelle avec les valeurs machos de sa famille catholique, il n'en parla jamais à personne. Il n'eut jamais aucun partenaire. Peut-être devrais-je voir le bon côté des choses. Peut-être que sa réserve lui sauva la vie pendant la crise du sida, qui faucha deux membres de sa troupe de théâtre. En attendant, ses frères font comme si Richie n'avait jamais su séduire une femme. Encore aujourd'hui, ils vous sortiront : « Pauvre Richie, il n'a jamais trouvé la bonne. Qui sait, peut-être que cela lui arrivera un jour. » Si vous évoquez même vaguement son homosexualité, la famille vous saute à la gorge pour prendre sa défense. Mais tout est dit, n'est-ce pas ? Si le fait d'être gay est une insulte contre laquelle il faut se défendre, comment un homme comme Richie, qui ne veut blesser personne et n'aime pas les problèmes, pourrait dire quoi que ce soit ?

Assunta passa chez Stella un samedi matin d'avril 1963 et trouva un carton de pâtes sèches répandu sur le lino de la cuisine. Bébé Richie, qui savait se mettre debout, se tenait à la poubelle, ses doigts agrippés au sac gluant, et Mingo était en train d'ouvrir un autre carton de pâtes, qu'Assunta lui enleva, ce qui le laissa chagrin. Les grands avaient disparu.

Stella était à genoux devant les toilettes du rez-de-chaussée. Son chignon, décoiffé comme au saut du lit, révélait le nombre de cheveux blancs qu'elle comptait désormais.

— J'ai quarante-trois ans, m'man », dit-elle. Elle se sentait tel un chou que vous retrouvez au fond de votre bac à légumes deux mois après l'y avoir oublié. « Comment c'est possible que je tombe encore enceinte ?

Assunta caressa le dos de sa fille et l'aida à se relever afin de pouvoir tirer la chasse.

— Les femmes de ma famille sont fortes, dit Assunta à sa fille en lui pinçant la hanche, avant d'ajouter, dans l'anglais qu'elle avait appris à la télévision : Construites pour durer.

Le 4 janvier 1964, Stella donna naissance à son dernier petit garçon, qu'ils appelèrent Arturo. Artie fut le second des fils à hériter des yeux bleus de Carmelo. Il mentait comme un arracheur de dents, mais était tout de même un adorable galopin. À tout juste douze ans, il économiserait l'argent de poche qu'il gagnait en tondant la pelouse pour s'acheter une épave de Mustang pour seulement deux cents dollars, et la restaurerait tout seul – sacrément doué avec les moteurs, celui-là. Il épouserait sa chérie du lycée, Nancy, qui avait des origines siciliennes et cherokees. Ils auraient quatre filles, dont deux deviendraient d'une honnêteté scrupuleuse, alors que les deux autres hériteraient de leur père.

Artie était un bébé énorme. Avec ses près de cinq kilos cinq cents, ce fut le plus gros des enfants de Stella. Il sortit par voie basse après deux heures épuisantes passées à pousser. Ce ne fut pas une expérience agréable. Une semaine plus tard, Stella aurait quarante-quatre ans, et elle en avait vraiment assez de ces satanées sottises.

Quand son mari vint lui rendre visite dans sa chambre d'hôpital après la naissance, Stella lui dit :

— C'est terminé pour moi, Carmelo. Tu peux coucher avec qui tu veux, mais ce ne sera plus avec moi.

MORT N°7

ÉTOUFFEMENT

(Ménopause)

Le matin du vendredi 24 juillet 1970, jour où elle faillit mourir pour la septième fois, Stella Maglieri se réveilla dans un tas de draps mouillés, couverte de sueur, la tête résonnant d'une gueule de bois d'intensité moyenne. La journée serait chaude, aussi chaude que celle de la veille, et pour ne rien arranger, Stella était en pleine ménopause.

Le réveil sur sa commode indiquait 8 h 10. La place à côté d'elle dans le lit était vide. Depuis la naissance d'Artie, Carmelo dormait dans le fauteuil en bas, devant la télévision. De toute façon, il était parti travailler trois heures plus tôt.

Lorsque Stella se mit debout, elle sentit le sang s'accumuler dans la plante de ses pieds. Ces derniers temps, ses pieds étaient sensibles le matin. Elle ne se demandait pas trop à quoi cela était dû. Son corps était un bazar en ruine, recouvert de cicatrices : les brûlures sur un bras, la cicatrice de son opération sur l'autre, le croissant à la naissance de ses cheveux désormais argentés, les sutures sur l'abdomen à cause des cochons qui l'avaient piétinée, ses seins lourds à cause de l'allaitement, sa taille épaissie par onze grossesses menées à terme, les vergetures sur le haut de ses bras, qu'elle ne s'expliquait même pas (pourquoi cette peau-là s'étirerait-elle ?), des oignons tellement extrêmes que son gros orteil était tourné vers les quatre autres comme s'il s'adressait à un jury au tribunal. Ses chevilles étaient aussi épaisses que ses mollets, comme les chevilles aux allures de bûches des vieilles dames du village habituées à gravir la montagne, dont elle et Tina se moquaient dans leur jeunesse. Stella s'était usée, et elle en était à cette période de la vie où l'on transpire à mort pour devenir une vieille bique. On transpire et on transpire.

Stella ne regarda pas la femme qui avait l'air vieille dans le miroir en nouant son fichu sur ses cheveux. Elle resserra le nœud à l'arrière de sa tête, et le tissu appuya sur ses tempes qui pulsaient au rythme du tanin. Étrangement, cela la soulageait de sa gueule de bois – une astuce qu'elle avait apprise ces deux dernières années. Elle passa une paire de bas socquettes et glissa ses pieds dans les chaussons bleu pastel qu'elle porterait jusqu'à ce qu'elle doive partir pour son travail du soir.

La porte de la chambre des garçons était encore fermée. Les adolescents étaient capables de dormir toute la journée à moins que quelqu'un ne les réveille, mais ce quelqu'un ne serait pas Stella. Elle aimait profiter de ce moment matinal paisible avant que ça s'active, même si cela voulait dire rester assise avec son mal de crâne aviné plutôt que le chasser par le sommeil. D'un pas traînant, elle descendit les marches recouvertes de moquette – prudemment, car les marches étaient étroites et la moquette trop épaisse pour une sécurité optimale –, et prépara son petit déjeuner dans la cuisine : deux morceaux de pain caoutchouteux et un verre de vin. Elle ne faisait pas griller son pain, se contentait d'en prélever la mie moelleuse avec les doigts, puis suçait la croûte, qu'elle broyait contre les cavités dans ses gencives, se servant du pain pour se gratter à l'endroit où cela la démangeait depuis longtemps.

Pendant ce temps-là, à l'étage, dans la seule salle de bains occupée de la maison, la fille de Stella, Bernie, boutonnait la chemise à rayures de son uniforme de travail. Bernie venait de terminer sa première et avait un emploi de caissière à mi-temps au Gardener's Market. Elle était censée être au travail à 8 h 30 et venait juste de se réveiller, mais comme elle ne se maquillait pas, ne se faisait pas de brushing ni rien de ce genre, elle n'avait pas besoin de beaucoup de temps pour se préparer le matin.

La seule corvée qu'elle ait à accomplir avant de sortir à la hâte était de remettre de la nourriture dans la gamelle de Penny. Aucun de ses frères ne s'en souviendrait, hormis Nicky, mais à treize ans, il pouvait facilement dormir jusqu'à 16 heures, et la pauvre chienne mourrait de faim toute la journée. Bernie descendit l'escalier en courant et traversa le salon en trombe, s'arrêta pour déposer un baiser sur le front de sa mère assise à la table de la cuisine, et attrapa deux tranches de pain dans le sac en plastique. La bouche pleine, Bernie continua jusqu'à la galerie couverte, où se trouvaient la nourriture pour chiens et la gamelle de Penny. La gamelle était pleine.

Tout en mâchant son pain, Bernie réfléchit à ce qu'elle voyait. Pourquoi Penny n'avait-elle pas touché à sa nourriture ? Habituellement, elle réclamait son petit déjeuner, jappant et collant son museau contre les genoux de Bernie quand celle-ci essayait de lui verser à manger. Mais Penny n'était même pas là. Était-ce là sa ration de la veille ? Attendez – Bernie avait dormi chez sa copine Patty la nuit d'avant, alors elle n'avait pas nourri la chienne depuis mercredi matin. En fait, voilà des jours qu'elle n'avait pas vu l'animal. Mais quelqu'un avait dû l'apercevoir. Onze personnes vivaient à plein temps dans cette maison, et il y avait beaucoup de passage.

— Maman, t'as vu Penny ? demanda Bernadette à la cuisine plongée dans l'obscurité avant de se rendre compte que sa mère n'y était plus.

Bernie remonta les marches à grand bruit – pas pour exprimer une quelconque émotion, ses chaussures de travail avaient juste des semelles lourdes –, et s'aventura dans l'antre des ronfleurs et des péteurs. L'antre, dans lequel dormaient les adolescents les plus âgés, était vraiment le pire endroit de la maison. Elle commença par frapper fort – elle ne voulait pas être obligée de voir certaines choses fâcheuses que ses frères étaient susceptibles de faire dans leur sommeil adolescent –, puis ouvrit la porte pour aérer un peu la chambre avant de passer la tête.

— Hey ! » dit-elle. Aucun signe de vie, mais elle connaissait le numéro. « Hey ! Arrêtez de faire semblant. Quelqu'un a vu Penny ?

Pas de mouvement en provenance des lits superposés. Bernie frappa un mollet nu qui dépassait du lit du haut situé le plus près de la porte, juste à hauteur de ses yeux. Il appartenait à Freddy, qui répliqua par un coup à l'aveuglette, mais en y mettant du sien. Bernie recula à temps.

— Freddy, tu as vu Penny ?

— Non. Dégage.

— Guy ?

Elle s'avança vers le lit du dessous et secoua l'épaule de son frère. Guy ne réagit pas du tout. Il ferait semblant de dormir même si la maison était en train de brûler, juste pour gagner quelques précieuses minutes.

Elle tenta sa chance avec Nicky.

— Nicky, dit-elle tandis qu'il se retournait, à moitié endormi. Nicky, Penny a disparu. Tu l'as vue ?

— Penny a disparu ? dit-il d'une voix perçante et agitée.

Mais ses yeux étaient encore fermés. Pas sûr qu'il se souvienne de cette conversation après coup.

Elle allait être en retard au travail, mais plus elle pensait à Penny, plus elle éprouvait un malaise. Tant qu'elle ne verrait pas la chienne de ses deux yeux, elle ne serait absolument pas en mesure de croire que Penny se trouvait ailleurs que dans un fossé de Farms Boulevard ; la circulation qui passait en sifflant juste devant chez eux avait coûté la vie à un nombre incalculable d'animaux domestiques des Maglieri au fil des années. Mais Penny était spéciale. Tout le monde aimait cette bête ; elle était vraiment adorable avec son petit museau cuivré.

Depuis la chambre de sa mère, Bernie composa le numéro des voisins. Tata Tina et oncle Rocco étaient au travail, bien sûr, alors personne ne répondit. Elle essaya le numéro de la maison de son grand-père de l'autre côté de la rue, mais là-bas non plus personne ne décrocha. Ils avaient probablement débranché le téléphone. Elle allait devoir s'y rendre en personne.

Avalant la dernière bouchée de son petit déjeuner tout sec, Bernie traversa Alder Street et frappa à la porte du numéro 4 avant d'entrer. Comme elle s'y attendait, tout le monde était là, même si la maison était plongée dans un quasi-silence. Tata Mickey et sa fille Betty, qui avait dix-sept ans, étaient assises sur le canapé et regardaient la télévision quasiment sans le son. Les autres filles dormaient sans doute, ou bien étaient dans le jardin.

— Salut, tata Mickey, dit Bernadette. Salut, Betty. Vous avez vu Penny ?

— Salut, ma chérie, répondit Mickey dans son anglais nasal, qu'elle parlait avec un accent italien. Est-ce qu'on a vu qui ?

— Penny, notre chienne.

À la télévision, Captain Kangaroo chantait.

— Est-ce que notre chienne est venue par ici ?

— Non, ma puce, je n'ai pas vu de chienne. Pas ici.

Betty contemplait Bernie d'un œil vide. Elles auraient dû être amies – elles avaient quasiment le même âge –, mais Bernie n'avait jamais vu sa cousine manifester la moindre personnalité. Par exemple, elle était là, sans rien d'autre à faire que regarder la télévision un vendredi matin. Betty était censée suivre une formation de coiffeuse, mais elle avait un problème nerveux et personne ne pensait sérieusement qu'elle serait un jour en mesure de garder un emploi.

Tant qu'à faire, autant en avoir le cœur net et demander à son grand-père. Grand-père Tony n'était jamais tendre envers les animaux de la famille, et semblait trouver amusant que les enfants s'y attachent autant – pour leur apprendre une leçon, l'été précédent, il avait tué la chèvre blanche de Stella, l'avait fait rôtir dans le jardin et avait gloussé en la mangeant. C'était une histoire tellement choquante ; Bernie en avait abondamment parlé avec ses copines. Mais ce n'était pas parce que grand-père Tony n'aimait pas les animaux de compagnie de la famille qu'il n'avait pas vu Penny. Au contraire, cela voulait peut-être dire qu'il savait exactement où elle était. Bernie sentit naître une pointe de méfiance.

— Où est grand-père ?

— Dans sa chambre, ma chérie.

Les yeux de Mickey étaient scotchés à Captain Kangaroo.

Sans se départir de son mauvais pressentiment, Bernie traversa le couloir recouvert de papier peint jaune et s'arrêta devant la dernière chambre sur la gauche. Faisant de son mieux pour ne pas imaginer son grand-père tout nu, elle toqua à la porte et parla au travers :

— Salut. T'as vu Penny ?

Il y eut un long silence avant que la voix de Tony traverse le battant :

— Oublie ta petite chienne. Qu'elle se fasse écraser. On n'a plus besoin de chiots ici.

Typique. *Méchant vieux.* Mais Bernie allait être en retard au travail. Elle devrait s'occuper de Penny après. Elle sortit par la porte de derrière afin de ne pas avoir à dire au revoir à sa tante et à sa cousine.

Plus tard, debout derrière sa caisse en attendant qu'un client passe avec un article, Bernie retournerait dans sa tête les propos de son grand-père. Elle se rendrait compte qu'il ne lui avait pas dit qu'il n'avait pas vu la chienne.

La raison pour laquelle Mickey et Joey vivaient au 4, Alder Street était que leur appartement à Hartford avait brûlé au cours de l'été 1967. Non seulement ils avaient perdu tout ce qu'ils possédaient, mais l'assurance refusait d'honorer leur demande de remboursement parce que Joey avait souscrit au contrat trop récemment, ou une histoire comme ça.

La vérité était que la compagnie d'assurances avait dit à Joey qu'elle ferait une enquête s'il le demandait, mais que dans ce cas il fallait qu'il soit préparé à ce que l'inspecteur pourrait découvrir. En d'autres termes, si l'inspecteur trouvait certaines preuves, Joey pouvait s'attendre à aller en prison pour incendie criminel et fraude à l'assurance.

« Qu'est-ce qui te fait peur, Joey ? lui avait demandé Stella. Si tu n'as pas fait brûler ta maison, alors ils n'auront aucune preuve contre toi. »

Joey avait ignoré sa remarque. « Ce n'est qu'une bande d'escrocs. Ils trouveront quelque chose pour ne pas avoir à payer, même si pour ça je dois aller en prison sans raison.

— Des escrocs », avait répété Stella, écœurée.

Son frère avait fait semblant de ne pas saisir son sarcasme.

En attendant, les Joseph Fortuna n'avaient plus de toit. La fin des années 1960, alors que la coupe à la John Lennon faisait fureur, n'était pas une période faste pour les coiffeurs, et Joey rapportait à peine de quoi nourrir les enfants. À l'époque de l'incendie, en 1967, Joey et Mickey avaient cinq filles : Betty, quatorze ans, Mary, onze ans, Janet, neuf ans, Barbie, cinq ans, et Pamela, trois ans. Joey ne voyait aucune raison pour que ses parents ne l'aident pas dans ces moments difficiles.

« Tu as cette grande maison, p'pa, avait souligné Joey. Deux chambres vides dont tu ne fais rien. On restera juste un peu avec toi, jusqu'à ce qu'on ait l'argent pour s'acheter un nouveau logement. »

Joey et Tony savaient tous deux qu'il n'y aurait jamais de nouveau logement, que le couple ne rassemblerait jamais l'argent nécessaire. Mais Assunta ne le savait pas, ou choisit de ne pas le savoir, et pleura, implora et chouina jusqu'à ce que Tony accepte. Tony n'avait plus l'endurance d'antan pour se disputer avec sa femme.

Et c'est ainsi que Joey, Mickey et leurs cinq filles s'installèrent dans la maison de Tony au 4, Alder Street, de l'autre côté de la rue où habitaient les Maglieri et les Caramanico. Tant de cousins sur un trottoir, et de cousines sur celui d'en face. Joey et Mickey prirent la petite chambre et, dans le même esprit que ce qu'avaient fait les Maglieri, ils entassèrent deux paires de lits superposés dans la plus grande pièce pour leurs filles.

Trois années s'étaient écoulées. Le déménagement de Joey et Mickey ne semblait toujours pas pour tout de suite – on avait plutôt l'impression que leur nouveau plan était d'attendre jusqu'à ce qu'ils héritent de la maison dans laquelle ils vivaient déjà.

Stella essayait de ne pas aller là-bas à moins d'y être obligée.

De l'autre côté de la rue, au numéro 3, Stella avait fini de sortir le linge de la machine et était en train de l'étendre sur la corde qui courait entre les maisons des Maglieri et des Caramanico. Elle laissa son panier sur la galerie et rentra dans la maison ; peut-être allait-elle regarder la télévision. Mais elle ouvrit d'abord le frigo pour faire le point. Manger un petit quelque chose lui permettrait de calmer la brûlure acide dans son estomac.

Il y avait un bol de pâtes froides en sauce qui restait du dîner de la veille. Elle le sortit et le posa sur la table, et puis, avant de s'asseoir avec sa fourchette, elle se servit son deuxième verre de vin de la matinée. Le temps de finir les pâtes, elle avait descendu son troisième verre. Elle sentait son cerveau rapetisser loin de son crâne, entendait son cœur battre à l'arrière de sa gorge, contre la caverne de sa conscience, mais la gueule de bois avait commencé à s'estomper pour laisser place à un sentiment plus doux et plus indulgent d'ébriété.

Elle se souvenait de la première fois où elle avait appris ce que le vin pouvait lui apporter, en cette froide journée d'hiver 1940, cette première année à Hartford, la fois où Tony n'était pas rentré à la maison. Elle se souvenait qu'elle s'était assise avec sa mère et sa sœur, qu'elles s'étaient servi mutuellement de grands verres de vin jusqu'à ce qu'elles soient trop ivres pour jouer aux cartes.

Le regard de Stella se posa de l'autre côté de la pièce sur la photo encadrée qui avait été prise en 1918, et qui montrait sa mère et son père debout de part et d'autre de bébé Mariastella, la défunte. Cette photo était désormais accrochée près du frigo de Stella. Assunta était si jeune sur ce cliché, seulement dix-neuf ans. Elle était si belle, s'était rendu compte Stella une fois adulte – belle dans sa banalité, dans son authenticité peu flatteuse, dans sa force. C'étaient des choses qu'on ne voyait pas chez sa mère quand on était enfant.

Tout en pensant à Assunta, elle se servit un quatrième verre.

Un an et demi plus tôt, en décembre 1968, elle était partie.

Tony et Assunta dînaient à la table de la cuisine pendant que Tina faisait la vaisselle dans l'évier. Il y eut un *badaboum*, Tina se retourna pour regarder, et papa était là, mais pas maman. Assunta avait glissé sous la table, et sa tête avait heurté le radiateur en tombant. Tina fit le trajet en ambulance avec elle jusqu'à l'hôpital, mais le médecin déclara qu'elle était déjà morte.

Ils donnèrent à cela un nom anglais compliqué dont personne ne parvenait à se souvenir. En bref, elle avait eu un problème au cœur – peut-être la même chose que ce qui avait tué son père dans sa prime jeunesse.

Quand les secouristes ouvrirent la robe d'Assunta pour essayer de la ranimer d'urgence, un bouquet de menthe, retenu par une accroche de sac à pain, tomba de son soutien-gorge.

Stella n'avait pas été aux côtés de sa mère dans ses derniers instants, alors que Tina, si – voilà quelque chose que Stella ne pourrait jamais rattraper.

Tina avait été licenciée de chez Silex cet été-là ; l'entreprise avait été rachetée, et bon nombre des ouvriers qui travaillaient sur la ligne de montage perdirent leur emploi. Elle avait quarante-six ans, et c'était un âge étrange pour se retrouver au chômage. Il lui fallut presque un an pour trouver un autre poste en usine qu'elle pouvait occuper sans avoir à passer d'examen visant à déterminer si elle savait lire et écrire. Entre-temps, elle resta à la maison avec Tony et Assunta. Tony acceptait encore parfois des missions dans le bâtiment en été, mais il souffrait de diabète, et Assunta avait du mal à respecter son régime, surtout avec toutes ces petites-filles dans la maison. Mickey n'était pas d'un grand secours. Elle était plus le genre de femme pour lequel on cuisinait que le genre à cuisiner pour les autres.

À l'entrée en maternelle d'Artie, Stella décida de retourner travailler. Elle trouva un emploi de femme de ménage en entreprise dans l'immeuble des assurances Families First. Carmelo lui répéta encore et encore qu'elle n'avait pas besoin de travailler – elle le soupçonnait d'être blessé dans son orgueil que son épouse soit femme de ménage. Mais Stella adorait être de nouveau productive, adorait avoir, en plus de sa maison, un endroit où aller et où elle avait sa place, et elle ne trouverait pas mieux que ce poste à son âge, elle qui n'avait pas occupé d'emploi depuis vingt ans.

L'équipe de nettoyage intervenait de 15 à 20 heures afin de ne pas trop gêner les employés de la compagnie d'assurances, qui étaient dans les locaux de 9 heures à 17 heures. Certaines de ses collègues étaient jamaïcaines, ce qui rappela à Stella les dames qu'elle avait rencontrées à l'exploitation de tabac bien des années auparavant, et qui lui avaient enseigné ses premiers mots d'anglais. Mais beaucoup étaient portoricaines et discutaient entre elles dans un espagnol rapide, énergique, et gloussaient de surprise lorsque Stella se joignait à leur conversation – la plupart du temps, cette dernière ne comprenait rien à leurs échanges, mais il arrivait que des mots aient presque le même sens qu'en calabrais.

Le jour où Assunta s'effondra, personne à Alder Street ne sut comment joindre Stella. Les femmes de ménage allaient de bureau en bureau, et il était donc impossible de les localiser avant la fin de leur journée de travail. Bernadette appela la société de nettoyage, mais on lui expliqua qu'il n'y avait aucun moyen de transmettre le message.

Lorsqu'elle rentra chez elle, Stella fut accueillie par Bernadette.

— C'est mamie, lui annonça-t-elle, incapable de retenir ses larmes. Mamie est morte.

Bernie n'était ni menteuse ni blagueuse ; Bernie ne se trompait pas. Il n'empêche que Stella pensa qu'elle mentait, blaguait ou se trompait. Il fallut une demi-heure à Bernie pour faire comprendre la réalité à sa mère – une conversation qui se mordait la queue si atrocement qu'à la fin de leur échange la gamine riait presque. Stella n'en revenait pas de l'insistance mal placée de sa fille. C'était papa qui était malade, pas maman. Maman n'avait que soixante-neuf ans. Assunta ne s'effondrerait pas comme ça dans le dos de Stella, sans lui laisser la possibilité de s'y préparer.

Et puis Stella comprit. Le monde fut englouti.

La veillée fut un moment affreux. Assunta avait été trop aimée par trop de gens qui étaient trop surpris par sa mort. Même les voyous étaient silencieux dans leurs vestes aux coudes élimés et leurs cravates négligemment nouées. Artie, le petit coquin, pleura pendant les quatre heures passées à serrer des mains, à signer des registres, exactement comme l'aurait fait sa grand-mère – les larmes coulèrent en silence sur ses joues rondes, tachant la soie de sa cravate.

Stella n'assista pas à la veillée de sa mère. Elle n'était pas en mesure d'accueillir les gens. Elle put à peine se rendre à l'enterrement. Elle n'avait jamais versé de larmes en quarante-huit ans. Elle n'avait pas versé de larmes quand son bébé était mort. À présent, elle ne contrôlait plus les choses – Stella qui pouvait contrôler le monde avec sa volonté n'était plus capable de se contrôler. Elle sanglotait comme une enfant hystérique. Sa poitrine se soulevait tant qu'elle en avait les côtes endolories, et sa gorge était tellement à vif qu'un goût de sang emplissait sa bouche. Elle pleura tant qu'elle se demanda dans son délire si elle était déjà hantée par le fantôme d'Assunta. Assunta qui exprimait ses émotions, dont les larmes pouvaient faire partir à grande eau même les pires choses qui soient. C'était la pire chose qui soit, et Assunta n'était pas là pour la faire partir à grande eau.

Stella baissait les stores vénitiens de sa chambre, tirait les couvertures par-dessus sa tête. Elle ne mangeait pas, ne buvait pas, n'allait pas aux toilettes – elle était tellement déshydratée qu'il n'y avait rien à éliminer. Sa chambre devint froide et humide, embaumant la peau crasseuse, les larmes et les cheveux sales.

Dans ses ténèbres, elle se souvint de l'effondrement d'Assunta lorsque Louie et Queenie étaient partis – comment elle s'était arraché les cheveux, avait vomi et étalé ses excréments dans un accès de désespoir animal. Ce comportement avait perturbé Stella, qui avait trouvé cette manifestation de chagrin barbare – inhumaine. À présent, elle comprenait. Elle regrettait de ne pouvoir chier son chagrin, de ne pouvoir l'arracher à la racine. Mais elle en était incapable – elle n'était pas Assunta. Toute sa vie, Stella avait cru être très forte, mais désormais elle comprenait que c'était Assunta qui était forte – Assunta qui avait une vraie maîtrise d'elle-même. Tandis que Stella n'avait pour l'heure aucun moyen d'exorciser ses démons.

La blessure était irréparable. Stella ne pourrait jamais faire ses adieux. Il n'y avait aucune possibilité de rédemption. Il n'y avait que le « plus jamais » qui ouvrait à présent bien des phrases. Plus jamais elle ne reverrait le sourire malicieux de sa mère, n'entendrait son rire de gamine. Plus jamais elle ne s'assiérait avec Assunta sur la galerie à l'arrière de la maison pour échanger des histoires. Plus jamais elle ne goûterait à son *raù.* Plus jamais elle ne sentirait la main froide de sa mère sur son front tandis que celle-ci psalmodiait ses incantations, ou sa main chaude sur son épaule pour ne pas perdre l'équilibre lorsqu'elle était ébranlée par le tourbillon du monde autour d'elle.

Bernadette n'avait jamais vu sa mère dans un tel état. Personne ne l'avait jamais vue ainsi.

Elle essayait de forcer Stella à boire de l'eau ou de la soupe. Bernadette pleurait elle aussi ; elle adorait sa grand-mère. Stella se rendait compte, grâce à la dissociation que lui offrait son chagrin, qu'en cet instant elle n'était pas une bonne mère. Elle s'en moquait.

— Maman, sanglotait Bernadette. Tu me fais peur.

Le monde est un endroit effrayant, songeait Stella. Elle

regardait la rue de l'autre côté de sa fenêtre, la rue de l'autre côté de laquelle se trouvait la maison où sa mère ne vivait plus. Le monde est un endroit effrayant, dans lequel on est tout seul, alors autant l'apprendre tout de suite.

Désormais, Stella buvait quand bon lui semblait.

Elle avait perdu Bob – cela avait été terrible. Elle ne savait pas à l'époque si elle y survivrait. Et puis elle avait perdu Assunta. Elle ignorait qu'il existait un endroit aussi sombre que celui dans lequel elle fut précipitée après avoir perdu sa mère.

Bien entendu, elle ne savait pas encore, en cet été 1970, qu'une autre strate de ténèbres s'ajouterait bientôt. Dans six mois, elle perdrait son Nino quelque part dans la jungle du lointain Vietnam. Elle ne savait pas qu'elle l'avait déjà vu pour la dernière fois, avant son départ le printemps précédent, quand son numéro de conscrit avait été tiré au sort.

Donc, Assunta n'était plus. Tony était un diabétique grincheux qui massacrait les chèvres. Stella s'enfonçait volontairement dans l'alcoolisme. Alder Street était envahie par la progéniture misérable de Joey et Mickey et par les fils adolescents désagréables de Carmelo avec leurs motos et voitures d'occasion au moteur poussif.

Stella allait toujours à l'église avec Carmelo le dimanche pour recevoir la communion, mais elle avait cessé de prier. Prier la faisait se sentir aussi bête que lorsqu'on la surprenait à parler toute seule chez l'épicier.

Au Gardener's, les mains de Bernie tremblaient d'une énergie nerveuse tandis qu'elle comptait la monnaie de ses clients. Elle était complètement obsédée par ce qui était arrivé à sa chienne. Si Penny était morte, Bernie ne pourrait rien y faire, mais il fallait qu'elle le sache d'une manière ou d'une autre. Il fallait qu'elle rentre chez elle pour cuisiner son grand-père – elle était désormais convaincue qu'il savait ce qui s'était passé.

Quand elle fut incapable de tenir une minute de plus, elle demanda à l'un des garçons qui travaillaient en rayon de s'occuper de sa caisse afin qu'elle puisse aller voir le manager, qui était derrière, dans l'épicerie.

— Je dois rentrer chez moi, monsieur Fastiggi. Je ne me sens pas bien.

Tant qu'il y avait du vrai dans ses propos, et c'était le cas, elle pouvait le regarder dans les yeux en le lui disant.

Il l'étudia de pied en cap.

— Vous m'avez l'air en forme.

— J'ai mal au ventre, dit Bernie.

Encore une fois, ce n'était pas un mensonge. Elle était tellement nerveuse qu'elle en avait l'estomac retourné.

Le manager soupira. Les deux garçons qui travaillaient à l'épicerie échangèrent un regard – vraiment, les filles s'en tiraient toujours à bon compte. Et alors ?

— Vous pensez pouvoir tenir jusqu'à midi trente ? Ensuite, Janice pourra prendre le relais en arrivant.

Bernie consulta sa montre. Elle indiquait midi quinze. Un quart d'heure ne changerait rien au fait que la chienne soit morte ou vivante, n'est-ce pas ?

— D'accord », dit-elle. Et puis, s'obligeant à paraître un tant soit peu désespérée, elle ajouta : « Je vais essayer.

L'horloge sur le manteau de cheminée au-dessus de la télévision sonna 12 h 30, et Stella se réveilla en sursaut. Elle s'était endormie assise sur le canapé, mais cela ne devait pas faire longtemps, parce que sa tête bourdonnait toujours joyeusement sous l'effet du vin qu'elle avait bu le matin.

Son ouvrage de crochet était tombé par terre, et l'aiguille était sortie. Elle ramassa l'ensemble et se demanda ce qu'elle allait manger ce midi.

Lorsqu'elle se leva, son regard se fixa sur l'allée déserte du 4, Alder Street. Mickey avait dû sortir. Stella se demanda si elle avait emmené les filles. Parfois, Mickey les laissait avec leur grand-père pendant des heures, comme si elle croyait vraiment qu'il les surveillait. Tony ne penserait même pas à leur donner quelque chose à manger ; il n'était même pas en mesure de se nourrir lui-même.

Stella n'aimait pas aller là-bas, mais décida qu'elle serait une bonne tata aujourd'hui. Elle pourrait préparer des sandwichs aux filles et s'en préparer un pour elle. Elle n'avait rien d'autre à faire.

Glissant sur le dernier bout de pente de son ébriété matinale, Stella regarda des deux côtés sans doute avec trop de zèle avant de traverser la rue. Les pelouses, d'un vert électrique grâce à la rare pluie estivale de la semaine, luisaient pour elle dans la chaleur de midi. Pas la moindre brise ne soufflait, mais au moins, dehors, le soleil séchait ses couches de sueur.

Stella entra par la porte de derrière sans frapper. Il n'y avait personne dans la cuisine. Elle suivit le son de la télévision jusqu'au salon. Personne là non plus. Apparemment, Mickey avait emmené toutes ses filles avec elle cette fois-ci. Après avoir traversé la maison entière, Stella ouvrit la porte d'entrée afin de sortir par-devant, mais vit alors la petite Pammy assise en tailleur, jambes nues, par terre dans le couloir. Elle faisait marcher une vieille poupée sur les lattes du plancher devant elle. Mickey l'avait-elle laissée ici toute seule ?

— Coucou, Pam, la salua Stella.

Pam l'observa sans rien dire. Aucune des filles de Joey n'était très loquace. D'après Stella, c'était parce que leur mère ne leur laissait pas beaucoup d'espace pour parler.

— Tu as faim, Pammy ? lui demanda-t-elle en anglais. Tu veux que je te prépare des *sanguicci* ?

Pam secoua la tête.

Stella essaya de ne pas avoir l'air contrariée.

— Tu peux dire « Non merci, tata Stella » ?

— Non merci, tata Stella, répéta docilement Pam.

— Très bien.

Mais à ce moment-là l'instinct maternel de Stella s'en mêla, à travers la pulsation douce et floue du vin. Il y avait quelque chose d'étrange ici. Pammy n'avait que six ans – pourquoi sa mère l'avait-elle laissée seule ? Pourquoi était-elle assise dans le couloir ? Quel drôle d'endroit pour jouer avec sa poupée.

— Pammy, tu es toute seule ?

— Non, répondit sa nièce. Il y a Barbie et papi, mais ils jouent.

— Où sont-ils ? demanda Stella.

Elle n'avait vu personne dans le jardin.

Pammy utilisa le bras de sa poupée pour indiquer silencieusement la porte fermée derrière elle. La chambre de Tony.

Stella sentit son cœur s'accélérer avant que son esprit suive la cadence.

— À quoi ils jouent derrière une porte fermée ? demanda-t-elle tout haut à Pam.

Au même moment, elle songea : Cela ne peut pas être pour cela qu'elle ne porte pas de pantalon. Comment avait-elle pu ne pas trouver bizarre que Pam soit assise à même le sol simplement en sous-vêtements ?

— Ils jouent au jeu, expliqua Pam. Je dois attendre mon tour.

Il ne ferait pas une chose pareille, pensa Stella, mais elle savait que si – les pièces s'assemblèrent dans son esprit, comme une fiche dans une prise. Elle avait toujours su qu'il le ferait.

Elle se baissa et attrapa la petite, qu'elle cala sur sa hanche gauche et maintint dans le pli de son bras. Elle essaya la poignée de porte, mais bien entendu il s'était enfermé. Sa peau se hérissa sous l'effet du souvenir de son cauchemar récurrent, son père qui passait ses grandes mains sur son corps. Sans chercher à savoir si c'était ce qu'il fallait faire, si elle risquait de blesser la petite fille, Stella se jeta contre le battant. Elle avait de la chance parce que le cadre, qui était en pin bon marché, s'ébrécha et céda. Pammy poussa un grognement dans son oreille et s'accrocha au cou de Stella. Elle recommença, et la porte s'ouvrit brusquement.

Les rideaux étaient tirés. Avant même de pouvoir se demander si elle voulait voir ce qui se passait dans cette chambre froide et humide, elle tapa sur l'interrupteur. Elle savait déjà, il n'y avait rien de surprenant. Sa nièce de huit ans, Barbie, était accroupie sur le lit, le visage penché au-dessus de l'entrejambe de son grand-père, et son minuscule derrière était orienté vers la porte, si bien que Stella voyait distinctement où son père était en train de mettre les doigts.

— Non ! » hurla Stella. Sa voix lui sembla inhumaine, tel le son strident du cochon qu'on égorge et qui meurt. Le cri perçant revint : « Non !

Attrapant par la taille sa petite nièce dénudée, Stella l'arracha du lit. Tony se releva honteusement et recouvrit son entrejambe avec la couverture.

— Toi… » La poitrine de Stella se soulevait de fureur. « Monstre.

— Stella, dit-il en agitant la main, comme pour minimiser les choses. Ce n'est rien. Je ne les ai pas abîmées…

— Monstre !

Stella se battait contre un fatras d'émotions et d'impulsions : hurler, vomir, le dépecer avec ses ongles, mais les petites filles étaient dans ses bras, et le battement du sang aviné dans ses tempes la ralentissait et l'embrouillait. La haine et le dégoût qu'elle éprouvait envers son père, le dôme qui recouvrait sa vie et qui s'était bâti strate après strate au cours de cinquante années de confrontations, de cauchemars et de chagrin s'abattirent sur elle.

Les petites filles. Il fallait qu'elle les sorte d'ici.

— Je reviendrai pour toi ! lui cracha-t-elle avant de tourner les talons et de se précipiter dans le couloir, rentrant presque dans la porte d'entrée vitrée en fuyant vers la rue.

Dieu merci, aucun des garçons n'était dans le salon quand elle rentra au 3, Alder Street. Elle n'y avait pas réfléchi avant – et s'ils avaient été là ? Elle monta à l'étage avec Pammy et Barbie dans les bras, trébucha sur la moquette trop épaisse, bascula en arrière sur une marche et, déséquilibrée, les entraîna presque toutes les trois au pied de l'escalier. Barbie, toute nue, était silencieuse et raide, mal à l'aise contre le flanc de Stella. Pammy, le visage maculé de morve, pleurait contre le chemisier de Stella.

Elle assit les filles sur le lit, enveloppant Barbie dans une housse décorative pour oreiller en crochet.

« Qu'est-ce qui ne tourne pas rond, chez vous ? leur cria-t-elle. Comment vous avez pu le laisser vous faire une chose pareille ?

Les filles étaient muettes. Pammy avait brusquement cessé de pleurer, et toutes deux la regardaient de leurs yeux marron identiques et maussades – des yeux de vache, pensa Stella, comme elle se l'était très souvent dit à propos de Tina quand celle-ci se montrait désespérément obtuse.

Qu'est-ce qui ne tournait pas rond chez elles ? Jusqu'où allait leur bêtise ?

« Alors ?

Elle eut envie de les secouer. *Non, Stella. Qu'est-ce qui ne tourne pas rond chez toi ?* Ce n'étaient que des fillettes. Des fillettes à la merci d'un monstre au cœur froid comme la pierre.

« Les filles, il ne faut jamais laisser quelqu'un vous enfermer dans une chambre. Jamais. C'est compris ?

Elles hochèrent la tête, et les yeux de Barbie glissèrent vers la porte. Peut-être était-ce le vin qui faisait que Stella butait sur cette pensée – était-ce troublant pour elles qu'elle les ait enfermées dans la chambre à l'instant ? Mais elles devaient déjà comprendre qu'il y avait des différences entre les femmes et les hommes.

« Votre corps, poursuivit-elle, est la seule chose qui vous appartienne. Ne laissez jamais personne le toucher. Jamais.

— Désolée, tata Stella, dit Barbie.

— Désolée, tata Stella, dit Pammy.

La voix de Pammy était voilée, celle de Barbie était claire. Stella s'interrogea sur la petite âme dure de celle-ci. Depuis combien de temps jouait-elle au « jeu » de son grand-père ?

— Ne me demandez pas pardon à moi ! » répliqua-t-elle sèchement. Stella s'entendit. *Qu'est-ce que tu fabriques, Stella ?* Elle posa une main sur la tête de chacune. « Ne vous excusez pas, vous m'entendez ? » Ses propos paraissaient toujours aussi sévères, comme si elle leur demandait de s'excuser de s'être excusées. « Je vous aime », s'obligea-t-elle à dire. Ce n'était pas facile, car elle n'était pas douée pour le mensonge, mais elle n'arrivait pas à trouver autre chose à leur dire pour les réconforter. « Je veux juste que vous vous protégiez quand personne d'autre n'est là pour vous protéger. Le monde est rempli de gens méchants. Votre grand-père est un homme très, très méchant, et vous devez vous protéger de lui.

Les filles la regardaient avec leur visage identique de sœurs.

« D'accord ? demanda Stella.

Elles hochèrent la tête.

Voilà que ça tambourinait dans son crâne. Que devait-elle faire ? Des vêtements. Elle fouilla ses tiroirs pour trouver quelque chose à mettre aux fillettes, et finit par avoir l'idée de prendre des shorts et des tee-shirts dans la commode de Richie et Artie, qui se trouvait dans le couloir. Les habits allaient à peu près à Barbie. Tout était trop grand pour Pam, mais Stella n'avait pas mieux.

Et maintenant ?

Oh, si seulement maman était là. Mais elle ne l'était pas.

Stella emmena les filles au rez-de-chaussée, les installa autour de la table de la cuisine. La voiture de Mickey n'était toujours pas là. Stella prépara des sandwichs pour les petites, avec de la mayonnaise et des tranches de fromage. Elle en confectionna un pour elle aussi, et elles mangèrent en silence. La bouche de Stella était tellement sèche qu'elle avait du mal à avaler. Elle voulait se servir un verre de vin, mais pas avant de savoir quel sort elle réserverait à son père.

— Je dois retourner en face maintenant. J'en ai pour une minute, dit-elle aux deux petites filles. Vous restez ici dans ma maison, compris ?

Elles hochèrent la tête.

— Vous pouvez regarder la télévision, ou jouer dans le jardin. » *Jouer.* Stella frissonna. « Enfin, faites ce qui vous chante, mais restez chez moi. D'accord ?

Elles hochèrent de nouveau la tête.

Sans trop savoir quel était le bon choix – laisser les filles toutes seules ou laisser son père ne pas payer pour son méfait, deux possibilités qui lui semblaient tout aussi peu satisfaisantes –, Stella se précipita sur le trottoir d'en face, et se rendit au numéro 4. Des vagues de culpabilité la parcoururent, détournant tellement son attention que le monde disparut dans un brouillard insondable. Stella aurait pu laisser Pammy dans le couloir, rien ne l'obligeait à l'emmener avec elle quand elle était entrée de force dans la chambre de Tony – elle aurait pu au moins éviter cela à cette pauvre gamine. Rien ne l'obligeait à allumer la lumière, à marquer les deux sœurs du sceau de cette image. Comme Stella était mauvaise d'avoir traversé la rue en courant avec les fillettes alors qu'elles étaient cul nu. Elles étaient toutes petites, mais avaient des sentiments, connaissaient la honte. Son esprit se mit à passer en revue la longue liste de hontes dont elle n'avait jamais été en mesure de se défaire en cinquante ans, et soudain, pour la première fois depuis longtemps, Stella ressentit un besoin pressant de prier Dieu, de l'implorer de ne pas leur avoir transmis une honte dont elles ne se déferaient jamais.

Stella explora la maison à grand fracas, ouvrant et refermant brusquement des portes, fit irruption dans la salle de bains. Son père était introuvable. Il n'y avait absolument personne à l'intérieur. Elle entendit le bourdonnement de la télévision dans le salon, la chose faussement joyeuse dans cette maison de malheur. Il n'y avait personne à la cave, ni dans le jardin, ni même dans l'abri dehors. Où était-il passé, l'affreux salaud ? Ce n'était pas comme s'il pouvait s'enfuir en voiture.

Stella rentra chez elle pour rester nerveusement avec les fillettes Fortuna. Celles-ci regardèrent la télévision, et Stella fixa, à travers la fenêtre, la maison de l'autre côté de la rue. Elle attendait le retour soit de Mickey, soit de Tony.

Janice avait dix minutes de retard. Dès qu'elle eut pointé, Bernie se précipita dans le parking. Gardener's n'était qu'à quelques centaines de mètres d'Alder Street, mais elle avait une voiture – la vieille Chevrolet de Nino, qu'il lui avait prêtée jusqu'à son retour du Vietnam –, et quand on a seize ans et qu'on a une voiture, on s'en sert pour aller partout. Elle fonça jusqu'à la maison, autant qu'on puisse foncer sans enfreindre le code de la route, et se gara directement dans l'allée de son grand-père.

Elle le retrouva assis sur l'étrange galerie en ciment derrière la maison, qu'il avait coulée l'année où il avait eu cette drôle de phase pendant laquelle il ne jurait que par ce matériau. Ses jambes pendouillaient du rebord telles celles d'un gamin sur le point de sauter dans une piscine.

— Où est ma chienne ? » Bernie posa les mains sur ses hanches. « Dis-le-moi tout de suite.

— Comment j'saurais ?

La bouche du vieillard était sur la défensive à travers sa barbe de trois jours poivre et sel.

— J'ai dit : où est ma chienne ?

Il agita lourdement la main. L'inquiétude de Bernie était déplacée, inconséquente.

— Où ?

— Je m'occupe d'elle, répondit Antonio.

Une pierre se forma dans le ventre de Bernie.

— Comment ça, tu t'occupes d'elle ?

— T'as plus à t'inquiéter pour elle.

— Qu'est-ce que tu as fait ?

Il traça de nouveau une lourde vague avec son bras. Son visage semblait triste, cependant.

— Je l'ai emmenée loin, je l'ai laissée à un endroit d'où elle peut pas revenir. Peut-être que quelqu'un d'autre la trouvera.

Bernie était tellement en colère qu'elle cria :

— Où ça ?

— Loin. Trop loin, tu trouveras pas.

Elle avança d'un pas vers lui et, presque de son propre chef, sa main jaillit et pinça un bout de peau molle sur le cou de Tony, sous son oreille. Elle sentit sa thyroïde se contracter sous son pouce. Il émit un grognement de surprise.

— Tu vas me montrer, dit-elle.

Lorsqu'il tendit ses grosses mains pour la soumettre, elle pinça de plus belle et il poussa un cri de douleur.

— Tout de suite. Tu montes dans ma voiture tout de suite.

Bernie ne savait pas du tout pourquoi il l'écoutait – elle avait de la force pour une fille de seize ans, mais son grand-père Tony était vigoureux comme un bœuf, même à plus de soixante-dix ans, et aurait pu lui faire regretter sa tentative de coercition. Mais il se leva, marcha docilement jusqu'à l'allée et s'installa côté passager.

Il y avait plus d'une heure de trajet, d'abord sur une grande route, puis à travers des rues tortueuses en direction de la côte sud-est du Connecticut. Ils roulèrent dans un silence uniquement ponctué par la haine de Bernadette et par les indications en rafales que lui donnait son grand-père. Le vieil homme ne savait pas conduire, mais il n'oubliait jamais une rue. Ils empruntèrent les ruelles bordées de haies de quartiers vallonnés en bordure de plage, et Bernie se mit à rouler à l'allure d'un escargot dans les bouchons causés par les touristes qui se dirigeaient vers la mer ou rentraient chez eux pour déjeuner. Finalement, Tony la fit s'arrêter sur un chemin de terre qui coupait à travers une zone humide parsemée de roseaux et menait au Long Island Sound.

— Ici ? s'étonna Bernie.

— Dans le coin.

— Pourquoi diable tu l'as laissée ici ?

Pour Bernie, « diable » était un juron.

Il était venu dans les parages avec son ami Sandro, qui avait une entreprise dans le bâtiment et qui employait parfois Antonio à la journée. Sandro était venu chercher Tony mardi matin pour le déposer sur le chantier – certainement juste après que Bernadette était partie travailler – et, pris d'une soudaine inspiration, Antonio avait attrapé le clébard et l'avait emmené avec lui. Sandro s'était arrêté ici, dans ce marécage, et Antonio avait abandonné la chienne sur le bord de la route.

— Qu'est-ce qui t'est passé par la tête ?

— Je veux plus de chiots. » Il haussa les épaules. « Elle fait encore des chiots, plus de chiots, tous les six mois.

— Ces chiots ne sont même pas ton problème, répliqua Bernadette, les yeux brûlants de larmes enragées.

Voilà trois, presque quatre jours que Penny était ici, si elle n'était pas morte de faim ou ne s'était pas noyée, si elle n'avait pas déjà été mangée par un renard ou par un faucon – elle n'était qu'une petite chose.

— On ne rentrera pas tant qu'on ne l'aura pas retrouvée, déclara Bernadette.

— Elle est partie ! cria Antonio, dont la verve revenait. Tu la trouveras jamais.

— Eh bien, ce sera ta faute si on reste ici toute la nuit, dit Bernie en s'engageant sur le sentier qui menait au Sound en criant : « Penny ! Penny ! Viens là, ma belle ! »

Stella avait eu le temps de dessoûler quand l'Oldsmobile de Joey se rangea dans l'allée et que Mickey émergea de derrière le volant, sortant une chaussure compensée à la fois – comment parvenait-elle à marcher avec ces machins, et pourquoi le faire à son âge ? La voiture recracha également les trois aînées : l'apathique Betty, Janet, encore si faiblarde à onze ans, et Mary, quatorze ans, tout en os et en méchanceté, qui dégainait son sternum et son regard mauvais. Les femmes Fortuna se réunirent autour du coffre pendant une longue minute avant de remonter l'allée en paradant, chacune munie d'un achat effectué pendant la virée shopping qu'elles venaient de faire avec l'argent qu'elles ne dépenseraient pas dans le loyer qu'elles auraient dû payer pour vivre dans une maison à elles.

Stella observa la scène depuis le fauteuil près de la fenêtre, ne se rendant compte qu'elle tendait la tête en avant et plissait les yeux comme une mémé que lorsqu'elle commença à avoir mal au cou. Son cœur battait déjà très fort en imaginant le face-à-face à venir avec Mickey. Comment avait-elle pu laisser ses bébés tout seuls ? N'avait-elle donc aucune jugeote ? Stella avait envie de prendre cette bonne femme et de la secouer jusqu'à ce que son petit cerveau bringuebale dans son crâne.

Au cours de ces deux dernières heures, Barbie et Pam étaient restées dans le salon des Maglieri, absorbées par ce qui passait à la télévision. Richie, Mingo et Artie étaient arrivés au compte-gouttes en début d'après-midi, épuisés par leurs jeux de guerre du matin dans les bois, et voilà que les cinq cousins étaient tous assis sur le canapé rouge ou sur la moquette bleue, et regardaient le feuilleton *Haine et Passion.* Stella avait toujours laissé ses enfants crapahuter où bon leur semblait sans trop de surveillance du moment qu'ils ne mettaient le feu nulle part, mais à présent, en pensant à ce qui était arrivé à ces filles, elle se sentait coupable de partir. Elle le fit tout de même. Mickey était leur mère, et c'était le rôle d'une mère de gérer cette situation. Tandis qu'elle traversait la rue pour la cinquième fois ce jour-là, Stella se battit contre le même cercle de pensées qui la tourmentait depuis qu'elle avait forcé la porte de son père : les enfants de Mickey, ces minables canailles mal élevées, étaient-elles les seules concernées ? Ou bien s'en était-il pris à d'autres ? Était-il jamais resté seul avec Bernie ? À cette pensée, Stella eut de nouveau envie de vomir. Pas sa Bernie, c'était impossible. Son cœur rejeta cette idée avant que Stella ait pu l'élaborer davantage. Et les garçons ? Étaient-ils en sécurité ? Ou bien – étaient-ils dangereux ? Ces tendances monstrueuses étaient-elles passées dans le sang d'une autre génération ? Stella se souvint des allusions faites par sa mère au sujet des Fortuna à Tracci. Assunta décrivait l'unique pièce de leur maison comme un cloaque de maladies et de comportement animal. Stella comprenait enfin ce qu'elle voulait dire par « comportement animal ». Toute la famille était-elle empoisonnée ?

Mickey rangeait les courses lorsque Stella entra par la porte de derrière. Janet était assise devant la table de la cuisine et mangeait des chips directement dans le sachet. Stella étudia la petite fille squelettique, qui ne remarqua pas que sa tante l'examinait. On ne pouvait le deviner juste en regardant la personne, pensa Stella.

— Papa est ici ? demanda-t-elle.

— Je ne l'ai pas vu, mon cœur », répondit Mickey. Même lorsqu'elle s'adressait en calabrais à Stella, elle disait « mon cœur » en anglais. « Peut-être qu'il a emmené Pam et Barbie en balade.

— Pam et Barbie sont chez moi. » Elle n'allait pas faire de scène devant une autre petite fille malheureuse aujourd'hui.

« Janet, dit-elle en anglais à sa nièce. Je dois parler avec ta mère. Tu veux bien aller t'asseoir dans le salon ?

Rien ne permettait de savoir si Janet avait entendu Stella, mais au bout de quelques instants elle se laissa glisser de son siège et disparut dans le couloir, abandonnant derrière elle le paquet de chips entamé. Stella eut l'impression que ce n'était pas tant qu'elle se montrait obéissante, mais plutôt qu'elle s'était soudain désintéressée de ce qui l'occupait jusqu'alors. Une énigme, cette gamine, comme sa sœur aînée Betty.

— Qu'est-ce qu'il y a, Stella ? demanda Mickey. Y a un problème ?

— Oui. Oui, Michelina. » Maintenant que le moment était venu, après toute cette préparation, c'était trop dur à dire. « Il faut que tu déménages d'ici, finit-elle par lâcher.

— Oh, Stella, tu sais bien qu'on ne peut pas. » Mickey avait sorti un petit pain rond d'un sachet tout neuf et l'ouvrait avec une fourchette. « On n'a pas d'argent en ce moment. Tu sais comment c'est, au boulot, pour Joey. On a à peine de quoi nourrir les filles.

Stella avait envie de contester ces propos, de rappeler à cette nigaude les sacs de shopping qu'elle l'avait vue décharger du coffre de sa voiture quelques minutes auparavant. Elle repoussa cette impulsion et ramena la conversation sur le sujet le plus important.

— Michelina, il faut que tu quittes cette maison. Je me moque de ce que tu dois faire pour cela, mais il faut que tu trouves une solution. » Stella lutta pour sortir les mots, parla plus bas au cas où les petites dans le salon écouteraient. « Tes filles ne sont pas en sécurité ici. Tu me comprends ?

Mickey leva les yeux du beurrier et des miettes sur le plan de travail. Elle posa ses yeux noirs acérés sur Stella.

— Qu'est-ce que tu veux dire ?

— Elles ne sont pas… Elles ne sont pas en sécurité avec mon père. » *Dis-le, Stella !* « Mickey, je suis passée aujourd'hui et je l'ai surpris en train de… Je l'ai surpris en train de les toucher.

L'attention de Mickey retourna à son petit pain.

— Oh, c'est rien. Il aime juste jouer avec elles.

Stella avait souvent eu envie de violenter cette femme, mais jamais autant qu'en cet instant.

— Mickey. » Stella devait déployer un tel effort pour se contenir que l'urgence de son propos ne ressortait peut-être pas clairement. « Mickey. Il ne joue pas avec elles. Il… il les touche. Il… les utilise comme des *puttane.*

Mickey ne disait rien. Elle étalait généreusement le beurre, qui était mou après avoir passé une chaude journée d'été sur le plan de travail, dans l'intérieur spongieux du petit pain. Stella attendit. Mickey finit par sortir :

— Eh bien, ce n'est pas comme s'il les violait, si ?

— Tu le savais.

Pendant un certain temps, Stella fut aveuglée par le choc. Elle s'était préparée au déni, à la bêtise, aux pleurnicheries et à l'hystérie. Mais pas à ça.

« Tu le savais, répéta-t-elle. Tu le savais et tu l'as laissé faire ?

Mickey haussa tristement les épaules.

— Qu'est-ce que j'y peux, Stella ? C'est sa maison.

— Tu savais ce qu'il faisait à tes filles et tu l'as laissé continuer ? » La rage formait une patine sur sa vue, obscurcissait la cuisine et cette sorcière de mère. « Tu les as laissées ici avec lui ? Quoi, pour que ce soit plus facile ? Pour ne pas avoir à regarder ?

Mickey ne disait plus rien. Ses méninges s'activaient, Stella le savait, elle essayait de trouver un moyen de mettre un terme à cette discussion, de pousser sa belle-sœur à partir.

— Tu es vraiment une personne horrible, dit Stella. Mais tes enfants sont innocents. T'as intérêt à faire quelque chose, sinon c'est moi qui vais m'en occuper, et ça ne va pas te plaire.

— Qu'est-ce que tu veux que je fasse, Stella ? » Elle avait choisi de pleurer, à sa façon exubérante, la bouche ouverte. « Si je fais des histoires, il va nous mettre dehors. Nous n'avons pas l'argent pour habiter ailleurs.

Stella s'avança vers sa belle-sœur et la coinça contre le mur. Ensuite, elle attrapa son visage dans sa main droite. Prise au dépourvu, Mickey ne cria pas.

— La question, ce n'est pas l'argent, espèce de sale conne.

Stella pinça plus fort – comme elle serait satisfaite de voir des cercles violets comme du maquillage de clown sur le visage de Mickey demain –, puis la relâcha.

« Soit tu te ressaisis et tu trouves un endroit où habiter, soit j'appelle les flics et je vous dénonce tous.

— Pour quoi ? demanda Mickey entre deux sanglots.

— Je trouverai bien. » Stella s'éloigna de sa belle-sœur. « Va chercher tes filles chez moi maintenant. Elles ont besoin de leur mère, même si c'est une sale conne.

Il n'en fallait pas plus pour que Mickey s'échappe de la cuisine. Stella l'entendit sortir par la porte d'entrée. Elle se retourna pour regarder par la fenêtre la pelouse vert pétant du jardin, où il n'y avait aucun signe du monstre, son père.

Et maintenant ?

Instinctivement, Stella sentait qu'elle n'en avait pas encore vraiment terminé. Elle prit un couteau dans le tiroir près de l'évier et sortit sur la galerie à l'arrière de la maison pour attendre son père.

Plus de deux heures et toujours aucun signe de Penny. Bernadette avait la voix enrouée, mais était têtue. Elle ne pouvait plus appeler la chienne, alors elle tapait dans ses mains en avançant le long des sentiers marécageux. La chaleur s'était dissipée, laissant une fausse impression de fraîcheur dans l'air humide, et la lumière diagonale d'un soleil jaune-orange se répandait parmi les roseaux à hauteur de genou, à l'endroit où l'eau du marais formait des mares.

Tout en avançant et en tapant dans ses mains, Bernie

pleurait en silence. Cela faisait trop longtemps. Si Penny avait été ici, elle serait déjà venue la retrouver. Elle avait arpenté tous les sentiers entre la route et l'océan sur trois kilomètres. Elle avait sifflé, fouillé à contrecœur avec un bâton des amas de buissons, en espérant ne pas trouver de cadavre. Il valait mieux ne pas savoir que savoir, au point où ils en étaient, songea-t-elle. Elle ne pourrait supporter de savoir que Penny avait été adoptée par une gentille famille de la plage, pas plus qu'elle ne pourrait supporter de savoir que Penny avait été démembrée par des ratons laveurs.

Bernie essuya la morve salée qu'elle avait sur le menton du revers de la manche de son uniforme de Gardener's, et cligna des yeux pour chasser ses larmes. Pas de tristesse devant son grand-père – juste la rage. Elle l'observait de là où elle était. Il se tenait à cinq ou six mètres de la voiture, et de temps à autre tapait dans ses mains sans grande conviction. Bernie avait verrouillé le véhicule afin qu'il n'ait aucun moyen d'échapper à la tâche qu'elle lui avait assignée. La vieille bique allait devoir en baver jusqu'au bout.

Eh bien, c'était fini. Il n'y avait rien de plus qu'elle puisse faire ici.

Le salaud. Bernadette souhaitait sincèrement sa mort.

Alors qu'elle se dirigeait vers la voiture et était quasiment à mi-chemin – elle avait vraiment failli le rater – elle entendit le bruissement et s'arrêta. Oui, un bruissement dans les feuilles, certes à une distance qui équivalait à un terrain de football, mais elle l'entendit.

— Penny », appela-t-elle de sa voix rauque, gênée de l'espoir qu'elle ressentait. Elle se racla la gorge. « Penny !

La chienne courait vers elle, fonçait à travers les roseaux, qui s'ouvraient sur son passage. Son pelage cuivré était tout ébouriffé et ses petites pattes étaient crottées de boue.

— Penny !

Bernie s'agenouilla et laissa la chienne lui sauter dans les bras. Ses pattes étaient si faibles et tremblantes qu'elle n'y parvint pas, et le bout de son museau heurta le genou de Bernie. La jeune fille la souleva comme un nourrisson, la berça. Elle serra son petit museau entre ses mains et ne put retenir ses larmes. C'était trop beau pour être vrai. Bernadette eut l'impression que Dieu, dont elle avait douté de l'existence tout au long de l'été, lui avait offert un miracle. La gentille petite chienne aurait dû être morte – trois jours dans cette zone sauvage sans rien manger. Mais elle était là.

Sur le chemin du retour, Bernadette mit la radio à fond et chanta de façon euphorique des chansons des Rolling Stones. Elle conduisit avec Penny sur les genoux, caressant dès qu'elle n'avait pas la main sur l'embrayage les côtes de la chienne qui se soulevaient. Grand-père Tony, sur le siège passager, ne disait rien. Bernie espérait qu'il baignait dans la honte.

Quand elle fut à proximité de Hartford et qu'elle se prépara à prendre leur sortie, Bernadette baissa complètement le son de la radio.

— Hé, le vieux. Si tu touches de nouveau à cette chienne, si tu touches à l'un de nos animaux, je te tuerai de mes propres mains. Compris ? » Bernie le pensait vraiment. Elle n'était pas quelqu'un de violent, mais rationnellement, si un acte de violence était bénéfique pour la société, elle serait capable de le commettre. Et en plus, ce serait une bonne action. « Je te tuerai moi-même, de mes propres mains.

Tony laissa échapper un grognement, mais ne dit rien. Ils se garèrent dans l'allée du 3, Alder Street, et Bernie sauta de la voiture en serrant Penny fort contre sa poitrine. Elle claqua la portière derrière elle et laissa son grand-père rentrer tout seul chez lui.

Stella était assise sur la galerie à l'arrière de la maison du 4, Alder Street, à 17 h 15, lorsque Tina passa après le travail pour voir comment allait son père.

— Tu n'es pas censée être au travail ? demanda-t-elle à Stella. Que fais-tu ici ?

— J'attends que le vieux rentre », expliqua-t-elle. Elle

montra à Tina le couteau à découper qu'elle cachait derrière sa jambe. « J'ai dû prendre ma journée pour lui dire que j'allais le tuer. Il a besoin qu'on lui fasse un peu peur.

— Stella ! s'écria Tina, alarmée.

— Viens là, Tina. » Stella tapota le sol à côté d'elle. « Je vais te dire pourquoi je dois le tuer, mais il faut que je murmure.

Tina écouta toute l'histoire avec des yeux éberlués.

— Mais que peux-tu faire, Stella ? demanda-t-elle finalement.

— Je peux lui dire que je vais le tuer s'il recommence.

— Tu ne peux pas faire une chose pareille.

Tina était scandalisée.

— Pourquoi ?

— Tu ne peux pas dire une chose pareille à ton père !

— Tu crois ? rétorqua Stella.

— Tu dois le respecter sous son toit.

— Qu'est-ce que cet homme a jamais fait qui mérite le respect ? » Le nuage de haine qu'elle éprouvait pour son père s'étira pour engouffrer sa sœur. Comment pouvait-elle continuer à le vénérer bêtement après tout ce qui s'était passé ? « Ce sont des petits enfants innocents, Tina ! Les enfants de Mickey, et les miens ! Nous devons à tout prix les protéger.

— Mais tu ne peux pas tuer papa. » La voix de Tina était empreinte de peur. « Pas ton propre père.

Stella laissa échapper un rire de dégoût.

— Après ce qu'il a fait à ces petites, le vieux peut aller directement en enfer, et je me fous bien qu'il soit mon père. » Une sombre pensée se glissa au fond de l'esprit de Stella – Tina était tout le temps fourrée au 4, Alder Street. Était-il possible qu'elle soit au courant, elle aussi ? Ou qu'elle se soit doutée de quelque chose ? Cette idée la perturba tellement qu'elle la rejeta rapidement. Mais une rancœur refoulée remonta à la surface et, avant qu'elle ait le temps de se retenir, elle dit :

« Si tu étais mère, tu comprendrais. Tu dois ta vie à tes enfants, pas à ton père.

Les yeux de Tina se baissèrent le temps de digérer ces propos – elle cherchait sans doute à savoir si Stella avait raison ou bien disait juste cela par méchanceté. La douleur de ne pas avoir d'enfants ne s'était pas atténuée en vingt ans, vingt ans à savoir et à déverser son cœur et son attention sur les enfants de Stella pour compenser le fait de ne pas en avoir à elle. Stella n'avait aucune raison de s'en prendre à elle. Tina n'était pas l'ennemie, ici. Mais elle était une cible facile, et en cet instant Stella la détestait de répéter les mêmes lieux communs qui avaient permis à Tony de continuer à commettre toutes ses atrocités pendant les cinq dernières décennies.

Ce qui était dit était dit, et Stella avait fini de parler. Elles restèrent assises sur la galerie en silence, Stella serrant le couteau entre ses doigts, jusqu'à ce que Tina finisse par se lever et par épousseter ses cuisses.

— Bon, Stella. Sois prudente, lança-t-elle d'un ton acerbe.

Tina pensait probablement : Eh bien, cette fois-ci, elle va avoir ce qu'elle mérite. Lorsqu'elle s'éloigna, Stella resta muette.

Je sais, vous attendez de savoir comment Stella a failli s'étouffer ce jour de juillet 1970. Nous y sommes presque, maintenant.

Assunta avait coutume de dire que rester assis à même la pierre ou le béton causait des hémorroïdes. Stella ignorait si un médecin lui avait raconté cela ou si c'était de la sagesse populaire, mais sa mère le répétait souvent. Stella entendait la voix de sa mère tandis que l'ombre de la maison s'étendait sur la galerie et que le béton se refroidissait sous ses fesses.

Il devait être 18 heures quand Antonio remonta péniblement le trottoir en ciment qu'il avait aménagé le long de l'allée pour les voitures. Stella se mit debout maladroitement afin de pouvoir intercepter le vieil homme devant la porte arrière de la maison. Tout d'abord, ses jambes n'apprécièrent pas le changement de position, avant de se réjouir de l'afflux de sang restauré. Elle se rendit compte qu'elle portait encore ses chaussons bleu pastel.

Le fait de bouger avait dû exposer le couteau qu'elle avait caché dans sa jupe, et la lame avait dû étinceler au soleil. Le reflet avait probablement attiré l'œil d'Antonio.

— C'est quoi, ça, Stella ?

Il semblait fatigué tandis qu'il gravissait les marches avec difficulté.

Stella tremblait. Pourquoi tremblait-elle ? Il n'y avait rien qu'elle souhaitât plus au monde que de débarrasser ce dernier de son père.

Elle brandit le couteau afin que Tony puisse le voir de près.

— Tu veux savoir ce que c'est ? dit-elle. Je vais te montrer tout ce que tu as à savoir dans une minute.

Le rire de Tony semblait las. Tony, si vieux, et pourtant toujours aussi grand, l'air crasseux coiffé de sa casquette des Red Sox tachée de graisse.

— Tu vas me tuer aussi, Stella ?

Elle ne comprenait pas ce qu'il voulait dire par « aussi », mais elle ne voulait pas qu'il pense qu'elle se montrait arbitrairement théâtrale.

— Si tu ne restes pas à l'écart de ces filles », dit-elle. La vision revint, les jambes nues maigrichonnes. Elle lutta contre une vague de nausée. « Oui. Oui, je te tuerai de mes propres mains si tu t'approches d'elles.

Tony se dirigeait vers elle. Son cœur s'accéléra, se mit à tambouriner – et s'il l'attaquait ? Serait-elle réellement capable de se servir de ce couteau contre son père ?

— Tu ne sais pas de quoi tu parles, Stella. » Il l'évita et poussa la porte. « Ce sont pas tes oignons.

Comment pouvait-elle n'avoir aucun pouvoir sur cet homme ? Il était vieux et brisé, mais passait tout de même devant elle comme si elle n'était même pas là. Son cœur était déjà vaincu, s'était retiré en lui-même comme si une fois de plus Tony avait pris toutes les décisions à sa place. Elle avait envie de rentrer chez elle et de lécher ses plaies – elle dut faire un effort pour se rappeler que le face-à-face n'était pas terminé, qu'elle n'avait pas encore perdu.

Stella n'avait ni la passion ni l'énergie qu'exigeait ce geste, mais à la fin, ce qui compte, c'est l'acte en lui-même, pas ce qui le motive. Elle approcha sa main et poussa jusqu'à ce qu'elle sente la pointe du couteau s'enfoncer dans l'entrejambe du pantalon de son père. Elle n'avait aucun moyen de savoir si le bout pointu était entré en contact avec son scrotum ou si l'épaisse couture l'avait arrêté.

— Holà ! hurla son père.

— Vas-y, dit Stella. Donne-moi un prétexte pour que je t'arrache les couilles.

Elle poussa un peu plus fort et il émit un jappement en tout point semblable à celui de leur chienne Penny.

— N'importe quel prétexte, le vieux. Tu es incapable de surveiller tes couilles. Et tu n'en as plus vraiment besoin, pas vrai ? Cela pourrait résoudre ton problème et aussi le mien, tu ne crois pas ?

— Espèce de cinglée ! » Tony essaya de la frapper et de s'échapper, mais l'encadrement de la porte l'en empêcha. « Sainte Marie, sauvez-moi de cette cinglée !

Sa voix se brisa, et Stella fit un pas en arrière, soudain paralysée par le doute. Il était son père, après tout. Son père abominable et dégueulasse. Un animal qui n'était même pas digne d'une étable, qui lui avait volé, au fur et à mesure, sa maison, son pays, sa dignité, ses dents, sa mère, sa liberté, qui avait fait d'elle cette pauvre loque de femme entre deux âges.

Elle était incapable de passer à l'acte.

— Plus jamais », dit Stella. Sa faiblesse était comme une pierre au fond de son cœur. « Tu m'entends ? Plus jamais.

— Va au diable ! lui dit-il.

Il l'esquiva, rentra dans la cuisine et ferma la porte. Elle le regarda à travers la vitre, et il la regarda à son tour, avec méfiance. Puis il se dirigea d'un pas lourd vers sa chambre.

La poitrine endolorie, Stella traversa Alder Street, vers le soleil rose orangé qui se posait sur la cime des arbres derrière sa maison.

Le téléviseur était allumé, mais toutes les autres lumières de la maison étaient éteintes. Il n'y avait personne à l'exception de la petite chienne. Penny se leva d'un bond du paillasson sur lequel elle était pelotonnée, et se mit à battre de la queue comme une folle et à lécher les mollets de Stella, qui essayait de rentrer dans la maison. Les assiettes sales dans lesquelles les garçons avaient mangé étaient empilées dans l'évier et à côté. Ils n'étaient jamais fichus de rincer leur assiette. Combien d'heures de vie ce petit geste aurait pu lui faire gagner ?

Aucun de ses fils – pas plus que sa fille, d'ailleurs – n'était dans les parages. Un vendredi soir, à l'heure du dîner – où pouvaient-ils bien être ? Bernie devait être chez sa copine Patty. Les petits, Artie, Richie et Mingo, étaient certainement chez Tina. Mingo était le chouchou de Tina et vivait pratiquement chez sa tante ; souvent, il ne rentrait pas dormir à la maison. Les adolescents étaient sans doute en train de faire la course sur les motos tout-terrain de leurs copains dans la bande de rue déserte derrière le lycée.

Stella se servit un petit verre de vin, l'avala d'une traite et s'en versa un deuxième. Elle avait été sobre toute la journée, n'était pas allée travailler à cause de ce méchant vieillard. Il fallait qu'elle mange quelque chose ; elle n'avait rien avalé depuis les sandwichs au fromage. Le frigo était vide. Ce que Carmelo avait dû préparer pour le repas avait été liquidé – voilà ce que c'était que d'avoir une maison remplie de garçons adolescents, dont les amis défilaient comme si on était à Union Station ou dans la prison du comté de Hartford.

Dans le compartiment en bas du frigo, Stella trouva une barquette de morceaux de poulet du supermarché : des pilons et des hauts de cuisse débités de sorte que leurs os saillaient contre l'emballage plastique. Oui, pensa Stella. Ça, je peux le faire. Même Rocco Caramanico avait été capable de cuisiner du poulet. Elle posa la barquette sur le plan de travail, dénicha une casserole qui servait à cuire les pâtes sous l'évier, la remplit d'eau avant de l'installer sur l'un des feux et d'allumer le brûleur correspondant au maximum. Un à un, elle fit tomber les morceaux de poulet dans la casserole. La chair couleur pêche était gluante entre ses doigts, et l'eau ne tarda pas à devenir trouble.

Stella regarda sa création, cette nourriture qu'elle était en train de cuisiner. Elle se préparait du poulet. Elle avait cinquante ans, et elle n'avait besoin de personne – elle n'avait pas besoin de son père, contre les testicules duquel elle avait pointé un couteau, elle n'avait pas besoin de son mari, qui l'avait nourrie ces vingt dernières années. Elle n'était personne aux yeux du monde – elle n'était pas belle, elle était vieille, elle n'était pas une si bonne mère que cela –, mais elle était tout ce dont elle avait besoin, *elle*. Elle pouvait travailler et elle pouvait se battre. Elle avait survécu à tout. Elle avait survécu.

Assise à la table de la cuisine, elle attendit que la nourriture cuise. Elle avait faim. Les mauvais sentiments du passé s'étaient installés. Elle but un troisième verre de vin en observant les ombres du robinet et du capteur solaire dans le bout de fenêtre qui se trouvait de l'autre côté de la cuisinière. Elle avait commencé à revivre le vieux cauchemar, du début à la fin. Son père l'acculait dans un coin, ses mains glissaient sur ses fesses, ses côtes, ses seins. Stella chassa la nausée à l'aide d'un quatrième verre de vin. Elle attendit que cette vision se dissipe.

Quand le brouet commença à bouillir, Stella pensa à ajouter du sel et du poivre. Fallait-il ajouter autre chose au poulet ? Elle l'ignorait. Elle but un cinquième verre de vin, le confort d'un détachement brumeux se glissa sur l'inconfort de ses souvenirs précis. Sur la cuisinière, l'eau dans la casserole bouillonnait, exhalant une délicieuse vapeur qui l'obligea à reculer quand elle mit son visage au-dessus du liquide en ébullition.

Dans la cuisine sombre, elle préleva dans la casserole à l'aide des pinces de Carmelo quatre morceaux de poulet, les disposa dans une assiette et les regarda émettre de la vapeur dans l'atmosphère lourde de juillet. En attendant, elle but un autre verre de vin. La vapeur qui émanait du poulet à cet instant lui rappela la rosée qui s'évaporait des feuilles des chênes verts à Ievoli toutes ces années auparavant. Tout était différent mais, cela – cette eau en évaporation qui s'élevait dans les airs –, c'était pareil.

Elle comprenait.

Elle s'était égarée.

Lorsque le poulet eut suffisamment refroidi pour être mangé, elle prit un morceau à mains nues et l'engloutit. Le poulet n'était pas délicieux – il était collant, presque à vous en retourner l'estomac –, mais elle était affamée. Elle choisit un deuxième morceau de viande dans l'assiette et commença à mâcher et à sucer l'os. Soudain, sa gorge s'étira, son œsophage se crispa autour de l'os qu'elle venait d'aspirer. Elle toussa mais, comme il n'y avait pas d'air, elle n'y arriva pas. Elle crachota, et bientôt elle griffa. Sa trachée était bloquée et elle ne pouvait pas la dégager.

Était-ce possible ? Ce n'était pas si grave. Ou si ?

Ça l'était. Il n'y avait pas d'air, juste un soupçon d'air, un soupçon qu'elle ne pouvait accepter. La chienne aboyait, mais ses aboiements paraissaient très lointains.

Autour d'elle, sa cuisine sombre scintillait. Cela n'allait pas. Elle n'allait pas mourir comme ça. Pas après tout ce à quoi elle avait déjà survécu – pas un os de poulet. Elle ne mourrait pas en mangeant sa propre cuisine.

De la salive coulait sur son menton et gicla sur ses mains, sur le plan de travail. Elle essaya de tousser, essaya de trouver de l'air. Rien. Les ténèbres, qui s'installaient. Stella tomba sur les genoux, s'arc-bouta contre le sol en tapant sur sa poitrine avec son poing. Elle sentit l'os bouger dans sa gorge, mais aucun soulagement.

Stella pensa à sa mère qui était morte jeune, à soixante-neuf ans – se rendit compte qu'elle, Stella, mourrait encore plus jeune. Son esprit se fixa sur l'image du bébé mort, sa sœur Mariastella. C'est la dernière fois qu'elle vient me hanter, songea-t-elle. Le maudit fantôme allait enfin avoir sa peau. Dans ces derniers instants, Stella ne pensa pas à son mari ni à ses enfants, elle ne pensa pas à son père monstrueux qui avait gâché sa vie, et qui désormais gâchait celle d'autres personnes. Ce furent les yeux creux obsédants du bébé mort qui emplirent son esprit. Même à travers la douleur lancinante dans sa gorge entravée, le feu d'artifice de ses vaisseaux sanguins qui explosaient, Stella se disait : Après tout ce temps, après tous les efforts que tu as déployés, je n'arrive pas à croire que c'est comme ça que tu vas me faire mourir.

Elle n'entendait rien à cause de l'afflux de sang privé d'oxygène dans ses oreilles. Mais pendant que Stella était agenouillée sur le carrelage froid de sa cuisine, Tina l'appelait. Elle avait regardé de l'autre côté de la pelouse qui séparait leurs deux maisons et vu que le numéro 3 était complètement plongé dans l'obscurité. Cela lui avait paru bizarre. Encore piquée au vif par le commentaire de Stella sur la maternité, elle avait envisagé de laisser sa méchanceté mijoter toute la nuit afin qu'elles puissent avoir une bonne explication le lendemain. Les trois plus jeunes fils de Stella, éreintés par un dur après-midi d'été, s'étaient endormis sur la moquette de Tina en regardant les informations du soir. Elle aurait pu jeter des couvertures sur eux, éteindre les lumières et passer le reste de ce vendredi tranquille avec Rocco dans la cuisine, où il jouait au solitaire. Mais à la place, elle avait été envahie par un désir lancinant d'aller à côté, d'en découdre avec Stella dès ce soir.

Il n'y eut pas de réponse lorsque Tina appela sa sœur depuis la porte d'entrée. Elle perçut les tambourinements de Stella par-dessus le murmure des actualités et se précipita dans la cuisine, qui était dans le noir. Tina ne connaissait pas la manœuvre de Heimlich, mais elle savait taper avec son poing et avait la force d'un bœuf, comme son père. Pour une fois, elle n'y réfléchit pas à deux fois, pas plus qu'elle ne s'inquiéta de ne pas savoir quoi faire. Elle assena de grands coups. Elle tapa, tapa, et l'os de poulet se délogea.

Stella, haletante, s'appuya contre le placard sous l'évier. Ses dents étaient violettes à cause des dépôts de vin.

— Tina, dit-elle. Tina, j'ai failli mourir.

— Je sais. Ça faisait longtemps.

À l'évidence, la suite de l'histoire que je vais vous raconter n'est que fiction, car je ne crois pas aux fantômes, je ne pense pas du moins, et je ne vais certainement pas vous demander d'y croire. Mais soyez un peu indulgents. Imaginez que cela puisse être une possibilité – que la petite fille dont la vie a été abrégée a pu laisser un résidu de son être, littéral ou imaginaire, qui pourrait hanter la mère aimante dont elle a été séparée. Imaginez que ce résidu – allons-y, appelons cette entité un fantôme –, imaginons que ce fantôme resta là à regarder le chagrin de sa mère, souffrit de façon invisible à ses côtés, se languit de ses mains douces et de la chaleur de sa poitrine réconfortante. Imaginez comme le petit cœur actinique du fantôme a dû se briser en regardant sa mère la remplacer par un autre bébé qui portait exactement le même nom, en la regardant ancrer ses espoirs maternels dans cette nouvelle fille belle et parfaite. Imaginez ce que l'on doit ressentir quand on vous arrache votre vie non réalisée, et qu'ensuite vous voyez toutes les traces que vous avez laissées progressivement effacées par une nouvelle version de vous plus robuste, plus aimable, et dans l'ensemble supérieure à vous.

Je ne vous demande pas de croire aux esprits ou à une âme peut-être exclue du paradis par son chagrin ou sa jalousie ; je ne vous demanderais pas de croire en quelque chose auquel moi-même je ne crois pas, et je ne crois en rien. Mais si nous disions que le pouvoir de la foi humaine est de rendre réelles des choses qui ne le sont pas – qu'en accordant du crédit à des entités imaginaires nous les autorisons à exercer un pouvoir sur nous, à prendre vie ? Parce que qu'est-ce que la foi, hormis une volonté de croire ?

Et voilà que le petit fantôme suit à la trace cette fille, sa remplaçante, tandis que celle-ci s'épanouit dans la vie que le fantôme aurait pu avoir si on ne la lui avait pas ôtée. Imaginez qu'il regarde sa remplaçante devenir belle, intelligente, aimée, admirée. Imaginez la haine du fantôme, sa rancœur, son désir implacable pour ces choses que sa sœur vivante tient pour acquises ou rejette tout bonnement. On pourrait commencer à avoir l'impression qu'elle, la remplaçante, est l'ennemie. Imaginez comment la première Stella aurait pu se déchaîner – imaginez ses désirs violents d'apprendre à cette seconde Stella une leçon, de lui enseigner à quel point la vie est précieuse et précaire, de faire en sorte qu'elle se demande si elle méritait tous les cadeaux offerts par le destin. Imaginez comment ces attaques ont pu modeler la personnalité de Stella, la rendre obstinée, complètement obnubilée par sa propre survie, tellement fermée à l'amour et à la compagnie que le petit fantôme désirait plus que tout. Imaginez que maintenant, après un demi-siècle de vengeance et d'avilissement, après un dernier effort bien senti pour commettre le pire, enfin, enfin, elle ait sa révélation.

Je comprends pourquoi aux yeux de la première Stella la seconde Stella a pu apparaître comme étant l'ennemie. Je comprends la jalousie, la haine, le chagrin vif éprouvés à regarder votre remplaçante prendre tout ce que vous n'avez pas eu le droit d'avoir. Mais jamais les Stella n'auraient dû être des ennemies ; elles auraient dû être les alliées les plus fidèles contre le monstre qu'elles avaient en commun, l'homme qui leur avait volé à chacune de manière différente leur vie, qui n'avait jamais envisagé de regretter ce qu'il avait détruit, qui avait torturé la gentille mère qu'elles se partageaient, la femme que chacune des Stella avait aimée plus que n'importe qui au monde. Un demi-siècle après avoir mis un terme à la vie de la première Stella en ramenant à la maison sa grippe de guerre et en refusant froidement d'appeler le médecin, un quart de siècle après avoir pris la vie de la seconde Stella en la battant jusqu'à ce qu'elle n'oppose plus de résistance et en l'obligeant à faire la seule chose qu'elle craignait plus que la mort, ici et maintenant, Antonio Fortuna continuait de gâcher la vie d'autres petites filles.

Pourquoi la première Stella continuait-elle à essayer de tuer la seconde ? C'était son père qu'elle aurait dû tuer.

Et maintenant, imaginez ceci : le petit fantôme regarde sa sœur – cette femme effondrée, qui souffre – mourir en s'étouffant, taper du poing sur le carrelage blanc collant de la cuisine, et elle change d'avis. Tandis que la plus jeune des sœurs, Tina, accourt pour la sauver une fois de plus – quelle chance qu'elle soit toujours, toujours là –, le fantôme repense à la façon qu'a eue la seconde Stella de brandir ce couteau, au fait qu'en cet instant, si seulement elles en avaient eu le courage, ensemble, elles auraient pu priver Antonio de son droit à gâcher d'autres vies. Elle ressent un sursaut d'énergie, un battement plein d'entrain à l'endroit où son cœur aurait dû être. Pendant que Tina couche leur sœur mutuelle, la première Stella se sépare de sa camarade de toujours, flotte jusqu'à l'autre côté de la rue, traverse sans os la façade en aluminium – puisque, après tout, elle n'existe pas – et se glisse dans la chambre du vieil homme, qui respire bruyamment dans ses rêves cochons. Même en une nuit pareille, pense-t-elle, il ne perd pas le sommeil.

La première Stella reste assise là sur sa commode, à côté de la montre en plaqué or qu'il met pour jouer aux cartes avec les garçons, devant la photo encadrée de la famille Fortuna prise à Noël 1940, qui se tient sur son pied en feutre à cet endroit précis depuis que maman l'y a posée quinze ans auparavant, et la première Stella le regarde dormir, la colère et la haine qui l'habitent se resserrent en une boule luisante, qui recueille tous les mauvais sentiments qu'elle a dans les tripes, comme la seconde Stella l'aurait fait – car la première Stella aurait été semblable à la seconde Stella à bien des égards si on l'avait autorisée à grandir. Toute la nuit, elle reste assise là à le regarder, sa fureur fusionne, jusqu'à ce que les miasmes antiques de Stella se posent sur la peau de Tony et bouchent ses narines, et même lui est incapable de continuer à dormir – il se réveille, anxieux, décontenancé, il tire sur ses couvertures et se recroqueville sous son oreiller, mais il sait que quelque chose ne va pas du tout, elle sent son vieux cœur malade hoqueter dans sa poitrine. Elle s'appuie sur lui – elle n'est pas encore tout à fait prête, elle n'a pas encore décidé de la suite, mais elle n'est pas intimidée par lui comme sa sœur. Il n'a jamais été son maître.

Tandis que les premières lueurs de l'aube font étinceler la rosée marécageuse de son jardin, Antonio entend le *tuf* de la porte arrière de la maison qui se referme doucement contre le montant en caoutchouc. C'est sa fille Tina, qui vient lui préparer le petit déjeuner avant de partir travailler. Rendu fou par l'insomnie, il sent l'angoisse lui saisir la poitrine. La première Stella perçoit le bond de son cœur, qui claque contre sa cage thoracique, et elle s'appuie juste un peu plus contre lui. Il tente de la repousser, mais il ne peut pas la voir, ne sait pas ce qu'elle est. Il se force à se redresser, pose les pieds par terre, dans son maillot de corps et son slip jaunis, empuantis par la sueur, et le petit fantôme recule. Tandis que Tony enfile sa robe de chambre bordeaux, la première Stella ravale son dégoût et saute sur son dos, serrant ses petits bras invisibles autour de son cou. Elle le sent tressaillir sous la pression qu'elle exerce sur lui. Oui, elle aura des témoins. Un fantôme doit avoir des témoins dès que l'occasion se présente.

Quand Tony ouvre la porte, il roule les épaules. Il ne comprend pas la première Stella, mais il subit son poids – il essaie de se débarrasser d'elle en haussant les épaules.

— Tina, dit-il en tournant à l'angle et en entrant dans la cuisine. Tina, aide-moi, je ne me sens pas bien.

Tina a posé une casserole remplie d'eau et de flocons d'avoine sur la gazinière et est en train d'allumer le brûleur.

— Qu'est-ce qui ne va pas, papa ? Assieds-toi. Je vais te préparer du café.

— Tina », répète Tony. Sa voix est un bêlement de chèvre, une chèvre comme celle, magnifique et blanche, qu'il a tuée. « Tina.

Tina finit par détourner les yeux de la nourriture et le regarde, alarmée.

— C'est ta sœur Mariastella, souffle-t-il. Elle va me tuer.

Ces derniers mots étranges servent de signal au petit fantôme, qui serre les bras autour de son cou avec toute sa haine et sa fureur étincelantes.

Et comme ça, simplement, elle l'étouffe et lui ôte la vie.

À l'évidence, cette histoire de fantôme n'est qu'invention et imagination, et n'a pas sa place dans un récit familial qui s'appuie par ailleurs sur des recherches méticuleuses. Tony s'est fort probablement réveillé d'un cauchemar à propos de sa seconde fille Stella, qui l'avait menacé avec la pointe d'un couteau quelques heures auparavant seulement. Voilà sans doute le sens des dernières paroles pleines de terreur qu'il a adressées à Tina.

À l'hôpital, où il fut déclaré mort à son arrivée, on expliqua que c'était une crise cardiaque foudroyante qui l'avait tué. Il n'est pas rare que les victimes d'infarctus aient l'impression d'étouffer, ce qui explique que Tony ait passé ses derniers instants à se griffer la gorge. Lorsqu'il mourut, ses ongles étaient souillés de sa propre peau, et son cou était balafré de rouge.

QUATRIÈME PARTIE

VIEILLESSE

A vecchiaja è na carogna.
« La vieillesse est une chienne. »
PROVERBE CALABRAIS

MORT N°8

HÉMORRAGIE CÉRÉBRALE

(Démence)

Voici la dernière fois que Stella Fortuna frôla la mort. Voici l'Accident.

C'était le 8 décembre 1988, mais le 9 décembre arrivait. Stella, qui était assise à sa place habituelle sur le canapé, remarqua par hasard qu'il était 23 h 52, et après cela elle ne parvint plus à décrocher les yeux de l'horloge au-dessus du téléviseur. Elle regarda l'aiguille des minutes avancer, tic, tic, tic, tic. À minuit, ce serait le vingtième anniversaire de la mort de sa mère. Assunta avait soixante-neuf ans. Ce soir, Stella avait quasiment soixante-neuf ans elle aussi.

Rien ne marqua minuit, le passage d'une journée ordinaire à une date oppressante. Le journal de CBS fut interrompu par une publicité pour du détergent liquide. Stella s'efforça de se sentir différente.

— Maman ? dit-elle en s'adressant à l'atmosphère de son salon, avant de se trouver idiote, car sa mère n'était pas là.

Stella prit la bouteille qui était entre ses pieds et se servit un verre de vin. Ses mains tremblaient, mais c'était parce qu'elle avait bu beaucoup d'alcool et n'avait mangé qu'un peu de pâtes froides au dîner quelques heures auparavant, ce qui n'avait pas aidé ses nerfs.

Nous prions Dieu pour les morts, pour les âmes du purgatoire, pour que Dieu se montre clément envers eux à travers notre foi. Assunta l'avait enseigné à Stella quand celle-ci n'était qu'une toute petite fille, dès la première fois où elle l'avait emmenée au cimetière pour nettoyer la tombe de sa sœur défunte. Assunta aurait voulu que Stella dise des prières pour son âme.

— Je vous salue, Marie, pleine de grâce, commença Stella d'un ton coupable au salon dont les ténèbres n'étaient éclairées que par le clignotement du téléviseur.

Mais elle ne se souvenait plus du texte. Elle n'avait pas prié depuis des années. Ces derniers temps, elle avait tant de mal à concentrer son esprit ou ses sentiments sur Dieu – tant de mal à ne pas se sentir idiote de parler à l'obscurité.

00 h 23. Stella se resservit un verre de vin puis reposa la bouteille, qui gîta légèrement dans la moquette bleue capitonnée. Avec le temps, la moquette était bosselée, sa surface formait des bouloches, noircies par des années de crasse rapportée par les chaussures, que l'aspirateur ne parvenait pas à éliminer. Stella marchait sur cette moquette depuis presque trente-cinq ans, tout comme ses neuf sauvageons de fils, son unique fille collet monté et leurs hordes d'amis et de connaissances opportunistes. Désormais, la maison était vide ; même son bébé, Artie, s'était marié et vivait ailleurs.

Trente-cinq ans – plus de la moitié de sa vie. Elle était davantage cette personne, cette épouse et cette mère, que n'importe quelle autre personne qu'elle avait bien pu être.

Comme Assunta avait aimé cette maison – comme elle avait été fière de son gendre Carmelo quand il l'avait achetée. Combien d'heures avait-elle passées sur ce canapé à faire sauter sur ses genoux ses petits-enfants, à chanter de vieilles chansons, à écosser des haricots et à rire avec ses filles. Mais Stella avait passé de nombreuses heures ici sans sa mère. Vingt années d'heures, vingt années vides.

Assunta avait enduré tant de difficultés – la famine, la maladie, la perte, un époux autoritaire et négligent, le labeur physique, la douleur et le chagrin. Et pourtant, elle avait tant aimé sa vie. Rien à voir avec Stella, matriarche de remplacement malgré elle, au corps si brisé et cependant incassable, complètement dénuée de la joie qu'avait manifestée sa mère, tout comme de son affection spontanée. Elle avala quelques lampées de vin, et ravala par la même occasion son embarras et sa honte.

— Maman », dit-elle à l'air autour d'elle en essayant de parler comme si elle pensait réellement s'adresser à quelqu'un. Elle referma sa main autour du *cornetto* en os qu'Assunta lui avait offert un demi-siècle auparavant. « Maman, es-tu contente de moi ? Est-ce que j'ai fait ce qu'il fallait ? Est-ce que j'ai fait ce que tu voulais ?

Bien entendu, elle n'obtint pas de réponse. Mais de toute façon, ce n'était pas une question dont elle voulait entendre la réponse.

Il était minuit quarante et le froid s'était immiscé dans la pièce. Ses bras, gelés jusqu'à l'os, en souffraient particulièrement, et Stella enfouit ses mains tremblantes dans la jupe de sa robe d'intérieur en coton. Avec l'âge, ses bras avaient gonflé et s'étaient ramollis, et les cicatrices de ses brûlures ressortaient davantage, s'étaient assombries en d'amples rides recouvertes de taches brunes. Parfois, Stella promenait les doigts sur cette surface texturée qui faisait désormais partie de son corps et lui évoquait le banc de sable à Rocky Neck quand la marée venait de se retirer.

L'idée réconfortante de la plage emplit son esprit. Assunta adorait la plage quand les enfants étaient petits. Elle n'entrait pas dans l'eau et ne portait pas de maillot de bain, mais elle remplissait de pâtes froides son bol jaune tupperware d'une contenance de douze litres, mettait dans un autre de la salade gorgée d'huile, et dès que les enfants sortaient de l'eau, elle leur donnait à manger – « L'océan, ça creuse », leur disait-elle. Des pâtes sur la plage – « Les gens vont nous traiter de ritals », plaisantaient les garçons, mais ils mangeaient quand même, sable ou pas sable.

Voilà au moins dix ans que Stella n'était pas retournée à la plage. En août dernier, Bernadette l'avait invitée à venir passer une semaine avec elle et les filles dans un bungalow à Cape Cod. Stella avait décliné l'invitation, mais peut-être accepterait-elle l'année prochaine. Qu'avait-elle peur de rater ici ?

Tout en se servant un autre verre tremblant, Stella se concentra sur le froid, essaya de le laisser s'infiltrer dans sa poitrine et envelopper son cœur. On raconte qu'en présence d'un fantôme, on a froid, mais il doit certainement y avoir d'autres signes. Après tout, c'était le mois de décembre dans le Connecticut, il faisait moins six degrés dehors, où soufflait un vent cinglant. Il lui faudrait d'autres preuves si elle voulait se persuader qu'elle était hantée.

— Maman, dit-elle encore aux ténèbres.

Mais cette fois-ci, c'était juste pour entendre le son de sa propre voix.

Il était 1 h 30, et la télévision diffusait à présent les programmes locaux. Le son associé à une image granuleuse ramena Stella à elle. Elle était ivre, confuse, et ignorait où était passée la dernière heure, mais dans le même temps, son esprit était foncièrement lucide dans cette tentative de fugue. Jamais elle ne s'était ressaisie, mais une date anniversaire de cette nature n'était pas le bon moment pour fuir son deuil.

La bouteille de vin était vide. C'était un signe : il fallait qu'elle monte se coucher. Mais elle ne le voulait pas. Elle voulait être hantée et, si elle ne pouvait atteindre l'esprit de sa mère, il faudrait qu'elle se hante toute seule.

Stella quitta en titubant l'antre moelleux de son canapé, et l'éclair de douleur dans ses genoux raides la dégrisa un instant. Elle laissa la bouteille et le verre par terre devant la télévision – plus tard, ils constitueraient des preuves scientifiques pour ses enfants – et se rendit, chancelante, à la cuisine.

Ce n'est qu'une fois arrivée à la porte de la cave qu'elle

se repéra. Son cœur tambourinait, tout ce sang stagnant qui circulait de nouveau. Elle avait le tournis et elle s'appuya au chambranle de la porte. Mais le vertige ne dura pas – elle n'était pas aussi ivre qu'elle le pensait. Que signifiait cet étourdissement ? Son cœur allait-il la lâcher, comme celui de sa mère, et celui du père de sa mère ? Soixante-huit ans, ce n'était pas un mauvais âge pour mourir.

Bien. Elle traversa la cuisine et but deux petits godets d'eau du robinet dans le verre qui était retourné sur l'égouttoir. Fallait-il qu'elle mange quelque chose ? Elle sentit l'eau glouglouter au contact de la muqueuse de son estomac tapissée de vin. Mais si elle mangeait, elle se coucherait encore plus tard. Valait-il mieux qu'elle aille simplement au lit ?

Non. Un morceau de pain, une tranche de fromage à pâte fondue dans le sachet de l'épicerie. Elle ramassa les miettes dans la paume de l'une de ses mains et les jeta dans l'évier. Ça allait mieux. Sa tête lui paraissait molle et liquide, mais ne tournait plus. Maintenant, elle allait chercher sa prochaine bouteille.

Les marches en ciment inégales qui menaient à la cave étaient, comme toutes celles de cette maison, étroites, et pas assez profondes pour soutenir toute la surface du petit pied large de Stella. Ce n'était pas la première fois qu'elle regrettait qu'il n'y ait pas d'éclairage en haut de l'escalier, à la place de cette ampoule nue dont elle ne pourrait tirer la chaîne qu'une fois en bas.

La chute se produisit alors qu'elle avait déjà descendu les deux tiers de l'escalier. Cette fois-ci, nulle main fantomatique n'essaya de la précipiter vers son destin ; cette fois-ci, on ne put reprocher l'Accident à personne d'autre qu'à Stella, cette vieille Stella, alcoolique et pathétique, qui noyait son chagrin dans l'alcool. Elle posa mal son pied, trop en avant, de sorte que la première moitié de son oignon ne trouva pas d'appui sur le bord. Elle aurait dû être en mesure de recouvrer son équilibre – il y avait la rampe, les murs –, mais ses mains se tendirent devant elle en vain, et elle dégringola les marches. Sa tête toucha en premier le sol, son front s'ouvrit contre le coin de l'étagère en bois qui se trouvait au pied de l'escalier, et des étoiles aveuglantes envahirent sa douleur. Elle se releva, chancelante, et tomba de nouveau, en arrière cette fois-ci. Trop sonnée pour se servir de ses bras et de ses jambes, elle heurta le sol, et son crâne rebondit une fois de plus sur le ciment. Son oreille perçut le bruit de la fêlure alors même que dans sa tête une douleur tonitruante enflait, assourdissante.

Elle avait fait ce trajet à d'innombrables reprises – qu'est-ce qui avait mal tourné cette fois-ci ? Son dernier éclair de conscience consista à tourner la tête pour voir qui l'avait poussée. Mais il n'y avait personne sur les marches, seulement la lumière vacillante bleu pâle du téléviseur qui se réfléchissait sur le mur gris.

Les yeux de Stella s'ouvrirent sur les ténèbres. Sa tête pulsait sous l'effet d'une sorte de vague assourdissante, alors qu'il n'y avait aucun bruit. Elle savait où elle se trouvait – elle était dans la cave, elle avait trébuché dans l'escalier, ou quelque chose comme cela ; quelque chose s'était passé et elle…

Elle essaya de se mettre debout, pressant sa paume sur le ciment froid et humide, poussa pour se soulever. Le monde tournoya au-dessus d'elle dans un tourbillon de douleur et de nausée simultanées. Mais voilà, elle était debout, elle se tenait aux rayonnages en bois, elle tirait sur la cordelette en perles d'aluminium de la lumière. La lueur vive émise par l'ampoule provoqua un nouveau roulis de désorientation.

Sa tête se crispa quand Stella baissa les yeux vers le sol. Il y avait du sang partout – une mare plate et sombre qui se répandait à travers le sol oblique, vers l'évacuation. Quel bazar à nettoyer, avec cette douleur affreuse qui plus est. Elle prit un rouleau de papier absorbant sur l'étagère de produits ménagers qui se trouvait juste devant elle – au moins n'était-elle pas obligée de remonter à l'étage dans cet état –, puis un autre, parce qu'elle avait peur de se remettre à genoux. Mais elle le fit. Elle se remit à genoux. Elle n'avait jamais eu de nausée aussi abominable, c'était pire que le bateau qui avait traversé l'Atlantique, pire que la nausée matinale dont elle avait pu souffrir au cours de n'importe laquelle de ses grossesses.

Elle ne trouvait pas le bout du papier absorbant, et elle se débattit trop longtemps, qui sait pendant combien de temps, pour le trouver. Elle y arriva finalement, décolla la bande le long de l'adhésif léger, puis détacha une feuille et la posa sur la mare par terre. Le papier absorbant se transforma immédiatement en carré rouge cardinal, plus rouge et plus vif que le sang sombre qui l'entourait. Cela ne suffira jamais, pensa Stella. Elle déroula le rouleau, un tour puis deux, et fit une boule avec. Elle s'en servit pour tamponner la mare de sang, et le papier absorbant se retrouva immédiatement trempé.

Ce n'était pas bon du tout. Cela n'absorberait jamais tout. Elle détacha plus de papier absorbant, autant qu'elle le put, mais ses bras étaient lourds et fatigués. Elle faisait de l'hyperventilation – pourquoi ? Elle agissait comme une idiote. Mais le papier absorbant, il ne servait à rien, ne faisait rien. Une deuxième liasse, puis une troisième, qui devenaient écarlates, et ses mains étaient recouvertes de sang, rouge vif comme si elle portait de minces gants en cuir de cette couleur. Une quatrième liasse, et cela ne marchait toujours pas. C'est alors que la dernière vague s'abattit sur elle et qu'elle tomba en avant sur le sol. Sa joue atterrit sur une pile de papier absorbant mouillé.

Il faisait froid maintenant, bien plus froid que tout à l'heure. Sa peau se hérissa de frissons. Même le sang gluant refroidissait sous ses doigts. Elle ne pouvait pas appeler, parce que cette fois-ci il n'y avait personne pour l'entendre.

Lorsque Carmelo rentrerait après la fermeture du Charlie's une demi-heure plus tard, il s'assiérait dans le fauteuil marron du salon, actionnerait la barre en bois pour soulever le repose-pieds et s'endormirait sans ôter ses chaussures. Il ne lui viendrait pas à l'esprit que Stella pouvait être ailleurs qu'à l'étage, dans son lit.

Tommy Maglieri travaillait de 4 heures à midi à la compagnie d'électricité. À 3 h 15 du matin le vendredi 9 décembre, il passa chez ses parents, comme souvent avant d'embaucher, histoire de s'assurer que tout allait bien. Qui donc fait ce genre de choses ? Eh bien, Tommy. C'est grâce à lui que Stella fut envoyée en urgence à l'hôpital, grâce à lui qu'elle ne mourut pas pour la dernière fois sur le sol de la cave.

Vous connaissez déjà le passage de l'histoire qui suit. Le cerveau de Stella faisait une hémorragie dans son crâne fissuré ; il fallait trouver un moyen de soulager la pression. Les médecins avaient une idée – une opération expérimentale à laquelle le patient avait une chance infime de survivre. Il s'agissait de couper le tissu endommagé et de le détacher du lobe frontal pour libérer de la place. Le chirurgien en chef était impatient de tenter l'opération, mais ne mentit pas pour autant aux enfants Maglieri qui veillaient dans la salle d'attente. Même si l'opération se révélait un succès, leur mère serait un légume pour le restant de sa vie écourtée.

La mutuelle ne couvrirait pas cette opération qui n'était pas reconnue. Il faudrait débourser cent mille dollars. Mais qui aurait voulu dire plus tard : *Non, nous n'avons pas fait tout ce que nous avons pu.*

— Ça fait onze mille dollars chacun, déclara Tommy. Pour maman. Vous avez bien onze mille dollars pour votre mère, non ?

Tommy, Bernie, Guy, Freddy et Richie pouvaient trouver la somme. Mingo pouvait contribuer – c'était avant ses problèmes d'héroïne. Artie et sa jeune épouse avaient à eux deux quatre mille dollars, alors le garçon emprunta le reste contre retenues sur salaire à son frère Guy, qui était aussi son chef. Nicky n'avait rien hormis ses chèques d'allocation handicap, mais Tommy était parti du principe qu'il payerait pour Nicky, comme d'habitude. Johnny ne se présenta pas à la réunion de crise. Tommy couvrit sa part et fit semblant de croire que son frère le rembourserait un jour. Bon, tout cela était peut-être dans l'ordre des choses – ce n'était pas comme si Tommy avait besoin de cet argent pour entretenir sa famille à lui.

Comme vous le savez déjà, les médecins se trompaient au sujet du pronostic de Stella. Leur technique était peut-être meilleure qu'ils ne le pensaient. Ou ils n'avaient peut-être jamais rencontré de patiente comme Stella, avec son immortalité obstinée.

Ici débutent les trente années les plus longues.

Quand on coupe votre lobe frontal afin que votre cerveau cesse de se noyer, on coupe pour de bon des parts de l'être que vous êtes. On coupe vos inhibitions mais pas votre peur. On coupe la partie qui vous permet d'accéder à vos muscles faciaux, si bien qu'après vous souriez tout le temps, même lorsque vous êtes en colère. On coupe votre empathie mais pas votre affection.

On coupe certaines zones de votre mémoire, mais on relie aussi entre elles d'autres que vous aviez enfouies ou refusiez de voir, et on les laisse sur le dessus, comme des pommes de terre qu'on vient juste de déterrer par les feuilles et qui gisent dans leur rang en attendant que vous veniez les nettoyer.

Voici ce qui remplit l'esprit de Stella pendant son coma, alors que le monde dont elle se souvenait avait été réduit.

Très frais dans sa tête – la dégringolade dans l'escalier de la cave.

Soixante ans plus tôt – les bras fantomatiques poussant contre la porte de l'école de Ievoli ; le pied de sa petite sœur qui la faisait tomber tandis que Stella s'écartait pour échapper au battant qui arrivait sur elle.

Ce matin d'été poisseux où elle s'était réveillée de son cauchemar sur le sol de sa chambre de Front Street, les mains de Tina autour de son bras qui palpitait.

La cuisine de sa mère à Bedford Street, Tony qui enfonçait sa tête contre l'autel érigé en mémoire du bébé mort après que Tina avait révélé la planque secrète de Stella.

L'allée mouillée par la pluie, via Fontana, en janvier 1926 – la main invisible agrippant la sienne alors que les cochons la renversaient dans la boue glaciale ; les yeux éberlués de Cettina qui regardait en silence.

Le carrelage froid de sa cuisine sombre d'Alder Street alors qu'elle s'étouffait avec un os de poulet – Tina qui s'agenouillait derrière elle.

Tina qui sanglotait sur le bras de Stella – *Est-ce que tu pourras me pardonner un jour ? D'avoir été jalouse ?* – à l'enterrement du petit Bob. *Tu ne crois quand même pas à ces sornettes du vieux continent ?* avait répondu Stella.

Toute sa vie, Stella avait cru être hantée par le fantôme de sa sœur défunte. À présent, enfin, elle voyait la vérité – elle était hantée par celle qui était vivante.

Au début, elle ne peut rien dire. Elle se réveille dans cette chambre d'hôpital – c'est la deuxième fois – et elle n'arrive pas à bouger, elle doit rester allongée là en regardant le visage rose et moite de sueur de sa sœur qui pleure au-dessus d'elle, laisser sa sœur tamponner son visage avec des éponges et tenir ses doigts. Il faut longtemps – des jours, peut-être – avant que Stella soit suffisamment maîtresse d'elle-même pour dire *Va-t'en.*

Ses enfants sont là, selon différentes combinaisons. Il y a toujours Tommy, Artie et Bernie, et parfois Freddy, Guy et Richie, les épouses des garçons et sa belle-sœur, Queenie. Ils lui tiennent la main et lui caressent la jambe. Ils sont tellement contents de l'entendre parler qu'ils n'écoutent pas ce qu'elle dit. Stella répète : *Va-t'en.*

Ensuite, elle doit leur faire comprendre – faire en sorte qu'ils la croient.

Va-t'en.

Elle retrouve l'usage de son bras, le soulève pour montrer Tina. *Toi. Va-t'en.*

Les enfants lui disent : *Tu n'es pas sérieuse, maman. Elle s'est occupée de toi pendant tout ce temps-là. Elle a dormi ici par terre. Elle t'aime plus que tout au monde.*

Va-t'en.

Tina est bouleversée ; elle sanglote, elle crie. *Elle ne sait pas ce qu'elle dit !* Mais Stella perçoit de la culpabilité dans les yeux de sa sœur. Tina sait ce qu'elle a fait. C'est pour cette raison qu'elle a dormi sur le sol de l'hôpital, a épongé le corps inconscient de Stella. C'est pour cette raison que Tina a nourri les enfants de Stella et servi du vin à son mari. Parce que pendant soixante-sept ans Tina a essayé d'étouffer sa jalousie – a essayé de la cacher derrière de bonnes actions. Mais elle est vénéneuse, elle est dangereuse et elle le sait.

Va-t'en, dit Stella. *Tu sais ce que tu as fait.*

Pendant tout le reste de sa vie, personne ne croit Stella quand elle dit que Tina sait ce qu'elle a fait. Son cerveau confus se trompe et se montre cruel. Mais cette certitude a remplacé toutes les autres dans la tête de Stella. Durant toute son existence, Tina a voulu la vie de Stella. Quand elles étaient enfants, le joli visage de Stella, son intelligence et son charisme. Quand elles étaient jeunes femmes, les admirateurs de Stella. Son mari gentil et beau. Sa ribambelle d'enfants. Chaque acte de générosité de Tina était une tentative pleine de ressentiment pour ravaler sa jalousie.

Pointer le doigt vers un pécheur, c'est avoir connu son péché soi-même, avait enseigné Nonna Maria à Stella. Mais l'opération lui avait enlevé cette leçon de vie enracinée en elle. Dans l'obscurité de son esprit, Stella ne voit plus le doigt accusateur se retourner contre elle.

Ils la laissèrent rentrer chez elle le 1er janvier 1989.

Il y a une fête d'anniversaire.

Regarde-moi cette femme. Regarde-moi cette belle femme.

Tout le monde l'acclame et l'applaudit.

Tu sais ce que les médecins ont dit ? Ils ont dit qu'elle ne pourrait plus jamais ni marcher ni parler.

Il essaie de ne pas pleurer, son fils. Comme son sentimental de père. Et il y a Bernadette, qui pleure ouvertement, exactement comme l'aurait fait sa grand-mère.

Stella sourit et lève la main vers eux. Elle voit qu'elle a du vernis rouge sur les ongles.

Eh bien, ils se trompaient, n'est-ce pas ?

Encore des applaudissements. Tous ces gens bruyants dans son salon, tous ses enfants, leurs amis aujourd'hui adultes qui, jadis, mangeaient des sandwichs garnis de tranches de pain de viande aux olives et au piment dans sa cuisine.

Lève-toi, m'man ! Montre-leur qu'ils avaient tort !

Cet endroit à l'arrière de sa tête pulse d'une chaleur basse température très singulière. Elle attrape la main de Tommy et se met debout, comme il le lui a demandé. Ils poussent des cris et tapent dans leurs mains, tous ces grands enfants bruns qui se dressent au-dessus d'elle, tandis que leurs enfants blond platine occupés à jouer par terre lèvent vers elle leurs grands yeux clairs. C'est drôle comme les enfants de ses enfants, à seulement une génération d'écart, n'ont rien gardé d'elle.

Mais les cris de joie se transforment en tarentelle, et les applaudissements changent de rythme. *DU-du DU-du DUU…*

Stella agite les bras. Elle n'exécutera pas toute la danse aujourd'hui. Elle sourit.

Quelle femme ! s'écrie le plus grand, Freddy. *Quelle femme tu as, papa !* Et alors le refrain change, ses fils se mettent à brailler en calabrais, que tous ne parlent pas très bien. *Ai jai jai chi mugliere mi capitai !*

Il y a Carmelo, qui pleure bien sûr. Il embrasse Stella très délicatement sur les joues, juste en dessous du pansement. *J'ai épousé une femme incroyable*, dit-il.

Certaines choses changent pour le meilleur, d'autres non.

Elle se lève, elle marche, elle danse.

Elle retrouve l'usage de la parole. Pas toujours les mots appropriés.

Elle fait du crochet – vite. Elle peut tout confectionner – des nappes, des chapeaux, des écharpes. Ces créations ne sont pas toujours très réussies. Elle associe des coloris comme « assortiment de Noël » et « rose Saint-Valentin ».

Les petits-enfants regardent la télévision avec elle tandis qu'elle fait du crochet. Elle les aime. Aucun d'eux n'est assez âgé pour se rappeler à quoi elle ressemblait avant. Les petits-enfants Maglieri grandiront en pensant qu'il est normal d'avoir une grand-mère inintelligible adepte du crochet, engagée dans une lutte sanglante avec sa sœur, capable à tout instant d'arrêter des inconnus dans la rue pour leur tendre des colliers de perles pour Mardi gras ou des mini-déodorants en stick qu'elle cache dans son sac à main rouge. Les jeunes Maglieri seront tellement conditionnés par l'Accident que même arrivés à l'âge adulte, même quand ils connaîtront le monde, les expériences alternatives qu'ont leurs amis de leurs grands-mères les épateront toujours.

À l'église, Stella essaie de prier, mais tous les mots ont disparu. Elle essaie de penser à Dieu et à la Vierge, mais n'arrive pas à se concentrer.

Elle ne parle pas de sa mère. Peut-être qu'Assunta était l'une des parties qu'ils ont retranchées de son esprit avec leurs scalpels.

Elle ne boit plus non plus. Les médecins disent de ne pas la laisser s'approcher d'une bouteille mais cela ne change rien, car elle ne veut plus boire. Ou peut-être qu'elle le veut, mais n'identifie pas clairement ce que l'on ressent quand on a envie de boire.

Est-ce qu'au moins tata Tina peut venir pour le repas de Noël ? la supplient ses enfants.

Ils ne comprennent pas. Ils ne comprennent pas le danger.

« Elle est jalouse », leur répète Stella, encore et encore.

Elle a tué mon bébé, souhaite-t-elle dire, elle a failli me tuer sept fois à cause du mal que renferme son cœur. Mais lorsqu'elle essaie d'expliquer pourquoi, elle ne trouve pas les mots.

Elle ne se souvient pas de l'incantation pour conjurer le *mal'oicch'*, parce qu'elle n'y a jamais assez cru pour l'apprendre à l'époque, et maintenant elle y croit, et c'est trop tard. À la place, elle fait le geste pour repousser l'*invidia* lorsqu'elle voit sa sœur, le poing fermé et l'index et l'auriculaire qui ressortent, deux cornes pour percer le Mauvais Œil.

« Arrête ça, la tancent ses enfants. Ce n'est pas poli ! »

Ces gosses, qui n'ont jamais eu à se battre pour leur vie, qui ne se sont jamais battus pour quoi que ce soit, s'inquiètent pour la politesse.

Ils commencent à organiser deux fêtes des Mères séparées, un gâteau rose et blanc au 3, Alder Street pour Stella, et un deuxième au 5, Alder Street pour Tina. Ils mangent des pâtes à la première fête, prennent le café à la seconde. Tina prépare les pâtes pour la première fête, à laquelle elle n'a pas le droit d'assister. Stella fait semblant de ne pas savoir d'où viennent les pâtes.

Stella a onze petits-enfants. Tina, aucun.

Mario et Carolina Perri viennent lui rendre visite de Las Vegas, où ils se sont installés pour la retraite de Mario. Ils ne peuvent rendre visite qu'à une seule des sœurs Fortuna à la fois, à cause des règles.

Toujours fâchée, cinq ans après ? demande Carolina. Elle fut le témoin de mariage de Stella quarante-cinq ans auparavant.

Tu ne peux pas la prendre au sérieux, répond Tommy. *Ça ne tourne pas rond, dans sa tête.*

Elle a toujours été très têtue, dit Carolina en tendant la main vers le genou de Stella, qu'elle tapote.

Stella sourit et pince si fort le bras de Carolina que celle-ci le récupère en poussant un cri de douleur.

Tommy, le fils de Stella, l'emmène tous les jours à la messe de 19 h 30. Il l'accompagne jusqu'à l'autel afin qu'elle puisse communier, et elle laisse le prêtre déposer l'hostie dans sa bouche. Elle ne se souvient pas de ce qu'elle ressentait quand elle croyait que l'hostie devenait le corps du Christ sur sa langue. Elle ne s'est pas sentie absoute de ses péchés depuis bien des années.

Elle crochète rapidement pour se détourner des souvenirs qu'ils ne lui ont pas enlevés, et de ceux, jadis enfouis, qui gisent désormais à la surface comme des pommes de terre qu'on a déterrées. Bébé Bob, l'hôtel de Montréal, Nino.

Elle confectionne tant de couvertures qu'elle n'arrive pas à toutes les donner. Tommy les dépose dans la benne à vêtements de Goodwill.

Tu vas me ruiner, m'man, dit-il. *À force d'acheter toute cette laine.* Mais il l'emmène tout de même au magasin Jo-Ann Fabrics trois fois par semaine afin qu'elle puisse se réapprovisionner.

Lorsque le crochet ne parvient pas à la distraire, elle répète ses histoires. Elle n'est plus en mesure d'exprimer ses sentiments, alors pour son auditoire ce ne sont que des mots. Peut-être que pour elle aussi ce ne sont que des mots ; peut-être que les médecins lui ont coupé la douleur et n'ont laissé que les obsessions. On ne le saura jamais.

— Mon mari m'a violée pendant notre lune de miel, raconte-t-elle à un jeune homme et à une jeune femme qui prennent leur petit déjeuner à côté d'elle dans un *diner.*

Ils lui sourient. Elle ne s'est pas rendu compte qu'elle leur a parlé en calabrais.

— Chhh… Maman, ce n'est pas vrai, la reprend son fils Freddy en l'entraînant plus loin. Il ne faut pas dire ce genre de choses aux gens.

En août 1996, les Maglieri organisent une surprise pour le cinquantième anniversaire de mariage de tante Tina et d'oncle Rocco. Ils louent la salle de réception de DiMarco sur Franklin Avenue, et parviennent à faire venir Tina en lui racontant qu'on y organise une fête en vue de l'arrivée du bébé d'Angie, la petite-fille de Franceschina Carapellucci. Des années plus tard, la famille rirait encore en se souvenant que leur tante avait apporté six plateaux de gâteaux palmiers à son propre anniversaire surprise. Fort gentiment, le petit Mikey Perri fournit une veste de costume à Rocco, qui arrive sur place en pensant qu'il ne fait que déposer Tina. Tina et Rocco n'en reviennent tellement pas qu'ils pleurent tous les deux.

Stella et Tina ne se sont pas retrouvées dans la même pièce depuis huit ans. Carmelo et ses enfants piègent Stella en lui faisant croire que la fête est pour elle. Ils la conduisent à la table d'honneur où, un demi-siècle après le mariage, tous les convives sont rassemblés pour une photo (à l'exception de Fiorella Mulino, morte si jeune, *benedic'*). Carmelo s'assied entre Stella et Tina, et gesticule jovialement pour bloquer le champ de vision de son épouse timbrée.

Stella comprend la vérité, mais leur laisse croire à tous que leur ruse a fonctionné. Elle ne veut pas rater la fête. Elle danse sur l'air de *Pepino Suricillu*, sur *La Danse des canards.* Elle tape dans ses mains, agite les bras et mâche le poulet *parmigiano* grâce au nouveau dentier que lui a offert Tommy.

Afin de ne pas voir sa sœur ni son pervers de mari, elle prend garde à ne pas tourner la tête dans leur direction. Cinquante années se sont écoulées, mais elle ne se rappelle que trop bien les mensonges égoïstes de Rocco et son œil torve. Joyeux anniversaire de mariage à eux.

— Ils pourriront ensemble en enfer, dit-elle à son fils Richie quand celui-ci lui ramène un Coca light.

— Chut, m'man. Tu peux être gentille, juste une fois ?

Au printemps, Stella est très en colère. Elle fait une fixation sur le souvenir du petit Bob lui donnant des coups de pied dans le ventre en ce gris printemps de l'année 1948, à l'époque où le monde écrasait la jeune femme et où il était son unique allié. Elle canalise sa colère dans l'activité physique. Alors que son mari est allé prêter main-forte au restaurant de Guy, Stella trouve un gros sécateur et coupe les treilles de Carmelo, ses massifs de groseilliers, et le jeune pêcher. *Dieu seul sait comment elle a fait pour couper un tel tronc*, diront ses enfants. *Qui se doutait que maman était aussi forte ?*

Pourquoi a-t-elle fait une chose aussi terrible ? se demandent-ils. *Ça ne tourne pas rond dans sa tête. On n'y peut rien.*

Une autre fois, Stella abat deux beaux figuiers de Carmelo, qui mesurent plus de quatre mètres cinquante de haut. On n'avait jamais vu de figues aussi grosses avant, on n'en verrait plus jamais de telles après, *purtroppo.*

À l'automne, Stella est de nouveau prise de colère lorsque le temps frais lui rappelle Montréal, et elle sent comme du marbre froid contre son estomac. Elle brûle toutes les photos dans l'évier de la cuisine. Quand Carmelo rentre du bar, la maison empeste le plastique carbonisé. Des traces noires et grises de fumée ont esquinté le papier peint de la cuisine orné de pommes. Carmelo le fera remplacer.

Le fils de Stella est assis devant elle, sur une chaise pliante qu'il a placée contre le fauteuil dans lequel elle est installée. Ses genoux touchent ceux de sa mère. Il bouge les lèvres comme s'il parlait. Stella ne sait pas si elle devient sourde ou s'il lui fait une blague.

La petite-fille aînée de Stella termine le lycée. Elle ira dans l'une des meilleures universités du pays. Le nom de la vénérable institution ne dira rien à Stella, et personne ne parviendra à lui expliquer l'emploi qu'elle finira par décrocher. Mais Stella viendra toujours fêter avec eux l'obtention de ses diplômes, et sera ravie de poser pour des photos où on la voit porter le chapeau plat d'étudiante de sa petite-fille.

Ses autres petits-enfants deviendront mécaniciens, coiffeurs, infirmières, banquiers, contrôleurs de gestion, graphistes, restaurateurs. Il y aura parmi ses descendants un directeur d'école primaire. Un propriétaire de country club, un propriétaire de funérarium, un propriétaire de station de lavage pour voitures. L'une de ses petites-filles ira à Hollywood et jouera dans des films produits par J. J. Abrams, Jodie Foster et les frères Coen. Ces noms ne diront rien non plus à Stella, mais elle se réjouira de voir le visage de neuf mètres de long de sa petite-fille sur l'écran de cinéma.

Carmelo est en train de traverser le parking de la poste lorsqu'il est percuté par une voiture – le conducteur du véhicule, un homme âgé de quatre-vingt-neuf ans, a confondu l'accélérateur et le frein.

Il survit et s'en tire avec trois côtes cassées. Après sa sortie de l'hôpital, ses enfants attendent que sa confusion post-traumatisme crânien se dissipe. Cela ne se produira jamais, et ses enfants finissent par comprendre que lui aussi a été victime d'une attaque cérébrale.

Sa fille, Bernadette, emmène Stella dans sa voiture bleue à Lyman Orchards. Jadis, Stella y emmenait ses enfants en été. On peut y ramasser des fruits ou des légumes de saison – fraises, pommes, citrouilles –, que l'on paie ensuite à la livre. Aujourd'hui, elles cueillent des myrtilles.

Stella en ramasse encore et encore. Elle est tellement rapide – elle a toujours été plus rapide que Tina quand elles étaient jeunes pour ramasser des châtaignes, des olives, choisir des feuilles de tabac. Eh bien, Tina n'est pas là ; Bernie ne l'a pas invitée. Nouveau motif de jalousie pour Tina.

Stella porte un chapeau de paille, couleur lavande, avec un bord tombant qui lui couvre le visage. Le soleil ne dérange pas Stella ; elle est robuste. Elle cueille les fruits jusqu'à ce que son baril en plastique soit rempli à ras bord. Lorsqu'elle se lève pour chercher Bernie, elle la repère à quelques rangées de là. Stella lui fait un signe de la main ; elle doit attendre que sa fille la rejoigne car elle n'arrive pas à soulever son baril tellement il est lourd.

Oh, m'man, qu'est-ce que tu as fait ? s'esclaffe Bernie. Celle-ci peine à transporter le petit tonneau jusqu'à la ferme au pied de la colline. Là-bas, les myrtilles sont transvasées dans des sacs en plastique, puis pesées. Bernadette passe la main sur son front. *Je ne pensais pas qu'elle en cueillerait autant*, dit-elle à la caissière. *Vous ne prenez pas les chèques ?* La fille a un bandana orange sur la tête, noué au niveau du cou, comme le faisait Assunta pour cacher ses zones de calvitie. *Je suis affreusement gênée. Pas de distributeur automatique ?*

Lors du trajet de retour en voiture, Bernie s'arrête à un *drive* et tend à Stella une glace au citron dans un pot en carton.

Tommy emmène Tina et Rocco en voyage en Italie et en France pour rendre visite aux anciens de la famille qui sont toujours en vie.

Mingo reste avec Stella et Carmelo pendant l'absence de Tommy. Sa femme l'a quitté et il est sorti de cure de désintoxication, soi-disant clean. Tout ce que doit faire Mingo, c'est garder un œil sur Stella, s'assurer qu'elle avale ses médicaments et n'essaie pas de s'en prendre à son mari.

Mais cela la rend folle de voir Carmelo assis là dans son fauteuil, à regarder bêtement la télévision. À présent, quand elle le voit si faible, comme un bébé, leurs cinquante-sept années de mariage s'évaporent et elle ne pense plus qu'à la fois où il l'a prise de force – aussi fraîche dans son esprit que si cela s'était produit le matin même, elle sent encore les bas qui se tendent sur la peau douce de ses cuisses, même si aujourd'hui, ses cuisses se sont ramollies avec le temps, et qu'elle n'a pas porté de nylon depuis vingt ans. Cela la met tellement en colère qu'elle a envie de lui faire du mal, et voilà qu'elle le peut.

Qu'est-ce que tu fiches allongé par terre, papa ? demande Mingo quand il rentre à la maison après avoir traîné on ne sait où – je parierais sur le bar. Mais les propos de Carmelo sont incohérents. Il a un gros bleu à l'arrière de la tête.

Stella est assise sur une chaise et fait du crochet.

Maman, qu'est-ce qui est arrivé à papa ? demande Mingo.

Il a fait quelque chose de mal. C'est tout ce que Stella est en mesure de répondre à son fils.

Stella ne termine plus les couvertures qu'elle commence au crochet. Arrivée à la moitié de son ouvrage, elle s'en désintéresse et en commence un autre. Pendant qu'elle crochète, Tommy s'assied à côté d'elle, défait la couverture abandonnée et rembobine la laine afin que Stella la réutilise la prochaine fois qu'elle se désintéressera de sa création du moment.

Rocco Caramanico fait une attaque et meurt. Sa mort lui prend trois jours. Il est intubé et ne peut pas parler, mais il n'est pas prêt à partir. Il agite les bras et essaie de communiquer avec toutes les nièces et les neveux qui viennent le voir.

Tu es notre deuxième père, lui disent-ils en pleurant. Bon nombre des petits-enfants d'Assunta ont hérité de son gène pleurnicheur. Ils veillent à l'hôpital aux côtés de Tina jusqu'à ce que Rocco finisse par s'en aller. Vient ensuite l'enterrement sur deux jours.

Tommy emmène Stella à la veillée, ce qui met tout le monde à cran. Elle accueille les gens et reçoit leurs condoléances – la chère belle-sœur du défunt. Elle se livre à ce petit manège pendant trois heures avant de commencer à dire aux endeuillés dont elle serre la main : *Il voulait m'épouser moi, pas elle, et elle va croupir en enfer à cause de sa jalousie.* Richie l'embarque alors dans la voiture et la ramène chez elle.

Les reins de Louie le lâchent. Queenie est inconsolable. Elle perd trente kilos.

Ce n'était pas un mariage parfait, dit-elle à ses nièces et à ses neveux. *On avait nos hauts et nos bas, comme tous les couples. Mais je crois vraiment qu'il était le meilleur de tous.*

Stella ne pleure pas à l'enterrement de Louie. Mais seulement parce que, d'une manière générale, Stella ne pleure pas.

À la veillée de Carmelo, plus de six cents personnes signent le registre de condoléances.

Personne ne sait ce que ressent Stella à l'enterrement. Elle ne manifeste aucune émotion. Ils ont été mariés pendant soixante-trois années, dont une vingtaine après l'opération qui a déconnecté son esprit. Ensemble, ils ont élevé dix enfants. Ils se sont attaqués – ils se sont brisés mutuellement de manière différente. Ils ont enterré la hache de guerre et trouvé la paix, tout cela pour que leur entente soit perturbée par la médecine. Ils ont tenu le coup.

Tout le monde pleure à chaudes larmes, à l'exception de Stella. J'aimais Carmelo. Je pleure en ce moment en pensant à lui.

Mais personne d'autre que Stella n'avait à lui pardonner pour les choses qu'elle avait dû lui pardonner.

Désormais, il ne reste plus que les femmes. L'histoire se termine comme elle a commencé.

Tommy est aujourd'hui le propriétaire de la maison du 4, Alder Street, qui appartenait jadis à son grand-père. Tony la lui a léguée dans un testament surprise qui a fracturé à jamais la famille Fortuna. Tommy, qui n'aimait pas contrarier les gens, a tenté d'arranger les choses. Il a proposé à Joey et Mickey de rester dans la maison dont ils pensaient hériter, leur a offert de l'argent, qu'ils ont pris. Mais Joey est mort l'été suivant alors que les ressentiments étaient toujours vifs. Malgré les trente années écoulées, les cousins ne s'adressent plus la parole.

À la mort de Carmelo, Tommy installe Stella dans la maison en face de chez elle. Il sera plus aisé de prendre soin d'elle ici, vu que le pavillon du 4, Alder Street est de plain-pied. En passant au 4, les enfants Maglieri n'ont pas à penser à leur père absent, qui aurait dû être assis là à lire son journal en buvant une Michelob light.

Quatre-vingt-quinze ans, c'est un âge vénérable, et les journées sont douces et se confondent. Stella ne s'en tient pas toujours au chiffre quatre-vingt-quinze. Parfois elle dit aux gens qu'elle a cent ans, d'autres, cent vingt. Cela ne semble pas irréaliste.

Chaque fois que quelqu'un vient lui rendre visite, elle l'emmène dans sa chambre et lui montre du doigt la photo de ses dix enfants prise en studio, lorsque Artie avait trois ans. *Voilà mes vingt enfants*, dit-elle. Le cliché se trouve devant un miroir mural, si bien qu'il y a en effet vingt enfants, en quelque sorte. Personne ne sait si elle croit réellement avoir vingt enfants ou si elle plaisante.

Une vieille femme vient lui rendre visite. Stella la connaît, mais son nom lui échappe – peut-être une connaissance de l'église ? C'est là qu'on trouve la plupart des vieilles femmes. Ses cheveux sont blancs et fins au-dessus et gris charbon en dessous.

— Qu'est-ce que tu es en train de crocheter aujourd'hui ? lui demande la vieille femme.

Elle parle fort pour que Stella l'entende, alors celle-ci sourit.

— C'est une couverture pour ma fille, Bernadette », répond-elle. Le visage de la dame se crispe. Est-elle jalouse ? « Vous connaissez ma fille, Bernadette ? » demande Stella avec méfiance. L'*invidia* est une mauvaise chose ; elle va mettre cette vieille femme à l'épreuve. « Elle est très intelligente. Elle a une belle maison au sommet d'une colline. Son mari l'a construite pour elle.

— Ce n'est pas lui qui l'a construite, m'man, répond la vieille femme. Mais je suis ravie qu'elle te plaise.

Stella passe ses journées à faire du crochet dans son fauteuil devant le bow-window. Elle a une vue directe sur le bow-window de l'autre côté de la rue, celui de sa sœur jalouse, Tina, qui a planté un nouveau massif bien taillé devant sa maison. Elle doit penser que si elle dépense de l'argent pour son jardin les gens l'aimeront davantage.

Tina est assise dans son fauteuil, et lui rend son regard avec mélancolie.

Voilà, je vous ai dit tout ce que je savais au sujet de ma grand-mère Stella Fortuna, tout ce que j'ai été en mesure de déterrer dans les archives publiques et privées. À vous maintenant de choisir ce que vous voulez croire. Peut-être que vous, qui êtes extérieur à l'histoire, pouvez voir quelque chose qui nous échappe à nous, qui sommes trop proches.

J'en suis venue à considérer Stella comme quelqu'un d'une volonté et d'une force incroyables, une femme charismatique, d'une intelligence innée. Elle n'était pas une femme de son temps, et elle a payé au prix fort son refus de se conformer. Si seulement Stella avait été autorisée à vivre sa vie comme elle l'entendait, en quoi les choses auraient-elles été différentes ? Je n'existerais pas, certes – m'effacerais-je de ce récit si cela pouvait épargner à Stella toute cette souffrance ? Non, je ne le ferais pas, égoïste que je suis. Alors, à la place, je me suis inscrite dans cette histoire.

Cent ans après sa mort, je suis partie en quête de la première Mariastella Fortuna. Je me suis rendue à Ievoli, au sommet de la petite montagne surplombant la vallée aux oliviers et les deux mers. Le village est complètement désert ; il n'y a même pas de boîte aux lettres parce que les services postaux ne passent plus ici.

Ievoli est un village fantôme, mais je n'ai pas réussi à trouver le spectre de Mariastella. S'il s'accroche, malheureux, à cette terre, je ne sais pas s'il pourrait hanter qui que ce soit. Je m'y connais très peu en choses occultes, mais il me semble que, pour qu'un fantôme puisse hanter, il faut que des gens se souviennent de lui. Plus personne ne se souvient de la première Stella. La seule photo d'elle doit avoir été détruite ; personne ne l'a vue depuis des années. Quand j'ai commencé à écrire ce récit, je savais à quoi ressemblait la première Stella. À présent, je ne me rappelle plus grand-chose de son visage, hormis ses yeux noirs tout ronds. Après moi, peut-être que personne ne se souviendra de rien la concernant.

Je me suis rendue au cimetière de Ievoli pour voir si je pouvais la retrouver. J'ai dit une prière, bien que je ne sois pas croyante. J'ai marché parmi les mausolées identiques et touché leurs murs de marbre froid, j'ai pressé mon visage contre les vitres qui protègent les caveaux, regardé à travers des pétales de fleurs naturelles et en tissu pour essayer de distinguer des noms qui pourraient être les siens. Mais bien sûr, elle n'est pas là. Elle n'a aucun survivant qui l'aime, personne pour allumer des bougies pour elle ou arracher les pousses de trèfle qui se sont insinuées dans les failles de sa tombe. Enfin, si elle a une tombe. Qui sait, ses os ont peut-être été transférés, et l'espace a peut-être été attribué à une autre dépouille au cours des cent années qui se sont écoulées sans que personne s'occupe d'elle.

Il ne reste plus aucun Fortuna à Ievoli – voire ailleurs ; je n'en ai retrouvé nulle part. Ils ont disparu, ont été éradiqués, ces hommes monstrueux chassés aux confins du globe, en Californie, en Argentine, en Australie, où ils ont été absorbés d'une manière ou d'une autre, les femmes discrètement assimilées via le mariage à de nouvelles familles et à de nouveaux noms. Mariastella Fortuna, si elle rôde encore quelque part parmi les vivants, est la dernière en son genre, un petit fantôme avec un mauvais nom.

Épilogue

Hic jacet

C'est le samedi juste avant Noël, et j'ai rendez-vous avec tante Tina pour cuisiner. Je gare stratégiquement ma voiture dans l'allée de Stella, à qui je rends visite en premier afin qu'elle ne me boude pas. Elle regarde TCM au lit ; je m'allonge sur la couette blanche à côté d'elle, et elle tient mon poignet entre ses doigts soyeux. Pendant quarante-cinq minutes, nous regardons ensemble *La Mauvaise Graine* – bizarrement, ce film est diffusé chaque fois que je lui rends visite. Aujourd'hui, Stella n'est pas d'humeur bavarde ; à sa façon d'agiter la mâchoire, je devine qu'elle n'a pas son dentier. Mais de temps à autre, elle se tourne vers moi pour m'adresser son sourire lèvres closes, et me caresse le bras. Je ne suis pas certaine qu'elle sache qui je suis, mais elle m'aime tout de même.

Je l'embrasse pour lui dire au revoir quand je remarque que ses yeux passent plus de temps fermés qu'ouverts. Lorsque je traverse la rue, je sens encore la pulpe spongieuse de ses doigts qui serrent doucement mon bras. Je pense à tout cet amour qu'elle a à donner et je ressens ce tout petit chagrin familier : même aujourd'hui, dans leurs dernières années, elle ne peut dispenser une part de cet amour à sa sœur.

Tante Tina est dans la cuisine au sous-sol quand j'arrive. Elle est déjà équipée de son tablier jadis jaune et de son fichu – j'imagine qu'elle cuisine depuis l'aube, à en juger par la quantité de *totò* en forme de palets de hockey alignés sur les trois chariots. Elle est moite de sueur et je l'embrasse sur la joue. L'année dernière, elle est allée consulter un nouveau médecin pour un examen général, et il a été tellement alarmé par sa transpiration excessive qu'il lui a fait subir toute une batterie d'examens destinés à détecter les lymphomes. Aucune femme de quatre-vingt-dix-sept ans ne devrait transpirer comme ça, a-t-il dit. Oui, bon. Raté.

— Tu es allée voir ta grand-mère ?

C'est la première chose que me demande tante Tina.

— Ouais.

— Pas question de la fâcher ! me met-elle en garde.

— Je suis restée avec elle au moins une heure.

Je sais que Tina le sait déjà – je suis certaine qu'elle a guetté ma voiture.

— Tu iras peut-être la voir quand on aura fini ? Elle est seule toute la journée.

— D'accord, je réponds tristement. Allez, en cuisine.

Je suis là pour « étudier » les recettes de tante Tina, ce qui n'est pas évident. Je suis déjà venue plusieurs fois « étudier » sa cuisine, j'ai enduré bien des heures de châtiment et de sabotage, et la vérité tacite dans cette histoire est que, bien que tante Tina ne souhaite pas emporter ses recettes dans sa tombe, elle ne veut pas vraiment que quelqu'un d'autre soit capable de les reproduire non plus. Oh, l'agitation intérieure que provoque le fait de cuisiner avec votre nièce ! L'équilibre terrifiant entre instructions et mysticisme qu'il faut trouver pour qu'elle ne devienne pas arrogante ! Pas étonnant que tante Tina transpire autant.

Les *totò* sont cuits et ont tous eu le temps de refroidir, alors il nous reste le glaçage. Il faut bien les enrober pour qu'ils conservent leur humidité et restent moelleux à souhait à l'intérieur. Évidemment, on ne peut pas me faire confiance pour cette tâche sacrée. Tina se chargera de tremper les biscuits et me délègue le saupoudrage, une mission moins délicate. Au bout de quelques biscuits à peine, mes impérities insurmontables sont révélées au grand jour, et Tina m'arrache des mains le saupoudreur. Elle termine toute seule, trempant les biscuits de la main gauche et saupoudrant de la droite.

J'ai envie de lui dire : Je fais mes propres *totò* à la maison et ils tiennent parfaitement la route. Certes, dans cette cuisine, je n'aurais pas de quoi fanfaronner avec mes biscuits. Mais mes amis non italiens les trouvent très bons.

Je m'exile devant l'évier, où je lave la vaisselle accumulée de la matinée, notamment le bol tupperware du batteur de tante Tina. Je n'ai jamais vu un tupperware aussi énorme, d'un bleu-vert usé farineux. Le socle, fêlé, a été rafistolé avec du chatterton. Il y a une dizaine d'années de cela, ma mère, qui trouvait ce récipient « dégoûtant », lui en a racheté un pour le remplacer. Tante Tina s'est empressée de l'offrir à quelqu'un d'autre.

Une fois les biscuits, recouverts de glaçage, mis à sécher, nous montons toutes les deux au rez-de-chaussée pour déjeuner. Tante Tina se lève nerveusement de sa chaise toutes les deux ou trois minutes et farfouille dans le frigo pour voir si elle n'a pas oublié quelque chose qu'elle pourrait me servir. Elle me propose de me faire de la *pastina*, et je décline quatre fois sa proposition. Il y a déjà sept plats sur la table – des *lupini*, une *suppressata* maison, des champignons marinés, des escalopes de poulet, des *pizzelle*, un reste de saucisse et des poivrons du dîner d'il y a deux jours, des *mustazzoli* préparés par ma tante Queenie.

— Pas fameux, me confie tante Tina en déballant le plat.

J'en détache consciencieusement un morceau, je mâche et je déclare que ceux de tante Tina sont meilleurs.

C'est après le déjeuner, tandis que nous roulons de la viande en vue d'une soupe de petites boulettes, que j'aborde le sujet de mon projet.

— C'est presque terminé. Grâce à toi, et à toute ton aide.

— Tu as fini ton histoire sur ta grand-mère ?

Tina pose une boulette de la taille d'un raisin sur un

plateau entièrement parsemé de boulettes de viande de taille parfaitement identique.

« Qu'est-ce que tu racontes sur moi ?

— Tu veux la lire ? je la taquine.

Mais Tina ne rit pas. Elle hésite avant de dire :

— Peut-être que tu peux écrire que ce n'est pas sa faute. Que ça ne tourne pas rond dans sa tête.

— Qu'est-ce qui n'est pas sa faute ?

Mais elle ne m'explique pas ce qu'elle veut dire par là.

— Peut-être que tu peux écrire que ce n'est pas vrai que j'étais jalouse d'elle, répond-elle à la place.

— Oh, tante Tina.

Encore cette jalousie – de toutes ces choses qui ne devraient plus avoir d'importance. Et pourtant, ni Stella ni Tina ne se remettront jamais de leur propre remords – elles souffriront pour le restant de leur vie de la façon qu'a eue le monde de s'interposer entre elles, chacune reprochant à l'autre d'être faible, chacune se reprochant à elle-même sa propre faiblesse. Mais rien de ce que je pourrai dire n'arrangera la situation.

Je vois qu'elle pleure sourdement, comme Assunta l'aurait fait, ses larmes s'écoulant de ses joues antiques et ajoutant leur ombre au tablier déjà moucheté.

— Tu peux écrire que je l'aime et que tout ce que je veux, c'est prendre soin d'elle.

— Tante Tina… » Je ressens le picotement des larmes, mais cela n'aiderait en rien. Tina ne peut pas réparer la fissure qui la sépare de Stella, et voilà qu'elle place tous ses espoirs en moi, comme si je pouvais en quelque sorte sauver cette histoire, trouver la fin heureuse. « Tout le monde sait que tu l'aimes, dis-je, comme toujours. Tout le monde sait à quel point tu as essayé.

— Je l'aime, dit-elle encore en essuyant son nez qui coule avec du papier absorbant. Je l'aime toujours. Peut-être que tu peux écrire ça.

— Oui, je vais l'écrire.

J'attrape sa main par-dessus la table et je la serre pour cimenter cette promesse. Mes doigts sont maculés de bœuf cru gluant ; les siens sont tellement propres qu'on a du mal à croire qu'elle vient de rouler deux cents boulettes de viande.

— Tu as mis trop d'eau, ça rend la viande collante », me reproche-t-elle, secouant ma main pour s'en débarrasser.

Ses narines sont roses, mais ses larmes ont séché. Elle se met péniblement debout et fait le tour de la table pour me rejoindre de mon côté, où mon plateau de minuscules boules de viande n'est qu'à moitié rempli.

« Trop grosse, dit-elle en ramassant une contrevenante, qu'elle roule de nouveau entre ses doigts. Oh, non, celle-ci est trop petite.

— Tiens, laisse-moi…

J'essaie. Mais ce n'est pas bien. De la façon la plus subtile possible, c'est-à-dire sans subtilité aucune, elle fait glisser le plateau afin de le mettre hors de ma portée. Elle roule de nouveau chacune de mes boulettes, l'une après l'autre.

— Bon, dis-je en me levant pour me laver les mains. J'imagine que j'en ai fini.

Tante Tina, qui prépare déjà sa poêle à frire, s'arrête pour m'adresser un sourire contrit.

— T'inquiète donc pas, me console-t-elle. Une fois qu'elles seront dans la soupe, personne saura quelles boulettes de viande tu as faites.

Remerciements

Les Sept ou Huit Morts de Stella Fortuna est une œuvre de fiction mais, pour ceux que ses inspirations historiques intéressent, je citerai quelques-unes de mes sources documentaires, que j'encourage les curieux à consulter. Le travail d'Ann Cornelisen, notamment *Women of the Shadows*, offre un point de vue extérieur intéressant sur la vie dans l'Italie du Mezzogiorno au milieu du XXe siècle. *La Storia : Five Centuries of the Italian American Experience* de Jerry Mangione et Ben Moreale est un point de départ pour toute recherche sur l'immigration italo-américaine et l'identité émigrée. Si vous souhaitez en apprendre davantage sur l'histoire calabraise, je recommande *Unto the Sons* de Gay Talese, qui relate en outre de façon très détaillée l'expérience d'un soldat italien pendant la Grande Guerre. L'ouvrage de Mark Thompson, *The White War : Life and Death on the Italian Front, 1915-1919*, est un autre livre très éclairant sur la Première Guerre mondiale en Italie. J'ai été fascinée (sans aucune influence démoniaque) par un recueil d'essais des années 1970 sur le Mauvais Œil édité par Clarence Maloney et publié par Columbia University Press. Cette liste pourrait se poursuivre très longtemps encore, alors je me limiterai en ne citant plus qu'une seule source d'inspiration personnelle : *Un don*. Ce roman de Tony Morrison dépeint avec élégance ce que les gens ont pu ou dû faire afin de devenir américains.

Mes inspirations n'ont pas été uniquement textuelles,

et Stella Fortuna n'existerait pas sans les personnages truculents que compte ma famille italo-américaine. Je pense en particulier à John Cusano, Connie Rucci, feu Filomena Rotundo, qui nous a quittés juste avant que j'aie pu lui montrer ce livre, et surtout à ma tante, formidable et précieuse amie, Connie Sanelli. Du côté non italien, je remercie sincèrement ma grand-mère paternelle, Patricia Grames, de m'avoir instillé l'importance de préserver la famille et les histoires régionales.

Je remercie du fond du cœur tout le village de Ievoli, qui m'a accueillie chaleureusement pendant mes recherches. Luigi Mascaro, le *postino* à la retraite, et son épouse, Caterina Gallo, m'ont ouvert les portes de leur maison sans me connaître, m'ont fait découvrir toute la Calabre en voiture et m'ont initiée aux délices des proverbes calabrais. Rina Scalise, la propriétaire du bar de Ievoli, m'a gentiment permis de passer de longues heures dans son établissement à boire son café et à parcourir mon carnet de notes. Francesca Mascaro, du *municipio* de Feroleto Antico, et l'historien Franco Falvo ont été des mines d'information inestimables concernant l'histoire *comune*. J'ai une dette envers de nombreux habitants de Ievoli et de Sepino, qui m'ont fait part de leur vie et de leurs histoires : Nicola et Anna Mascaro, Marisa Mancuso, Angelina Fazio, Federico Gaetano, le clan Cusano-Maglieri, Mariangelo, Teresa, Walter, Mariteresa et Martina, et ma chère amie, la défunte Saverina Gallo. Merci à Chiara Scaglioni d'avoir ramené Stella chez elle en Italie, et à Gioacchino Criaco, qui m'a offert de nouvelles perspectives grâce auxquelles j'ai pu envisager la Calabre autrement. Enfin, merci à Francesca Fragale, dont j'ai la chance d'être devenue l'amie au tout début de mes recherches, et dont les conseils sur les dialectes calabrais, la musique folklorique, les recettes et les traditions régionales ne sauraient être surestimés.

Je suis infiniment reconnaissante envers mes « collègues de jour » à Soho Press. Ils sont, sans exagérer, une deuxième famille, et soutiennent ce roman depuis le début. Pour ce qu'ils m'ont appris, à la fois consciemment et inconsciemment, sur l'écriture, la narration et la vie, j'aimerais remercier tous les auteurs avec qui j'ai eu la chance de travailler en tant qu'éditrice, et en particulier Andromeda Romano-Lax, Francine Mathews, Lene Kaaberbøl, Stuart Neville, James Benn, Cara Black, Peter Lovesey, Mick Herron et Irene Levine.

J'ai eu l'immense privilège d'être publiée par Hodder & Stoughton, une extraordinaire institution. L'attention que toute l'équipe a accordée à Stella m'a profondément touchée. En premier lieu, j'exprime ma gratitude la plus sincère à la directrice éditoriale Melissa Cox, qui a été à la fois un défenseur passionné et une visionnaire. Jamais un auteur n'aura été plus reconnaissant que son manuscrit attire l'attention d'un éditeur. Mes remerciements les plus chaleureux vont aussi à Lily Cooper, qui a guidé Stella à travers le processus éditorial avec grâce et exactitude ; à Louise Swannel, l'attachée de presse dont rêve tout écrivain ; à Alice Morley, Carolyn Mays, Al Oliver, Barbara Roby et Lydia Seleska. J'ai particulièrement de la chance que la force de vente chez Hachette compte dans ses rangs Mariafrancesca Ierace, ma première lectrice calabraise, qui est née, comme le hasard fait bien les choses, à seulement quelques kilomètres de Ievoli, et qui m'a donné de formidables conseils en matière de patois. Chez moi, à New York, je suis éternellement reconnaissante envers l'équipe Ecco/HarperCollins, et plus particulièrement envers la directrice éditoriale, Megan Lynch.

Merci beaucoup aux agents qui ont fait voyager Stella dans le monde entier, mais plus particulièrement à Kate McLennan, chez Abner Stein, et Rebecca Gardner, directrice des droits de The Gernert Company. Et surtout, merci à mon agent inestimable, Sarah Burnes, d'aimer Stella, d'être intelligente et infatigable, d'avoir changé ma vie.

Pour leurs remarques avisées, je remercie humblement

mes merveilleux premiers lecteurs, Casey Donnelly et Karen McMurdo. Merci à mes groupes d'écriture d'hier et de demain, mais surtout à TTC, Karissa Chen, Erika Swyler et Jennifer Ambrose, qui a été la troisième sœur spirituelle de Stella au fil des nombreux premiers jets.

En écrivant cette histoire où il est question de sœurs, j'ai été très reconnaissante d'en avoir une comme la mienne, Katherine, et d'avoir un frère comme Jeffrey, son jumeau. Mes plus grands remerciements vont à mes parents : Michael, qui a fait de moi une amoureuse des livres, et Linda, ma première et plus importante lectrice, qui m'a inculqué l'art du récit. J'ai une dette immense envers ma grand-mère Antonette Cusano, qui n'aurait pas pu lire ces mots même si elle avait vécu assez longtemps pour les voir, et qui n'a jamais su combien elle m'a donné.

Et enfin, merci à mon mari, Paul Oliver, mon compagnon en toute chose, et qui est la raison pour laquelle je crois, fermement, aux histoires d'amour. Merci d'être là tout le long du chemin, merci de lire et d'écouter, de comprendre mon cerveau irritable et mon cœur fougueux. J'ai tant de chance de t'avoir pour pouvoir te dédicacer cette dernière ligne.

LA FAMILLE DE STELLA FORTUNA

MARIA GALLO
« Nonna Maria »
Chasseuse de mauvais œil

— mariée à —

FRANCESCU MASCARO
Dont l'âne est rentré à la maison sans son maître

Leurs enfants

ROSINA MASCARO
« Za Ros »
Marraine de Stella
— mariée à **GIOVANNI FAZIO**

NICOLA MASCARO
Qui n'a pas la chance de Stella
— marié à **VIOLETTA CARDAMONE**
« Za Violèt »
Qui est mauvaise

Quatre bébés se présentant par le siège, morts à la naissance à cause de cet abruti de médecin

ASSUNTA MASCARO
Une sainte

Enfants de Giovanni Fazio et Rosina Mascaro

FRANCESCO FAZIO
« Franco »
Qui partit en France

GIOVANNI FAZIO
« Giuanni »
Qui partit aussi en France

Enfants de Violetta Cardamone et Nicola Mascaro

FRANCESCO MASCARO
« Cicciu »
Qui ne sut pas quoi dire

AGOSTINO MASCARO
« Gustinu »
Qui abattit le citronnier

Enfant d'Assunta Mascaro

MARIASTELLA FORTUNA
« STELLA »

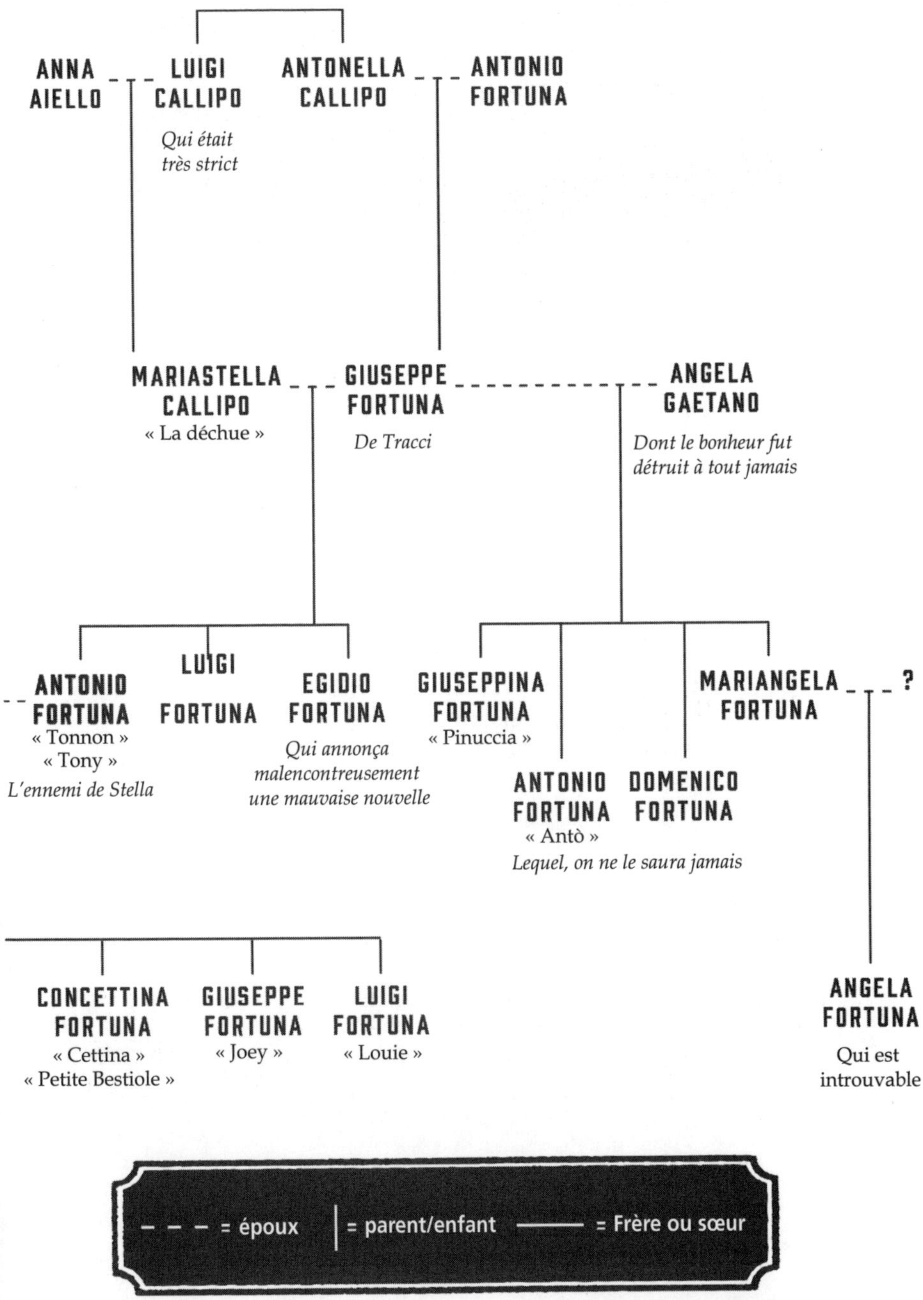
ANNA AIELLO
LUIGI CALLIPO
Qui était très strict
ANTONELLA CALLIPO
ANTONIO FORTUNA
MARIASTELLA CALLIPO
« La déchue »
GIUSEPPE FORTUNA
De Tracci
ANGELA GAETANO
Dont le bonheur fut détruit à tout jamais
ANTONIO FORTUNA
« Tonnon »
« Tony »
L'ennemi de Stella
LUIGI FORTUNA
EGIDIO FORTUNA
Qui annonça malencontreusement une mauvaise nouvelle
GIUSEPPINA FORTUNA
« Pinuccia »
ANTONIO FORTUNA
« Antò »
DOMENICO FORTUNA
Lequel, on ne le saura jamais
MARIANGELA FORTUNA
?
CONCETTINA FORTUNA
« Cettina »
« Petite Bestiole »
GIUSEPPE FORTUNA
« Joey »
LUIGI FORTUNA
« Louie »
ANGELA FORTUNA
Qui est introuvable
= époux
= parent/enfant
= Frère ou sœur

Composition : Facompo, Rouen

MIXTE
Papier issu de sources responsables
FSC® C003309

L'éditeur de cet ouvrage s'engage dans une démarche de certification FSC® qui contribue à la préservation des forêts pour les générations futures.

Pour en savoir plus :
www.editis.com/engagement-rse/

Achevé d'imprimer en septembre 2020
par Normandie Roto Impression s.a.s.
61250 Lonrai (Orne)
N° d'imprimeur : 2001253
Imprimé en France